LA RONDE DES MENSONGES

Elizabeth George

LA RONDE
DES MENSONGES

Roman

Traduit de l'anglais (Etats-Unis)
par Isabelle Chapman

PRESSES
DE LA CITÉ

Titre original : *Believing the Lie*

© 2012 by Susan Elizabeth George
Carte © David Cain
© Presses de la Cité, 2012 pour la traduction française
ISBN 978-2-258-08509-1

Presses
de | un département **place des éditeurs**
la Cité

place
des
éditeurs

A la mémoire d'Anthony Mott
Brillant raconteur
Compagnon adoré
Pour moi, Antonio à jamais

« Les cinq fenêtres de l'âme en cette vie
Déforment les cieux de pôle en pôle,
Et vous poussent à croire au mensonge
Lorsque vous voyez avec, et non à travers, l'œil. »

William BLAKE

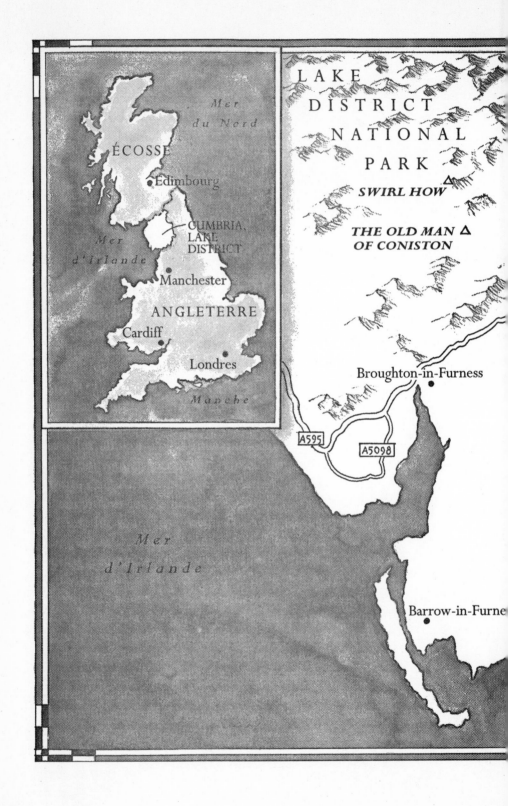

LAKE
DISTRICT
NATIONAL
PARK

SWIRL HOW △

THE OLD MAN △
OF CONISTON

Broughton-in-Furness

A595   A5098

Barrow-in-Furne

Mer
du Nord

ÉCOSSE

Edimbourg

CUMBRIA,
LAKE
DISTRICT

Mer
d'Irlande

Manchester

ANGLETERRE

Cardiff

Londres

Manche

Mer
d'Irlande

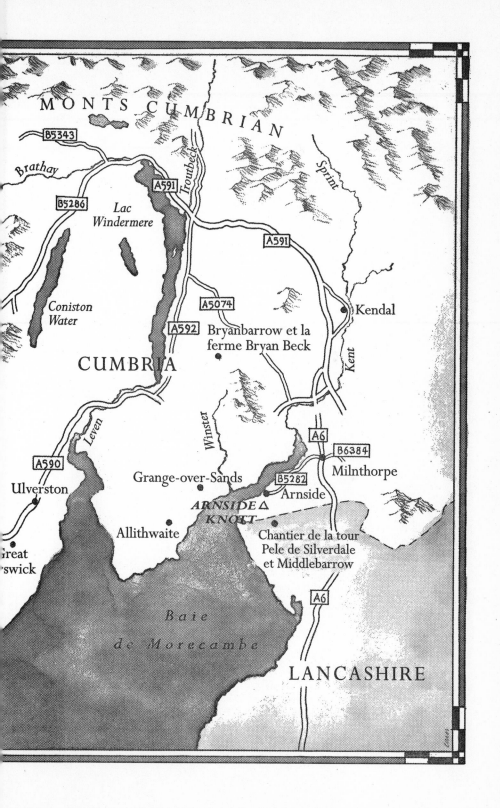

10 octobre

C'était la première fois que Zed Benjamin était convoqué dans le bureau de son rédacteur en chef. Ce qu'il éprouvait se situait entre appréhension et euphorie. Une appréhension qui inondait ses aisselles de sueur et une euphorie qui faisait battre son cœur, pour une raison obscure, dans la pulpe de ses pouces. Mais puisqu'il avait décidé d'emblée qu'il était essentiel de considérer Rodney Aronson comme n'importe quel autre confrère de son journal, *The Source,* il attribua sa transpiration excessive aussi bien que la curieuse pulsation au bout de ses pouces au fait qu'il avait troqué à une date quelque peu prématurée son unique costume d'été contre son unique costume d'hiver. Il se promit de repasser au plus léger dès le lendemain, si tant est que sa mère, voyant qu'il avait procédé à son changement saisonnier, ne l'ait pas déjà déposé chez le teinturier. Ce serait elle tout craché, se dit Zed. Sa maman était tout à la fois serviable et organisée. Un peu trop même à son goût.

Il regarda autour de lui : les sujets de distraction ne manquaient pas dans le bureau de Rodney Aronson. Pendant que ce dernier lisait son article, il passa en revue les gros titres des vieux exemplaires du tabloïd encadrés au mur. Scabreux et stupides, à l'instar des articles qui flattaient les plus bas ins-

13

tincts de la psyché humaine. *L'escort boy brise le silence*. Un scoop sur le racolage en voiture d'un garçon de seize ans par un député de la Chambre des communes non loin de la station de métro King's Cross. Leur petit quart d'heure romantique avait été interrompu par l'arrivée inopinée de la brigade des mœurs. Mais avant ce titre, il y avait eu le député accusé de prostitution sur mineure dans un « triangle sexuel », et tout de suite après, le « drame » du suicide de l'épouse du même député. *The Source* avait sur toutes ces affaires obtenu l'exclusivité, ayant été le premier journal à se trouver sur les lieux, le premier à sortir l'information et le premier à graisser la patte à des indicateurs afin de pimenter de détails salaces des scandales qui dans n'importe quelle publication respectable auraient été traités avec des pincettes ou enterrés dans les pages intérieures, sinon les deux. Ce principe semblait spécialement s'appliquer à des sujets brûlants : *Le prince surpris dans une bagarre de chambre*, *Le palais royal sous l'onde de choc après les révélations de l'écuyer* et *Encore un divorce dans la famille royale ?*, ces titres tapageurs avaient à chaque coup, d'après les ragots de la cafétéria, augmenté les ventes de *The Source* de plus de cent mille exemplaires. Voilà le style de reportage qui faisait la réputation du tabloïd. Tout le monde dans la salle de rédaction savait que si vous n'aviez pas envie de remuer le linge sale des autres, alors vous n'aviez rien à faire dans le journalisme d'investigation tel qu'il était pratiqué entre ces murs.

Et il fallait bien l'avouer, c'était le cas de Zedekiah Benjamin. Il n'avait aucune envie d'être grand reporter d'investigation à *The Source*. Il se voyait plutôt dans la peau d'un éditorialiste du *Financial Times*, un type à la carrière auréolée de respectabilité dont la renommée lui permettrait de se livrer à sa véritable passion, qui était la poésie. Or, les postes d'éditorialiste étant aussi rares qu'un caleçon sous un kilt, il était bien obligé de travailler pour subvenir à ses besoins, étant donné que le métier de poète ne rapportait rien. Aussi Zed s'efforçait-il de se conduire à tout instant comme un homme professionnellement comblé par la traque aux bourdes des célébrités et aux écarts de conduite de la famille royale. Toutefois, il se plaisait à croire que même un torchon pareil pouvait être hissé un peu plus haut que le caniveau – son niveau habituel –, où, il ne fallait pas se leurrer, personne ne contemplait les étoiles.

Le papier que Rodney Aronson était en train de lire correspondait à cette ambition. Dans l'esprit de Zed, un tabloïd n'avait pas besoin de se rouler dans la fange des informations lubriques pour captiver le lecteur. Il pouvait au contraire se montrer édifiant et rédempteur, tout en demeurant vendeur. Certes, un papier tel que le sien n'allait pas faire la une, mais il serait parfait pour le supplément dominical, quoique une double page centrale du quotidien n'eût pas été mal non plus, illustrée par des photos et annoncée par un chapeau en première page. Zed y avait passé un temps fou. A son avis, sa prose méritait son pesant d'encre d'imprimerie. Il offrait aux lecteurs de *The Source* ce qu'ils aimaient, avec un zeste de raffinement en bonus. On y trouvait le récit des fautes d'un père et de son fils, de ruptures douloureuses, d'abus d'alcool et de drogue, avec au bout du compte la rédemption. C'était l'histoire d'un bon à rien pris dans les rets mortels de la méthamphétamine, qui, à la onzième heure de sa vie – plus ou moins –, parvenait à s'en sortir et à repartir de zéro, puisqu'il avait vécu une sorte de renaissance en se consacrant, contre toute attente, aux plus démunis. Il y avait là-dedans des méchants, des héros, des adversaires de poids, un amour durable ; des lieux exotiques, des valeurs familiales, l'affection parentale. Et, par-dessus tout...

— Une belle merde.

Rodney Aronson jeta les feuilles de Zed sur le côté et se tripota la barbe, d'où il délogea un copeau de chocolat qu'il porta sans hésiter à sa bouche. Tout en lisant, il avait mangé une barre chocolatée aux noisettes Cadbury et, à présent, il explorait sa table des yeux, sans doute dans l'espoir d'y découvrir une deuxième friandise, dont il n'avait au demeurant nul besoin, étant donné sa corpulence que dissimulait mal la saharienne XXL qui était sa tenue de bureau.

— Quoi ? s'exclama Zed qui pensait avoir mal entendu.

15

Il chercha un mot qui rime avec *merde*, son supérieur ne pouvait quand même pas avoir condamné son papier à croupir en bas de la page 20 ou pire.

— C'est chiant, dit Rodney. J'ai jamais rien lu d'aussi soporifique. Tu m'avais promis quelque chose d'alléchant si je t'envoyais là-bas. Tu m'avais juré que c'était croustillant, je crois me rappeler... Si je déboursais de quoi te loger dans un hôtel pour je ne sais combien de jours...

— Cinq, précisa Zed. C'était une enquête compliquée et plusieurs interviews étaient nécessaires si l'on voulait garantir l'objectivité que nous...

— Bon, d'accord. Cinq. Il va falloir qu'on discute de ton choix d'hôtel, au fait, parce que j'ai vu la facture et je me demande si cette putain de chambre n'est pas fournie avec des danseuses. Quand on envoie quelqu'un dans le Cumbria pour cinq jours aux frais du journal, quelqu'un qui vous jure de vous rapporter un scoop d'enfer...

Rodney ramassa les feuilles et les agita dans les airs avant d'enchaîner.

— Sur quoi tu as investigué exactement ? Qu'est-ce que c'est que ce titre à la con ? « La neuvième vie ». Monsieur l'a pêché où, dans un de ses cours fumeux de litté-râture ? Ou dans un *râtelier* d'écriture, peut-être, hein ? Alors, comme ça, on se croit romancier ?

Zed savait parfaitement que le rédacteur en chef n'avait pas fait d'études supérieures. Cela aussi, il l'avait appris grâce aux potins de la cafétéria. *Sotto voce*, on lui avait prodigué ce conseil peu après son embauche au journal : surtout gardetoi de lui rappeler de quelque manière que ce soit que tu as eu une licence avec une mention Très Bien, ou même simplement Bien, ou de prononcer quoi que ce soit qui ait un lien avec l'université. Il ne supporte pas, il croira que tu te fiches de lui. Alors, ferme-la quand la conversation dérape vers ce genre de chose.

C'est ainsi qu'il tourna sept fois sa langue dans sa bouche avant de répondre à la question de Rodney concernant le titre de son papier.

— Je pensais en fait aux chats.

— Tu pensais aux chats...

— Oui, on dit qu'ils ont neuf vies.

— Ah, d'accord. Mais on ne s'occupe pas de chats, si ?

— Non, bien sûr que non. Quoique...

Zed n'était pas sûr de ce que le rédacteur voulait entendre, de sorte qu'il changea son fusil d'épaule et se lança dans une explication un tantinet longuette.

— ... Bon, voilà, eh bien, ce type a suivi huit cures de désintoxication, dans trois pays différents, et rien n'a marché, je veux dire, vraiment rien. Oh, il est peut-être resté clean pendant six ou huit mois. Une fois pendant un an. Mais ensuite il a toujours replongé... La meth... Et puis un beau jour, il échoue dans l'Utah, où il rencontre une femme extraordinaire, et subitement le voilà devenu un autre homme. Il n'a jamais regardé en arrière.

— Vous vous changez, changez d'Kelton, c'est tout ? Sauvé par le pouvoir de l'amour, c'est ça, hein ?

Zed, ragaillardi par le ton affable de son rédacteur en chef, opina.

— C'est tout à fait ça, Rodney. Et le plus incroyable, c'est qu'il est guéri. Il rentre chez lui, sans veau gras, mais enfin...

— Sans veau quoi ?

Une allusion biblique : mauvaise pioche. Zed se dépêcha de faire machine arrière.

— Passons. Bon, il rentre chez lui et se mobilise pour venir en aide aux *inaidables*. (Ce mot existait-il ?) Pas ceux qu'on penserait, genre des jeunes mecs et des nanas avec la vie devant soi. Non, les rebuts de la société. Des vieux types qui vivent à la dure, rejetés de partout...

Comme Rodney ouvrait de grands yeux, Zed poursuivit en toute hâte :

— Des pauvres épaves qui mangent ce qu'il y a dans les poubelles en crachant leurs chicots. Il les sauve. Il pense qu'ils *valent la peine* d'être sauvés. Et ils jouent son jeu. Ils sont guéris, eux aussi. Après toute une vie d'ivrogne ou de junkie, ils s'en sortent, c'est vrai.

Zed reprit son souffle et attendit la réaction de Rodney. Ce dernier répliqua d'une voix calme, mais d'un ton qui montrait qu'il n'était pas convaincu par le plaidoyer de Zed.

— Ils reconstruisent une tour, Zed. Ils ne sont pas guéris : dès qu'elle sera terminée ils retourneront à la rue.

— Je ne crois pas.

— Pourquoi ?

— Parce que c'est une tour d'un genre spécial. On les appelle des tours *Pele*. Ce sont des tours de guet fortifiées. C'est ce qui donne sa force à mon histoire... La métaphore.

Zed avait conscience de s'aventurer sur un terrain dangereux avec sa figure de style, de sorte qu'il débita d'un seul trait :

— Quand on réfléchit à l'usage que l'on faisait de ces tours, ça se comprend mieux. Elles ont été construites le long de nos frontières pour nous protéger contre les pillards... oui, oui, ces sales types qui venaient d'Ecosse dans l'intention de nous envahir. Eh bien, dans notre cas, les pillards, c'est la drogue, vu ? La meth. La coke. Le smack. La dope. Comme vous voudrez. La tour de guet représente la rédemption et la guérison. Autrefois, chaque étage avait un usage différent. Le bas était réservé aux bêtes, le premier étage à la cuisine et aux tâches domestiques et le second au repos, c'est là que les soldats tuaient le temps et dormaient. Et le toit, eh bien, du toit ils faisaient pleuvoir leurs flèches sur les pillards écossais et, qui sait, peut-être aussi de l'huile bouillante. Alors, si on regarde la tour sous cet angle et si on fait un parallèle avec la vie d'une personne qui est à la rue depuis... dix ou quinze ans ?... alors...

Rodney piqua du nez sur la table et, d'un signe de la main, signifia à Zed qu'il pouvait déguerpir.

Zed ne se laissa pas démonter. Même si on lui donnait congé, il n'était pas question de partir la queue entre... Flûte, encore une métaphore. Bref, il n'allait pas baisser les bras si facilement.

— C'est ce qui rend cet article exceptionnel. Un papier à publier dans le supplément du dimanche. Je le vois déjà dans le magazine, quatre pleines pages illustrées de photos : la tour fortifiée, les types en train de la restaurer, des états des lieux avant et après, ce genre de choses…

— Une belle merde soporifique, proféra Rodney, toujours le front sur son bureau. Ce qui est, soit dit en passant, une métaphore. Et puis, y a pas de sexe dans ton truc.

— Pas de sexe, répéta Zed, songeur. La femme de l'ex-junkie est super-sexy, mais elle n'a pas voulu que l'on parle d'elle ni de leur couple. Elle dit que c'est lui qui…

— Pas ce sexe-là, mais ça ! le coupa Rodney en se redressant et en claquant des doigts. L'excitation, la tension dramatique, ce qui tient le lecteur en haleine, le fait bander sans qu'il comprenne ce qu'il lui arrive. Est-ce que c'est clair ? Ton papier manque de sexe, coco, un point c'est tout.

— C'était pas le but. C'est un papier pour donner du courage aux gens, leur rendre l'espoir.

— Le courage et l'espoir, c'est pas notre rayon, tu vois. Nous, on vend un canard. Et crois-moi, c'est pas avec ces conneries qu'on va cartonner. Ici, on a notre propre label de journalisme d'investigation. Pendant ton entretien d'embauche, t'avais l'air d'être au courant. C'est pas pour ça que tu t'es trimbalé dans le Cumbria ? Pour une enquête sur le terrain ? Alors, bordel de merde, enquête !

— C'est ce que j'ai fait.

— Mon cul ! Tu t'es laissé embobiner…

— Pas du tout !

— … et mener par le bout du nez.

— Pas du tout !

— Tu veux me dire que ça…

Il désigna du doigt les feuillets en ajoutant :

— C'est tout ce que tu nous rapportes ? T'as rien d'autre à nous mettre sous la dent ?

— Bon, je vois un peu où… mais, en fait, une fois qu'on connaît le gars…

— Il te tient par les couilles, pardi. Et au final, t'as investigué sur que dalle.

Jugeant cette conclusion injuste, Zed rétorqua :

— Comme si l'histoire d'un gars qui tombe dans l'addiction, qui fout sa vie en l'air alors que ses parents font tout ce qu'ils peuvent pour l'en sortir et qui en fin de compte s'en sort tout seul... Ce gars-là, il s'est presque étranglé avec la légendaire cuillère en argent... C'est pas de l'investigation ? C'est pas sexy ? Sexy selon ta définition ?

— La descente aux enfers d'un fils à papa dans la toxicomanie, et après ? répliqua Rodney en bâillant à se décrocher la mâchoire. C'est quelque chose de nouveau, peut-être ? Tu veux que je te cite le nom de dix autres sacs à merde qui sont à flanquer dans la même poubelle ? Ce sera vite fait.

Zed se sentit soudain vidé. Tout ce temps gâché, tous ces efforts en vain, toutes ces interviews menées pour rien, ou plutôt – il fallait bien l'admettre – dans l'intention secrète, étant donné que le *Financial Times* n'embauchait pas en ce moment, de se servir du tremplin offert par *The Source* et de publier un papier digne de retenir l'attention et de le propulser sous les projecteurs. Peine perdue. C'était criant d'injustice. Après avoir réfléchi aux options envisageables, il finit par déclarer :

— OK. Je comprends votre point de vue. Et si je tentais de nouveau ma chance ? Si je retournais là-bas et creusais un peu plus le sujet ?

— Quel sujet, bon sang de bois ?

La question n'était pas idiote, il fallait bien le reconnaître. Zed passa en revue dans son esprit tous les gens à qui il avait parlé : l'ex-junkie, sa femme, sa mère, ses sœurs, son père, les pauvres clodos qu'il s'employait à sauver. Y avait-il quelque part un protagoniste qui ait échappé à son enquête ? Forcément, il y en avait toujours.

— Rien n'est certain, répondit-il, mais je peux toujours fureter un peu à droite et à gauche... Tout le monde a quelque chose à cacher. Tout le monde répond à vos questions par des mensonges. Et si on pense à tout ce que le journal a déjà déboursé pour cet article... Ce serait du gâchis de ne pas lui donner une seconde chance.

Rodney repoussa son fauteuil en arrière et parut peser sérieusement le pour et le contre. Puis il appuya sur un bouton et aboya à l'adresse de sa secrétaire :

— Wallace. Vous êtes là ?... Allez me chercher un autre Cadbury. Toujours aux noisettes.

Il se tourna alors vers Zed.

— D'accord, à condition que ce soit à tes frais. Sinon, c'est *niet*.

Zed cilla. Cela changeait tout. Il était au bas de l'échelle des journalistes de *The Source*, avec un salaire en rapport. Il calcula de tête le prix d'un billet de train, plus la location d'une voiture, plus l'hôtel – peut-être un bed and breakfast de dernière catégorie, par exemple chez une vieille dame qui louait une piaule au fond d'une ruelle à... où ça ? Pas au bord d'un des lacs. Trop onéreux, même à cette époque de l'année, non, il faudra la prendre à... Et serait-il payé pendant son séjour dans le Cumbria ? Il en doutait. Il demanda :

— Je peux réfléchir un peu avant de donner ma réponse ? Vous n'allez pas refuser mon article tout de suite ? Il faut que je fasse mes comptes, si vous voyez ce que je veux dire.

— Regarde ce que tu veux, lui répondit Rodney avec un rictus qui prouvait que sourire ne lui venait pas naturellement. Je te le répète, c'est ton temps, c'est ton fric.

— Merci, Rodney.

Ne comprenant pas vraiment de quoi il remerciait son rédac chef, Zed se leva en le saluant d'un hochement de tête et se dirigea vers la sortie. Dans son dos, Rodney lança d'un ton amical :

— Si tu te décides à y aller, je te conseille de laisser tomber le couvre-chef.

Zed eut un instant d'hésitation, et Rodney s'empressa d'ajouter :

— C'est pas une affaire de religion, coco. J'en ai rien à foutre de ces trucs-là, tout le monde fait comme il veut. Ecoute un bon conseil d'un mec qui était déjà dans le métier quand toi, tu faisais encore dans tes couches. Que tu y ailles ou pas, c'est ton choix, mais ce dont je suis sûr, c'est qu'il vaut mieux pas déconcentrer les populations. Il faut qu'ils te prennent pour rien d'autre que leur confesseur, leur meilleur ami, l'épaule sur laquelle ils peuvent pleurer, leur psy-machin-truc-chose... Alors, tu vois, si quoi que ce soit détourne leur attention de l'histoire qu'ils ont envie de te raconter... ou, mieux encore, qu'ils auraient préféré ne pas nous raconter... t'as un problème. Et ça vaut pas seulement pour ta kippa, mais aussi pour les turbans, les chapelets autour du cou, les barbes teintes au henné, les poignards à la ceinture... Tu me suis ? En principe un journaliste d'investigation se fond dans son environnement, et avec ce couvre-chef... Bon, je sais, d'abord ta taille, ensuite tes cheveux, t'y peux rien, à moins de te faire une couleur... Et c'est pas ça que je te demande... La kippa, vois-tu, c'est vraiment le pompon.

Machinalement, Zed toucha la calotte.

— Je la porte parce que...

— Je me contrefous du pourquoi. Tu peux la porter si tu veux. Ce que je te donne, c'est un conseil de vieux singe. Après, c'est à toi de voir.

Bien entendu, les dernières paroles du rédacteur en chef étaient dictées par la prudence, au cas où Zed irait saisir les prud'hommes. D'ailleurs, tout son petit speech sur sa kippa n'avait eu d'autre but que de dégager sa responsabilité. *The Source* n'avait rien d'un bastion du « politiquement correct », certes, mais Rodney Aronson savait de quel côté sa tartine était beurrée.

— Prends-en bonne note, lui lança Rodney alors que la porte de son bureau s'ouvrait pour laisser le passage à sa secrétaire qui lui apportait une barre chocolatée géante.

— J'ai compris, affirma Zed. Pas de souci.

Saint John's Wood
Londres

Le temps pressait, il partit tout de suite. Il avait l'intention de prendre le métro jusqu'à Baker Street puis de sauter dans un bus. Le mieux évidemment aurait été de prendre un taxi jusqu'à Saint John's Wood – sans compter qu'il aurait eu plus de place pour ses jambes –, mais il n'en avait pas les moyens. Il gagna en toute hâte la station Blackfriars, attendit une éternité la rame de la Circle Line, qui, lorsqu'elle arriva enfin, était pleine à craquer, ce qui l'obligea à rester près des portes du wagon, où la seule façon de se tenir consistait à rentrer les épaules et à baisser la tête, le menton sur la poitrine tel un pénitent.

Affligé d'un léger torticolis, il marqua une halte devant un distributeur de billets avant d'aller attraper son bus qui devait l'amener à bon port. Son objectif était de consulter son solde dans le vain espoir d'avoir commis une erreur de calcul la dernière fois qu'il en avait reporté la somme sur les talons de son chéquier. Il n'avait pas d'autres économies que celles de cet unique compte en banque. Dès qu'il vit le chiffre, son cœur chavira. Un voyage dans le Lake District, et il serait rincé. Cela en valait-il la peine ? Après tout, ce n'était qu'un reportage. S'il laissait tomber celui-ci, on lui en confierait un autre. Mais voilà, il y avait reportage et reportage, et celui-ci... Il sentait qu'il était spécial.

Toujours indécis sur la conduite à tenir, il arriva chez lui quatre-vingt-dix minutes plus tôt que d'habitude et sonna à l'interphone de l'immeuble afin de s'annoncer – il ne voulait pas que sa mère panique en entendant la clé dans la serrure de l'appartement à une heure où elle n'attendait en principe personne.

— C'est moi, maman.

— Zedekiah ! Formidable !

Cet enthousiasme excessif le laissa perplexe jusqu'au moment où il contempla la cause de la bonne humeur maternelle.

Susanna Benjamin finissait de prendre le thé ; elle n'était pas seule. Une jeune femme était installée dans le fauteuil le plus confortable du séjour – celui que la mère de Zed réservait toujours aux invités. Alors que sa mère se chargeait des présentations, Zed remarqua que cette invitée-là rougissait de façon charmante, en baissant vivement la tête pour la relever aussitôt. Elle s'appelait Yaffa Shaw et, à en croire Susanna Benjamin, elles appartenaient toutes les deux au même groupe de lecture, ce qu'elle qualifiait de « merveilleuse coïncidence ». Zed attendit la suite, qui ne tarda d'ailleurs pas à venir.

— Je disais à Yaffa à l'instant que mon Zedekiah avait en permanence le nez fourré dans un livre. Oh ! pas seulement un, mais quatre ou cinq à la fois. Dis à Yaffa ce que tu es en train de lire en ce moment, Zed. Yaffa lit le dernier Graham Swift. Bon, on est toutes en train de le lire. Je te parle du groupe de lecture, Zed. Assieds-toi, mon chéri. Tu prendras bien une tasse de thé. Oh, mon Dieu, il est froid. Je vais aller préparer une nouvelle théière, qu'en penses-tu ?

Sans attendre sa réponse, elle disparut. Zed entendit des bruits de vaisselle dans la cuisine. Comme si ce vacarme ne suffisait pas, sa mère alluma la radio. Il savait d'avance que l'opération lui prendrait un bon quart d'heure, sinon plus : il connaissait la chanson par cœur. La dernière fois, cela avait été la caissière de Tesco. La fois d'avant, un choix plus avisé, l'aînée des nièces de leur rabbin, venue d'outre-Atlantique pour suivre des cours d'été à l'université américaine. Son nom échappait à Zed. Après Yaffa, qui l'observait sans doute avec l'intention d'entamer une conversation, il y en aurait une autre. Et ainsi de suite jusqu'à ce qu'il se décide à en épouser une et que sa mère se mette à le tanner pour qu'il lui donne des petits-enfants. Une fois de plus, Zed maudit sa grande sœur, sa fichue carrière et son refus non seulement de procréer, mais aussi de se marier. Elle se dévouait à un métier scientifique qui avait été au départ destiné à Zed. Non qu'il lui enviât sa réussite : si seulement elle voulait bien coopérer et fournir à leur mère un gendre et des marmots à dorloter, il ne serait pas sans cesse confronté à des compagnes potentielles attirées en leur logis sous des prétextes oiseux.

— Vous et maman... au club de lecture, hmm ? dit-il à Yaffa.

Elle rougit un peu plus.

— Pas tout à fait, admit-elle. Je travaille à la librairie. Je recommande des ouvrages au groupe. Votre maman et moi... on bavardait... je veux dire, comme ça, de tout et de rien, vous voyez.

Il ne voyait que trop bien. Surtout, il connaissait par cœur le mode opératoire de Susanna Benjamin. Il imaginait le dialogue d'ici : les questions rusées, les réponses candides. Il se demanda quel âge pouvait bien avoir la malheureuse, car sa mère avait sûrement sondé son aptitude à la reproduction.

— Je parie que vous ne vous attendiez pas à ce qu'elle ait un fils, répliqua-t-il.

— Elle ne m'a rien dit. Seulement maintenant les choses sont un peu difficiles parce que...

— Zed, mon chéri ! chantonna sa mère depuis la cuisine. Du darjeeling, ça t'ira ? Et des petits gâteaux ? Un scone, peut-être ? Yaffa, tu reprendras bien du thé, n'est-ce pas ? Vous autres les jeunes, vous avez sûrement des tas de choses à vous dire.

Exactement ce que Zed redoutait. Alors qu'il n'aspirait qu'à un peu de tranquillité pour réfléchir à son projet d'article. Devait-il ou non s'endetter dans le but de financer une virée dans le Cumbria le temps d'injecter un peu de sexe dans son histoire ? Et une fois là-bas, si tant est qu'il se décide à s'y rendre, il lui faudrait cerner en quoi consistait cet élément : le petit truc sexy, l'ingrédient croustillant, les détails savoureux, bref, ce qui allait émoustiller les lecteurs de *The Source*, lesquels, autant qu'il pouvait en juger, possédaient l'intelligence collective d'une pierre tombale. Comment exciter une pierre tombale ? Donnez-lui un cadavre. Zed gloussa intérieurement. La métaphore, évidemment, était quelque peu tirée par les cheveux. Il se félicita de ne pas s'en être servi en présence de Rodney Aronson.

— Et voilà, mes enfants ! s'écria Susanna Benjamin en revenant avec un plateau croulant sous le thé, les scones, le beurre et la confiture. Mon Zedekiah est un grand garçon, tu ne trouves pas, Yaffa ? Je ne sais pas de qui il tient sa stature. Tu mesures combien exactement, mon chéri ?

Cette dernière question s'adressait à son fils. Zed mesurait deux mètres et des poussières. Et sa mère savait aussi bien que lui qu'il tenait sa haute taille de son grand-père paternel.

Vu qu'il s'abstenait de lui répondre, elle poursuivit d'un ton désinvolte :

— Et ses pieds ! Regarde ces pieds, Yaffa. Et des mains aussi grosses que des ballons de rugby. Et tu sais ce qu'on dit...

Elle fit un clin d'œil à la jeune femme.

— ... Du lait et du sucre, Zedekiah ? Les deux, n'est-ce pas ?

Puis, s'adressant de nouveau à Yaffa :

— Deux ans au kibboutz, il a fait, mon fils. Puis deux ans dans l'armée.

— Maman, intervint Zed.

— Oh, fais donc pas ton modeste.

Elle remplit la tasse de Yaffa.

— ... L'armée *israélienne*, Yaffa. Qu'est-ce que tu dis de ça ? Il garde tout pour lui. On n'a jamais vu personne d'aussi réservé. Il a toujours été comme ça. Et Yaffa est comme ça, elle aussi. Il faut lui tirer les vers du nez, à cette fille. Elle est née à Tel-Aviv, son père est chirurgien, ses deux frères sont dans la recherche sur le cancer, sa mère est styliste de mode. Styliste de mode ! C'est pas formidable ? Evidemment rien dans mes prix. Ses vêtements sont vendus chez des... comment dis-tu, Yaffa, mon petit ?

— Des créateurs, énonça Yaffa en piquant un fard tellement énorme que Zed craignit une crise d'apoplexie.

— A Knightsbridge, Zed, proclama sa mère. Tu imagines. En fait, elle crée les vêtements là-bas en Israël et elle les envoie jusqu'ici pour les vendre !

Afin d'endiguer le flot de paroles maternel, Zed se tourna vers Yaffa.

— Qu'est-ce qui vous amène à Londres ?

— Ses études ! s'empressa de l'informer Susanna Benjamin. Elle est inscrite à l'université. En sciences, Zedekiah. En biologie.

— En chimie, rectifia la jeune femme.

— Chimie, biologie, géologie... c'est du pareil au même, parce que tout ça, ça tient dans cette jolie tête que tu vois là,

26

Zed. N'est-elle pas jolie ? T'as déjà vu quelque chose de plus ravissant que notre petite Yaffa ?

— Pas récemment, répliqua Zed en posant sur sa mère un regard lourd de sous-entendus. Pas depuis six semaines, je crois.

Il espérait qu'en dévoilant ses intentions cachées il réussirait à lui rabattre son caquet. Si seulement...

Susanna précisa :

— Il aime bien taquiner sa maman, Yaffa. Un vrai taquin, mon Zedekiah. Tu t'y feras.

Tu t'y feras ? Zed jeta un regard affolé à Yaffa, laquelle se trémoussait dans le fauteuil, de plus en plus mal à l'aise. Ainsi, sa mère avait encore des surprises en réserve.

— Yaffa va occuper l'ancienne chambre de ta sœur, annonça Susanna. Elle l'a déjà vue et trouve que c'est exactement ce dont elle a besoin. Elle quitte son logement actuel, vois-tu. C'est magnifique de penser qu'il va y avoir de nouveau un peu de vie dans cet appartement. Elle emménage demain. Il faut que tu me dises ce que tu prends au petit déjeuner, Yaffa. Manger le matin, c'est le secret des bonnes études. Ça a bien marché pour Zedekiah, hein, Zed ? Le premier de sa promotion en littérature, mon fils. Je t'ai dit qu'il écrit de la poésie, Yaffa ? Mon petit doigt me dit qu'il pourrait écrire un poème sur toi.

Zed se leva brusquement, oubliant qu'il avait une tasse à la main. Par bonheur, le darjeeling arrosa davantage ses propres chaussures que le tapis de sa mère. Avec quel plaisir il aurait renversé la tasse sur son impeccable chignon gris ! Dans la foulée, il prit sa décision, comme quelque chose de nécessaire.

— Je pars dans le Cumbria, maman, lui annonça-t-il.

— Dans le Cumbria ? Mais tu en reviens !

— J'ai encore du travail sur cette enquête. Il s'avère que ce sont des choses confidentielles...

— Mais quand pars-tu ?

— Dès que j'aurai bouclé ma valise.

Ce qui n'allait pas lui prendre plus de cinq minutes, estima-t-il.

Son départ précipité avant que sa mère ait eu le temps d'installer la *houppa*[1] dans leur salle de séjour contraignit Zed à prendre un train qui l'acheminerait jusque dans le Lake District en suivant un itinéraire compliqué. Dès qu'il eut bouclé sa valise et fourré son ordinateur portable dans sa sacoche matelassée, il s'esquiva discrètement sans prendre congé. Le bus ; le métro ; la gare d'Euston ; les cent pas sur le quai en attendant le moment d'embarquer à bord de son train. Pour régler son billet, quatre sandwichs, le magazine *The Economist* et les quotidiens *The Times* et *The Guardian*, il s'était servi de sa carte de crédit. Combien de temps allait-il lui falloir pour trouver l'élément-clé qui rendrait son reportage « sexy » ? Il se demanda aussi s'il parviendrait éventuellement à décourager sa mère de ramasser des jeunes femmes dans la rue à la manière d'une entremetteuse... Mais une fois installé dans le wagon, il n'eut plus en tête que son travail. Il ouvrit son ordinateur et, alors que le train sortait de la gare, passa en revue ses notes prises avec le plus grand soin pendant chaque interview et retranscrites dans un fichier informatique à la fin de chaque journée. Il n'avait pas oublié non plus de prendre ses notes manuscrites. Sait-on jamais ? Au cas où quelque chose lui aurait échappé.

D'abord, l'histoire : Nicholas Fairclough, trente-deux ans, fils dévoyé (enfin, qui l'avait été) de Bernard Fairclough, baron d'Ireleth dans le comté du Cumbria. Issu d'un milieu fortuné et privilégié – revoilà la fameuse cuillère en argent –, il avait perdu au cours d'une jeunesse dissolue tout ce que la providence lui avait octroyé. Cet homme avait le visage d'un ange, mais les inclinations d'un voisin de Loth. Dès ses quatorze ans, il était passé de cure de désintoxication en cure de désintoxication, toutes contraintes et forcées. Leur liste évoquait un catalogue d'agence de voyages, les lieux d'internement devenant au fil du temps plus exotiques, et plus

---

1. Le dais traditionnel pour le mariage.

lointains. Sans doute ses parents, en l'éloignant, espéraient-ils l'inciter à adopter un mode de vie plus sain. Le reste du temps, avec l'insouciance d'un garçon qui pense que tout lui est dû, il menait la belle vie en claquant l'argent de papa et, à chaque fois, replongeait dans la drogue. Les uns après les autres, ses proches avaient jeté l'éponge. Son père, sa mère, ses sœurs, même son cousin qui était pour lui comme un frère...

Voilà un détail qu'il n'avait pas pris en compte, songea Zed. L'angle du cousin qui était comme un frère... Il n'y avait rien d'intéressant de ce côté-là, Nicholas avait insisté sur ce point pendant leurs entretiens, mais Zed aurait peut-être dû creuser dans cette direction... Il feuilleta son bloc-notes jusqu'à tomber sur le nom dudit cousin : Ian Cresswell, employé par la société Fairclough à un poste à haute responsabilité, cousin germain de Nicholas dont il était l'aîné de huit ans, né au Kenya et arrivé encore enfant en Angleterre, plus précisément sous le toit de la famille Fair-clough... Voilà un fait intéressant, une info susceptible de donner du corps à son reportage, non ?

Levant des yeux rêveurs vers la fenêtre et la nuit au-dehors, Zed ne vit que son propre reflet sur la vitre : un géant aux cheveux roux et au front plissé de rides qu'il devait d'une part à la folie de sa mère déterminée à le marier à la première femme consentante, d'autre part à la mauvaise volonté d'un rédac chef prêt à enterrer son papier, et enfin à son propre désir d'écrire une prose digne de ce nom. Alors, que tenait-il là, dans ce carnet ? se demanda-t-il, bouillant soudain d'impatience. Quoi ? *Quoi ?*

Zed repêcha dans son sac un de ses quatre sandwichs et l'attaqua à belles dents tout en continuant à étudier ses notes. Il était à la recherche d'un indice, d'un « truc » qui ferait basculer l'histoire dans un registre inattendu et lui prê-terait ce « croustillant » dont Rodney Aronson semblait si friand. L'angle « cousins qui sont comme des frères » n'était pas à négliger. Pourtant, en lisant ce qu'il avait écrit, Zed laissa son esprit voguer vers des récits de l'Ancien Testa-ment, ce qui le transporta dans un univers tout en allusions littéraires et métaphores, où un journaliste n'avait rien à faire. Mais il fallait bien avouer qu'il avait du mal à ne pas penser à Caïn et Abel (*Suis-je le gardien de mon frère ?*) ; au sacrifice de l'holocauste ; aux « fruits de ton travail » ; et à être agréable ou pas à la personne qui tenait le rôle du Seigneur dans cette histoire, sans doute lord Fairclough, baron d'Ireleth. Et pour aller jusqu'au bout du parallèle avec la Bible, le baron pourrait à la limite incarner Isaac face à Esaü et Jacob, en compétition pour le droit d'aînesse, quoique l'idée que quiconque puisse confondre la peau de chevreaux, ou de moutons ou de Dieu sait quel autre animal, avec un bras même très velu avait toujours paru inconcevable à Zed. N'empêche que l'avantage attaché au titre de fils aîné semblait une piste intéressante. Zed consulta de nouveau ses notes pour voir si elles indiquaient qui hériterait de quoi si jamais il arrivait malheur à lord Fairclough. Et qui dirigerait l'entreprise.

L'histoire prendrait alors un tour dramatique, non ? Bernard Fairclough, mystérieusement... meurt, ou disparaît, mettons. Il fait une chute dans l'escalier, il est paralysé, il a une attaque... Très vite on s'aperçoit que quelques jours seulement avant le malencontreux « accident » il est passé chez son notaire... Et après ? La dernière mouture du testament ne peut pas être plus claire sur ses intentions à l'égard de l'entreprise familiale. Il y attribue des rentes à vie aux uns et aux autres, et le reste, le gros de l'héritage, à qui va-t-il ? C'est là que survient le coup de théâtre, la nouvelle qui produit sur le cercle des proches un effet de sidération. Son fils n'est en réalité pas son fils. Son neveu n'est pas son neveu. Il a une deuxième famille dans les Hébrides, il y a un aîné dément et infirme caché dans le grenier, la cave, le hangar à bateaux. Voilà de l'explosif. Boum !... Sexy !

Bien entendu, le problème, si Zed était honnête avec lui-même, provenait du fait que le seul élément sexy dans l'histoire de la neuvième vie de Nicholas Fairclough était la femme de celui-ci. Sexy en diable. Il avait préféré ne pas en parler à Rodney Aronson, pour la simple raison qu'il prévoyait une réaction se rattachant au courant de pensée « photos de gros nichons ». En outre, il avait respecté le souhait de l'épouse de rester dans l'ombre. Toutefois, à présent, il s'interrogeait sur les avantages qu'il y aurait à creuser de ce côté-là. En se reportant à ses notes, il vit que des *caramba !* et des *gloups* venaient en contrepoint de son interview. Il avait donné d'elle cette description inepte : *la sirène sud-américaine.* Une chose était sûre, c'était que tout chez elle, de la tête aux pieds, paraissait avoir été façonné pour la rendre irrésistible aux hommes. Si Eve avait ressemblé même d'un cheveu à Alatea Fairclough, avait-il conclu à l'issue de cet unique entretien, il ne fallait pas s'étonner qu'Adam ait croqué la pomme. On pouvait se demander d'ailleurs pourquoi il n'avait pas dévoré la totalité de la récolte et l'arbre avec. Bon, alors... devait-il se concentrer sur elle ? Le truc sexy ? Le truc croustillant ? Elle était la séduction personnifiée, mais comment intégrer cette séduction au corps de son article ? « C'est pour elle que je suis en vie aujourd'hui », avait déclaré son mari. Et après ? Que l'on publie une photo d'elle et n'importe quel type en bon état de marche comprendrait pourquoi Nicholas Fairclough avait cette fois réussi sa cure. En ce qui la concernait, tout ce qu'elle trouvait à dire était : « Ce que Nick a fait, il l'a fait tout seul. Je suis sa femme et je ne compte pour rien dans sa véritable histoire. »

Qu'insinuait-elle par là ? Sa *véritable* histoire. Y avait-il autre chose à découvrir ? Il croyait avoir fait le tour de la question. Peut-être avait-il été aveuglé non seulement par le charme de cette sirène, mais aussi par sa propre foi en la rédemption, la grâce, la faculté de l'être humain de racheter ses actions passées, de changer de vie, de trouver l'amour vrai...

L'amour vrai. C'était un fil à suivre. Nicholas Fairclough avait-il vraiment rencontré l'âme sœur ? Et dans cette éventualité, inspirait-il de l'envie à une autre personne ? Par exemple, à une de ses sœurs. Après tout, l'une était célibataire, l'autre divorcée. Et comment vivaient-elles le retour du fils prodigue ?

Il reprit la lecture de ses notes et engloutit un deuxième sandwich. Puis il se leva et parcourut la rame en quête de la voiture-bar – un luxe improbable en ces temps de vaches maigres – et d'un café, dont il ressentait un besoin criant. Revenant à sa place bredouille, il conclut qu'il aurait tout aussi bien pu voyager à bord d'un train fantôme. Des fantômes... Il y en avait peut-être dans le château des Fairclough, ce château qui avait été à l'origine de son intérêt pour cette histoire. S'il était hanté, cela expliquerait la chute de l'héritier dans la toxicomanie et la suite de ses malheurs, les cures de désintoxication, la rencontre avec... Ah, il se retrouvait de nouveau aux prises avec ses impressions concernant l'épouse, la sirène sud-américaine. Cette fascination qui l'empêchait de penser à autre chose se traduisait par *caramba !* et *gloups*. Il aurait mieux fait de rentrer chez lui et d'oublier toute l'affaire, sauf que chez lui l'attendaient sa mère et Yaffa Shaw ou quelque autre donzelle qui lui succéderait au titre de candidate à la procréation.

Non. Il y avait forcément parmi tous ces éléments de quoi pondre un papier qui emporterait l'adhésion de son patron. S'il fallait creuser pour trouver un truc croustillant, il creuserait jusqu'en Chine. De toute façon, il ne pouvait plus reculer maintenant. Il était hors de question d'échouer.

18 octobre

Bryanbarrow
Cumbria

Ian Cresswell était en train de mettre le couvert pour deux lorsque son compagnon rentra. Quant à lui, il avait pris la plus grande partie de son après-midi dans l'intention de préparer un petit dîner romantique. Il avait acheté une épaule d'agneau, laquelle dorait à présent dans le four, enrobée de chapelure assaisonnée à point. Il avait aussi préparé un plat de légumes et une salade. Dans l'ancienne cuisine qui leur servait de séjour, après avoir débouché le vin et essuyé les verres, il avait placé devant la cheminée deux chaises et la table de jeu qui d'ordinaire était repoussée dans un coin. Le froid n'était pas assez vif pour une flambée, même si l'air était toujours un peu frisquet dans cette vieille maison de maître. Il se contenta de disposer une bonne poignée de bougies dans l'âtre, qu'il alluma, ainsi que les deux chandelles réservées à la table. A l'instant où il les posait, il entendit la porte de la nouvelle cuisine, puis le cliquetis du trousseau de clés tombant dans le pot de chambre niché dans l'alcôve de la fenêtre. Les pas de Kaveh claquèrent sur les dalles en pierre, et la porte du vieux fourneau grinça. Ian sourit. Ce soir, c'était au tour de Kav de faire la cuisine : il venait d'avoir sa première surprise.

— Ian ?

Les pas se rapprochèrent. Il traversait le corridor. Ian avait laissé ouverte la porte du séjour.

— Je suis là ! indiqua-t-il.

Kaveh se figea sur le seuil. Il regarda alternativement Ian et la table avec ses chandelles. Puis son regard s'abaissa du visage aux vêtements de Ian, s'attardant sur l'endroit précis où ce dernier souhaitait qu'il s'arrête. Avec une tension pareille entre eux, il n'y avait pas si longtemps, ils auraient filé tout droit au lit.

— J'ai dû mettre la main à la pâte aujourd'hui. On manquait de main-d'œuvre. Je suis dégoûtant. Je vais prendre une douche et me changer.

Et, sans un mot de plus, il s'éloigna à reculons. Kav avait très bien compris ce que signifiait la petite mise en scène. Ian savait en outre d'avance quelle tournure prendrait leur conversation, une tournure désormais coutumière. Autrefois, un message sans paroles de ce style lui aurait coupé tous ses moyens. Mais ce soir, Ian était décidé à tenir ses bonnes résolutions. Trois années à mener une double vie et une seule à vivre au grand jour son homosexualité lui avaient enseigné combien était précieux le fait de mener son existence à sa guise.

Une demi-heure entière s'écoula avant que Kaveh ressurgisse. La viande était sortie du four depuis dix minutes, les légumes ramollissaient dans la casserole. Pourtant Ian refusait de s'offusquer du temps que prenait son compagnon à le rejoindre. Il servit le vin – quarante livres la bouteille, non que le prix eût de l'importance, étant donné les circonstances – et désigna les deux verres d'un mouvement du menton.

— C'est un bon bordeaux, dit-il en prenant le sien et en attendant que Kav trinque avec lui.

Du moins supposait-il que Kav comprendrait son intention en le voyant debout comme un imbécile, le verre levé et un sourire plein d'espoir vissé sur le visage.

De nouveau, Kav contempla la table.

— Deux couverts ? Elle t'a téléphoné ?

— C'est moi qui l'ai appelée, répondit Ian en abaissant son verre.

— Et alors ?

— J'ai demandé une autre nuit.

— Et elle s'est montrée coopérative ?

— Pour une fois. Tu ne bois pas de vin, Kav ? Je l'ai acheté à Windermere. Le marchand de vins où nous sommes a...

— Je me suis engueulé avec ce vieux con de George, annonça Kav en montrant d'un signe de tête la direction de la route. Il m'a alpagué tout à l'heure devant la maison. C'est le chauffage, il se plaint toujours. Il dit qu'il a droit au chauffage central. Il y a *droit*, tu te rends compte !

— Il a plein de charbon. Pourquoi ne s'en sert-il pas s'il se les gèle tellement dans le cottage ?

— Monsieur ne veut pas d'un chauffage au charbon. Il veut le chauffage central. S'il n'obtient pas gain de cause, il cherchera à se loger ailleurs.

— Quand il habitait ici, il n'avait pas de chauffage central pourtant.

— Il avait le manoir, sans doute estimait-il que cela compensait.

— Bon, mais il va falloir qu'il s'y fasse, sinon il n'aura plus qu'à chercher une autre ferme à louer. Je n'ai vraiment pas envie de passer la soirée à parler des récriminations de George Cowley. La ferme était à vendre. Nous l'avons achetée. Lui, non. Point barre.

— *Tu* l'as achetée.

— Cette question ne va pas tarder à être réglée. Bientôt, j'espère, rien ne sera plus à toi ou à moi, tout sera à « nous ».

Ian apporta le deuxième verre à Kav. Après un instant d'hésitation, celui-ci l'accepta.

— Bon sang, j'ai envie de toi, dit Ian avec un sourire. Tu veux sentir à quel point ?

— Hmm. Non. Je préfère faire monter la température.

— Salaud.

— C'est pas comme ça que ça te plaît ?

— C'est la première fois que je te vois sourire depuis que tu es rentré. La journée a été dure ?

— Pas vraiment. Juste beaucoup de boulot et pas assez de bras. Et pour toi ?

— Non.

Ils portèrent ensemble, yeux dans les yeux, leurs verres à leurs lèvres. Kav sourit de nouveau. Ian se rapprocha de lui, mais Kav s'écarta, à croire qu'il était soudain très intéressé par l'éclat des couverts ou le vase de fleurs au centre de la table. Ian n'était pas dupe. La pensée qui le traversa alors était conforme à l'état d'esprit d'un homme de douze ans l'aîné de son amant, et qui avait tout sacrifié pour vivre avec lui.

A vingt-huit ans, Kaveh avait sûrement toutes sortes de bonnes raisons de ne pas se sentir prêt à s'établir. Ian, toutefois, ne voulait pas les entendre. Il n'y en avait à son avis qu'une seule de valable, laquelle s'avérait moins criante de vérité que d'hypocrisie, car c'était bel et bien l'hypocrisie qui avait été au cœur de chacune des disputes qu'ils avaient eues cette année.

— Tu sais quel jour on est ? s'enquit Ian en levant de nouveau son verre.

Kav opina, quoique cela n'eût pas l'air de le ravir.

— Le jour où on s'est rencontrés. J'avais oublié. Il se passe trop de choses à Ireleth Hall. Quand j'ai vu ça, ajouta-t-il en indiquant la table, ça m'est revenu. Et je suis un con, Ian. Je n'ai rien pour toi.

— C'est pas grave. Ce à quoi je tiens le plus, tu sais bien ce que c'est.

— Mais tu l'as déjà, non ?

— Tu sais ce que je veux dire.

Kaveh traversa la pièce et entrouvrit les lourds rideaux, comme s'il voulait vérifier la fuite du jour. Ian savait cependant qu'il réfléchissait aux paroles qu'il allait prononcer et rien que de penser qu'il y avait de fortes chances pour que les mots qui sortent de la bouche de son amant ne fussent pas de ceux qu'il avait envie d'entendre, il commençait à avoir mal à la tête et des étoiles scintillantes dansaient dans son champ visuel. Il cilla très fort des paupières au moment où Kaveh décréta :

— Des signatures sur un registre ne vont pas rendre notre relation plus officielle qu'elle ne l'est déjà.

— Tu rigoles ! s'exclama Ian. Non seulement notre union sera officielle, mais en plus elle sera légale. Nous aurons un statut social, tu comprends, et surtout, vis-à-vis du reste du monde...

— On se contrefout du reste du monde. On existe déjà en tant qu'individus.

— Vis-à-vis du reste du monde... répéta Ian.

— Justement, l'interrompit Kaveh. Le reste du monde. Tous les gens, là-dehors...

Tout doucement, Ian posa son verre sur la table. Le mieux était de découper la viande, servir les légumes, s'asseoir, manger et laisser courir. Après quoi, ils monteraient dans leur chambre et feraient l'amour. Ce soir entre tous les soirs, il n'eut pas la force de se retenir de dire à son partenaire ce qu'il lui avait déjà répété plus d'une dizaine de fois et qu'il s'était juré de ne pas dire pendant cette soirée :

— Tu m'as demandé de « faire mon coming out » et je l'ai fait. Pour toi. Pas pour moi, parce que cela m'importait peu et qu'en plus il y avait trop de gens impliqués. Mais je l'ai fait, et en le faisant, j'aurais aussi bien pu leur mettre un poignard sur la gorge. Bon, mais ça m'a pas gêné outre mesure, puisque c'était ce que tu voulais, puis je me suis finalement rendu compte...

— Je sais tout ça.

— Tu te plaignais. Trois ans dans le « placard », c'est trop long. Un soir, tu m'as mis au pied du mur... Devant eux, Kav ! Et devant eux, j'ai tranché. Puis je suis reparti avec toi. Est-ce que tu peux imaginer...

— Bien sûr que oui. Tu crois que j'ai un cœur de pierre ? Je sais parfaitement bien, putain, Ian ! Mais là, il n'est pas seulement question de vie à deux, n'est-ce pas ? Il s'agit de mariage. Et il s'agit de mes parents !

— Les gens s'adaptent. C'est ce que tu m'as dit.

— Les gens. Oui. Les autres. Ils s'adaptent. Pas eux. On a déjà discuté de ça en long, en large et en travers. Dans ma culture... *leur* culture...

— Tu fais partie de cette culture-ci maintenant. Totalement.

— Ça ne marche pas comme ça. On ne peut pas s'enfuir dans un pays lointain, avaler une pilule magique une nuit et se réveiller le lendemain matin pourvu d'un nouveau système de valeurs. Ces choses-là n'arrivent pas. Et vu que je suis leur fils unique... leur enfant unique, en plus... J'ai, oh, merde, Ian, tu sais déjà tout ce qui suit. Pourquoi tu ne te contentes pas de ce qu'on a déjà ? De l'état des choses...

— Parce que cet état des choses est basé sur le mensonge. Tu n'es pas mon locataire. Je ne suis pas ton propriétaire. A ton avis, ils vont gober ça combien de temps ?

— Ils croient ce que je leur dis, affirma Kaveh. J'habite ici. Ils habitent ailleurs. Cela fonctionne parfaitement et il n'y a pas de raison que cela s'arrête. Ils ne doivent pas en savoir plus. Plus, ils ne comprendraient jamais. Ils n'ont pas besoin de savoir.

— Ce qui les avance à quoi ? Ils vont continuer à te présenter de jeunes Iraniennes dans l'espoir que tu te maries. Des adolescentes fraîchement débarquées d'un bateau ou d'un avion, pressées de donner à tes parents des petits-enfants.

— Tu racontes n'importe quoi.

— Ne nie pas. Combien de rencontres ont-ils organisées jusqu'ici ? Une dizaine ? Davantage ? Et jusqu'où tu tiendras avant de flancher, de céder à la pression et de sentir qu'il est de ton devoir de te marier ? Et après, qu'est-ce qu'il se passera ? Tu auras une vie ici et une autre à Manchester. Là-bas une femme qui te fera des enfants et moi ici à... Bordel de merde, *regarde*-moi !

Ian dut se retenir pour ne pas renverser d'un coup de pied la table avec tout ce qu'il y avait dessus. Il sentait monter en lui une poussée de rage, il était sur le point d'exploser. Mieux valait s'en aller dans ces cas-là. Il sortit de la pièce et traversa le vestibule en direction de la cuisine.

— Tu vas où comme ça ? protesta Kaveh derrière lui.

— Dehors. Au lac. Où je veux. J'en sais rien. J'ai besoin de prendre l'air.

— Allez, viens, Ian. Le prends pas mal. Ce que nous avons...

— Nous n'avons rien.

38

— C'est pas vrai. Reviens, je vais te le prouver.

Mais Ian savait où ce « je vais te le prouver » les mènerait, là où toutes les preuves convergeaient, un lieu aux antipodes des changements qu'il avait en tête. Il sortit de la maison sans se retourner.

En route pour Bryanbarrow
Cumbria

Affalé sur la banquette arrière de la Volvo, Tim Cresswell se bouchait mentalement les oreilles pour ne pas entendre l'éternelle rengaine de sa sœur.

— S'il te plaît, hyper méga s'il te plaît, maman...

Si Gracie croyait qu'elle allait réussir à charmer leur mère au point de la persuader qu'elle passait à côté d'un grand bonheur en ne les gardant pas constamment auprès d'elle, elle se foutait le doigt dans l'œil. Rien de ce que Gracie pouvait inventer n'allait changer quoi que ce soit à la situation. Niamh Cresswell ne consentirait jamais à les laisser s'installer chez elle à Grange-over-Sands. Elle avait d'autres chats à fouetter et, dans la balance, sa responsabilité à l'égard de sa progéniture ne pesait pas bien lourd. Tim aurait volontiers fait part de cette conviction à Gracie, mais à quoi bon ? Elle avait dix ans et, à cet âge-là, on était trop jeune pour saisir l'emprise que pouvaient avoir sur une personne l'orgueil, la haine et la soif de vengeance.

— Je déteste la maison de papa, ajouta Gracie comme s'il s'agissait d'un argument massue. Il y a des araignées partout. Il fait noir, ça craque et c'est plein de courants d'air. Dans les coins, on se prend dans des toiles d'araignée et des trucs beurk. Je veux vivre avec toi, maman. Timmy aussi, précisat-elle en se tournant vers lui. Tu veux aussi vivre avec maman, pas vrai, Timmy ?

M'appelle pas Timmy, crétine, aurait voulu riposter Tim, mais il n'avait pas le courage de se mettre en colère contre sa petite sœur quand elle le regardait avec ces yeux débordant de tendresse et de confiance. Il devrait en revanche lui dire de s'endurcir. Le monde était un grand merdier. Elle aurait déjà dû l'avoir compris toute seule.

Tim s'aperçut que sa mère l'observait dans le rétroviseur, attendant de voir comment il allait répondre. Avec une moue de mépris, il regarda par la fenêtre en songeant qu'il n'était pas loin de penser que son père avait eu raison de lancer la bombe qui avait détruit leurs vies. Sa mère était vraiment une sale bonne femme !

Une salope, voilà ce qu'elle était en ce moment même, alors qu'elle les reconduisait à la ferme Bryan Beck sous un faux prétexte. Ce qu'elle ignorait, c'était qu'il avait décroché à la cuisine alors qu'elle répondait au téléphone dans sa chambre. Il avait tout entendu : la voix de son père lui demandant si cela ne la dérangeait pas de garder les enfants une nuit supplémentaire et sa mère acceptant ; pour une fois de bon gré, ce qui aurait dû mettre la puce à l'oreille paternelle, parce que ça l'avait mise à celle de Tim. Lequel n'avait par conséquent pas été étonné de la voir sortir de sa chambre moins de dix minutes plus tard, habillée pour aller à une soirée. Elle l'avait prié de faire son sac : son père avait téléphoné, Gracie et lui devaient rentrer à la ferme plus tôt que d'habitude.

« Il vous a préparé quelque chose d'agréable, avait-elle ajouté. Il n'a pas dit quoi. Alors, ne traînez pas ! »

Elle était allée chercher ses clés de voiture, que Tim avait aussitôt regretté de ne pas avoir piquées. Pas pour lui, pour Gracie. Elle méritait de passer une autre nuit avec leur mère, si c'était ce qu'elle voulait.

— Tu vois, maman, couinait sa petite sœur à côté de lui, il y a pas assez d'eau chaude, je peux pas prendre de vrai bain. Et de toute façon, elle coule seulement goutte à goutte et elle est toute marron et dégoûtante. Chez toi, je peux avoir un bain avec des bulles. J'adore les bulles. Maman, pourquoi on peut pas vivre avec toi ?

— Tu le sais très bien, finit par répliquer Niamh Cresswell.

— Non, je sais pas. Les autres enfants, ils vivent avec leurs mamans quand leurs parents divorcent. Ils vivent avec leurs mamans et font des *visites* à leurs papas. Et tu as des chambres pour nous.

— Gracie, si tu tiens tellement à connaître les détails, tu peux demander à ton père pourquoi c'est différent pour vous deux.

Comme si papa, se dit Tim, allait éclairer Gracie sur les raisons qui les obligeaient à vivre dans une vieille ferme qui tombait en ruine au milieu d'une campagne pourrie, près d'un bled paumé où il n'y avait rien d'autre à faire le samedi soir et le dimanche après-midi que respirer la bouse de vache, écouter les bêlements des moutons, ou bien – les jours de chance – courir après les canards qui s'aventuraient hors de leur basse-cour de merde ou de leur cabane dans la putain de rivière de l'autre côté de la route. Bryanbarrow était le trou du cul du monde, l'endroit idyllique pour la nouvelle vie de leur père. Et quelle vie... Gracie ne comprenait rien. Elle n'était pas censée comprendre. Elle devait continuer à penser qu'ils prenaient des pensionnaires. Seulement, il n'y en a qu'un, un seul, Gracie, et une fois que tu es couchée, où tu crois qu'il dort, dans quel lit, et qu'est-ce que tu crois qu'ils font derrière la porte fermée ?

Tim se griffa le dos de la main. Il enfonça ses ongles dans sa chair jusqu'à ce qu'apparaissent de minuscules crêtes rouge sang. Ses traits en revanche demeurèrent impassibles. Il s'était exercé à présenter le visage de quelqu'un qui ne pensait à rien. Avec la douleur qu'il infligeait à ses mains et à son corps en général et cette absence volontaire d'expression, Tim parvenait à se maintenir là où il voulait, c'est-à-dire le plus loin possible des gens et de tout le reste. Grâce à ce stratagème, il avait même réussi à ce qu'on le retire du collège public local. Ils l'avaient inscrit dans une école spéciale près d'Ulverston, à des kilomètres et des kilomètres de chez son père – ce qui convenait d'autant mieux à Tim que c'était une vraie galère de l'y conduire – et à des kilomètres et des kilomètres de chez sa mère, ce qui était parfait puisque près d'Ulverston, nul ne pouvait se douter de ce qui s'était passé dans sa vie.

Tim regardait en silence le paysage automnal défiler sous ses yeux. Pour se rendre à la ferme paternelle depuis Grange-over-Sands, il fallait rouler vers le nord à travers la vallée de la Lyth. Un patchwork de murs de pierres sèches et de champs verts

41

comme le trèfle, verts comme l'émeraude, ondulait doucement telle une houle qui s'en allait mourir, dans d'impressionnants éboulis gris, au pied des *fells*, ces collines, montagnes et falaises rocheuses qui dominent les lacs. Çà et là, des bois d'aulnes ornaient la plaine d'un camaïeu de jaunes tandis que les chênes et les érables y étalaient leur palette rouge et or. De temps à autre, au détour de la route, survenaient les corps de bâtiments d'exploitations agricoles : énormes granges en pierre trapues, murs d'ardoise de maisons dont les cheminées crachaient des volutes de fumée.

Peu à peu, ce splendide panorama disparut tandis que la vallée se rétrécissait et que la route s'enfonçait dans la forêt et se couvrait de feuilles mortes que le passage de la Volvo précipitait en tourbillons contre les murets. Il s'était mis à pleuvoir. Mais quand ne pleuvait-il pas dans ce pays ? Ce coin en particulier était connu pour être délicieusement humide. Il suffisait de voir les coussins de mousse dodus sur les pierres, les lichens qui grimpaient au tronc des arbres et couraient sur le sol, le foisonnement des fougères qui poussaient dans les moindres crevasses.

— Il pleut, annonça inutilement Gracie. Je déteste cette vieille maison quand il pleut, maman. Pas toi, Timmy ? C'est horrible, tout est noir et mouillé, ça fait peur… c'est horrible !

Ni sa mère ni son frère ne pipant mot, la petite fille baissa la tête. La voiture bifurqua sur la route secondaire qui menait à Bryanbarrow, à croire que Gracie n'avait jamais ouvert la bouche.

Presque aussi étroite qu'un chemin, la route en lacets serrés montait sous un berceau formé par les branches des hêtres et des châtaigniers. Ils passèrent devant la ferme Lower Beck et un champ en friche où pullulaient les fougères. Ils suivirent le cours de la rivière, la traversèrent à deux reprises, grimpèrent encore un peu plus haut et finalement tournèrent à l'approche du village, lequel se résumait à quelques bâtisses concentrées au carrefour de quatre routes. La présence d'un espace vert, d'un pub, d'une école primaire, d'une mairie, d'une chapelle méthodiste et d'une église anglicane justifiait qu'on le qualifie de lieu de rassemblement. Ce titre n'était mérité que le soir et le dimanche matin et encore, à ces moments-là, les gens ainsi réunis se bornaient à boire ou à prier.

Alors que la voiture franchissait au pas le pont en pierre, Gracie se mit à pleurnicher :

— Maman, je déteste ici. Maman, s'il te plaît.

Sa mère répondit par un silence. Tim savait qu'elle ne dirait rien. Certains intérêts avaient été pris en compte dans la détermination de la résidence de Tim et Gracie Cresswell, et il ne s'agissait certainement pas des intérêts de Tim et de Gracie. Ainsi cela avait-il été décidé et ce n'était pas près de changer, du moins tant que Niamh avait le mors aux dents ou resterait en vie. Tim songeait qu'à force de haïr on pouvait finir par en mourir. Comme la haine ne l'avait pas encore tué, lui, elle épargnerait peut-être aussi sa mère.

Contrairement à de nombreuses fermes du Cumbria, situées à l'écart des villages et des hameaux, Bryan Beck se trouvait à un jet de pierre des autres habitations, comprenant un vieux manoir élisabéthain, une grange tout aussi antique et un cottage qui l'était encore plus. Derrière, des pâturages, et dans ces pâturages, des moutons, lesquels n'appartenaient pas au père de Tim, mais à un exploitant agricole qui lui louait ses terres. Les moutons donnaient à la ferme « un air authentique », se plaisait à répéter le père de Tim, et s'inscrivaient « dans la tradition du Lake District », si cela voulait dire quelque chose. Ian Cresswell n'avait rien d'un agriculteur et, en ce qui concernait Tim, il valait mieux pour ces idiots de ruminants que son père garde ses distances avec eux.

La Volvo ralentit dans l'allée de la maison. Gracie se transforma soudain en fontaine. Elle croyait peut-être que si elle sanglotait assez fort, sa mère ferait demi-tour et les ramènerait à Grange-over-Sands au lieu de mettre à exécution son projet, qui consistait à les larguer ici pour emmerder leur père avant de filer à Milnthorpe se faire sauter par son débile de traiteur chinois dans la cuisine de son magasin.

— Maman ! Maman ! criait Gracie. Sa voiture est même pas là. J'ai peur d'aller à l'intérieur s'il n'est pas là...

— Gracie ! Arrête ça tout de suite ! ordonna Niamh d'une voix glaciale. On croirait un bébé de deux ans. Il est sorti faire des courses, c'est tout. Il y a de la lumière dans la maison et la deuxième voiture est là. Je suppose que je n'ai pas besoin de te faire un dessin.

Elle refusait de prononcer son nom, bien sûr. Elle aurait pu ajouter « le locataire de ton père est rentré », avec ce ton lourd de sous-entendus qui pesaient une tonne. Mais cela aurait été reconnaître l'existence de Kaveh Mehran. En revanche, elle prononça « Timothy » en penchant la tête du côté de la maison. Il comprit qu'il devait sortir Gracie de force de la voiture et la traîner jusqu'à la barrière du jardin puis jusqu'à la porte de la maison. Niamh n'avait aucune intention de s'en occuper.

Il ouvrit brutalement sa portière, jeta son sac par-dessus le muret en pierres sèches puis ouvrit du côté de sa sœur.

— Descends, aboya-t-il en l'empoignant par le bras.

— Non ! couina-t-elle. Je descends pas.

Elle se mit à donner des coups de pied. Niamh détacha la ceinture de sa fille en la houspillant.

— Arrête de faire des histoires. Tout le monde au village va croire que je suis en train de te tuer.

— Je m'en fiche ! Je m'en fiche ! sanglota Gracie. Je veux rester avec toi, maman !

— Oh, pour l'amour du ciel !

L'instant d'après, Niamh jaillit de la Volvo, non pour prêter main-forte à Tim, mais pour s'emparer du sac à dos de Gracie, qu'elle ouvrit et lança par-dessus le muret. Le sac atterrit – par un heureux hasard – sur le trampoline, et vomit son contenu sous la pluie. Entre autres choses, la poupée préférée de Gracie, pas une de ces hideuses contrefaçons de femme aux pieds cambrés prêts à enfiler des stilettos et aux seins sans mamelon pointés vers le ciel, mais un baigneur si réaliste que le précipiter tête la première sur un trampoline pouvait être assimilé à de la maltraitance.

Gracie poussa un hurlement strident. Tim adressa à sa mère un coup d'œil sévère.

— Qu'est-ce que tu voulais que je fasse ?

Puis, se tournant vers Gracie, elle ajouta :

— Si tu ne veux pas qu'elle s'abîme, va vite la chercher.

Gracie ne se le fit pas dire deux fois. En un clin d'œil, elle avait couru dans le jardin et bondit sur le trampoline pour étreindre sa poupée, toujours sanglotant, sauf qu'à présent des gouttes de pluie se mêlaient à ses larmes. Tim gratifia sa mère d'un :

— Bravo !

— Tu n'auras qu'à en parler à ton père.

Sa réponse standard à tout et n'importe quoi. Comme si la personne de son père, son identité et ce qu'il avait fait justifiaient les actions maternelles les plus ignobles.

Tim claqua la portière et s'éloigna de la Volvo, laquelle démarra dans son dos. Que sa mère aille au diable. Elle pouvait baiser le mec le plus minable de la terre si ça lui chantait, il n'en avait rien à foutre.

Devant lui, Gracie, assise sur le trampoline, hurlait. S'il n'avait pas plu, elle aurait sans doute sauté dessus jusqu'à tomber d'épuisement. Après tout, c'était ainsi qu'elle procédait chaque jour ; il avait lui-même ses petites habitudes auxquelles il s'adonnait quotidiennement.

Il ramassa son sac et resta un moment à la regarder. Elle était vraiment emmerdante, mais elle ne méritait pas d'être traitée aussi mal. Il s'avança jusqu'au trampoline et tendit la main vers le sac de sa sœur.

— Gracie. Allez, on rentre.

— Pas moi. Je rentre pas. Je veux pas.

Elle serra le baigneur contre sa poitrine, un geste qui provoqua un pincement dans celle de Tim. Il ne se rappelait pas le nom de la poupée.

— Ecoute, je vais regarder s'il y a des bêtes, Gracie, et je te promets de nettoyer les toiles d'araignée. Tu pourras mettre... machin-truc dans son berceau.

— Bella, elle s'appelle Bella, débita Gracie en reniflant bruyamment.

— D'accord. Bella-elle-s'appelle-Bella. Tu pourras mettre Bella-elle-s'appelle-Bella dans son berceau et je... je te brosserai les cheveux. OK ? Comme tu aimes. Je te coifferai comme ça te plaît.

Gracie leva le bras et s'essuya les yeux sur sa manche. Ses cheveux, qui étaient sa fierté, seraient bientôt si mouillés qu'ils allaient friser et que rien ne parviendrait plus à les démêler. Elle fit tourner une longue mèche autour de ses doigts.

— Des tresses ? souffla-t-elle avec tant de ferveur qu'il ne pouvait rien lui refuser.

— D'accord, soupira-t-il. Des tresses. Mais il faut que tu viennes tout de suite, sinon, c'est non.

— *Oké.*

Elle fit glisser ses fesses jusqu'au bord du trampoline et lui confia Bella-elle-s'appelle-Bella. Il fourra la poupée la tête la première dans le sac de sa sœur, qu'il comptait transporter avec le sien dans la maison. Gracie lui emboîta le pas en traînant des pieds sur les graviers de l'allée.

Dans la maison, toutefois, tout changea. Ils entrèrent par la porte de la cuisine qui s'ouvrait sur le côté, du côté du soleil levant. Sur la vieille cuisinière, un rôti avec une drôle de forme baignait dans un jus gélatineux. A côté, des choux de Bruxelles, sûrement froids, eux aussi. Une salade se flétrissait sur l'égouttoir de l'évier. Tim et Gracie n'avaient pas encore dîné mais, à en juger par l'état de la cuisine, leur père non plus.

— Ian ?

Au son de la voix de Kaveh Mehran, Tim sentit son estomac se contracter. Kaveh semblait précautionneux. Tendu ?

— Non, c'est nous, répondit Tim d'un ton peu amène.

Un silence. Puis :

— Timothy ? Gracie ?

Comme si quelqu'un pouvait s'amuser à imiter ma voix ! songea Tim. Des bruits lui parvenaient de l'ancienne cuisine. On aurait dit que quelque chose de lourd raclait d'abord les dalles en pierre puis glissait sur le tapis. En entendant Kaveh s'exclamer « Quel bordel ! », l'espace d'un merveilleux instant, Tim crut qu'il y avait eu de la bagarre – son père et Kaveh se sautant à la gorge, du sang partout. Génial ! Il courut vers la pièce, Gracie sur ses talons.

Hélas, tout était en ordre. Ni mobilier renversé, ni sang, ni entrailles. Kaveh avait simplement repoussé la vieille table de jeu qui pesait une tonne à sa place habituelle. Pourtant, Kaveh avait l'air d'avoir un sacré cafard. Il n'en fallut pas plus pour que Gracie, oubliant qu'elle était elle-même une tragédie ambulante, se précipite vers lui.

— Oh ! Kaveh ! Ça va pas ? s'écria-t-elle.

Là-dessus, Kaveh se laissa choir sur le canapé et prit sa tête entre ses mains. Gracie s'assit à côté de lui et mit son petit bras autour de ses épaules.

— Tu veux me raconter ? dit-elle. S'il te plaît, dis-moi tout, Kaveh.

Il demeura muet.

Manifestement, leur père et lui s'étaient disputés et le premier était parti furieux. Parfait, se dit Tim. Il espérait qu'ils souffraient tous les deux. Si son père décidait de se jeter d'une falaise, tant mieux.

— Ta maman va pas bien ? demandait Gracie qui caressait les cheveux gras de Kaveh. C'est ton papa qui va pas bien ? Je peux te faire du thé, hein, Kaveh ? Tu as mal dans ton cœur ? Ou au ventre ?

Bon, conclut Tim, au moins Gracie était remise de ses émotions. Elle adorait jouer à l'infirmière. Il posa le sac de sa sœur à côté de la porte et traversa l'ancienne cuisine pour ressortir par la porte d'en face qui ouvrait sur un vestibule carré d'où s'élevait un escalier de guingois menant à l'étage supérieur.

Son ordinateur portable trônait sur une table branlante devant la fenêtre de sa chambre, laquelle donnait sur le jardin devant la maison et, au-delà, sur la place du village marquée par une grande pelouse triangulaire entourée d'arbres. Il faisait presque nuit et il pleuvait des cordes. Un vent fort s'était levé et envoyait les feuilles mortes sous les bancs quand elles ne fuyaient pas à la débandade le long de la rue. De l'autre côté de la place, des lumières brillaient aux fenêtres de la rangée de maisons. Le vieux cottage où logeait George Cowley avec son fils était éclairé, lui aussi. Tim percevait leur présence derrière le mince rideau. Ils semblaient bavarder, mais, au fond, que savait-il sur eux ? Se désintéressant de la scène, Tim souleva le couvercle de son ordinateur.

Il se connecta à Internet. Un processus d'une lenteur exaspérante, comme lorsque l'on attend que l'eau se décide à bouillir. Du rez-de-chaussée montait la voix de Gracie. Bientôt, il entendit de la musique, elle avait mis un CD. Sans doute pensait-elle apaiser les tourments de Kaveh. Tim se demandait bien pourquoi. Personnellement, la musique lui faisait que dalle.

Enfin ! Ce n'était pas trop tôt. Il ouvrit sa messagerie électronique pour voir s'il avait reçu de nouveaux mails. Il en attendait un en particulier. Les choses allaient forcément évoluer et il devait rester vigilant, mais il n'était pas question de consulter sa boîte sur l'ordinateur portable de sa mère. Trop risqué.

Toy4You[1] s'était finalement décidé à lui faire la proposition que Tim anticipait. Il relut le message avec satisfaction. Ce n'était pas cher payé quand il pensait à ce qu'il allait y gagner en retour. Il rédigea la réponse qu'il préparait depuis des semaines, des semaines pendant lesquelles il avait mené Toy4You[1] en bateau.

Oui. Mais si je le fais, je veux quelque chose en retour.

Il ne put s'empêcher de sourire en appuyant sur Envoyer : il savait exactement ce qu'il souhaitait en échange de la faveur qu'on lui demandait.

Lac Windermere
Cumbria

Ian Cresswell s'était calmé avant d'arriver au lac. Cela n'avait rien d'extraordinaire, le lac Windermere étant à vingt minutes de voiture de chez lui. Mais, s'il s'était ressaisi et n'était plus en danger de laisser exploser sa colère, ses sentiments étaient toujours là, inchangés, marqués par la blessure de la trahison.

---

1. Jouet (*toy*) pour (4/*four*/for) toi (*you*). (*Toutes les notes sont de la traductrice.*)

L'argument de Kaveh selon lequel leurs situations étaient « différentes » ne parvenait plus à le convaincre. Au début, il l'avait accepté. Amoureux fou du jeune homme, il n'avait pas pris en compte que celui-ci pouvait ne pas faire ce qu'il avait exigé de son amant plus âgé. Pour Ian, c'était déjà un accomplissement que de pouvoir sortir de chez lui au grand jour, en compagnie de Kaveh Mehran. Cela justifiait le fait d'avoir quitté sa femme et ses enfants – il se le répétait, il le disait à Kaveh, à *eux* ! –, parce qu'il voulait vivre en accord avec son identité profonde. Finies les escapades à Lancaster, finies la drague anonyme, la baise avec des inconnus – il n'aurait plus à éprouver le soulagement provisoire procuré par un acte qui, pour une fois, ne lui donnait pas l'impression d'accomplir une *corvée*. Pendant des années, il avait accepté cette existence afin de protéger les autres de ce qu'il n'osait pas encore s'avouer à lui-même. Cela lui avait paru alors plus important que de se montrer au grand jour. Il avait eu tort. Kaveh le lui avait fait comprendre. Il lui avait asséné : « C'est eux ou moi. » Il avait sonné et était entré. « Tu leur dis ou c'est moi, Ian ? » Et au lieu de s'écrier : « Qui êtes-vous, que venez-vous faire ici ? », Ian s'était entendu débiter sa tirade avant de prendre la porte, laissant Niamh se charger d'expliquer ce qui venait de se passer aux enfants, si tant est qu'elle veuille bien les en informer. A présent, il maudissait la folie qui l'avait possédé, telle une maladie mentale dont il aurait souffert à cette époque de sa vie.

Ces pensées s'agitaient en lui non pas parce qu'il aimait moins Kaveh Mehran. Il le désirait aujourd'hui avec la même intensité obsessionnelle qu'hier. Ce qu'il ne se pardonnait pas, c'était de ne pas avoir prévu les suites catastrophiques de sa brusque décision. Il s'en voulait aussi d'avoir négligé de réfléchir aux conséquences de la réticence de Kaveh qui refusait de sauter le pas que Ian avait sauté par amour pour lui.

Dans l'esprit de Ian, le coming out de Kaveh devait en principe être beaucoup plus simple et moins douloureux que le sien. Certes, les parents de Kav étaient des étrangers, mais installés depuis plus de dix ans à Manchester et, même s'ils pratiquaient toujours la religion de leur pays d'origine, ils étaient sûrement acclimatés à la société anglaise et à son système de valeurs. Kaveh et lui vivaient ensemble depuis plus d'un an maintenant, l'heure était venue de leur dire la vérité à propos de ce qu'ils étaient l'un pour l'autre. Que Kaveh refuse de reconnaître ce qui s'imposait pourtant telle une nécessité, et de briser le silence qui pesait sur le couple, cela emplissait Ian d'un sentiment intolérable d'injustice qui lui donnait envie de se répandre en injures.

C'était de cette envie-là, celle de hurler ses reproches à Kaveh, qu'il souhaitait se débarrasser. Car les reproches ne serviraient à rien, il ne le savait que trop bien.

Le portail d'Ireleth Hall était ouvert, ce qui signifiait en général que le château recevait de la visite. Ian n'ayant envie de voir personne, au lieu d'emprunter l'allée qui menait à l'immense bâtisse médiévale surplombant le lac, il prit un chemin qui descendait directement vers le rivage et le hangar à bateaux construit en pierre.

C'était dans ce hangar qu'était amarré son scull. Le long et mince bateau d'aviron de compétition flottait à ras de l'eau, en contrebas du quai qui courait sur trois côtés de la construction. Il était aussi malcommode d'y descendre que d'en remonter, et l'opération d'autant plus dangereuse que l'éclairage intérieur était quasi inexistant. En général, la lumière du jour pénétrant par la grande ouverture qui servait à la circulation des bateaux s'avérait suffisante. Aujourd'hui, non seulement le ciel était couvert, mais encore la nuit tombait. Peu importait à Ian, il avait besoin de prendre le large, de sentir le poids des rames mordre la surface lisse de l'eau, de sentir la force de ses muscles faire avancer le bateau, de plus en plus vite, jusqu'au moment où, ruisselant de sueur, il n'éprouverait plus rien que l'ivresse de l'effort.

Il défit l'amarre et retint tant bien que mal la coque du scull contre le quai. Il y avait un peu plus loin, près de l'entrée du hangar, trois marches en pierre, trop glissantes, car couvertes d'algues et jamais nettoyées. Ian se serait volontiers chargé lui-même de les débarrasser de cette gangue, seulement il n'y pensait qu'à l'instant où il prenait son bateau, et dans ces moments-là il était toujours pressé d'embarquer, parce qu'il le fallait, de toute urgence !

Ce soir, ce besoin s'avérait encore plus pressant que d'habitude. Guidant d'une main l'embarcation en la saisissant par le plat-bord, son autre main tenant l'amarre, il descendit avec beaucoup de précaution sur le siège en prenant soin de répartir également son poids afin d'éviter de verser. Une fois assis, il enroula l'amarre et la posa devant lui sous la pointe de la proue. Il glissa ses pieds dans les cale-pieds et repoussa le quai du bras pour s'en aller glisser sans encombre vers la sortie.

La pluie, qui avait commencé sur la route pour Ireleth Hall, tombait dru à présent. S'il n'avait pas eu besoin à ce point de se défouler, Ian aurait fait demi-tour. Mais ce n'était que de la pluie, ç'aurait pu être pire. En outre, il n'avait pas l'intention de rester longtemps sur le lac. Il allait ramer, « nager » comme disaient les rameurs, vers le nord en direction de Windermere. Une fois qu'il se serait assez fatigué, il rentrerait au hangar.

Il cala les longs avirons dans les dames de nage rectangulaires et abaissa les palettes dans l'eau. Après avoir poussé avec les jambes pour tester le bon fonctionnement du siège monté sur rail, il était prêt à partir. En moins de dix secondes, il laissa loin derrière lui le hangar à bateaux et piqua vers le milieu du lac.

De là, on avait une vue imprenable sur Ireleth Hall, sa tour, ses pignons, sa forêt de cheminées qui témoignaient d'une construction par étapes, au fil des siècles. De la lumière brillait aux vastes fenêtres à encorbellement du grand salon et à celle de la chambre conjugale des châtelains. Côté sud, encore visible en dépit de l'obscurité grandissante, la lugubre topiaire du jardin enclos de murs de pierres sèches ne recevait aucune clarté de la deuxième tour pourtant illuminée à tous les étages et située à seulement une centaine de mètres, quoique hors de vue du château lui-même. C'était une « folie » édifiée dans le style monumental des tours de guet carrées du Cumbria, dites tours Pele, et elle était occupée par l'une des femmes les plus nulles que Ian Cresswell ait jamais rencontrées.

Il détourna les yeux du château où demeurait son oncle, un homme qu'il aimait, mais ne parvenait pas à comprendre. « Je t'accepte tel que tu es, tu dois par conséquent m'accepter tel que je suis, car la vie est une suite de compromis », lui avait dit Bernard Fairclough.

Ces paroles résonnaient dans l'esprit de Ian, tout comme la question des dettes à payer et à qui. C'était son deuxième sujet de préoccupation ce soir, sa deuxième raison de ramer jusqu'à l'épuisement.

On ne venait pas sur le lac pour trouver la solitude des grands espaces. A cause de sa taille – le lac Windermere est le plus grand plan d'eau du Cumbria – le rivage est perlé de petites villes et de villages avec, jusque dans ses parties les plus sauvages, la présence de maisons aux façades en pierre d'ardoise – d'anciennes habitations reconverties en hôtel de luxe ou servant de domicile à des propriétaires dont la fortune leur permet de s'échapper sous de meilleurs climats une fois les frimas venus. Le Lake District est une terre inhospitalière pour ceux qui ne sont pas prêts à affronter vents violents et tempêtes de neige.

Ian ne se sentait jamais seul sur le lac. Certes, techniquement il y était seul, mais il apercevait, amarrés dans des marinas ou nichés au coin d'un appontement, toutes sortes de kayaks, canots et sculls appartenant aux riverains, qui n'avaient pas encore été rentrés pour l'hiver.

Il aurait été incapable de dire depuis combien de temps il ramait. Sans doute pas très longtemps, à en juger par la distance parcourue. Il n'était pas encore arrivé à la hauteur de l'hôtel Beech Hill, d'où on voyait nettement, au milieu du lac, le relief de Belle Isle. C'était un point de repère qui lui permettait d'habitude de se dire qu'il était à la moitié de son parcours. Aujourd'hui, il devait être plus fatigué qu'il ne l'avait cru, sans doute à cause de sa dispute avec Kaveh. Une faiblesse musculaire lui indiquait qu'il était temps de faire demi-tour.

Il cessa un instant de ramer et se tint immobile. Le lointain bourdonnement de voitures lui parvenait de l'A592 qui longeait la rive orientale, mais sinon, hormis le crépitement de la pluie cinglant la surface de l'eau et son ciré, il n'y avait aucun bruit. Les oiseaux étaient couchés, les êtres humains un tant soit peu raisonnables bien à l'abri.

Ian prit une profonde inspiration. Un frisson le parcourut. Pourvu qu'il n'attrape pas la mort, se dit-il, par ce beau temps... A travers le rideau de pluie, une odeur de feu de bois, provenant sans doute d'une cheminée alentour, vint lui chatouiller les narines. Il eut soudain la vision d'une belle flambée. Renversé dans un fauteuil, les jambes étendues devant lui, il contemplait les flammes en compagnie de Kaveh, assis à côté de lui dans un fauteuil semblable au sien, avec tous deux à la main un verre de vin. Ils causaient tranquillement des événements de la journée comme le faisaient des millions de couples dans des millions de foyers aux quatre coins de la planète.

Voilà, se dit-il, ce qu'il voulait. Cette vie paisible-là. Il ne demandait pas grand-chose : rien que de pouvoir aller de l'avant sans arrière-pensée.

Quelques minutes s'écoulèrent ainsi. Le quasi-silence, l'immobilité de Ian, le scull dérivant doucement au fil de l'eau. S'il n'y avait pas eu la pluie, il se serait peut-être assoupi. Mais il était de plus en plus trempé. Il était temps de rentrer au port.

Sans doute était-il parti plus d'une heure, car il faisait nuit noire quand il se rapprocha du rivage. Les arbres n'étaient plus que des silhouettes d'encre, les conifères pareils à des pierres dressées, les bouleaux ployant leurs fins branchages déjà dépouillés, les érables tremblant sous l'averse de toutes leurs feuilles... Dans ce bois, un sentier descendait jusqu'au hangar, mais dans l'obscurité, il restait invisible. En revanche, on distinguait bien le hangar lui-même, une construction massive toute en créneaux, ardoise et pierres taillées, dont la partie ouverte sur le lac ressemblait davantage à la façade en ogive d'une église qu'à l'entrée d'un garage à bateaux.

Une lampe au plafond de cette voûte devait en principe s'allumer automatiquement dès la tombée du jour. Apparemment, l'ampoule était grillée. Quand elle ne l'était pas, elle éclairait surtout l'eau à l'entrée du hangar, attirant les phalènes. Ian prit note de remplacer l'ampoule, en plus de nettoyer les marches couvertes d'algues. Le hangar étant loin du château et pas plus près de la « folie », aucune lumière ne brillait dans les ténèbres qui étaient totales.

Il visa l'ouverture et laissa glisser en avant son embarcation. Trois autres bateaux y étaient entreposés. Une barque de pêche qui avait connu des jours meilleurs, un bateau à moteur et un vieux canoë étaient amarrés vers l'avant du hangar, à droite du quai, sans compter un bric-à-brac d'accessoires de navigation. Ian devait se faufiler pour gagner le fond où il rangeait son scull. Il procéda à tâtons. A un moment donné, il se pinça la main entre la coque en fibre de verre de la barque de pêche et le bois du scull. Il poussa un juron.

La même chose se reproduisit quelques mètres plus loin entre le scull et la pierre du quai, et cette fois, du sang gicla. « Putain de merde ! » s'écria-t-il en serrant sa main contre lui. Ça faisait un mal de chien. Il avait intérêt à redoubler de prudence.

Il avait une torche électrique dans sa voiture et il lui restait assez de sens de l'humour pour qu'il se félicite de l'avoir laissée là où elle ne lui servait à rien. Tout doucement, il avança le bras vers le quai, palpa la pierre et chercha en tâtonnant le taquet d'amarrage. Heureusement, il était capable de faire un nœud marin les yeux fermés, qu'il pleuve ou qu'il vente, en plein jour ou au cœur de la nuit. Une fois cela accompli, il ôta ses pieds des cale-pieds. Puis il commença à se redresser en tendant les mains vers le bord du quai afin d'établir un rétablissement et de s'extraire du bateau.

Un concours de circonstances voulut qu'il prenne appui sur un seul pavé alors que, debout dans le scull, il était arc-bouté dans l'effort. Le pavé qui aurait dû soutenir son poids se délogea du quai – apparemment sous l'effet de l'usure après tant d'années de bons et loyaux services. Ian tomba la tête la première, tandis que le scull – amarré seulement par la proue – faisait une brusque embardée en arrière. Ian plongea dans l'eau glaciale.

Pendant la chute, sa tête heurta de plein fouet un piton d'ardoise du quai. Ian avait déjà perdu connaissance quand l'eau l'engloutit. Quelques minutes plus tard, il était mort.

25 octobre

Wandsworth
Londres

L'arrangement de départ tenait. Si elle souhaitait qu'il vienne chez elle, elle lui faisait signe, jamais l'inverse : parfois une ébauche de sourire, une minuscule crispation des lèvres si éphémère que même une personne avertie n'aurait rien remarqué ; d'autres fois, c'était un « ce soir » murmuré en le croisant dans le couloir ; ou bien une invitation en bonne et due forme, mais seulement lorsqu'ils se rencontraient dans l'escalier ou à la cantine des officiers, ou encore dans le parking souterrain quand le hasard avait voulu que leur arrivée le matin fût synchronisée. Toujours est-il qu'il attendait un mot d'elle. Cela ne lui plaisait peut-être pas, mais c'était ainsi. Pour rien au monde elle ne serait venue le retrouver chez lui : elle était son supérieur hiérarchique, l'inspecteur Lynley était sous ses ordres. Il n'y avait pas à revenir là-dessus.

Il avait tenté sa chance une seule fois, au tout début, se disant que ce serait bon pour leurs relations qu'elle passe au moins une nuit avec lui à Belgravia : cela leur permettrait de tourner une page. Même si au fond, il ne savait pas s'il en avait envie. Et à cette proposition, elle avait rétorqué de ce ton sans appel qui mettait un terme à toute discussion possible : « Cela n'arrivera pas, Thomas. » Et le fait de lui avoir donné du Thomas au lieu de l'appeler Tommy, comme tous ses amis et collègues, comme tout le monde, avait ajouté à ce refus clair et net un post-scriptum qui se traduisait de la façon suivante : la présence de sa défunte femme était encore visible partout dans la maison d'Eaton Terrace et, huit mois après son assassinat sur les marches de leur perron, il n'avait pas encore eu le courage d'y remédier. Il n'était pas assez stupide pour penser qu'une autre accepterait de dormir dans son lit alors que les vêtements de Helen étaient encore suspendus dans l'armoire, que ses flacons de parfum encombraient la coiffeuse à côté de sa brosse où s'emmêlaient encore quelques cheveux. Tant qu'il n'aurait pas effectué un grand nettoyage par le vide, il ne pouvait pas espérer étreindre une autre femme sous son toit. Aussi n'avait-il pas le choix. Lorsque Isabelle lui chuchotait le mot magique – « ce soir ? » – il savait qu'il irait chez elle, attiré par une force qui ressemblait à un besoin physique et à une forme d'oubli de soi, même si c'était pour quelques instants seulement.

C'était ainsi que cela se passait ce soir. Dans l'après-midi, ils avaient eu une réunion avec le directeur de l'IPCC, la commission indépendante des plaintes contre la police. Une plainte avait été déposée l'été précédent par un avocat intercédant au nom de son client : un schizophrène paranoïaque qui, parce qu'il était poursuivi par la police, s'était jeté sous une voiture au milieu d'un embouteillage. Ayant souffert de lésions internes et d'une fracture du crâne, il réclamait une indemnisation, et son avocat était décidé à la lui obtenir. La commission menait donc une enquête à ce sujet, ce qui entraînait une série interminable de réunions où tout le monde devait être présent afin d'expliquer son point de vue sur l'affaire, de regarder les images prises par les caméras de vidéosurveillance, d'interroger les témoins, sans oublier que les tabloïds étaient à l'affût et qu'ils publieraient l'histoire dès que le verdict serait tombé, quel qu'il soit : responsabilité ou non des services de police, avec ou non intention de nuire, accident, circonstances exceptionnelles... La réunion avait été pénible. Il en était sorti avec les nerfs aussi à cran que ceux d'Isabelle.

Dans le couloir qui les ramenait à leurs locaux du Victoria Block, elle se pencha vers lui en disant : « Viens ce soir, Thomas, si tu n'es pas trop rétamé. Pour le dîner, et le reste. Un steak succulent, un bon vin, et des draps d'une propreté irréprochable. Pas en coton d'Egypte comme les tiens, j'imagine, mais très agréables quand même. »

Elle lui avait adressé un sourire, avec cette lueur énigmatique dans les yeux qu'il n'avait pas encore réussi à décoder après trois mois de liaison, depuis cette première fois où ils s'étaient étreints dans la chambre impersonnelle de son appartement en sous-sol. Il la désirait, ça, oui. Quand il lui faisait l'amour, il avait la sensation, fausse, qu'il la dominait, alors qu'en réalité c'était elle qui le tenait sous sa coupe.

L'arrangement n'était pas compliqué. Pendant qu'elle ferait les courses en vue du dîner, il aurait le choix entre aller directement à l'appartement dont il avait la clé ou bien rentrer d'abord chez lui sous un prétexte ou un autre et tuer le temps en attendant de prendre sa voiture et de se rendre dans cette rue déprimante à mi-chemin entre la prison de Wandsworth et un cimetière. Il opta pour la seconde solution. Une façon de se prouver qu'il avait d'une certaine manière la situation en main.

Afin de se conforter dans cette illusion, il se prépara avec une nonchalance calculée : il lut son courrier, prit une douche, se rasa, rappela sa mère qui lui avait laissé un message à propos de la gouttière sur la façade ouest de la maison en Cornouailles. Devaient-ils remplacer ou réparer les coudes de gouttière, à son avis ? « L'hiver ne va pas tarder, mon chéri, et avec les pluies de plus en plus fréquentes... » En fait, elle cherchait seulement une excuse pour lui parler. Elle voulait avoir de ses nouvelles, mais se refusait à en demander directement. Elle savait parfaitement que la gouttière ne pouvait être que réparée. Ce modèle-là n'existait plus depuis longtemps. Le château était classé. Il aurait fallu qu'il s'écroule pour obtenir la permission de changer quoi que ce soit à son apparence. Ils bavardèrent de tout et de rien, de la famille. Comment allait son frère ? s'enquit-il – sous-entendu : tenait-il le coup sans replonger dans la cocaïne, l'héroïne ou toute autre substance qui lui permettait de s'évader de la réalité ? La réponse fut tout aussi elliptique : son frère se portait comme un charme. Il fallait par là comprendre qu'elle le surveillait, et qu'il n'avait pas à s'inquiéter. Et sa sœur ? Sous-entendu : Judith avait-elle renoncé au veuvage éternel ? La réponse « Toujours débordée » pouvait être traduite par : elle n'a aucune intention de se lancer dans un autre mariage désastreux, crois-moi. Et ainsi, de fil en aiguille, ils épuisèrent tous les sujets de conversation. Sa mère finit par déclarer : « J'espère qu'on te verra à Noël, Tommy. » Il lui promit que oui.

Après quoi, rien ne le retenant plus à Belgravia, il prit le chemin de la Tamise et de Wandsworth Bridge. Il arriva devant chez Isabelle peu après sept heures et demie. Une heure où dans ce quartier il était en principe impossible de se garer. Aussi crut-il à peine à sa chance en voyant une place se libérer à une trentaine de mètres.

Devant la porte d'Isabelle en contrebas de la rue, il sortit sa clé et était sur le point de la tourner dans la serrure quand le battant s'ouvrit de l'intérieur. L'instant d'après, ils se retrouvèrent face à face. Elle referma la porte derrière elle.

— On ne peut pas ce soir. Un contretemps. J'aurais dû t'appeler sur ton portable. Je suis désolée.

Décontenancé, il fixa tel un idiot la porte d'entrée par-dessus l'épaule d'Isabelle.

— Qui est là ? interrogea-t-il, quand même pas assez stupide pour ne pas se douter qu'elle recevait quelqu'un.

Un autre homme, se dit-il. Il ne se trompait pas en effet, mais l'identité du visiteur l'étonna en revanche.

— Bob.

Son ex-mari. Pourquoi cela posait-il un problème ?

— Et alors ? insista-t-il gentiment.

— Thomas, c'est gênant. Sandra est avec lui. Les garçons aussi.

La femme de Bob. Les jumeaux d'Isabelle, dont le mariage avait capoté au bout de cinq ans. Ils avaient huit ans, à présent, mais il n'avait pas eu l'occasion de les rencontrer. A sa connaissance d'ailleurs, ils n'étaient jamais venus rendre visite à leur mère à Londres.

— C'est une bonne nouvelle, Isabelle. Il te les a amenés.

— Tu ne comprends pas. Je ne m'attendais pas...

— Bien sûr, évidemment. Je n'ai qu'à entrer les saluer, on dîne ensemble, et après je m'en vais.

— Il n'est pas au courant pour toi.

— Qui n'est pas au courant ?

— Bob. Je ne lui ai rien dit. Ils m'ont fait une surprise. Sandra et lui sont à Londres pour une soirée, un grand tralala. Ils se sont mis sur leur trente et un. Ils me laissent les garçons pendant qu'ils seront à leur réception.

— Ils ne t'ont pas téléphoné avant ? Et si tu n'avais pas été là ? Qu'est-ce que Bob aurait fait ? Les garçons auraient attendu dans la voiture pendant que les parents faisaient des mondanités ?

Cette remarque agaça Isabelle.

— Oh, avec des si... Je suis là, et eux, ils sont là aussi. Cela fait des semaines que je n'ai pas vu mes fils. Pour tout te dire, c'est la première fois que Bob m'autorise à rester seule avec eux, et je ne veux pas...

Elle laissa sa phrase en suspens.

— Quoi ?

Il la dévisagea plus calmement. Elle pinçait les lèvres. C'était un signe, et il savait ce que cela signifiait. Elle avait envie de boire et vu les circonstances, la dernière chose qu'elle pût se permettre, c'était bien de s'enivrer.

— Tu as peur de quoi, Isabelle ? Que je les pervertisse avec mes mœurs dissolues ?

— Ne rends pas les choses plus difficiles qu'elles ne le sont. Cela n'a rien à voir avec toi.

— Dis-leur que je suis un de tes collègues.

— Un collègue qui possède la clé de mon appartement ?

— Bon sang ! Isabelle ! S'il sait que j'ai la clé...

— Il n'en sait rien. Justement. Je lui ai dit que j'avais entendu quelqu'un frapper et que j'allais voir qui c'était.

— Tu viens de te contredire, non ? s'exclama-t-il en fixant de nouveau le battant de la porte derrière elle. Isabelle, y a-t-il quelqu'un d'autre là-dedans ? Pas Bob ? Ni sa femme ? Ni tes enfants ?

Elle se dressa de toute sa hauteur. Avec son mètre quatre-vingt-deux, elle était presque aussi grande que lui. Voilà au moins un geste qu'il savait déchiffrer.

— Tu penses à quoi ? répliqua-t-elle. Tu me soupçonnes d'avoir un autre amant ? Dieu du ciel ! C'est pas croyable. Tu sais ce qu'ils représentent pour moi. Ce sont mes enfants. Tu feras leur connaissance et celle de Bob et de Sandra, et de la terre entière si tu veux, mais seulement le moment venu, quand je le déciderai et pas avant. Maintenant il faut que je te laisse. On reparlera demain.

— Et si j'entrais quand même ? Si, une fois que tu auras refermé cette porte, je me servais de ma clé ? Alors, quoi ?

Il regretta aussitôt ses paroles. Qu'est-ce qui lui avait pris ? Avait-il perdu toute dignité, tout comme il avait déjà perdu son bon sens, sa patience et son sang-froid ?

Isabelle perçut ses regrets. Cela au moins, il le lut dans ses yeux.

— Oublions ce que tu viens de dire.

Là-dessus, elle recula de deux pas et ferma la porte, le laissant aux prises avec ses pulsions puériles.

A quoi pensait-il, enfin ? Lui, Thomas Lynley, inspecteur de New Scotland Yard, membre de l'aristocratie, pur produit de l'université d'Oxford et lauréat d'un premier prix d'imbécillité !

28 octobre

Marylebone
Londres

Il réussit à l'éviter pendant deux jours tout en se disant que ce n'était pas volontaire de sa part puisqu'il passait le plus clair de son temps à traîner du côté de la Cour royale de justice. Il avait en effet été convoqué comme témoin dans le procès du tueur en série qu'il avait en février dernier approché de si près que le contact lui avait presque été fatal. Au bout de ces deux jours, sa présence n'étant plus requise dans la salle d'audience numéro un, il refusa les propositions d'interview de trois journalistes, de crainte qu'ils n'abordent le sujet dont il lui était impossible de parler, la mort de son épouse, et retourna à New Scotland Yard. Comme de bien entendu, Isabelle lui demanda s'il l'évitait en lui faisant remarquer que depuis deux jours, il téléphonait systématiquement à la secrétaire du département plutôt qu'à elle. Il nia vigoureusement. Il avait été retenu au tribunal, ainsi que sa coéquipière de toujours, le sergent Barbara Havers. Isabelle ne soupçonnait quand même pas le sergent de chercher à l'éviter ?

Il n'aurait jamais dû prononcer ces derniers mots. Car à la vérité, il n'avait guère envie de discuter avec Isabelle tant qu'il n'aurait pas compris pourquoi il avait réagi de telle manière lorsqu'elle lui avait refusé sa porte. Isabelle rétorqua du tac au tac qu'elle était justement sûre et certaine que le sergent Havers la fuyait, ajoutant : « C'est chez elle une habitude. » A quoi il riposta :

— Crois ce que tu veux, mais je te jure que non.

— Tu es furieux contre moi et c'est ton droit, Tommy. Je me suis mal conduite. Il a débarqué avec les enfants, je ne savais plus où j'en étais. Essaye de te mettre à ma place. J'imagine parfaitement Bob téléphonant à un de ses copains des « hautes sphères » et lui soufflant à l'oreille : « Savez-vous que la commissaire intérimaire Ardery s'envoie en l'air avec un de ses subordonnés ? Je pensais que ça vous intéresserait... » Il en est capable, je te jure, Tommy. Et tu sais ce qui se passerait dans ce cas.

Elle était peut-être un tantinet paranoïaque sur les bords, se dit-il, mais il garda cette vilaine pensée en son for intérieur. Afin d'éviter une nouvelle dispute, ici dans son bureau ou ailleurs.

— Tu as sans doute raison.

— Alors...

Un « alors » qui sonna à son oreille comme un « ce soir, alors ? ». Ils allaient se rattraper. Steaks saignants, une bonne bouteille et une partie de jambes en l'air musclée, et superbement revigorante. C'était là tout l'intérêt de la chose. Non seulement Isabelle était inventive et stimulante au lit, mais aussi le lit s'avérait le seul endroit où elle lui permettait d'être, un instant, le maître.

Il réfléchissait à sa proposition lorsque Dorothea Harriman, la secrétaire du département, coquette et bien roulée quoique menue, se présenta à la porte qu'il avait pris soin de laisser ouverte.

— Inspecteur Lynley ? claironna-t-elle en ajoutant dès qu'il se tourna vers elle : Je viens de recevoir un appel. J'ai bien peur qu'on ait besoin de vous.

— Qui cela, Dee ? demanda-t-il pour la forme, convaincu qu'il lui faudrait retourner à Old Bailey, c'est-à-dire au tribunal.

— *Lui-même.*

Il émit un « Ah » – pas d'Old Bailey, donc, mais l'adjoint au préfet de police, sir David Hillier – suivi d'un :

— Maintenant ?

— Apparemment. Et il n'est pas ici. Vous devez filer tout droit à son club.

— A cette heure-ci... Qu'est-ce qu'il peut bien fabriquer là-bas ?

La secrétaire haussa les épaules.

— Aucune idée. Mais ne traînez pas. Embouteillage ou pas, il veut vous y voir dans quinze minutes. Sa secrétaire n'a pas mâché ses mots.

Se tournant de nouveau vers Isabelle, il lâcha :

— Bon, eh bien, cela met un point final à notre affaire. Vous m'excusez, chef ?

La commissaire lui donna congé d'un hochement de tête. Lynley la quitta sans que rien n'ait été résolu entre eux.

Le club de sir David Hillier était situé non loin de Portland Place, et Hillier devait rêver s'il croyait Lynley capable de parcourir la distance qui le séparait de New Scotland Yard en un quart d'heure. Il sauta dans un taxi et pria le chauffeur de mettre toute la gomme et, pour l'amour du ciel, d'éviter Piccadilly Circus, où les encombrements étaient aussi monstrueux que permanents. Il arriva au Twins – le club de Hillier – en vingt-deux minutes chrono, un record, compte tenu du moment de la journée.

Twins occupait en fait trois modestes maisons, réchappées des grands travaux dictés par la folie des grandeurs du XIXe siècle, réunies en une seule dans le but d'abriter le club. La seule marque distinctive consistait en une discrète plaque de bronze à droite de la sonnette et un drapeau bleu ciel frappé du blason des fondateurs, les éponymes « twins[1] » qui d'après leur représentation paraissaient avoir été frères siamois. A la connaissance de Lynley, personne ne s'était penché assez sérieusement sur l'histoire du club pour déterminer si sa genèse était apocryphe ou authentique.

---

1. *Twin* signifie « jumeau ».

La porte lui fut ouverte non par un portier, mais par une dame d'un certain âge, tout de noir vêtue, sauf pour un tablier d'un blanc immaculé dont le haut était épinglé à son corsage. Elle avait l'air d'appartenir à un autre siècle. Il lui fit part de sa requête dans un vestibule aux murs ornés de peintures victoriennes de médiocre facture qui surplombaient un carrelage ancien en marbre à damiers. Avec un hochement de tête guindé, la dame lui tourna le dos, un dos bien raide, et le conduisit jusqu'à une porte à droite d'une imposante cage d'escalier coupée par une mezzanine. Une copie de *La Naissance de Vénus* y trônait devant une fenêtre cintrée qui donnait sur le jardin : on apercevait la dépouille d'un arbre étouffé par le lierre.

La dame frappa à la porte, l'ouvrit et s'effaça afin de le laisser entrer dans une salle à manger aux murs couverts de boiseries sombres, avant de refermer le battant derrière lui. La pièce était vide à cette heure de la journée, hormis la présence de deux hommes assis au coin d'une table drapée d'une nappe, autour d'un service à café en porcelaine. Lynley compta trois tasses.

Un des hommes était l'adjoint du préfet Hillier, l'autre un binoclard qui lui parut trop élégamment habillé pour l'heure et le lieu, quoique, à la réflexion, ce fût aussi le cas de Hillier. Ils n'étaient jeunes ni l'un ni l'autre, mais contrairement à Hillier, son compagnon accentuait plutôt que n'essayait de dissimuler sa calvitie, en peignant ce qui lui restait de cheveux en arrière où ils collaient à son crâne au mépris de la mode et des conventions esthétiques. En outre, ils étaient tellement ternes et d'une couleur si uniforme, un châtain clair pisseux, qu'on les aurait crus teints. Etant donné ses lunettes tout aussi anachroniques avec leur énorme monture noire et sa lèvre supérieure démesurée par rapport à l'inférieure, il ressemblait à une caricature. Une constatation qui amena Lynley à penser qu'il connaissait cet homme, même si son nom lui échappait.

Hillier vint à sa rescousse.

— Lord Fairclough, dit-il. Bernard, je vous présente l'inspecteur Lynley.

Fairclough se leva. Il était beaucoup plus petit que Lynley et Hillier, un mètre soixante-cinq peut-être, et affligé d'une bedaine. Mais il avait une poignée de main énergique et rien au cours de l'entretien qui suivit, ni parole ni geste, ne trahit chez lui la moindre mollesse de caractère.

— David m'a parlé de vous, commença Fairclough. J'espère que nous allons bien travailler ensemble.

Un accent du nord de l'Angleterre, mais, ce qui était plus surprenant, jugea Lynley, c'était que ce n'était pas celui d'un homme éduqué dans les meilleures écoles. Il jeta un coup d'œil interloqué à Hillier. Si l'adjoint au préfet fréquentait volontiers les détenteurs de titres de noblesse, cela ne lui ressemblait pas du tout de frayer avec un bonhomme dont le titre n'était pas héréditaire, mais, à l'instar du sien, honorifique.

— Lord Fairclough et moi avons été anoblis le même jour, l'informa Hillier, à croire qu'une explication s'imposait. Fairclough Industries.

Comme si, par la révélation de l'origine de sa fortune – si c'était bien de cela qu'il s'agissait –, tout devait s'éclairer dans l'esprit de Lynley.

— Ah, se contenta d'émettre ce dernier.

Fairclough sourit.

— Le *Fairloo*[1], prononça-t-il comme une dernière et indispensable précision.

Le mot qui disait tout ! La mémoire revint soudain à Lynley. Mais bien sûr ! Bernard Fairclough s'était d'abord distingué pour avoir breveté un nouveau mécanisme de chasse d'eau de W-C, qu'il s'était empressé d'appliquer à la fabrication de ses propres spécimens dans son usine. Fairclough Industries. Il avait toutefois gagné sa place au firmament de ceux à qui la patrie reconnaissante octroyait des titres de noblesse suite à la création d'une fondation caritative chargée de lever des fonds au bénéfice de la recherche sur le cancer du pancréas. Ce qui n'avait pas empêché son statut de fabri-

---

1. *Loo* signifie W-C.

cant de W-C de lui coller à la peau. Les tabloïds en particulier avaient fait des gorges chaudes de son anoblissement et de son admission aux honneurs de la cour, et s'étaient fait une joie de lui accoler le surnom de « Chasse(s) royale(s) ».

D'un geste, Hillier invita Lynley à s'asseoir. Sans lui demander s'il voulait du café, il lui en versa une tasse et tandis que Lynley s'installait et que Fairclough se rasseyait, il la fit glisser vers lui avec le lait et le sucre.

— Bernard souhaiterait que nous lui rendions un petit service, déclara Hillier. C'est totalement confidentiel.

Ce qui expliquait ce rendez-vous au Twins, songea Lynley, et qui plus est, à une heure où les autres membres présents étaient sans doute en train de somnoler sur leur journal à la bibliothèque ou de jouer au squash dans la salle de gym au sous-sol. Lynley se borna à acquiescer de la tête. Il jeta un regard à Fairclough, lequel sortit un mouchoir de sa poche et s'épongea le front. Pourtant, il faisait plutôt frais dans la pièce.

— Mon neveu... Ian Cresswell, le fils de feu ma sœur... s'est noyé il y a dix jours. Dans le lac Windermere peu après sept heures du soir. Son corps n'a été retrouvé que le lendemain après-midi. C'est ma femme qui l'a découvert.

— Toutes mes condoléances, répliqua machinalement Lynley.

Fairclough resta impassible.

— Valerie, mon épouse, aime la pêche... Plusieurs fois par semaine, elle sort une barque à rames sur le lac. Curieux passe-temps pour une femme, mais que voulez-vous ? Elle fait ça depuis des années. La barque est amarrée avec plusieurs autres embarcations dans notre hangar à bateaux. C'est là qu'elle a trouvé le corps de Ian. Sur le ventre, dans l'eau, le crâne ouvert, pas de sang.

— Que pensez-vous qu'il se soit passé ?

— Il aura perdu l'équilibre en sortant de son scull. C'était son sport préféré, l'aviron. En tombant, sa tête aura heurté le quai, il est en pierre. Ian s'est noyé.

— Pas parce qu'il ne savait pas nager ? Il se sera assommé, à votre avis ?

— Oui, un tragique accident. C'est la conclusion de l'enquête.

— Une conclusion qui ne vous satisfait pas ?

Fairclough se tourna sur le côté pour mieux regarder le tableau accroché au-dessus de la cheminée à l'autre extrémité de la pièce. Une scène de cirque peinte dans un style inspiré du *Rake's Progress* de Hogarth, l'histoire du libertin ayant été remplacée par des phénomènes de foire. Encore un panégyrique des jumeaux du club Twins. S'ils étaient bien frères siamois, ils n'auraient pas été dépaysés parmi ces curiosités. Fairclough, toujours les yeux sur le tableau, articula :

— Il est tombé parce que deux pavés se sont détachés du quai. Apparemment, ils étaient disjoints.

— Je vois.

— Bernard pense qu'ils ne l'étaient peut-être pas par hasard, intervint Hillier. Le hangar à bateaux est vieux de plusieurs siècles et construit pour durer encore au moins cent ans. Le quai aussi.

— Toutefois si le légiste a conclu à un accident...

— Je ne mets pas en doute sa parole, s'empressa d'ajouter Fairclough. Mais...

Laissant sa phrase inachevée, il dévisagea Hillier comme pour le prier de la terminer.

— Bernard tient à être vraiment certain qu'il s'agit bien d'un accident. C'est compréhensible. Il y a des problèmes de famille.

— Quel genre de problèmes ?

Les deux hommes gardèrent le silence. Lynley les regarda tour à tour, puis reprit :

— Je ne vais rien pouvoir vous confirmer si je suis dans le noir, lord Fairclough.

— Appelez-moi Bernard, dit Fairclough, ignorant le regard de désapprobation de Hillier pour qui la familiarité n'apportait jamais que des complications. En fait, chez moi, on m'appelle Bernie. Cela dit, Bernard me va très bien.

Fairclough prit sa tasse. Hillier lui avait resservi du café, mais il paraissait avoir moins envie de boire que de tenir quelque chose entre les mains. Il tourna l'objet, fit mine de l'examiner de près, puis, finalement, laissa tomber :

— Je veux être sûr que mon fils Nicholas n'est impliqué d'aucune manière dans la mort de Ian.

Un instant déconcerté par cette déclaration qui en disait long sur les relations entre le père, le fils et le défunt neveu, Lynley s'enquit :

— Avez-vous une raison pour soupçonner votre fils ?

— Non.

— Alors ?

Fairclough se tourna de nouveau vers Hillier.

— Nicholas, expliqua l'adjoint au préfet, a eu... mettons qu'il a eu une jeunesse difficile. Il s'en est sorti, mais comme ce n'est pas la première fois qu'il donne cette impression avant de replonger, Bernard craint que ce garçon...

— C'est un homme maintenant, corrigea Fairclough. Il a trente-deux ans. Et un homme marié en plus. Quand je l'ai sous les yeux, il me semble tout à fait rétabli. Mais il a eu des problèmes de drogue. Surtout la méthamphétamine. Pendant des années, voyez-vous. Il a commencé à treize ans. C'est un miracle qu'il soit toujours en vie, et il jure qu'il en a conscience. C'est ce qu'il a dit à chaque fois... il jure à chaque fois...

Lynley comprit soudain ce qui avait motivé sa convocation. Il n'avait jamais évoqué son frère en présence de Hillier, mais l'adjoint du préfet avait des mouchards dans tous les coins de la Met[1]. Parmi les renseignements qu'il recueillait ainsi, il y avait des chances que figurent les combats contre la toxicomanie de Peter Lynley.

— Il a rencontré une femme, une Argentine. Très belle. Quand il est tombé amoureux d'elle, elle lui a mis les points sur les i. Il ne pouvait rien espérer de sa part tant qu'il ne se serait pas désintoxiqué pour de bon. Et c'est ce qu'il a fait. Apparemment.

---

1. Metropolitan Police.

Ce qui conforta Lynley dans l'opinion que Nicholas Fairclough n'avait sûrement pas envie de se trouver mêlé à une affaire de meurtre. Fairclough continua son récit de façon décousue. Son neveu avait grandi sous leur toit et s'était révélé pour le jeune Nicholas un modèle inatteignable. Après des études secondaires brillantes à la Saint Bee's School dans le Cumbria, il avait poursuivi avec le même succès sur les bancs de l'université. Ses qualifications avaient permis à son oncle de l'engager comme responsable financier de Fairclough Industries. Il lui avait en outre confié la gestion de ses affaires personnelles. Des affaires qui, de toute évidence, étaient considérables.

— Aucune décision n'a encore été prise concernant ma succession, déclara Fairclough. Cela dit, Ian était en tête de liste des candidats.

— Nicholas était-il au courant ?

— Tout le monde l'est.

— A-t-il quelque chose à gagner dans la mort de Ian ?

— Aucune décision n'avait... n'a encore été prise, répéta Fairclough.

Ainsi, si tout le monde savait que Ian était en aussi bonne position pour reprendre les rênes de Fairclough Industries, tout le monde – qui que ce « tout le monde » soit – possédait un mobile, si tant est qu'il ait été assassiné, ce qui n'était pas prouvé. Le coroner concluait à un accident. Fairclough aurait dû être soulagé, ce qui n'était manifestement pas le cas. Lynley se demanda si, en dépit de ses affirmations, il n'était pas secrètement désireux de voir son fils accusé de la mort de son cousin. L'idée semblait perverse. Depuis qu'il travaillait à la Met, l'inspecteur Lynley avait été témoin de toutes sortes de perversités.

— Je suppose qu'il y a d'autres personnes intéressées par ce qu'il adviendra de votre entreprise ? s'enquit l'inspecteur.

Lynley apprit ainsi l'existence de deux sœurs aînées et d'un ex-gendre. Visiblement, c'était Nicholas qui préoccupait son père. Fairclough était catégorique : aucune de ses deux filles n'avait l'étoffe d'une tueuse. Tandis que Nicholas, étant donné son passé... Il voulait simplement s'assurer qu'il n'avait rien à voir là-dedans.

— J'aimerais que vous vous chargiez de ça, dit Hillier à Lynley. Il vous faudra aller dans le Lake District, mais en toute discrétion.

Une enquête de police menée en toute discrétion ? Lynley était perplexe.

Hillier compléta ses ordres d'une précision bienvenue.

— Personne ne saura que vous êtes monté là-bas. La police locale ne sera pas avertie. Nous ne voudrions pas donner l'impression que l'IPCC risque de venir fourrer son nez dans cette affaire. Procédez avec des pincettes tout en remuant ciel et terre. C'est votre spécialité, non ?

Vraiment ? ironisa l'inspecteur en son for intérieur. Il voyait en outre une difficulté de taille.

— La commissaire Ardery va vouloir...

— Je m'occupe de la commissaire. Je m'occupe de tout le monde.

— Je dois enquêter seul, absolument seul ?

— Personne à la Met ne peut vous aider, affirma Hillier.

En d'autres termes, déduisit Lynley, même s'il s'avérait que Nicholas Fairclough était un meurtrier, c'était motus et bouche cousue ! Il était prié d'abandonner l'affaire entre les mains de son père, ou de Dieu... ou des Furies. Le genre d'investigation que Lynley préférait éviter. Sauf que là, on ne lui laissait pas le choix : un ordre est un ordre.

Fleet Street
La City

Rodney Aronson avait su jouer des coudes afin de se hisser au poste de rédacteur en chef de *The Source* qu'il occupait actuellement et un de ses meilleurs atouts avait été la gestion des « fuites » obtenues grâce à ses légions d'indics. Il était content de son sort, son ambition était comblée. Il officiait dans un bureau aussi imposant que désordonné d'où il exerçait un pouvoir absolu, ce qui ne l'empêchait pas d'avoir des griefs. Contre l'arrogance, d'abord, qu'il détestait. Contre l'hypocrisie. Contre la bêtise, ah, il haïssait la bêtise. Mais plus que tout, il ne pouvait supporter l'incompétence.

Le journalisme d'investigation n'était pas de l'astrophysique. Un bon reportage reposait sur trois éléments essentiels : la collecte d'informations, ne pas avoir peur d'user ses semelles et beaucoup de ténacité. En outre, pour obtenir un papier juteux, il ne fallait pas s'étouffer de scrupules quand il s'agissait de salir quelqu'un, sinon de l'écraser tout à fait. Les plus basses manœuvres étaient autorisées, du moment que l'on obtenait un scoop. Car un scoop favorisait une augmentation des ventes du journal et donc, forcément, une hausse du chiffre d'affaires, ce qui à son tour amenait à la jouissance orgasmique le principal actionnaire de *The Source*, le cadavérique Peter Ogilvie. Et il fallait coûte que coûte alimenter Ogilvie en bonnes nouvelles. Peu importait quelles réputations étaient éclaboussées ou quelles têtes roulaient au passage.

Le récit de la délivrance de Nicholas Fairclough des griffes de la drogue lui avait donné envie de dormir. Un truc aussi chiant, ça pourrait servir d'anesthésiant en salle d'opération. A présent, les choses se présentaient mieux. Rodney ne serait peut-être pas obligé de justifier le premier voyage de Zed Benjamin dans le Cumbria, quelles que soient les notes de frais délirantes de ce dernier.

Cette pensée en amena une autre plus générale concernant la bêtise chez les journalistes. Rodney ne voyait pas comment cet imbécile de Benjamin pouvait avoir échoué une *deuxième* fois à flairer une bonne piste alors qu'il avait le nez dessus. Cinq jours supplémentaires à arpenter le Cumbria n'avaient réussi qu'à produire une suite à l'ennuyeux panégyrique de Nicholas Fairclough, avec son passé de junkie, sa rémission présente et son avenir de saint homme. A part ça, il n'y avait pas de quoi faire saliver le lecteur lambda de *The Source*. De la roupie de sansonnet.

Quand Benjamin était venu lui annoncer d'un air penaud qu'il ne trouvait rien à ajouter à son baratin, Rodney aurait dû le foutre à la porte. Il ne s'expliquait pas ce qui l'avait retenu et se disait qu'il devenait gâteux. Puis il reçut un coup de fil d'un de ses mouchards qui lui refila un tuyau juteux. Rodney se prit à songer qu'il n'aurait finalement pas à se débarrasser de Benjamin, après tout.

La conversation avec son informateur avait été instructive, et comme Rodney Aronson adorait apprendre des choses nouvelles presque autant qu'il aimait le chocolat, il fit convoquer le géant aux cheveux roux et s'offrit une barre Kit Kat qu'il dégusta accompagnée d'un expresso préparé avec sa machine personnelle, cadeau de Butterball Betsy, une épouse qui savait soigner son homme. Que les petits plaisirs qu'elle lui prodiguait soient surtout d'ordre culinaire ne le dérangeait point.

Rodney avait terminé son Kit Kat et se préparait un deuxième expresso quand Zed Benjamin fit son entrée. Plus grand escogriffe que jamais, et toujours la kippa vissée sur la tête, constata Rodney avec un soupir. Il avait dû être bien accueilli dans le Cumbria. Il hocha la tête, résigné. Ce qu'il fallait supporter quand on était rédacteur de *The Source* ! Il y avait de quoi vous dégoûter des bons côtés du métier... Il décida de ne pas faire de remarque à propos du couvre-chef. Une fois suffisait, si Benjamin n'avait pas compris, tant pis pour lui. Il y avait des gens qui n'apprenaient jamais rien. Tant pis pour eux.

— Ferme la porte, dit-il au reporter, et prends un siège. Une seconde.

Il contempla avec délice l'aspect crémeux de son breuvage et éteignit la machine à café. Puis il s'assit à son bureau avec sa tasse.

— La mort, c'est sexy, reprit-il. Je pensais que tu trouverais ça tout seul, mais apparemment je me suis planté. Tu sais, Zedekiah, ce boulot n'est peut-être pas pour toi.

Zed le dévisagea, regarda ensuite le mur, puis le sol.

— La mort, c'est sexy, articula-t-il si lentement que Rodney se demanda si son cerveau n'avait pas pris le chemin de ses pieds.

Au lieu de chaussures convenables, il portait de bizarres sandales à semelles en pneus de voiture avec des chaussettes rayées qui avaient l'air d'avoir été tricotées à la main avec des restes de pelotes de laine.

— Je t'ai dit que ton papier manquait de sex-appeal. Tu es retourné là-bas pour y remédier. Que tu aies fait chou blanc, entendu. Ce que je trouve inconcevable, c'est que tu n'aies pas saisi l'aubaine quand elle s'est présentée. Tu aurais dû accourir ici ventre à terre en criant eurêka ! Tu n'as même pas vu la perche qui t'était tendue. Elle aurait pu te sauver la mise et le journal n'aurait pas regretté les sommes folles que lui a coûté ton reportage. T'as loupé le coche. C'est moi qui au final l'ai découvert, et ce n'est pas normal, Zed... Pire, c'est préoccupant.

— Elle refuse toujours de me parler, Rodney. C'est-à-dire, elle parle, mais ne donne aucune information intéressante. Elle prétend qu'elle ne compte pas. Ils se sont rencontrés, ils sont tombés amoureux, ils se sont mariés, elle l'a suivi en Angleterre, fin de l'histoire. Elle lui est totalement dévouée. Ce qu'il a réussi en revanche, il l'a réussi tout seul. Elle m'a bien spécifié que ce serait bon pour lui... *Encourageant*, c'est le mot qu'elle a employé, si on insistait sur sa guérison sans mentionner son rôle. Elle m'a dit quelque chose comme : « Vous ne pouvez pas savoir combien c'est important pour Nicholas d'être reconnu. » Elle pensait à ses problèmes avec la drogue. Si j'ai bien compris, si elle tient tant à ce qu'il soit seul sous les projecteurs, c'est à cause du père de son mari. J'ai écrit mon papier dans ce sens, mais je n'ai pas pu...

— Je sais que tu n'es pas totalement demeuré, l'interrompit Rodney. Je commence à croire que tu es sourd. « La mort, c'est sexy. » Tu as bien entendu ce que j'ai dit, pourtant ?

— Oui, oui. Et elle est très sexy, la femme. Il faudrait être aveugle...

— Il ne s'agit pas de la femme. Elle n'est pas morte, que je sache ?

— Morte ? Non, bien sûr que non. Je pensais que c'était une métaphore, patron.

Rodney avala d'un trait le café qui restait au fond de la tasse. Il avait une folle envie d'étrangler le jeune homme.

— Crois-moi, quand je me servirai d'une putain de métaphore, tu la sentiras passer. Es-tu au courant, même vaguement, que le cousin de ton héros est mort ? Mort depuis peu, en fait ? Qu'il est tombé à l'eau sous un hangar à bateaux et qu'il s'est noyé ? Que le hangar à bateaux en question se trouve sur la propriété du père de ton héros ?

— Il s'est noyé pendant que j'étais là ? Impossible, décréta Zed. Vous me croyez peut-être aveug...

— Je n'ai rien dit de tel.

— ... mais ça, je l'aurais remarqué. Il est mort quand ? Et de quel cousin s'agit-il ?

— Il y en a plus d'un ?

Zed parut gêné.

— Pas à ma connaissance. Ian Cresswell, mort noyé ?

— Ni plus ni moins.

— Assassiné ?

— D'après l'enquête, c'est un accident. N'empêche, cette mort est suspecte et du soupçon, nous autres, nous faisons notre beurre. Une métaphore, soit dit en passant, au cas où ça t'aurait échappé. Nous attisons les braises... ah, encore une métaphore... ma parole, je les file aujourd'hui... et on trouve la fève dans le gâteau...

— Incohérente, marmonna Zed.

— Hein ?

— Rien. C'est ce que vous voulez, alors ? Que je suggère qu'un crime a été commis et que j'oriente les soupçons sur Nicholas Fairclough. L'ex-drogué a une rechute et tue son cousin pour une raison obscure. A l'heure où nous écrivons ces lignes, chers lecteurs, il est encore libre comme l'air.

Zed fit claquer ses mains sur ses cuisses, à croire qu'il avait l'intention de se lever et de courir obéir aux ordres de son patron. Au lieu de quoi, il dit :

— Ils ont grandi ensemble à la manière de deux frères, Rodney. Je l'ai écrit dans mon papier. Ils ne se détestaient pas du tout. Si c'est ce que vous voulez, je peux les transformer en Caïn et Abel.

— Ne prends pas ce ton avec moi, rétorqua le rédacteur en chef.

— Quel ton ?

— Joue au con ! Je devrais te botter le cul jusqu'en Austra-lie, mais je vais te faire une faveur au contraire. Je vais pro-noncer trois mots qui, je l'espère, vont te faire dresser l'oreille. Tu m'écoutes, Zed ? Je ne voudrais pas que tu les loupes. Voici : New Scotland Yard.

Cela parut au moins lui couper l'herbe sous le pied. Le reporter fronça les sourcils.

— New Scotland Yard et après ?

— Ils sont sur le coup.

— Ils enquêtent sur la noyade ?

— Mieux encore. Ils envoient là-haut un gars discrétos. Et c'est pas quelqu'un de la police des polices.

— Pas une enquête interne, alors ?

— Une mission spéciale. Tout ce qu'il y a de plus top secret, le mot d'ordre est *motus*... Il est chargé d'établir une liste de suspects. Il ne doit rendre son rapport qu'une fois les choses tirées au clair.

— Pourquoi ?

— C'est le scoop, Zed. C'est le sexe derrière la mort.

Le rédacteur se retint d'ajouter que c'était précisément ce que Zed aurait dû découvrir si seulement il s'était démené comme lui, Rodney, l'aurait fait s'il avait été à sa place alors que son patron lui avait envoyé son papier à la figure et qu'il risquait de perdre son emploi.

— Dans ce cas, rien ne m'oblige plus à inventer un truc sexy, déclara Zed, à croire qu'il pensait tout haut. D'après vous, il est déjà là.

— A *The Source*, nous n'inventons jamais rien, proclama religieusement Rodney. Nous révélons des faits réels.

— Puis-je savoir... comment vous l'avez appris ? Pour la Met, s'entend. Comment vous le savez si c'est top secret ?

Rodney adorait ces moments où il avait l'occasion de mani-fester une condescendance paternelle. Il se leva, contourna la table et posa une cuisse charnue sur un coin de son bureau. Ce n'était pas une posture très confortable – l'étoffe de son pantalon était aussi rêche que du papier d'émeri – mais elle lui semblait appropriée à un vieux routier du journalisme s'apprêtant à proférer une vérité essentielle.

— Zedekiah, je fais ce boulot depuis que je suis gamin. J'ai été à ta place à une époque et voici la leçon que j'ai tirée de mon expérience : nous ne sommes rien sans les indics que nous nous sommes mis dans la poche. J'en ai depuis Edimbourg jusqu'à Londres. Surtout ici à Londres, mon ami. J'en ai à des endroits que les gens ne soupçonnent pas. Je les brosse régulièrement dans le sens du poil. Ils me rendent la pareille dès qu'ils le peuvent.

Zed Benjamin avait l'air dûment impressionné. Tout juste s'il ne courbait pas la tête en signe d'humilité. Il reconnaissait enfin qu'il avait devant lui un journaliste d'une stature supérieure.

— Le père de Nicholas Fairclough, reprit Rodney, a un contact au Yard. C'est lui qui réclame une enquête. Tu suis mon regard, Zed ?

— Il pense que Ian Cresswell ne s'est pas noyé par accident. Et si c'en est pas un, on tient un scoop. De toute façon, on en a un puisque le Yard a fourré le nez dans cette affaire, ce qui suggère qu'il y a anguille sous roche et une suggestion suffit à construire une histoire.

— Amen, conclut Rodney. Retourne dans le Cumbria, mon pote. Et que ça saute !

Chalk Farm
Londres

Le sergent Barbara Havers rentra chez elle dans un état second. Pourtant elle aurait dû se féliciter d'avoir trouvé à se garer non loin et de ne pas avoir à courir jusqu'à Eton Villas. La Mini hoqueta à plusieurs reprises après qu'elle eut coupé le contact. Elle n'y prêta pas attention. Pas plus qu'elle ne remarqua la pluie qui éclaboussait le pare-brise. Elle était trop préoccupée, ou plutôt en proie à des pensées qui – hormis un bref moment de distraction – la poursuivaient depuis qu'elle avait quitté le Yard. Une petite voix en elle se rebiffait, mais elle la jugeait trop puérile. Il en aurait fallu bien davantage pour lui rendre sa sérénité.

Néanmoins, personne n'avait rien remarqué. Pas un seul pelé, ni tondu. Sauf la commissaire Ardery. Elle avait remarqué, mais ça ne comptait pas, puisque l'ordre – pardon, la suggestion – venait d'elle et que de toutes les manières (Barbara avait pu s'en apercevoir après quatre mois sous sa férule) rien ne lui échappait. Ardery y mettait un point d'honneur. Elle pratiquait l'observation comme l'un des beaux-arts. Aussi ne fallait-il surtout pas se frapper quand elle notait quoi que ce soit vous concernant, à moins que cela n'ait un rapport avec votre travail. Pour le reste, vous n'aviez qu'à vous dire qu'Isabelle Ardery se livrait à son passe-temps favori, qui consistait à juger d'après les apparences. Et sa cible préférée étant Barbara Havers, dès que celle-ci se trouvait dans sa ligne de mire, elle y avait droit. Quant aux autres membres de la brigade, ils n'avaient pas moufté quand elle était revenue de son rendez-vous chez le dentiste. Ils avaient continué à vaquer à leurs occupations, sans un mot, sans même lever un sourcil.

Barbara s'était dit que cela lui était égal, ce qui était en partie vrai puisqu'elle se souciait comme d'une guigne de ce que pensaient ses collègues, sauf un, et l'opinion de celui-là lui importait énormément. Et c'était cette crainte qui demandait à être reconnue ou au moins neutralisée par une pause pâtisserie ; française de préférence, mais il était un peu tard dans la journée pour un croissant au chocolat, quoique pas trop pour engloutir une tarte... viennoise. Pourquoi pas ? Qui allait ergoter à cette heure sur le lieu d'origine d'un gâteau ? Barbara savait parfaitement que cet écart de régime l'entraînerait sur la mauvaise pente, celle des sucreries, de sorte que sur le chemin du retour, plutôt que de s'arrêter dans une boulangerie, elle opta pour une solderie de Camden High Street. En guise de thérapie, elle acheta un foulard et un chemisier. Ce dont elle se réjouit, car il n'était pas dans ses habitudes de réagir aussi sainement à la déception, au stress et à la frustration, sans parler de l'angoisse ! Hélas, sa joie fut de courte durée. Dès que la Mini fut garée, sa dernière entrevue avec Thomas Lynley revint lui gâcher la vie.

Ils s'étaient séparés au tribunal, Lynley rentrant au Yard tandis que Barbara partait chez le dentiste. Ensuite, ils ne s'étaient pas revus avant de se retrouver tous les deux en fin de journée dans l'ascenseur. Barbara l'avait pris au sous-sol, le niveau du parking, et lorsque les portes s'étaient ouvertes au rez-de-chaussée, Lynley y était entré. Elle avait bien vu qu'il était soucieux. Il avait déjà eu ce même air tout à l'heure devant la salle d'audience numéro un, mais sur le moment, elle s'était dit qu'il avait le trac avant de témoigner à la barre contre un tueur qui avait failli lui faire la peau quelques mois plus tôt à l'arrière de sa macabre Ford Transit. A présent, son anxiété était manifestement d'une autre nature. Elle en eut la confirmation quand, dès l'ouverture des portes de l'ascenseur, il se rua dans le bureau de la commissaire Ardery. Barbara se doutait de ce qui se tramait.

Lynley la croyait dans le noir à propos de ses relations avec Ardery. Il faut dire que personne d'autre à la Met n'imaginait que l'inspecteur et la commissaire s'envoyaient en l'air deux ou trois fois par semaine, mais personne d'autre à la Met ne connaissait aussi bien Lynley que Barbara. Quoiqu'elle eût du mal à concevoir que l'on puisse vouloir se faire la commissaire – pas plus qu'on aurait envie de s'allonger entre les draps avec un cobra –, elle se répétait, depuis trois mois que durait leur liaison, que Lynley méritait bien ça. Sa femme avait été sauvagement assassinée par un gamin de douze ans, il avait ensuite passé cinq mois à errer telle une âme en peine le long des côtes de Cornouailles, puis il était rentré à Londres plus mort que vif... Si cela le réconfortait de jouer à la bête à deux dos avec Isabelle Ardery, après tout. Si jamais ils étaient découverts, ils auraient beaucoup d'ennuis, mais il n'y avait pas de risques de ce côté-là, ils se montraient d'une discrétion parfaite et Barbara, elle, savait tenir sa langue. De toute façon, Lynley ne se mettrait pas à la colle longtemps avec quelqu'un comme Isabelle Ardery. Assis sur la dernière branche d'un arbre généalogique vieux de trois cents ans, il connaissait son devoir et savait qu'une histoire avec une femme sur laquelle le titre de comtesse d'Asherton pèserait une tonne était forcément sans lendemain. Les gens de sa caste étaient censés perpétuer la race sans faire de vagues. Et Lynley n'était pas assez fou pour passer outre.

N'empêche, Barbara n'arrivait pas à digérer le fait que Lynley et la commissaire soient amants. Tel un cadavre dans le placard, le non-dit empoisonnait l'atmosphère chaque fois que Barbara se trouvait en sa compagnie. Et cela ne lui plaisait pas du tout. D'un autre côté, s'il se confiait à elle ou même s'il y faisait allusion, elle ne saurait quoi lui rétorquer, et encore moins quoi lui conseiller. Ils travaillaient, en tout cas avaient travaillé, en tandem, Lynley et elle, et des coéquipiers n'étaient-ils pas tenus de... de quoi ? se demanda-t-elle. Une question à laquelle elle préférait ne pas répondre.

Elle ouvrit sa portière d'un geste brusque. Il ne pleuvait pas assez pour ouvrir un pébroque. Elle remonta le col de son caban, prit le sac contenant ses dernières emplettes et se dirigea en toute hâte vers son domicile.

Comme toujours, elle jeta un coup d'œil à l'appartement en rez-de-jardin de la maison édouardienne au dos de laquelle se trouvait son bungalow. Le jour tombait, toutes les lumières brillaient. Elle vit sa voisine passer derrière la porte-fenêtre.

Il fallait bien qu'elle se l'avoue : elle avait besoin qu'au moins une personne remarque le changement. A l'issue d'une interminable séance de torture chez le dentiste, sa seule récompense avait été le hochement de tête approbateur, mais sec, d'Isabelle Ardery, et ces mots : « Occupez-vous des cheveux maintenant, sergent. » Un point, c'est tout. Aussi, au lieu de se glisser dans le jardin de derrière où son bungalow nichait sous un grand faux acacia, Barbara descendit jusqu'au perron dallé de l'appartement et frappa à la porte. Mieux valait être vue et reconnue par une petite fille de neuf ans que par personne.

Hadiyyah lui ouvrit tout de suite. Dans le fond, la voix de sa mère s'éleva :

— Mon lapin, c'est pas prudent d'ouvrir si vite. Ce pourrait être n'importe qui.

— C'est moi ! s'écria Barbara.

— Barbara, Barbara ! Maman, c'est Barbara ! On lui montre ?

— Bien sûr, grosse bête. Fais-la entrer.

Une forte odeur de peinture fraîche piqua le nez de Barbara. La mère et la fille n'avaient pas chômé : les murs de la salle de séjour avaient été entièrement repeints. Angelina Upman avait apporté sa touche de décoration personnelle, ayant aussi pourvu le canapé de coussins colorés, et il y avait des fleurs coupées dans deux vases différents : un bouquet savant sur la table basse, et un autre, plus simple, sur la tablette au-dessus du radiateur électrique.

— C'est ravissant, tu trouves pas ? dit Hadiyyah en levant vers sa mère un regard si plein d'adoration que le cœur de Barbara se serra. Maman sait comment rendre tout joli et c'est facile de refaire son intérieur, hein, maman ?

Angelina déposa un baiser sur le haut de la tête de sa fille. Puis elle la prit par le menton et lui dit :

— Tu sais que tu es ma plus fervente admiratrice ? Merci, ma chérie. Mais j'aimerais avoir un avis plus objectif, ajouta-t-elle en souriant au sergent Havers. Qu'en pensez-vous, Barbara ? Vous trouvez que c'est réussi ?

— C'est une surprise pour papa, précisa Hadiyyah. Il sait encore rien !

Elles avaient recouvert les murs auparavant d'un blanc crémeux sale d'une teinte vert pâle printanier. Une couleur qui allait à ravir à Angelina, ce qu'elle n'était pas sans savoir. En toile de fond, cette teinte rehaussait en effet sa beauté : les cheveux blonds, les yeux bleus, la délicatesse de ses traits fins.

— Ça me plaît beaucoup, dit-elle à Hadiyyah. Tu as choisi la couleur avec ta maman ?

— Euh...

Hadiyyah leva de nouveau les yeux vers Angelina et se mordit la lèvre supérieure.

— Oui, oui, prétendit allègrement Angelina. C'est elle qui a pris la décision finale. Son avenir est tout tracé, même si cela m'étonnerait que son père lui permette de devenir déco-ratrice d'intérieurs. Tu es destinée à étudier les sciences, Hadiyyah, ma poulette.

— Non ! Moi, je veux être...

Elle jeta un coup d'œil à sa mère.

— ... danseuse de jazz.

Voilà qui était nouveau, songea Barbara, mais fallait-il pour autant s'en étonner ? Pendant les quatorze mois de sa disparition, Angelina avait en effet tenté sa chance dans le monde de la danse professionnelle. Qu'elle ne l'ait pas tentée toute seule était une information qu'on s'était bien gardé de communiquer à sa fille.

Angelina éclata de rire.

— Danseuse de jazz ? Cela restera un secret entre nous.

Puis se tournant vers Barbara, elle ajouta :

— Vous prendrez bien une tasse de thé ? Hadiyyah, mets la bouilloire en route. Après une rude journée de travail, rien ne vaut de se poser un moment.

— Non, merci, je ne peux pas rester, répondit Barbara. J'étais juste passée pour...

Barbara se rendit compte qu'elles n'avaient pas remarqué, elles non plus. Des heures et des heures à souffrir le martyre dans ce fichu fauteuil de dentiste et personne... Ce qui signi-fiait... Elle se ressaisit. Ah, mais qu'est-ce qui lui prenait, enfin ?

Elle se rappela ce qu'elle avait à la main, le sac contenant ses emplettes.

— Je me suis trouvé des petits trucs à Camden High Street. Avant de les étrenner demain, je voudrais avoir l'opi-nion d'Hadiyyah.

— Oui, oui ! s'exclama l'enfant. Montre ! Maman, Bar-bara refait son extérieur. C'est vrai, elle s'achète de nouveaux vêtements. Elle voulait aller chez Marks & Spencer, mais je lui ai déconseillé. Enfin, elle s'est quand même acheté une jupe, hein, Barbara, c'est tout, parce que je lui ai dit que c'était un magasin pour les mamies.

— C'est pas tout à fait vrai, ma chérie, répliqua Ange-lina.

— C'est toi qui...

— Oh, je dis souvent ce qui me passe par la tête, il ne faut pas trop m'écouter. Barbara, montrez-nous vos achats. Ou, mieux, essayez-les.

— Oh oui ! s'enthousiasma Hadiyyah. Il faut que tu les essayes. Tu peux te mettre dans ma chambre...

— Qui est dans un désordre affreux, intervint Angelina. Prenez plutôt la nôtre, Barbara, celle de Hari et de moi. En attendant, je vais préparer du thé.

La chambre d'Angelina Upman et du père d'Hadiyyah, Taymullah Azhar, était bien le dernier endroit où Barbara aurait souhaité se trouver. Elle ferma la porte en exhalant un petit soupir. Après tout, ce n'était pas grand-chose. Sortir le chemisier de son sac, le déplier, ôter le pull qu'elle avait sur le dos... Elle n'avait qu'à regarder ailleurs, ou plutôt droit devant elle.

Ce qui, bien entendu, s'avéra impossible. Elle n'avait pas envie de savoir pourquoi. Ce qu'elle vit était prévisible : les signes évidents de la présence d'un homme et d'une femme vivant maritalement et engagés dans une activité qui menait parfois à la naissance d'un enfant. Apparemment, vu la présence d'une plaquette de pilules sur la table de chevet à côté d'un radio-réveil, ce n'était pas leur intention. Mais il n'empêchait que...

Et alors ? A quoi s'attendait-elle ? De toute façon elle n'avait pas à fourrer son nez dans ce qui ne la regardait pas. Taymullah Azhar et Angelina Upman étaient ensemble, ou plutôt de nouveau ensemble après la soudaine disparition d'Angelina en compagnie d'un autre homme. De toute évidence, son infidélité avait été pardonnée, ils avaient tourné la page. Comme dans les contes, ils allaient vivre heureux jusqu'à la fin des temps. Barbara se dit qu'elle ferait bien d'en prendre de la graine.

Elle boutonna le chemisier, lissa de la main l'étoffe chiffonnée, sortit le foulard du sac et le noua autour de son cou. Il y avait une glace sur la porte. Ce qu'elle y vit lui donna envie de vomir. Elle aurait mieux fait de manger une tarte.

Cela aurait été plus économique et lui aurait donné plus de plaisir.

— Ça y est, Barbara ? appela Hadiyyah derrière le battant. Maman veut savoir si on peut t'aider.

— Non. Tout va bien. Je sors. Tu es prête ? Tu as mis tes lunettes noires ? Attention, tu vas être éblouie.

Un silence l'accueillit. Puis la mère et la fille parlèrent toutes les deux en même temps.

— Super choix, Barbara ! s'exclama Angelina.

— Oh, non ! Tu as oublié comment on choisit son col d'après la forme de son visage, gémit Hadiyyah. Normalement, le col doit refléter, à l'envers bien sûr, celle de la mâchoire. Tu as oublié le principe, Barbara !

Et voilà, une nouvelle catastrophe vestimentaire, songea Barbara. Ce n'était pas pour rien qu'elle avait passé quinze ans de sa vie à ne porter que des tee-shirts imprimés de slogans et des pantalons à taille élastique.

Angelina s'empressa de réprimander sa fille.

— Hadiyyah, tu racontes n'importe quoi.

— Elle devait choisir un col rond au lieu de…

— Mon petit chou, elle n'a simplement pas noué son foulard comme il faut. On peut tout à fait rattraper le coup. Surtout ne pas penser que l'on est réduit à une sorte de col… Tenez, Barbara, je vais vous montrer.

— Mais, maman, la couleur…

— Elle est parfaite, je suis contente que tu t'en sois aperçue, déclara Angelina d'un ton ferme.

Elle dénoua le foulard et, en quelques gestes d'une habileté exaspérante, le renoua plus élégamment. Angelina étant tout près d'elle, Barbara sentit son odeur. Un parfum de fleur tropicale. Elle avait aussi une peau sans défaut.

— Et voilà ! fit Angelina. Regardez-vous dans la glace, maintenant. Vous me direz ce que vous en pensez. C'est facile comme bonjour. Je vous montrerai.

Barbara retourna dans la chambre en évitant de regarder la plaquette de pilules. Elle aurait bien voulu trouver Angelina antipathique – une femme qui avait quitté sa fille et le père de sa fille pour une escapade amoureuse qui lui avait été *par-*

donnée ! Mais elle ne le pouvait pas. Ce qui expliquait peut-être en partie pourquoi Azhar avait passé l'éponge sur ce qui s'était passé.

Devant son image dans la glace, elle ne put qu'acquiescer : cette diablesse d'Angelina avait des mains de fée. Du coup, il devenait flagrant que le foulard n'allait pas avec le chemisier. Zut ! se dit Barbara. Apprendrait-elle donc jamais ?

Elle était sur le point de sortir de la chambre et de demander à Angelina et Hadiyyah si elles seraient assez gentilles pour l'accompagner à Camden High Street lors d'un prochain shopping, étant donné qu'elle n'avait pas tant d'argent que cela à jeter par les fenêtres en achetant n'importe quoi, quand elle se ravisa. D'après les bruits de porte, Taymullah Azhar venait de rentrer. Et il n'était pas question qu'il la découvre dans la chambre où il passait ses nuits avec la mère de son enfant. Aussi se dépêcha-t-elle de dénouer le foulard, d'ôter le chemisier, de les fourrer l'un et l'autre dans leur sac, et de renfiler le pull qu'elle avait porté toute la journée.

Lorsqu'elle les rejoignit, Azhar était en train d'admirer la peinture des murs. Hadiyyah lui tenait la main, Angelina le bras. Il tourna un visage étonné vers Barbara : ni la petite ni sa mère n'avaient manifestement prévenu le maître de maison de sa présence.

— Barbara ! Bonsoir. Et que pensez-vous, vous, de leur ouvrage ?

— Je suis prête à les engager pour refaire la déco chez moi, répliqua Barbara. Violet et orange. Ce sont mes couleurs, Hadiyyah ?

— Non, non, non ! s'écria l'enfant.

Cela fit rire ses parents, et sourire Barbara. Ne voilà-t-il pas une petite famille heureuse ? Il était temps de tirer sa révérence.

— Je vous laisse dîner.

Et à l'adresse d'Angelina, elle lança :

— Merci de votre aide. J'ai vu la différence. Avec vous comme conseillère, je n'aurai plus à m'en faire.

— Quand vous voulez. Avec plaisir.

Et le plus fort, c'était qu'elle était sincère. C'était cela qui la rendait exaspérante. Si seulement elle pouvait être indifférente et dépourvue de charme. Ce serait beaucoup plus simple.

Elle les salua d'un signe de tête avant de sortir. Contre toute attente, Azhar lui emboîta le pas. Le voyant allumer une cigarette, elle comprit. Il ne fumait plus à l'intérieur depuis qu'Angelina était de retour.

— Mes félicitations, Barbara, lui dit-il.

Elle se retourna, sidérée.

— Pour quoi ?

— Vos dents. Vous les avez fait arranger, c'est très bien. Mais je devrais me taire, vous devez en avoir par-dessus la tête d'entendre les gens vous le dire.

— Ah, oui, ça... c'est la chef... Un ordre... Non, pas vraiment un ordre. Mettons une suggestion appuyée. Maintenant, elle veut que je m'occupe de mes cheveux. Dieu sait où ça va me mener ensuite, peut-être à des choses telles que la liposuccion et la chirurgie esthétique. Quand elle en aura terminé avec moi, je suppose que je serai en train d'assommer les messieurs trop entreprenants à coups de balai.

— Vous traitez ça à la légère et vous avez tort. Je suis sûr qu'Angelina et Hadiyyah vous ont déjà...

— Elles n'ont rien remarqué, le coupa Barbara. Merci du compliment, Azhar.

Le sort avait parfois la main lourde en matière d'ironie. Azhar était bien la dernière personne dont elle aurait attendu un compliment, et elle n'était même pas sûre d'avoir eu envie qu'il remarque ses dents. Bon, mais cela ne signifiait sans doute rien.

Sur ce tas de mensonges, elle souhaita une bonne nuit à Azhar et se dirigea vers son bungalow.

30 octobre

Selon le principe qu'un homme averti en vaut deux, Lynley avait passé les deux jours suivant son rendez-vous avec Hillier et Bernard Fairclough à rassembler un maximum de documentation sur l'homme, sa famille et sa situation. Se lancer dans cette investigation confidentielle à l'aveuglette ne lui disait rien qui vaille. Il y avait en fait pas mal d'informations disponibles sur le dénommé Bernard Fairclough, qui se révéla né Bernie Dexter, de Barrow-in-Furness. Sa maison natale était une étroite baraque dans un alignement de Blake Street, du mauvais côté de la voie ferrée.

La métamorphose de Bernie Dexter en Bernard Fairclough, baron d'Ireleth, était le genre d'histoire qui pouvait laisser croire à la presse à scandale que son existence était justifiée. A quinze ans, avec pour seul bagage un vague certificat d'études, Bernie Dexter avait été embauché chez Fairclough Industries au titre de manutentionnaire chargé d'emballer des robinets en chrome dans des containers huit heures par jour. Ce travail abrutissant qui aurait sapé le moral, l'espoir et l'ambition de tout ouvrier normalement constitué avait eu l'effet contraire sur Bernie Dexter de Blake Street. « Il a toujours été culotté. » C'était en ces termes que le décrivait sa femme dans une interview donnée après la cérémonie d'anoblissement. Et elle était bien placée pour le savoir, elle, Valerie Fairclough, l'arrière-petite-fille du fondateur de l'entreprise. Il avait quinze ans et elle dix-huit lorsqu'elle l'avait rencontré lors de la pantomime de l'entreprise dans laquelle il se produisait : les propriétaires jouant leur rôle de grands seigneurs « noblesse oblige » et leurs employés – parmi lesquels Bernie – les saluant à tour de rôle, yeux baissés, d'un « bonjour, monsieur, madame, merci beaucoup », dans le plus pur style dickensien, tandis qu'on leur distribuait des étrennes. Tous sauf Bernie Dexter, qui déclara d'emblée à Valerie, en appuyant ses paroles d'un clin d'œil, qu'il comptait bien l'épouser. « Tu es si belle... Avec moi, tu ne manqueras de rien. » Cette affirmation prononcée avec une confiance absolue, comme si Valerie Fairclough pouvait manquer de quoi que ce soit...

Il avait tenu parole, cependant, et n'avait pas hésité à aller trouver le père de Valerie : « Si vous me donnez ma chance, je vais vous montrer comment améliorer les résultats de votre entreprise. » Et c'est ce qu'il avait fait. Pas d'un seul coup, bien sûr, mais au fil du temps. Et pendant ce même temps, il avait aussi réussi à persuader Valerie de son amour et, quand elle eut vingt-cinq ans, à la mettre enceinte. Les deux jeunes gens s'étaient enfuis. Mais ils n'avaient pas tardé à revenir. Lui avait adopté son nom de famille à elle, multiplié le chiffre d'affaires de Fairclough Industries, modernisé ses produits, parmi eux une ligne entière de W-C à la pointe du progrès dont il avait tiré une fortune impressionnante.

Son fils Nicholas avait été le grain de sable dans la machine bien huilée de Bernie. Lynley trouva des tonnes d'informations sur l'individu. Pour une raison bien simple : quand Nicholas Fairclough disjonctait – ce qu'il faisait régulièrement –, c'était toujours en public. Ebriété, rixes, cambriolages, hooliganisme, conduite en état d'ivresse, vol de voiture, incendie volontaire, attentat à la pudeur, tout y passait. Le fils prodigue carburant aux stéroïdes. Il opéra son retour vers Dieu et le reste du monde, bien en vue de la presse locale du Cumbria. Les articles retraçant son parcours n'échappèrent pas non plus aux tabloïds londoniens toujours en quête de sensations pour leur une, la sensation étant d'autant plus délectable qu'elle est engendrée par l'héritier d'un nabab bénéficiant déjà d'une couverture médiatique.

Une vie telle que celle qu'avait menée Nicholas Fairclough se terminait en général par une mort prématurée. Mais dans son cas, l'amour était intervenu sous les traits d'une jeune Argentine répondant au nom à tiroirs d'Alatea Vasquez y del Torres. A la sortie d'une énième cure de désintoxication – cette fois aux Etats-Unis, dans l'Utah – Nicholas s'était installé dans une ancienne ville minière devenue lieu de villégiature, Park City, pour des vacances qu'il estimait bien méritées, financées comme d'habitude par son père au désespoir. La petite ville pittoresque était bien choisie, perchée dans les monts Wasatch et attirant chaque année de novembre à avril une nuée de skieurs aussi enthousiastes que richement nantis, ainsi que des jeunes gens et des jeunes femmes engagés afin de veiller à leur bien-être.

Alatea Vasquez y del Torres appartenait à la deuxième catégorie. A en croire les articles haletants des magazines, entre Nicholas et elle, cela avait été le coup de foudre dès que leurs regards s'étaient croisés au-dessus de la caisse d'un des nombreux selfs de la station de sports d'hiver. La suite avait été à l'avenant. Saisis par le tourbillon de l'amour, ils avaient procédé à un mariage expéditif à Salt Lake City, puis, sans doute pour fêter ce trop-plein de bonheur, Nicholas avait fait une brève rechute dans la drogue, drôle de manière de célébrer son voyage de noces, songea Lynley. Il en avait émergé tel le phénix qui renaît de ses cendres, preuve sans doute d'une constitution physique exceptionnelle. Mais celle-ci n'aurait pas suffi à le libérer du boulet de la drogue. Ce qui l'avait fait décrocher, c'était la décision d'Alatea Vasquez y del Torres de le quitter deux mois à peine après leur union.

« Je ferais n'importe quoi pour elle, avait déclaré par la suite Nicholas Fairclough. Je mourrais s'il le fallait. Suivre une cure a été un jeu d'enfant. »

Elle lui était revenue, il était resté clean et tout le monde était content. Du moins d'après les récits que Lynley avait glanés ici et là au cours de vingt-quatre heures de recherches sur l'histoire de la famille. Il en déduisait que si Nicholas Fairclough était impliqué de près ou de loin dans la mort de son cousin, il avait agi en dépit du bon sens, car sa femme ne resterait probablement pas aux côtés d'un meurtrier.

Lynley continua à lire tout ce qui lui tombait sous la main concernant les Fairclough. Les informations manquaient de précision, et suintaient l'ennui comparées aux péripéties jalonnant la vie du fils de lord Fairclough. Une sœur divorcée, une sœur vieille fille, un cousin – sans doute le mort – qui gérait les finances familiales, l'épouse de celui-ci, une femme au foyer, et leurs deux jeunes enfants... Un assortiment un peu hétéroclite mais qui ne présentait rien de spécial, du moins en apparence.

A la fin de la deuxième journée, Lynley se campa à la fenêtre de sa bibliothèque d'Eaton Terrace et contempla la rue. Dans son dos, les flammes du radiateur à gaz jetaient un vif éclat dans la lumière crépusculaire. Il se sentait mal à l'aise dans cette histoire, mais que faire pour y remédier ? Son métier consistait à rassembler les preuves de la culpabilité d'un criminel, pas à disculper un innocent. Si le légiste avait conclu à un accident, il semblait absurde de chercher la petite bête. Les médecins légistes savaient quoi chercher, outre les témoignages et les preuves récoltées par les techniciens de la police scientifique. Si la cause de la mort avait été décrétée fortuite, et malencontreuse comme n'importe quel accident, cela aurait dû satisfaire tout le monde, quel que soit le degré de désarroi des membres de la famille affligés par la brutale disparition.

Il était curieux que Bernard Fairclough conteste ce verdict. En dépit de l'enquête et de son résultat, les doutes de cet homme suggéraient qu'il en savait plus long qu'il ne l'avait admis lors de leur entretien au club Twins. Ce qui laissait supposer qu'il y avait anguille sous roche concernant le décès de Ian Cresswell.

Lynley se demanda si Fairclough avait flairé un lézard dans l'enquête sur la noyade, ou s'il n'avait pas parlé lui-même à quelqu'un appartenant à la police.

Tournant le dos à la fenêtre, il regarda son bureau encombré de documents, de notes, de sorties papier éparpillés autour de son ordinateur portable. Il y avait d'autres moyens d'exhumer des renseignements supplémentaires à propos de la mort de Ian Cresswell, si tant est que ces renseignements existent. Il se dirigeait vers le téléphone pour appeler le service de documentation quand l'appareil sonna. Son premier mouvement fut de laisser le répondeur s'enclencher – une habitude prise ces derniers mois – puis il changea d'idée. Il n'avait pas plus tôt décroché que la voix d'Isabelle bourdonna à son oreille.

— Qu'est-ce que tu fiches, Tommy ? Pourquoi n'es-tu pas venu travailler ?

Il avait pensé que Hillier se serait chargé de lui trouver une excuse valable. Manifestement, il ne s'était pas donné cette peine.

— Hillier m'a demandé un petit service. Je pensais qu'il te l'aurait dit.

— Hillier ? Quel genre de service ?

La voix étonnée d'Isabelle n'avait rien de surprenant. Hillier et lui n'étaient pas les meilleurs amis du monde et même en dernier recours, Lynley était bien la dernière personne vers laquelle l'adjoint au préfet se serait tourné.

— C'est confidentiel, répondit-il. Je ne suis pas autorisé à...

— Que se passe-t-il ?

Il s'accorda un instant de réflexion. Il cherchait un moyen de l'informer sans lui dire vraiment ce qu'il en était. Mais elle prit son silence pour une rebuffade.

— Ah, je vois, c'est à cause de moi.

— De toi ? Mais non.

— Je t'en prie, tu sais très bien de quoi je parle. Bob. L'autre soir. Nous ne nous sommes pas revus depuis...

— Que vas-tu imaginer ? la coupa-t-il, alors qu'en son for intérieur il estimait qu'elle n'avait peut-être pas entièrement tort sur ce point.

— Alors, pourquoi tu m'évites ?

— Je ne t'évite pas, ou alors je ne m'en rends pas compte.

Un nouveau silence. Il se demanda où elle était. A cette heure-ci, sans doute encore au Yard, dans son bureau. Il se la figurait assise à son poste, la tête penchée en avant afin d'éviter que sa voix ne porte alors qu'elle parlait dans le combiné. Ses cheveux lisses, couleur d'ambre, ramenés en arrière, derrière une oreille piquée d'un bijou conventionnel mais élégant. Elle avait peut-être enlevé un escarpin et se massait le mollet en préparant sa réplique suivante. Celle-ci le sidéra.

— Tommy, j'ai parlé à Bob hier. Je ne lui ai pas précisé qui, parce que je sais parfaitement qu'il s'en servirait contre moi dès qu'il me sentirait sur le point de craquer. Mais ça, je le lui ai dit.

— Quoi, ça ?

— Que je voyais quelqu'un. Que tu étais venu à la porte pendant que Sandra et lui étaient là, que je t'ai renvoyé parce que les garçons n'étaient pas prêts à te rencontrer... Après tout, c'était la première fois qu'ils descendaient me voir à Londres et il fallait qu'ils s'acclimatent au fait que je vive en ville, à l'appartement, à tout ce qui va avec. Si j'avais fait entrer en plus un homme... Je lui ai dit que je pensais que c'était encore trop tôt et que je t'avais prié de partir. Mais je tenais à ce qu'ils sachent que tu existes.

— Ah, Isabelle.

Lynley comprenait combien cela lui avait coûté d'une part d'avouer qu'elle avait un amant à son ex-mari étant donné le pouvoir que ce dernier détenait sur sa vie et d'autre part de lui apprendre, à lui, ce qu'elle avait dit à l'autre. Elle qui était si fière. Il en savait quelque chose.

— Tu me manques, Tommy. Je n'ai pas envie d'être en froid avec toi.

— On n'est pas en froid.

— Tu es sûr ?

— Oui.

Encore un temps de pause. Finalement, elle était peut-être chez elle, pensa-t-il, assise au bord du lit dans cette chambre où il se sentait toujours claustrophobe. La seule fenêtre était comme scellée au mur, impossible à ouvrir en grand. Le lit, trop petit pour les accueillir tous les deux confortablement. Ce qui était peut-être volontaire après tout, se dit-il. Qu'en déduirait-il si elle l'admettait ?

— Les choses sont compliquées, reprit-il. Elles le sont toujours, n'est-ce pas ?

— Après un certain âge, oui. Le passé est un bagage lourd à porter...

Puis, dans un souffle, elle ajouta :

— Tommy, viens ce soir. Tu viendras, dis ?... Si tu as le temps.

Il se retint de rétorquer que ce n'était pas une question de temps. Elle ne tenait pas compte de ses sentiments ni de son amour-propre. Mais cela aussi, c'était compliqué. Aussi répondit-il :

— Je ne peux rien te promettre.

— A cause de ce truc pour Hillier. J'espère que tu as remarqué que je ne t'ai pas tanné pour en connaître les tenants et les aboutissants. Et je m'engage à ne pas essayer de te tirer les vers du nez. Promis, craché. Même après, et tu sais de quoi je parle puisque tu sais comment tu es après. Quelquefois j'ai l'impression que je te soutirerais n'importe quoi... après.

— Et qu'est-ce qui te retient ?

— Oh, ce ne serait pas réglo ! Et puis ce n'est pas mon style. Je ne suis ni calculatrice ni manipulatrice. Enfin, pas trop.

— Et tu es en train de faire quoi à cet instant ?

— Essayer de te faire venir, mais si je l'admets, ce n'est pas de la manipulation, si ?

Cette remarque le fit sourire. Elle était parfois attendrissante. Sans aucun doute, il continuait à ressentir du désir. Certes, cette liaison ne venait pas à un moment propice à l'amour, et de toute façon ils étaient mal assortis, c'était un fait indéniable. Cependant, il avait envie de la prendre dans ses bras.

— Ce sera peut-être tard, la prévint-il.

— Ça ne fait rien. Tu viendras, Tommy ?

— Tu peux compter sur moi.

Avant de se rendre chez Isabelle Ardery, il avait encore quelques petits problèmes à régler. Il préférait ne pas le faire au téléphone, pour la simple raison qu'il tenait à vérifier de ses propres yeux si sa demande n'était pas malvenue. Ceux dont il voulait solliciter l'assistance ne lui refuseraient en effet jamais rien.

Le côté officieux de cette enquête entravait considérablement sa liberté d'action. Il lui faudrait déployer des trésors de ruse dans le but de se conformer aux exigences de confidentialité prescrites.

Il se reprocha de ne pas avoir insisté auprès de Hillier pour qu'il l'autorise à emmener un autre policier, sauf que ceux dont il appréciait les compétences auraient eu du mal à passer inaperçus dans le Cumbria. Avec son mètre quatre-vingt-treize et sa peau aussi noire que du thé fort, le sergent Winston Nkata ne pouvait en aucun cas espérer se fondre à la palette automnale du Lake District. Quant au sergent Barbara Havers, qui, en dépit de ses manies exaspérantes, aurait en d'autres circonstances été son premier choix, il la voyait déjà arpentant le Cumbria, cigarette au bec, à croire que les gens allaient être assez stupides pour la confondre avec une randonneuse en goguette. Barbara était un flic génial, mais la discrétion n'était pas son fort. Si Helen avait encore été de ce monde, elle aurait constitué la partenaire parfaite. En plus, elle aurait été ravie. « Tommy, mon chéri, nous voilà incognito ! Mon Dieu que c'est amusant. J'ai toujours rêvé d'enquêter comme Tuppence[1]. » Mais Helen n'était plus là, elle n'était plus en vie ! Cette pensée le propulsa dehors.

Il se rendit à Chelsea en voiture par King's Road. Le trajet le plus direct pour gagner Cheyne Row mais pas le plus rapide, puisque la fameuse et étroite artère n'était qu'une

---

1. Tommy et Tuppence Beresford, personnages de romans d'Agatha Christie.

suite de boutiques de mode, de chausseurs, d'antiquaires, de pubs et de restaurants qui attiraient une foule grouillante. Les trottoirs étaient noirs de monde et à la vue de tous ces gens – si jeunes en plus –, il se sentit soudain accablé de mélancolie et de regrets. Il ne savait trop ce qu'il regrettait, et ne voulait pas tellement non plus le savoir.

Il se gara dans Lawrence Street, non loin de Lordship Place. Après quoi, au lieu de continuer vers Cheyne Row, il remonta la rue jusqu'à l'entrée principale de la grosse maison en briques. Il franchit le portail au coin de la rue.

Le jardin avait revêtu ses habits d'automne et se préparait aux froidures hivernales. Des feuilles parsemaient le gazon jauni que personne ne semblait se soucier de ratisser. Le long des plates-bandes, les plantes défleuries depuis longtemps penchaient dangereusement en avant, comme si une main invisible cherchait à les plaquer au sol. Les fauteuils en osier avaient disparu sous des housses en toile. De la mousse poussait entre les briques de l'allée que Lynley suivit jusqu'au perron. Là, un escalier descendait au sous-sol où se trouvait la cuisine. Une lumière y brillait. Il distingua une forme qui bougeait derrière la vitre couverte de buée à l'intérieur.

Il frappa deux coups. Un chien aboya. Il ouvrit la porte en disant :

— Joseph ! C'est moi. Je suis entré par la porte de derrière.

— Tommy ?

Ce n'était pas la voix à laquelle Lynley s'était attendu.

— Tu joues au commis voyageur ? ajouta la fille de son ami.

Elle surgit soudain précédée d'un petit chien, un teckel à poils longs : Peach. Peach aboya en faisant des bonds en l'air, une danse plutôt débridée pour un animal qui portait le doux nom de « pêche », mais c'était sa façon coutumière de souhaiter la bienvenue. La preuve vivante de l'affirmation de Deborah Saint James selon laquelle il lui fallait un chien qu'elle puisse porter, parce qu'elle était incapable de dresser quoi que ce soit.

— Salut ! fit Deborah. Quelle bonne surprise.

Elle prit le chien sous son bras et le serra affectueusement contre elle tout en embrassant du bout des lèvres la joue de Lynley.

— Tu restes dîner, décréta-t-elle. La principale raison étant que c'est moi qui suis aux fourneaux.

— Eh bien, ça alors. Où est ton père ?

— A Southampton, pour l'anniversaire. Il n'a pas voulu que je l'accompagne cette année. C'est le vingtième, tu vois.

— Ah.

Lynley savait que Deborah ne lui en dirait pas davantage. Moins pour éviter d'évoquer la mort de sa mère survenue alors qu'elle avait sept ans que par délicatesse, afin de ne pas lui rappeler son propre deuil.

— De toute façon, il revient demain. Pauvre Simon, il va être obligé de goûter à ma cuisine. Tu voudrais peut-être le voir, au fait ? Il est en haut.

— Je suis venu vous voir tous les deux. Qu'est-ce que tu nous concoctes, alors ?

— Un hachis Parmentier. Avec de la purée instantanée. C'est déjà pas mal, tu trouves pas ? Et puis c'est toujours de la pomme de terre. Avec ça, des brocolis... à la crétoise... avec plein d'huile d'olive et d'ail. Plus une salade, tout aussi bien assaisonnée. Tu restes ? Même si c'est infect, tu pourras toujours mentir et prétendre que tu as l'impression de manger de l'ambroisie. Je saurai que tu mens, bien sûr. Je le devine toujours, tu sais. Mais ça ne fait rien, parce que si tu dis que c'est succulent, Simon sera obligé de t'imiter. Ah, oui, et il y a aussi un dessert.

— Un dessert... Alors, ça, je ne peux pas résister.

— Tu vois ? Tu mens. Mais entendu, je jouerai le jeu. En fait, c'est une tarte.

— La tarte à la crème de Scotland Yard ?

— Très drôle, lord Asherton. Alors, tu restes, oui ou non ? C'est une tarte aux pommes et aux poires.

— On ne peut rien te refuser. Est-il... ? lança Lynley en désignant l'escalier d'un coup d'œil.

— Dans son bureau. Vas-y. Je vous rejoindrai dès que j'aurai inspecté l'état des choses dans le four.

Une fois en haut de l'escalier, il longea le couloir en se laissant guider par le son de la voix de Simon Saint James. Son bureau correspondait à la pièce qui dans un foyer ordinaire aurait correspondu au salon et dont les fenêtres donnaient sur la rue. Des rayonnages bourrés de livres tapissaient trois murs sur quatre, le quatrième était consacré à l'exposition des photographies de Deborah. Lynley trouva son ami incliné sur sa table de travail, fourrageant d'une main dans ses cheveux pendant qu'il parlait au téléphone. Manifestement, tout n'était pas luxe et volupté dans la vie de son ami, se dit Lynley.

— Je suis d'accord avec toi, David. Oui, toujours. De mon point de vue, c'est aussi la solution... Oui, oui. Je comprends... Je vais lui en toucher de nouveau un mot... Combien de temps... ? Quand veut-elle nous voir... ? Oui, je vois...

Levant les yeux, il aperçut Lynley qu'il salua d'un signe de tête.

— ... Bon, entendu. Embrasse mère et ta petite famille.

Il raccrocha. Lynley avait déduit de la dernière phrase que son interlocuteur avait été son frère aîné, David.

Saint James se pencha sur le côté pour prendre appui sur un coin de sa table avant de se lever péniblement, handicapé qu'il était par sa jambe paralysée maintenue par une prothèse. Il se déplaça jusqu'à un assortiment de bouteilles posées sur la table roulante devant la fenêtre.

— Whisky, c'est ça la solution, dit-il à Lynley. Je prendrai le mien serré et sans eau. Et le tien ?

— Pareil. Tu as des ennuis ?

— Mon frère David a rencontré une fille à Southampton qui veut faire adopter son bébé. Tout se négocierait dans la plus grande discrétion, par l'entremise d'un avocat.

— Quelle bonne nouvelle, Simon ! Vous devez être ravis, après tout ce temps.

— On devrait l'être, oui, c'est une chance extraordinaire à laquelle on ne s'attendait pas.

Il déboucha une bouteille de Lagavulin et leur en versa à chacun trois doigts. Lynley accepta son verre bien rempli des mains de Simon avec un haussement de sourcils face à cette prodigalité.

— On le mérite, du moins moi, et toi aussi je suppose.

Il esquissa un geste vers la cheminée et les vieux fauteuils défoncés au cuir craquelé qui étaient des invitations à la paresse et à l'ivresse.

— Quel est le problème ? s'enquit Lynley.

Saint James jeta un coup d'œil à la porte, préférant manifestement ne pas être entendu de Deborah.

— La mère souhaite une adoption « ouverte ». Elle revendique le droit non seulement pour elle mais aussi pour le père de voir l'enfant. Elle a quinze ans, lui seize.

— Je vois.

— Deborah a tout de suite dit qu'il n'était pas question de partager son enfant.

— Cela me paraît raisonnable.

— Et encore moins de le partager avec des adolescents. Elle dit que ce serait comme adopter trois enfants au lieu d'un. Sans parler de leurs familles respectives, alors ça fait beaucoup de gens.

Il but une lampée de whisky.

— Je la comprends.

— Moi aussi. La situation est loin d'être idéale. D'un autre côté... On a reçu les derniers résultats des analyses, Tommy. C'est sûr maintenant. Il est peu probable qu'elle puisse jamais concevoir.

Lynley le savait déjà. Cela faisait un an qu'il était au courant. Deborah s'était enfin décidée à avouer à son mari cette vérité dont elle avait été seule à porter le fardeau depuis plus de douze mois.

Pourtant, Lynley se tut. Les deux hommes méditèrent un moment en buvant leur Lagavulin. Un cliquetis de pattes de chien sur le parquet du couloir signala l'approche de Peach, et donc de sa maîtresse.

— Deborah m'a invité à dîner, informa-t-il Saint James. Mais si ça t'embête, je peux inventer une excuse.

— Oh, mais pas du tout. Au contraire. Tu me connais. Je donnerais cher pour éviter une conversation pénible avec la femme que j'aime.

Deborah fit son entrée en claironnant :

— Je vous ai apporté quelques petits amuse-gueules. Des allumettes au fromage. Peach en a déjà mangé une, alors je peux vous garantir qu'elles sont délicieuses, du moins pour un chien. Ne te lève pas, Simon. Je vais me servir mon verre de sherry.

Elle posa son assiette sur le pouf entre les deux fauteuils, chassa le teckel gourmand et se dirigea vers la table roulante en disant à son mari par-dessus son épaule :

— Tommy a quelque chose à nous annoncer à tous les deux. Je ne sais pas de quoi il s'agit, mais si c'est à propos de la Healey Elliott, je suis d'avis qu'on l'achète sans hésiter, si tu es d'accord, Simon.

— Ne te berce pas d'illusions, répliqua Lynley. Je serai enterré dans cette voiture.

— Zut ! s'exclama Saint James avec un large sourire.

— Tu vois, j'ai essayé, lui dit sa femme en se perchant sur le bras de son fauteuil et en se tournant vers Lynley. Alors, qu'est-ce qui t'amène, Tommy ?

Après une légère hésitation qui lui donna le temps de décider de la formulation de sa requête, il répondit :

— Je me demandais si vous seriez tentés tous les deux par une petite virée automnale dans le Lake District ?

Chelsea
Londres

Elle ne se couchait jamais le soir avant de s'être démêlé les cheveux. C'était parfois lui qui la coiffait, d'autres fois il se contentait de regarder. Elle avait de longs cheveux roux naturellement bouclés, indomptables, et c'est pourquoi Simon les aimait tant. Ce soir, il la contemplait de leur lit, adossé à ses oreillers. Elle se tenait debout à quelques mètres devant lui et l'observait dans le miroir au-dessus de la commode.

98

— Tu es sûr que tu peux te permettre de t'absenter ? s'enquit-elle.

— C'est seulement quelques jours. Et toi, tu peux ? Et surtout, tu en as envie ?

— La dissimulation n'étant pas mon fort, tu veux dire ?

Elle posa sa brosse et s'approcha du lit. Elle portait une chemise de nuit en coton fin, qu'elle enleva comme d'habitude, avant de se glisser entre les draps. Qu'elle dorme nue plaisait à Simon. Il aimait la trouver couchée auprès de lui, toute douce et chaude, pendant qu'il rêvait.

— C'est le genre de chose que Helen aurait adoré, fit-elle remarquer. Je me demande si Tommy y a pensé.

— Peut-être.

— Hum. Oui. Bon, je suis disposée à lui fournir toute l'aide dont je suis capable. Il y a une piste que je pourrais suivre concernant Nicholas Fairclough, si j'ai bien compris ce que nous a raconté Tommy. Ce serait déjà un point de départ... « J'ai été très intéressée par votre projet dans cet article sur le jardin d'art topiaire de vos parents... » Blablabla. Il y a là un bon sujet de documentaire. Sinon, je ne vois pas en quoi je pourrais être utile. Et toi ?

— Mettre la main sur les éléments de l'enquête ne présente aucune difficulté. Le rapport du médecin légiste est à ma disposition. Pour le reste, j'en suis moins sûr. C'est une drôle d'affaire, tu avoueras.

Et à propos de drôle d'affaire, songea-t-il, il y en avait une autre qui ne pouvait plus attendre.

— David a téléphoné, enchaîna-t-il en passant du coq à l'âne. J'étais au téléphone avec lui quand Tommy est arrivé.

La réaction de Deborah, bien que muette, était presque palpable. Il sentit qu'elle retenait sa respiration. Il l'informa :

— La fille voudrait nous rencontrer. Ses parents et le garçon seront là. Elle préfère que cela se passe ainsi, et l'avocat a...

— Je ne peux pas, laissa tomber Deborah qui était assise très droite dans le lit. J'ai bien réfléchi, Simon. J'ai examiné la situation sous tous ses angles. Je t'assure, tu dois me croire. Quel que soit le point de vue, je pense que dans la balance les désavantages pèsent plus lourd.

— Ce n'est pas usuel, mais d'autres gens s'en sont arrangés.

— Peut-être, mais je ne suis pas « d'autres gens ». On nous force la main pour que nous acceptions de partager la garde d'un enfant avec sa mère biologique, son père biologique, ses grands-parents biologiques et Dieu sait qui d'autre. Je sais que c'est moderne et tout ça, mais non, il n'en est pas question. Je ne vais pas aller à l'encontre de mes convictions.

— Il y a des chances qu'ils finissent par se lasser, rétorqua Simon. Ils sont très jeunes.

Deborah, comme mue par un ressort, se tourna vers lui et s'écria :

— Se lasser ? On parle d'un enfant, pas d'un chiot. Ils ne vont pas se lasser. Toi, tu t'en lasserais ?

— Non, mais je ne suis pas un gamin de quinze ans. De toute façon, on pourrait trouver des arrangements. Des clauses rédigées par un avocat.

— Non ! Ne me pose plus la question, s'il te plaît. Je ne peux tout simplement pas.

Il n'insista pas. Elle se détourna. Ses cheveux lui tombaient dans le dos presque jusqu'à la taille. Il avança l'index et une mèche s'enroula autour de son doigt.

— Tu veux bien réfléchir encore un peu avant de décider ? Elle voudrait nous rencontrer. Cela ne nous engage à rien. Tu pourrais la prendre en affection, elle, sa famille, le garçon. Tu sais, qu'elle souhaite rester en communication avec son enfant... ce n'est pas si mauvais, Deborah.

— De quelle manière est-ce bon ? articula-t-elle, toujours le dos tourné.

— Elle a peut-être le sens des responsabilités. Ce n'est pas le genre à abandonner son enfant et à continuer sa vie comme si de rien n'était. D'une certaine façon, elle veut être là pour lui, afin de répondre à ses questions quand il viendra à s'en poser.

— Nous serions là pour y répondre. Tu le sais aussi bien que moi. Et pourquoi, peux-tu m'expliquer, si elle veut jouer un rôle dans la vie de son enfant, avoir choisi un couple de Londres plutôt que des gens de Southampton pour parents adoptifs ? Cela n'a pas de sens. Elle est bien de Southampton, non ?

— Oui.

— Tu vois...

Il concevait qu'elle ne puisse supporter une déception de plus. Mais s'ils ne continuaient pas à aller de l'avant, s'ils n'exploraient pas toutes les possibilités qui s'offraient à eux, ils finiraient par se fermer toutes les portes alors qu'ils désiraient un enfant. Car ils désiraient bien un enfant ?

La véritable question se posait en effet en ces termes. La formuler revenait à marcher sur un champ de mines. Il était marié à Deborah depuis assez longtemps pour savoir qu'il y avait des terrains sur lesquels il valait mieux ne pas s'aventurer. Tout haut, il dit :

— Tu as une autre solution ?

Elle ne répondit pas tout de suite. Toutefois il eut la sensation qu'elle avait une autre idée en tête, mais qu'elle était réticente à la lui livrer. Il répéta sa question. Cette fois, la réponse jaillit des lèvres de Deborah comme si elle n'avait pas réussi à la retenir.

— La mère porteuse.

Il était soufflé.

— Bon sang, Deborah, c'est flippant...

— Une mère qui ne porterait pas son enfant mais le nôtre, Simon. Notre embryon, notre bébé. Il ne serait pas à elle, ce serait le nôtre. Elle ne serait pas attachée à lui. En tout cas, elle n'aurait aucun droit sur lui.

Simon était accablé. Comment ce qui pour tant de gens était la chose la plus naturelle du monde était-il devenu pour eux un bourbier où ils pataugeaient entre rendez-vous médicaux, spécialistes, avocats, questions, réponses... ? Et maintenant ? Des mois allaient s'écouler avant qu'ils ne trouvent une mère porteuse, s'entretiennent avec elle, vérifient qu'elle était bien sous tous rapports pendant que Deborah se bourrerait de médicaments qui détraqueraient son fragile équilibre hormonal dans le seul but de « récolter » (Dieu, ce verbe !) ses ovules alors qu'il se retirerait dans les toilettes avec un récipient où il déposerait sa semence sans passion, ni amour, ni tendresse. Tout cela pour obtenir – avec beaucoup de chance – un enfant qu'ils qualifieraient de biologiquement leur. Bref, le processus paraissait horriblement compliqué, inhumain et son succès loin d'être garanti.

— Deborah, prononça-t-il avec une hésitation à peine audible qui signalait à sa femme qu'il allait lui dire quelque chose qu'elle aurait préféré ne pas entendre.

Que ses paroles lui soient dictées par son désir de la protéger ne viendrait pas à l'esprit de Deborah. Heureusement, dans un sens. Elle détestait qu'il cherche à lui épargner les vicissitudes de l'existence, même si, d'après Simon, elle était plus sensible aux coups du sort qu'il n'était nécessaire, sinon souhaitable.

— Je sais ce que tu penses, répliqua-t-elle à voix basse. Ce qui veut dire que nous sommes dans une impasse ?

— Nos points de vue diffèrent, c'est tout. Nous abordons la question sous des angles différents. L'un de nous prend pour une occasion à ne pas manquer ce que l'autre considère comme une difficulté insurmontable.

Elle s'accorda un moment de réflexion, puis déclara en parlant très lentement :

— Alors, il n'y a rien à faire. C'est bizarre.

Elle s'allongea auprès de lui et lui tourna le dos. Il éteignit la lampe et posa sa main sur la hanche de Deborah. Elle resta totalement immobile, figée.

Wandsworth
Londres

Il était presque minuit lorsque Lynley arriva. En dépit de sa promesse, il savait qu'il aurait mieux fait de rentrer chez lui et de se coucher, quitte à passer une mauvaise nuit. Mais il avait quand même roulé jusqu'à chez Isabelle et s'y introduisit avec sa clé.

Il eut la surprise de la trouver pratiquement derrière la porte. Ce qui l'étonna, car à cette heure elle aurait dû être couchée. Une lumière brûlait à côté du canapé sur lequel était posé un magazine ouvert, sans doute abandonné par elle quand elle avait entendu le bruit de la serrure. Elle avait aussi laissé sa robe de chambre sur les coussins et, comme elle ne portait rien en dessous, elle s'avança vers lui dans le plus simple appareil. Il ferma le battant derrière lui. Elle noua ses bras autour de son cou et lui offrit ses lèvres.

Elle avait un goût de citron. L'espace d'un instant, il se demanda si cette saveur ne dissimulait pas un retour à ses vieilles habitudes. Peu lui importait si elle avait bu. Il caressa ses hanches, sa taille, ses seins.

Elle se mit à le déshabiller.

— C'est très mal, tu sais, chuchota-t-elle.

— Qu'est-ce qui est mal ? répliqua-t-il dans un murmure.

— Je n'ai pensé qu'à ça toute la journée.

Sa veste tomba au sol, elle déboutonna sa chemise. Il l'embrassa dans le cou.

— C'est mal pendant le service.

— Ça vaut aussi pour toi.

— Ah, moi, je suis plus discipliné.

— Vraiment ?

— Oui.

— Et si je te touche là ?

Elle joignit le geste à la parole. Il sourit.

— Que fais-tu de ta discipline alors ? le taquina-t-elle.

— Ce que tu fais de la tienne si je t'embrasse là, si je sors ma langue...

Elle laissa échapper un soupir d'aise et gloussa.

— Vous êtes diabolique, inspecteur. Sachez que j'ai moi aussi plus d'un méchant tour dans mon sac. Voyons...

Dépouillé par ses soins de son pantalon, il était à présent nu comme un ver. Elle se serra contre lui. Elle était aussi prête que lui.

— La chambre ? souffla-t-il.

— Pas ce soir, Tommy.

— Ici, alors ?

— Oui, oui, ici.

2 novembre

Bryanbarrow
Cumbria

Etant donné l'heure, Zed Benjamin avait pu trouver une bonne table au pub Willow & Well et depuis cinquante minutes il guettait un événement qui devait se produire de l'autre côté d'un vitrage dont les baguettes de plomb avaient besoin d'être remplacées. De la fenêtre se dégageait un souffle glacé qui aurait pu être celui de l'ange de la Mort. L'avantage, c'était que personne ne s'étonnerait de le voir garder à l'intérieur le bonnet de ski en tricot qui lui servait à dissimuler sa tignasse flamboyante et à rendre sa présence plus discrète. Hélas, il ne pouvait rien contre sa taille de géant, sinon se tasser dès qu'il y pensait.

Et c'était justement ce à quoi il s'appliquait. De la posture « voûté au-dessus de sa pinte de bière » il était passé à celle qui consistait à s'affaler sur son siège, les jambes allongées devant soi, si bien qu'il avait les fesses aussi engourdies que le cœur d'un proxénète. Il avait beau prendre son mal en patience, rien ne laissait présager une quelconque illumination dans le spectacle offert par le village de Bryanbarrow tel qu'il s'encadrait dans la fenêtre du pub.

A son troisième jour déjà dans le Cumbria, il n'avait pas encore trouvé ce quelque chose de sexy qui allait empêcher Rodney Aronson de flanquer au panier son article sur Nicholas Fairclough. Jusqu'ici, il avait seulement pondu quinze vers d'un nouveau poème que pour rien au monde il ne mentionnerait à l'odieux rédacteur en chef de *The Source* lors de son appel téléphonique quotidien. Ce dernier voulait savoir s'il avait avancé et se faisait un malin plaisir de lui rappeler que ce voyage était entièrement à ses frais. Comme s'il pouvait l'oublier. Comme s'il n'avait pas pris la chambre la plus modeste du plus modeste des bed and breakfast de la région : sous les combles dans une des innombrables maisons qui bordaient à touche-touche toutes les rues de Windermere, celle-ci dans Broad Street pas très loin de la bibliothèque municipale. Il était obligé de se pencher pour entrer dans sa chambre et pratiquement de danser le limbo s'il voulait se déplacer une fois à l'intérieur. Il était chauffé par le reste de la maison. Le W-C se trouvait à l'étage du dessous. Cela dit, le prix était si bon marché qu'il n'avait pas hésité une seconde. En compensation, semblait-il, à la myriade de désagréments présentée par le gîte, la logeuse offrait un couvert somptueux, en d'autres termes un petit déjeuner si plantureux, entre porridge et pruneaux, que depuis son arrivée Zed avait pu se passer de déjeuner. L'économie d'argent se doublait, en outre, d'une économie de temps, puisque celui qu'il aurait passé à manger, il le consacrait à épier dans l'espoir de surprendre la personne – l'autre personne à part lui – attirée en ces lieux par la mort de Ian Cresswell. Mais si Scotland Yard avait dépêché un de ses limiers pour enquêter sur la malencontreuse noyade du cousin de Nicholas Fairclough, Zed n'avait pas encore réussi à le repérer. Et tant qu'il ne l'avait pas vu, il était dans l'incapacité de changer « La neuvième vie » en « Neuf vies et une mort ».

Bien entendu, Rodney Aronson connaissait l'identité de l'inspecteur. Là-dessus, Zed était prêt à parier une semaine de son maigre salaire. Et une semaine de plus que ce salaud prévoyait de le virer si Zed n'arrivait pas à localiser ledit inspecteur, ce qui reviendrait à couler son papier. Rodney serait trop content, car il n'encaissait pas chez Zed un certain mélange de culture et d'aspirations personnelles.

Non qu'il ait donné tellement suite à ses aspirations ni que celles-ci le mèneraient bien loin. Oh, il est tout à fait possible de faire carrière de nos jours en écrivant de la poésie, mais elle ne vous mettra pas un toit au-dessus de votre tête.

Ce qui lui fit penser au toit sous lequel il vivait à Londres, et du coup à tous ceux qui vivaient sous ce même toit, ce qui l'amena à songer à ce qu'ils avaient dans le crâne puis enfin aux intentions de sa mère.

Au moins, pour le moment, il n'avait pas à se préoccuper de ces intentions, se dit Zed. Un matin, peu après la première nuit de Yaffa Shaw entre leurs murs – un événement qui s'était produit avec une précipitation stupéfiante, y compris pour sa mère – la jeune femme avait arrêté Zed devant la porte de la salle de bains, trousse de toilette en éponge à la main, et avait murmuré : « Pas d'inquiétude, Zed. D'accord ? » Comme il n'avait que son boulot en tête, il avait d'abord cru qu'elle faisait allusion à ce qui l'attendait, à savoir un troisième voyage dans le Cumbria. Puis il avait compris qu'elle parlait de sa présence dans l'appartement et de la volonté de sa mère à lui de les obliger à se frotter l'un à l'autre jusqu'à user leurs forces de résistance au point qu'ils succomberaient aux fiançailles, au mariage et à la procréation.

Zed avait émis un bruit en tripotant la ceinture de sa robe de chambre. Elle était trop courte pour lui, au même titre que son bas de pyjama. Etant donné qu'il n'avait jamais réussi à caser ses pieds dans aucune paire de chaussons, il se promenait le matin en chaussettes dépareillées. Il avait eu l'impression d'être ce que Jack avait découvert au sommet du haricot magique, surtout face à Yaffa dont l'élégante silhouette était vêtue d'un ensemble coordonné d'une couleur qui rehaussait à la fois la douceur de sa peau et l'éclat de ses yeux.

Yaffa avait regardé par-dessus son épaule vers la cuisine, d'où sortaient des bruits de petit déjeuner en voie de préparation.

« Ecoute, Zed, lui avait-elle déclaré avec le plus grand calme. J'ai un petit ami à Tel-Aviv, il est étudiant en médecine, alors tu n'as pas à t'inquiéter. »

Elle avait ramené en arrière ses cheveux – noirs, bouclés et lui tombant sur les épaules assez joliment, alors que jusqu'ici il l'avait vue le visage dégagé – et lui avait adressé un sourire qu'il n'avait pu qualifier que de malicieux.

« Je n'ai rien dit à ta maman, avait-elle ajouté. Tu comprends, ça... »

Elle avait incliné la tête en direction de la chambre de sa sœur.

« ... me permet d'économiser des tonnes de fric. Je n'ai plus besoin de travailler autant et j'ai pu m'inscrire à un cours supplémentaire. Et si je peux faire la même chose aux prochains semestres, je terminerai mes études plus tôt et je rentrerai enfin retrouver Micah.

— Ah.

— Quand elle nous a présentés tous les deux, j'ai bien vu ce qu'elle avait en tête, alors je me suis abstenue de lui parler de lui. J'ai besoin de cette chambre, c'est pas de la blague, et si tu es prêt à jouer la comédie, je veux bien te suivre...

— Où ? »

Il s'était soudain aperçu qu'il répliquait par monosyllabes et qu'il ne voyait pas du tout où elle voulait en venir.

« On n'a qu'à faire semblant.

— Quoi ?

— De flirter, toi et moi. On n'a qu'à jouer à ceux qui "tombent amoureux..." »

Elle avait levé les mains et mimé avec deux doigts une paire de guillemets.

« ... Ensuite, le moment venu, je te briserai le cœur. Ou tu briseras le mien. Peu importe, même si connaissant ta mère, il vaut mieux que ce soit moi qui brise le tien. Il nous faudra sortir une ou deux fois ensemble et nous parler régulièrement sur nos portables quand tu seras en déplacement. De temps en temps, tu pourras m'envoyer des baisers sonores et me jeter de longs regards langoureux à la table du petit déjeuner. Cela me permettra de suivre ce cours supplémentaire à la fac, et toi, tu auras moins ta mère sur le dos. Il faudra se montrer un peu affectueux l'un envers l'autre, mais pas la peine de coucher ensemble, ce serait manquer de respect à ta mère. Je crois que ça marchera. Et toi ?

— Je vois, avait-il acquiescé, toujours laconique, mais content d'avoir articulé deux mots au lieu d'un.

— Alors ? Tu es partant ?

— Oui... On commence quand ? »

(Quatre mots !)

« Maintenant, à la cuisine. »

Aussi, quand pendant le petit déjeuner Yaffa l'avait interrogé sur son reportage dans le Cumbria, il avait joué le jeu. Contre toute attente, elle posait d'excellentes questions. Devant l'intérêt apparent qu'elle portait à son métier, la mère avait gratifié le fils d'un sourire radieux. Et quand il avait été sur le départ, elle l'avait serré affectueusement contre son cœur en lui disant :

« Tu vois, tu *vois*, mon fils ! »

Il était parti avec ce souvenir et dans sa poche, un petit mot de Yaffa : *Attends trente-six heures, appelle à la maison, demande à ta mère si tu peux me parler. Je te communiquerai mon numéro de portable à portée de son oreille. Bonne chasse dans le Cumbria, mon ami.* Il avait téléphoné exactement trente-six heures plus tard et de nouveau s'était trouvé tout étonné d'éprouver du plaisir à sa brève discussion avec Yaffa Shaw. Sans doute, se disait-il, parce qu'ils jouaient cartes sur table. Il n'y avait pas de pression. Et pour sa part, il fonctionnait mieux quand il n'était pas sous pression.

Il aurait bien voulu en dire autant de son investigation. Jusqu'ici, sa planque à Bryanbarrow n'avait rien donné. Cependant il ne voyait pas d'autre endroit où se poster s'il voulait identifier l'inspecteur de Scotland Yard. De la fenêtre du Willow & Well, il avait une vue dégagée sur la ferme de Ian Cresswell, de l'autre côté de la pelouse bordée d'arbres qui servait de place de village. Le vieux manoir se profilait derrière un mur de pierres sèches et, disposé à angle droit par rapport à la place, se distinguait un cottage dont l'état de vétusté faisait peine à voir.

Zed était attablé depuis deux heures devant sa pinte quand il perçut enfin un mouvement. Non pas devant le manoir, mais du côté du cottage. En émergèrent un homme et un adolescent. Ils marchaient côte à côte. Quand ils arrivèrent au milieu de la pelouse, l'homme déplia un marchepied qu'il plaça sur le tapis de feuilles mortes – il y avait des chênes en bordure du gazon. L'homme s'assit sur l'escabeau et fit signe au garçon qui portait à la main ce qui ressemblait à un vieux drap de lit et sous le bras une boîte à chaussures. L'adolescent enveloppa les épaules de l'homme avec le drap et de la boîte sortit une paire de ciseaux, un peigne et un miroir à main. L'homme ôta sa casquette en tweed et secoua la tête : le garçon pouvait commencer.

Ce ne pouvait être que George Cowley et son fils Daniel, se dit Zed. Il savait que le mort avait eu un fils, mais il imaginait mal celui-ci traînant sur la propriété et encore moins coupant les cheveux du fermier. Pourquoi se livrer à cette activité au milieu de la place du village ? Une question intéressante, quoique la réponse fût sans doute très simple : ils s'épargnaient ainsi la corvée du nettoyage. Evidemment, cela ne devait pas augmenter le « capital sympathie » de George Cowley auprès des autres habitants de Bryanbarrow, surtout de ceux qui occupaient la rangée de maisons en face de la pelouse.

Zed vida sa pinte, un fond de bière tiède et plate, et sortit. Il se dirigea vers les deux individus au milieu de la pelouse. Le fond de l'air était froid et le souffle de la brise était chargé d'odeurs de feu de bois et de bouse de vache. Au-delà de la ferme Bryan Beck des moutons bêlaient, auxquels semblait répondre un raffut de canards provenant de l'enceinte de la propriété qui se prolongeait à l'ouest du village hors de la vue de Zed.

— Bonjour ! lança Zed en saluant d'un hochement de tête l'homme et l'adolescent. Vous êtes Mr Cowley, je suppose.

S'il pouvait se permettre cette supposition, c'était qu'il s'était longuement entretenu au cours de sa première heure de guet avec le tenancier du Willow & Well, qui l'avait bien entendu confondu avec un des innombrables randonneurs qui visitaient le Lake District, rêvant de découvrir ce dont le poète Wordsworth s'était émerveillé avec tant de vibrante passion, ou pour contempler le milieu naturel de Pierre

Lapin[1], dont la vente des produits dérivés avait permis de contrer la tendance naturelle des hommes à massacrer les paysages en y construisant des hideurs architecturales. Son interlocuteur s'était montré loquace et disposé à éclairer Zed sur ce qu'il appelait « les vrais lacs » en se répandant en ragots sur leurs riverains, dont un bon nombre d'après lui étaient des « personnages typiques du Cumbria », tel justement, ce qui était bien pratique, le dénommé George Cowley. « Un sacré énergumène, le George ! s'était exclamé le patron du pub. Et rancunier avec ça, je vous dis pas. Il a l'esprit querelleur, comme tous ceux de son espèce. Ça me fend le cœur pour son garçon, un père qui aime rien que la bagarre et son putain de clébard. » L'animal incriminé était un border collie que Zed avait vu s'arrêter devant la haie lorsque Cowley et fils avaient traversé la rue afin de gagner la pelouse municipale. Il avait suffi d'un mot de son maître pour qu'il se couche sagement en sphinx. Il n'avait pas bougé depuis, mais ne perdait pas une miette du spectacle.

Cowley regarda Zed approcher d'un air méfiant. Le fils suspendit son geste, gardant les ciseaux au-dessus de la tête paternelle.

— Continue, Dan, lui ordonna Cowley par-dessus son épaule en détournant les yeux de Zed.

— Jolie ferme que vous avez là, lui lança Zed sans se laisser refroidir par l'accueil. C'est rare, une exploitation en plein village.

— C'est pas ma ferme, bougonna George Cowley.

— C'est vous le fermier, non ? C'est pas un peu pareil ?

Cowley lui coula un regard méprisant.

— Pas vraiment. Et de toute façon, qu'est-ce que ça peut vous faire ?

Zed jeta un coup d'œil au fils. Le jeune Daniel piquait un fard.

— Rien, répondit Zed. C'est juste une belle propriété. Le manoir et tout le reste. Je m'intéresse aux vieilles bâtisses. Elle est très ancienne, n'est-ce pas ? Je parle de la maison...

_____

1. Héros de livres pour enfants écrits et illustrés par Beatrix Potter.

— Possible, concéda Cowley en plissant le front. Dan, tu coupes ou tu coupes pas ? Je vais pas attendre toute la journée dans le froid. Et on a des trucs à voir.

Daniel informa gentiment Zed.

— Elisabéthaine, je crois. C'était là que nous habitions, avant.

— Dan !

— Pardon.

Il se remit à jouer des ciseaux et du peigne avec une dextérité qui démontrait qu'il n'en était pas à sa première coupe de cheveux.

— Et pourquoi toutes ces questions ?

— Hein ?

— Le manoir. La ferme. Qu'est-ce que vous cherchez ? C'est quoi vos intentions ? Commerciales ?

Zed avait mis au point un argumentaire lui permettant de soutirer des renseignements avec une relative discrétion.

— Oh, je me passionne pour l'histoire des endroits que je visite. Au Willow & Well, le patron m'a dit que le plus vieux bâtiment du village était ce manoir.

— Faux. Le cottage est plus vieux d'au moins cent ans.

— Vraiment ? Alors, il est sûrement hanté…

— C'est ça qui vous amène ? Les fantômes ? Ou… quelque chose d'autre ?

Le ton était plus cinglant.

Cet homme était décidément très soupçonneux. Peut-être cachait-il des pièces d'argent dans le conduit de sa cheminée ou quelque chose d'approchant ? Il aurait pris Zed pour un cambrioleur se livrant à un petit repérage ?

— Désolé, dit-il, affable. Je suis seulement de passage, vous n'avez rien à craindre.

— Je crains rien. Dan et moi, on prend soin de nous-mêmes.

— Oui, bien sûr, désolé, répliqua Zed en forçant la note désinvolte. Je suppose que peu de gens vous interrogent sur la ferme ? En plus, à cette saison, la région est déserte. Il n'y a pas grand monde de toute façon.

Zed avait l'impression de sonner comme un disque rayé. Il lui faudrait trouver une méthode d'approche plus subtile.

— Si c'est l'histoire qui vous intéresse, je peux vous en donner, moi, de l'histoire, déclara Cowley tout à trac.

Sur ces paroles, il croisa les bras sous le drap qui protégeait ses vêtements, une posture qui en soi semblait mettre un point final à la conversation.

— Papa, souffla Daniel d'une voix lourde de sous-entendus.

— J'ai rien dit.

— C'est seulement que…

— Coupe-moi ces putains de cheveux et que ça saute !

Cowley détourna le regard pour le poser cette fois sur le manoir derrière le mur. Tout en pierre, blanchi à la chaux presque jusqu'au faîte des cheminées. La réfection du toit était récente.

— Elle devait être à moi. On m'a arnaqué, j'ai rien pu faire, elle était déjà vendue. Et maintenant voyez ce qui est arrivé : c'était couru d'avance. Voilà ce que je dis. Si je suis étonné ? Ah, ça, non ! A la fin, on est bien obligé de payer le salaire.

Zed n'y comprenait plus rien. « Ce qui est arrivé » se référait sans doute à la mort de Ian Cresswell, lequel habitait le manoir. Mais « le salaire » ? De quoi ce type parlait-il ?

— Le salaire ? répéta-t-il bêtement.

— Du péché, répondit Daniel à la place de son père presque dans un chuchotement. Le salaire du péché.

— Exactement, opina George Cowley. Il a péché et il a payé. Voilà, il n'est plus et nous sommes ici, et quand la succession sera réglée, la propriété sera mise en vente et nous, cette fois, on se la laissera pas faucher. Bryan Beck est à nous. On s'est pas privés de tout pour la voir de nouveau tomber dans d'autres mains.

Zed en déduisit que le péché de Ian Cresswell avait consisté à devancer Cowley dans l'achat de Bryan Beck. Par conséquent, ce dernier avait eu un mobile valable pour se débarrasser de Cresswell. Ce qui signifiait que New Scotland Yard n'allait pas tarder à venir frapper à sa porte, et donc que tout ce qu'il lui restait à faire, à lui, Zed, c'était de patienter encore un peu. Une fois qu'il aurait repéré le policier, il injecterait grâce à lui un peu de sexe à son reportage avant de rentrer dare-dare à Londres reprendre le fil de sa vie. Oui. La chance lui souriait enfin.

— Vous parlez de l'achat de la propriété par Mr Cresswell, je suppose.

Cowley le regarda comme s'il le prenait pour un fou.

— L'achat de la propriété ?

— L'achat de Bryan Beck était son péché ?

— C'est vrai que c'était moche. Ça nous a mis dans la merde, Dan et moi. Mais c'est pas ça le péché que je vous parle.

Une entorse à la grammaire qu'il accompagna d'un petit rire de dérision, à croire que Zed avait besoin qu'on lui fasse un dessin.

— Inconvenant, voilà ce que c'était, lui et son Arabe. Et qu'est-ce que fabriquent ses gosses encore ici ? C'est la question que je pose, moi... Le comble de l'inconvenance ! Et puis je vais vous dire une chose : des salaires de ce genre, y en a encore beaucoup à payer, et ils vont être gros. Vous pouvez compter là-dessus.

Swarthmoor
Cumbria

Tim Cresswell détestait le collège Margaret Fox. Il tenait le coup pour la bonne raison que de cette manière il évitait le collège public où il serait attendu de lui qu'il se fasse des amis. Il en avait eu, autrefois, des copains, mais il avait été trop dégoûté en voyant leur tête quand ils avaient pigé ce qui se passait dans sa vie. Avoir des potes, pour lui maintenant, cela signifiait les entendre chuchoter dans les coins quand il les croisait dans les couloirs de l'école en se rendant à ses cours. A la vérité, peu lui importait s'il n'avait plus jamais d'amis de sa vie, puisque ceux qu'il avait appelés ainsi avaient cessé de l'être vers l'époque où son père avait quitté la famille pour un pédé iranien. La nouvelle avait circulé comme une traînée de poudre. Il faut dire que la mère de Tim s'était montrée d'autant plus incapable de tenir sa langue qu'elle s'estimait être la partie lésée. D'ailleurs, elle n'avait pas tort, c'est ce qu'elle était. Car il s'était avéré que son père baisait avec d'autres hommes depuis des années, l'exposant, elle, à toutes sortes de maladies et maux divers que Niamh se plaisait à énumérer, sans parler de la honte et du manque de respect. Elle avait veillé à ce que Tim en connaisse la liste par cœur. La réaction de celui-ci avait consisté à casser quelques objets, à en brûler d'autres, à faire mal à quelques personnes, à dépecer un petit chat – même si la pauvre bête était déjà morte. Et au bout du compte, il avait atterri au collège Margaret Fox à la périphérie d'Ulverston, où il avait bien l'intention de rester, en se débrouillant pour en faire juste assez pour qu'on le garde, mais pas suffisamment pour être remis dans le circuit des collèges dits normaux.

On racontait que les internes étaient trop perturbés pour vivre avec leurs parents. Mais l'école acceptait aussi des demi-pensionnaires. Niamh Cresswell avait pris soin de placer Tim dans la seconde catégorie. Ainsi, son père ou Kaveh Mehran était obligé de le conduire à l'école et de se taper la route interminable de Bryanbarrow à Ulverston et retour dans la journée, ce qui réduisait d'autant le temps qu'ils passaient ensemble et les punissait d'avoir gravement offensé l'amour-propre de Niamh. Tim n'était pas contre ce plan dans la mesure où il l'éloignait de ceux qui connaissaient l'histoire du naufrage du mariage de ses parents, c'est-à-dire de tout Grange-over-Sands.

Il y avait cependant à Margaret Fox une chose qu'il détestait, c'étaient les « Sociétés », à orthographier obligatoirement avec une capitale. En plus de suivre les cours, les élèves devaient s'inscrire à trois Sociétés, la première étant scolaire, la deuxième créative et la troisième sportive, l'objectif étant d'encourager les déjantés qui formaient la population de l'école à adopter une conduite proche de la « norme » en leur donnant l'impression (fausse) qu'ils étaient prêts à affronter la vie au-delà des grands murs de l'établissement. Si Tim avait un tel dédain pour ces Sociétés, c'était parce qu'elles vous forçaient à entrer en communication avec les autres. De sorte qu'il s'était débrouillé pour en sélectionner trois où les contacts étaient réduits au minimum. Les Randonneurs, les Dessinateurs et les Philatélistes. Trois activités susceptibles d'être poursuivies plus ou moins en solitaire. Bon, il fallait quand même supporter d'écouter les responsables blablater sur le sujet qui les intéressait, soi-disant.

C'était justement ce qui se produisait en ce moment à l'occasion de la réunion des Randonneurs. Quincy Arnold débitait son petit speech habituel à l'issue de leur promenade de l'après-midi. Une petite marche de rien du tout sur le sentier balisé depuis Mansriggs jusqu'à Mansriggs Hall et de là jusqu'à Town Bank Road un peu plus haut, où le minibus de l'école était venu les chercher. A entendre Q. A., on aurait pu croire qu'ils venaient d'escalader le Cervin. La belle affaire, ils avaient vu de loin Ben Cragg – super ! encore une dent de pierre – mais le but ultime de ces déambulations était ce que Q. A. appelait la Grande Aventure sur Scout Scar[1], laquelle aventure ne devait pas avoir lieu avant le printemps. En attendant, toutes ces balades étaient censées leur servir d'entraînement avant la randonnée sublime... Blablabla. Q. A. était intarissable, et d'un enthousiasme extatique quand il s'agissait d'escarpements calcaires ou, mieux encore, de « blocs erratiques ». Ifs déracinés par le vent, chutes de pierres sur des parcours où tout faux pas pouvait s'avérer mortel, vols d'alouettes, de buses et de coucous, jonquilles nichées au pied des noisetiers. Tout cela étant aussi palpitant pour Tim que la calligraphie chinoise. Il savait qu'il avait intérêt à regarder cet hurluberlu quand il tenait le crachoir, tout en prenant soin de faire alterner sur son visage des expressions d'indifférence et de haine, histoire d'éviter qu'ils ne le décrètent « guéri ».

L'ennui, c'est qu'il avait envie de pisser. Il avait été nul de ne pas se soulager dans un buisson avant de monter à bord du minibus. Mais il hésitait à sortir sa bite en public, avec autour de lui tous ces mecs dont on ne savait jamais comment ils allaient réagir. Il ne lui restait plus qu'à se retenir. Cela rendait d'autant plus pénible le baratin de Q. A., qui n'en finissait pas

---

1. Le nom du sentier de randonnée.

de décrire leur aventure intemporelle de l'après-midi. Aussi, lorsque la liberté lui fut rendue dans la cour de l'école, le portail se fermant derrière eux, il courut aux toilettes. Il s'arrangea pour mouiller le sol et en laisser couler un peu sur la jambe de son pantalon. Après quoi, il s'inspecta dans la glace et se tripota un bouton sur le front. Il en tira une goutte de sang – ça faisait toujours son petit effet –, et partit chercher son téléphone.

Les élèves n'avaient pas droit au portable, bien sûr. Mais les demi-pensionnaires étaient autorisés à déposer le leur chaque matin en arrivant. Ils devaient ensuite cocher leur nom sur une liste conservée dans le bureau du directeur. Pour le retirer avant de partir, ils étaient obligés de se présenter chez le directeur afin d'obtenir un mot les autorisant à retirer leur bien, sous bonne garde dans de petites boîtes fermant à clé sur un panneau dans le dos du caissier de la cantine.

Ce jour-là, Tim fut le dernier à venir récupérer son téléphone. Il s'empressa de vérifier ses messages. Rien. L'impatience le gagna d'un seul coup. Se retenant de lancer son téléphone à la tête du premier venu, il sortit de la cantine et se dirigea vers l'endroit où les demi-pensionnaires attendaient que viennent les chercher leurs chauffeurs approuvés par l'établissement. Tim en avait trois, sauf que maintenant que son père était mort, il en était réduit à deux, ou plutôt à un seul, Kaveh, parce que pour rien au monde Niamh ne se serait tapé autant de route pour lui. Jusqu'ici Kaveh était venu sans rouspéter, mais c'était parce qu'il n'avait pas le choix et n'avait pas encore trouvé le moyen de se défiler.

Tim s'en foutait. D'ailleurs peu lui importait qui venait le prendre à la sortie des cours. Seul comptait pour lui désormais le deal qu'il avait fait avec Toy4You. Et ce dernier n'avait pas répondu au SMS qu'il lui avait envoyé ce matin sur le chemin du collège. Il se résolut à faire un nouvel essai.

— T ou ?

Quelques secondes, et la réponse s'afficha :

— ici

— pk tapa repondu ?

— quoi ?

— TT dakor
— non
— taV promI
— l'S tomB
— non
— pa au TléF
— taV promI
— a +

Tim leva les yeux de son écran. Il ne voulait pas parler. Ce qu'il voulait, c'était de l'action. Il avait respecté sa part du contrat, Toy4You devait respecter la sienne. C'était toujours la même chose, songea-t-il amèrement. Les gens n'étaient pas sérieux. Il en avait par-dessus la tête. Mais que pouvait-il faire d'autre ? Recommencer à zéro... Il avait déjà mis des siècles à trouver Toy4You !

Il composa sur les touches de son téléphone :
— ouCa ?
— tu sais
— auj
— ce soir
— ok

Il rabattit le clapet de son téléphone et le glissa dans sa poche. Assise sur un banc, une grosse fille dont il ignorait le nom l'observait. Leurs regards se croisèrent. Elle souleva sa jupe d'uniforme et écarta les jambes. Pas de culotte. A vomir, se dit-il en se dirigeant en toute hâte vers un banc un peu plus loin. Kaveh n'allait plus tarder maintenant. Il se demanda ce qu'il pourrait bien trouver pour le faire flipper, se félicitant au passage d'avoir pensé à pisser sur son pantalon. L'odeur ne manquerait pas de le déranger de plus d'une manière, songea-t-il en riant intérieurement.

Arnside
Cumbria

Alatea Fairclough était fascinée par la baie de Morecambe. Elle n'avait jamais rien vu de pareil. A marée basse, ce n'était qu'une étendue vaste de plus de deux cent cinquante kilomètres carrés où se succédaient différents types de sables. Par endroits ils étaient si vaseux que seuls les téméraires, les pêcheurs à pied et le « guide royal » s'y aventuraient. Car on avait beau être prudent, on pouvait trouver la mort en marchant sans s'en apercevoir sur des sables mouvants que rien, aux yeux d'un profane, ne distinguait de la terre ferme. Certains se croyaient autant en sécurité sur un banc de sable que sur une île, alors qu'à marée montante l'eau les recouvrait rapidement, surtout lors des grands coefficients qui provoquaient des marées extrêmes. Lors de ce qu'on appelait un mascaret, l'eau était animée d'une puissance scélérate, pareille à une vague monstrueuse qui engloutissait tout sur son passage. Et c'était cela qui fascinait tellement Alatea. Venue de nulle part, l'eau était dirigée par une force indomptable. Curieusement, cette pensée l'apaisait. Car s'il existait une force capable de se dérober à toute maîtrise humaine, Alatea pourrait toujours, en cas de besoin, se tourner vers elle pour y puiser réconfort et consolation.

Quelle chance que le manoir – un cadeau de mariage du père de son mari – se trouve situé au bord de la rivière Kent, qui faisait partie intégrante de la baie de Morecambe. Il lui arrivait de laisser ses pas la mener jusqu'au mur de pierres sèches du chemin de grève, un large sentier de randonnée qui longeait l'estuaire avant de grimper à travers une nature sauvage jusqu'au sommet d'Arnside Knott. Drapée dans un grand châle, elle contemplait les eaux salées qui remontaient à vive allure et se donnait l'illusion de déchiffrer les remous et les tourbillons que laissaient les vagues dans leur sillage.

En cet après-midi de novembre, c'était là qu'elle se tenait. La nuit tombait déjà, comme elle le ferait de plus en plus tôt jusqu'à la fin décembre. Les températures étaient aussi en baisse. Un front nuageux sur Humphrey Head Point de l'autre côté du chenal, côté ouest, annonçait de la pluie, mais cela ne dérangeait pas Alatea. Contrairement aux citoyens de son pays d'adoption, elle y voyait une manne bienfaisante chargée de promesses de renouveau. Pourtant, un malaise indéfinissable l'habitait.

Elle n'avait aucune nouvelle de son mari. Ce matin à onze heures, elle avait téléphoné à Fairclough Industries et appris que Nicholas ne s'était pas présenté à son travail. En règle générale à cette heure-là, il se trouvait encore à l'usine avant de se rendre sur le chantier de Middlebarrow, où il passait désormais la moitié de ses journées. Pensant qu'il était parti plus tôt que d'habitude pour la tour Pele qu'ils étaient en train de restaurer, elle avait attendu l'après-midi avant de l'appeler sur son portable. Une voix désincarnée lui avait répondu. Elle avait laissé un message. Trois fois de suite. L'absence de réponse de la part de Nicholas était tout à fait anormale.

Le décès de son cousin, peut-être ? Alatea s'efforçait de ne pas y penser. Non seulement la proximité de la mort la bouleversait, mais celle-ci en particulier – et les circonstances qui l'avaient entourée – la remplissait d'une terreur qu'elle avait du mal à dissimuler. La disparition brutale de Ian avait mis la famille sens dessus dessous. Le père de Nicholas était fou de chagrin. Au point qu'Alatea s'était interrogée sur la véritable nature des relations entre Bernard Fairclough et Ian Cresswell. Et lorsque Bernard s'était mis à se montrer froid et distant avec son fils Nicholas, Alatea avait senti qu'à sa douleur se mêlait un autre sentiment.

Nicholas n'avait rien à voir avec l'accident de Ian. Alatea avait mille et une raisons d'en être convaincue. Et surtout, elle connaissait son mari. Les gens le jugeaient faible à cause de son passé, mais ils se trompaient. Il était si solide qu'elle pouvait s'appuyer sur lui sans réserve. D'autres qu'elle pourraient bénéficier de son soutien à la condition qu'on lui accorde une chance de faire ses preuves. Cette chance, il l'avait trouvée dans le projet de restauration de la tour de Middlebarrow.

Cependant, aujourd'hui, il s'était volatilisé. Sur le chantier, il aurait certainement eu son portable allumé. Il savait combien il était important pour elle de savoir qu'elle pouvait le joindre à tout moment. Au début, il lui avait dit : « Tu ne me fais pas confiance, Allie ? Si je dois replonger, je replongerai, ce n'est pas un appel téléphonique qui va m'en empêcher. »

Mais ce n'était pas cette crainte qui lui rendait nécessaire le contact fréquent avec son mari. En utilisant des arguments qui n'étaient en réalité que des demi-vérités, elle avait finalement réussi à le persuader que le besoin qu'elle avait de lui n'avait rien à voir avec celui qu'il était parvenu à dompter.

A chaque fois qu'il était loin d'elle, elle redoutait qu'il ne lui arrive malheur. Un accident de la route, la chute d'une pierre du haut de la ruine de la tour de guet... Exactement le genre de chose qui avait coûté la vie à Ian. Sauf qu'elle s'interdisait de penser à Ian ! Il y avait trop d'autres éléments à prendre en compte.

Tournant le dos au chenal et à la marée montante, elle fit face à Arnside House, au sommet d'une pente douce tapissée de gazon. La vue du manoir lui procurait une sensation de plénitude. S'occuper de ce lieu galvanisait son énergie. Bernard l'avait-il pressenti en le leur offrant lors du retour de son fils en Angleterre ?

« Il a servi de maison de convalescence aux soldats après la guerre, lui avait-il dit en lui faisant visiter la bâtisse. Puis il a été transformé en école pour filles. Ensuite, deux propriétaires successifs ont tenté de lui redonner sa splendeur première. Mais ils n'ont pas fait grand-chose et, hélas, la maison est restée à l'abandon un bon bout de temps. Pourtant, ma chère, il y règne une atmosphère très spéciale. Ce serait tellement charmant qu'elle soit occupée par une famille, des enfants... Et puis vous me paraissez la personne idéale pour lui apporter une touche personnelle. » Pendant la visite, il avait gardé sa main collée contre le bas de son dos. C'était comme son regard, elle le trouvait gênant. Il se tournait tour à tour vers Nicholas et vers elle, cherchant à comprendre ce qui pouvait bien les avoir rapprochés. Il avait l'air non seulement de douter de la force de leur amour, mais de se demander si celui-ci allait durer.

Ce n'était pas grave, se disait Alatea, du moment que Bernard l'acceptait, et de fait il s'était montré très accueillant. Il avait l'air de penser qu'elle possédait un pouvoir magique qui protégeait Nicholas. Et la lueur dans ses yeux quand il la toisait des pieds à la tête en disait long sur ce en quoi consistait, selon lui, sa magie.

Elle remonta la pente gazonnée, puis gravit précautionneusement l'escalier qui menait à la terrasse, afin de ne pas glisser sur la mousse détrempée des marches. Là, elle traversa la pelouse et se dirigea vers une porte dérobée qui ouvrait directement sur le salon, une vaste pièce dont les murs bouton-d'or pâle évoquaient une journée ensoleillée même par le temps le plus couvert.

C'était par le salon que Nicholas et elle avaient démarré les travaux de restauration. Les grandes fenêtres en encorbellement donnaient sur la terrasse, le jardin et, en contrebas, l'estuaire. Bientôt, lorsque la nuit serait tout à fait tombée, Alatea verrait se dessiner de l'autre côté de la baie la petite ville de Grange-over-Sands tel un éventail de lumignons posés sur le flanc de la colline. Nicholas et elle aimaient se tenir là le soir, au coin du feu dont les flammes allongeaient des ombres sur le sol tout autour d'eux.

Bien qu'il soit encore un peu tôt, elle alluma une flambée dans la cheminée ; elle avait besoin de se réchauffer, le cœur et le corps. Elle vérifia le répondeur de leur ligne fixe. Pas de lumière rouge clignotante, donc pas de message. Il fallait qu'elle essaye de le joindre… Elle appuya sur les touches de son portable avec une lenteur délibérée, comme lorsque l'on rappelle une personne dont la ligne avait été précédemment occupée. Elle n'avait pas terminé de composer le numéro que des pas retentirent sur le parquet du couloir. Nicholas était rentré.

Elle n'avait pas entendu sa voiture ni la porte d'entrée. Mais elle l'aurait reconnu entre mille, ce bruit de pas ; à sa plus ou moins grande légèreté, elle percevait de quelle humeur il était. Elle enfouit son téléphone dans sa poche. Nicholas l'appela.

— Ici, mon chéri ! dit-elle.

L'instant d'après, il surgit sur le seuil où il marqua une pause. Dans la lumière diffuse, il avait l'air beaucoup plus jeune que son âge. Avec sa tête bouclée et ses joues de chérubin, on l'aurait dit descendu tout droit d'une peinture du Quattrocento.

— Tu es belle comme le jour ! Suis-je bien dans la bonne maison ? plaisanta-t-il avant de s'élancer vers elle pour la prendre dans ses bras.

Comme, pour une fois, elle ne portait pas de talons, ils étaient de la même taille, environ un mètre quatre-vingt-deux. Il l'embrassa à pleine bouche, passionnément, tandis qu'à deux mains il se saisissait de ses fesses et la serrait contre lui. Puis il éclata d'un rire joyeux.

— Je suis chargé à bloc, Allie.

L'espace d'un instant, elle crut qu'il était défoncé. Mais la fermeté avec laquelle il dénoua son chignon pour laisser ses longs cheveux se dérouler autour de son visage et sur ses épaules ôta à ses mots toute connotation inquiétante. En déboutonnant son chemisier, il ajouta :

— Dieu sait combien de millions de petits nageurs j'ai là-dedans. Tous pétant le feu et prêts à plonger pour le mille mètres nage libre. Où en es-tu de ton cycle ? s'enquit-il en l'embrassant dans le cou pendant qu'il défaisait son soutien-gorge. Oh, oh, tu n'as pas à répondre, je m'en fiche.

Gagnée par le plaisir des sens, elle se laissa couler sur le tapis devant le feu, entraînant Nicholas. Elle le déshabilla. Leurs étreintes étaient toujours ponctuées des commentaires de volupté de Nicholas. « Que tu es douce, ma chérie » ; « Allie, non, non » et « oh, oui, oui ». Cela lui permettait ainsi de suivre les degrés de son excitation.

Elle éprouvait elle aussi une montée progressive. Ses pensées avaient beau voguer vers d'autres temps, d'autres hommes, d'autres bras, elles revenaient à cet homme-ci, Nicholas. Son corps allait à la rencontre du sien. Ils buvaient à la même source. Le reste sombrait dans l'insignifiance.

Cela lui suffisait. La tendresse et la protection dont elle jouissait auprès de lui étaient inespérées. Comme l'était l'amour qui les unissait depuis leur rencontre, un amour qui chassait les souvenirs, qui chassait la peur... Le miracle s'était produit alors qu'elle était caissière dans un self d'une station de sports d'hiver, sur les flancs d'une montagne de l'Utah. Elle avait levé les yeux pour rendre la monnaie d'un bol de chili con carne. Le client s'était écrié :

« Ça alors ! C'est pas trop dur pour vous ?

— Comment ? Quoi ?

— D'être si belle. Ce n'est pas une forme de malédiction ? »

Il avait pris son plateau avec un large sourire.

« Désolé. Vous devez me trouver mélodramatique. Ce n'était pas mon intention. »

Et là-dessus, il s'était éloigné. Le lendemain, il était revenu, et le surlendemain, toujours plein de compliments. Et le quatrième jour, il l'avait invitée à boire un café après le travail en lui précisant qu'il ne buvait pas d'alcool et qu'il sortait d'une cure de désintoxication. Il avait décroché de la méthamphétamine. Il était britannique et comptait rentrer bientôt en Angleterre prouver à ses parents qu'il avait tordu une bonne fois pour toutes le cou à ses démons. Il lui en aurait raconté bien davantage si la queue ne s'était allongée derrière lui. Lui n'avait rien remarqué, mais, rien que pour se débarrasser de lui, elle avait accepté son invitation.

« C'est entendu. Je vous retrouverai tout à l'heure, dans le café en face du téléski... Je me souviens plus du nom de l'endroit. »

Elle l'avait regardé avec confusion, il semblait tout aussi confus. Il avait alors affirmé d'un ton catégorique :

« Je le trouverai, croyez-moi. »

A présent, ils étaient allongés sur le tapis devant le feu.

— Tu devrais soulever les hanches, Allie chérie. Ce sont de bons nageurs, mais il n'y a rien de tel que la force d'attraction terrestre pour les encourager à battre des records...

Se hissant sur un coude, il la dévisagea.

— ... Je suis allé à Lancaster. Tu as essayé de me joindre ? J'avais éteint mon téléphone parce que je savais que j'aurais été incapable de mentir.

— Nicky...

Elle était déçue, et cela s'entendait dans sa voix. Mais il valait mieux qu'il perçoive sa déception plutôt que la peur qui avait fondu sur elle.

— Non, écoute, ma chérie. C'était juste pour vérifier. J'ai traité mon corps comme de la merde pendant tant d'années que c'était normal de... Je veux dire, tu n'aurais pas fait la même chose à ma place ? Vu que le temps passe et que... tu sais... toujours rien...

La tête dans le creux de son bras replié, elle se tourna vers lui et regarda par-dessus son épaule. La pluie était arrivée. Elle dessinait des arabesques sur les carreaux des fenêtres.

— Je ne suis pas un appareil à fabriquer des bébés, Nicky, comment on appelle ça ?

— Un incubateur. Bien sûr que non. Ce n'est pas ça du tout. Mais il est en revanche tout à fait normal... Tu vois, au bout de deux ans... Tu y penses autant que moi... Je le sais.

Il caressa ses cheveux. Drus, épais, rebelles. Pas le genre de chevelure que l'on fait couler entre ses doigts. Héritage d'un mélange de races complexe, d'une généalogie qui défiait toute tentative de recoupement logique.

— Arrête, Nicky ! Tu m'angoisses. Et d'après mon magazine, l'angoisse est un des facteurs qui empêchent une femme de tomber enceinte.

— Je comprends, crois-moi, ma chérie. Mais il pourrait y avoir un problème et dans ce cas, ce serait bien de savoir lequel, non ? C'est pourquoi j'y suis allé et aussi pourquoi tu...

— Non !

Elle se dressa sur son séant.

— Ne t'assieds pas ! Ça va...

— Dans mon pays, les femmes ne sont pas réduites à des... à cette fonction seulement.

— Ce n'est pas...

— Ces choses-là prennent du temps. Là d'où je viens, on le sait. Un enfant est aussi précieux qu'une perle. Un enfant n'est pas...

Elle hésita et détourna la tête. La vérité, elle la connaissait, et elle n'avait rien à voir avec de quelconques mouvements de gymnastique destinés à accroître la fertilité. Et cette vérité, elle voulait qu'il l'entende.

— Un bébé ne te gagnera pas l'approbation de ton père, Nicky.

Un autre homme se serait offusqué, ou aurait nié énergiquement, pas Nicholas. Il était d'une totale honnêteté, et c'est cela qu'elle aimait tant chez lui. Une qualité d'ailleurs surprenante chez quelqu'un qui avait voué des années de son existence à tout sacrifier sur l'autel de la drogue.

— Tu as raison. C'est vrai, si je veux un enfant... Je lui dois bien ça après ce que je lui ai fait endurer. Il a très envie de devenir grand-père. Comme mes sœurs n'ont pas assuré de ce côté-là, je me dis... nous pouvons lui offrir un petit-enfant.

— Tu vois.

— Mais ce n'est pas ma seule motivation, Allie. Je veux un enfant de toi, avec toi. A cause de ce que tu es, à cause de ce que nous sommes, nous !

— Et si je me plie à ces analyses ? Si le diagnostic est que je n'aurai jamais d'enfant ?

Elle se tut. Dans le silence, elle sentit le corps de son mari se raidir. Qu'est-ce que cela signifiait ? Se rebiffant contre l'affolement qui menaçait de l'engloutir, elle se leva. Il l'imita.

— C'est ce que tu penses vraiment ?

— Si tout ça, dit-elle en désignant le tapis devant le feu, se résume à faire un enfant, oui. Tes « petits nageurs » sont devenus si importants pour toi que tu m'obliges à prendre des postures idiotes pour leur permettre d'améliorer leurs performances. Que crois-tu que je ressente quand tu insistes pour que je consulte un gynéco, pour ouvrir mes jambes et le laisser me planter des trucs...

Elle avait haussé la voix. Se ressaisissant, elle commença à se rhabiller.

— Tu m'as manqué toute la journée. Quand tu ne réponds pas à mes appels, je me fais tellement de souci. Si je t'aime, c'est pour toi, pour toi seul...

— Moi aussi, et tu le sais.

— Je ne sais rien.

Elle sortit. La cuisine se trouvait à l'autre bout de la maison. Il fallait traverser le vestibule et la salle à manger. Il était trop tôt pour préparer le dîner, mais tant pis. Elle avait besoin de s'occuper. Emincer des oignons lui semblait une distraction qui en valait bien une autre. Nicholas la rejoignit, rhabillé à la va-vite, la chemise reboutonnée de travers. Plus juvénile que jamais. Et plus séduisant. Sans elle, il était perdu, comme elle serait perdue sans lui.

— Excuse-moi. Loin de moi l'idée que tu es un appareil à fabriquer des enfants. Tu es toi, et toi seule, et je t'aime...

— Je fais de mon mieux, tu sais. Je prends des vitamines, ma température... Je soigne mon régime...

Elle fondit en larmes.

— Allie, dit-il en la prenant par les bras.

Ils s'étreignirent. Une minute s'écoula, deux... Finalement, il murmura :

— Quand je te tiens contre moi, je ne crois pas à ma chance. Tu fais de moi l'homme le plus heureux du monde, tu sais, Allie.

Il prit son visage en coupe entre ses mains et la contempla avec cette expression qui donnait toujours l'impression à Alatea que tout ce qu'elle lui cachait était exposé à fleur de peau, sous son regard omniscient. Pourtant, il ne fit aucun commentaire.

— Tu me pardonnes ? dit-il.

— Bien sûr. Et je ferai ce que tu me demandes. Mais pas tout de suite. S'il te plaît, Nicky. Encore quelques mois de plus.

Il acquiesça et avec son sourire le plus charmant lui chuchota :

— Et en attendant, mes petits nageurs vont continuer à s'entraîner. On va les aider à améliorer leur sens de l'orientation.

— Oui, fit-elle en lui rendant son sourire.

— Bien. Et tu peux me dire pourquoi tu es en train de couper une montagne d'oignons ? J'ai les yeux qui piquent horriblement. Qu'est-ce que tu nous prépares ?

Elle considéra le tas devant elle.

— Je n'en sais rien.

Il gloussa de rire et se dirigea vers le courrier du jour empilé à côté du téléphone de la cuisine.

— Tu as parlé à ce type pour la restauration du vitrail ?

Elle lui rapporta son entretien avec le verrier. Il était envisageable d'assortir les carreaux des autres fenêtres du hall, mais ce serait un gros travail. Soit il démontait leur vitrail et le transportait dans son atelier pour l'utiliser en qualité de modèle, soit il venait sur place avec son matériel. Dans un cas comme dans l'autre, cela allait leur coûter très cher. Nicky tenait à... ?

Bref, leur conversation avait repris son cours habituel, naturel et détendu. Ils abordèrent d'autres sujets avant que Nicholas ne découvre le message griffonné par Alatea et que celle-ci avait oublié dans le feu de la discussion sur les bébés, les visites aux médecins de Lancaster et autres questions stressantes.

— Qu'est-ce que c'est ? l'interrogea-t-il en brandissant le bout de papier qu'elle avait arraché à son bloc-notes.

— Tu as reçu un appel. Une femme qui veut faire un film pour la télévision. Elle aimerait en discuter avec toi. Elle fait... quel mot a-t-elle employé ?... un... oui, un repérage.

— Quel genre de film ?

— Un film sur comment soigner la toxicomanie autrement qu'en remplaçant une drogue par une autre. Un documentaire. C'est ce qu'elle m'a dit. Des interviews de drogués, de médecins et de travailleurs sociaux. Ils vont avoir avec l'équipe une célébrité... je ne sais plus qui... un présentateur de la télé ? C'est cette personne qui posera les questions. Je lui ai dit que tu n'étais sans doute pas intéressé, mais...

— Pourquoi ?

— Comment ?

— Pourquoi tu lui as dit ça ?

Elle préleva au hasard sur l'étagère que Nicholas avait construite spécialement pour elle un de ses chers livres de recettes, dans l'espoir d'en trouver une dont les ingrédients demandaient une aussi grande quantité d'oignons émincés.

— Ce genre de chose, cela risque de flatter ton ego. Rappelle-toi ce qu'on a dit, Nicky. Toi et moi. Ce n'est pas bon pour toi, à cause de ce que cela peut entraîner. N'oublie pas que tu dois te préserver de certaines choses.

— Tu as raison. Mais là, il ne s'agit pas de moi, Allie, déclara-t-il en relisant le message. D'où elle sort ? Elle travaille pour qui ?

— Je n'ai pas posé la question. J'ai pensé que...

Les yeux fixés sur la couverture du livre de cuisine, elle s'accorda quelques instants de réflexion.

— Nicky, tu dois être prudent. Tu m'as toujours dit que tu préfères éviter le feu des projecteurs. Que c'est l'ombre qui te convient. Rester dans les coulisses. C'est ce qu'il y a de mieux pour toi.

— Ce qu'il y a de mieux, c'est de lever des fonds pour notre projet, répliqua-t-il. Voilà de quoi nous avons le plus besoin pour réussir.

— Et si on rate ?

— Pourquoi envisager un échec ?

— Ah, et ce journaliste qui est déjà venu je ne sais combien de fois... ça a donné quoi ? Rien. Toutes ces heures que tu as passées avec lui, à lui expliquer le projet, à lui montrer la tour, le chantier... Il avait promis d'écrire un article et où est cet article ? Je n'ai pas envie de te voir une nouvelle fois déçu.

A cause de ce qu'une déception pourrait provoquer, se retint-elle d'ajouter.

L'expression de Nicholas changea. Plutôt que de se durcir, son visage parut soudain s'éclairer. Il rayonnait d'amour.

— Allie, ma chérie, tu ne dois pas t'inquiéter autant. J'évalue très bien les périls qui me guettent chaque jour.

Il décrocha le téléphone.

— Le but n'est pas de me glorifier, mais de sauver des vies, comme la mienne a été sauvée.

— Tu as toujours dit que c'était moi qui te l'avais sauvée.

— Avec toi, ma vie vaut la peine d'être vécue, ce n'est pas tout à fait pareil. Je tiens à savoir en quoi consiste cette proposition de film, enchaîna-t-il en lui montrant le combiné du téléphone. Je n'agirai en aucun cas sans ton accord.

Elle n'avait pas le choix. Il ne demandait pas grand-chose. Après tout ce qu'il lui avait donné, comment lui refuser cet appel ?

— Entendu, Nicky, mais fais attention.

— Génial !

Tout en composant le numéro, il lui lança :

— Quel est son nom de famille, je n'arrive pas à lire ton écriture.

Elle vint se pencher par-dessus son épaule.

— Saint James.

Great Urswick
Cumbria

Lorsque le portail du collège Margaret Fox s'ouvrit, Manette Fairclough-McGhie poussa un soupir de soulagement. Elle avait craint que Niamh Cresswell ne s'abstienne d'avertir l'école de sa venue, car elle ne figurait pas sur la liste officielle des gens qui venaient chercher Tim. Cet « oubli » aurait été tellement typique de Niamh. Celle-ci savait que Manette avait été proche de Ian, ce qui, depuis le divorce, faisait d'elle automatiquement une ennemie. Mais cette fois, l'ex-femme de Ian semblait avoir estimé qu'il était plus commode de l'ajouter à la liste de ceux qui voulaient bien conduire son fils que de lui jouer un mauvais tour pour se venger de crimes putatifs que Manette aurait commis contre elle. « Je vais le dire à Gracie. Elle va paniquer si elle ne voit pas Tim à l'heure habituelle. » Manette se sentit immédiatement coupable de ne pas passer chercher aussi la sœur de Tim. Mais aujourd'hui, c'était Tim qu'elle voulait voir. Tim dont le visage aux funérailles de son père hantait ses nuits. Cela serait sa dixième tentative de prise de contact avec le fils de son cousin Ian. La première avait été faite dès la réception qui avait suivi l'enterrement. Puis elle avait essayé de lui parler au téléphone. Elle avait été jusqu'à lui envoyer des mails. La seule solution, finalement, consistait à le coincer. Tim aurait du mal à l'éviter dans la voiture.

Elle avait quitté son domicile de bonne heure et était passée au bureau de son ex-mari, Freddie, pour lui annoncer :

« Je vais chercher Tim. Il pourrait venir passer la soirée avec nous. Dîner et DVD. Peut-être même dormir à la maison ? »

La réaction de Freddie l'étonna. Au lieu d'un « Entendu, Manette » murmuré d'un ton absent, son ex piqua un fard et s'écria :

« Oui, oui ! Pour le dîner... »

Après avoir bredouillé quelques mots incompréhensibles, il articula :

« J'ai un rendez-vous avec une femme, Manette.

— Oh ! fit Manette, dissimulant mal sa stupéfaction.

— Je me suis dit que l'heure était venue. J'aurais dû te prévenir avant, mais je ne savais pas comment te présenter les choses. »

Manette n'était pas folle de joie.

« C'est merveilleux, Freddie. Quelqu'un que je connais ?

— Non, bien sûr que non. Juste une femme...

— Comment vous êtes-vous rencontrés ? »

Il écarta son fauteuil de son bureau. Sur l'écran derrière lui se profilait un diagramme. Sur quoi travaillait-il ? Les bilans financiers, probablement. A moins que ce ne soit un compte rendu sur la masse salariale et les avantages sociaux ? Toujours est-il que ce n'était pas une mince affaire d'examiner les comptes à la suite de la mort de Ian. Comment Freddie avait-il même trouvé le temps de faire une rencontre ?

« Je préfère ne pas en parler, si tu veux bien. Ça me gêne.

— Bon, à ta guise. »

Comme il guettait sa réaction, elle lança d'un ton faussement guilleret :

« Tu n'as qu'à l'inviter à la maison. Je te dirai si je la trouve bien. Il ne faudrait pas que tu commettes une deuxième erreur.

— Tu n'as pas été une erreur.

— Ah, c'est gentil de me dire ça, répliqua-t-elle en sortant ses clés de son sac. On est toujours les meilleurs amis du monde ?

— Toujours. »

De fait, ils ne pouvaient continuer à vivre ainsi. Un couple divorcé qui habitait sous le même toit, exactement comme à l'époque où ils étaient mari et femme, sauf qu'ils faisaient désormais chambre à part. Leur amitié était ancienne et solide. Dans un sens, c'était elle qui était à l'origine de leurs difficultés conjugales. Depuis le divorce, elle s'était souvent dit que tout aurait pu être différent s'ils avaient eu des enfants. Leurs relations ne se seraient pas détériorées. Leurs conversations au dîner ne se seraient pas réduites à des considérations sur les profits à tirer du W-C autonettoyant et autodésodorisant et la campagne de marketing ad hoc. Un beau jour, on se réveillait forcément en se demandant où était passé l'amour. Le divorce à l'amiable avait été bienvenu.

Elle avait su dès le départ que Freddie finirait bien par trouver quelqu'un d'autre. Elle comptait elle aussi avoir une seconde chance. Ce qu'elle n'avait pas prévu, c'était la vitesse à laquelle tout arrivait. Elle se demandait à présent si elle n'avait pas plutôt pensé que cela ne se produirait pas.

La voiture de Manette franchit le portail du collège Margaret Fox. Elle ne connaissait pas les lieux, mais Niamh lui avait décrit l'endroit où l'attendrait Tim. Une cour surveillée devant le bâtiment de l'administration, avait-elle précisé. Elle devrait présenter une pièce d'identité. Son passeport de préférence. C'était le plus sûr.

L'allée menant directement à l'administration – les salles de classe et les dortoirs se trouvaient derrière – Manette n'eut aucun mal à localiser Tim. Le fils de son cousin était assis sur un banc, son sac à dos à ses pieds, et se livrait au passe-temps préféré des ados : écrire un SMS.

Elle se gara à quelques pas de lui ; Tim était tellement concentré qu'il ne leva pas les yeux. Elle en profita pour l'examiner. Ce n'était pas la première fois qu'elle remarquait combien il mettait un point d'honneur à ressembler le moins possible à son père. A l'instar de Ian, il avait une puberté tardive. Petit pour son âge, il avait l'air encore plus jeune dès qu'il ôtait son uniforme scolaire. Il faut dire qu'il portait alors des vêtements tellement amples, « baggy », pour emprunter son vocabulaire, qu'il flottait dedans. Jusqu'à la casquette de baseball trop grande pour lui. Bien sûr, elle lui permettait de cacher sa tignasse qui lui tombait dans les yeux. Ces yeux qu'il voulait cacher par-dessus tout. Car, comme ceux de son père, ils étaient grands, bruns et clairs, si limpides qu'on ne pouvait s'empêcher de songer qu'ils étaient bien des fenêtres sur l'âme.

Même sans distinguer son regard, Manette voyait qu'il était contrarié. Sans doute était-il mécontent contre la personne à qui il envoyait un message. A un moment donné, il se mordit la main, avec une telle férocité que, choquée, elle ouvrit immédiatement sa portière. Elle l'appela. Il leva la tête. Un instant interloqué – Manette aurait voulu qualifier son attitude d'heureusement surprise, mais elle n'osait aller jusque-là –, il se renfrogna dans la seconde qui suivit. Il ne bougea pas de son banc.

— Dis donc, mon pote, c'est moi qui suis venue te chercher aujourd'hui. J'ai besoin d'un coup de main et tu es celui qu'il me faut.

— J'ai un truc à faire, dit-il sans lever la tête, continuant à textoter, ou à faire semblant de pianoter sur les touches.

— Comment vas-tu y aller ? Je suis la seule à pouvoir te conduire où que ce soit ce soir.

— Où est ce putain de Kaveh ?

— Qu'est-ce que Kaveh vient faire là-dedans ?

Tim leva enfin les yeux de son téléphone et poussa un gros soupir qui en disait long sur l'opinion qu'il avait d'elle. Il aurait tout aussi bien pu lui lancer à la figure : « Grosse conne ! » A quatorze ans, un garçon, ce n'était pas compliqué à déchiffrer.

— Allez, Tim, viens, on y va. Ta mère a téléphoné à l'école, ils ne te laisseront partir avec personne d'autre que moi.

Il n'était pas idiot. A ce stade, il savait qu'il était inutile de se rebiffer. En grommelant, il se leva et se dirigea à contrecœur vers la voiture en traînant son sac derrière lui. Il se jeta sur le siège passager avec un tel abandon que le véhicule tangua.

— Un peu de douceur. Et la ceinture, s'il te plaît.

Pauvre Tim, se disait-elle. Le sort s'était acharné sur lui. Son père avait brisé le cocon familial au pire moment pour un enfant, au début de son adolescence. Et qu'il ait quitté la mère de Tim pour un autre homme avait totalement déboussolé le garçon. Il ne savait plus ce qui était attendu de lui. Qu'est-ce qui pourrait désormais le guider dans les affres de sa sexualité naissante ? Pas étonnant que son caractère se soit altéré au point qu'il avait fallu le retirer de son collège public pour le confier à un établissement spécialisé. Car il était en effet en difficulté. Et qui ne le serait pas à sa place ?

En tournant à la sortie du collège, elle indiqua à Tim :

— Il y a des CD dans la boîte à gants. Pourquoi tu ne nous mettrais pas un peu de musique ?

— Il n'y aura sûrement rien de ce qui me plaît.

Il se détourna et regarda dehors.

— Je parie que si. Jette un coup d'œil au moins.

— J'ai un rendez-vous, répliqua-t-il.

— Avec qui ?

— Quelqu'un.

— Ta maman est au courant ?

Le même soupir de mépris. Il marmonna quelque chose. Quand elle le pria de répéter, il déclara :

— Rien. On n'en parle plus.

Et il parut se plonger dans la contemplation du paysage. Pourtant, il n'y avait rien de fascinant dans ce coin du Cumbria. A la sortie d'Ulverston, en roulant vers le sud en direction de Great Urswick, on traversait une morne plaine où se succédaient des champs plats séparés de la route par des haies et des murets en pierre. Dans certains paissaient des moutons. De temps en temps, ils longeaient un bois d'aulnes et de bouleaux.

Ce n'était pas un long trajet. Le domicile de Manette à Great Urswick était plus proche du collège Margaret Fox que ceux des autres membres de la famille de Tim. Ce n'était pas la première fois qu'elle se disait qu'il devrait résider chez elle quand il n'était pas en vacances. Elle s'en était ouverte à Ian et Niamh peu après l'inscription de Tim dans cet établissement. Niamh n'avait pas voulu en entendre parler. Et quid de Gracie ? avait-elle riposté. Ce serait catastrophique pour elle de ne pas retrouver son frère après l'école. Manette avait jugé que d'autres considérations motivaient le refus de Niamh que les états d'âme de sa fille, mais elle n'avait pas insisté. Elle s'était dit qu'elle s'arrangerait pour voir le garçon quand elle le pouvait.

Great Urswick était un modeste village, quelques cottages éparpillés autour d'un carrefour en pleine campagne, à quelques kilomètres de Bardsea et de la baie de Morecambe. Il y avait quand même un pub, un bureau de poste, un restaurant, deux églises et une école primaire. Tout le charme du lieu tenait à l'étang au bord duquel avaient été construites les plus belles demeures, le quartier chic comme le surnommaient Manette et Freddie. Leur maison donnait à l'avant sur la rue, mais à l'arrière, une pelouse descendait jusqu'au rivage. Des roseaux dressaient de-ci de-là une barrière entre le jardin et les eaux tranquilles de l'étang. Là où la berge était libre d'herbes folles, des pontons permettaient aux riverains d'amarrer des barques ou d'installer des sièges afin d'observer les canards et les deux cygnes à demeure d'un bout à l'autre de l'année.

Manette gara la voiture devant la maison, laissant le garage à disposition pour Freddie.

— Viens voir, dit-elle à Tim en ouvrant sa portière. Tu vas comprendre pourquoi j'ai besoin de ton aide. C'est à l'arrière.

— Pourquoi Freddie peut pas t'aider ? laissa tomber Tim sans faire mine de déboucler sa ceinture.

— Freddie... ?

Elle éclata de rire.

— ... Impossible. Il lui faudrait lire le mode d'emploi pendant des heures et il n'y arriverait de toute façon jamais. Alors que nous deux... Moi, je lirai la notice et toi, tu construiras. Et après, on mangera des hamburgers et des frites.

— Construire quoi ? Je sais rien construire, moi.

— Si. Tu vas voir. Ça se trouve là-bas, derrière la maison. Viens.

Elle fila sans se retourner pour vérifier s'il la suivait.

En fait de construction, il s'agissait de monter une tente. Elle aurait pu s'en charger toute seule, un jeu d'enfant. Là n'était pas la question. Elle cherchait un moyen d'accaparer l'attention de Tim de manière à le détendre et à lui délier la langue. Ainsi pourrait-elle peut-être l'aider.

Après avoir déballé la toile, elle l'étendit sur la pelouse. Un peu grande, pour une famille, alors qu'elle aurait souhaité une tente pour deux. C'était tout ce qu'elle avait trouvé. Elle devrait s'en contenter. Elle était en train de trier les piquets quand elle entendit Tim contourner la maison.

— Ah, je suis bien contente de t'avoir. Tu aimerais goûter avant de commencer ?

Il secoua la tête. Son regard se porta de la toile avec les piquets couchés sur l'herbe à l'eau de l'étang. Puis il baissa les yeux sur Manette, accroupie au milieu du déballage.

— Tu as vraiment besoin d'une tente dans ton jardin ? demanda-t-il.

— Non, non, c'est juste un exercice, pour toi et moi. Un exercice en vue de notre randonnée sur Scout Scar.

— Pour quoi faire ?

— Faire du camping. A quoi veux-tu que ça serve d'autre ? Ta maman m'a dit que tu étais devenu un grand marcheur. Moi aussi, j'aime la randonnée. On va pouvoir aller marcher dans les *fells* tous les deux, dès que tu seras prêt.

— Tu sais pas marcher dans les *fells*.

— Tu m'en diras tant ! Je suis plus sportive que tu le crois. Freddie ne veut plus que je fasse mon jogging au bord de la route. Il a peur qu'une voiture me renverse. Allez, viens. Tu attends quoi ? Tu es sûr que tu ne veux pas manger quelque chose ? J'ai de la crème brûlée, des Jaffa Cakes, des bananes, des toasts à la Marmite[1]... ?

— J'ai dit non ! cria-t-il presque. J'ai un rendez-vous, je te l'ai déjà dit.

— Où cela ?

— C'est important. J'ai promis d'y être.

— Où est-ce ?

— A Windermere.

---

1. La Marmite est une marque de pâte à tartiner de couleur noire, à base de levure.

— Windermere ? Qui, au nom du ciel, vas-tu retrouver là-bas ? Ta mère est au courant ? s'enquit Manette en se levant au milieu du fouillis de toile de tente et de piquets. Windermere ! Tu peux me dire, Tim, à quoi tu joues ?

— Quoi ? Comment ça, « à quoi je joue » ?

— Tu le sais parfaitement. Tu te drogues, tu bois de l'alcool... ? Qu'est-ce que tu fais comme bêtise, dis-moi ?

— Il faut que j'y aille, c'est tout, il le faut ! hurla-t-il, hors de lui.

Il avait l'air désespéré, mais la cause de son désarroi était moins qu'évidente. Manette ne pouvait imaginer ce qu'il y avait derrière ce regard tout à la fois courroucé et suppliant, à croire qu'au fond sa colère était en réalité un appel à l'aide.

— Je ne peux pas t'emmener à Windermere sans en parler à ta maman, finit-elle par déclarer en remontant vers la maison. Je vais lui téléphoner et m'assurer que...

— Tu peux pas !

— Pourquoi pas ? Tim, que se passe-t-il ?

— Elle s'en fout. Elle sait rien. Ça fera pas de différence. Si tu l'appelles... et puis merde, merde, *merde* !

Il piétina la toile de tente en descendant vers le ponton où était amarrée une barque. Manette s'attendait presque à ce qu'il monte à bord. Mais il s'assit lourdement sur les planches, la tête entre les mains.

Il pleurait à chaudes larmes. Le cœur de Manette se serra. C'était plus fort qu'elle, elle descendit le rejoindre et s'assit à côté de lui, sans le toucher.

— C'est dur pour toi. Dis-toi que le pire est maintenant. Ça va aller mieux. Tu verras. Je te le promets. Ça va passer parce qu...

— Tu sais rien du tout !

Il se tourna vers elle et la poussa violemment.

— Tu connais rien ! hurla-t-il en se levant d'un bond et en lui donnant un coup de pied.

Elle ressentit une vive douleur dans le rein. Elle ouvrit la bouche pour articuler son prénom, mais un deuxième coup la réduisit au silence.

3 novembre

Lac Windermere
Cumbria

Lynley arriva à Ireleth Hall au cours de l'après-midi. Plutôt que de prendre l'avion ou le train, il avait opté pour la route. Ayant quitté Londres bien avant l'aube, il avait marqué deux haltes sur le trajet, mais n'était pas sorti de la Healey Elliott. La solitude et le silence étaient propices à la réflexion.

La nuit précédente, il n'avait pas vu Isabelle. Elle lui avait pourtant demandé de venir et il aurait bien voulu passer un moment avec elle, mais il avait jugé qu'il valait mieux pour l'un comme pour l'autre qu'il s'abstienne. En dépit de ce qu'elle lui assurait, il savait qu'elle tenterait de lui tirer les vers du nez, et il n'était pas question qu'il lui révèle le but de son voyage dans le Lake District. Autant éviter que la tension monte entre eux et se transforme en conflit ouvert. Isabelle avait arrêté de boire depuis qu'ils sortaient ensemble. Il craignait qu'une dispute ne provoque chez elle une rechute. Elle devait rester sobre, d'ailleurs il l'aimait sobre. Et si esquiver une querelle pouvait la maintenir ainsi...

« Mon chéri, j'ignorais que tu étais devenu si lâche avec les femmes », lui aurait dit Helen. Sauf que de sa part, c'était moins de la lâcheté que la voie de la sagesse. Ce qui ne l'empêcha pas d'être préoccupé par Isabelle et les relations qu'ils entretenaient tout au long de son voyage. Leur compatibilité amoureuse était indéniable, mais où cela les menait-il ?

Le majestueux portail en fer forgé du château était grand ouvert. Il s'engagea dans l'allée qui serpentait entre une double rangée de chênes tutélaires jusqu'au lac et se gara devant la façade de pierre rongée de lichen gris d'une bâtisse que ses multiples pignons rendaient encore plus imposante. La grosse tour médiévale au centre, sans aucun doute la pièce d'architecture la plus ancienne de l'ensemble, témoignait d'une construction en strates. La tour devait bien dater du XIIIe, estima Lynley. Elle battait en ancienneté son propre château des Cornouailles de quatre siècles !

A la tour de guet avaient peu à peu été ajoutées des extensions. Les travaux d'agrandissement avaient été effectués de manière si harmonieuse que les différents styles architecturaux formaient un ensemble non seulement cohérent mais grandiose. De vastes pelouses s'étendaient aux quatre coins, parsemées des chênes les plus splendides que Lynley ait jamais vus. Non moins impressionnants étaient les platanes dont les branches semblaient protéger les troupeaux de chevreuils.

Il descendit de voiture et remplit ses poumons de la fraîcheur pure de l'air après l'averse. De là où il se tenait, le lac était invisible. Du côté du couchant devait se déployer un paysage lacustre de toute beauté.

— Ah, vous voilà !

Lynley fit volte-face. Il avait tout de suite reconnu la voix de Bernard Fairclough. Surgissant d'une ouverture dans un mur d'enceinte, sans doute celui du jardin nord, il rejoignit Lynley devant la Healey Elliott. La voiture de collection accapara d'abord son attention. Il en caressa la carrosserie et posa les questions d'usage sur son entretien, son âge, ses performances, puis il demanda à Lynley s'il avait fait bon voyage. Après cet échange de politesses, il l'invita à poursuivre la conversation à l'intérieur.

Ils pénétrèrent dans une immense salle lambrissée de bois sombre où semblaient scellées des cuirasses au métal terni. Un feu flambait dans la cheminée devant laquelle deux canapés se faisaient face. Hormis le crépitement des bûches et le tic-tac de la pendule, le silence était total.

Fairclough s'exprimait à voix basse, comme s'il était à l'église ou avait peur d'être écouté. Pourtant, ils semblaient seuls.

— J'ai été obligé d'informer Valerie de la raison de votre présence ici. Nous n'avons en général aucun secret l'un pour l'autre... Après plus de quarante ans de vie commune, comment cela serait-il possible de toute façon ? Elle est par conséquent au courant. Elle est prête à vous aider. Je ne peux pas dire qu'elle est ravie de mon initiative, mais elle comprend... aussi bien qu'une mère peut comprendre quand ses enfants ont des ennuis.

Fairclough remonta ses épaisses lunettes sur son nez avant de poursuivre.

— Elle est la seule informée. Pour tous les autres, vous êtes un membre de mon club venu me rendre aimablement une petite visite. Certains sont au courant pour votre femme. Cela m'a permis... eh bien, de rendre mon mensonge plus crédible. Cela ne vous ennuie pas trop, j'espère ?

Il paraissait nerveux. A cause de lui ? Parce qu'il était un flic et qu'un flic risquait de mettre au jour des secrets que les propriétaires des lieux tenaient à garder enfouis ? Toujours est-il que la nervosité de Fairclough l'intriguait.

— Le décès de Helen a été annoncé dans la presse. Je n'ai rien à dire...

— Bien, bien, répéta Fairclough en se frottant les mains avec un sourire comme un homme se réjouissant de s'attaquer enfin aux affaires sérieuses. Je vais vous montrer votre chambre et ensuite nous descendrons au hangar à bateaux. Ce soir, j'ai prévu un dîner tranquille. Nous serons juste tous les quatre. Demain, vous pourrez... Je ne sais pas comment vous procédez dans vos enquêtes.

— Tous les quatre ?

— Notre fille, Mignon, sera des nôtres. Elle habite sur la propriété. Pas au château, elle a passé l'âge de vivre auprès de ses parents. Comme elle n'est pas mariée et que vous êtes veuf, je me suis dit...

Fairclough, nota Lynley, eut l'élégance de manifester une certaine gêne. Il s'empressa de préciser :

— Un autre prétexte à votre présence entre ces murs, voyez-vous. Je n'ai rien dit à Mignon, mais vu qu'elle est seule... J'ai l'impression qu'elle se confiera plus facilement... hum... si vous l'écoutez gentiment.

— Vous la soupçonnez de cacher quelque chose ?

— C'est une énigme, ma fille. Je n'ai jamais réussi à communiquer vraiment avec elle. J'espère que vous serez plus intelligent que moi. Venez. C'est par ici...

La cage d'escalier s'élevait à l'intérieur de l'ancienne tour fortifiée. Lynley inspecta la collection de paysages peints à l'aquarelle qui ornait les murs. Les mêmes boiseries sombres que dans le hall d'entrée tapissaient ceux du couloir qui, dépourvu de fenêtres mais pas de portes closes, sembla à Lynley représenter le comble du lugubre. Tout au bout de l'aile nord, Fairclough poussa enfin une porte. Une croisée à meneaux en plomb laissait filtrer un rai de lumière où dansaient des grains de poussière que le courant d'air avait sans doute libérés de la trame des tapis persans.

Fairclough précéda Lynley dans la grande pièce et le mena vers les banquettes encastrées dans l'alcôve ménagée par la fenêtre.

— Windermere, prononça-t-il, comme s'il était utile de préciser.

Ainsi que l'avait prévu Lynley, cette partie du château dominait le lac. Le jardin en gradins disposait de deux terrasses plantées de gazon et d'une troisième au sol de gravier accueillant un assortiment de tables, de chaises et de transats... Au-delà les eaux calmes du lac s'étalaient, divisées du côté nord-est par une langue de terre semblable à un long doigt. La péninsule de Rawlinson Nab, indiqua Fairclough. Plus proche, la minuscule île de Grass Holm paraissait flotter au fil de l'onde, surmontée par un bosquet de frênes. Un peu plus loin, Grubbins Point profilait sa silhouette trapue.

— Cela doit être merveilleux de vivre ici, commenta Lynley. La plupart du temps en tout cas. L'été, évidemment, il doit y avoir trop de monde. Des touristes, je veux dire. Le

Cumbria et en particulier le Lake District doivent être pris d'assaut de juin à la fin septembre. Soleil ou pluie... le plus souvent pluie, j'imagine... ils marchent, ils escaladent, ils campent dans tous les coins de la région, je me trompe ?

— A vrai dire, j'aimerais bien profiter davantage de la propriété. Mais entre l'usine à Barrow, la fondation, mes avocats à Londres et le ministère de la Défense, je peux m'estimer heureux si je réside ici une fois par mois.

— Le ministère de la Défense ?

Fairclough fit la grimace.

— Oh, rien de romantique, je vous assure. J'ai mis au point un système de toilettes sèches qui les intéresse. Nous sommes en pourparlers depuis des mois.

— Et les avocats ? Y a-t-il des problèmes dont vous devriez me parler ? Relatifs à la famille ? A Ian Cresswell ?

— Non, non. Ce sont des avocats spécialisés dans les litiges en matière de brevet. Ah, et il y a aussi ceux pour la fondation. Avec tout ça, je n'ai plus un moment à moi. Je me repose entièrement sur Valerie pour s'occuper du château. Comme c'est aussi la demeure de ses ancêtres, ce n'est pas vraiment un effort pour elle.

— Si je comprends bien, vous ne vous voyez guère tous les deux.

Fairclough sourit.

— Le secret d'un mariage heureux qui dure... Je sais que c'est inhabituel, mais ça marche. Ah ! La voilà. Valerie.

Lynley baissa machinalement les yeux sur l'une des trois terrasses, pensant apercevoir une silhouette dans le jardin. Mais Fairclough lui désigna le lac. Lynley distingua une barque sur l'eau et, en effet, quelqu'un, penché en avant, ramant en direction du rivage. Impossible à cette distance de déterminer s'il s'agissait d'un homme ou d'une femme.

— Elle se dirige vers le hangar à bateaux. Descendons à sa rencontre. Et vous pourrez voir où Ian... vous savez.

Le hangar en question n'était pas visible du château, un détail dont Lynley prit bonne note. Fairclough le guida jusqu'à l'aile sud d'Ireleth Hall. Au-delà d'un bosquet d'arbustes ornementaux au feuillage flamboyant et d'un massif de spirées luxuriant qui devait bien faire deux mètres de haut, ils passèrent sous une tonnelle et s'engagèrent sur un sentier sinueux qui circulait entre de gros mahonias avant de descendre dans une peupleraie. Ils débouchèrent sur un embarcadère qui s'évasait du côté du lac, pile devant le hangar à bateaux : un bâtiment tarabiscoté en pierre et ardoise coiffé d'un toit pentu. Sur la façade, une seule ouverture.

La porte était ouverte. Fairclough précéda Lynley à l'intérieur. Ils se tinrent un moment debout en silence sur l'étroit quai en pierre qui bordait les murs sur trois côtés et au bas duquel clapotaient des vaguelettes. Un bateau à moteur et un scull y étaient amarrés, ainsi qu'un vieux canoë qui n'inspirait pas confiance. Fairclough désigna le scull comme étant celui de son neveu. Valerie Fairclough n'avait pas encore regagné le hangar, mais on la voyait se profiler par l'ouverture qui donnait sur le lac. Quelques minutes encore et elle les aurait rejoints.

— Ian a fait chavirer le scull en tombant, déclara Fairclough. Là. Vous voyez. Il y a des pierres qui manquent. Deux... l'une à côté de l'autre... Regardez. Il a pris appui là. Le pavé s'est détaché. Il a perdu l'équilibre. Et quand il est tombé, il a entraîné le deuxième pavé dans sa chute.

— Où sont-ils maintenant ? s'enquit Lynley en s'accroupissant au bord du quai pour regarder de plus près la maçonnerie.

Il faisait très sombre sous le hangar. Il regretta d'avoir négligé de s'équiper d'une torche électrique.

— Comment ?

— Les pavés qui se sont détachés. Où sont-ils ? Je voudrais les voir.

— Que je sache, ils sont toujours au fond de l'eau.

Lynley leva la tête vers son interlocuteur.

— Personne ne les a sortis pour les examiner ?

C'était inhabituel. Une mort fortuite de cette nature, cela soulevait des questions, l'une d'elles étant de savoir comment des pierres, en principe soudées par un mortier, avaient pu se dessertir. Bien entendu, l'usure était le plus souvent à incriminer. Mais restait l'éventualité qu'un ciseau ait donné un petit coup de pouce à l'ouvrage des ans.

— Le légiste a conclu à un accident, comme je vous l'ai dit. Le policier qui est venu sur les lieux n'a rien vu d'anormal. Il a téléphoné à un inspecteur. Celui-ci est arrivé à la même conclusion.

— Où étiez-vous quand c'est arrivé ?

— A Londres.

— Votre femme était-elle seule quand elle a découvert le corps ?

— Oui, répondit Fairclough en jetant un coup d'œil vers le lac. Ah, la voilà !

Lynley se redressa. L'embarcation approchait rapidement, la rameuse leur tournait le dos. Calculant qu'elle pouvait laisser son canot glisser sur l'eau jusqu'au quai, elle se pencha en arrière, retira les rames des dames de nage et les allongea à ses pieds.

Elle portait des vêtements de marin : un ciré jaune et un pantalon imperméable, des gants, des bottes. En revanche, elle était nu-tête. Ses cheveux gris étaient aussi bien coiffés que si elle sortait de chez le coiffeur.

— Bonne pêche ? lança Fairclough.

Elle regarda par-dessus son épaule sans manifester le moindre étonnement de les trouver là.

— Ah, te voilà. Non, je suis bredouille. En trois heures, tout ce que j'ai pu attraper était si minable que j'ai été obligée de le remettre à l'eau. Thomas Lynley, je présume, ajouta-t-elle à l'adresse de l'inspecteur du Yard. Soyez le bienvenu dans le Cumbria.

— Appelez-moi Tommy, dit-il en lui tendant la main.

Au lieu de la lui serrer, elle lui jeta une amarre.

— Un nœud de cabestan, ou est-ce que je parle chinois ?

— C'est limpide.

— Voilà un type bien.

Elle tendit son matériel de pêche à son mari : une boîte à hameçons, une canne et un bocal où se tortillaient ce que Lynley identifia comme des asticots. Cette Valerie n'était pas une petite nature, conclut-il.

Pendant que Lynley s'appliquait à son nœud marin, elle débarqua. Pour son âge – Lynley savait qu'elle avait soixante-sept ans –, elle était d'une souplesse remarquable. Une fois sur le quai, elle lui donna une poignée de main.

— Bernie vous a fait faire le grand tour ?

Elle secoua son ciré et ôta son pantalon imperméable qu'elle suspendit à une des patères sur le mur du hangar tandis que Fairclough rangeait son matériel sous un établi en bois. Après quoi, elle présenta sa joue à son mari pour qu'il y dépose un baiser.

— Mon chéri... Tu es rentré il y a longtemps ?

— Midi.

— Tu aurais dû lancer une fusée... Mignon ?

Lynley comprit qu'elle lui demandait s'il avait vu leur fille, celle qui habitait près du château.

— Pas encore. Elle va bien ?

— Elle se remet lentement, mais ça va mieux, oui.

De quoi se remet-elle ? se demanda Lynley, renonçant à décrypter le langage codé du vieux couple.

Valerie se tourna vers lui.

— Vous étiez en train d'inspecter l'endroit où notre Ian s'est noyé, n'est-ce pas ? Bernie et moi ne sommes pas du même avis, mais je suppose qu'il vous l'a déjà dit.

— Il m'a dit que c'était vous qui aviez trouvé le corps. Cela a dû être un choc.

— Je ne savais pas qu'il était sorti. Et comme il n'avait pas garé sa voiture près du château, j'ignorais qu'il se trouvait sur la propriété. Cela faisait déjà près de vingt-quatre heures qu'il était dans l'eau. Vous imaginez à quoi il pouvait ressembler... N'empêche, je préfère que ce soit moi plutôt que Mignon. Ou Kaveh. Je frémis rien qu'à la pensée de ce qui aurait pu se passer.

— Kaveh ? reprit Lynley.

— Le compagnon de Ian. Il s'occupe d'un chantier ici sur la propriété. Je fais construire une aire de jeux pour les enfants. Il en est à la fois le designer et l'entrepreneur.

— Il vient tous les jours ?

— Trois fois par semaine. Il ne m'avertit pas de sa présence, d'ailleurs c'est aussi bien.

Elle dévisageait Lynley, cherchant à lire dans ses pensées.

— Pour citer les séries télévisées américaines, « cela fait de lui un suspect » ?

Lynley esquissa un sourire vite évanoui.

— Il y a de fortes chances que le légiste ait eu raison.

— J'y compte bien, dit-elle en regardant tour à tour Lynley et son mari.

Fairclough regardait intensément le lac, remarqua Lynley alors que Valerie enchaînait :

— C'est très triste. Nous aimions beaucoup Ian, Bernie et moi. Nous aurions dû mieux entretenir le quai. Il est très vieux, il a plus de cent ans. Les pavés finissent par se déloger. Regardez, là. En voici un autre.

Elle donna de petits coups de pied à un des pavés qui jouxtaient ceux qui étaient tombés. En effet, il bougeait. Lynley n'avait pas éliminé l'éventualité d'une action volontaire : une main criminelle avait très bien pu les desceller.

— Lorsqu'il se produit un accident, on cherche toujours à faire porter la responsabilité à quelqu'un, déclara Valerie. Et le décès de Ian est particulièrement dramatique. Il laisse deux orphelins avec une mère folle... Si quelqu'un est responsable, c'est moi.

— Valerie ! s'exclama son mari.

— Ireleth Hall et tout ce qui se passe sur la propriété se trouvent sous ma responsabilité, Bernie. J'ai mal fait mon travail. Ton neveu est mort à cause de ma négligence.

— Je ne te reproche rien !

— Tu devrais peut-être y songer.

Ils échangèrent un long regard dont Bernard fut le premier à se détourner. Mais ce regard en avait dit plus long que leurs paroles, songea Lynley qui avait appris à se méfier de l'eau qui dort. Celle-ci paraissait plus profonde que le lac Windermere.

4 novembre

Milnthorpe et Arnside
Cumbria

Lorsqu'ils avaient organisé leur séjour dans le Cumbria, Deborah Saint James s'était figuré Simon et elle passant quelques jours dans un hôtel enfoui sous une vigne vierge parée des couleurs flamboyantes de l'automne. Elle imaginait une fenêtre donnant sur un des fameux lacs, sinon sur une des nombreuses cascades dont la région semblait regorger. Dans les faits, ils avaient échoué dans une vieille auberge à l'enseigne du corbeau et de l'aigle (l'établissement s'appelait le Crow & Eagle), située là où l'on pouvait s'y attendre de la part d'une vieille auberge : au croisement de deux routes fréquentées jour et nuit par des camions. Le carrefour en question étant presque au cœur de la petite ville de Milnthorpe, il était si éloigné des lacs qu'on pouvait croire qu'il n'appartenait pas à la fameuse région. La seule étendue d'eau voisine était la Bela River – nulle part en vue – qui, paraît-il, comptait parmi les multiples cours d'eau finissant d'une façon ou d'une autre par se jeter dans la baie de Morecambe.

En voyant la tête qu'elle faisait en découvrant leur quartier général, Simon s'était écrié :

« Enfin ! Nous ne sommes pas en vacances, mon amour. Mais quand nous aurons terminé, nous irons nous reposer dans un cinq-étoiles avec vue sur le lac Windermere et nous

nous réchaufferons au feu de la grande cheminée, nous mangerons des scones, nous boirons du thé, tout ce que tu voudras. »

Elle l'avait fixé d'un air de défi.

« J'ai une bonne mémoire, je te rappellerai ces paroles, Simon.

— Je ne me dédierai point. »

Le soir de leur arrivée, elle avait reçu sur son portable l'appel qu'elle attendait. Elle avait répondu ainsi qu'elle répondait à chaque fois que son téléphone sonnait depuis vingt-quatre heures :

« Deborah Saint James, documentariste. »

Lorsque son interlocuteur s'était présenté comme étant Nicholas Fairclough, elle avait adressé à Simon un hochement de tête entendu.

Rendez-vous avait été pris dans les minutes qui suivirent. Il se rendait entièrement disponible pour elle et ses questions sur le programme de réhabilitation à propos duquel elle lui avait téléphoné. Il avait cependant émis un doute :

« Mais ce documentaire... il n'est pas sur moi, n'est-ce pas ? Pas sur ma vie privée au moins... »

Elle lui avait affirmé d'un ton catégorique qu'elle ne s'intéressait qu'à l'aspect thérapeutique de son projet. Il s'agirait seulement d'un entretien préliminaire. Elle devait ensuite livrer son rapport au réalisateur de Query Productions, lequel déciderait d'inclure ou non le projet de Nicholas Fairclough dans son documentaire.

« Je suis ici en repérage, avait-elle insisté en se félicitant d'employer à si bon escient le jargon du cinéma, qui, espérait-elle, la rendait crédible. Je ne peux pas vous affirmer que vous figurerez dans le film au final. »

Il avait semblé soulagé et c'est d'un ton presque joyeux qu'il s'était enquis :

« Très bien, alors, quand nous rencontrons-nous ? »

A présent, elle se préparait à aller à son rendez-vous. Simon, quant à lui, était au téléphone avec le légiste, auquel il racontait qu'il préparait un cours pour ses étudiants à Londres. Elle était sidérée d'entendre son baratin. Lui d'ordinaire si soucieux de la vérité, le voilà qui mentait comme un arracheur de dents ! C'en était presque gênant. Une femme n'aimait pas tellement savoir que son mari était aussi doué pour faire marcher les gens quand il le fallait.

Alors qu'elle rassemblait ses affaires, son portable sonna. Un numéro s'afficha. Pas besoin de jouer à la Deborah Saint James documentariste cette fois. C'était David, le frère de Simon. Elle savait très bien pourquoi il appelait. Son envie de répondre était mitigée.

— Je suis à ta disposition pour répondre à toutes tes questions, lui dit-il au bout d'un moment d'un ton cordial et réjoui, à croire qu'elle avait besoin qu'on lui remonte le moral. La jeune fille est très désireuse de te rencontrer, Deborah. Elle est allée sur ton site et elle a vu tes photos. Simon dit que tu t'inquiètes parce qu'elle est à Southampton et vous à Londres. D'ailleurs, elle aurait refusé si elle n'avait pas su que Simon était mon frère. Son père bosse depuis vingt ans dans ma société... à la compta, s'empressa-t-il de préciser.

Il aurait tout aussi bien pu déclarer : « C'est une jeune fille de bonne famille ! » Comme si avoir un père docker revenait à avoir du « sang contaminé » !

La décision était entre les mains de Deborah. C'était clair. Aux yeux de Simon et de son frère David, cette adoption constituait la solution qui allait les sortir de l'impasse où ils se trouvaient depuis des années. Les deux frères se ressemblaient dans leur façon de faire face aux difficultés : ils cherchaient une issue rapide et avaient hâte d'aboutir à une décision. Ils ne comprenaient pas qu'on pouvait anticiper les problèmes susceptibles de se poser à moyen et long terme. Et le scénario qu'ils lui proposaient lui paraissait, à elle, un crève-cœur.

— David, je ne sais pas quoi te dire. Je ne pense pas que ça peut marcher. Je ne vois pas comm...

— Tu refuses ?

Ah, encore un sujet de frustration. Pourquoi la mettre au pied du mur ? Lui imposer un ultimatum ? Pourquoi ne pas lui laisser le temps de la réflexion ? Ils la harcelaient avec leurs « C'est ta dernière chance », « Une occasion pareille ne se représentera plus... ».

Elle promit à David qu'elle le rappellerait. Pour l'heure, elle devait filer à Arnside. Par un gros soupir, David lui fit entendre qu'il n'était pas enchanté, mais il raccrocha quand même. Simon s'abstint de tout commentaire, alors qu'il avait écouté son côté de la conversation après avoir raccroché avec le légiste.

Une minute plus tard, ils montèrent chacun dans leur voiture de location et se dirent au revoir en se souhaitant bonne chasse.

Deborah n'avait pas à aller bien loin. Nicholas Fairclough habitait à la périphérie du village d'Arnside, situé au sud-ouest de Milnthorpe, au bord des berges sablonneuses de la rivière Kent. Elle y aperçut en passant des pêcheurs à la ligne et se demanda quel genre de poisson ils pouvaient bien attraper. A première vue, il n'y avait pas d'eau en contrebas. La mer en se retirant avait révélé des creux, des sillons et des arabesques dans le sable qui témoignaient surtout des dangers de l'estran.

Arnside House. Ainsi s'appelait la propriété de Nicholas Fairclough. Tout au bout de la « Promenade » où se succédaient de grandes demeures datant de l'époque victorienne, anciennes maisons de vacances d'industriels de Manchester, Liverpool et Lancaster, aujourd'hui presque toutes reconverties en appartements. Ces derniers offraient une vue imprenable sur le chenal et le viaduc de la voie ferrée qui franchissait les eaux de la baie jusqu'à Grange-over-Sands, laquelle chatoyait derrière le voile léger de la brume d'automne.

Contrairement aux maisons précédentes, Arnside House était un bâtiment élégant d'une pureté de ligne qui contrastait avec le rococo victorien du village. Des murs dépourvus d'ornementation, blanchis à la chaux, laissant transparaître une maçonnerie en pierre ou en brique – Deborah n'aurait su dire. Les fenêtres étaient encadrées de grandes pierres de taille, les pignons surmontés de cheminées blanches comme le reste. Seules les gouttières détonnaient dans cet ensemble sobre. Deborah y reconnut le style « Arts and Crafts », conforme à l'esprit de l'architecte Charles Rennie Mackintosh, porte-parole de l'Art nouveau en Ecosse.

Nicholas Fairclough la fit entrer dans un grand vestibule. Des lambris de chêne et, au sol, une mosaïque en marbre alternant losanges, cercles et carrés. Après lui avoir pris son manteau, il la précéda dans un couloir au parquet sonore. Ils passèrent devant une pièce immense qui rappela à Deborah une salle de banquet du Moyen Age – il y avait même un balcon à colonnade dit « tribune de ménestrels », en surplomb de l'énorme cheminée placée au fond d'une profonde alcôve, le tout dans un état de décrépitude criante. A croire qu'il avait lu dans ses pensées, l'hôte de ces lieux expliqua :

— Nous restaurons la tour fortifiée, cela nous prend un temps fou. La maison viendra en second. Le plus compliqué, ce sera de trouver quelqu'un pour remplacer le papier peint. Toutes ces plumes de paon... Venez, nous serons plus tranquilles dans le petit salon.

Malgré son nom, la pièce était presque aussi immense que la première, peinte d'un bouton-d'or pâle lumineux que relevaient des frises en stuc blanches représentant des rameaux de mûriers, des oiseaux, des feuilles, des roses et des glands. Partout ailleurs, cet élément de décoration aurait été la principale attraction, mais ici, la cheminée, entièrement carrelée de bleu turquoise, captivait le regard, on retrouvait dans le foyer la mosaïque du vestibule. Deborah s'attendait à ce qu'il l'invite à s'asseoir devant le feu de bois qui y flambait, ou dans une des alcôves entre vitraux et bibliothèque. Il lui indiqua, placés devant les grandes fenêtres qui donnaient sur la baie, deux fauteuils bas entre lesquels une table accueillait un service à café avec trois tasses et un assortiment de magazines.

— Je voulais vous parler un peu avant d'aller chercher ma femme, commença Nicholas. D'abord, sachez que je suis à cent pour cent partant pour que vous filmiez notre chantier, si votre projet aboutit, bien entendu. Allie n'en est pas encore persuadée. Il vaut mieux que vous soyez avertie.

— Oui, je comprends. Pouvez-vous me préciser ce qui la dérange ?

— Elle protège notre vie privée. Et puis elle n'est pas anglaise, elle vient d'Argentine. Son accent... Elle est timide.

Moi, je trouve qu'elle s'exprime parfaitement dans notre langue, mais c'est ainsi. Et puis...

Il posa son menton sur ses mains et prit un air pensif.

— ... En fait, c'est moins notre vie privée que moi qu'elle protège.

Deborah sourit.

— Nous n'avons aucune intention de dénoncer quoi que ce soit, Mr Fairclough. A moins que vous n'utilisiez les ex-drogués comme main-d'œuvre à bon marché. Je dois par conséquent vous poser la question suivante : avez-vous besoin de protection ? Pour une raison ou pour une autre...

Elle avait prononcé ces mots d'un ton désinvolte qui tranchait avec la gravité qui se lisait sur le visage rond de Nicholas Fairclough. Il parut débattre intérieurement avant de répondre :

— Voici ce que je pense. Elle a peur non seulement que je sois déçu par votre film, mais aussi que ma déception ne me mène là où ni elle ni moi ne voulons que je retourne. Elle ne me l'a pas dit. Ce sont des choses que l'on sait quand on est marié à quelqu'un depuis un certain temps. Vous voyez...

— Vous êtes mariés depuis quand ?

— Deux ans en mars dernier.

— Vous êtes très proches, je suppose.

— Oui, très, merveilleusement proches. Bien, je vais aller la chercher maintenant. Vous n'êtes pas bien effrayante, lui confia-t-il en sortant à grands pas du salon.

Profitant de sa solitude, Deborah regarda autour d'elle. La décoration, dans le style de l'époque où la maison avait été construite, dénotait un goût très sûr et un tempérament artistique avec lequel elle était en totale sympathie. Outre la cheminée turquoise, chaque élément dans la pièce était remarquable, particulièrement les élégantes colonnes au chapiteau en forme de vasque sculptée de motifs d'oiseaux, de fruits et de feuilles, qui encadraient les fenêtres à encorbellement, la cheminée et soutenaient une étagère, laquelle couvrait le périmètre du salon. A elle seule, la restauration avait dû coûter une fortune, songea Deborah. Elle se demanda comment un drogué repenti avait réussi à rassembler une somme pareille.

Son regard revint à la fenêtre, à la table et au service à café. Puis aux magazines étalés en éventail. D'une main distraite, elle les passa en revue. Architecture, décoration intérieure, jardinage. Soudain, sa main se figea. *Conception.* Qu'est-ce qu'un magazine pour les futures mères venait faire dans le lot ?

Deborah l'avait souvent aperçu dans les salles d'attente des spécialistes dont le diagnostic avait fini par réduire son rêve à néant, mais elle ne l'avait jamais feuilleté. Comme si elle craignait de tenter le mauvais sort. Cette fois, elle le souleva. Après tout, la femme de Nicholas Fairclough et elle avaient peut-être quelque chose en commun. Et ce quelque chose, forcément, pourrait se révéler utile.

La revue proposait des articles conformes à son titre. Des régimes pour femmes enceintes, des suppléments alimentaires, des conseils en cas de dépression post-partum, un entretien avec une sage-femme, une étude sur l'allaitement. Cependant, l'exemplaire que Deborah tenait entre ses mains présentait une caractéristique curieuse : certaines pages avaient été arrachées.

Entendant un bruit de pas dans le couloir, elle s'empressa de replacer le magazine sur la table. Se levant, elle se tourna vers la porte tandis que la voix de Nicholas Fairclough annonçait :

— Alatea Vasquez y del Torres Fairclough... Veuillez m'excuser, ajouta-t-il avec un rire gamin, j'adore son nom. Allie, je te présente Deborah Saint James.

Rarement Deborah avait vu créature aussi exotique : le teint mat, les yeux noirs, des pommettes saillantes sous une épaisse masse de cheveux noirs et frisés à travers laquelle brillaient de gigantesques boucles d'oreilles en or qui dansaient avec elle. Une beauté venue d'un pays éloigné. Que faisait-elle avec un ancien drogué, le mouton noir de la famille Fairclough ?

Alatea s'avança la main tendue, une main grande mais délicate et longiligne comme le reste de sa personne.

— Nicky m'a garanti que je n'avais rien à craindre de vous, déclara-t-elle dans un sourire avec un fort accent étranger. Il vous a parlé de mon inquiétude...

— A propos de ma dangerosité ou bien du programme de restauration ? répliqua Deborah.

Nicholas, pensant peut-être que sa femme n'avait pas compris qu'il s'agissait d'une plaisanterie, prit les devants.

— Asseyez-vous toutes les deux. Allie, j'ai préparé du café.

Alors qu'elle levait le bras pour se saisir de la cafetière, des joncs du même or fin que les anneaux qu'elle portait aux oreilles glissèrent sur ses poignets. Son œil tomba sur les magazines. Après une légère hésitation, elle jeta un regard interrogateur à Deborah, laquelle lui adressa un sourire d'encouragement.

— Ce film... ce documentaire que vous voulez tourner me semble curieux, Mrs Saint James.

— Deborah, je vous en prie.

— Deborah, si vous voulez. Le programme de Nicholas est si modeste et discret qu'on peut se demander comment vous en avez entendu parler.

A cette question, Deborah avait une réponse toute prête. Tommy avait étudié à fond le dossier Fairclough. Il lui avait trouvé l'introduction, ou plutôt la dérobade, parfaite.

— Ce n'est pas moi en réalité. Tout le travail de documentation est effectué par les gens de la production, je ne fais que suivre leurs indications. J'ignore comment ils vous ont sélectionnés...

Avec un hochement de tête à l'adresse de Nicholas, Deborah ajouta :

— Je crois qu'ils ont lu un article sur le château de vos parents.

Nicholas se tourna vers sa femme.

— C'est toujours le même, ma chérie...

Puis à Deborah :

— Oui, il y a eu un article sur Ireleth Hall. Une ancienne place forte sur les berges du lac Windermere avec un jardin d'art topiaire vieux de deux cents ans que ma mère a restauré selon le plan originel. Elle a dit au reporter que nous étions en train de retaper une authentique maison de style Art nouveau dans son « jus ». Ça n'a pas fait un pli, le journaliste est venu sur-le-champ frapper à notre porte. Je ne sais pas pourquoi il était si intéressé par nous, peut-être parce qu'il voulait donner de la famille Fairclough une image de restaurateurs de patrimoine. C'est mon père qui nous l'a offerte : à cheval donné on ne regarde pas les dents. Il est vrai qu'Allie et moi aurions préféré quelque chose de moderne et de pratique. N'est-ce pas, ma chérie ?

— C'est une maison magnifique, biaisa Alatea. C'est un privilège d'habiter ici.

— Toi, tu as le chic pour toujours voir le bon côté des choses, lui lança Nicholas. C'est une chance pour moi, je dois dire.

— Lors d'une de nos premières réunions préparatoires, un de mes producteurs a mentionné votre projet autour du chantier de Middlebarrow Pele, intervint Deborah en se tournant vers Alatea. Pour tout vous avouer, aucun de nous ne connaissait les *Pele Towers*... Je sais maintenant qu'il s'agit de tours de guet fortifiées... En revanche, presque tout le monde avait entendu parler de votre mari... qui il était... ce genre de chose...

Deborah jugea plus diplomatique de rester évasive.

— Pour votre documentaire, je n'ai pas besoin d'être interviewée ? s'enquit Alatea. Vous comprenez, mon anglais...

Elle aussi laissa sa phrase en suspens avec une pudeur teintée d'humour, ce qui la fit encore grimper d'un cran sur l'échelle de sympathie de Deborah.

— ... et puis c'est l'œuvre de Nicky, je n'y suis pour rien, ajouta Alatea.

— Qu'est-ce que tu racontes ? Jamais je ne me serais lancé dans une entreprise pareille sans toi.

Alors qu'Alatea se tournait vers son mari, son abondante chevelure sembla se soulever d'elle-même, léonine.

— Cela n'a rien à voir avec le programme de réhabilitation Pele... C'est ton initiative, Nicky, à toi seul, c'est ta réussite. Je suis seulement là pour te soutenir.

— Comme si ça ne comptait pas ! s'exclama Nicholas, levant les yeux au ciel, au bénéfice de Deborah. Vous voyez ce que je dois endurer ?

— Je n'ai aucun rôle dans ton projet et n'en veux aucun.

— Rassurez-vous, dit Deborah, nous ne vous embêterons pas. De toute façon, je suis seulement chargée d'un repérage, il n'est pas du tout certain que votre projet soit retenu pour le film définitif. Je ne suis pas décisionnaire en la matière. Je vais rédiger un compte rendu avec photos à l'appui. Il partira à Londres et les gens de la production aviseront.

— Tu vois, Allie ? Pas de souci à se faire...

Alatea acquiesça, sans conviction.

— Tu devrais peut-être emmener Deborah sur le chantier, Nicky. C'est le principal, non ?

Arnside
Cumbria

Après le départ de son mari en compagnie de la rouquine, Alatea demeura assise au salon à contempler l'étalage de magazines sur la table. Ils étaient toujours disposés en éventail, mais quelqu'un les avait bougés. En soi, cela n'avait rien d'étonnant. Cette femme avait sans doute voulu tromper l'ennui pendant que Nicholas était parti la chercher. Rien de plus naturel que de feuilleter ce qui vous tombait sous la main. Alatea se sermonna : elle avait vraiment les nerfs à vif en ce moment. Que *Conception* se soit retrouvé bien en évidence n'avait aucune signification. Même si Alatea pouvait se sentir gênée d'avoir laissé à la vue de tous la preuve matérielle de son intérêt pour un sujet aussi intime, elle ne devait pas sauter sur des conclusions paranoïaques. Cette femme était venue de Londres non pas pour fouiller dans son histoire personnelle, mais pour interroger Nicholas sur ses activités caritatives. Elle ne se serait bien entendu pas donné la peine de se déplacer si Nicholas avait été n'importe qui essayant de remettre les drogués sur la route de la vie – les frasques de sa jeunesse si bêtement gaspillée avaient fait l'objet de la plus vive attention de la part de la presse à scandale... Sans compter qu'aujourd'hui le fils de lord Fairclough, repenti, était devenu un bienfaiteur de l'humanité.

155

Eût-elle connu son pedigree au début de leur histoire, Alatea aurait sans doute rompu sans hésiter. Elle savait seulement que son père était un industriel qui fabriquait « tout pour la salle de bains » – c'était ainsi que Nicholas lui avait décrit la profession paternelle, comme si ce n'était pas tout à fait sérieux. Il avait en revanche pris soin de taire le titre de son père et son rôle actif dans la lutte contre le cancer du pancréas. Dans l'esprit d'Alatea, le père de Nicholas était un homme prématurément vieilli par le chagrin d'avoir vu son fils gâcher vingt ans de son existence. Elle n'avait pas été préparée à rencontrer une personnalité dotée d'une vitalité et d'un charisme exceptionnels, ni à se retrouver scrutée par des yeux aussi perçants derrière des lunettes à épaisse monture. « Appelez-moi Bernard, lui avait-il dit en baissant un instant les yeux sur sa poitrine. Soyez la bienvenue dans notre famille, ma chère Alatea. »

Elle avait l'habitude que les regards masculins s'attardent sur ses seins. Cela ne l'avait pas dérangée. C'était normal. La nature des hommes… En général, ils ne la dévisageaient pas ensuite d'un air intrigué. « Qu'est-ce qu'une femme telle que vous fait avec mon fils ? » : c'était la question qu'elle avait lue ce premier jour dans les yeux de Bernard Fairclough.

Et cette question muette, elle l'avait vue dans les regards de chacun des membres de la famille de Nicholas. Apparemment, tous estimaient qu'ils étaient mal assortis, mais ce n'était pas leur seule arrière-pensée. Ils la prenaient pour une aventurière. Elle venait d'un pays lointain, ils ne savaient rien d'elle, le mariage avait été pour le moins précipité. Dans leur esprit, elle en voulait à la fortune des Fairclough, le plus soupçonneux étant le cousin de Nicholas, Ian, celui qui était chargé de sa gestion.

Aucun d'eux ne pouvait croire qu'elle soit amoureuse de Nicholas. Elle avait fait tout son possible pour leur montrer combien elle lui était dévouée et elle se plaisait à penser qu'elle avait apaisé leurs inquiétudes.

Comment pourrait-il en être autrement, puisqu'elle aimait son mari de tout son cœur ? Pour lui, elle était prête à tout. Mon Dieu, elle n'était quand même pas la première femme à

tomber amoureuse d'un homme moins « séduisant » qu'elle !
Que les gens à chaque fois la dévisagent telle une bête
curieuse se révélait de plus en plus insupportable, mais elle ne
voyait aucun moyen de les arrêter.

Le seul remède était l'indifférence. Elle devait cesser de se
torturer, elle devait cesser d'avoir peur des ombres. Ce n'était
pas un péché d'être heureuse de la vie qu'elle menait, une vie
qu'elle n'avait pas recherchée mais qui lui avait été offerte.
Elle y voyait la marque du destin.

Pourtant, le déplacement du magazine la dérangeait autant
que la troublait le regard qu'avait posé sur elle cette femme de
Londres. Etait-elle bien la personne qu'elle prétendait être ?
Avait-elle des intentions cachées ? Ils n'avaient aucun moyen
de vérifier. Leur seul allié était le temps.

Alatea porta dans la cuisine le plateau avec le service à café.
Le bout de papier où elle avait écrit le message de Deborah
Saint James se trouvait toujours près du téléphone. Elle
n'avait pas noté le nom de la maison de production pour
laquelle elle travaillait, mais comme au cours de la conversation, Deborah l'avait mentionné, Alatea tenait le départ d'une
piste.

Elle monta au premier étage où elle avait transformé une
des anciennes chambres de domestiques en atelier. C'était là
que Nicholas et elle préparaient les travaux de rénovation de
la maison. La petite pièce lui servait aussi de tanière. Elle y
gardait son ordinateur.

La connexion à Internet fut interminable. Elle resta un
moment immobile devant l'écran avant de taper sur le clavier.

Bryanbarrow
Cumbria

Sécher les cours avait été un jeu d'enfant. Comme il fallait
être idiot pour avoir envie de se taper la longue route jusqu'à
Ulverston rien que pour le conduire au collège et comme
Kaveh était loin de l'être, idiot, il n'avait eu aucun mal à le
persuader. Ce matin, il était resté dans son lit, se tenant le

ventre et prétendant que Manette lui avait donné à manger quelque chose de pourri, précisant qu'il avait vomi deux fois dans la nuit. Gracie s'était précipitée dans la chambre de Kaveh. Il l'avait entendue crier : « Timmy a vomi ! Timmy est malade ! » Ce qui l'avait un peu culpabilisé, parce que la pauvre Gracie avait vraiment l'air paniquée. Il ne fallait pas être un génie pour comprendre qu'elle craignait qu'un autre membre de la famille ne casse soudainement sa pipe.

Gracie devait se ressaisir, se disait Tim. La mort frappait aveuglément. On ne pouvait pas empêcher quelqu'un de mourir en le couvant, pas plus qu'on ne pouvait manger, respirer, dormir ou chier à sa place ! De toute façon, elle avait d'autres sujets d'inquiétude autrement plus graves que la mort éventuelle d'un proche. Qu'allait-il advenir d'elle maintenant que leur père n'était plus là et que leur mère ne manifestait aucune intention d'assumer ses responsabilités parentales ?

Au moins, ils n'étaient pas les seuls à redouter l'avenir. Kaveh n'allait pas tarder à être congédié et, une fois à la rue, il lui faudrait trouver un autre logement... et une autre bite ! Tu n'auras plus qu'à retourner dans la merde dont papa t'avait tiré, mon pote !

Tim avait hâte d'assister à sa déchéance. D'ailleurs, il n'était pas le seul.

Ce matin, George Cowley avait interpellé Kaveh alors que celui-ci, Gracie sur ses talons, se dirigeait vers sa voiture. D'après ce que Tim distinguait de la fenêtre de sa chambre, Cowley était dans un fichu état – mais il avait toujours l'air débraillé –, sans ses bretelles, la braguette ouverte, dont sortait un pan de chemise tel un drapeau à carreaux. Il avait dû guetter Kaveh de la fenêtre de sa masure. En tout cas, il en avait jailli juste à temps pour alpaguer ce salaud.

Tim n'entendait pas ce qu'ils se disaient, mais il savait de quoi ils parlaient. Cowley remonta son pantalon et bomba un torse belliqueux. Si querelle il y avait, elle ne pouvait avoir qu'une seule cause : Cowley voulait savoir quand Kaveh comptait débarrasser le plancher et par conséquent la date à laquelle la ferme Bryan Beck allait être vendue aux enchères.

158

Gracie, son petit cartable à ses pieds, attendait que les portières de la voiture soient déverrouillées, regardant tour à tour Kaveh et Cowley. Même à cette distance, Tim voyait qu'elle avait peur. Encore une fois, il se sentit coupable. Il devrait peut-être sortir s'interposer, ou au moins éloigner sa petite sœur de ces deux-là. Mais ce faisant, il risquait d'attirer sur lui l'attention de Kaveh qui voudrait peut-être l'emmener séance tenante au collège Margaret Fox. Et c'était justement ce qu'il voulait éviter. Il avait une chose trop importante à faire aujourd'hui.

Il se détourna de la fenêtre et se jeta à plat ventre sur son lit. Il tendit l'oreille, attendant le vrombissement du moteur. Kaveh appuyait toujours trop sur l'accélérateur pour démarrer, comme s'il voulait noyer le carburateur avant de mettre en première ! Tim se saisit aussitôt de son portable et composa le numéro.

La veille avait été un désastre. Il avait disjoncté avec Manette. Heureusement, il ne lui avait pas fait très mal et avait retrouvé son sang-froid à temps ; un peu plus il l'étranglait ! Pour qui se prenait-elle, cette idiote ? Elle n'était pas sa mère ! Comment osait-elle prendre ce ton stupide avec lui ? Il avait vu rouge. A la dernière seconde, il s'était ressaisi et avait tambouriné du poing sur les planches du ponton plutôt que de la rouer de coups. Dire que cette conne l'avait ensuite serré dans ses bras et avait essayé de le consoler ! Tim se demandait où la cousine de son père avait appris à tendre l'autre joue ? De son point de vue, cette expertise dans le domaine du pardon et de l'oubli prouvait qu'elle était tarée.

Toujours est-il qu'il n'avait plus été question de se rendre à Windermere. Tim avait joué le jeu, il avait pleuré un bon coup puis s'était calmé peu à peu. Elle l'avait tenu dans ses bras une bonne demi-heure, là, sur le ponton, en lui murmurant que tout irait bien, qu'ils iraient tous les deux camper sur Scout Scar et… que son père allait revenir d'entre les morts, qui sait, comme si quelqu'un avait tant que ça envie de le revoir, et sa mère allait se métamorphoser en gentille maman, ce qui était tout aussi improbable. Tim n'en avait rien à battre. Le principal, c'était d'éviter de passer la nuit à Great Urswick et sur ce point au moins il avait eu gain de cause.

Il se mit à tapoter sur son portable.

T ou auj ?

Pas de réponse.

Pa pu ier

Inutile de parler de Manette, de la tente et de tout le reste. Il aurait été trop long de lui textoter des explications.

Toujours pas de réponse. Tim attendit. Il commença à se sentir un peu nauséeux, à croire qu'il avait, en effet, mangé quelque chose de dégueu. Peu à peu, il se sentit gagné par un sentiment de désespoir. Non, pas de désespoir ! rectifia-t-il. Un sentiment de rien du tout.

Exaspéré, il roula sur lui-même et jeta son portable sur sa table de chevet. Il ouvrit son ordinateur. Pas de message dans sa boîte mail non plus.

Il devait coûte que coûte reprendre la situation en main. Un accord était un accord, il n'allait pas laisser l'autre se récuser. Il avait fourni sa part d'efforts, à l'autre maintenant de collaborer.

Lac Windermere
Cumbria

Muni de la petite lampe de poche qu'il avait sortie de la boîte à gants de la Healey Elliott, Lynley redescendait vers le hangar à bateaux pour inspecter de plus près les pavés du quai quand son téléphone portable sonna. Le nom d'Isabelle s'afficha.

— Tommy, lui dit-elle sans autre préambule. J'ai besoin de toi à Londres.

En toute logique, il supposa qu'il s'agissait d'un problème professionnel.

— Je ne te parle pas du Yard, lui répondit-elle. Il y a certaines choses que je n'ai pas envie de partager avec un autre membre de la brigade.

Il ne put s'empêcher de sourire.

— Content de l'apprendre. Je n'avais pas tellement envie non plus de te partager avec l'inspecteur Stewart.

— Ne tente pas le diable. Quand rentres-tu ?

Débouchant de la peupleraie, il s'arrêta sur le sentier pour contempler le lac dans les lueurs matinales. La journée s'annonçait belle. Un instant, il songea qu'il aurait été bien agréable de la passer avec Isabelle.

— Je ne sais pas encore. Je viens de commencer.

— Un petit coup vite fait ? Tu me manques, et je flippe. Quand tu me manques, je pense tout le temps à toi et je n'arrive plus à me concentrer sur mon travail.

— Et un « petit coup vite fait » résoudrait ce problème ?

— Je n'ai rien à dire pour ma défense. Tu me plais au lit.

— Au moins, tu es honnête.

— Toujours. Alors, tu as le temps ? Je peux venir te rejoindre cet après-midi...

Un silence. Il l'imagina consultant son agenda.

— Vers trois heures et demie ? reprit-elle, confirmant la supposition de Lynley. Tu peux te libérer ?

— Je suis un peu trop loin de Londres, hélas.

— Vraiment ? Où ça ?

— Isabelle...

Il se demanda si elle avait cherché à lui tendre un piège. Elle lui faisait d'abord miroiter la perspective de s'envoyer en l'air avec elle, puis le forçait à lui avouer où il se trouvait.

— ... Tu sais que je ne peux rien te dire.

— Ah, oui, les ordres de Hillier, motus et bouche machin... Mais cela ne s'applique pas à moi. Est-ce que cela se serait appliqué à...

Elle laissa sa phrase en suspens, puis grommela :

— C'est pas grave.

Il devina qu'elle avait failli lui demander s'il aurait respecté la même obligation de réserve avec Helen. Si elle n'avait pas été jusqu'au bout de sa phrase, c'était parce qu'ils ne mentionnaient jamais sa défunte femme pour la simple raison qu'elle tenait à ce que leurs relations restent purement érotiques et ne dérapent pas vers autre chose.

161

— Tout ça est ridicule, enchaîna-t-elle. Qu'est-ce que Hillier croit que je ferais de cette information ?

— A mon avis, cela n'a rien de personnel. Tu n'es pas en cause. Personne ne doit savoir, un point c'est tout. Evidemment, j'aurais pu me montrer plus curieux sur la raison de cette confidentialité.

— Oui, ça ne te ressemble pas. Tu avais peut-être envie de quitter Londres ?

Elle s'empressa d'ajouter :

— Ne tiens pas compte de ce que je viens de dire. C'est le genre de conversation qui pourrait nous mener là où nous n'avons pas envie d'aller. A bientôt, Tommy.

Sur ces paroles, elle raccrocha. Il glissa son téléphone dans sa poche et descendit vers le hangar à bateaux. Il valait mieux qu'il se concentre sur sa mission. Isabelle n'avait pas tort. Il y avait des choses qu'il était préférable de taire s'ils voulaient continuer à se voir.

Le hangar à bateaux n'était pas fermé à clé. Peut-être à cause de l'heure, il y faisait encore plus noir que lors de sa visite initiale. Se félicitant d'avoir sa lampe de poche en main, il l'alluma. L'eau et la pierre dégageaient une humidité froide. L'air sentait le bois mouillé et la vase. Il se dirigea vers l'endroit où était amarré le scull de Ian Cresswell.

A genoux, il balaya le bord du quai d'un faisceau de lumière puis inspecta de nouveau le trou laissé par les deux pavés tombés à l'eau. Il n'y avait pas grand-chose à voir. Le ciment entamé par l'usure présentait partout une multitude de fissures, d'entailles et d'aspérités. Il chercha à distinguer la trace d'un outil ayant éventuellement accéléré l'ouvrage du temps : un ciseau, peut-être, ou bien un tournevis ou encore un coin. Il aurait été quasi impossible de déloger les pavés sans laisser la moindre empreinte.

Ne voyant rien de suspect, il envisagea un nouvel examen sous une lumière plus forte. Le problème, c'était qu'il aurait dès lors du mal à prétendre être un simple visiteur. Par ailleurs, il en arriva à la même conclusion que la veille : ils devaient repêcher les pavés manquants. Cela n'allait pas être une partie de plaisir ! Le lac n'était peut-être pas très profond à cet endroit, mais il devait être glacé.

Il éteignit sa lampe et sortit du bâtiment. Pas une embarcation ne venait ce matin troubler les eaux, semblables à un miroir où se reflétaient les teintes flamboyantes des feuillus et le bleu du ciel sans nuages. Tournant le dos au lac, il tenta d'apercevoir le château. Il était invisible. En revanche, du sentier de la peupleraie, on voyait très bien le hangar à bateaux, et on devait pouvoir le surveiller depuis le dernier étage et le toit d'une tour carrée qui se dressait au sud des peupliers. Sans doute la « folie » habitée par Mignon Fairclough. Elle n'était pas venue dîner avec eux la veille. C'était peut-être une bonne idée de lui rendre une petite visite matinale.

La tour de Mignon était une copie fidèle des tours de guet de la région, le genre de pièce d'architecture que les gens édifiaient autrefois sur leur propriété pour leur donner un cachet « historique », quoique, dans le cas d'Ireleth Hall, pareil artifice fût tout à fait inutile. Cette folie avait été bâtie sur quatre étages surmontés d'un toit crénelé, donc sans doute accessible. De là-haut, on devait avoir une vue imprenable sur Ireleth Hall, l'allée, les jardins, le lac et le hangar à bateaux.

Il frappa à la porte. A l'intérieur, une voix féminine coassa :

— Quoi ? *Quoi ?*

Elle semblait exaspérée. Sans doute importunait-il la dénommée Mignon dans ses occupations – Lynley n'avait pas été informé de leur nature. Il appela :

— Miss Fairclough ? Désolé, je vous dérange ?

— Oh ! s'exclama la voix, étonnée. Je pensais que c'était de nouveau ma mère.

La porte s'ouvrit en grand devant une des filles jumelles de Bernard Fairclough. Petite de taille, à l'instar de son père, elle s'appuyait sur un déambulateur. Elle portait une tenue composée de plusieurs couches de vêtements et cette superposition de textures lui prêtait une allure d'artiste tout en dissimulant les formes de son corps. Elle était aussi maquillée avec soin, remarqua Lynley, à croire qu'elle comptait se rendre en ville au cours de la journée. Quant à sa coiffure, Lynley ne put s'empêcher de la trouver puérile. Elle était en effet coiffée à la façon d'Alice au pays des merveilles, avec un ruban et le visage dégagé. Sauf qu'elle avait les cheveux d'un châtain terne et non blonds comme le personnage de Lewis Carroll.

— Vous êtes le Londonien, je suppose. Que faites-vous de si bonne heure à rôder par ici ? Je vous ai vu tout à l'heure. Vous êtes retourné au hangar à bateaux.

— Vous m'avez vu, vraiment ?

Lynley se demanda comment c'était possible. Trois étages avec un déambulateur ! Il était aussi curieux de savoir pourquoi elle l'avait observé.

— Je me promène, ajouta-t-il. J'ai aperçu la tour d'en bas, alors je suis venu vous saluer. Je m'attendais à faire votre connaissance hier soir au dîner.

— Je n'étais pas très en forme. Je me remets d'une petite opération.

Elle le soumettait ouvertement à une inspection en règle. Il s'attendait presque à ce qu'elle le prie d'ouvrir la bouche pour vérifier l'état de sa dentition.

— Puisque vous êtes là, entrez, je vous en prie, finit-elle par dire.

— Je vous dérange ?

— J'étais sur Internet, mais ça peut attendre, l'informa-t-elle en reculant son déambulateur pour lui laisser le passage.

Du seuil, on englobait d'un regard le rez-de-chaussée qui comprenait une salle de séjour, une cuisine et un espace bureau où se trouvait l'ordinateur de Mignon. Il semblait aussi servir d'entrepôt à un grand nombre de cartons empilés à droite et à gauche, là où il y avait de la place. Lynley crut d'abord qu'elle se préparait à déménager, puis il remarqua que ces cartons étaient en fait des colis qui lui étaient tous adressés sous pochette plastique adhésive.

L'ordinateur était allumé, la page s'inscrivant sur l'écran étant apparemment celle d'une boîte de messagerie. Mignon, après avoir suivi la direction de son regard, déclara :

— La vie virtuelle... Je la trouve beaucoup plus savoureuse que la vraie.

— Autrefois, on avait des correspondants.

— En ce moment, j'ai une liaison torride avec un monsieur qui est aux Seychelles... c'est ce qu'il dit en tout cas. Un homme marié, un prof, qui a l'impression d'avoir échoué dans un bled paumé au bout de nulle part. Pauvre type, il était parti pour la grande aventure et la seule qu'il ait trouvée, c'est sur Internet.

Elle regarda Lynley avec un petit sourire en coin.

— ... Il se peut qu'il mente, bien sûr. Moi, par exemple, je suis pour lui une styliste de mode débordée par la préparation de mon prochain défilé. Avec l'avant-dernier, j'étais médecin du monde au Rwanda et avant cela... Voyons... Ah oui, une femme battue qui cherchait une oreille compréhensive. Formidable, la vie virtuelle où tout devient possible. La chasse à la vérité est ouverte !

— Cela ne risque pas de se retourner contre vous ?

— Justement, c'est ce qui est amusant. Mais je suis prudente. Dès qu'ils commencent à montrer des velléités de me rencontrer en chair et en os, je casse...

Elle fit mine de se diriger vers la cuisine.

— ... Voulez-vous un café ? J'ai seulement de l'instantané. Ou préférez-vous le thé ? J'ai seulement des sachets. Mais rien n'est plus simple...

— Du café, volontiers. Je m'en veux de vous embêter...

— Vous êtes trop bien élevé. On n'en fait plus des comme vous.

Alors qu'elle disparaissait dans la cuisine, il reprit son inspection. A part la surabondance de cartons, sur toutes les surfaces disponibles il y avait de la vaisselle sale. Les assiettes et les bols devaient avoir été abandonnés là depuis longtemps, car, lorsqu'il en souleva un ou deux, ils laissèrent un rond propre sans la fine pellicule de poussière qui recouvrait le reste.

Il se rapprocha de l'ordinateur. Au moins, elle n'avait pas menti sur un point. Il lut rapidement. *Je suis bien placée pour savoir de quoi tu parles. Il y a des jours où la vie nous prive de ce qui compte vraiment. Autrefois, je le faisais toutes les nuits. Maintenant j'ai de la chance si c'est une fois par mois. Mais tu devrais t'en ouvrir à elle. C'est vrai. Bon, je dis ça et après, moi, je ne parle pas à James. Si seulement je pouvais voir mon vœu se réaliser. Mais il vaut mieux que j'oublie. C'est une chimère.*

— Nous en sommes arrivés à échanger nos impressions sur nos mariages ratés, déclara Mignon dans son dos. Je vous assure, c'est incroyable. C'est toujours le même engrenage. Vous croiriez qu'ils auraient un peu d'imagination, mais non, jamais. J'ai mis la bouilloire en route. Le café sera prêt dans une minute. Si vous aviez l'amabilité de porter votre propre tasse.

Lynley entra dans la cuisine, plutôt une kitchenette, mais parfaitement équipée. Elle allait bientôt être obligée de laver la vaisselle. Il ne restait presque plus d'assiettes propres et la tasse dont elle se servait pour son café était la dernière sur l'étagère. Elle ne prenait rien.

— Vous ne préféreriez pas une histoire d'amour dans la réalité ?

— Comme celle de mes parents, par exemple ? rétorqua-t-elle en lui jetant un regard.

— Ils paraissent très bien s'entendre.

— Oh, oui, parfaitement. Ils sont faits l'un pour l'autre, dans tous les sens du terme. Il suffit de les voir roucouler et se bécoter. Ils vous ont joué cette petite comédie ?

— De quoi parlez-vous ?

— Oh, alors vous n'avez encore rien vu. Mais ça ne saurait tarder. Observez-les s'échanger des regards langoureux. C'est leur spécialité.

— Tout dans les apparences ?

— Je n'ai pas dit ça. Ils s'entendent bien, vous avez raison. Ils sont extrêmement dévoués l'un envers l'autre. Ça leur est d'autant plus facile que mon père est rarement là. Ce qui les arrange. Enfin, qui l'arrange, lui. Ma mère ne se plaint pas et, d'ailleurs, pourquoi se plaindrait-elle ? Tant qu'elle peut aller à la pêche, déjeuner avec ses copines, gérer ma vie et dépenser des fortunes à entretenir ses jardins, tout va très bien pour elle. Après tout, c'est *son* argent. Pas celui de papa, mais lui s'en fiche, du moment qu'il peut le dépenser à sa guise. Ce n'est pas le mariage dont je rêve, mais comme je ne veux pas me marier, alors qui suis-je pour les juger ?

La bouilloire s'éteignit dès que l'eau se mit à bouillir. Mignon entreprit la préparation de la tasse de café, avec une maladresse qu'on aurait dit délibérée. Elle remplit la cuillère de café soluble tellement à ras bord que celle-ci laissa un filet marron sur le plan de travail. En touillant, elle renversa du liquide brûlant. Après quoi, elle se servit de la même cuillère pour prendre du sucre en poudre. Et hop, encore un lac. Elle rajouta du lait. Le lac s'agrandit. Puis elle lui tendit la tasse sans l'essuyer en déclarant :

— Je n'ai pas la fibre ménagère.

Un euphémisme, songea Lynley.

— Moi non plus, répliqua-t-il. Merci.

Elle retourna dans la salle de séjour en poussant son déambulateur et lança par-dessus son épaule :

— C'est quoi cette voiture, au fait ?

— Quelle voiture ?

— Cette espèce de vieille bagnole incroyable dans laquelle vous êtes arrivé hier. Elle est magnifique, mais un engin pareil, ça doit boire autant qu'un chameau à l'oasis.

— C'est une Healey Elliott.

— Jamais entendu parler.

Elle trouva un fauteuil qui ne croulait pas sous les magazines et les cartons, s'y laissa choir lourdement et l'invita d'un geste à l'imiter.

— Vous pouvez déplacer ce que vous voulez. Je m'en fiche.

Pendant qu'il cherchait une petite place, sa tasse à la main, elle continua :

— Alors, dites-moi maintenant, que faisiez-vous dans le hangar à bateaux ? Je vous y ai aperçu hier avec mon père. Qu'est-ce qui vous attire tant là-bas ?

Lynley se promit d'être plus prudent à l'avenir. Manifestement, quand elle n'était pas plantée devant l'écran de son ordinateur, Mignon employait son temps à épier les allées et venues sur la propriété.

— J'avais envie de sortir en scull sur le lac, mais je me suis dégonflé. La paresse, vous comprenez.

— Sage décision, approuva-t-elle. La dernière personne à l'avoir sorti est morte noyée. Je pensais que vous étiez descendu au hangar en catimini regarder la scène d'un crime.

Elle émit un gloussement de rire sardonique.

— Un crime ?

Il but une gorgée de café. Infect.

— Mon cousin Ian. Vous êtes sûrement au courant. Non ?

Elle lui raconta ce qu'il savait déjà en conservant une attitude d'indifférence enjouée.

Tout en l'écoutant, Lynley se fit la réflexion suivante : d'après son expérience, plus les gens affectaient une franchise brutale dans leurs propos, plus ils avaient de choses à cacher.

A en croire Mignon, Ian Cresswell avait bel et bien été assassiné. Ce n'était pas parce que des gens souhaitaient votre mort que vous mouriez forcément, lui expliqua-t-elle. Comme Lynley haussait les sourcils, elle continua. Son frère Nicholas avait presque toute sa vie été à la traîne de son cousin. Ian n'avait pas plus tôt débarqué du Kenya après la mort de sa mère pour s'installer chez eux qu'il n'avait plus été question que de lui. Et pourquoi, Nicholas, tu ne peux pas ressembler plus à Ian ? Le premier de sa promotion à Saint Bees, le champion en athlétisme de son lycée, le meilleur neveu que son oncle Bernard ait pu rêver, jamais un écart, le chouchou, bref, un garçon parfait.

— Quand Ian a abandonné sa femme et ses enfants pour vivre avec Kaveh, j'ai cru que mon père verrait enfin clair dans le jeu de notre Ian chéri. Je suis sûre que Nicky pensait la même chose que moi. Ça n'a rien changé. Et maintenant, Kaveh travaille pour ma mère, grâce à qui, on peut le savoir ? A Ian, bien entendu. Non, Nicky aura beau se démener tel un beau diable, jamais il ne brillera d'un éclat semblable. Tout comme rien de ce que Ian a fait n'a entamé l'affection que lui voue mon père. C'est à se demander...

— Quoi ?

— Toutes sortes de choses, répondit-elle avec une expression butée, tout à la fois vertueuse et contente d'elle.

— A votre avis, Nicholas l'a assassiné ? insista Lynley. Je suppose qu'il avait à y gagner.

— Pour l'assassinat, je ne serais pas étonnée. Quant à ce qu'il avait à y gagner... Dieu seul le sait.

Son attitude ne laissait aucun doute sur la mauvaise opinion qu'elle avait de son cousin. Lynley songea qu'il restait encore à découvrir la teneur du testament de Ian Cresswell.

— Mais un assassinat n'est-il pas un peu risqué ? suggéra-t-il.

— Pourquoi ?

— A ce qu'il paraît, votre mère sort en bateau sur le lac presque tous les jours.

Mignon se redressa dans son fauteuil, piquée au vif.

— Vous insinuez que ma mère...

— Qu'elle aurait pu être la cible du meurtrier présumé, dans la mesure où il y a eu meurtre, bien entendu.

— Personne n'aurait intérêt à ce que notre mère meure, déclara Mignon.

Elle énuméra les noms de tous ceux qui étaient dévoués à Valerie Fairclough, son père venant en tête de liste.

Lynley ne put s'empêcher de se rappeler *Hamlet* et la réplique accusant les femmes de protester trop fort. Il songea aussi à ce que la richesse vous apporte et avec quelle facilité on en vient à considérer que tout s'achète, depuis le silence jusqu'à la collaboration des plus réticents. Ce qui revenait à s'interroger sur les motivations de Bernard Fairclough le jour où il était descendu à Londres afin de solliciter une enquête officieuse sur la mort de son neveu.

« Il se croit plus malin que tout le monde. » Cette expression vint titiller les neurones de Lynley. A qui l'appliquer exactement ?

Grange-over-Sands
Cumbria

Manette Fairclough-McGhie avait longtemps considéré que sa sœur Mignon était la reine des manipulatrices. Depuis trente ans, elle se servait de son accident à Launchy Gill pour mener leurs parents par le bout du nez. Elle avait glissé sur un rocher de la cascade, s'était cogné la tête assez fort pour souffrir d'une fracture du crâne et... bref, on aurait cru que la terre s'était arrêtée de tourner. Quand elle y réfléchissait bien, Mignon n'arrivait pas à la cheville de Niamh Cresswell. Mignon utilisait comme leviers la culpabilité, la peur et l'angoisse des autres pour obtenir ce qu'elle voulait. Niamh se servait de ses propres enfants. Cela devait cesser. Manette allait y mettre un terme !

Elle commença par prendre une journée de congé, avec une bonne excuse toute trouvée : son agression de la veille dont elle portait les ecchymoses. Même si Tim ne l'avait pas frappée dans les reins et dans le dos, elle aurait inventé quelque chose. Un garçon de quatorze ans ne se comportait pas de cette manière sans raison. Certes, le choix de vie de son père l'avait déboussolé, et maintenant sa mort... Mais s'il avait été placé au collège Margaret Fox, c'était surtout à cause de sa mère indigne !

Niamh habitait assez loin de Great Urswick, dans un quartier des environs de Grange-over-Sands, un luxueux lotissement à flanc de colline au bord de l'estuaire de Morecambe. L'architecte avait manifestement été inspiré par la Méditerranée : toutes les maisons étaient d'un blanc éclatant souligné de bleu foncé ; dans les jardins de graviers poussaient des plantes aromatiques. Elles étaient cependant de tailles différentes et Niamh, bien entendu, possédait la plus grande, avec la plus belle vue sur l'estuaire et ses milliers d'oiseaux qui y séjournaient pendant l'hiver. C'était là que Niamh avait élu domicile après l'abandon de Ian. Manette savait pour en avoir discuté avec son cousin que Niamh tenait coûte que coûte à changer de logis. Et qui pouvait le lui reprocher ? s'était dit Manette sur le moment. Les souvenirs conservés entre les murs de son foyer lui étaient sans doute devenus douloureux, et elle avait deux enfants dont elle était responsable après l'explosion nucléaire qui avait réduit en cendres leur vie de famille. Elle cherchait à atténuer le choc et à adoucir la transition pour Tim et Gracie.

Manette avait révisé ces conclusions en apprenant que Tim et Gracie ne vivaient finalement pas chez leur mère, mais avec leur père et son amoureux. Cette nouvelle l'avait affolée jusqu'au jour où Ian lui avait confié que c'était ce qu'il souhaitait aussi : avoir la charge de ses enfants. A la mort de Ian, il aurait paru naturel à Manette que Niamh reprenne sa progéniture. Qu'elle se refuse à le faire l'avait de nouveau plongée dans la plus grande perplexité. Cette fois, elle comptait obtenir une réponse à ses questions.

Le break de Niamh était garé devant la maison. Manette n'avait pas plus tôt frappé à la porte que celle-ci s'ouvrit. Le visage de Niamh s'allongea à la vue de sa visiteuse. Même si elle n'avait pas pué le parfum à plein nez, même si elle n'avait été moulée dans une petite robe décolletée rose bonbon, son regard à lui seul lui aurait révélé qu'elle n'était pas la personne attendue et que cette personne devait arriver d'une minute à l'autre.

— Manette, dit Niamh sans reculer pour l'inviter à entrer.

Manette était déterminée. Elle s'avança, prête à la bousculer pour passer. Niamh s'écarta, mais ne referma pas la porte alors qu'elle suivait Manette à l'intérieur.

Manette entra dans le salon dont les baies vitrées donnaient sur l'estuaire et jeta un coup d'œil distrait du côté de la masse sombre d'Arnside Knott de l'autre côté de la baie. Tout aussi distraitement, elle se dit qu'en se munissant d'un télescope assez puissant Niamh serait en mesure non seulement de discerner le sommet dénudé parsemé de quelques résineux mais aussi, au pied de la montagne, les fenêtres du salon de son frère Nicholas.

Elle se retourna pour faire face à Niamh, laquelle regarda alternativement Manette et la porte de la cuisine. Quelqu'un se dissimulait-il dans cette pièce ? Cette supposition ne collait pas avec le changement d'expression de Niamh lorsqu'elle lui avait ouvert la porte.

— J'aimerais un café, déclara Manette. Cela ne te dérange pas si je...

— Manette, qu'est-ce que tu veux ? l'interrompit Niamh. Tu aurais au moins pu me téléphoner pour me préven...

Manette se trouvait déjà dans la cuisine. Elle remplit la bouilloire au robinet comme si elle était chez elle. Sur le plan de travail, elle avisa la cause du trouble de Niamh. A côté d'un colis postal ouvert se trouvait un seau en métal peint en rouge vif contenant un assortiment d'objets. Une étiquette noire imprimée de lettres blanches présentait la forme d'un drapeau où se lisait en travers : *Un seau plein d'amour.* Il ne fallait pas un diplôme de sexologie pour comprendre que les objets contenus là-dedans se résumaient à une série de joujoux destinés à un couple cherchant à pimenter ses ébats. Très intéressant...

Niamh fonça sous le nez de Manette pour remettre le seau plein d'amour dans sa boîte.

— Bon, alors, qu'est-ce que tu veux ? Et c'est moi qui vais te préparer du café, si cela ne te dérange pas.

Elle sortit une cafetière à piston qu'elle posa brutalement sur le plan de travail avant de faire subir le même traitement à un paquet de café moulu et à un mug tamponné d'un *J'ai vu Blackpool !.*

— Je suis venue te voir au sujet des enfants, annonça Manette, jugeant inutile de prendre des gants. Pourquoi ne sont-ils pas ici avec toi, Niamh ?

— Cela ne te regarde pas. Timothy s'est plaint à toi hier ?

— Tim m'a rouée de coups, tu veux dire. Tu m'accorderas que ce n'est pas un comportement normal pour un garçon de quatorze ans.

— Ah, c'est donc ça. Bon, mais c'est toi qui as voulu aller le chercher à l'école. Ça n'a pas marché ? Pauvre Manette, c'est affreux, proféra Niamh d'un ton sardonique qui révélait qu'elle ne croyait pas un mot de cette prétendue agression, tout en versant du café moulu dans la cafetière avant de sortir le lait du réfrigérateur. Qu'est-ce qui t'étonne ? Il n'est pas à Margaret Fox pour rien.

— Et nous savons toutes les deux pourquoi. Qu'est-ce qui se passe, enfin ?

— Ce qui se passe, comme tu dis, c'est que cela fait un bon bout de temps que le comportement de Timothy n'est pas normal, pour te citer de nouveau. Je suppose que tu en devines la cause.

Encore et toujours la même chanson ! Niamh ne connaissait-elle donc pas un autre air ? L'anniversaire de Tim, l'invité surprise. Son père avait vraiment su choisir son moment pour leur révéler qu'il avait une liaison avec quelqu'un et que ce quelqu'un était un autre homme. Manette avait envie d'étrangler Niamh. Quand cette salope allait-elle cesser d'exploiter à son seul profit ce que Ian et Kaveh avaient fait ?

— Ce n'est pas la faute de Tim, tu le sais aussi bien que moi. Et je te serais reconnaissante de ne pas toujours tout ramener à toi. Ian se laissait peut-être embobiner, mais ça ne marche pas avec moi.

— Je n'ai aucune envie de parler de Ian. Ne t'inquiète pas.

Première nouvelle ! songea Manette. Depuis un an, le seul sujet de conversation de la femme de son cousin était l'outrage dont elle avait été victime. Eh bien, elle allait obliger Niamh à tenir parole, pour une fois. De toute façon, elle était là pour parler de Tim.

— Parfait. Je n'ai pas non plus envie de parler de Ian.

— Pas possible ! s'exclama Niamh en inspectant ses ongles, parfaitement manucurés, aussi nets que le reste de sa jolie personne. Je croyais que Ian était ton sujet de conversation préféré.

— Qu'est-ce que c'est que cette histoire ?

— Tu as l'air de tomber des nues. Vois-tu, tu as beau avoir essayé de le cacher toutes ces années, j'ai toujours su que tu l'aimais.

— *Ian ?*

— Tu pensais que s'il me quittait, ce serait pour toi. Franchement, Manette, à ta place, je serais folle furieuse qu'il se soit mis en couple avec Kaveh.

Manette pesta intérieurement. Niamh avait bel et bien réussi à esquiver le problème posé par Tim.

— Arrête ! Je vois où tu veux en venir. Je ne bougerai pas d'ici avant que nous ayons parlé de ton fils. Continue à éviter le sujet et nous passerons la journée à jouer au chat et à la souris. Mais quelque chose, ajouta Manette en appuyant ses paroles d'un regard du côté du seau plein d'amour, me dit que tu préférerais que je ne m'attarde pas. Tu te fais des illusions si tu crois me chasser en provoquant ma colère.

Niamh paraissait en mal d'arguments. Sauvée par le sifflement de la bouilloire qui s'éteignit, elle versa l'eau dans la cafetière à piston.

— Les demi-pensionnaires à Margaret Fox rentrent le soir chez leurs parents. Mais voilà, Tim, lui, il rentre chez Kaveh Mehran, pas chez toi, sa mère. Quelles conséquences crois-tu que cela a sur son psychisme ?

— Le fait qu'il rentre chez le Kaveh chéri de Ian plutôt que de rester enfermé comme un criminel ? rétorqua Niamh.

— Il devrait rentrer ici, pas à Bryanbarrow. Tu le sais aussi bien que moi. Tu aurais dû voir dans quel état il était hier… Pour l'amour du ciel, qu'est-ce qui ne va pas chez toi ? Tim est ton fils. Pourquoi ne pas l'avoir rapatrié ici ? Et Gracie ? Tu cherches à les punir ou quoi ? C'est une sorte de jeu que tu joues avec leurs vies ?

— Que sais-tu de leurs vies ? Qu'est-ce que tu en sais ? Tu ne t'es intéressée à eux qu'à cause de Ian. Ian le bien-aimé qui n'a jamais péché contre les Fairclough. Même ton père a pris sa défense quand il m'a quittée. Ton père ! Ian, le front auréolé, sortant main dans la main… ou plutôt main dans le slip d'un pédé qui pourrait être son fils… Et ton père ne fait rien ! Aucun de vous n'émet la moindre objection. Et maintenant, ce salaud bosse pour ta mère comme s'il n'était coupable en rien du naufrage de ma vie. Et toi, tu viens m'accuser de jouer à je ne sais quel jeu ? Tu remets en cause mes décisions alors qu'aucun de vous n'a levé le petit doigt pour obliger Ian à tenir son rôle de mari et de père, à revenir auprès de ses enfants, là où je… je…

Niamh s'empara d'une serviette en papier afin de saisir au vol ses larmes avant qu'elles ne gâchent son trait d'eye-liner et ne laissent une trace sur son fond de teint. Puis elle jeta la serviette dans la poubelle et appuya du plat de la main sur le piston qui s'abaissa dans la cafetière, séparant le liquide du marc demeuré au fond, tout comme les mots qui lui restaient coincés au fond de la gorge.

Manette était pensive. La situation devenait soudain plus claire.

— Tu ne vas pas les reprendre ? Tu as l'intention de les laisser avec Kaveh. Pourquoi ?

— Bois ton fichu café et débarrasse le plancher.

— Pas tant que je n'ai pas obtenu une réponse. Je tiens à comprendre ce que tu as derrière la tête. Ian est mort, pour toi, c'est une affaire réglée. A présent, il y a Kaveh, et celui-là n'est pas près de mourir, à moins que tu ne le tues...

La phrase de Manette resta en suspens. Les deux femmes se regardèrent en chiens de faïence.

Niamh fut la première à détourner les yeux.

— Pars, dit-elle. Je veux que tu partes.

— Et Tim ? Et Gracie ? Qu'est-ce qui va leur arriver ?

— Rien.

— Autrement dit, Kaveh va s'en occuper ad vitam aeternam à Bryanbarrow. Du moins jusqu'au moment où la loi t'obligera à aviser. Tu fais payer Kaveh pour ce qu'il a détruit. Ces deux enfants... qui sont, soit dit en passant, innocents des faits...

— Tu crois ça.

— Quoi ? Tu prétends que Tim... Mon Dieu ! Tu es de pire en pire.

Il n'y avait plus rien à ajouter. Elle tourna le dos à Niamh. Elle était proche de la sortie quand un bruit de pas retentit dehors sur les marches du perron, ainsi qu'une voix masculine chantonnant :

— Nini ? Ma nini ? Où est ma petite nini ?

Un homme au visage charnu s'encadra dans la porte. Il brandissait d'une main un pot de chrysanthèmes avec un tel enthousiasme, une telle lueur joyeuse dans les yeux, que Manette sut immédiatement qu'elle avait devant elle l'expéditeur du seau plein d'amour. Il était venu jouer avec son contenu.

— Oh ! fit-il en regardant autour de lui comme s'il craignait de s'être trompé de maison.

Par-dessus l'épaule de Manette, Niamh l'interpella.

— Entre donc, Charlie. Manette s'en va.

Charlie. Il lui disait quelque chose, mais quoi ? Avec un hochement de tête, il passa près d'elle afin de rejoindre Niamh à l'intérieur. Une odeur d'huile chaude lui chatouilla les narines. Fish and chips ? Non. La mémoire lui revint d'un seul coup : c'était le propriétaire d'un des trois traiteurs chinois de Milnthorpe où elle s'arrêtait parfois en revenant de chez Nicholas quand elle n'avait pas le temps de préparer le dîner de Freddie. Elle ne l'avait jamais vu sans son sarrau maculé de graisse et de sauce soja. Eh bien, aujourd'hui, il était venu s'occuper d'autre chose que de verser du chop suey dans des boîtes en carton !

— Tu es mignonne à croquer, lança-t-il à Niamh.

Elle gloussa.

— J'espère bien, et aussi que tu es en appétit !

Ils s'esclaffèrent de conserve. La porte se referma sur eux.

Le sang de Manette ne fit qu'un tour. Cela ne pouvait pas continuer comme ça ! La conduite de Niamh était intolérable... Manette n'était toutefois pas assez naïve pour s'illusionner sur l'influence qu'elle était susceptible d'avoir sur la femme de son cousin. En revanche, elle avait toute latitude pour agir dans l'intérêt des enfants. La vie de Tim et de Gracie devait changer, et elle allait y veiller.

Windermere
Cumbria

Mettre la main sur le rapport du légiste s'avéra un jeu d'enfant grâce à la réputation de consultant en expertise judiciaire de Simon Saint James. Comme les conclusions déjà atteintes ne prêtaient apparemment pas à polémique, il avait raconté toute une histoire sur une conférence qu'il préparait pour ses étudiants à propos des principes élémentaires des sciences médico-légales. Les documents qu'il s'était procurés au moyen de ce subterfuge corroboraient ce que Lynley lui avait décrit de la mort de Ian Cresswell, en y ajoutant en outre quelques détails remarquables. La victime avait reçu un coup violent – son crâne présentait une fracture près de la tempe gauche – qui l'avait assommée. L'objet qui l'avait frappée semblait être le pavé détaché du quai. Même si son corps avait été immergé pendant environ dix-neuf heures quand on l'avait repêché, d'après le rapport, il était possible de mettre en regard la plaie à la tête avec la forme du pavé incriminé.

Saint James fronça les sourcils. Comment une chose pareille était-elle envisageable ? Dix-neuf heures dans l'eau, c'était assez pour rendre n'importe quelle blessure méconnaissable, à moins que l'on ait procédé à une reconstruction. Il chercha cette information dans les papiers, mais ne trouva rien de la sorte. Après avoir pris bonne note de cette absence, il poursuivit sa lecture.

La mort par noyade avait été confirmée par l'examen des poumons. Une ecchymose sur la jambe droite laissait à penser qu'en tombant il s'était pris le pied dans le cale-pied du scull, lequel avait chaviré et maintenu un certain temps la victime en immersion jusqu'au moment où, peut-être à cause du léger mouvement des eaux du lac, le pied s'était dégagé et le corps était remonté à la surface le long du quai.

Les analyses toxicologiques n'avaient rien révélé d'anormal. Le niveau d'alcool dans le sang montrait qu'il avait bu mais n'était pas ivre. Le reste indiquait que la victime avait été un homme d'une quarantaine d'années en parfaite santé et en superbe forme physique.

Comme il n'y avait pas eu de témoin, l'intervention du légiste s'était imposée. Au cours de l'enquête avaient témoigné le médecin légiste, Valerie Fairclough, le premier policier sur la scène du crime et le deuxième, appelé par le premier pour approuver ses conclusions, de sorte qu'il n'avait pas été jugé nécessaire de faire intervenir Scotland Yard. Résultat des courses : « une mort accidentelle par noyade ».

A priori, Saint James ne voyait rien de louche dans cette affaire. Si erreur il y avait, elle avait été commise d'emblée et sous la responsabilité du premier policier présent dans le hangar à bateaux. Une conversation avec cet agent de police était une priorité. Ce qui signifiait qu'il devait se rendre à Windermere, où se trouvait le commissariat.

Dès qu'il vit le constable William Schlicht entrer dans la salle d'accueil, Saint James comprit que le jeune homme était frais émoulu de l'école de police. Cela expliquait pourquoi il avait appelé un collègue afin de confirmer ses observations. Le hangar à bateaux avait sans doute été sa première scène de crime. Il n'aurait pas voulu débuter dans la carrière par une erreur grossière. En outre, la mort s'était produite sur la propriété d'une personnalité en vue. Il se doutait que la presse locale allait s'intéresser à cette histoire, et l'aurait donc, lui, à l'œil.

Schlicht était doté d'un physique d'athlète, mince et musclé. Son uniforme semblait avoir été repassé le matin même – et ses boutons en cuivre astiqués chaque matin. La vingtaine, il paraissait du style à se mettre en quatre pour vous faire plaisir. Pas la meilleure attitude pour un flic, songea Saint James : chercher à plaire, c'était s'exposer à être manipulé par des tiers.

— Vous donnez des cours ? s'enquit le constable après un bref échange de politesses.

Il avait mené Saint James dans le couloir du commissariat jusqu'à une pièce qui faisait office de cafétéria. Sur la porte du réfrigérateur était collée une affichette : *Ecrivez votre *#%*# de nom sur votre casse-croûte !* Une vieille machine à café des années 80, une vraie antiquité, exhalait une odeur qui évoquait les mines de charbon du XIXe siècle. Schlicht avait manifestement été interrompu au milieu de la dégustation d'un reste de fricassée de poulet en croûte servi dans une boîte en plastique. A côté, une boîte plus petite contenait une crème aux framboises.

Saint James émit des bruits en guise de réponse à la question portant sur ses cours à la fac. Il était exact qu'il donnait souvent des conférences à l'université de Londres. Si le constable Schlicht se prenait à vérifier ses dires, il constaterait qu'il ne mentait pas. Saint James pria le policier de ne pas interrompre son déjeuner pour lui, il avait seulement quelques détails à vérifier.

— J'aurais pensé que quelqu'un tel que vous aurait trouvé un dossier plus complexe pour son exposé, rétorqua le policier en uniforme en passant une jambe par-dessus le dossier de sa chaise pour s'asseoir et réattaquer son repas. L'affaire Cresswell était dès le départ claire comme de l'eau de roche, si je puis m'exprimer ainsi.

— Vous devez quand même avoir eu des doutes, puisque vous avez appelé un de vos collègues.

— Oh, ça...

Schlicht secoua sa fourchette en l'air. Puis il confirma les soupçons de Saint James : Cela avait été sa première scène de crime, il ne voulait pas récolter une mauvaise note dans son dossier et puis la famille du défunt était connue dans la région. Il ajouta :

— Et riche comme Crésus, en plus, si vous voyez ce que je veux dire.

Sur ces paroles, il afficha un large sourire, à croire que la fortune des Fairclough exigeait une rigueur parfaite de la part de la police locale. Saint James se borna à le regarder d'un air interrogateur. Schlicht enchaîna :

— Ces gens-là sont spéciaux, vous comprenez ? Les riches ne nous ressemblent pas, à vous et à moi. Prenez ma femme, mettons qu'elle découvre un cadavre sous notre hangar à bateaux... pas qu'on en ait un, bien sûr... Eh bien, je vous dis, moi, elle se serait mise à hurler aussi fort qu'une damnée et si elle avait téléphoné à la police, personne n'aurait compris ce qu'elle racontait, si vous voyez ce que je veux dire. Alors que celle-là...

Saint James supposa qu'il se référait à Valerie Fairclough.

— ... elle a gardé la tête froide. « Il semblerait qu'il y ait un noyé sous mon hangar à bateaux », voilà comment elle a présenté la chose au type du central qui a reçu l'appel, et après elle lui a donné l'adresse alors qu'il n'avait encore rien demandé, ce qui est bizarre, parce que vu les circonstances on pourrait imaginer qu'il faudrait l'aider un peu. Et quand je suis arrivé, vous penseriez qu'elle aurait attendu devant la maison ou dans le jardin, ou même sur le perron, comme tout individu normal qui s'attend à voir débarquer la police ? Mais non, il faut que je sonne à la porte et elle m'ouvre habillée qu'on dirait qu'elle se rend à un thé de dames. Et moi, je me demande bien ce qu'elle est allée faire sous un hangar à bateaux dans cette tenue. J'ai pas à lui poser de question, elle m'informe tout de suite qu'elle était descendue pour sortir sa barque sur le lac et pêcher un peu. Se mettre sur son trente et un rien que pour aller à la pêche ! Elle m'informe qu'elle sort sa barque deux, trois ou quatre fois par semaine. A n'importe quelle heure. Elle aime être sur le lac. Elle ajoute qu'elle ne s'attendait pas à trouver un noyé flottant sous le hangar et qu'elle connaît son identité : c'est le neveu de son mari. Après quoi, elle me mène au hangar. Alors que nous sommes en route, l'ambulance arrive et nous attendons que les brancardiers nous rejoignent.

— Elle en était donc sûre, sûre que le neveu était mort.

Schlicht marqua une pause, la fourchette en suspens devant sa bouche.

— Oui. Il faut dire qu'il flottait sur le ventre et qu'il y avait un bout de temps qu'il était dans l'eau. Mais ces vêtements chics qu'elle portait... Ça indique quelque chose.

Toutefois, d'après lui, en dépit de l'attitude et de la tenue curieuses de Valerie Fairclough, tout était clair. L'embarcation chavirée, le corps flottant à côté, le délabrement du quai avec les pavés manquants, l'ensemble était explicite. Toutefois, par mesure de précaution, il avait appelé un inspecteur. En fait, une inspectrice, Dankanics. Elle avait rappliqué sur-le-champ et conclu comme Schlicht. Ensuite il y avait eu la routine : la paperasse à remplir, les rapports, la déposition chez le coroner pour l'enquête, etc.

— Ainsi, l'inspecteur Dankanics a examiné les indices matériels avec vous ?

— Oui. Elle a bien regardé. Comme nous tous.

— Nous tous ?

— Les ambulanciers. Mrs Fairclough. La fille.

— La fille ? Où était-elle ?

Voilà qui était très bizarre. La scène de crime aurait dû être sécurisée. Autrement, ce n'était pas réglementaire et Saint James se demanda si cette irrégularité tenait au manque d'expérience de Schlicht, à la négligence de Dankanics ou à un élément qu'il ignorait.

— Je ne sais pas où elle se trouvait quand elle a vu ce qui se passait, répondit Schlicht, mais ce qui l'a attirée jusqu'au hangar à bateaux, c'est le vacarme. L'ambulance est arrivée toute sirène hurlante... Ces gars-là, ils aiment leur sirène autant que moi j'aime mon chien... Elle est descendue avec son déambulateur.

— Elle est handicapée ?

— On dirait bien. Voilà comment ça s'est déroulé. Le corps a été transporté à la morgue, l'inspectrice et moi, on a pris les dépositions, et...

Il prit soudain un air soucieux.

— Oui ?

— Désolé, j'avais oublié le copain.

— Quel copain ?

— Il s'est avéré que le mort était homo. Son compagnon travaillait sur la propriété. Pas à ce moment-là, mais il a débarqué pile au moment où l'ambulance partait. Il voulait bien sûr savoir ce qui se passait... comme n'importe qui, une curiosité naturelle, non... ? Alors, Mrs Fairclough l'a mis au courant. Elle l'a pris à l'écart pour le lui annoncer et il a tourné de l'œil.

— Il s'est évanoui ?

— Il est tombé tête la première sur le gravier. Au début, on n'a pas compris et on trouvait qu'il y allait un peu fort pour un type qui se pointe chez des gens et qui apprend qu'il y a eu une noyade. Alors, on a demandé qui c'était, et elle... Valerie... nous a dit que ce type était un paysagiste ou je ne sais quoi et que l'autre type... le mort sous le hangar à bateaux... était son « partenaire ». Partenaire comme dans *partenaire*, si vous suivez mon regard. Bon, il n'a pas tardé à revenir à lui et il s'est mis à répéter que c'était sa faute si l'autre s'était noyé, ce qu'on a noté avec le plus grand intérêt, Dankanics et moi-même, mais en fait, c'était juste qu'ils s'étaient disputés la veille au sujet de leur vie commune. Le mort aurait voulu une cérémonie en bonne et due forme aux yeux de tous, tandis que son partenaire, le vivant, préférait le statu quo. Oh, bon Dieu, l'animal, il gueulait aussi fort qu'un âne. Ce genre de chose, ça vous interpelle, si vous voyez ce que je veux dire.

Saint James ne voyait pas du tout, mais telle Alice en son pays des merveilles, il trouvait tout de plus en plus curieux.

— Et le hangar à bateaux ? lança-t-il.

— Oui ?

— Tout était en ordre, à part, bien sûr, les pavés manquants à la maçonnerie du quai.

— D'après Mrs Fairclough, oui.

— Et les bateaux ?

— Ils étaient tous là.

— Comme d'habitude ?

Les sourcils de Schlicht se froncèrent. Il avait terminé son poulet et soulevait à présent le couvercle de son dessert aux framboises.

— Je ne comprends pas bien votre question.

— Au moment où vous avez découvert le corps, les bateaux étaient-ils amarrés suivant l'ordre habituel ? Ou n'y a-t-il pas d'ordre prédéfini dans la manière dont ils sont disposés sous le hangar ?

Schlicht avança les lèvres, à croire qu'il allait émettre un sifflement, mais aucun son ne sortit de sa bouche. Il n'avait pas de réponse. Saint James jugea qu'en dépit d'un certain excès de familiarité dans son langage ce jeune policier était loin d'être un imbécile.

— C'est une question que nous n'avons pas posée, avoua-t-il finalement. Bon sang, Mr Saint James ! J'espère que ça ne signifie pas ce que je crois que ça signifie.

Un ordre arbitraire signifiait en effet que l'accident était la conclusion probable. Tout autre cas de figure suggérait un meurtre.

La ferme Middlebarrow
Cumbria

Le chantier de Middlebarrow Pele se situait à l'est d'une colline boisée qui menait au parc naturel d'Arnside Knott. Deborah Saint James et Nicholas Fairclough s'engagèrent sur la route de la colline qui serpentait dans les hauteurs du village d'Arnside avant de redescendre vers le lac, suivant des panneaux indiquant Silverdale. Tout en conduisant, Nicholas bavardait avec ce qui semblait à Deborah une cordialité coutumière. Il était si ouvert, si aimable et si franc qu'il était quasi impossible d'imaginer qu'il ait assassiné son cousin, si tant est qu'il s'agisse d'un crime. Bien entendu, il ne fit pas la moindre allusion à la mort de Ian Cresswell. La noyade, aussi regrettable qu'elle soit, n'avait aucun rapport avec la raison déclarée de la visite de Deborah. Pourtant celle-ci n'était pas convaincue que le drame devait rester absolument hors sujet. Elle se sentait obligée de mentionner Cresswell à un moment ou à un autre.

La diplomatie n'était pas son fort. Parler de la pluie et du beau temps lui coûtait, même si elle avait fait des progrès au fil des ans à mesure qu'elle se rendait compte combien bavarder avec les gens qu'elle photographiait avait l'art de les détendre. Mais au moins ces paroles-là étaient honnêtes. En revanche avoir du bagou quand on prétend être ce qu'on n'est pas la plongeait dans un dilemme.

Heureusement, Nicholas ne paraissait pas s'apercevoir de son malaise tant il s'efforçait de la persuader que sa femme le soutenait dans son entreprise.

— Quand vous la connaîtrez mieux, vous verrez qu'elle est la simplicité personnifiée, dit-il à Deborah tandis qu'ils filaient sur la route étroite. Elle est réservée. Vous ne devez pas vous sentir visée. Allie n'accorde pas tout de suite sa confiance. C'est à cause de sa famille…

Il tourna la tête vers Deborah et lui adressa un sourire. Un visage si juvénile – un jeune garçon sur le point de devenir un homme. Il allait sans doute garder son allure d'adolescent jusqu'à la tombe. Certaines personnes avaient cette chance.

— … Son père est maire de la ville où elle est née. En Argentine. Elle a grandi dans la peur du qu'en-dira-t-on et a l'impression d'avoir à surveiller ses moindres faits et gestes. Elle craint d'être espionnée, d'être prise à commettre… je ne sais quoi. Ce qui explique pourquoi elle est si distante au début. Pour obtenir sa confiance, il faut la gagner.

— Elle est très belle, fit observer Deborah. Je suppose que cela doit poser problème dans une ville de taille modeste. Ce doit être terrible d'avoir tous les regards braqués sur vous. D'où vient-elle en Argentine ?

— Santa Maria di quelque chose. J'oublie à chaque fois. Un nom de dix pieds de long... Quelque part dans les collines, je crois. Désolé. L'espagnol et moi, ça fait deux. Je suis nul en langues. D'ailleurs c'est à peine si je maîtrise correctement l'anglais. Enfin, elle ne l'aime pas. Elle la compare à un avant-poste sur la lune. Sans doute qu'elle n'est pas très grande, hein ? Elle s'est enfuie de chez elle quand elle avait quinze ans. Depuis, elle s'est réconciliée avec sa famille, mais elle n'est jamais retournée là-bas.

— Elle doit manquer aux siens.

— Ça, je n'en sais rien. Je suppose que oui.

— Vous ne les avez pas rencontrés ? Ses parents n'étaient pas présents à votre mariage ?

— En réalité, il n'y a pas eu de vraie cérémonie. Allie et moi nous sommes mariés à Salt Lake City avec pour témoins deux femmes que nous avions rencontrées dans la rue. Ensuite, Allie a écrit à ses parents, mais ils n'ont pas répondu. Ils étaient sûrement furieux. Ils finiront par s'y faire. Les gens s'y font toujours. Surtout, ajouta-t-il avec un large sourire, quand ils vont devenir grands-parents.

Cela expliquait la présence dans leur salon du magazine *Conception*, truffé d'articles sur le prénatal et le postnatal.

— Vous attendez un enfant ? Mes félicit...

— Pas encore. Mais cela ne saurait tarder...

Il pianota gaiement sur son volant.

— ... J'ai du bol. Un bol formidable.

Puis il indiqua du doigt les bois vers l'est, le rouge et or des feuillus tranchant sur le vert des résineux.

— Le bois de Middlebarrow, l'informa-t-il. On peut voir la tour de guet d'ici.

Il ralentit et se rangea sur une petite aire aménagée pour ceux qui souhaiteraient admirer la vue.

Entourée en contrebas de bois touffus, la tour fortifiée se dressait sur une butte dégagée, qui ressemblait à un de ces tertres funéraires que l'on retrouve un peu partout en Angleterre. Une position stratégique pour ceux qui défendaient la région contre les pillards au cours des siècles où la frontière entre l'Ecosse et l'Angleterre ne cessait de fluctuer. Ces envahisseurs, animés des plus terribles intentions, profitaient de ces époques de désordre social, sans lois, pour perfectionner l'art de voler le bétail, de piller les demeures et de dépouiller les pauvres gens de tout ce qu'ils possédaient. Leur objectif était d'écumer le pays et de rentrer chez eux sains et saufs, avec un beau butin. S'ils devaient tuer pour arriver à leurs fins, eh bien, ils n'hésitaient pas à le faire. Mais le meurtre n'était pas leur priorité.

Ces grosses tours carrées qui portaient le nom de *Pele Towers* avaient été édifiées afin de contrer ces attaques. Les mieux construites se révélaient indestructibles. Des murs de pierre si épais que rien ne pouvait les ébranler, des meurtrières si étroites qu'elles laissaient seulement passer les flèches des archers. Chaque étage était occupé, le bas par les bêtes et le reste par le seigneur et ses domestiques. Le toit crénelé servait à défendre la place forte. Au fil du temps, ces tours furent abandonnées ; une fois la frontière établie et l'ordre instauré par la promulgation de lois que par ailleurs des hommes étaient chargés de faire appliquer pour qu'elles soient prises au sérieux. Ce que devinrent ensuite ces énormes tours désaffectées ? Certaines firent don de leurs pierres pour servir à la construction d'autres édifices. D'autres se retrouvèrent englobées dans des structures plus importantes, des châteaux, des presbytères, des écoles.

La tour de Middlebarrow appartenait à la première catégorie. Ses murs majestueux tenaient encore debout et la plupart de ses fenêtres paraissaient intactes. De l'autre côté d'un champ, un corps de ferme ne laissait aucun doute quant à la destination des pierres retirées à la tour. Dans ce champ avait été dressé un campement. Des tentes individuelles, des cabanes et une grande tente servant tout à la fois de salle pour leurs réunions d'entraide et de cantine, précisa Nicholas Fairclough. L'entraide et la cuisine allaient main dans la main.

Nicholas bifurqua sur un chemin de terre qui menait à la tour Pele. Celle-ci, dit-il, se trouvait sur les terres de la ferme Middlebarrow. Il avait obtenu du fermier l'autorisation de procéder à la restauration, sans parler de l'accueil de toxicomanes sevrés et en voie de guérison qui allaient vivre et travailler sur place, en lui démontrant qu'une fois restaurée la tour pourrait servir de gîte « vert » ou d'attraction touristique.

— Il s'est résigné à voir son champ transformé en terrain de camping, continua Nicholas. A terme, l'opération lui sera profitable. Ç'a été l'idée d'Allie, d'aborder le fermier en nous servant de cet argument. Au début, elle s'est énormément investie dans ce projet.

— Plus maintenant.

— Elle préfère rester dans l'ombre. Et puis... Quand les toxicos ont commencé à débarquer, elle s'est sentie plus à l'aise à la maison qu'ici.

Alors qu'il garait la voiture au milieu du chantier, il ajouta :

— Vous n'avez pas à avoir peur. Ces gars-là sont beaucoup trop usés physiquement et mentalement, et trop désireux de changer de vie, pour faire mal à qui que ce soit.

En revanche, songea Deborah, ils n'étaient pas assez usés pour ne pas travailler dur. Un chef de chantier avait été assigné. Lorsque Nicholas le lui présenta sous le nom de Dave K (« Il est d'usage de ne jamais dévoiler les patronymes »), il parut évident à Deborah que les journées ici s'égrenaient immuablement entre chantier, repas et réunion d'entraide avant une nuit de sommeil réparateur. Dave K s'était approché avec sous le bras un plan qu'il déroula sur le capot de la voiture de Nicholas Fairclough. Après un hochement de tête à l'adresse de Deborah, que celle-ci interpréta comme un geste de salutation bienveillante, il alluma une cigarette et s'en servit à la manière d'un pointeur pendant qu'il mettait Nicholas au courant des dernières nouvelles concernant l'avancement des travaux.

Deborah s'éloigna de la voiture pour se rapprocher de la tour. Enorme, elle ressemblait à un château fort avec son toit crénelé. Alors que de face, on n'aurait pas cru le bâtiment si mal en point, lorsqu'elle en fit le tour, elle comprit l'importance de l'enjeu : la tour avait depuis des siècles été livrée à la déprédation.

Le projet de Nicholas était très ambitieux. Dieu sait comment ils allaient parvenir à remettre en état cette gigantesque ruine. Il n'y avait plus d'étage, un des murs extérieurs avait disparu et un deuxième était à moitié effondré. Rien que de débarrasser les décombres allait prendre un temps fou. Et où trouveraient-ils les pierres pour remplacer celles qui étaient désormais éparpillées dans les murs d'autres bâtiments de la région ?

Elle regarda soudain le chantier de son œil de photographe. Les hommes au travail semblaient tous avoir atteint l'âge de la retraite. Hélas, elle n'avait rien d'autre sur elle qu'un petit appareil numérique dont elle s'était munie pour rendre crédible son repérage. Elle le sortit de son sac et se mit à prendre des photos.

— C'est le geste qui guérit. Le chemin que l'on prend, non pas la destination. Bien sûr, au début, ils ne voient que l'objectif. C'est humain. A la fin, ils s'aperçoivent que le véritable but, c'est l'estime de soi, la connaissance de soi, la confiance en soi. Appelez ça comme vous voulez.

Deborah se retourna pour se retrouver nez à nez avec Nicholas Fairclough.

— A vrai dire, Mr Fairclough, vos ouvriers n'ont pas l'air bien costauds. Pourquoi n'y a-t-il pas parmi eux des plus jeunes pour les aider ?

— Parce que ces types-là ont besoin d'être sauvés plus que les autres. Ici et maintenant. Si quelqu'un ne leur tend pas la main, ils vont mourir dans la rue dans les deux années qui viennent. De mon point de vue, personne ne mérite de crever comme un chien. Il y a des programmes d'aide aux jeunes drogués partout dans ce pays, partout dans le monde. Croyez-moi, je le sais, puisque j'en ai fait partie. Mais pour ces types-là ? Des foyers d'accueil, des sandwichs, de la soupe, des bibles, des couvertures. Personne pour croire en leurs capacités. Ils ne sont quand même pas assez abrutis pour ne pas flairer la pitié à cinquante mètres. Traitez-les de cette manière et ils prendront votre fric pour aller s'acheter leur dose en vous maudissant... Ah, veuillez m'excuser une minute... Vous pouvez continuer à vous promener. J'ai quelqu'un à voir.

Deborah le regarda s'éloigner en se frayant un passage dans les décombres. Il hurla :

— Dis donc, Joe ! Tu as réussi à mettre la main sur le tailleur de pierre ?

Deborah se dirigea vers la grande tente à l'entrée de laquelle on lisait sur une pancarte : *Entrer, manger, échanger.* A l'intérieur, un barbu en bonnet de laine et gros manteau – trop chaud pour la température, mais son corps semblait dépourvu de toute graisse protectrice – préparait le repas. Il surveillait de grands fait-tout posés sur des réchauds à alcool. Sous la tente flottait une odeur de viande et de pommes de terre bouillies. Dès qu'il aperçut Deborah, ses yeux se fixèrent sur l'appareil qu'elle tenait à la main.

— Bonjour ! lança la jeune femme. Pas de problème. Je fais juste un petit tour.

— C'est ce qu'ils disent tous, marmonna-t-il.

— Vous avez beaucoup de visiteurs ?

— Il y a toujours quelqu'un qui vient traîner par ici. Son Excellence a besoin de lever des fonds.

— Ah, je vois. Eh bien, j'ai bien peur de ne pas être un sponsor potentiel.

— Le dernier non plus. Je m'en fous, d'ailleurs. On me donne de quoi manger, et il y a les réunions, et si vous me demandez ce que je pense de tout ça, je vous dirai que ça marche.

Deborah se rapprocha de lui.

— Au fond, vous n'y croyez pas ?

— J'ai jamais dit ça. Et qu'est-ce que ça peut faire, ce que je crois ? Je vous répète, je profite de la cuisine et des réunions, cela me suffit. Je pensais pas, les réunions, au début je me méfiais, mais c'est pas mal du tout. Et puis je dors au sec.

— Pendant les réunions ? le taquina Deborah.

Il sursauta légèrement. En voyant son sourire, il eut un petit rire.

— C'est pas mal, je vous assure, ces réunions. Ils y vont un peu fort avec Dieu et toutes ces histoires de se faire une raison, mais je tiens le coup. Ça finira peut-être par me convaincre. En tout cas, je veux bien essayer. Au bout de dix ans dans la rue... j'en ai marre.

Il se mit à sortir d'un carton calé sur une chaise des couverts, des assiettes en fer-blanc, des verres en plastique, des tasses et un tas de serviettes en papier. Deborah l'aida à mettre la table.

— Prof, dit-il à voix basse.

— Comment ?

— C'est ce que j'étais. Au lycée de Lancaster. J'enseignais la chimie. Ça vous en bouche un coin, hein ?

— En effet, répondit-elle tout aussi calmement.

Il désigna l'extérieur d'un geste.

— Il y a de tout ici. Un chirurgien, un physicien, deux banquiers et un agent immobilier. Et ceux-là sont ceux qui veulent bien dire ce qu'ils étaient avant. Les autres... ? Ils ne sont pas encore prêts. Il faut du temps pour admettre l'ampleur... Vous n'avez pas besoin de plier les serviettes avec autant de soin. On n'est pas au Ritz.

— Oh, désolée, la force de l'habitude...

— C'est comme Son Excellence. On ne peut cacher d'où l'on vient.

Deborah ne prit pas la peine de lui expliquer que pour sa part elle venait de ce qu'en d'autres siècles on appelait « la domesticité ». Son père avait été, pendant toute sa vie active, au service de la famille Saint James. Il avait passé ses dernières dix-sept années sur cette terre à s'occuper de Simon tout en prétendant ne pas être son majordome. Un exercice périlleux qui l'avait amené, absurdement, à appeler son propre gendre Mr Saint James. Deborah émit un murmure d'approbation avant d'avancer :

— Vous avez l'air de bien l'aimer.

— Son Excellence ? Oh, c'est un brave garçon. Un peu trop confiant, mais qui a un bon fond.

— Vous pensez qu'on profite de lui ? Je veux dire, ces messieurs...

— Non. Ils apprécient ce qu'il leur apporte et à moins de replonger dans l'alcool ou la drogue, ils vont tenir ici aussi longtemps que possible.

— Alors qui ?

— Qui profite de lui ?

Il la regarda droit dans les yeux. Deborah remarqua que son œil gauche était atteint par la cataracte. Elle se demanda quel âge il pouvait avoir. Avec dix ans de vie dans la rue sur son CV, on ne pouvait se fier à son apparence.

— Les gens viennent le solliciter avec de belles promesses, et il les croit. Il a un côté naïf.

— Des affaires d'argent ? Des donations ?

— Quelquefois. D'autres fois, ils attendent quelque chose de lui.

De nouveau, il plongea son regard dans le sien, cherchant à deviner ses pensées.

Deborah se rendit compte soudain que dans l'esprit de son interlocuteur, elle appartenait à la catégorie de ceux qui cherchaient à soutirer un avantage de Nicholas Fairclough. Ce n'était pas totalement faux, étant donné la comédie qu'elle jouait.

— Quelque chose comme quoi ? dit-elle.

— Il a une bonne histoire à raconter, n'est-ce pas ? Il pense qu'elle peut rapporter de quoi financer ce chantier. Ça ne fonctionne pas toujours de cette manière. La plupart du temps, ce genre de chose ne mène nulle part. Il y a eu ce journaleux. Il est venu ici quatre fois en lui promettant un article. Son Excellence croyait que sa publication allait rapporter gros. Eh bien, il n'en est rien sorti et nous sommes de nouveau à la case départ. Le projet manque de picaillons. C'est pour ça que je dis qu'il est un peu naïf.

— Quatre fois ? s'étonna Deborah.

— Hein ?

— Un journaliste est venu ici quatre fois et il n'a pas écrit d'article ? Voilà qui est inhabituel. La presse n'investit pas à perte. Quelle déception ça a dû être. Et quel genre de reporter se donne autant de mal pour ensuite ne rien écrire ?

— C'est ce que j'aimerais bien savoir. Il disait qu'il travaillait pour *The Source* à Londres, mais vu que personne ne lui a demandé sa carte, ce pouvait être n'importe qui. A mon avis, il cherchait en fait à remuer de la boue et à salir Son Excellence. Se faire mousser avec le malheur des autres, c'est bien connu. Son Excellence ne le voit pas de cet œil. « Ce n'était pas le bon moment. » Voilà sa conclusion.

— Vous n'êtes pas d'accord.

— Si vous voulez mon avis, il devrait être prudent. Il ne l'est jamais et il va le payer cher. Pas maintenant, mais plus tard. C'est un problème.

Windermere
Cumbria

Yaffa Shaw avait soufflé à Zed qu'il avait peut-être mieux à faire que de rester planqué au Willow & Well de Bryanbarrow en attendant une apparition miraculeuse, en l'occurrence celle d'un inspecteur de Scotland Yard, loupe au poing et pipe en écume de mer entre les dents... Depuis son entretien avec le vieux George Cowley sur la place du village, Zed et elle avaient eu plusieurs conversations. Il lui avait entre autres rapporté que le fils semblait mal à l'aise devant les fanfaronnades de son père. Le moment était venu de provoquer un deuxième entretien, cette fois seul à seul avec le jeune Daniel Cowley.

Yaffa jouait à merveille son rôle de future compagne pleine de sollicitude : la mère de Zed, en effet, se trouvait dans la pièce – y avait-il un moment où elle n'était pas à portée de voix dès qu'il s'agissait de sa vie sentimentale ? se demandat-il amèrement. Bref, Yaffa lui fit remarquer que la mort de Ian Cresswell et les intentions de George Cowley étaient peutêtre conflictuelles, contrairement à ce qu'il supposait.

Au début, Zed se rebiffa. Après tout, c'était lui le journaliste d'investigation. Elle n'était, tout bien considéré, qu'une étudiante cherchant à finir le plus vite possible son cursus à Londres pour retourner à Tel-Aviv auprès de son futur médecin.

— Je n'en suis pas si sûr, Yaf, répliqua-t-il en laissant échapper le petit nom qu'il lui avait donné en secret. Excuse-moi, Yaffa.

— J'aime bien Yaf. C'est rigolo, ajouta-t-elle sans doute au bénéfice de Susanna Benjamin qui devait la dévorer des yeux en se demandant ce qui avait provoqué son sourire pendant sa conversation avec son fils bien-aimé. « Oh, Zed m'a appelée Yaf. C'est adorable, je trouve... » Ta maman dit que tu es une crème, que sous tes dehors de brute tu es aussi doux qu'un agneau.

— Bon sang, grogna Zed. Tu ne peux pas la fiche dehors ? Ou bien je raccroche et on dit que ça suffit pour aujourd'hui ?

— Zed ! Arrête !

Elle rit. Il aimait beaucoup l'entendre rire. Elle ajouta au bénéfice de sa mère :

— Il fait des bruits de bisous. C'est toujours comme ça quand il parle à une fille ?... Non ? Hum. Que va-t-il encore me sortir ?

— Dis-lui que je te demande d'ôter ta culotte.

— Zedekiah Benjamin ! Ta maman est à côté de moi... Il est très coquin...

Une seconde plus tard, elle reprit :

— Elle est partie. Tu sais, Zed, elle est adorable, ta maman. Elle m'apporte du lait chaud et des biscuits le soir quand je suis en train de plancher sur mes cours.

— Elle sait ce qu'elle veut. Cela fait des années qu'elle y travaille. Bon, alors tout va bien ?

— Tout baigne. Micah a téléphoné. Je l'ai mis au courant. Il fait semblant d'être mon frère Ari qui appelle d'Israël pour voir si sa petite sœur travaille bien.

— Bien, parfait.

Ils auraient dû en rester là puisque leur seule obligation était cet appel biquotidien en présence de la mère de Zed.

Pourtant, Yaffa le ramena au sujet de leur conversation antérieure.

— Et si les choses n'étaient pas telles qu'elles paraissent ?

— Comme nous, tu veux dire ?

— Bon, je ne te parle pas de nous, quoique ce soit une bonne comparaison. N'y aurait-il pas dans cette affaire un élément en soi si ironique qu'il suffirait à rendre ton article sur Nicholas Fairclough, comment dis-tu... « sexy » ?

— Le type de Scotland Yard...

— On ne parle pas de lui. Je vais te répéter ce que tu m'as raconté : un homme est mort, un deuxième homme souhaite acquérir la ferme que le mort habitait. Il y a un troisième homme dans la ferme avec les enfants du mort. Ça te fait penser à quoi ?

A la vérité, à rien, mais Zed eut soudain l'impression que Yaffa avait une bonne longueur d'avance sur lui. Il émit quelques « euh » et se racla beaucoup la gorge. Magnanime, elle déclara :

— On ne voit que la partie émergée de l'iceberg, Zed. Le mort a-t-il laissé un testament ?

— Un testament ? Qu'est-ce que cela a à voir dans cette histoire ? Où est le sexe là-dedans ?

— Oui, un testament. C'est une source de conflit potentiel, tu comprends ? George Cowley présume qu'il va récupérer la ferme parce qu'elle sera forcément mise en vente. Et si ce n'est pas le cas ? Et si cette propriété était entièrement payée et que Ian Cresswell l'avait laissée à quelqu'un ? Ou s'il avait fait mettre un autre nom en plus du sien sur le titre de propriété ? Ce serait ironique, non ? George Cowley se fait de nouveau rouler dans la farine. Et ce qui serait encore plus ironique, ce serait que ce même George Cowley ait quelque chose à voir avec la mort de Ian Cresswell, qui sait ?

Zed admit qu'elle avait raison. Elle était aussi très maligne, et en plus de son côté. Dès qu'il raccrocha, il se mit à réfléchir aux moyens d'obtenir ces informations. Il ne fut pas long à découvrir qu'en effet il existait un testament, Cresswell l'ayant enregistré via Internet. Un exemplaire avait été déposé chez son notaire à Windermere. Un duplicata serait disponible, maintenant que le pauvre type était mort, au bureau d'enregistrement des testaments, mais pour le consulter, il lui faudrait perdre un temps précieux, sans parler du fait que ledit bureau était loin, à York. Non, il fallait qu'il trouve un autre moyen de se procurer l'information.

Cela aurait été tellement plus simple si le testament avait été accessible sur la Toile, mais les atteintes à la vie privée en Grande-Bretagne – de plus en plus menacée à cause du terrorisme international, de la porosité des frontières et de l'accès facile aux explosifs grâce aux fabricants d'armes de tous pays – n'allaient pas encore jusqu'à exiger la publication visible par tous de vos dernières volontés. N'empêche, Zed savait qu'il y avait moyen de se les procurer et il savait quel était l'individu sur cette planète susceptible de décrocher la lune.

— Un testament ? dit Rodney Aronson quand Zed parvint à le joindre au journal à Londres. Tu voudrais que je lise le testament du mort ? Je suis en pleine réunion, Zed. J'ai un canard à sortir. Tu es au courant, non ?

Zed constata que son patron était aussi en train de manger une barre chocolatée, car un bruit de papier cellophane froissé crissait à son oreille.

— La situation est plus compliquée qu'il n'y paraît, Rod. Il y a un type du coin qui voudrait faire main basse sur la ferme dont le propriétaire est Ian Cresswell. Il s'attend à ce qu'elle soit mise aux enchères. Ce type-là m'a l'air d'avoir un bon mobile pour trucider notre gars…

— Notre gars, comme tu dis, c'est Nick Fairclough. C'est le sujet de ton article, non ? C'est sur lui que tu dois dégoter un truc sexy, et le truc sexy, c'est les flics. Bien sûr, pour ça il faut que les flics mènent l'enquête sur Fairclough. Zed, mon ami, faut-il que je fasse ton boulot à ta place ou es-tu capable de prendre le train en marche ?

— Je comprends. Je sais. Je ne suis pas largué. Etant donné que jusqu'ici aucun flic n'a montré le bout de son nez…

— C'est ça que tu fiches dans ta cambrousse ? Tu attends que les flics montrent le bout de leur nez ? Bon sang, Zed ! Quel genre de reporter tu fais ? Bon, je vais remettre un peu les pendules à l'heure, d'accord ? Si ce type, Credwell…

— Cresswell. Ian Cresswell. Il possédait une ferme, c'est un manoir avec des terres. Ses enfants y habitent avec un autre mec. Alors, si la ferme va à ce mec ou aux gosses…

— Je m'en contrefous, moi, de savoir où ira cette putain de ferme, ou même si elle danse le tango quand on a le dos tourné. De même que je me fous de savoir si Cresswell a été assassiné. Ce qui m'interpelle, c'est ce que font les flics dans les parages. S'ils ne rôdent pas autour de Nicholas Fairclough, ton article est bon pour le panier et toi, tu rentres à Londres. Il faut que je te fasse un dessin ?

— Je comprends, mais...

— Bien. Maintenant, remets-toi sur Fairclough et fous-moi la paix. Ou reviens à Londres, rends ton tablier et trouve-toi un job dans la rédaction de cartes de vœux, celles qui riment.

Le coup était bas. Pourtant Zed répliqua dignement :

— Ça marche.

Ça ne marchait pas du tout. Ce n'était pas du bon journalisme. Non que *The Source* brille par sa rigueur, mais, étant donné qu'il apportait un scoop sur un plateau, on pouvait penser que la rédaction lui en serait reconnaissante.

Bon, se dit Zed. Il allait se remettre sur Nicholas Fairclough et Scotland Yard. Cependant, pour commencer, il était décidé à en apprendre davantage sur cette ferme et ce putain de testament. Il sentait dans ses tripes que non seulement l'information était cruciale, mais encore qu'elle intéressait plus d'une personne dans le Cumbria.

Milnthorpe
Cumbria

Lynley retrouva Saint James et Deborah au bar de leur hôtel. Autour d'un porto plutôt quelconque, ils passèrent en revue les renseignements qu'ils avaient glanés les uns et les autres. Saint James partageait l'avis de Lynley. Ils devaient repêcher les pavés manquants du quai et il fallait que Saint James les examine. Celui-ci souhaitait en outre voir le hangar à bateaux, mais il ne savait pas comment s'y prendre sans dévoiler leur jeu.

— De toute façon, à un moment ou à un autre, on sera bien obligés d'abattre nos cartes, opina Lynley. Je ne sais combien de temps je peux encore rester crédible dans mon rôle de visiteur un peu trop fureteur pour être honnête. L'épouse de Fairclough est au courant, déjà. Il l'a mise au parfum.

— Cela facilite les choses.

— Un peu, oui. Je suis d'accord avec toi, Simon. Il faut trouver un prétexte pour que tu inspectes le hangar. C'est important pour plusieurs raisons.

— Lesquelles ? s'enquit Deborah.

Elle avait posé son appareil numérique à côté de son verre de porto et venait de sortir un petit carnet de son sac en bandoulière. Appréciant le sérieux avec lequel elle contribuait à leur enquête, il lui sourit, réconforté par la présence de ses vieux amis.

— Ian Cresswell ne sortait pas régulièrement sur le lac avec son scull, l'informa Lynley. En revanche, Valerie Fairclough prend sa barque plusieurs fois par semaine. Certes, le scull était bien amarré à l'endroit où les pavés du quai étaient disjoints, mais ce n'était pas pour lui un point d'amarrage fixe. Chacun se met là où il y a une place de libre.

— Quelqu'un, voyant où était amarré le scull, aurait pu desceller les pavés pendant que Ian était sur le lac cette nuit-là ? suggéra Deborah.

— Quelqu'un qui se serait trouvé sur la propriété pile à ce moment, rétorqua son mari. Nicholas Fairclough était-il présent ?

— S'il l'était, personne ne l'a vu, dit Lynley en se tournant vers Deborah. Qu'est-ce que tu as tiré de Fairclough ?

— Il est charmant. Et sa femme, une vraie beauté, Tommy. Je ne peux pas me mettre à la place d'un homme, mais c'est le style de femme pour lequel un moine se défroquerait sans hésiter !

— Y aurait-il eu quelque chose entre elle et Cresswell ? lança Saint James. Ce qui aurait rendu Nicholas furieux ?

— C'est exclu, le mort était homosexuel, répondit Lynley.

— Ou « bisexuel », Tommy.

— Et puis il y a un autre élément, intervint Deborah, je veux dire deux. Ils vous paraîtront peut-être mineurs, mais puisque vous tenez à ce que je relève les détails curieux...

— Tout à fait, approuva Lynley.

— Alors, voilà : Alatea Fairclough a chez elle le magazine *Conception* dont les dernières pages ont été arrachées. Je vais me procurer un exemplaire du numéro en question et vérifier de quoi il s'agit. Nicholas m'a confié qu'ils essayaient d'avoir un bébé.

Saint James se tortilla dans son fauteuil. A en juger par son expression, ce magazine n'avait aucune signification particulière sinon pour Deborah dont les problèmes personnels sur le sujet ne pouvaient qu'obscurcir le jugement.

Lynley constata que Deborah interprétait l'attitude de son mari aussi bien que lui-même.

— Ce n'est pas moi qui suis concernée, Simon, protesta-t-elle. Tommy est intéressé par tout ce qui sort de l'ordinaire, et je me disais... Si sa toxicomanie avait rendu Nicholas stérile ? Alatea voudrait peut-être le lui cacher. Un médecin aurait pu l'en informer, elle et elle seule. Ou bien elle aurait pu convaincre un médecin de mentir à Nicholas, pour ne pas le blesser et le garder dans le droit chemin. Mettons que sachant cela, elle ait demandé à Ian de lui prêter main-forte en la matière, si vous voyez ce que je veux dire.

— Histoire que ça reste en famille ? suggéra Lynley. Tout est possible.

— Et, ah ! il y a autre chose encore, dit Deborah. Un journaliste de *The Source*...

— Misère !

— ... est venu le voir quatre fois sous le prétexte d'écrire un article sur lui. Quatre fois, et rien n'a été publié, Tommy. Je le sais grâce à un des toxicos du chantier Middlebarrow.

— S'il s'agit de ce torchon, il y a quelqu'un qui a de la merde à ses souliers, fit remarquer Saint James.

Lynley se demanda quel pouvait être le propriétaire desdits souliers.

— L'amant de Cresswell travaille sur la propriété... à Ireleth Hall... depuis déjà un certain temps, les informa-t-il. Valerie le fait bosser sur un projet de jardin. Il s'appelle Kaveh Mehran.

— Le constable Schlicht m'a parlé de lui, ajouta Saint James. Il a un mobile ?

— Cela dépend du testament et des contrats d'assurance du défunt.

— Quelqu'un d'autre ?

— Qui aurait un mobile ?

Lynley leur raconta sa rencontre avec Mignon Fairclough : ses insinuations à propos du mariage de ses parents, aussitôt niées ; les blancs dans la biographie de Nicholas Fairclough qu'elle avait été trop contente de remplir.

— C'est un drôle de phénomène et j'ai la sensation que, pour une raison ou pour une autre, ses parents lui mangent dans la main. Il ne faudrait pas négliger le vieux Fairclough.

— Un chantage ? Cresswell était peut-être au courant.

— Du chantage affectif, ça, c'est sûr, le reste... Elle habite sur la propriété mais pas au château. Je pense que Bernard Fairclough a construit cette « folie » spécialement pour elle. Je ne serais pas étonné qu'il ait voulu ne plus l'avoir dans les pattes. Il y a une autre sœur, mais je n'ai pas encore fait sa connaissance.

Lynley leur expliqua que Bernard Fairclough lui avait confié un DVD en lui disant que s'il y avait une main criminelle derrière la mort de Ian, il fallait qu'il le regarde pour y voir « un fait révélateur ».

C'était le film des funérailles, destiné à être expédié au Kenya au père de Ian dont la santé était trop fragile pour lui permettre un voyage en avion afin de dire adieu à son fils. Fairclough l'avait regardé avec Lynley. En réalité, c'était ce que les images ne montraient pas qu'il jugeait vraiment intéressant. Niamh Cresswell, qui pendant dix-sept ans avait été la femme de Ian, la mère de ses enfants, n'avait pas assisté à la cérémonie. Fairclough avait fait observer à Lynley qu'elle aurait au moins pu venir pour soutenir ses enfants.

— Il m'a donné quelques détails sur la fin du mariage de son neveu...

Quand il leur eut décrit ce qu'il savait, Deborah et Saint James s'exclamèrent à l'unisson :

— Elle a un mobile, Tommy !

— Il n'y a pas de pire furie qu'une femme dédaignée. Entendu. Mais je vois mal Niamh Cresswell rôder à Ireleth Hall sans être repérée et jusqu'ici personne ne m'a dit qu'on l'y avait vue.

— N'empêche, insista Saint James, il faut vérifier. La vengeance est un mobile puissant.

— Tout comme la cupidité, enchérit Deborah. Et tous les péchés mortels, non ? Pourquoi sinon seraient-ils mortels ?

— Il faudra donc vérifier si la mort de son ex-mari lui bénéficie autrement que sous le rapport de la vengeance, approuva Lynley.

— Nous voilà revenus au testament, ou au contrat d'assurance, intervint Saint James. Tu vas avoir du mal à obtenir ces informations en gardant un profil bas tant que tu es dans le Cumbria, Tommy.

— Tu as raison. Mais je connais quelqu'un qui va pouvoir le faire pour moi.

Lac Windermere
Cumbria

Le temps qu'ils terminent leur petite réunion, il était trop tard pour passer le coup de fil que Lynley avait projeté. Aussi appela-t-il Isabelle. Elle lui manquait. Pourtant il était content de se trouver loin d'elle. Non qu'il n'ait pas toujours plaisir à la voir, pas du tout. Simplement, il avait besoin de faire le point sur ses sentiments. A force d'être sans cesse avec elle au Yard, puis chez elle plusieurs soirs par semaine, il finissait par ne plus savoir ce qu'il ressentait pour elle, hormis une puissante attirance sexuelle. Au moins, il était en mesure de mettre un mot sur cette sensation-là : elle avait pour nom désir. Certes, il avait la nostalgie de son corps, mais qu'en était-il de l'ensemble de la personne d'Isabelle Ardery ? Cela restait à voir.

Il attendit d'être rentré à Ireleth Hall pour lui téléphoner sur son portable. Debout à côté de sa Healey Elliott, il composa son numéro. Pendant qu'il attendait la sonnerie, il se rendit compte tout à coup qu'il la voulait auprès de lui. Il avait été si détendu tout à l'heure en discutant avec ses amis, Simon et Deborah. Ils avaient entre eux, dans leur façon de communiquer, quelque chose de spécial qu'à présent il regrettait douloureusement : une familiarité, une confiance réciproque. Il comprit alors que ce qu'il voulait, au fond, c'était un retour à la chaude intimité du couple. Avec sa femme, il avait parlé librement, à table, au lit et même lorsque l'un d'eux était dans la baignoire. Pour la première fois, il se dit que cette femme n'avait plus besoin d'être Helen, qu'une autre – ailleurs – pourrait peut-être un jour combler ce vide. D'un certain point de vue, cela ressemblait à une trahison : il trahissait sa femme bien-aimée dont la vie avait été tranchée net par un acte d'une violence aussi stupide qu'absurde. Bien entendu, il savait que tout cela était normal, que son deuil était en train de se faire, que c'était ce que Helen aurait souhaité pour lui tout autant qu'elle avait aspiré à leur existence à deux.

La sonnerie cessa, et il entendit un « merde ! » lointain, ensuite le bruit d'un choc, puis plus rien.

— Isabelle ? Tu es là ?

Toujours rien. Il répéta son nom. Comme il n'y avait toujours pas de réponse, il raccrocha. La ligne apparemment avait été coupée.

Il recomposa son numéro. La sonnerie se prolongea. Elle était peut-être dans sa voiture, donc injoignable. Ou sous la douche. Ou occupée à quelque chose qui rendait impossible…

— Llô, Tommy ? T'viens d'appler ?…

Ces mots furent suivis d'un son qu'il aurait préféré ne pas entendre : un objet avait heurté son portable, un verre, une bouteille, quelle importance ?

— … Je pensais juste… ment à toi et te voilà. C'est pas de la… télé… lépathie… ça ?

— Isabelle.

Lynley ne put en dire davantage. Il raccrocha, fourra le portable dans sa poche et remonta dans sa chambre au château.

5 novembre

Chalk Farm
Londres

Barbara Havers avait passé la première partie de sa journée de congé à rendre visite à sa mère à Greenford, dans sa maison de retraite médicalisée, une visite qui n'avait que trop tardé. Elle n'était pas allée la voir depuis sept semaines et, jour après jour, le poids de sa culpabilité pesait plus lourd sur ses épaules. Le pire, c'était qu'elle préférait crouler sous une masse de travail plutôt que d'assister impuissante à la désintégration progressive des fonctions intellectuelles de celle qui lui avait donné le jour. Venait toutefois un moment où ne pouvant plus supporter sa lâcheté, elle se forçait à effectuer le trajet jusqu'à cette façade en crépi, avec son jardinet pimpant, ses rideaux immaculés ouverts derrière des vitres qui reluisaient aussi bien sous le soleil que sous la pluie. Elle avait emprunté la Central Line à Tottenham Court Road, non pas parce que c'était le plus court chemin, mais parce que, au contraire, cela rallongeait au maximum le voyage.

Se dire qu'elle s'accordait du temps pour réfléchir aurait été pur mensonge et elle ne serait pas parvenue à se mentir à ce point à elle-même. D'ailleurs l'idée même de penser lui répugnait. Pour commencer, elle préférait ne pas songer à sa mère. Ensuite, il y avait Thomas Lynley : où il se trouvait, ce qu'il fichait et pourquoi il ne l'avait informée ni de l'un ni de l'autre. Ah, et il y avait aussi Isabelle Ardery : allait-elle être finalement nommée au poste de commissaire permanent et quelles conséquences cette nomination aurait sur sa propre carrière à la Met, sans parler de ses rapports avec son coéquipier Thomas Lynley. Et elle oubliait l'affaire Angelina Upman : pouvait-elle entretenir des liens amicaux avec la compagne de son voisin et ami Taymullah Azhar, dont la fille était le seul rayon de soleil dans sa vie à elle, Barbara ? Non. Il ne fallait pas chercher plus loin : elle avait pris le métro pour ne penser à rien, comptant sur les multiples distractions offertes par les mouvements de la foule pour pouvoir ensuite rapporter quelques anecdotes à sa mère.

Hélas, il y avait longtemps que Barbara ne pouvait plus avoir une conversation avec elle. En tout cas pas le genre d'échange qu'ont en général une fille et une mère. Aujourd'hui n'avait été ni mieux ni moins bien que les autres jours. Barbara avait prononcé des mots, observé des silences, elle l'avait dévisagée, en vain, et avait prié pour que la visite s'écourte.

Sa mère était tombée amoureuse de Laurence Olivier, version jeune premier. Elle avait eu le coup de foudre pour Heathcliff et Max de Winter. Peu importe qui il était, cet homme, sur le petit écran, qui tourmentait Merle Oberon quand il ne paralysait pas d'effroi Joan Fontaine, tout ce que la vieille dame savait, c'était qu'ils étaient destinés l'un à l'autre. Qu'il soit dans la tombe depuis déjà un bon bout de temps la laissait de marbre.

Elle ne reconnaissait pas l'homme dans l'acteur devenu plus âgé : Laurence Olivier s'attaquant aux dents du pauvre Dustin Hoffman, ou se roulant par terre avec Gregory Peck. D'ailleurs, chaque fois qu'un film avec Laurence Olivier autre que *Les Hauts de Hurlevent* ou *Rebecca* lui était proposé, elle devenait intenable. Même Olivier jeune interprétant Mr Darcy dans *Orgueil et préjugés* était impuissant à la détourner des deux autres films qui passaient en boucle dans sa chambre sur le poste que Mrs Florence Magentry avait fini par y installer afin de sauvegarder la raison des autres pensionnaires ainsi que la sienne. Il y avait une limite au nombre de fois où l'on pouvait assister à l'anéantissement des timides aspirations au bonheur de David Niven par le pervers Larry.

Barbara avait passé deux heures auprès de sa mère, des heures crève-cœur. La douleur ne la quitta pas de tout le trajet de retour de Greenford. De sorte que, lorsqu'elle croisa Angelina Upman et sa fille Hadiyyah sur le trottoir de la petite rue à Eton Villas où ils habitaient tous, elle accepta d'aller « voir ce que maman a acheté, Barbara », rien que pour effacer de ses pensées sa mère se caressant tendrement un sein devant Max de Winter angoissé par la mort de sa première épouse maléfique.

A présent, elle se trouvait en compagnie d'Hadiyyah et de sa mère, admirant consciencieusement deux lithographies modernes qu'Angelina avait « eues pour trois fois rien, Barbara, une vraie affaire, hein, maman ? » à Stables Market. Ce n'était pas son goût, mais elle convenait en son for intérieur qu'elles seraient du plus bel effet sur les murs de la salle de séjour d'Azhar.

Barbara s'étonnait qu'Angelina ait emmené sa fille dans un des lieux que son père avait décrétés strictement défendus à la petite. Elle se demanda si Hadiyyah avait fait part à sa mère de cette interdiction, ou bien si les parents, d'un commun accord, s'étaient résolus à élargir le rayon d'action de leur enfant. Elle n'eut pas à se poser longtemps la question. Hadiyyah porta aussitôt ses mains à sa bouche en s'exclamant :

— Oups ! J'ai oublié, maman !

A quoi Angelina répliqua :

— C'est pas grave, ma chérie. Barbara sait garder un secret. J'espère...

— Tu diras rien, hein, Barbara ? entonna Hadiyyah. Papa va être furieux s'il sait où on est allées.

— Hadiyyah, n'embête pas Barbara, intervint Angelina. Voulez-vous une tasse de thé ? Je meurs de soif et vous avez l'air un peu abattue. La journée a été rude ?

— Oh, je suis juste allée à Greenford.

— C'est là que sa maman habite, précisa la petite fille. Elle est malade, n'est-ce pas, Barbara ?

Comme Barbara n'avait aucune envie de parler de sa mère et qu'Angelina possédait des attributs féminins dont Barbara pouvait toujours rêver, elle jeta sur le tapis un sujet brûlant pour toute coquette qui se respectait.

La coiffure. Plus précisément qu'elle allait devoir s'occuper de la sienne, suivant les ordres d'Isabelle Ardery à peine dissimulés sous de bons conseils. Angelina avait fait allusion, lui semblait-il, à un coiffeur...

— On dit *visagiste* ! glapit Hadiyyah. Barbara, enfin ! Un visagiste, ou bien un coiffeur visagiste.

— Hadiyyah, la reprit sa mère. On ne parle pas sur ce ton ! Ne fais donc pas ta pimbêche.

Puis, se tournant vers Barbara :

— Oui, bien sûr, là où je me fais coiffer.

— Vous croyez qu'ils pourraient...

Barbara hésitait sur la formulation. Devait-on réclamer une coupe ? Un *relooking* ? Une couleur ? Cela faisait des années qu'elle se coupait toute seule les cheveux, avec un résultat prévisible, c'est-à-dire une coiffure style j'ai-mis-le-doigt-dans-la-prise, qui servait essentiellement à les empêcher de lui tomber sur la figure. Cette époque-là semblait révolue, du moins en ce qui concernait le supérieur hiérarchique de Barbara au Yard.

— Ils feront ce que vous souhaitez. Ils sont géniaux. Je vais vous donner leur numéro. Et le nom de mon coiffeur visagiste attitré. Il s'appelle Dusty et c'est un déconneur extravagant qui se prend pou... Pardon, Hadiyyah, tu ne le diras pas à ton père, que j'ai dit un gros mot. Si vous passez outre à ses facéties, c'est un visagiste hors pair. Vous voulez que je prenne un rendez-vous pour vous et que je vous accompagne ? A moins que vous ne considériez que ce ne sont pas mes oignons.

Barbara était indécise là-dessus aussi : était-il bien avisé d'avoir l'amoureuse d'Azhar comme accompagnatrice pour « doper son potentiel » ? Jusqu'au retour d'Angelina, Hadiyyah avait été sa petite conseillère en beauté, mais laisser la mère prendre la place de sa fille dans cette fonction plutôt intime, cela n'était-il pas s'engager sur le chemin de l'amitié ? Etait-ce avisé ? Elle n'en était pas certaine.

Angelina sembla percevoir cette hésitation.

— Bon, je vais déjà vous chercher le numéro. En attendant, vous pouvez y réfléchir. Cela me ferait très plaisir de vous accompagner.

— Il est où ?

— A Knightsbridge.

— Knightsbridge ? Ça va me coûter...

— Pas la peau de tes fesses, termina la petite fille avec un large sourire.

Sa mère la menaça de son index.

— Bon, vous avez gagné toutes les deux, soupira Barbara. Donnez-moi le numéro, Angelina, je vais téléphoner tout de suite pour prendre rendez-vous. Tu veux venir avec moi ? demanda-t-elle à Hadiyyah.

— Oui, oui, oui ! Maman, je peux aller avec Barbara, pas vrai ?

— Vous aussi, si vous voulez, dit Barbara en se tournant vers Angelina. Plus on est de folles...

Angelina sourit. Barbara fut très agacée de voir combien elle avait un joli sourire. Azhar ne lui avait jamais raconté comment il avait rencontré Angelina, mais elle imaginait qu'il avait tout de suite été séduit par sa ravissante dentition. Et comme il était un homme, la deuxième chose qu'il avait sans doute remarquée était son corps, lequel était svelte et féminin, habillé avec un sens de l'élégance dont Barbara ne pouvait même pas imaginer qu'elle en posséderait un jour un dixième.

Elle n'avait pas plus tôt sorti son téléphone qu'il se mit à sonner. Au numéro qui s'afficha, elle vit que c'était Lynley et tenta de réprimer le frisson de joie qui la parcourut.

— Un petit contretemps, lança Barbara à Angelina. Je dois prendre cet appel.

Chalk Farm
Londres

— Qu'est-ce que vous fichez ? s'enquit Lynley. Où êtesvous ? Vous pouvez parler ?

— Mes cordes vocales n'ont pas été coupées, si c'est ce que vous voulez savoir, répondit Barbara. Par contre, est-ce sans danger... ? Zut, c'est ce qu'il n'arrête pas de répéter à Dustin Hoffman, n'est-ce pas ? Je dois commencer à perdre la boule si je me mets à citer...

— Barbara, qu'est-ce que vous me chantez là ?

— Laurence Olivier. Dans *Marathon Man*. Laissez tomber. Je suis chez moi, plus ou moins. Je veux dire, je suis sur la terrasse d'Azhar, vous venez de me sauver in extremis d'un rendez-vous chez le coupe-tifs pour faire plaisir à la commissaire intérimaire Ardery. Je pensais à une coiffure crêpée dans le style des années 80. Ou bien à une super coiffure rétro années 40. Deux masses enroulées de chaque côté de la tête comme des grosses saucisses. Je me suis toujours demandé comment elles obtenaient cette mise en plis... Avec des rouleaux de papier hygiénique, peut-être ?

— Dois-je comprendre qu'à partir d'aujourd'hui toute conversation avec vous finira par nous mener sur ce terrain ? Il m'a toujours semblé que votre charme tenait à votre totale indifférence envers toute forme de coquetterie.

— Ça, c'est du passé, monsieur. Que puis-je pour vous ? Je suppose que vous ne m'appelez pas pour savoir si j'ai bien rasé mes jambes.

— Je voudrais que vous lanciez une petite recherche pour moi, mais le plus discrètement possible, personne ne doit être au courant. Il faudra peut-être que vous vous déplaciez. Vous êtes partante ? Enfin, vous croyez que vous y arriverez ?

— Cela concerne ce que vous concoctez dans votre coin, je suppose. Ça cause un max à la Met...

— De quoi ?

— Où vous êtes, pourquoi vous y êtes, qui vous a envoyé, et tutti quanti ? Les gens pensent que vous enquêtez sur une bavure monumentale. Une affaire de ripoux. Vous vous planquez pour prendre en flagrant délit un salaud en train d'empocher un pot-de-vin ou bien un con en train de coller des électrodes aux couilles d'un suspect. Bon, vous voyez le tableau...

— Et vous, que pensez-vous ?

— Moi ? Je pense que Hillier vous a entraîné dans un bourbier qu'il ne toucherait pas, lui, avec des pincettes. Un faux pas et *plaf* ! Vous plongez alors que lui, il continuera à faire le joli cœur. Je brûle ?

— Pour Hillier, oui. C'est un service que je lui rends.

— Et c'est tout ce que vous pouvez me dire.

— Pour le moment. Vous voulez bien ?

— Quoi ? Vous donner un coup de main ?

— Personne ne doit être au courant. Vous devez voler sous les radars. Personne ne doit savoir, surtout pas...

— La commissaire intérimaire ? termina pour lui Havers.

— Elle pourrait vous attirer des ennuis. Pas au long terme, mais en ce moment, oui.

— Vous en faites pas, c'est mon rôle ici-bas. Dites-moi ce dont vous avez besoin.

Chalk Farm
Londres

Dès que Lynley prononça le nom de Fairclough, Barbara sut de quoi il retournait. Et, curieusement, ce n'était pas parce qu'elle prenait le pouls de la vie de chacun des bénéficiaires d'un titre de noblesse au Royaume-Uni. En fait, elle était une lectrice passionnée quoique clandestine de *The Source*. Cela faisait des années qu'elle était accro à ce tabloïd, ensorcelée par les gros titres racoleurs et les photos délicieusement compromettantes. Dès qu'elle passait devant un porte-affiche de presse sur le trottoir criant son actualité brûlante, ses pas la menaient d'eux-mêmes à l'intérieur de la boutique, elle tendait son argent à la caisse, après quoi elle pouvait envisager de passer le reste de son après-midi à se délecter de ce torchon accompagné d'une tasse de thé et de toasts briochés. C'est ainsi que le nom de Fairclough lui était familier, non seulement parce qu'il était celui du baron d'Ireleth et de son usine de W-C – laquelle fournissait depuis des années les journalistes en bonnes rigolades –, mais aussi parce qu'il désignait l'héritier qui avait mal tourné, à savoir Nicholas.

Ainsi, elle sut immédiatement où se trouvait Lynley : dans le Cumbria, où étaient domiciliés les Fairclough et Fairclough Industries. Ce qu'elle ignorait, c'était comment Hillier avait connu les Fairclough et ce qu'il avait demandé à Lynley de faire en rapport avec cette famille. En d'autres termes, devaient-ils agir « pour » ou « contre » eux ? Sauf que vu qu'il s'agissait d'aristocrates, il y avait de fortes chances pour que Hillier œuvre dans leur camp. Hillier étant branché sur les titres de noblesse, surtout quand leurs porteurs étaient d'une condition supérieure à la sienne, ce qui était de règle.

L'affaire devait par conséquent concerner lord Fairclough et non le bon à rien de fiston, lequel avait souvent défrayé la chronique ainsi que d'autres membres de la jeunesse dorée qui jetaient leurs vies par toutes les fenêtres. La liste des choses qui intéressaient Lynley suggérait cependant qu'il ratissait large puisqu'elle comprenait un testament, un contrat d'assurance vie, *The Source*, Bernard Fairclough et le dernier numéro du magazine *Conception*. Il était aussi question d'un certain Ian Cresswell, identifié comme étant le neveu de Fairclough. Et pour faire bonne mesure – si elle avait le temps – elle pouvait investiguer sur une femme répondant au nom d'Alatea Vasquez y del Torres, originaire d'un bled en Argentine appelé Santa Maria di quelque chose. Seulement si elle avait le temps, insista Lynley, parce que pour l'heure il avait surtout besoin d'informations sur Fairclough. Le père, pas le fils, précisa-t-il.

Lac Windermere
Cumbria

La dernière en date des conquêtes sur Internet de Freddie avait passé la nuit chez eux. Même si Manette se considérait comme plutôt cool sur ce chapitre, elle trouvait que, là, il y allait un peu fort. Son ex-mari était grand et vacciné, d'accord, et il n'avait pas besoin de sa bénédiction. Mais que diable ! Ils en étaient à leur premier rendez-vous ! Où allait le monde – où allait Freddie, plutôt – si les hommes et les femmes se mettaient au lit dès qu'ils se rencontraient, histoire de mieux faire connaissance ? Toujours est-il que c'était ce qui s'était passé et que d'après Freddie, cela avait été l'idée de cette nana ! Elle lui aurait dit : « Ce n'est pas la peine de continuer à bavarder si nous ne sommes pas sexuellement compatibles, Freddie, qu'en pensez-vous ? »

Eh bien, Freddie était un homme, après tout. Alors qu'une aussi belle occasion se présentait, il n'allait pas exiger six mois d'abstinence afin qu'ils puissent sonder leurs opinions sur des sujets aussi différents que la politique et la prestidigitation ? En fait, cela lui parut assez raisonnable. C'était la vie moderne, après tout. Ainsi, après avoir avalé deux verres de vin chacun au pub du coin, ils avaient foncé à la maison et au lit. Manifestement, ils avaient trouvé l'expérience plaisante, car ils l'avaient répétée deux fois de plus – toujours d'après Freddie – et elle avait passé le reste de la nuit avec lui. Si bien que lorsque Manette était descendue ce matin, elle avait trouvé la nana, avec lui, à la table de la cuisine, vêtue en tout et pour tout d'une chemise de Freddie, qui laissait dépasser beaucoup de jambes et pas qu'un peu de ce qu'il y avait plus haut. Et cette pimprenelle, la bouche en cœur, avait entonné : « Bonjour ! Vous devez être l'ex de Freddie. Je m'appelle Holly. »

Holly[1] ? Holly ! Qu'est-ce que c'est que ce nom ? Son ex-mari s'était amouraché d'un buisson ? Manette fixa Freddie – qui eut au moins l'élégance de rougir – puis se versa hâtivement une tasse de café avant de se retirer dans sa chambre. C'est là que Freddie vint lui demander pardon pour le rocambolesque de la situation – mais pas, remarqua Manette, pour avoir amené cette « nana » chez eux – et il lui promit qu'à l'avenir il passerait la nuit chez *elles*.

— Tout est arrivé si vite, lui expliqua-t-il. Je l'ai pas fait exprès.

Manette ruminait ce « chez elles » en se disant que décidément les choses avaient changé dans le monde si la copula-

---

1. *Holly* signifie « houx ».

tion instantanée avait remplacé la bonne vieille poignée de main.

— Tu veux dire que tu vas toutes les essayer ?

— J'ai l'impression que cela se passe comme ça maintenant.

Elle chercha un moyen de lui faire comprendre que c'était dément. Elle le sermonna sur les MST, les grossesses non désirées, les cas psychiatriques, etc. Ce qu'elle omit de lui signaler, c'était qu'ils avaient une vie agréable, tous les deux, Freddie et elle, dans cette maison qu'ils partageaient comme de simples colocataires. Elle n'avait pas, en effet, envie de l'entendre dire qu'il était temps de passer à autre chose. A la fin de la conversation, il l'embrassa sur le front, la somma de ne pas s'inquiéter pour lui et lui apprit qu'il avait un autre rendez-vous galant le soir même ; il se pouvait par conséquent, ajouta-t-il, qu'il ne rentre pas cette nuit, mais ils se verraient le lendemain au travail. Il prendrait sa propre voiture, parce que son rendez-vous habitait Barrow-in-Furness et que le lieu de la rencontre était le Scorpio, la boîte de nuit, alors si la nana voulait « embrayer sérieusement » – Freddie avait bien employé cette expression – ils iraient chez elle, étant donné que rentrer à Great Urswick prendrait trop de temps s'ils avaient « le feu au cul ».

— Freddie... ! gémit Manette, sachant qu'elle n'avait plus qu'à se taire.

Elle ne pouvait pas l'accuser d'infidélité ni de détruire leur couple ni d'agir dans la précipitation. Ils n'étaient plus mariés, il n'y avait plus rien entre eux et ils étaient divorcés depuis assez longtemps pour que la décision de Freddie de se remettre dans le bain de la drague – une drague qui avait pris une tournure très bizarre – n'eût pas été prise sur un coup de tête. De toute façon, ce n'était pas dans son style. D'ailleurs, il suffisait de le regarder pour voir pourquoi les femmes se disaient qu'il ferait peut-être un bon compagnon de route : il était spontané, charmant et plutôt bel homme.

Non, elle n'avait aucun droit sur lui, et elle le savait. Ce qui n'empêchait pas la nostalgie, le regret de choses perdues...

Heureusement dans un sens, elle avait d'autres problèmes sur les bras en ce moment, quoique la veille, après son entrevue avec Niamh Cresswell, elle n'eût pas dit la même chose, certainement pas. Cette Niamh était d'un désespérant ! Mais si elle n'avait aucun moyen de remédier à la situation côté Niamh, il n'en allait pas ainsi en ce qui concernait Tim et Gracie. Si elle devait déplacer des montagnes pour ces deux enfants, elle le ferait.

Manette se rendit en voiture à Ireleth Hall. Elle pensait y trouver Kaveh Mehran, qui avait été engagé pour dessiner un « jardin des enfants » sur la propriété et en diriger l'aménagement. Le jardin était destiné à la future progéniture de Nicholas – un vœu pieux ? Etant donné les dimensions du projet, il était probable que Valerie s'attendait à une nombreuse nichée.

La chance lui souriait, constata Manette. Au moment où elle contournait prudemment le chantier situé au nord de l'immense et fantastique jardin topiaire, elle aperçut non seulement Kaveh Mehran mais aussi son père. Il y avait un troisième homme avec eux. Elle ne le connaissait pas. Toutefois, elle se doutait qu'il s'agissait du fameux « comte » dont sa sœur lui avait parlé au téléphone.

« Un veuf », lui avait dit Mignon.

Manette l'entendait taper sur son clavier en bruit de fond. Comme d'habitude sa sœur menait de front plusieurs activités : elle envoyait un mail à un de ses cyber-amants tout en critiquant ce qu'elle prenait à l'évidence pour un amant potentiel dans sa vie « hors ligne ».

« Ce n'est pas sorcier de comprendre pourquoi papa l'a traîné jusqu'ici depuis Londres, continua-t-elle. L'espoir fait vivre. Maintenant que j'ai été opérée et que j'ai perdu tout ce poids, il pense que je suis prête à me marier. Il me prend pour Charlotte Lucas attendant son Mr Collins dans *Orgueil et préjugés*. C'est d'un gênant ! Il peut toujours se brosser, le paternel. Je suis très contente telle que je suis, merci beaucoup. »

Manette était toute disposée à prêter de pareilles intentions à leur père. Cela faisait des années qu'il tentait en vain de pousser doucement Mignon dehors. Mais il lui mangeait dans la main et pour sa part, sa sœur n'avait aucune envie de changer de mode de vie. Manette ne s'expliquait pas pourquoi, depuis le temps, il n'avait pas réussi à l'envoyer promener. Lorsque, six ans plus tôt, il avait construit pour elle cette « folie », Manette avait conclu que sa sœur jumelle détenait un secret préjudiciable à leur père. Lequel ? Manette n'en avait pas la moindre idée, mais c'était forcément quelque chose d'énorme.

Kaveh Mehran semblait montrer aux deux autres hommes l'état d'avancement du chantier. Il désignait du doigt çà et là des amoncellements de poutrelles, des tas de pierres taillées, des pieux fichés en terre et reliés par de la ficelle. Manette se décida à se manifester.

Mignon était décidément folle, songea Manette alors qu'ils se tournaient tous les trois vers elle, si elle pensait que « le veuf » avait été convié de Londres pour lui faire la cour, tel un galant visiteur dans la plus pure tradition du psychodrame à la Tennessee Williams. Il était grand, blond, très bel homme, vêtu – ici, à la campagne ! – avec cette élégance légèrement chiffonnée qui pue à plein nez l'establishment. Si c'était là un veuf en quête d'une seconde ou d'une énième dame de son cœur, il n'allait en tout cas pas élire sa sœur. L'être humain avait décidément une aptitude remarquable à s'aveugler, se dit Manette.

Bernard l'accueillit avec un sourire et procéda aux présentations. Tommy Lynley. C'était le nom du comte, mais son titre ne fut pas mentionné. Il avait une poignée de main ferme, une cicatrice séduisante sur la lèvre supérieure, un sourire agréable et des yeux marron foncé qui contrastaient avec sa blondeur. Parler de la pluie et du beau temps ne lui faisait pas peur, constata-t-elle, et il avait l'art de mettre les autres à l'aise. Quelle belle journée, quel beau château... Il était, quant à lui, originaire de Cornouailles, au sud de Penzance, une région – fallait-il le préciser ? – tout aussi belle que le Lake District. Il avait passé très peu de temps dans le Cumbria. Après tout ce qu'il avait vu autour d'Ireleth Hall, il reviendrait sûrement pour des visites régulières.

Comme c'est bien tourné, se dit Manette. Une politesse exquise. S'il s'était montré aussi avenant avec Mignon, pas étonnant que celle-ci ait sauté tout de suite à une conclusion erronée.

— Si vous veniez en hiver, vous déchanteriez sûrement, répliqua Manette avant de se tourner vers Kaveh Mehran. J'aimerais vous parler cinq minutes, si vous avez le temps.

Son père, qui devait en grande partie son succès dans les affaires à sa faculté de comprendre aisément les choses à demi-mot, se fit interrogateur.

— Qu'est-ce qui se passe, Manette ?

Alors qu'elle jetait un regard du côté de Lynley, Bernard ajouta :

— Tommy est un ami. Il est au courant pour notre récente tragédie familiale. Y a-t-il quelque...

— Niamh, dit Manette en lui coupant la parole.

— Qu'y a-t-il ?

Non sans avoir lancé un deuxième regard à Lynley, elle répondit à son père :

— Je ne suis pas sûre que tu veuilles...

Lynley fit mine de s'excuser, mais Bernard l'en empêcha.

— Non, restez, je vous en prie... Manette, tu peux parler devant mon ami. Ce ne peut pas être si...

— Niamh n'a pas encore repris les enfants, laissa tomber Manette. Ils sont toujours avec Kaveh. Nous ne pouvons pas laisser faire.

Bernard se tourna brièvement vers Kaveh, les sourcils froncés, puis murmura à Lynley :

— C'est la femme de mon neveu.

— C'est inacceptable, poursuivit Manette. Elle le sait. Elle s'en fiche. Je lui ai parlé hier. Elle était habillée pour aller danser, avec un seau plein de jouets pour adultes dans sa cuisine. Il y a un type qui vient s'amuser avec elle. Tim et Gracie sont trop encombrants.

Bernard se tourna de nouveau vers Kaveh. Le jeune homme s'enquit poliment, quoique d'un ton indiquant qu'il avait mal interprété le sens de ses paroles :

— Inacceptable, Manette ?

— Enfin, Kaveh. Vous savez bien qu'il ne s'agit pas de ce que vous êtes. Vous pouvez vivre votre vie à votre guise, je m'en fiche, mais en ce qui concerne les enfants...

— Je ne m'intéresse pas aux enfants.

— C'est bien le problème, non ? rétorqua Manette, interprétant délibérément de travers sa remarque. Il vaut mieux s'intéresser aux enfants quand on s'occupe d'eux. Papa, Tim et Gracie sont notre chair et notre sang, et Kaveh, quelle que soit sa place parmi nous...

— Manette...

Il perçait une menace dans la voix paternelle. En fin de compte, il y avait dans la « récente tragédie familiale » un élément que Bernard Fairclough préférait ne pas divulguer à Tommy Lynley. Tant pis pour lui, puisqu'il l'avait si ouvertement encouragée à s'exprimer devant le Londonien, elle n'allait pas reculer pour si peu.

— Ian était heureux d'avoir les enfants avec lui à Bryanbarrow. C'était compréhensible, et j'étais tout à fait en faveur de cette solution. Cela valait tellement mieux que de les abandonner à la garde de Niamh qui, comme tout le monde le sait, est aussi maternelle qu'un grand requin blanc. Ian ne pouvait souhaiter qu'ils restent avec Kaveh si jamais il lui arrivait quelque chose. Vous le savez bien, Kaveh... C'est pourquoi, papa, tu dois parler à Niamh. Il faut que tu sois ferme. Tim ne va pas bien du tout – son état est encore plus inquiétant que celui qui l'a conduit à Margaret Fox. Et Gracie... Gracie a besoin d'une mère, et dans un an ou deux ce sera pire. Si Niamh ne veut pas assumer ses responsabilités, il faut la remplacer.

— Je vois, opina Bernard. Nous poursuivrons à un autre moment.

— Désolée, papa, on ne peut pas.

Et au bénéfice de Lynley, elle ajouta :

— On n'en a pas fini avec le linge sale. Si cela vous répugne...

Lynley se tourna vers Bernard.

— Peut-être puis-je vous être utile ?

Il semblait y avoir entre eux deux une entente tacite, quelque chose en tout cas qui apaisa l'inquiétude de son père à l'idée que la discussion dégénère en dispute en présence d'un tiers.

— Tim m'a agressée. Non, non, je n'ai rien. Un peu secouée, voilà tout. Il faut qu'on s'occupe de lui, on doit redresser la barre... Et comme Kaveh ne va pas rester à la ferme éternellement, il vaut mieux s'en charger maintenant avant que la ferme soit mise en vente. Une fois Kaveh hors de la maison, que deviendront les enfants ? Ils partiront avec lui ? Où ça ? Ils ne peuvent pas continuer ainsi. On ne peut pas tout le temps les déraciner.

— Il me l'a léguée, déclara Kaveh. Je ne vais nulle part.

Manette fit volte-face.

— Quoi ?

— La ferme, Manette. Ian me l'a léguée.

— A vous ? Pourquoi ?

— Parce qu'il m'aimait, déclara Kaveh avec une dignité qui épata Manette malgré elle. Parce que nous étions partenaires dans la vie et c'est ce que font en général les partenaires : ils s'arrangent pour que l'autre ne pâtisse pas de leur décès au cas où le pire arriverait.

Ils se turent. Un cri de choucas déchira le silence. Une odeur de feuilles brûlées leur fut soudain soufflée à la figure comme si un feu avait été allumé non loin.

— Les gens pensent en général aussi à leurs enfants, riposta Manette. La ferme devrait revenir à Tim et à Gracie. Pas à vous. Ils pourraient ainsi la vendre afin d'assurer leur avenir.

Kaveh détourna les yeux. Ses mâchoires serrées étaient parcourues de tressaillements : il avait l'air de réprimer une terrible émotion.

— Je crois qu'il existe un contrat d'assurance qui veille là-dessus, dit-il.

— Ah, ça, c'est pratique. C'était l'idée de qui ? La ferme à vous, l'assurance aux petits. Et à propos, à combien se monte ce contrat ? Et à qui va l'argent ? Parce que s'il va à Niamh pour qu'elle le gère au nom de ses enfants...

— Manette, l'interrompit son père. Ce n'est pas le moment.

A Kaveh, il demanda :

— Vous allez garder ou vendre la propriété, Kaveh ?

— La garder. Tim et Gracie peuvent rester à la maison en attendant que Niamh soit prête à les reprendre. Et si cela n'arrive pas, Ian aurait souhaité...

— Non, non, non !

Manette préférait ne pas entendre la suite. Son idée, c'était que les enfants devaient rester au sein de la famille et que Kaveh – qu'il ait été partenaire ou non de Ian – n'appartenait pas à leur famille.

— Papa, enchaîna-t-elle, tu dois... Ian n'a pas pu souhaiter... Niamh est-elle au courant de tout ça ?

— De quoi exactement ? s'enquit Kaveh. Vous croyez que c'est son problème ?

— Sait-elle que vous avez hérité ? Et quand Ian a-t-il pris cette décision ?

Kaveh eut un instant d'hésitation, comme s'il évaluait les conséquences des différentes réponses qu'il était susceptible de fournir à ces questions. Après que Manette l'eut rappelé à l'ordre deux fois en prononçant son prénom, il répondit :

— Je ne sais pas.

— Vous ne savez pas quoi, exactement ? insista-t-elle.

— Je ne sais rien à propos de Niamh. Elle hérite de l'argent de l'assurance, et cela se monte à un paquet. Ian voulait bien entendu l'aider à élever Tim et Gracie. Il croyait que s'il lui arrivait malheur, Niamh se ressaisirait et retrouverait son sens des responsabilités.

— Eh bien, c'est raté. Et je ne pense pas que ça va changer.

— Alors, s'il le faut, ils resteront avec moi. Ils sont bien installés à la maison, ils ont l'air heureux.

Tim Cresswell n'a vraiment pas l'air heureux ! songea amèrement Manette. Et la perte de sa joie de vivre ne datait pas d'hier.

— Et que va-t-il se passer quand vous allez rencontrer quelqu'un d'autre, dans un mois ou deux, Kaveh ? Quand il viendra emménager avec vous à la ferme... Que se passera-t-il alors ? Que devront faire les enfants ? Que devront-ils en penser ?

— Manette, prononça Bernard à voix basse.

Kaveh était devenu livide, mais il s'abstint de riposter. Les muscles de ses mâchoires tressaillaient de plus belle. Il serrait le poing droit.

— Niamh, reprit Manette, va vous traîner en justice pour récupérer Bryan Beck. Elle contestera le testament. Pour le bien-être des enfants...

— Manette, c'est assez, soupira son père. On a tous subi un choc, on a beaucoup de chagrin, on a besoin de se remettre. Et tu ne fais pas exception à la règle.

— Qu'est-ce que tu as à vouloir maintenir à tout prix la paix ! se rebiffa Manette. Il n'est rien pour nous, dit-elle en désignant Kaveh d'un signe de tête. Il n'est rien pour les enfants. Tout ce qu'il est, c'est quelqu'un pour qui Ian a gâché sa vie et un...

— J'ai dit assez !

Bernard se tourna vers Kaveh.

— Veuillez lui pardonner, Kaveh. Elle ne sait pas...

— Oh, elle sait très bien ce qu'elle dit, le contredit Kaveh. C'est banal.

Manette, voyant qu'elle était allée trop loin, s'empressa de faire machine arrière.

— Bon, écoutez, de toute façon, vous êtes trop jeune pour être le père d'un garçon de quatorze ans, Kaveh. Il faut un homme plus âgé, avec plus d'expérience, quelqu'un...

— Qui ne soit pas un homosexuel, la coupa Kaveh.

— Je n'ai pas dit ça ! Et ce n'est pas ce que je veux insinuer. J'allais ajouter : quelqu'un de la famille.

— Vous vous répétez.

— Je suis désolée, Kaveh. Il ne s'agit pas de vous. Il s'agit de Tim et de Gracie. On ne peut pas exiger d'eux qu'ils subissent encore d'autres malheurs dans leur jeune vie. Cette situation est en train de détruire Tim. Gracie suivra bientôt le même chemin. Il faut empêcher leur monde de se fracasser encore davantage. Vous pouvez au moins comprendre ça, non ?

— Laisse les choses comme elles sont, Manette, lui enjoignit son père. Pour le moment, on a d'autres chats à fouetter.

— Lesquels ?

En guise de réponse, son père échangea un regard entendu avec son ami le comte londonien. Manette flaira soudain un piège. Ce type n'était sûrement pas venu courtiser sa sœur à la manière du XVIIIᵉ siècle. Il cherchait peut-être à faire un mariage d'argent, afin de restaurer son domaine délabré de Cornouailles. En insistant pour qu'il entende chaque mot de sa conversation avec Kaveh, son père s'enlisait dans des eaux assez profondes pour permettre au monstre du loch Ness d'y nager. Bon, mais qu'importait, après tout ? Rien ne pouvait l'empêcher de se charger des enfants de son cousin et si son père refusait de la soutenir, elle connaissait quelqu'un qui l'aiderait certainement.

— Très bien ! s'exclama-t-elle en levant les bras au ciel. Désolée de vous avoir obligé à écouter tout ça, ajouta-t-elle à l'adresse de Lynley.

Il lui répondit par un hochement de tête poli. D'après son expression, toutefois, elle comprit que la conversation n'était pas tombée dans l'oreille d'un sourd.

En stop de Bryanbarrow à Windermere
Cumbria

La veille avait été un désastre. Au bout de deux heures à lever en vain le pouce sur la route de Windermere, Tim avait renoncé. Aujourd'hui, il était déterminé à vaincre l'adversité.

La pluie avait commencé longtemps avant qu'il n'entame la partie la plus ardue du trajet : la descente à pied, interminable, depuis le village de Bryanbarrow jusqu'à la grande route de la vallée de la Lyth. Il ne s'attendait pas à être pris en stop pour la bonne raison qu'il passait très peu de voitures et que si d'aventure un tracteur se présentait, il roulait à une allure d'escargot et ne tardait pas à bifurquer dans les champs. Bref, il avait aussi vite fait de marcher.

Toutefois, il n'avait pas prévu la pluie. C'était stupide de sa part, étant donné les putains de taux record d'humidité du putain de mois de novembre... Il tombait plus de flotte au mètre carré dans ce putain de pays que dans le reste de l'Angleterre ! Etant donné qu'il avait quitté Bryan Beck dans la plus grande confusion, il s'était contenté de passer un sweat à capuche sur sa chemise sous laquelle il portait un tee-shirt. Pas une seconde il n'avait pensé à se munir d'un imper. Aux pieds, ses baskets n'étaient pas encore complètement trempées, mais il n'en avait pas moins de la boue jusqu'aux chevilles tant les bas-côtés de la route étaient gadouilleux. Quant à son jean, il devenait plus lourd à mesure qu'il s'imbibait d'eau. Comme il était trop grand pour lui de plusieurs tailles, il était obligé de le remonter sans cesse sur ses hanches, ce qu'il faisait d'un geste exaspéré.

Sur la route de la vallée, un véhicule ne tarda pas à freiner devant lui et à se ranger sur le côté, un coup de chance inespéré dans cette journée pourrie. La Land Rover était tout éclaboussée de boue.

— Monte, petit, lui dit le fermier au volant. On dirait que tu sors d'une mare. Tu vas où, mon gars ?

Tim indiqua le village de Newby Bridge – la direction opposée à Windermere – parce qu'il n'aimait pas la façon dont ce connard le regardait. Il voulait aussi éviter de laisser des traces pour la suite. Si tant est que les choses se déroulent comme il le voulait. Mettons que son portrait paraisse dans les journaux et que ce fermier à la con le reconnaisse et téléphone aux flics. Eh bien, il voulait qu'il leur dise : « Je me rappelle ce gosse. Il allait à Newby Bridge. »

— Newby Bridge ? répéta le fermier en redémarrant.

Il pouvait l'emmener jusqu'à Winster. Après quoi, il lui posa la question prévisible : pourquoi n'était-il pas à l'école ?

— C'est un jour de semaine. Tu fais l'école buissonnière ?

Tim avait l'habitude de gérer la curiosité insatiable des adultes. Il devait toujours réprimer l'envie de leur enfoncer les pouces dans les yeux. Ce con ne poserait pas une question

pareille à un autre adulte : « Pourquoi vous n'êtes pas au boulot ? » Sous prétexte qu'il avait l'âge qu'il avait, les gens ne se
gênaient pas pour le bombarder de questions débiles. Cela
dit, à celle-là il avait une réponse toute prête.

— Aujourd'hui, j'ai seulement cours à mi-temps.

— Mes trois fils, eux, ils ont cours toute la journée. Où tu
vas à l'école ?

Encore ! songea Tim. Pendant qu'il y était, pourquoi ne lui
demandait-il pas quand il s'était soulagé la dernière fois ?

— Oh, loin. Margaret Fox. C'est près d'Ulverston.

Il était presque sûr que le vieux schnock n'aurait jamais
entendu parler de ce bahut ni de sa particularité. Il précisa
cependant :

— C'est un collège privé. Un internat, mais moi, je ne suis
que demi-pensionnaire.

— Qu'est-ce que t'as aux mains ? Faut pas les laisser
comme ça.

Tim grinça des dents.

— Je me suis coupé. C'est rien. Il faut que je fasse plus
gaffe, c'est tout.

— Ça m'a pas l'air de coupures.

— Bon, vous pouvez vous arrêter par là. C'est là que je
descends.

— On est encore loin de Winster.

C'était pas faux. Ils avaient à peine parcouru deux kilomètres.

— Je descends là, c'est tout, d'accord ?

Tim s'exprimait d'une voix égale. Il ne voulait pas trahir sa
colère, de crainte de se déchaîner. S'il ne descendait pas tout
de suite de cette Land Rover, il ne répondait plus de ses
actes.

Le fermier haussa les épaules et freina en dévisageant Tim
d'un regard soupçonneux. Ensuite, il écouterait les nouvelles
à la radio et si par malheur il apprenait qu'il s'était produit un
cambriolage ou un mauvais coup dans le coin, il foncerait au
commissariat donner le signalement de Tim. Eh bien, c'était
un risque à courir. Tout plutôt que de rester plus longtemps
dans la bagnole de ce connard.

— Fais gaffe à toi, mon gars, lui lança le fermier avant que Tim lui claque la portière au nez.

— Va te faire foutre ! cria Tim à la Land Rover qui redémarrait.

Il se mordit méchamment le dos de la main.

Il eut plus de chance la deuxième fois. Un couple d'Allemands le déposa sur la route de Crook avant de bifurquer pour se rendre dans une confortable auberge de campagne. Leur anglais était correct, mais ils n'arrêtaient pas de répéter que « *Ach !* Vous en avez de la pluie dans le Cumbria ! » et quand ils se parlaient entre eux, c'était en allemand, avec un débit rapide ; des phrases courtes où il était question d'une Heidi.

Tim finit par arrêter un camion au nord de Crook. Le véhicule allait à Keswick. Windermere était sur son chemin. « Pas de souci », dit le chauffeur.

Ce qui fut un souci, en revanche, ce fut sa curiosité. Il commença par sermonner Tim sur les périls de l'auto-stop, puis il l'interrogea sur ses parents. Savaient-ils que leur petit garçon était seul sur les routes à la merci d'inconnus ?

— Tu sais même pas qui je suis ! lui dit-il. Je pourrais être un Sutcliffe ou un Brady. Un pédophile. Tu comprends ?

Tim, que démangeait l'envie de donner un grand coup de boule dans la gueule de ce taré, se borna à hocher la tête.

— Oui, oui, je comprends.

Quand, enfin, ils arrivèrent à Windermere, il articula entre ses dents :

— Déposez-moi devant la bibliothèque municipale.

Le chauffeur du camion obtempéra, non sans déclarer à Tim qu'il avait de la chance qu'il ne soit pas attiré par les garçons de douze ans. C'était trop ! Tim rétorqua qu'il en avait quatorze. Le chauffeur éclata d'un rire gras.

— A d'autres ! Et qu'est-ce que tu caches sous ces vêtements trop grands ? Je parie que t'es une gonzesse !

Tim claqua la portière.

Il était dans un tel état de rage qu'il serait volontiers entré dans la bibliothèque pour mettre à sac les rayonnages. Mais cela n'aurait servi qu'à lui attirer des ennuis et à l'empêcher de mener à bien son projet. Il se mordit de nouveau la main, comme s'il voulait arracher la chair de ses doigts. Apaisé par le goût du sang, il se dirigea à pied vers le quartier des bureaux.

Même en cette saison, il y avait des touristes à Windermere. Rien de comparable avec les foules estivales, quand on ne pouvait pas parcourir un mètre sans se faire bousculer par un fanatique de la marche à pied affublé d'un sac à dos boursouflé et d'un bâton de randonnée. En été, les gens du coin évitaient le centre-ville que les embouteillages transformaient en un vaste parking. A présent, la circulation était aisée et sous le poncho en plastique vert qui recouvrait leur barda, les randonneurs décontractés ressemblaient à des bossus. Tim les doubla et fonça vers les rues bordées de magasins qui ne présentaient pas d'intérêt pour les touristes.

Tim se rendait dans un magasin à l'enseigne de Shots[1] ! spécialisé dans le tirage et l'impression de photos argentiques et numériques. C'était sa deuxième visite. Le labo proposait des tirages géants aux photographes professionnels venus immortaliser les vues panoramiques du Lake District.

Dans la vitrine de Shots !, contre un rideau noir, de grandes photographies étaient exposées sur des chevalets. A l'intérieur du magasin, des portraits étaient accrochés aux murs, des rayonnages proposaient à la vente des appareils numériques et, pour le plaisir des yeux, dans une vitrine, une collection de vieux appareils photo. Tim s'approcha du comptoir, sachant que dans le fond il y avait une arrière-salle. D'ailleurs un homme ne tarda pas à en surgir. Il portait une blouse blanche brodée à gauche sur la poitrine d'un *Shots !* avec, au-dessus, un badge en plastique à son nom. Quand il croisa le regard de Tim, il porta sa main au badge, le décrocha et le glissa dans sa poche.

---

1. *Shot* signifie « prise de vue ».

Tim s'étonna une fois encore devant l'apparence tout ce qu'il y avait de plus « normale » de Toy4You. Des cheveux châtains, sagement coupés, des joues roses, des lunettes cerclées de fer. Un sourire aimable. Ce qu'il dit à Tim l'était moins :

— Tu tombes très mal.

— Je t'ai envoyé un texto. Tu m'as pas répondu.

— J'ai rien reçu, affirma Toy4You. Tu es sûr que tu l'as envoyé au bon numéro ? ajouta-t-il en le regardant droit dans les yeux.

Tim se dit qu'il mentait parce que autrefois c'était ce qu'il faisait aussi. Jusqu'à ce qu'il s'aperçoive que c'était si peu naturel de fixer les gens aussi intensément qu'ils savaient tout de suite que vous racontiez des blagues.

— Pourquoi t'as pas répondu ? On a passé un accord. J'ai fait ma part. T'as pas fait la tienne.

Le regard de l'homme s'esquiva. Il fixa la porte. Sans doute espérait-il l'arrivée d'un client pour interrompre cette conversation. Ni Tim ni lui en effet ne souhaitaient que leurs paroles soient entendues par un tiers. Mais comme personne ne se décidait à entrer dans le magasin, il devint évident qu'il allait être forcé de répondre, s'il ne voulait pas que Tim explose et s'en prenne par exemple aux vieux appareils photo dans leur vitrine, ou à un appareil numérique... Toy4You devait y tenir.

— J'ai dit... reprit Tim.

— C'est trop risqué, le coupa Toy4You. J'ai bien réfléchi.

Tim sentit son sang bouillir dans ses veines. Une vague de chaleur monta en lui, son cœur se mit à battre très fort. Il s'efforça de respirer calmement.

— On était d'accord, merde ! Tu crois que j'ai pas de mémoire ? dit-il, serrant et desserrant alternativement les poings tout en regardant autour de lui. Tu veux voir ce qui va t'arriver si tu ne tiens pas ta parole ?

Toy4You se déplaça derrière son comptoir. Tim se crispa. Il l'imaginait déjà sortant un revolver d'un tiroir. C'était ce qui se produirait au cinéma. Toy4You posa un paquet de

223

cigarettes sur le comptoir. Il en alluma une. Il dévisagea longuement Tim avant de déclarer :

— OK. T'as gagné. Si tu y tiens tant que ça, il faut me fournir un peu plus. Sinon, je peux rien pour toi. Les risques doivent être à 50/50.

Tim demeura interdit. Il avait déjà fourni tout ce qui était demandé ! Tout ce qu'il possédait ! Et maintenant, on lui demandait plus ?

— T'avais promis, insista-t-il.

Toy4You aurait-il trouvé une couche sale sur le siège de sa voiture qu'il n'aurait pas fait de plus belle grimace.

— Qu'est-ce que c'est que ces pleurnicheries ? On se croirait dans une cour de récré. Tu me donnes un petit gâteau au chocolat et je te prête mon skateboard. Mais voilà, j'ai bouffé ton gâteau et je me suis barré en te laissant en plan, c'est ça ?

— T'étais d'accord. Tu l'as dit. C'est injuste !

Toy4You tira une bouffée en observant Tim par-dessus le bout rougeoyant de sa cigarette.

— J'ai changé d'idée. Ça arrive. J'ai réévalué les risques et jugé que les miens étaient supérieurs aux tiens. On n'est jamais aussi bien servi que par soi-même, tu sais.

Soudain, Tim vit rouge. Il perdait son sang-froid. Il allait tout casser. Toy4You n'oserait sûrement pas appeler les flics. D'un autre côté, s'il laissait libre cours à sa fureur, leur accord serait définitivement enterré et il lui faudrait chercher quelqu'un d'autre. Il n'était pas question qu'il attende encore des jours, sinon des semaines...

— Je te jure devant Dieu, je vais le dire ! s'écria-t-il. Et quand j'aurai fini de le dire... Non, avant, je te tuerai et ensuite je leur dirai. Je te jure. Je leur dirai que tu m'as forcé.

Toy4You se borna à lever un sourcil nonchalant.

— Avec tout ce qu'il y a dans ta boîte mail, mon petit vieux, tu seras dans une sacrée merde.

Avec un coup d'œil vers l'horloge murale derrière lui, il ajouta :

— Maintenant, fiche le camp.

— Je reste, répliqua Tim d'une voix qui tremblait de rage et d'impuissance. Je vais le dire à la première personne qui entrera dans ton magasin. Si tu me jettes dehors, j'attendrai sur le parking. Je le dirai aux ploucs que je croiserai. Si t'appelles les flics, je leur dirai aussi. Tu crois que je suis pas cap ? Tu crois que j'en ai quelque chose à foutre ?

Toy4You répondit par un long silence. La petite aiguille de l'horloge faisait un bruit de détente de pistolet que l'on amorce, encore et encore. Finalement, il soupira :

— Bon, du calme. Ça marche. Mais n'oublie pas que je te tiens par les couilles autant que tu me les tiens. T'as l'air de l'ignorer. Je te répète que, pour toi, y a pas de risque. C'est moi qui les prends tous. Alors, *maintenant*, il va falloir que tu rendes notre marché plus rentable pour moi. C'est tout ce que je peux te dire.

Tim se tut. Tout ce que pour sa part il avait envie de faire « maintenant », c'était de bondir sur le comptoir et de prendre ce salaud à la gorge. Il ne broncha pas.

— Ça te prendra quoi ? reprit Toy4You. Une heure ou deux, trois au maximum ? Si tu le veux vraiment, il faut y mettre du tien et jouer le jeu. Si tu t'en fous, alors appelle les flics. Pense qu'il te faudra leur fournir des preuves. Et toi et moi, on sait tous les deux où vont les mener tes preuves. Ton téléphone et ton ordi. Tes SMS et tes mails. Les flics sont plutôt curieux, tu sais, et ils vont pas avoir à chercher très loin. On est tous les deux dans la merde, tu vois. Alors, pourquoi pas s'entraider au lieu d'essayer de se pousser l'un l'autre sous le train, qu'est-ce que t'en dis ?

Tim sentit sa colère se muer en un noir désespoir alors qu'à contrecœur il reconnaissait que Toy4You avait raison.

— Quoi ? finit-il par demander.

Toy4You ébaucha un petit sourire.

— Pas seul cette fois.

Tim eut soudain très mal au ventre.

— Quand ?

Toy4You lui adressa un sourire de triomphe.

— Bientôt. Je t'enverrai un SMS. Tiens-toi prêt. Complètement prêt, cette fois. Compris ?

Tim acquiesça : il n'avait pas le choix et il le savait.

Après le départ de Manette, l'inspecteur Lynley pria Bernard Fairclough de lui accorder un entretien particulier. Ce dernier devait s'y attendre, car il opina d'un air entendu, tout en déclarant en dépit de la pluie qui s'était mise à tomber :

— D'abord, permettez-moi de vous montrer notre jardin topiaire.

Lynley supposa que Fairclough cherchait à gagner du temps pour mieux se préparer à la conversation qui allait suivre. Ils franchirent une porte cintrée ménagée dans un mur de pierre tacheté de lichen gris. Fairclough, d'humeur bavarde, lui racontait l'histoire des lieux. Il avait l'air détendu. Sans doute avait-il répété cent fois ces mêmes paroles en guidant ses invités dans le jardin que sa femme avait rendu à sa splendeur d'antan.

L'inspecteur Lynley écoutait sans commentaire. Le jardin possédait une beauté étrange. Son goût personnel le portait plutôt vers les arbustes et les buissons « au naturel », mais il devait avouer que les buis, les houx, les myrtes et les ifs taillés dans des formes parfois fantastiques, dont certains atteignaient dix mètres de haut, étaient fascinants. Des sentiers de dalles blanches serpentaient parmi les diamants, les pyramides, les spirales et doubles spirales, les champignons, les arches, les tonneaux et les cônes. Dans les bordures de buis nains, on voyait encore des parterres de capucines dont le jaune vif tranchait sur le violet des pensées.

Le jardin avait plus de deux cents ans. Sa restauration avait été le rêve de Valerie quand elle avait hérité d'Ireleth Hall, expliqua Fairclough. Il avait fallu des années et l'aide de quatre jardiniers pour lui faire retrouver l'aspect qu'il avait sur les photographies datant du début du XXe.

— Magnifique, n'est-ce pas ? s'exclama Fairclough. Ma femme est une fée.

Lynley renchérit. Quoi de plus normal ? C'était un lieu magique. En revanche, le ton de Fairclough lui parut sonner faux. Il l'interrogea :

— Voulez-vous que nous parlions ici ou ailleurs ?

Fairclough, manifestement résigné, répliqua :

— Venez avec moi. Valerie est allée voir comment va Mignon. Elle en a pour un moment. Nous serons tranquilles dans la bibliothèque.

Comment pouvait-on appeler bibliothèque une pièce dépourvue de livres ? Certes elle était petite et confortable. Les portraits des ancêtres Fairclough vous contemplaient sur les boiseries sombres. Un bureau trônait au milieu. Deux fauteuils profonds étaient installés devant une cheminée qui était en soi une œuvre d'art, en bois sculpté sans doute par Grinling Gibbons lui-même, surmontée d'une collection de porcelaines à motifs chinois dans les tons bleus. Des briquettes de charbon avaient été disposées dans l'âtre. Fairclough gratta une allumette. Une fois le feu parti, il ouvrit les lourds rideaux devant les fenêtres à meneaux en plomb. Une pluie violente striait les carreaux.

Fairclough lui proposa un apéritif. Il était encore un peu tôt pour Lynley. Fairclough se servit un verre de sherry et invita Lynley à prendre un fauteuil.

— Je ne pensais pas vous imposer un tel déballage de linge sale, dit Fairclough une fois qu'ils furent assis. Vous m'en voyez navré.

— Toute famille a son lot de turpitudes. La mienne ne fait pas exception.

— Pas autant que celle des Fairclough, je parie.

Lynley haussa les épaules, puis, parce que le moment était venu d'aborder le sujet, il dit :

— Voulez-vous que je continue mon enquête, Bernard ?

— Pourquoi cette question ?

Lynley joignit les mains sous son menton et contempla les flammes qui commençaient à lécher le charbon.

— A part ce conflit à propos de la ferme de Cresswell qui vaut la peine d'être investigué, vous avez déjà la conclusion qui vous arrange. Si le légiste a conclu à l'accident, vous devriez en rester là. Croyez-en ma vieille expérience.

— Et permettre à un meurtrier de s'en tirer ?

— Au bout du compte, personne n'en sort blanc comme neige.

— Qu'avez-vous découvert ?

— Oh, « découvert » est un grand mot. Pour le moment, j'ai trop les mains liées par la petite comédie que je joue en me faisant passer pour un simple visiteur. La question est : qu'est-ce que je risque de découvrir ? A savoir un mobile. Bien, ce que je cherche à vous dire, c'est que même si c'est un accident, vous allez apprendre des choses sur votre fils, vos filles et votre femme que vous préféreriez ne pas savoir, quelle que soit la cause de la mort de votre neveu. Cela arrive souvent au cours d'une enquête.

Fairclough parut songeur. Lynley le vit lever les yeux sur une des porcelaines qui ornaient le manteau de la cheminée. Le vase portait la marque d'une réparation maladroite, sans doute effectuée à une époque où on maîtrisait mal les techniques de restauration.

— D'un autre côté, reprit Lynley, ce pourrait être en effet un meurtre, perpétré par une personne qui vous est chère. Voulez-vous vivre avec ça... ?

Fairclough tourna de nouveau la tête vers lui. Il se taisait. Lynley voyait bien qu'une idée le tarabustait.

— ... Autre chose. Vous vouliez savoir si Nicholas est impliqué dans la disparition de son cousin. C'est la raison pour laquelle vous m'avez fait venir de Londres. Si quelqu'un d'autre, autre que Nicholas, était impliqué ? Un autre membre de votre famille. Ou bien si Ian était mort à la place d'un autre ? S'il n'avait pas été la cible du meurtrier ? Vous voulez aussi le savoir ?

Fairclough n'eut aucune hésitation. Tous les deux savaient parfaitement quelle autre cible pouvait avoir été visée.

— Personne n'a aucune raison de vouloir éliminer Valerie. Elle est l'âme de notre monde, dit-il en indiquant l'extérieur du château, un geste que Lynley traduisit comme désignant ses enfants, et l'un d'eux en particulier.

— Bernard, il est inévitable que l'enquête porte aussi sur Mignon. Elle a un accès libre au hangar à bateaux, à toute heure du jour et de la nuit.

— Ce ne peut pas être Mignon. Elle n'aurait pas fait de mal à Ian, et encore moins à sa mère.

— Pourquoi pas ?

— Elle est fragile, Tommy. Elle l'a toujours été. Enfant, elle a subi un grave traumatisme crânien dont elle ne s'est jamais vraiment remise... Elle est handicapée. Ses genoux, l'opération... Peu importe... Elle n'aurait pas pu.

— Mettons qu'elle en ait été capable, aurait-elle un mobile ? Y a-t-il quelque chose que je dois savoir sur ses relations avec sa mère ? Avec son cousin ? Ils étaient proches ? Ils étaient ennemis ?

— En d'autres termes, aurait-elle eu une raison de vouloir la mort de Ian ?

— Tout à fait.

Fairclough ôta ses grosses lunettes et se frotta les yeux.

— Ian était mon conseiller financier, vous le savez. Il avait la gestion de la totalité de nos affaires. C'était son travail. Il était excellent. J'avais besoin de lui.

— Je comprends.

— Pendant quelques années, trois je crois, il m'a harcelé pour que je coupe les vivres à Mignon. Il n'a jamais paru comprendre que la pauvre petite est dans l'incapacité de travailler. A entendre Ian, en l'entretenant on entretenait son infirmité. Il prétendait qu'elle était en réalité aussi valide que lui et moi. C'était entre nous une pomme de discorde. Rien de grave, mais cela revenait une ou deux fois par an sur le tapis. Malgré tout, je n'avais aucune intention de... Je ne pouvais pas. Lorsque votre enfant a été gravement blessé... Vous verrez quand vous aurez des enfants, Tommy, vous comprendrez.

— Mignon savait-elle que Ian voulait lui couper les vivres ?

Fairclough acquiesça à regret.

— Il lui a parlé. Comme je refusais de ne plus lui verser sa pension, il est allé la voir. Il l'a accusée d'extorquer de l'argent à son père. C'est Mignon qui me l'a dit. Elle était vexée, bien sûr. Elle m'a dit que je pouvais arrêter de l'entretenir quand je voulais. Tout de suite, si je voulais.

— Mais elle savait que vous n'en feriez rien.

— Elle est ma fille.

— Et vos autres enfants ? Manette a-t-elle une raison d'en vouloir à Ian ?

— Manette adorait Ian. Je crois qu'il fut un temps où elle aurait bien aimé l'épouser. Longtemps avant Kaveh.

— Et lui ? Ses sentiments pour elle ?

Fairclough vida son verre de sherry et se leva pour s'en verser un deuxième. Il souleva la carafe à l'adresse de Lynley, lequel refusa de nouveau.

— Il avait de l'affection pour Manette, répondit Fairclough. Un point c'est tout.

— Elle est divorcée, n'est-ce pas ?

— Oui. Son ex-mari travaille pour moi. Freddie McGhie. Elle aussi d'ailleurs.

— Freddie McGhie aurait-il une raison de se débarrasser de Ian ? Vous m'avez dit que vous n'aviez pas encore déterminé qui allait vous succéder à la tête de Fairclough Industries. Maintenant que Ian n'est plus là, que va-t-il se passer ?

Fairclough le regarda, muet. Lynley eut l'impression qu'il touchait du doigt un point sensible auquel son hôte préférait ne pas penser. Lynley leva un sourcil interrogateur.

— Je vous répète que je n'ai encore rien décidé. Manette ou Freddie pourraient reprendre l'affaire. Ils la connaissent très bien. Ils ont fait leur carrière avec moi. Freddie serait un excellent choix, même s'il est divorcé de ma fille. Aucun aspect de la société n'a de secret pour lui. Il a travaillé dans tous les départements. Je préférerais un membre de la famille, bien sûr, Valerie aussi. Mais personne n'a autant d'expérience que lui, et il a l'esprit d'entreprise. Freddie serait le choix logique.

— Et Nicholas ?

— Ce serait de la folie, étant donné son passé. Il fait de son mieux pour me montrer de quoi il est capable.

— Quelle était l'opinion de Ian à ce sujet ?

— Il était convaincu que Nick n'y arriverait pas. Nick m'a juré qu'il n'était plus le même, j'ai voulu lui donner sa chance. Jusqu'ici, il a montré de la constance. Il travaille pour le moment au plus bas de l'échelle de la société avec la perspective de grimper en interne. Je dois avouer que je l'admire.

— Vous avez passé un marché avec lui ?

— Pas du tout. L'idée est de lui. Je suppose qu'Alatea n'y est pas étrangère.

— Par conséquent, il est possible qu'un jour il reprenne les rênes de Fairclough Industries ?

— Tout est possible. Comme je vous l'ai dit, je n'ai pas encore pris ma décision.

— Mais vous avez dû penser à Nicholas pour vous succéder, sinon pourquoi me faire venir ici pour enquêter sur lui ?

De nouveau Fairclough répondit par un silence. Nicholas, après tout, était son fils. Lynley reprit :

— Voyez-vous quelqu'un d'autre qui aurait pu être mal intentionné à l'égard de votre neveu ? Quelqu'un qui lui aurait gardé rancune pour quelque chose, ou qui aurait un secret à protéger, ou bien un abcès à crever ?

— Autant que je sache, personne, affirma Fairclough en buvant une gorgée de sherry, les yeux fixés sur Lynley par-dessus le bord du verre.

Lynley savait qu'il mentait mais il ne savait pas pourquoi. Il eut aussi la sensation qu'ils n'avaient pas encore abordé la véritable raison de sa propre présence entre les murs d'Ireleth Hall.

— Bernard, personne n'est au-dessus de tout soupçon, sauf ceux qui n'avaient pas accès au hangar à bateaux. Si vous tenez à connaître la vérité, vous devez prendre une décision.

— Une décision ?

— Si vous souhaitez aller au fond de cette affaire, vous devez m'autoriser à être ce que je suis.

— C'est-à-dire ?

— Un flic.

Fleet Street
Londres

Barbara choisit un pub de Fleet Street qui avait longtemps été un des lieux de beuverie préférés des journalistes au temps où la rue hébergeait la quasi-totalité des journaux et des tabloïds. La construction du nouveau quartier d'affaires de Canary Wharf avait depuis attiré les propriétaires de presse vers l'est de la cité de Londres. Tous n'avaient pas cédé aux sirènes des loyers bon marché. Il y en avait un en particulier qui était resté obstinément ancré dans Fleet Street. Il s'agissait de *The Source*. Et Barbara attendait justement sa « source » de *The Source* à qui elle avait téléphoné pour prendre rendez-vous. Le bonhomme s'était montré réticent jusqu'à ce qu'elle l'invite à déjeuner, et il n'avait vraiment laissé tomber sa garde que lorsqu'elle avait mentionné l'inspecteur Lynley. Il lui avait alors demandé d'une voix chaleureuse :

« Comment se porte ce vieux Lynley ? »

Sans doute, s'était dit Barbara, le journaliste espérait pouvoir pondre un article sur le veuvage de l'inspecteur dans la rubrique « Ils ont surmonté leurs tragédies personnelles », histoire de faire saliver les lecteurs. Il ne ferait pas la une, mais peut-être la page 2 avec photos, à condition que les détails soient assez croustillants.

« Je vous raconterai tout ça au pub. Quand pouvez-vous venir ? »

Le truc avait marché. Ce n'était pas de gaieté de cœur qu'elle se servait de Lynley pour embobiner les gens, ni pour autre chose d'ailleurs, mais vu que la demande de renseignements émanait de lui, elle espérait qu'il ne lui en voudrait pas s'il l'apprenait.

Isabelle Ardery, c'était une autre paire de manches. Lorsque Barbara lui avait téléphoné pour s'enquérir des journées de congé que le Yard lui devait, la commissaire intérimaire s'était montrée extrêmement soupçonneuse, comme l'avaient indiqué ses questions : « Pourquoi ? Où allez-vous ? » Barbara avait prévu le coup et tenait une réponse toute prête.

« Au coiffeur. Pardon, chez un coiffeur visagiste... que j'ai trouvé à Knightsbridge.

— Vous n'avez pas besoin de plus d'une journée.

— C'est ce que vous croyez, avait répliqué Barbara.

— Eclairez-moi, sergent. »

Toujours ce ton suspicieux. Le patron aurait intérêt à mieux contrôler ses intonations si elle voulait cacher sa paranoïa.

« Soyez un peu compréhensive, chef. Si jamais je sors de là avec une tête à faire peur, je veux avoir assez de temps pour trouver un autre coiffeur qui réparera les dégâts. Je vous tiendrai au courant. De toute façon, j'ai plusieurs jours de congé à prendre. »

C'était vrai, Ardery ne pouvait pas le nier. En plus, c'était elle qui lui avait ordonné – sous couvert d'un bon conseil – de « changer de look ».

« Pas plus de deux jours, alors », avait-elle répliqué afin de montrer à Barbara qui était le supérieur hiérarchique de qui.

Sur le chemin du pub, Barbara s'était occupée d'une autre demande de Lynley. Elle avait cherché le dernier numéro de *Conception* et avait fini par le trouver au WH Smith de la gare de King's Cross, qui paraissait proposer tout ce qui se faisait en matière de magazines et de revues. Cela ne lui avait pas coûté un gros effort, étant donné que pour se rendre à Fleet Street de Chalk Farm, le métro passait par King's Cross. Un petit saut lui avait donc suffi. Le plus irritant avait été le regard du jeune caissier. Elle l'avait lu dans ses yeux et dans son sourire amusé : « Vous ? Avoir un bébé ? Ça m'étonnerait. » Elle l'aurait volontiers saisi par le col de sa chemise blanche pour le secouer, si ledit col n'avait été aussi noir de crasse. Elle n'allait quand même pas s'exposer aux microbes d'un individu dont les règles d'hygiène étaient à revoir !

En attendant au pub, elle se mit à feuilleter *Conception*. Où trouvaient-ils des baigneurs aussi parfaits à photographier ? Et des mères aussi fraîches et jolies, alors qu'en réalité elles étaient sûrement ravagées par le manque de sommeil. Elle avait commandé une pomme de terre en robe des champs avec sa garniture de chili con carne qu'elle s'employait à présent à consommer tout en lisant un article sur le soin des mamelons pendant l'allaitement – qui se douterait que c'était si douloureux ? songeait-elle à l'instant où son informateur apparut.

Mitchell Corsico portait son éternel Stetson, un jean et des santiags. Une tenue à laquelle, constata Barbara, il avait ajouté une veste à franges. Punaise, se dit-elle, bientôt les jambières en cuir et le six-coups ! Il la salua d'un signe de tête et piqua droit sur le bar. Après avoir passé un moment à consulter la carte, il jeta celle-ci sur le comptoir et passa commande. Il paya de sa poche, ce que Barbara interpréta comme un bon signe, pour déchanter aussitôt en le voyant s'avancer vers elle en disant :

— Douze livres cinquante.

— Mais qu'est-ce que vous avez commandé ? s'exclama-t-elle.

— Il y avait une limite ?

En maugréant, elle sortit son porte-monnaie et lui tendit la somme alors qu'il enfourchait la chaise en face d'elle aussi prestement qu'un cow-boy sa monture.

— Où est Gâchette ? demanda-t-elle.

— Hein ?

— Rien, rien.

— C'est pas bon pour votre cholestérol, dit-il en désignant du menton son chili.

— Et vous… vous avez pris quoi… ?

— Bon, bien… Alors, qu'est-ce qui vous amène ?

— Un petit échange de faveurs.

Une profonde méfiance se lisait sur le visage du journaliste. Quoi d'étonnant à cela ? Corsico se retrouvait plus souvent à mendier des tuyaux aux flics que l'inverse. Pourtant, Barbara décelait une lueur d'espoir dans ses yeux. Depuis qu'il avait suivi de près une affaire de tueur en série l'année précédente en s'intégrant à la brigade, sa cote au Yard était au plus bas. Il envisageait sans doute de la remonter.

— Je ne sais pas si je peux vous aider, répliqua-t-il prudemment. Dites voir. Vous voulez quoi au juste ?

— Un nom.

Corsico se raidit, de plus en plus sur ses gardes.

— *The Source* a envoyé un reporter dans le Cumbria, enchaîna Barbara. J'ai besoin de savoir qui c'est et ce qu'il fait là-bas.

Le voyant fouiller dans la poche de sa veste, elle le rembarra :

— Pas si vite, Gâchette.

— Ah, un cheval.

— Comme Silver, le célèbre cheval blanc du cow-boy masqué... mais trêve de plaisanterie, qui votre rédaction a-t-elle envoyé là-haut et pourquoi ?

Il prit un air absorbé. Sa commande arriva sur ces entrefaites : rosbif, Yorkshire pudding et toute la garniture. Barbara ne put s'empêcher de penser qu'il ne s'offrait jamais des repas pareils quand il payait lui-même l'addition.

— Dites-moi d'abord ce qu'il y a pour moi.

— Cela dépend de ce que vaudra votre info.

— Ça ne marche pas.

— Vous êtes en retard d'un train. J'ai un nouveau commissaire sur le dos. Je dois prendre mes précautions.

— Une interview exclusive de l'inspecteur Lynley, ça m'irait.

— Ah, ça ! Aucune chance.

Il fit mine de se lever. Corsico bluffait, bien sûr : il n'allait pas laisser son rôti se figer dans la sauce. Barbara fit semblant de gober.

— Bon, bon, je vais voir ce que je peux faire. Alors, qui a été envoyé dans le Cumbria ?

Comme prévu, il cracha le morceau. En entier. Zedekiah Benjamin, un article sur Nicholas Fairclough. L'article en question, un truc à l'eau de rose bon pour *Hello !*, avait été rejeté par leur rédacteur en chef, mais le reporter était décidé à trouver un angle qui le rendrait acceptable. C'était la troisième fois, peut-être la quatrième, qu'il montait dans le Cumbria afin de rendre son papier suffisamment « sexy » pour Rodney Aronson. Apparemment, les résultats tardaient à se concrétiser. Depuis la nouvelle de la noyade de Ian Cresswell, ça piétinait très fort.

Cette dernière précision intéressa particulièrement Barbara. Elle s'informa des dates des séjours. Les deux premiers précédaient la mort de Cresswell. Le deuxième s'était terminé trois jours avant le drame. Benjamin était retourné à Londres la queue basse, n'ayant pas réussi à produire quelque chose d'émoustillant.

— Qu'est-ce qui lui arrivera s'il n'y parvient pas non plus ce coup-ci ?

Corsico fit le geste de se couper la gorge puis, au cas où elle n'aurait pas compris, pointa le pouce droit vers l'arrière.

— Vous savez où il crèche là-bas ?

Corsico l'ignorait. Il ajouta cependant que Benjamin n'était pas difficile à repérer.

— Pourquoi ? s'enquit Barbara.

Parce qu'il avait deux mètres de haut et des cheveux d'un roux tellement flamboyant qu'on croirait sa tête en feu.

— Maintenant, conclut-il en sortant son bloc-notes, à moi de solliciter une petite faveur.

— Il faudra patienter un peu.

Arnside Knott
Cumbria

La pluie s'était mise à tomber pendant sa promenade. Alatea l'avait vue venir de loin quand un banc de nuages d'un gris sinistre et de mauvais augure avait dérivé vers la baie de Morecambe et Arnside depuis Humphrey Head. Ce qu'elle n'avait pas prévu en revanche, c'était son intensité. Poussé par des rafales de vent, le grain s'était abattu sur elle avec une violence inouïe. Ce n'était pas une averse, c'était une tempête.

Elle était arrivée à mi-chemin quand elle avait reçu les premières gouttes. Pourtant elle n'avait pas songé une seconde à faire demi-tour. L'ascension d'Arnside Knott lui paraissait s'imposer à elle telle une nécessité absolue. Elle se disait sombrement qu'à son sommet elle serait une proie aisée pour la foudre. Une mort instantanée, ce ne serait pas si mal. Tout serait fini d'un seul coup. Une certitude ultime qui mettrait définitivement un terme à l'incertitude qui était en train de la tuer à petit feu.

L'orage était passé quand elle acheva d'escalader la montagne au milieu d'un troupeau en alpage, des bouvillons à la robe brune qui broutaient l'herbe des pentes. Posant les pieds prudemment sur les roches éboulées, elle serrait entre ses doigts les branches rugueuses des résineux torturés par les vents afin de se hisser toujours plus haut. Une fois au sommet, elle se félicita d'être moins essoufflée que les fois précédentes. Bientôt, se dit-elle, elle monterait jusqu'en haut d'Arnside Knott en courant !

De là-haut, la vue était à trois cent soixante degrés. Elle apercevait le château de Piel, un petit point au bout de son île, le désert sablonneux et ondoyant de la baie de Morecambe entouré de minuscules villages de pêcheurs. Un ciel immense, des eaux traîtresses... Des paysages si variés. Ce qu'elle ne distinguait pas, en revanche, c'était le paysage de son avenir. Et si Alatea s'était lancée dans cette expédition en dépit de la météo, c'était pour fuir, l'espace d'un moment, ce à quoi elle ne pouvait échapper éternellement.

Elle n'avait fait part à Nicholas que d'une partie de ce qu'elle avait découvert.

« C'est une photographe free-lance, elle ne travaille pas du tout dans le cinéma, l'avait-elle informé, les nerfs tellement à cran qu'elle avait dû boire un verre de sherry pour se calmer. Tiens, regarde, Nicholas. Elle a un site Web. »

Cela n'avait pas été très compliqué à trouver. Internet était une mine de renseignements inépuisable et il ne fallait pas être un génie de l'informatique pour s'en servir. Il suffisait de taper un nom dans la fenêtre d'un moteur de recherche. Dans le monde moderne, on pouvait toujours s'enfuir, mais on ne parvenait pas à rester anonyme longtemps.

Deborah Saint James, elle, n'essayait même pas. *Que voulez-vous que je photographie pour vous ?* demandait-elle sur sa page d'accueil qui présentait en outre des liens avec les différents aspects de son travail. Elle était « photographe d'art », si tant est que ce terme recouvre une quelconque réalité. Ses images correspondaient à ce qu'on voyait dans les galeries : des paysages, des portraits, des natures mortes, des objets en mouvement, des gens pris sur le vif dans la rue. La plupart en noir et blanc. Elle avait fait l'objet de plusieurs expositions et participé à des concours. Manifestement, c'était une bonne photographe, mais nulle part il n'était indiqué qu'elle effectuait des repérages, nulle part n'apparaissait le nom de Query Productions.

D'ailleurs cette maison de production n'existait pas. Alatea avait aussi découvert cela, et c'était justement ce qu'elle taisait à son mari parce qu'elle pressentait ce qu'il adviendrait si jamais il s'emparait de cette information. Il poserait alors la question logique : qu'était venue faire Deborah Saint James chez eux ? Et Alatea ne voulait pas qu'il se la pose pour la simple raison qu'elle refusait d'envisager les réponses. *Que voulez-vous que je photographie pour vous ?* Tout le problème était là. Ou plutôt le problème d'Alatea, car que comptait faire cette photographe de ses images ?

Comme le sujet était beaucoup trop délicat pour être abordé avec son mari, Alatea s'était bornée à lui dire :

« Cette femme me met mal à l'aise, Nicky. Elle a quelque chose de déplaisant. »

Nicholas avait froncé les sourcils. Ils étaient couchés. Il la regardait, allongé sur le côté, le coude sur le matelas soutenant sa tête. Sans ses lunettes, il devait la voir floue. Pourtant, il semblait étudier chaque trait de son visage, et ce qu'il voyait le faisait sourire.

« Parce qu'elle est photographe ou parce que c'est une femme ? Il faut que tu saches, mon épouse chérie, que si le fait qu'elle est une femme te dérange, tu n'as pas une once de souci à te faire de ce côté-là. »

Il s'était collé à elle. L'amour de Nicholas mettait un baume sur ses angoisses. Mais ensuite, elles reprenaient de plus belle. La peur remontait en elle, pareille au mascaret quand il engloutissait la baie au bas de leur propriété. Elle aurait beau courir, les eaux lancées au grand galop finiraient par la submerger.

Il devinait sa peur. Nicholas était tellement perceptif. Même s'il ne savait pas l'interpréter, il savait ce qui se passait dans sa tête.

« Tu es toute bouleversée, ma chérie, pourquoi ? Les photographes free-lance peuvent tout à fait être embauchés par des maisons de production pour prendre des photos en vue d'un repérage. Il ne faut pas chercher plus loin. »

Il s'écarta légèrement d'elle et déclara avec tendresse :

« Je crois qu'on a tous les deux besoin de vacances. On a trop travaillé ces derniers mois. Toi, tu es jusqu'au cou dans la restauration du manoir, avec moi qui cours de l'usine à la tour Pele. Je me donne tellement de mal pour rentrer dans les bonnes grâces de mon père que je t'ai négligée. J'imagine ce qu'on doit ressentir dans un pays qui n'est pas le sien. Ici, je suis chez moi, mais toi, tu es à l'étranger, dit-il avec un sourire triste. Les toxicomanes sont des égoïstes indécrottables, Allie. J'en suis un parfait exemple. »

De ce petit discours, elle ne retint qu'une chose.

« Pourquoi tu te sens obligé ?

— De quoi ? De prendre des vacances ? De m'occuper de toi ? D'être ici au lit avec toi ? s'exclama-t-il avec un sourire. La dernière n'est pas une question que j'ai envie de t'entendre me poser.

— Ton père. Pourquoi il faut que tu rentres dans ses bonnes grâces ? »

Il parut étonné.

« Parce qu'à cause de moi sa vie a été un enfer. Celle de ma mère aussi.

— Tu ne peux pas récrire le passé, Nicky.

— Mais je peux me racheter. J'ai gâché des années de leur vie. Tu ferais la même chose à ma place, non ?

— Il appartient à chacun de mener sa vie selon sa nature. Toi, tu essaies de correspondre à l'idée qu'un autre se fait de toi. »

Le visage de Nicholas dévoila fugitivement une profonde douleur.

« Là-dessus, je crains que nous ne soyons pas d'accord. Attends un peu et tu verras combien tout va changer pour moi, pour toi, pour notre famille.

— Ta famille...

— Je ne parle pas d'eux, mais de nous, de notre famille, à toi et à moi. Car nous formons une famille, oui. A partir de

239

maintenant, les choses vont aller de mieux en mieux. Tu vas voir. »

Le lendemain matin, elle fit une nouvelle tentative, cette fois en évitant d'aborder la question de front.

« Ne va pas au travail, ce matin, lui dit-elle. Reste ici avec moi, ne va pas au chantier.

— Ta proposition me tente beaucoup... mais je dois y aller, Allie. J'ai déjà pris une journée de congé.

— Nicky, tu es le fils du patron. Si tu ne peux pas prendre un jour de temps en temps...

— Je m'occupe du transport. Un jour, je pourrai peut-être redevenir "le fils du patron". Je n'en suis pas encore là. »

Ils se retrouvaient donc de retour à la case départ. Alatea savait que là se situait le nœud de discorde, le point névralgique de leurs relations. Nicky était persuadé qu'il devait faire ses preuves pour racheter son passé. Il espérait pouvoir un jour acquérir le droit de proclamer qu'il n'était plus celui qu'il avait été. Elle comprenait, mais pour elle, cette situation était très difficile à vivre.

Et à présent voilà qu'il y avait cette histoire de Query Productions, une société qui n'existait pas. La présence de cette photographe dans le Cumbria n'avait donc rien à voir avec le projet de Nicholas et les travaux de reconstruction de la tour Pele de Middlebarrow, ni avec la volonté de son mari de prouver à ses parents qu'il était capable de redresser la barre définitivement. Il ne pouvait y avoir qu'une explication et elle se résumait par cette petite phrase accrocheuse et cruelle : *Que voulez-vous que je photographie pour vous ?*

Alatea mit plus de temps à descendre d'Arnside Knott qu'elle n'en avait mis à l'escalader. Les pierres étaient glissantes après la pluie et, à chaque pas, elle se voyait en train de perdre l'équilibre et de dégringoler la pente pour finir le crâne fracassé contre les rochers. Un peu plus bas, elle dérapa sur les feuilles mouillées, tombées des bosquets de tilleuls et de châtaigniers. Elle rentra chez elle à pas comptés dans la lumière déclinante, en faisant tellement attention aux endroits où elle posait ses pieds qu'elle en oublia l'inquiétude qui la retenait sur le seuil du futur. Pas plus tôt arrivée, l'anxiété la reprit et elle fonça droit sur le téléphone.

Elle gardait le numéro sur elle. Depuis le premier appel, elle ne s'en était pas séparée. Cela lui était douloureux d'agir ainsi, mais elle ne voyait pas d'autre solution. Posant la carte de visite devant elle, elle prit quelques profondes inspirations avant d'appuyer sur les touches. Elle entendait son cœur battre à se rompre dans le silence qui précéda la sonnerie. Quand à l'autre extrémité de la ligne, la personne décrocha, elle prononça les mots qui s'imposaient :

— Je ne voudrais pas te presser, cependant je dois savoir. As-tu réfléchi à ma proposition ?

— Oui, répondit la voix calme.

— Alors ?

— Je voudrais te parler de vive voix.

— C'est d'accord ?

— Tu es sérieuse pour l'argent ?

— Oui, bien sûr.

— Alors, je crois qu'on pourra faire affaire.

Milnthorpe
Cumbria

Lynley les rejoignit alors qu'ils consommaient ce que Deborah avait appelé « un curry des plus quelconque, Tommy » dans un restaurant du nom de Saveurs de l'Inde, à Milnthorpe, dans Church Street. Saint James avait ajouté : « On n'a pas trop de choix. C'est ça ou le traiteur chinois ou une pizzeria. J'avais voté pour la pizza, mais mon gouvernement en a décidé autrement. »

Ils avaient terminé leur repas et buvaient chacun un grand verre de *limoncello*, ce qui était étonnant à double titre, d'abord parce qu'en général le *limoncello* se buvait dans des verres à liqueur, et surtout parce qu'il était rare de se faire servir un digestif italien dans un restaurant indien.

— A partir de neuf heures du soir, Simon adore me voir soûle, déclara Deborah à Lynley en guise d'explication. Je deviens une poupée de son, il fait ce qu'il veut de moi, quoique... je ne sais pas comment il va me mettre sur mes pieds et me transporter hors de cet endroit si je termine mon verre.

— Sur un chariot, dit James, tout en désignant à Lynley des chaises autour de la table voisine inoccupée.

Lynley en tira une pour s'attabler avec eux.

— Quelque chose ? lui demanda Saint James.

Lynley comprit qu'il ne s'agissait ni de curry ni de *limoncello*.

— Les mobiles ne manquent pas, j'en découvre tout le temps des nouveaux. Il suffit de retourner une pierre...

Il leur en dressa une brève liste : le contrat d'assurance vie avec Niamh Cresswell pour bénéficiaire ; la propriété de Bryan Beck dont héritait Kaveh Mehran ; la menace d'avoir les vivres coupés pour Mignon Fairclough ; la perspective d'une nette amélioration de leur situation pour Manette et Freddie McGhie... ou même pour Nicholas Fairclough ; la soif de vengeance, de nouveau pour Niamh Cresswell.

— Il y a aussi anguille sous roche du côté du fils Cresswell, Tim. Il est demi-pensionnaire dans un établissement pour gamins en difficulté. Le collège Margaret Fox. Je n'ai pu en apprendre davantage par téléphone.

— « En difficulté » peut vouloir dire n'importe quoi, fit observer Saint James.

Lynley leur raconta comment les petits Cresswell avaient été abandonnés par leur mère et laissés à la charge de leur père et de son amant, et à présent à celle du seul amant.

— La sœur, Manette McGhie, que j'ai vue cet après-midi, a l'air catastrophée.

— Qui ne le serait pas ? intervint Deborah. C'est horrible, Tommy.

— En effet. Les seules personnes jusqu'ici qui ne semblent pas avoir de mobile sont Fairclough en personne et son épouse. Même si, ajouta Lynley, songeur, je crois que Fairclough ne me dit pas tout. J'ai confié à Barbara une petite mission de vérification.

— S'il a quelque chose à cacher, pourquoi solliciter tes talents d'enquêteur ?

— C'est bien la question, répondit Lynley. Quel intérêt aurait un assassin qui a réussi le meurtre parfait à rameuter les flics pour qu'ils viennent chercher la petite bête ?

Ce fut ensuite au tour de Saint James de faire le point. Il était allé rendre visite au médecin légiste. Rien n'avait été négligé. Il avait lu le rapport d'autopsie et étudié les radios. Aucun doute possible : c'était bien une fracture du crâne.

Lynley savait aussi bien que Saint James qu'il était impossible d'identifier précisément ce qui avait causé la blessure. Soit le crâne se fendait telle une coquille d'œuf avec une propagation de fissures à partir du point d'impact, soit il se brisait net en demi-cercle sur un côté. Dans un cas comme dans l'autre, avant de se prononcer sur les circonstances, on devait examiner les objets contondants susceptibles d'avoir causé le traumatisme.

— Et qu'as-tu constaté ? s'enquit Lynley.

Tout avait été fait dans les règles. Il y avait du sang sur un coin d'un pavé resté logé dans la maçonnerie du quai à côté de l'endroit où les autres étaient tombés à l'eau. L'analyse ADN avait confirmé qu'il s'agissait bien du sang de Ian Cresswell. On avait aussi trouvé des cheveux, de la peau, des fibres. Tout avait été analysé. Tout provenait du mort.

— J'ai retrouvé les hommes dépêchés sur place par le bureau du coroner avant l'enquête proprement dite, précisa Saint James. Un ancien inspecteur de Barrow-in-Furness et un secouriste qui arrondit ses fins de mois. Tous deux ont eu la nette impression d'avoir affaire à un accident, pas un meurtre, mais par acquit de conscience, ils ont vérifié chaque alibi.

Il sortit de la poche de poitrine de sa veste un carnet et, à l'instar de Lynley quelques minutes auparavant, débita une liste de noms : Kaveh Mehran était chez lui, ce que pouvaient éventuellement confirmer les enfants Cresswell, quoiqu'on ne les eût pas interrogés afin de ne pas les bouleverser plus qu'ils ne l'étaient déjà ; Valerie Fairclough était chez elle, puisque rentrée au château à dix-sept heures après une partie de pêche sur le lac, et elle n'était pas ressortie avant le lendemain matin pour parler à ses jardiniers ; Mignon Fairclough se trouvait aussi à son domicile devant son ordinateur, mais il n'y avait personne pour le confirmer, étant donné que n'importe qui aurait pu envoyer des mails à sa place ; Niamh Cresswell avait ramené ses enfants à la ferme Bryan Beck avant de repartir pour Grange-over-Sands, quoiqu'il n'y ait eu aucun témoin oculaire...

— En d'autres termes, Kaveh Mehran et elle sont ceux qui ont l'alibi le moins solide, déclara Lynley.

— Oui, opina Saint James. Manette et Freddie McGhie étaient ensemble chez eux toute la soirée ; Nicholas était à la maison avec son épouse, Alatea ; lord Fairclough se trouvait à Londres où il dînait avec un membre du conseil d'administration de sa fondation, une certaine Vivienne Tully. Elle a confirmé... Bien entendu, le problème numéro un, c'est la façon dont ce pauvre type est mort.

— N'importe qui aurait pu desceller ces pavés à tout moment, approuva Lynley. Ce qui fait retomber les soupçons sur chacun des membres de ce joli monde.

— Et ce qui nous ramène à l'examen approfondi des lieux et à la nécessité de repêcher ces pavés manquants. Sinon, autant conclure tout de suite à un accident et rentrer à Londres. Mais si Fairclough veut être sûr et certain de la cause du décès, je propose de me rendre sous ce hangar à bateaux.

— Il dit qu'il tient à faire la lumière sur cette affaire.

— Alors, il faut qu'on aille là-bas avec de bons appareils d'éclairage et quelqu'un doit plonger pour chercher ces pavés au fond de l'eau.

— A moins que je ne réussisse à persuader Fairclough de dévoiler la raison de ma présence sur ses terres, on va devoir agir clandestinement.

— Connais-tu la raison de toutes ces cachotteries ?

— Je crois que c'est en rapport avec son fils, dit Lynley. Je ne sais pas précisément pourquoi, sinon une raison évidente.

— C'est-à-dire ?

— Je ne pense pas qu'il souhaite que son fils unique sache que les soupçons de son père pèsent sur lui, quel que soit ce qu'il a fait par le passé. Après tout, il est supposé avoir tourné la page. Son retour au bercail a été accueilli à bras ouverts.

— Et, comme tu dis, il a un alibi.

— A la maison avec madame. Incontestable, opina Lynley.

Deborah, qui avait écouté en silence, s'anima soudain et sortit de son sac une poignée de feuilles de papier.

— Barbara m'a faxé les pages que je voulais du magazine *Conception*, Tommy. Elle m'envoie le numéro par courrier spécial, mais en attendant...

Deborah tendit à Lynley la liasse.

— C'est utile ? demanda Lynley en jetant un regard indifférent au ramassis d'encarts publicitaires qui couvrait les feuilles.

— Ça colle avec ce que Nicholas m'a confié sur leur projet d'enfant.

Lynley échangea un bref regard avec Saint James. Il savait que son ami pensait la même chose. Quelle objectivité pouvait-on espérer de la part de Deborah s'il s'avérait que Alatea Fairclough souffrait d'un problème analogue ?

Leur coup d'œil n'échappa pas à Deborah.

— Vraiment, vous deux ! Vous n'êtes pas censés rester imperturbables en présence d'un suspect ?

Lynley eut la grâce de sourire de la plaisanterie.

— Désolé. Continue.

En ronchonnant, elle reprit :

— Bon, regardez ce qu'on a là et pensez qu'Alatea – ou quelqu'un d'autre – a déchiré ces pages du magazine.

— Il ne faut pas négliger le « quelqu'un », intervint Saint James.

— Oui, mais cela m'étonnerait. Regarde donc. Tu as sous les yeux des publicités en tout genre ciblant le désir d'enfant. Des avocats spécialisés dans les adoptions privées, des banques de sperme, des couples de lesbiennes cherchant des donneurs de sperme, des agences d'adoption, des avocats spécialisés dans les mères porteuses, des étudiantes disposées à donner leurs ovules, des étudiants disposés à vendre leur sperme... C'est devenu une véritable industrie. Merci, la science moderne.

Deborah avait la voix qui tremblait. Emue à en perdre son jugement, constata Lynley qui songea à ce que la difficulté à concevoir pouvait représenter pour Nicholas Fairclough et sa femme.

— Un homme sait qu'il est de son devoir de protéger son épouse, Deb. Fairclough a très bien pu déchirer ces publicités pour éviter qu'Alatea tombe dessus.

— Peut-être, mais cela ne veut pas dire qu'Alatea ne connaît pas leur existence.

— Bon, d'accord. Quel lien cela aurait-il avec la mort de Ian Cresswell ?

— Je ne sais pas encore. Il ne faut rien négliger, Tommy.

Lynley se tourna de nouveau vers Saint James.

— Elle a raison, approuva ce dernier.

Deborah écarquilla les yeux de surprise. En général, son mari cherchait systématiquement à la protéger, d'une part parce qu'il la connaissait depuis qu'elle avait sept ans et d'autre part parce qu'il avait onze ans de plus qu'elle.

— J'ai besoin de revoir Alatea, Tommy. Je sens que je peux faire passer un courant de sympathie entre nous. Ce sera facile si elle a ce problème. Seule une autre femme peut comprendre ces choses-là. Crois-moi.

Lynley prit soin cette fois de ne pas regarder Saint James. Deborah l'aurait écharpé s'il avait eu l'air de quêter l'approbation de son mari, à la manière d'un personnage de roman victorien.

— Je te donne mon feu vert. Une nouvelle visite s'impose. Vois ce que tu peux apprendre d'autre sur elle.

Il ne prit pas la peine d'ajouter un conseil de prudence. Il savait que Saint James s'en chargerait.

6 novembre

Bryanbarrow
Cumbria

Yaffa Shaw se révélait être un pur diamant. Zed Benjamin s'avouait plus qu'agréablement surpris, il était ravi ! Non seulement ses talents de comique dans le rôle de l'amoureuse éperdue auraient mérité d'être récompensés par un oscar, mais aussi son aide lui devenait chaque jour plus précieuse. En se servant de son charme, elle avait réussi à consulter le testament de Ian Cresswell ! La veille, elle avait séché ses cours à la fac et pris le train pour York. Le clerc de notaire ne lui avait pas résisté et lui avait montré le testament pour qu'elle y jette un coup d'œil. Un coup d'œil suffisait. Car en plus de tout le reste, cette fille possédait une formidable mémoire photographique. Elle lui avait ensuite téléphoné et avait débité les différentes clauses, économisant à Zed un voyage à York et une longue attente. En un mot, elle était merveilleuse.

— Je t'adore, lui dit-il.

— Je rougis, répliqua-t-elle.

Et au bénéfice de la mère de Zed, qui, comme d'habitude, s'attardait dans les parages, elle ajouta :

— Ton fils me fait rougir.

Elle émit un bruit de baisers dans le téléphone. Zed, dans l'élan de l'enthousiasme, les lui rendit. Il se ressaisit aussitôt, se rappelant l'existence de Micah qui attendait le retour de la jeune femme à Tel-Aviv. La vie n'était-elle pas d'une cruelle ironie ?

Après un échange rituel de mots doux, ils raccrochèrent. Zed passa en revue les informations obtenues. En dépit des ordres de Rodney Aronson, il décida que le moment était venu de passer à l'attaque. Cette fois, il ne parlerait pas à George Cowley de ce qu'il adviendrait de la propriété de Bryan Beck, mais uniquement à son fils Daniel.

Il se rendit à Bryanbarrow de bonne heure. Comme le Willow & Well, dont les vieilles fenêtres aux vitres gondolées donnaient sur la ferme Bryan Beck, n'était pas encore ouvert, Zed resta dans sa voiture, garée au bord de la pelouse entourée d'arbres. Vu sa taille, l'attente fut un véritable supplice. Après tout, se disait-il, des crampes aux mollets et la possibilité d'une phlébite n'étaient pas cher payées si on considérait qu'il jouait sa carrière.

En plus, pour changer, il pleuvait. A ce rythme, le Lake District aurait dû être un vaste marécage, songeait-il en veillant à régulièrement essuyer la buée sur son pare-brise. A force d'éponger l'humidité avec le dos de sa main, sa manche détrempée laissa couler quelques gouttes le long de son avant-bras jusqu'au coude.

Enfin, l'adolescent apparut. Zed supposait qu'il était scolarisé à Windermere. De deux choses l'une : son père le conduisait au lycée ou bien il prenait un car scolaire. Peu importait, car de toutes les manières, Zed comptait bien parler avec lui. Il l'aborderait devant le lycée ou bien stopperait devant l'arrêt du car pour lui proposer de l'emmener en voiture. L'arrêt n'allait quand même pas se trouver en pleine campagne...

Eh bien, si. Daniel traversa la pelouse en diagonale et gagna la route. Il marchait la tête basse, indifférent à la boue qui giclait sur le bas de son pantalon. Zed se donna dix minutes avant de démarrer. Sans doute descendait-il vers la grande route qui longeait la vallée de la Lyth. Une sacrée trotte.

Quand il freina à la hauteur de Daniel, celui-ci était trempé – ç'aurait été « grave la honte » pour un garçon de son âge de se munir d'un parapluie. Zed en avait trop subi pendant ses années de lycée pour ne pas compatir.

248

Zed baissa sa glace.

— Je te dépose quelque part ?

Daniel se tourna vers lui sous la pluie battante, les sourcils froncés. Hésitant, il jeta un coup d'œil à droite puis à gauche.

— Je me souviens de vous. Vous êtes un pervers ou quoi ? Parce que si vous posez la main sur moi...

— Cool. C'est ton jour de chance. J'aime les filles. Demain, on ne sait jamais. Allez, monte.

Daniel n'eut pas l'air de trouver ça drôle, mais il obtempéra. Le siège passager fut instantanément dégoulinant d'eau.

— Désolé, dit Daniel.

— Pas de souci.

Zed redémarra. Afin de se ménager le temps de soutirer tout ce qu'il y avait à soutirer de ce jeune homme, il conduisit très lentement, les yeux sur la route, à la façon de ces touristes terrifiés à l'idée d'écraser un mouton.

— Dites, qu'est-ce que vous fichez par ici ? lança Daniel, sur la défensive.

Zed avait prévu une remarque de ce genre. Il rétorqua :

— Tu trouves que je ne fais pas couleur locale ?

— Quoi ? fit le garçon, abasourdi.

— Ta remarque sur les pédophiles.

— Ça grouille partout dans le coin, répliqua Daniel avec un haussement d'épaules.

— Ah bon, moi qui trouvais qu'il y avait surtout beaucoup de moutons, plaisanta Zed en lui adressant un clin d'œil. Personne n'est à l'abri du danger, hein ?

Daniel le foudroya d'un regard qui mieux que n'importe quelle parole signifiait : *Quel con !*

— Oh, je blaguais. Je me suis levé trop tôt. Je te dépose où ?

— A l'arrêt de bus un peu plus loin.

— Tu vas où ?

— A Windermere.

— Je peux t'y conduire si tu veux. Cela ne m'embête pas. C'est dans ma direction.

Daniel se rencogna dans l'angle de la portière. Manifestement, il ne se sentait pas tranquille.

— Qu'est-ce que vous voulez ? Vous m'avez pas dit ce que vous étiez revenu faire au village.

Zed reconnut que le gamin était malin.

— Hé, détends-toi un peu. Je te dépose où tu veux. Tu veux descendre maintenant ?

Avant de répondre, Daniel regarda la pluie.

— Bon, mais bas les pattes, d'accord ? Sinon je réduis votre pomme d'Adam en bouillie. Je sais comment m'y prendre. Mon vieux m'a montré comment on fait, et ça marche, je vous garantis. Mieux qu'un coup dans les parties. Cent fois mieux.

— Quel talent, opina Zed.

Maintenant, il fallait l'amener à lui parler avant qu'ils n'atteignent la route de la vallée et qu'il se mette à crier au meurtre.

— On dirait que ton père s'inquiète pour toi.

— C'est vrai. C'est qu'on en a qui habitent à côté de chez nous. Ils font semblant qu'ils sont pas ensemble, mais nous, on sait. Papa dit qu'on n'est jamais trop prudent avec ces gens-là. En plus, c'est devenu pire.

— Comment ça, pire ? s'enquit Zed qui chantait victoire en son for intérieur.

— Parce qu'il y en a un de mort et que l'autre va chercher quelqu'un de nouveau.

Zed crut entendre dans celle de son fils la voix du vieux Cowley.

— Je vois, mais l'autre va peut-être s'en aller, non ?

— C'est ce que papa voudrait. Dès que la ferme sera mise en vente, il va la racheter.

— Quoi, la ferme où vous vivez ?

Daniel confirma en aplatissant ses cheveux mouillés sur sa tête. Tout à coup plus décontracté, il était prêt à bavarder. Le sujet lui plaisait plus que celui des « pervers », comme il disait. Il remonta le chauffage dans la voiture et sortit une banane de son sac à dos. Tout en mastiquant, il informa Zed que son père voulait récupérer la propriété de Bryan Beck pour la lui léguer, à lui, Daniel. Ce qui était stupide, ajouta-t-il, parce qu'il n'avait aucune intention de devenir éleveur de moutons. Il voulait s'engager dans la RAF. Ils utilisaient la région pour leurs essais en vol. Zed savait-il cela ? Des avions survolaient les lacs à basse altitude... A cent mètres au-dessus du sol... Euh, peut-être plutôt à cent cinquante mètres.

— Vous êtes tranquillement en train de marcher et *vraoum* ! Ils descendent en piqué et font du rase-mottes sur le lac Windermere. Génial ! Je l'ai souvent dit à mon père, mais il croit qu'il peut me garder à la maison. Il croit que la ferme m'empêchera de partir.

Daniel assura à Zed qu'il aimait beaucoup son père mais qu'il ne voulait pas mener la même vie que lui. D'ailleurs, la mère de Daniel les avait abandonnés. Elle ne voulait pas non plus de cette vie-là. Malgré tout, son père refusait de comprendre.

— Je me tue à lui répéter qu'il doit s'en tenir à ce qu'il sait faire. Tout le monde devrait s'en tenir à ce qu'il sait faire.

Amen, pensa Zed.

— Et qu'est-ce que c'est ?

Daniel hésita. Zed le regarda du coin de l'œil. Il avait l'air gêné. C'était peut-être le moment... Il allait avouer que ce à quoi excellait son père, c'était à se débarrasser des types qui occupaient la propriété qu'il souhaitait acheter. Zed était peut-être sur le point de recueillir le scoop de sa vie.

— Il fabrique des meubles pour maisons de poupée, marmonna Daniel.

— Tu veux bien répéter ?

— Des meubles pour maisons de poupée. Vous savez pas ce que c'est ?

Merde ! se dit Zed.

— Il fait ça vraiment bien, poursuivit Daniel. Ça a l'air con, je sais, pourtant c'est vrai. Il les vend sur Internet. Il arrive pas à fournir la demande. Moi, je lui conseille de faire ça à temps plein au lieu de patauger dans la boue avec ses putains de moutons. Il dit que c'est seulement un passe-temps et que je devrais voir la différence entre un passe-temps et un métier... Avec lui, soupira Daniel en secouant la tête, c'est Bryan Beck ou rien.

Ah oui ? Et qu'allait faire le vieux Cowley quand il apprendrait que le mort avait laissé la ferme et les terres à Kaveh Mehran ?

Daniel désigna du doigt un gigantesque chêne devant un mur de pierres sèches. Zed pouvait le déposer là. Et merci pour le bout de conduite...

Zed se rangea sur le bas-côté. Daniel descendit de voiture. A cet instant, le portable de Zed sonna. Le nom de Rodney Aronson s'afficha sur l'écran. Il était un peu tôt dans la journée pour lui. En général, à cette heure matinale, il n'était même pas encore au journal. Ce n'était pas de bon augure. En revanche, Zed se félicitait d'avoir à lui annoncer qu'il avait formidablement progressé depuis leur dernière conversation.

Sans préambule, son rédacteur en chef s'exclama :

— T'as intérêt à surveiller tes arrières !

— Quoi ? Qu'est-ce qui se passe ?

— Scotland Yard sait que tu es là. Fais profil bas surtout...

Quand on mesure deux mètres de haut ? ironisa Zed à part lui.

— ... et garde un œil sur ton Nick Fairclough. C'est de son côté que tu trouveras qui ils ont envoyé pour enquêter sur le meurtre de Ian Cresswell.

Barrow-in-Furness
Cumbria

Manette n'avait pas envie de reconnaître que son ex-mari n'était pas rentré la veille au soir, et encore moins que cela la dérangeait plus qu'elle ne l'aurait cru. Pourtant c'était un fait.

Dieu sait que ces dernières années ils avaient passé du temps à discuter du naufrage de leur mariage. Ils avaient examiné tous les problèmes ayant surgi entre eux et envisagé tout ce qui risquait de leur arriver s'ils ne prenaient pas le taureau par les cornes, pour conclure au bout du compte que c'était le manque de romantisme qui avait tué leur couple, le grand coupable étant la routine, la réduction de leur quotidien à une suite de considérations utilitaires totalement dénuées d'éléments de surprise. Pour se voir, ils en étaient arrivés à consulter leurs agendas et à prendre rendez-vous ! Et quand ils faisaient l'amour, chacun feignait des élans que ni l'un ni l'autre n'éprouvaient plus. Finalement, s'étaient-ils dit d'un commun accord, l'amitié était plus importante que la passion. Depuis lors, ils cohabitaient comme deux amis heureux de partager une agréable soirée à la fin de la journée de travail, ce dont, somme toute, peu de couples pouvaient se vanter après vingt ans de vie commune.

Mais voilà, aujourd'hui, Freddie avait découché. Et les autres jours, quand il était là, il s'était mis à siffler le matin au lever. Pire, il chantait sous la douche – Freddie, chanteur ! Seigneur ! – et en plus c'était toujours la même mélodie, qu'elle détestait. Ce sanglant appel aux armes tiré de la comédie musicale *Les Misérables*. Si elle entendait encore une fois « Qu'un sang impur abreuve nos sillons ! », elle s'était juré d'abreuver les sillons de la salle de bains du sang de Freddie.

Bon, elle ne le ferait pas. Pas à Freddie. Jamais elle ne ferait de mal à Freddie.

Elle se dirigea vers son bureau. Il avait ôté son veston. Chemise blanche impeccable sur le dos, il se tenait penché en avant, sa cravate rouge ornée de canetons frôlant les feuilles de papier qu'il tenait entre ses mains. Il étudiait les comptes pour se préparer à prendre la place de Ian au cas où son ex-beau-père la lui proposerait. Ce qui était souhaitable, estimait-elle.

Du seuil de la porte, elle lui lança :

— Alors, comment était le Scorpion ?

Freddie leva la tête. Manifestement, il ne savait pas de quoi elle parlait, mais se doutait qu'il ne s'agissait pas du signe du zodiaque.

— La boîte de nuit. Ton rendez-vous… ?

— Ah, oui ! Le Scorpio ! dit-il en étalant les feuilles imprimées devant lui sur son bureau parfaitement rangé. On n'est pas entrés. On s'est retrouvés devant la porte.

— Quelle vélocité ! Je ne te savais pas si chaud lapin, Freddie.

Il rougit. Manette se demanda à quel moment de leur mariage elle avait cessé de remarquer avec quelle facilité Freddie piquait un fard. La rougeur partait des oreilles dont les pointes devenaient écarlates et gagnait lentement les joues. Il y avait d'ailleurs longtemps qu'elle n'avait pas admiré la forme de ses oreilles étroitement collées à sa tête comme deux coquillages parfaits.

Freddie partit d'un éclat de rire.

— Non, non. C'est juste que tous ceux qui étaient dans la boîte de nuit avaient l'air d'avoir dix-neuf ans et d'être habillés pour figurer dans le *Rocky Horror Picture Show*. On a dîné dans un bar à vins. Des *rigatoni alla puttanesca*. Pas terrible. Un peu trop de *putta* et pas assez de *nesca*.

Il sourit à sa vanne idiote avant de préciser :

— C'est pas moi qui ai trouvé ça, c'est Sarah.

— C'est son nom, Sarah ?

Au moins, cette fois, elle n'avait pas un nom de buisson comme sa première rencontre sur Internet. Elle s'attendait à une Ivy ou à une June, le diminutif de Juniper[1]. Quoique le lierre ne fût pas un buisson, si ? Plutôt une plante grimpante... Ah mais, voilà ses neurones qui battaient la campagne. Qu'est-ce qu'elle avait donc dans la tête ?

— Et alors ? demanda-t-elle tandis qu'elle n'avait pas du tout envie de savoir. Il y a des détails salaces ? Comme tu sais, ma vie est d'un ennui extrême. Je suis avide de toute espèce de sensation forte.

Elle s'assit dans un fauteuil en face de lui. Il rougit, encore plus fort que la première fois.

— Je ne dirai rien.

— Vous l'avez fait, non ?

— Fait ? C'est quoi, ça, « vous l'avez fait » ?

Elle pencha la tête de côté et lui coula un regard lourd de sous-entendus.

— Freddie...

— Eh bien, oui. Je t'ai déjà expliqué comment ça se passe de nos jours. Tu sais, quand deux personnes se rencontrent. Eh bien... Oui, on l'a fait.

— Plus d'une fois ?

Elle s'en voulut d'insister autant, mais voilà, elle était taraudée par le besoin de savoir. Pendant toutes leurs longues

---

1. *Ivy* signifie « lierre » et *juniper* « genièvre ».

années de vie commune – même quand ils avaient vingt ans, même pendant les six mois où ils étaient fous amoureux – Freddie et elle ne s'étaient jamais étreints passionnément plus d'une fois en vingt-quatre heures.

Freddie parut choqué.

— Manette, bon sang. Il y a des choses…

— Alors, c'est vrai. Plus d'une fois. Plus qu'avec Holly ? Freddie, tu prends des précautions, au moins ?

— Je crois qu'on en a assez dit sur ce sujet, répondit-il d'un air digne.

— Et ce soir ? Tu as rendez-vous avec quelqu'un d'autre ? Qui c'est, ce soir ?

— A vrai dire, je revois Sarah.

Manette croisa les jambes. Si seulement elle avait eu une cigarette entre les doigts. Elle n'en avait plus touché une seule depuis ses vingt ans et ce n'était pas comme si elle avait été une grosse fumeuse, mais elle avait envie d'avoir les mains occupées. Elle cueillit nerveusement un trombone sur le bureau.

— Je suis curieuse. Puisque vous l'avez fait et que vous n'avez plus ça devant vous, qu'est-ce qui vient après ? L'album de famille ? Votre dossier médical ?

Il la regarda d'un drôle d'air. Sans doute soupesait-il ses paroles et préparait-il une réponse adéquate, autrement dit prévisible : tu le prends mal. Pourquoi ? On a divorcé il y a des siècles et, si on a décidé de rester amis, je n'ai pas pour autant fait vœu de célibat. Elle prit le parti d'y couper court :

— Tu rentres à la maison ce soir, ou tu passes de nouveau la nuit avec Sarah ?

Il haussa les épaules, mais son expression reflétait encore la plus grande perplexité.

— Je t'avouerai que je n'en sais rien.

— Comment pourrais-tu ? Pardon, Freddie. J'espère que tu la ramèneras à la maison. J'aimerais bien faire sa connaissance. Tu n'auras qu'à m'avertir, afin que je ne descende pas prendre mon petit déj' en petite tenue.

— Entendu. L'autre soir, avec Holly, on s'était laissé emporter. J'ignorais encore les règles. Maintenant que je sais, bien sûr, je t'avertirai. On peut toujours s'arranger, n'est-ce pas... ? S'expliquer ?

Au tour de Manette d'avoir l'air intriguée. Ce n'était pas le genre de Freddie de bafouiller.

— Qu'est-ce que tu as, enfin, Freddie ? Tu n'as pas été faire une folie au moins ?

Elle ne voyait pas très bien quel genre de folie Freddie aurait pu commettre ; cela lui ressemblait si peu. Freddie était un homme simple et droit, probe.

— Non, non, c'est juste que je ne lui ai pas parlé... eh bien, de toi.

— Quoi ? Tu ne lui as pas dit que nous étions divorcés ?

— Elle sait ça, évidemment. Pas que toi et moi... vivons sous le même toit.

— Holly était au courant pourtant. Ça n'a pas paru la gêner. Beaucoup de mecs ont des colocataires féminines.

— Oui, je sais. Mais Sarah... C'est différent avec elle. Avec elle j'ai l'impression que je cours le risque de la perdre...

Il rassembla ses papiers épars en une épaisse liasse qu'il mit à la verticale avant d'en tapoter la tranche sur le bois de son bureau.

— ... Ça fait des lustres que je suis en dehors de la course, Manette. Je fonctionne au radar avec ces nanas.

— C'est normal, répliqua-t-elle bêtement.

Elle se souvint qu'elle était venue le trouver afin de l'entretenir des problèmes que posaient Tim et Gracie et de lui rapporter sa dérangeante conversation avec son père. Comme venait de le lui rappeler Freddie, toute situation nouvelle exigeait d'être abordée en se fiant à son instinct. Elle se leva.

— Bon, alors, je ne t'attendrai pas. Sois prudent, d'accord ? Je ne voudrais pas qu'il t'arrive... je ne sais pas... un truc moche.

Sans lui laisser le temps de répondre, elle gagna la porte et se mit à la recherche de son frère. Freddie, après tout, menait sa barque à sa manière. Elle devait commencer à songer elle aussi à refaire sa vie. La drague sur Internet lui paraissait cependant aussi peu attrayante que de se jeter dans le vide. Elle ne se voyait pas sous la couette avec des inconnus sous prétexte de voir s'il y avait « compatibilité ». Rien qu'à cette pensée, elle frissonna d'horreur. C'était le plus sûr moyen de terminer dans l'antre d'un tueur en série. Mais peut-être avait-elle regardé trop de séries policières à la télévision…

Elle trouva Nicholas au département logistique, dans l'entrepôt où il occupait une fonction à peine supérieure à la précédente, au plus bas de l'échelle. Il avait passé six mois penché sur des cuves à surveiller l'immersion dans la porcelaine liquide de différents sanitaires, cuvettes de cabinet et éviers de cuisine, puis à les faire glisser dans l'énorme four. Dans cette section de l'usine, la chaleur était intolérable, le bruit effroyable. Pourtant Nicholas y avait très bien réussi, comme il avait tenu le coup avec succès dans tous les postes qu'il avait eus ces deux dernières années.

Manette admirait sa vaillance. Il n'était pas donné à tout le monde de pouvoir grimper les échelons en partant de zéro. Ce qui l'inquiétait un peu, en revanche, c'était son objectif à long terme. Nicholas ne pensait tout de même pas que quelques années à trimer à l'usine allaient remplacer la vie entière de travail que Freddie avait investie dans Fairclough Industries ? Il ne s'attendait pas à être nommé directeur une fois que leur père prendrait sa retraite ? L'idée en soi était ridicule.

La tâche confiée à Nicholas aujourd'hui consistait à surveiller le chargement de vasques pour salles de bains. Clipboard dans une main et stylo dans l'autre, il comparait les spécifications inscrites sur sa liste aux caisses d'emballage qu'un chariot élévateur empilait sur une palette. Un camion entré en marche arrière dans l'entrepôt attendait avec son hayon baissé pendant que son chauffeur, descendu de sa cabine, en grillait une à quelques pas.

Les grandes portes étant ouvertes, il faisait froid dans l'entrepôt. Des haut-parleurs invisibles diffusaient une musique tonitruante : un amateur des vieux morceaux de Santana espérait peut-être réchauffer l'atmosphère.

Manette s'approcha de son frère. Il la salua distraitement. En criant pour se faire entendre malgré la musique, elle lui demanda si elle pouvait lui parler cinq minutes.

— Ce n'est pas encore l'heure de ma pause.

Irritée, elle répliqua :

— Ça va, Nick, je crois que tu peux t'arrêter cinq minutes sans te faire virer.

— J'ai un chargement sur le départ. Il attend.

Par « il », son frère désignait le chauffeur du camion auquel Manette ne trouvait pourtant pas l'air très pressé. Il se dirigea cependant vers la cabine du véhicule dont il ouvrit la portière, mais ce fut pour en sortir un thermos. Il se versa une tasse d'une boisson fumante.

— J'ai besoin de te dire un mot. C'est important. Tu n'as qu'à demander l'autorisation, si tu veux. Ou bien je peux m'en charger pour toi ?

Le contremaître surgit à point nommé. Remontant son casque sur le front, il la salua poliment en l'appelant Mrs McGhie, ce qui serra le cœur de Manette. Son nom de femme mariée...

— Je peux vous enlever Nicholas quelques minutes, Mr Perkins ? Un petit problème familial, précisa-t-elle afin de lui rappeler, au cas où il l'aurait oublié, qui était Nicholas.

Mr Perkins se tourna vers le camion et avisa le chauffeur qui n'avait pas l'air de se tuer au travail.

— Cinq minutes pas plus, Nick, indiqua le contremaître avant de s'éloigner.

Manette les mena dehors dans un coin plus tranquille, qui se trouvait être l'endroit affectionné par les fumeurs. Le lieu était désert mais le sol jonché de pièces à conviction. Elle se promit d'en toucher un mot à Freddie, puis se dit qu'elle ferait bien de s'en charger elle-même.

— C'est à propos de Tim et Gracie...

Elle résuma la situation : la décision de Niamh, les responsabilités de Kaveh, la position de leur père à cet égard, le désarroi de Tim, les besoins futurs de Gracie.

— ... Il faut que nous agissions, Nick, conclut-elle. Et il ne faudrait pas tarder. Plus on attend, plus on risque que Tim fasse une bêtise. Il est traumatisé par tout ce qui s'est passé.

Son frère ôta ses gants, sortit un tube de crème d'une poche de sa veste, le dévissa et en appliqua sur ses mains. Manette ne put s'empêcher de se dire : il veut garder ses mains douces pour Alatea. Elle est le style de femme pour qui un homme se sent obligé de s'enduire les mains d'onguent !

— Ce n'est pas à Niamh qu'il revient de s'occuper de ses enfants ?

— Tu as raison, dans l'ordre des choses les mères veillent sur leur progéniture. Mais voilà, Niamh n'a aucune intention de se tenir à l'ordre des choses. Comme tu le sais, c'est le parti qu'elle a pris depuis que Ian l'a quittée.

Manette regardait son frère se masser les doigts. Depuis deux ans, il travaillait manuellement à l'usine et sur le chantier de la tour Pele près d'Arnside, mais personne ne s'en serait douté à voir combien ses mains étaient soignées. Elles étaient aussi fines que celles d'une femme, seulement plus grandes.

— Quelqu'un doit intervenir. Aussi incroyable que cela puisse paraître, Niamh compte laisser ses enfants avec Kaveh Mehran.

— C'est un brave mec, Kaveh. Je l'aime bien. Pas toi ?

— Il ne s'agit pas de ça, pour l'amour du ciel, Nick, il n'est même pas de la famille ! Ecoute, j'ai l'esprit large et tant qu'ils habitaient chez leur père, je n'avais aucune objection. Il valait mieux qu'ils soient avec Ian dans une ambiance où il y avait de l'amour plutôt qu'auprès de cette furie vengeresse de Niamh ! Et maintenant que Ian n'est plus là, Tim...

— Il faut laisser le temps au temps, non ? dit Nick. Ian a disparu trop récemment, il me semble, pour que quiconque puisse décider ce qui est le mieux pour ses enfants.

— C'est possible, mais en attendant, ils devraient être pris en charge par la famille. Sinon par leur mère, au moins par l'un de nous. Nick, je sais que Ian et toi n'étiez pas les meilleurs amis du monde. Il se montrait dur avec toi. Il ne te faisait pas confiance et incitait papa à se méfier de toi. N'empêche, l'un de nous doit les rassurer, leur procurer du réconfort et...

— Pourquoi pas nos parents, dans ce cas ? Ils ont la place, à Ireleth Hall.

— J'en ai parlé à papa, il ne veut rien entendre, répliqua Manette qui ne comprenait pas pourquoi elle avait tant de mal à gagner son frère à son point de vue.

Pourtant cela n'aurait pas dû être compliqué, Nicholas ayant toujours été d'un tempérament malléable et influençable, une caractéristique qui n'avait pas joué un rôle mineur dans sa jeunesse troublée. N'importe qui pouvait le persuader de n'importe quoi.

— Ecoute, je sais ce que tu essayes de faire et je t'admire. Papa aussi. Nous tous d'ailleurs. Bon, sauf Mignon, mais tu ne dois pas t'en formaliser puisque pour elle personne d'autre n'existe qu'elle-même.

Il lui adressa un sourire. Il connaissait leur sœur Mignon aussi bien qu'elle.

— Ce serait une pierre de plus à l'édifice que tu es en train de construire, Nick. Si tu te charges des enfants, ta position en sera d'autant renforcée. Cela prouvera que tu sais prendre tes responsabilités et t'engager quand il le faut. En outre, tu es plus près de Margaret Fox, le collège de Tim, que Kaveh. Tu pourrais le déposer sur le trajet de l'usine.

— Je te ferais remarquer que tu es encore plus près de Margaret Fox que moi. Alors, pourquoi pas toi ?

— Nick...

Réticente, Manette lui fit part du strict minimum : Freddie avait développé récemment un goût pour la drague sur Internet et elle se retrouvait parfois à recevoir des femmes inconnues à la table du petit déjeuner. Ce n'était pas du tout un cadre qui convenait à des jeunes enfants.

Nicholas, qui l'avait écoutée avec attention, murmura :

— Je suis désolé.

Se rendant soudain compte que sa sœur pouvait interpréter ces paroles comme un refus de s'occuper des enfants, il ajouta :

— Je sais ce que Freddie représente pour toi, Manette, même si tu le nies.

Elle détourna les yeux et cilla fort des paupières.

— Quoi qu'il en soit... Tu vois...

— Il faut que je retourne au boulot, dit-il, et, la prenant affectueusement par les épaules, il déposa un baiser sur ses cheveux. Je vais en parler à Allie, d'accord ? Elle est soucieuse en ce moment. Je ne sais pas pourquoi. Elle ne m'a rien dit encore, mais cela ne saurait tarder. Nous n'avons pas de secret l'un pour l'autre, tu comprends. Mais jusque-là, il faut que tu sois patiente. Sache que je ne suis pas contre, pour Tim et Gracie.

Arnside
Cumbria

Il n'y connaissait rien, mais peu importait. Zed Benjamin n'était là ni pour attraper du poisson ni même pour espérer attraper quoi que ce soit, seulement pour avoir l'air d'un pêcheur à la ligne. Il avait emprunté une canne à pêche à sa logeuse qui l'avait chapitré sur la perte de temps que cette activité avait représentée pour feu son époux, lequel avait passé sa vie assis au bord du lac, de la rivière, de la baie... Elle lui avait aussi tendu un panier de pêche, un ciré si petit qu'il ne pouvait enfiler que les manches et une paire de bottes en caoutchouc tout aussi inutiles. En lui fourrant sous le bras un tabouret pliant, elle lui avait souhaité bonne chance. A l'en croire, son cher disparu n'avait réussi à prendre que quinze poissons en vingt-cinq ans. S'il en voulait la preuve, elle pouvait lui montrer le journal qu'elle avait tenu chaque fois que le pauvre bougre partait à la pêche. Peut-être entretenait-il une liaison extraconjugale, conclut-elle, parce que lorsque l'on réfléchit un peu...

Zed l'avait remerciée et avait gagné Arnside où, grâce au ciel, la marée était haute. Il s'était installé sur le chemin qui longeait la digue, pile en contrebas de chez Nicholas Fairclough, pour lancer sa ligne. Il n'avait pas appâté l'hameçon. La dernière chose qu'il voulait, c'était attraper un poisson, ce qui l'obligerait à en faire quelque chose. Comme, par exemple, le toucher.

Maintenant que Scotland Yard était au courant de sa présence dans le secteur, il devait redoubler de prudence. Une fois qu'ils l'auraient repéré, sa mission serait encore plus ardue. D'abord, il devait découvrir qui « ils » étaient exactement, à condition, bien entendu, que le pluriel soit de mise. Mais les flics ne travaillaient-ils pas toujours en équipe, comme à la télé ? Toujours est-il que s'il parvenait à les repérer avant qu'ils ne le repèrent lui, il serait en meilleure position pour passer un marché. Car s'ils tenaient à rester discrets dans cette affaire, ils ne voudraient sûrement pas retrouver leurs tronches en première page de *The Source*, ce qui ne manquerait pas d'avertir Nicholas Fairclough qu'il était désormais sous haute surveillance.

Zed estimait qu'à un moment ou un autre ils finiraient par se pointer à Arnside House. Et il avait bien l'intention d'être là quand cela se produirait.

Le tabouret pliant avait été une idée de génie. Une fois qu'il eut déterminé un emplacement au bord de la digue, il alterna la position debout avec la position assise, plus confortable. Au bout de quelques heures, rien de suspect ne s'étant encore manifesté devant le manoir, quel ne fut pas son soulagement lorsque Alatea Fairclough en sortit. Un soulagement qui fut de courte durée...

Elle se dirigeait droit sur lui. Bon sang ! se dit Zed, soudain pris de panique. Il allait être découvert avant même d'avoir appris quoi que ce soit de profitable. Décidément, il avait la poisse en ce moment. Alatea s'arrêta au bord de la digue et contempla les flots de la baie. Elle avait l'air triste et sombre. Zed songea qu'elle pensait sans doute à ces malheureux immigrés illégaux chinois – plus de cinquante, dans son souvenir – qui, surpris par la marée montante à la tombée de la nuit pendant qu'ils étaient à la pêche aux coques, s'étaient noyés en appelant à la maison façon E.T. des secours qui n'étaient jamais venus. Ou bien à cet autre fait-divers tragique : un père et son fils avaient péri parce que, perdus dans le brouillard à la marée montante, ils ne savaient plus dans quelle direction se situait la côte. Tout bien considéré, ce rivage ne devait pas être un endroit très gai à habiter. En tout cas, Alatea Fairclough semblait salement déprimée.

Oh là là ! Etait-elle en train de se préparer à plonger dans les tourbillons d'eau glacée ? Il espérait que non. Il serait alors obligé de sauter pour lui venir en aide, et ils se noieraient tous les deux.

Il était trop loin pour l'entendre, mais le téléphone portable d'Alatea avait sans doute sonné, parce qu'elle le sortit de la poche de sa veste et ouvrit le clapet. Elle parla un moment en faisant les cent pas. Puis elle consulta sa montre qui scintilla à son poignet. La voyant regarder autour d'elle comme pour vérifier si personne ne l'observait, Zed baissa le nez.

Cette femme était d'une beauté merveilleuse, se dit-il. Zed ne comprenait pas comment elle avait pu échouer ici, au milieu de nulle part, alors qu'une créature pareille aurait dû défiler pour de célèbres stylistes de mode ou au moins poser pour des catalogues, en petite tenue, tels les top models d'Agent Provocateur avec leurs poitrines somptueuses moulées dans des soutifs assortis à leurs petites culottes, lesquelles petites culottes rehaussaient la fermeté et la douceur exquises de fesses dont les délices se laissaient...

Zed redescendit brusquement sur terre. Qu'est-ce qui le prenait, enfin ? Il se montrait injuste à l'égard des femmes dans leur ensemble. En particulier à l'égard de Yaffa qui était en train de trimer pour lui à Londres et qui l'aidait à supporter les excentricités de sa mère... Encore une fois, à quoi cela lui servait-il de penser à Yaffa puisqu'elle avait Micah dans sa vie, qui étudiait la médecine à Tel-Aviv comme un bon fils, ce que Zed n'était pas ?

Il se donna un coup sur le front du plat de la main puis se tourna prudemment vers Alatea Fairclough. Celle-ci, après avoir raccroché, regagnait à présent la maison.

Pendant un certain temps, il sembla que l'incident serait le clou de sa journée. Magnifique, songea-t-il, encore un bide à ajouter à la collection de ses exploits dans le Cumbria. Il passa deux heures supplémentaires à faire semblant de pêcher avant de constater que l'eau se retirait et qu'il devait trouver un autre subterfuge.

Il longea le rivage à pied en direction de sa voiture, qu'il avait garée à l'orée du village d'Arnside. Il venait d'arriver au bout de la digue qui marquait la limite de propriété du manoir quand une voiture approcha sur le chemin de grève et tourna pour remonter l'allée en direction du perron.

La voiture était conduite par une femme à l'expression résolue. Elle freina devant les marches et descendit de son véhicule. Zed la suivit le plus discrètement possible, une tâche compliquée étant donné sa stature.

Comme lui, la nouvelle venue avait les cheveux roux. Elle était vêtue de façon décontractée d'un jean, de bottes et d'un pull en tricot épais vert mousse. Il s'attendait à ce qu'elle gravisse l'escalier pour sonner à la porte. Une amie d'Alatea, sans doute... A sa stupéfaction, elle se mit à rôder autour du bâtiment à la façon d'une vulgaire cambrioleuse. Elle sortit même un appareil numérique de son sac en bandoulière et se mit à prendre des photos.

Au bout du compte, elle gravit l'escalier du perron et sonna à la porte. Elle attendit en surveillant les alentours, sans doute pour voir si quelqu'un d'autre – un zèbre dans le style de Zed – n'était pas planqué quelque part dans les buissons. Son attente se prolongeant, elle prit son portable et parut consulter ses SMS. Lorsque la porte s'ouvrit, elle échangea à peine dix mots avec Alatea avant que celle-ci ne la prie d'entrer.

Alatea, manifestement, aurait préféré l'envoyer au diable. Zed, quant à lui, ne se tenait pas de joie. Ça y était ! Il avait son scoop. Il tenait son article « sexy » ! Il savait enfin qui New Scotland Yard avait envoyé de Londres pour enquêter sur la mort de Ian Cresswell.

Arnside
Cumbria

Deborah fut stupéfaite de voir combien Alatea Fairclough avait l'air paniquée en la voyant. Sa réaction était excessive, à moins qu'elle n'ait cru avoir devant elle une personne mal intentionnée. Aussi Deborah demeura-t-elle un instant interdite. Puis elle bredouilla :

— J'ai l'impression que Mr Fairclough n'est pas là, mais de toute façon je ne suis pas là pour lui parler.

Au lieu de la rassurer, ces paroles parurent aggraver l'inquiétude d'Alatea.

— Que voulez-vous ? demanda Alatea Fairclough brutalement en regardant par-dessus l'épaule de Deborah, comme si elle s'attendait à voir quelqu'un d'autre débouler tout à coup. Nicky est au travail...

Elle jeta un coup d'œil à son bracelet-montre, une montre mastoc en or, pavée de strass, qui sur une femme moins spectaculairement belle aurait été ridicule.

— ... A cette heure, il doit être en route pour le chantier de la tour Pele.

— Ce n'est pas un problème, rétorqua Deborah d'une voix enjouée. J'ai pris des photos du manoir. Ainsi, le producteur verra les lieux où pourraient se tenir les entretiens. Votre pelouse offre un point de vue splendide, surtout à marée haute. Il y a toujours le risque qu'il pleuve à torrents, n'est-ce pas ? C'est pourquoi il me faudrait aussi quelques prises de vue de l'intérieur. Cela ne vous dérange pas trop ? Je serai rapide, je vous le promets.

Alatea, la gorge nouée, continuait à lui barrer le passage.

— Pas plus d'un quart d'heure, reprit Deborah en s'efforçant de lui montrer par ses intonations guillerettes qu'elle n'avait rien à craindre d'elle. C'est le grand salon qui m'intéresse. Il y a une belle lumière et la fenêtre ferait très bien au second plan.

Réticente ne qualifiait qu'à moitié l'attitude d'Alatea quand elle s'effaça pour la laisser entrer. Deborah percevait chez elle une tension si extrême qu'elle ne put s'empêcher de se demander si elle ne cachait pas un autre homme que son mari, un Polonius guettant derrière une tapisserie...

En se dirigeant vers le salon jaune pâle, elles traversèrent le vaste vestibule. Les portes-fenêtres coulissantes de la salle de banquet médiévale étaient fermées aujourd'hui. Deborah put en admirer les carreaux en verre translucide et vitrail à motif de tulipes rouges et de feuilles vertes. Quelqu'un aurait pu en effet se tenir aux aguets dans cette pièce, mais qui et pour quelle raison ?

Deborah tenta d'engager la conversation sur un terrain neutre. Le manoir était splendide, dit-elle à Alatea. Avait-il déjà été photographié pour des magazines de décoration ? Le style Art nouveau présentait des lignes si fluides et élégantes, n'est-ce pas ? Alatea serait-elle favorable à un documentaire sur son travail de restauration ? Avait-elle reçu des propositions des multiples émissions télévisées s'intéressant aux demeures historiques ? A toutes ces questions futiles, Alatea répondait de manière laconique. Cela n'allait pas être facile de gagner sa sympathie, se dit Deborah.

Une fois dans le salon jaune, elle changea de tactique. Alatea se plaisait-elle en Angleterre ? Le mode de vie était sûrement très différent de celui qu'elle avait connu en Argentine.

Alatea sursauta.

— Comment savez-vous que je viens d'Argentine ?

— Votre mari me l'a dit.

Deborah se retint d'ajouter : Pourquoi ? Cela vous pose un problème ? Elle examina la pièce. Afin d'amener Alatea dans le renfoncement de la fenêtre, près des magazines, elle prit des photos des endroits susceptibles de servir de cadre à une interview en se rapprochant progressivement de son objectif.

Conception avait disparu. Il y avait encore toutes les autres revues, mais pas celle-là. Ce qui n'allait pas rendre sa tâche plus aisée. Deborah photographia les deux fauteuils et la table basse devant la fenêtre en ajustant la balance lumière de façon à obtenir un rendu correct à la fois de l'extérieur et de l'intérieur.

— Vous et moi avons quelque chose en commun, Mrs Fairclough, dit-elle en levant les yeux de son appareil avec un sourire.

Alatea était restée debout sur le seuil, comme prête à s'enfuir. Elle adressa à Deborah un sourire tout juste poli. Si elles avaient quoi que ce soit en commun, avait-elle l'air de dire, elle se demandait bien ce que cela pouvait être, à part qu'elles se tenaient dans la même pièce.

— On cherche toutes les deux à tomber enceintes. Votre mari me l'a dit... Il m'a vue feuilleter le magazine. *Conception* ? précisa-t-elle en espérant lui faire avaler plus facilement la pilule. C'est ma lecture préférée depuis... oh, cinq ans déjà. Depuis que Simon, mon mari, et moi essayons...

266

Alatea ne broncha pas, mais son regard se porta sur la table où avait été posée la revue en question. Deborah se demanda si c'était elle ou Nicholas qui l'avait supprimée de l'étalage. Nicholas s'inquiétait-il autant de l'état psychologique et physique de sa femme que Simon du sien ?

En prenant une photo supplémentaire, elle ajouta :

— Nous avons commencé, Simon et moi, *au naturel*[1], en espérant que la nature suivrait son cours. Ensuite je me suis mise à surveiller ma courbe de température, et jusqu'aux phases de la lune...

Elle se força à émettre un petit gloussement. C'était pénible de révéler ce genre de détail intime à une inconnue, mais elle comptait ainsi faire baisser sa garde à Alatea.

— ... Ensuite il y a eu toute une batterie d'analyses... Simon a dégusté, le pauvre. Après quoi, on nous a exposé les différentes possibilités qui s'offraient à nous.

Elle s'arrêta un instant de photographier pour lancer à Alatea avec un haussement d'épaules :

— Résultat des courses : je ne pourrai jamais mener une grossesse à son terme. C'est ainsi que je suis – mal – fabriquée. On étudie la solution de l'adoption, entre autres. Moi, j'aimerais engager une mère porteuse. Simon n'est pas d'accord.

Alatea était à présent entrée dans le salon, même si elle se tenait encore à distance. Très pâle tout à coup, elle serrait et desserrait ses belles mains. Ses yeux étaient brillants de larmes contenues.

Deborah savait ce qui se passait dans sa tête. Elle souffrait d'un mal analogue.

— Pardonnez-moi, dit-elle soudain. Je suis désolée. J'ai vu le magazine lors de ma première visite. Votre mari m'a dit que vous vouliez un enfant. Il a expliqué que vous étiez mariés depuis deux ans et... Mrs Fairclough, vraiment, je suis désolée. Je ne voulais pas vous faire de la peine. Je vous en prie, asseyez-vous...

---

1. En français dans le texte.

Alatea s'assit, mais pas là où Deborah aurait voulu qu'elle s'installe. Elle choisit une banquette dans la niche de la cheminée avec la lumière qui ruisselait d'une fenêtre en vitrail sur la masse de ses cheveux bouclés. Deborah se rapprocha d'elle en maintenant une distance prudente.

— C'est dur, je sais. J'ai fait six fausses couches avant de comprendre. Un jour, la science arrivera peut-être à guérir ce type d'infertilité. Je serai sans doute trop vieille...

Une larme roula sur la joue d'Alatea. Elle croisa les jambes, comme si ce geste avait le pouvoir de l'empêcher de craquer devant une inconnue.

— C'est étrange qu'une chose aussi simple pour certaines femmes soit impossible pour d'autres.

Deborah guettait le moment où Alatea surmonterait son envie de pleurer pour sinon lui exprimer sa sympathie, du moins reconnaître qu'elles avaient quelque chose en commun. Alatea n'en fit rien. Ne restait plus à Deborah qu'à déballer le reste : le pourquoi de son désir intense d'enfant, qui était en partie lié au fait que son mari était handicapé – il se qualifiait lui-même d'infirme – et en partie à l'effet que ce handicap avait produit sur ses rapports à sa virilité. Sauf qu'elle n'avait aucune intention de pousser jusque-là les confidences avec Alatea Fairclough. Elle avait déjà de la peine à l'admettre en son for intérieur.

Elle changea par conséquent son fusil d'épaule.

— A mon avis, cette pièce est plus adaptée à une interview filmée que l'extérieur. Et là où vous êtes assise, c'est parfait, à cause de la lumière. Si cela ne vous dérange pas, j'aimerais prendre une ou deux photos de vous...

— Non ! s'écria Alatea en se levant d'un bond.

Deborah recula d'un pas.

— C'est seulement pour...

— Non ! Non ! Dites-moi qui vous êtes ! Qui vous êtes vraiment ! Dites-le-moi, dites-le-moi !

7 novembre

Bryanbarrow
Cumbria

Tim avait espéré, lorsque son portable s'était mis à sonner, que c'était Toy4You qui l'appelait. Il n'en pouvait plus d'attendre. C'était seulement cette débile de Manette. A voir comment elle se comportait, on aurait dit qu'il ne lui avait rien fait. Soi-disant elle lui téléphonait pour discuter de leur projet d'aventure. Elle prononçait le mot *aventure* comme s'ils partaient pour l'Afrique alors qu'ils finiraient sûrement dans un pré quelconque à camper avec des putains de connards de randonneurs de Manchester.

— Fixons une date, tu veux ? claironna-t-elle d'un ton effroyablement enjoué. Il ne faudrait pas trop tarder. La pluie, ce n'est pas grave, mais il ne serait pas question de camper sous la neige. Qu'en penses-tu ?

— Pourquoi tu me lâches pas un peu ?

— Tim...

Elle prenait cette voix patiente qu'ils prenaient tous, les adultes, quand ils croyaient qu'il était de mauvais poil, ce qui était son état normal après tout.

— Ecoute, laisse tomber. Arrête de faire semblant de tenir à moi.

— Je tiens à toi ! Nous tenons tous à toi. Mon Dieu, Tim, tu...

— Raconte donc pas de conneries. Le seul à qui tu tenais, c'était mon père et tu crois que je suis pas au courant ? Il y en a jamais eu que pour ce salaud, il est mort maintenant et je suis content, alors fous-moi la paix.

— Tu ne parles pas sérieusement.

— Si, justement.

— Non. Sûrement pas. Tu adorais ton père. S'il t'a fait de la peine, c'était tout à fait involontairement.

Elle se tut, lui laissant la possibilité de répondre. Il ne poussa même pas un soupir.

— Tim, reprit-elle, je suis désolée de ce qui s'est passé. Il n'aurait pas pris cette décision s'il avait pu vivre avec lui-même autrement. Tu ne vois pas ça pour le moment, mais un jour viendra. Je t'assure. Un jour viendra.

— Tu sais pas de quoi tu parles.

— Je sais que c'est dur pour toi, Tim. Forcément très, très dur. Pourtant ton père t'adorait. Nous t'aimons tous. Nous voulons que tu...

— La ferme ! hurla-t-il.

Il raccrocha d'un geste rageur. Il ne supportait pas son ton mielleux de mère poule, ni ses paroles, ni rien de rien...

Il jeta son téléphone sur le lit. Tous les muscles de son corps étaient complètement crispés. Il avait besoin de prendre l'air. Il ouvrit la fenêtre de sa chambre. Il faisait froid dehors, mais qu'est-ce qu'on en avait à branler ?

De l'autre côté de la cour de la ferme, George Cowley et Dan sortirent de leur cottage pourri. Ils parlaient en gardant la tête basse, comme s'ils étaient en train de se confier un secret de la plus haute importance, et se dirigeaient vers la ruine qui leur servait de voiture, une vieille Land Rover couverte de boue et aux roues incrustées de fumier de mouton.

George ouvrit la portière côté conducteur et se hissa à l'intérieur, mais Daniel, au lieu de contourner le véhicule pour grimper côté passager, s'accroupit à côté de son père et examina les pédales. George parlait en gesticulant, tout en appuyant sur les pédales. Puis il descendit de voiture et Dan prit sa place. Dan répéta les mouvements de pieds de son père pendant que George opinait du chef en faisant de grands gestes.

Dan tourna la clé de contact. Son père continua un moment à lui parler avant de fermer la portière. Dan baissa la glace. Le véhicule était garé de telle manière qu'il n'avait pas besoin de reculer pour sortir. George désigna la place d'un mouvement circulaire du bras. Dan démarra. La Land Rover effectua des espèces de sauts de puce. George courait à côté du véhicule frénétiquement, criant et agitant les bras. La Land Rover le dépassa, mais un mètre plus loin elle eut un dernier soubresaut avant de caler.

George se rua côté conducteur et passa le bras à l'intérieur du véhicule. Tim, du haut de sa fenêtre, crut qu'il allait frapper Dan à la tête. George se borna à lui ébouriffer les cheveux en riant. Dan éclata à son tour de rire. Il redémarra. La scène se reproduisit, sauf que cette fois George demeura en arrière. Il continuait à pousser des cris d'encouragement. Dan se débrouilla mieux et George donna un coup de poing en l'air.

Tim se détourna de la fenêtre. Bande de débiles, se dit-il. Tel père tel fils. Dan allait finir comme son père, à patauger dans le fumier de mouton. Un loser, voilà ce qu'il était. Double loser. Triple, même. Un loser pareil, ça devrait pas avoir le droit de vivre. Il était prêt à l'éliminer. Tout de suite. Sur-le-champ. Il s'imaginait fonçant dehors, armé d'un pistolet ou d'un poignard ou d'une matraque. Malheureusement il n'avait rien sous la main, quel dommage, car il avait envie de…

Tim sortit de sa chambre. A cet instant, il entendit la voix de Gracie. Celle de Kaveh lui répondit. Tous deux se trouvaient dans l'alcôve sur le palier qui servait à Kaveh de bureau. Le salopard était à sa table à dessin tandis que cette pauvre idiote de Gracie était assise à ses pieds avec sa stupide poupée dans les bras, qu'elle berçait en chantonnant ; elle avait besoin d'ouvrir les yeux et de grandir, merde, oui, et pour la faire grandir, le meilleur moyen n'était-il pas de…

Quand il se saisit de sa poupée, Gracie hurla, à croire qu'il lui avait donné un coup de bâton.

— Espèce d'idiote ! lui dit-il en fracassant la poupée contre le coin de la table d'architecte de Kaveh avant de lui arracher les bras et les jambes et de la jeter par terre. Grandis un peu, merde !

Là-dessus, il tourna les talons, s'élança vers l'escalier dont il dévala les marches. Il sortit en courant, poursuivi par les cris stridents de Gracie, des cris qui auraient dû lui faire plaisir. Puis Kaveh cria son nom et il l'entendit descendre l'escalier à sa poursuite. Kaveh ! Kaveh, l'enculé qui était à l'origine de ce merdier qu'était devenue sa vie.

Il passa près de George Cowley et de Daniel, debout à côté de la Land Rover, alors qu'il aurait pu les éviter, mais il fonça délibérément vers eux pour bousculer cette pédale de Daniel. George vociféra :

— Petit c...

— Va te faire foutre ! hurla Tim.

Il devait à tout prix trouver quelque chose pour le soulager de cette tension qui faisait bouillir son sang et menaçait de faire exploser sa cervelle ; il préférait que ça se passe autrement, et il y avait Kaveh qui lui ordonnait de l'attendre, seulement c'était la dernière chose qu'il ferait : attendre Kaveh Mehran.

Il longea le pub et traversa le jardin vers la rivière. Des canards suivaient le fil du courant et sur la rive d'en face des colverts claquaient du bec dans l'herbe à la recherche de limaces et de vers de terre ou de je ne sais quoi et putain de merde ! Il en aurait volontiers chopé un rien que pour sentir son crâne craquer sous son poing ou sous ses pieds, peu importait du moment qu'il mourait, mourait, mourait.

Sans réfléchir, Tim fonça dans l'eau. Les canards s'enfuirent. Il agita les bras pour leur faire peur. Des cris lui parvenaient de toutes parts, certains, comprit-il soudain, sortaient de sa bouche. L'instant d'après, des mains l'agrippèrent. Des bras costauds l'étreignirent et une voix murmura à son oreille :

— Non. Tu ne dois pas faire ça. Tu ne le veux pas. Tout va bien.

Putain, c'était l'enculé en personne, le pédé. Il le tenait à pleins bras, il le tenait, putain de merde, il le touchait, c'était dégueulasse !

— Bas les pattes ! glapit Tim d'une voix suraiguë.

Il se débattit. Kaveh serra plus fort.

— Tim. Arrête ! cria Kaveh. Tu ne peux pas faire ça. Viens, sors de là. Vite !

Ils luttèrent dans l'eau comme deux catcheurs jusqu'à ce que Tim réussisse à se dégager en se tortillant. Kaveh retomba en arrière et atterrit sur les fesses avec de l'eau glacée jusqu'à la taille. En voyant qu'il ne parvenait pas à se relever, Tim fut rempli d'un sentiment de triomphe, parce que c'était ce qu'il voulait, voir ce débile en baver, lui montrer, lui prouver...

— Je suis pas un défonceur de trou de balle ! Me touche pas, d'accord ? Trouve quelqu'un d'autre.

Sur le visage de Kaveh se peignit alors une expression qui n'était pas celle qu'attendait Tim. Une expression de douleur, de chagrin, de profond désarroi.

— Bien sûr que non, Tim. Comment as-tu pensé à une chose pareille ?

— Ta gueule !

Tim se détourna et s'enfuit à toutes jambes.

Kaveh resta assis dans le ruisseau et suivit l'adolescent des yeux.

Great Urswick
Cumbria

Manette s'était débrouillée pour monter la tente sans l'aide de personne, ce qui n'avait pas été commode. Même si elle avait toujours excellé dans tout ce qui exigeait de suivre à la lettre des instructions, elle n'avait pas réussi à atteindre la perfection. Fixer les coins, passe encore, mais elle avait eu beau, en plantant les piquets, s'efforcer d'équilibrer la tension entre les mâts, ceux-ci refusaient de tenir à la verticale et par conséquent l'ensemble menaçait de s'effondrer au premier coup de vent. Du moins, c'est ce qu'elle subodorait. Néanmoins, elle y entra à quatre pattes et s'assit en lotus, dans la posture du bouddha, face à l'étang.

Tout à l'heure, Freddie avait frappé à la porte de la salle de bains et avait annoncé qu'il avait quelque chose à lui dire. Cela pouvait-il attendre une minute ? Elle était en train de... Bref... Il s'était empressé de lui répondre oui, bien sûr, sous-entendu : pourvu qu'elle passe sous silence ce qu'elle fabriquait dans la salle de bains. Une pudeur compréhensible : il y avait des formes d'intimité bien trop intimes...

En fait, elle ne faisait rien du tout. Elle tuait le temps. Ce matin quand elle l'avait croisé à la cuisine, elle avait senti que quelque chose ne tournait pas rond. Il n'avait pas dormi à la maison et il portait les mêmes vêtements que la veille. Il avait sûrement passé la nuit avec Sarah. Une petite futée, cette Sarah. Manette avait le nez pour flairer ces filles-là.

Aussi, quand Freddie avait frappé à la porte de la salle de bains, elle s'était attendue au pire. A savoir qu'il voyait en Sarah la femme de sa vie numéro deux, Manette restant la numéro un, n'est-ce pas ? Il souhaitait sans doute la ramener dès ce soir, voire qu'elle emménage avec eux un jour prochain. Et comment Manette allait-elle supporter cette situation ?

Ils seraient obligés de vendre la maison et de s'acheter chacun un nouveau logement. Une perspective qui ne lui plaisait pas du tout. Elle adorait cet endroit. Pas tellement la maison elle-même, laquelle était, il fallait bien l'admettre, un peu étriquée, mais ce petit coin champêtre au bord de l'étang qui constituait son refuge depuis tant d'années. L'idée d'avoir à quitter ce lieu lui fendait le cœur. Il y avait le silence de Great Urswick, la voûte céleste piquée d'étoiles la nuit au-dessus du village. Il y avait l'étang et ses cygnes placides sur les eaux lisses ; l'un d'eux montait parfois sur la berge pour attaquer un chien dont les aboiements stupides l'agaçaient. Il y avait enfin, amarrée au ponton, la vieille barque à la peinture tout écaillée qu'elle aimait sortir sur la pièce d'eau afin de regarder le soleil se lever ou se coucher ou, à d'autres moments, pour tout simplement contempler le paysage sous la pluie.

Elle supposait qu'elle avait pris racine au bord de cet étang, comme une plante, et les plantes ne risquaient-elles pas de mourir si on leur arrachait les racines dans le but de les transplanter ? Elle craignait ce qui l'attendait si elle était contrainte à déménager.

Il ne s'agissait pas de Freddie, se dit-elle. Pas non plus de Sarah ni de quelque autre femme sur laquelle Freddie jetterait éventuellement son dévolu. Puisque c'était elle qui avait fait remarquer à Freddie qu'ils avaient perdu l'étincelle de l'amour. Et si l'étincelle ne se produisait plus, cela ne signifiait-il pas que l'amour était mort ?

Manette ne se rappelait plus l'expression sur le visage de Freddie quand elle lui avait posé cette question. L'avait-il contredite ? Elle ne gardait aucun souvenir de ce moment. Il était toujours tellement affable, cela tenait du prodige. Aussi ne s'était-elle pas étonnée qu'il reste très aimable alors qu'elle lui annonçait que leur mariage avait fait définitivement naufrage. Oui, en effet, elle avait été soulagée. A présent, toutefois, il en allait autrement. Qu'avait-elle espéré de leur union, après tout ? L'amour passion, des fougueuses étreintes torrides jour après jour ? Etait-ce un rêve de midinette ? Qui pouvait dans la vie réelle soutenir une telle intensité ? Qui en aurait envie ?

« Freddie et toi ? s'était exclamée Mignon. Vous divorcez ? Vous devriez un peu vous renseigner sur le monde là-dehors avant de vous jeter dans la gueule du loup. »

Manette n'avait jamais eu l'intention d'échanger Freddie contre un autre homme. Ce n'était pas son genre. Elle se voulait seulement réaliste, elle constatait l'état des choses, voilà tout, et évaluait un potentiel, une aptitude à rester heureux sur le long terme. Etant donné ce qu'ils étaient − les meilleurs amis du monde qui de temps à autre, à l'occasion, se payaient ensemble une petite partie de jambes en l'air −, il y avait peu de chances pour que leur couple perdure. Elle le savait, il le savait, et ils devaient prendre une décision. C'est ce qu'ils avaient fait et ils s'étaient tous les deux sentis plus légers. N'est-ce pas ?

— Ah, te voilà. Qu'est-ce que tu fiches là, Manette ?

C'était Freddie. Il approchait avec un mug dans chaque main. S'accroupissant devant l'ouverture de la tente, il lui tendit une des deux grosses tasses. Comme elle faisait mine de sortir, il l'arrêta :

— Attends. Je n'ai pas été sous une tente depuis des lustres.

Quand il fut à l'intérieur, il désigna d'un mouvement du menton un mât qui penchait dangereusement.

— Ça va se casser la gueule, Manette.

— Je ne t'ai pas attendu pour m'en rendre compte. Une petite bourrasque, et badaboum. Mais c'est agréable, on y réfléchit bien. Et puis c'est un galop d'essai.

— Ce n'était pas nécessaire.

Il s'assit auprès d'elle en lotus. Il était aussi souple qu'elle. Ses genoux touchaient le sol. Ce n'était pas donné à tout le monde. La plupart des gens avaient les articulations beaucoup trop raides pour ce genre de contorsions.

Elle but une gorgée du breuvage qu'il lui avait apporté. Du bouillon de poulet. Il la croyait malade ?

— Pas nécessaire ? dit-elle.

— De décamper, pardonne-moi le mauvais jeu de mots. Ce n'est pas la peine, tu sais…

— Freddie, de quoi parles-tu, enfin ?

Il pencha la tête sur le côté. Ses yeux marron pétillaient de malice. Il blaguait, bien entendu, mais elle trouvait exaspérant de ne pas comprendre ce qui l'amusait tant.

— Tu sais, l'autre soir ? Holly ? C'était un accident. Cela ne se reproduira plus.

— Tu laisses tomber ?

— La drague ? Oh, non, loin de moi cette pensée, dit-il en rougissant. Tu sais, c'est génial. Je ne me doutais pas que les femmes étaient devenues tellement… directes pendant que j'avais mis ma vie érotique sur pause. Non que j'aie jamais été très actif…

— Merci beaucoup, dit-elle amèrement.

— Non, non, ce n'est pas ce que je voulais dire. C'est que toi et moi, on s'est connus si jeunes, on a toujours été ensemble, dès qu'on a eu la majorité sexuelle… Tu as été la première, vois-tu. La seule, en fait. Alors, tu comprends, je découvre tout un monde… Ça ouvre les yeux, je peux te le dire. Ce sera bientôt ton tour.

— Je ne suis pas certaine d'être partante.

Il se tut et avala quelques gorgées de bouillon de poulet. Il buvait en silence, ce qui avait toujours beaucoup plu à Manette. Elle ne supportait pas les gens qui faisaient du bruit en mangeant leur soupe.

— Tu es libre.

— Toi aussi. Je n'ai pas le droit de te demander de ne pas ramener de femmes à la maison, Freddie. Tu n'as rien à craindre. Ce serait gentil de m'avertir à l'avance cependant. Un petit coup de fil quand elle est aux toilettes, tu vois. Quoique ce ne soit pas obligatoire.

— Tu n'as pas besoin de me le dire. Je connais nos droits respectifs aussi bien que toi. Je sais aussi ce que j'éprouverais si je trouvais un mec devant un bol de corn flakes en descendant le matin. Ce serait très bizarre. C'est pourquoi maintenant je leur propose de nous rencontrer ailleurs qu'à la maison.

— A Sarah, par exemple.

— Oui, Sarah, en effet.

Manette tenta en vain de deviner ses sentiments au ton de sa voix. D'ailleurs, avait-elle jamais réussi à décrypter son humeur ? Quand on y réfléchissait, parvenait-on à vraiment connaître son conjoint ? Manette repoussa cette pensée, en se disant que Freddie n'était plus depuis déjà un certain temps un « conjoint ».

Le silence fut soudain rompu par les cris nasillards de canards sauvages volant en formation au-dessus d'eux.

— D'où vient cette tente ? Elle est neuve, on dirait.

Elle lui fit part de ses projets de camping avec Tim. Ils partiraient en randonnée dans les *fells* et termineraient en descendant par le sentier de Scout Scar.

— Mettons qu'il n'est pas fou d'enthousiasme face à nos projets.

— Pauvre gosse, dit Freddie. La vie est parfois cruelle, hein ?

C'était rien de le dire. Qu'allait-il advenir de Tim dans tout ça ? Et de la petite Gracie ? Si Freddie et elle étaient toujours en couple, ils les auraient sûrement pris chez eux. Elle l'aurait proposé et Freddie aurait bien sûr accepté, sans une seconde d'hésitation. Mais à présent, elle ne pouvait pas lui demander ça. Comme elle ne pouvait pas faire vivre des enfants dans une maison où ils risquaient de se trouver la nuit nez à nez avec une inconnue errant dans le couloir à la recherche des toilettes. Parce que même si Freddie affirmait qu'il ne ramènerait plus ni de Sarah ni de Holly pour un « galop d'essai », elle ne pouvait éliminer l'éventualité de sa part d'un oubli dans le feu de l'action.

Sur la pièce d'eau se profilèrent les deux cygnes à résidence. Majestueux et tranquilles, ils paraissaient glisser sur l'onde sans effort. Manette les suivit des yeux. Freddie, auprès d'elle, l'imita. Quand il reprit la parole, ce fut d'une voix grave.

— Manette, j'ai commencé à éplucher les comptes de Ian.

— J'avais remarqué.

— Oui, eh bien, j'ai trouvé un truc, je veux dire quelques trucs. Je ne sais pas trop quoi en penser. Pour tout t'avouer, je ne sais pas si c'est important, mais il va falloir que je creuse un peu.

— Quel genre de « trucs » ?

Freddie se déplaça afin de lui faire face. Alors qu'il avait l'air d'hésiter, elle l'encouragea d'un :

— Freddie ?

— Savais-tu que ton père avait pris en charge la totalité des frais d'Arnside House ?

— C'était son cadeau de mariage à Nicholas et Alatea.

— Oui, bien sûr. Il a aussi payé toute la rénovation. Et c'est très cher. Très, très cher, comme tu peux imaginer. Sais-tu pourquoi il a fait ça ?

Elle fit non de la tête.

— Et c'est important, tu crois ? Papa a des tonnes d'argent.

— C'est vrai. A mon avis, Ian a certainement tenté de dissuader ton père de verser autant à Nick sans exiger de contrepartie. Même s'il devait mettre un siècle à le rembourser, et qu'il s'en tirait sans verser le moindre intérêt... Ce n'était pas le style de Ian de ne pas comptabiliser une opération. Sans oublier le passé de Nick. Donner autant d'argent à un drogué... ?

— Cela m'étonnerait que papa lui ait donné l'argent de la main à la main, Freddie. Il s'est sûrement contenté de régler les factures. Et mon frère est un *ex*-toxico, je te rappelle. Il ne se drogue plus.

— Nick ne dirait pas ça. Il ne dirait pas qu'il est un « ancien » toxico. C'est pourquoi il ne loupe jamais une réunion de thérapie. Ian ignorait sans doute ce détail et considérait toujours Nick comme un toxicomane actif. Nick se traîne trop de casseroles.

— Sans doute. Mais... Nicholas va bien hériter quelque chose de papa. Peut-être est-ce un arrangement pour qu'il puisse profiter de cet héritage à l'avance, afin que papa puisse avoir le plaisir de le voir heureux.

Freddie ne paraissait pas convaincu.

— Sais-tu qu'il verse aussi une pension à Mignon depuis des années ?

— Que veux-tu qu'il fasse d'autre ? Elle le mène par le bout du nez depuis son accident à la cascade de Launchy Gill. Franchement, on croirait que c'est papa qui l'a poussée dans les rochers. A ce prix, il aurait pu s'offrir de la précipiter...

— Les versements mensuels ont augmenté récemment, la coupa Freddie.

— Pour faire face au coût de la vie ?

— Quels frais a-t-elle, tu peux me le dire ? Et les versements ont beaucoup augmenté. Ils ont doublé. Ian n'aurait pas approuvé, ça, je peux te le garantir. Il a sûrement protesté. S'il a accepté, cela n'a pas été de gaieté de cœur et pas sans discussion, crois-moi.

Manette savait que Freddie avait raison. Il y avait des choses à propos de Mignon qu'elle n'avait jamais comprises.

— Elle s'est fait opérer. Une intervention certainement pas prise en charge par la Sécurité sociale. Quelqu'un a dû payer la note, et qui d'autre sinon papa ?

— Ton père aurait réglé directement le chirurgien, non ?

— Peut-être a-t-il versé les honoraires à Mignon pour qu'elle s'en occupe elle-même.

— Alors, pourquoi continuer à lui donner autant d'argent ?

Manette secoua la tête. Elle devait bien avouer sa perplexité.

Après un moment de silence, Freddie poussa un gros soupir. Manette s'enquit de ce qui le préoccupait.

— Où est passée Vivienne Tully ? dit-il dans un souffle.

Elle se tourna vers lui, mais il esquiva son regard. Il fixait les deux cygnes de l'étang.

— Je n'en ai aucune idée. Pourquoi ?

— Parce que depuis huit ans elle reçoit, elle aussi, une pension mensuelle conséquente.

— Pourquoi ?

— Je ne sais pas. Ton père dépense à tour de bras, Manette. Et pour autant que je sache, Ian était le seul au courant.

De Chalk Farm à Marylebone
Londres

Lorsque Angelina Upman et sa fille frappèrent à sa porte, Barbara Havers s'offrait une petite pause casse-croûte. Une Pop-Tart aux myrtilles tartinée de *cottage cheese* allégé. Ne devait-on pas consommer au moins trois sortes différentes de nutriments par repas ? Et n'y avait-il pas dans celui-ci davantage qu'un seul nutriment ? Barbara fourra le reste de la Pop-Tart dans sa bouche avant d'ouvrir. En entendant derrière le battant la voix flûtée d'Hadiyyah tout excitée, Barbara se sentit coupable : le *cottage cheese* allégé, c'était (presque) diététique, mais sur un biscuit industriel hyper-sucré, c'était plutôt la honte.

Par-dessus le marché, elle fumait. Ce détail n'échappa pas à Hadiyyah qui, avisant instantanément la cigarette se consumant au bord du cendrier, se mit à taper impatiemment du pied. Elle n'en resta pas moins muette et leva les yeux vers sa mère, une vertueuse non-fumeuse, comme pour dire : Tu vois à quoi j'ai affaire ?

— Nous sommes porteuses d'une bonne nouvelle, annonça Angelina. Vous nous permettez d'entrer ?

Il n'en était pas question, se dit Barbara. Jusqu'ici, elle avait réussi à la tenir à l'écart de son taudis. Ce n'était pas pour rien. Elle n'avait fait ni son lit ni la vaisselle... elle avait cinq slips en train de sécher sur la corde à linge tendue au-dessus de l'évier. Mais vraiment, c'était trop mal élevé de sa part de les laisser frissonner dans la froidure de novembre alors qu'Angelina, quand Barbara se présentait à l'improviste, lui ouvrait toujours grand sa porte, lui offrait du café et du thé, bref, déployait une hospitalité imbattable.

Aussi recula-t-elle d'un pas en s'excusant :

— Vous me prenez en flagrant délit de ménage.

Un mensonge tellement énorme qu'un peu plus elle se serait étranglée dessus.

Hadiyyah lui lança un regard dubitatif. Angelina, elle, ne connaissait pas assez bien Barbara pour savoir qu'elle était tout aussi incapable de faire son ménage que de se passer trois couches de vernis sur les orteils.

— Café ? Thé ? proposa Barbara. Je peux laver deux tasses.

Il y en avait dix dans l'évier, avec un tas de vaisselle et de couverts.

— Non, non, on n'a pas le temps, se dépêcha de protester Angelina. Je voulais seulement vous avertir pour Dusty.

Dusty ? se dit Barbara. Qui cela pouvait-il bien être ? Elle tombait des nues. Puis la lumière se fit : le coiffeur de Knightsbridge qui allait bientôt transformer son apparence, parfaire son *relooking*.

— Ah, oui, marmonna-t-elle en écrasant son mégot.

— J'ai pris un rendez-vous pour vous, précisa Angelina. Il n'avait pas de place avant un mois. Il est débordé. On se l'arrache. Quand on est un visagiste branché, on devient la coqueluche...

— Génial, approuva Barbara comme si elle y connaissait quelque chose. Dommage pour moi.

— Dommage ? répéta Hadiyyah. Mais, Barbara, il faut qu'il s'occupe de toi. C'est le meilleur. Il te rendra *belle*.

— Reçu cinq sur cinq, ma choute, opina Barbara. J'ai dit à mon chef que je prenais un jour de congé pour aller chez le coiffeur, pardon, visagiste, je ne peux pas revenir dans un mois

281

la bouche en cœur ni retourner demain au boulot tel un épouvantail. Alors…

Barbara se tourna vers Angelina pour lui demander :

— Vous ne connaîtriez pas quelqu'un d'autre ?

D'une main aux ongles merveilleusement vernis, Angelina se tapota la joue avec l'air de réfléchir profondément.

— Vous savez, conclut-elle, je crois qu'on va pouvoir arranger quelque chose. Ce ne sera pas aussi extraordinaire que Dusty, mais dans le même salon, il y a des apprentis qui espèrent un jour devenir visagistes comme Dusty. Qu'en dites-vous ? Et si je vous accompagne, Dusty viendra sûrement mettre son grain de sel. On fait comme ça ?

Etant donné que cela faisait dix ans qu'elle se coupait les cheveux sous la douche, toute coiffure un tant soit peu professionnelle lui convenait. Pourtant, elle se sentit obligée de jouer à celle qui n'était pas convaincue.

— Hum… Je ne sais pas… Qu'en pensez-vous ? Vous comprenez, c'est important à cause de mon chef… la commissaire prend cette question tellement au sérieux.

— Je suis sûre que ce sera très bien. C'est un salon de premier ordre. Ils n'engagent pas n'importe quels apprentis. Alors, je prends rendez-vous ?

— Oh oui, Barbara ! renchérit Hadiyyah. Dis oui ! On ira prendre le thé après. On s'habillera, on mettra des chapeaux, de jolis sacs à main et…

— Je ne pense pas que les gens mettent encore des chapeaux pour aller prendre le thé, la coupa Angelina qui avait vu Barbara blanchir d'horreur. Qu'en dites-vous, Barbara ?

Barbara n'avait de toute façon pas le choix, vu qu'il était hors de question qu'elle se présente devant la commissaire intérimaire autrement qu'avec une nouvelle coupe de cheveux. Si elle refusait d'aller chez le coiffeur, il lui faudrait recourir à son ancienne méthode, ce qui était impensable au point où elle en était.

— Ça me convient.

Angelina lui demanda si elle pouvait se servir de son téléphone. Elle allait appeler sur-le-champ. Ainsi, Barbara ne pourrait plus tergiverser.

Hadiyyah ne fit qu'un bond vers le téléphone, posé sur une étagère poussiéreuse derrière le poste de télévision. Barbara remarqua que les cheveux de la fillette n'étaient pas nattés, mais lâchés dans son dos et retenus sur le haut de la tête par une barrette.

Alors qu'Angelina appelait le salon de coiffure, Barbara fit des compliments à Hadiyyah sur ses belles boucles. La petite fille leva vers elle un sourire rayonnant, l'informant que c'était sa maman qui l'avait coiffée.

— Papa n'a jamais rien su faire d'autre que des nattes. Maman me coiffait comme ça avant qu'elle parte en voyage au Canada.

Barbara songea que Hadiyyah avait peut-être abandonné ses nattes depuis le retour d'Angelina, quatre mois auparavant. Mon Dieu, si c'était le cas, le fait qu'elle ne s'en soit aperçue que maintenant prouvait que depuis quatre mois, elle était obnubilée par Angelina, non, pire encore, par Angelina et Taymullah Azhar. Elle préféra ne pas s'appesantir sur cette pensée.

— Parfait, parfait, acquiesçait Angelina au téléphone. On sera là à l'heure. Et vous êtes sûr que Cedric...

Cedric ? s'étonna Barbara en son for intérieur.

— ... fera du bon travail ?... Magnifique... Merci, oui, merci. A tout à l'heure.

Puis se tournant vers Barbara, elle ajouta :

— Nous avons rendez-vous à trois heures cet après-midi. Dusty donnera plus ou moins ses instructions. Surtout ne vous offusquez pas s'il est désagréable. Il ne faut pas le prendre personnellement. Ensuite, on ira prendre le thé pour faire plaisir à Hadiyyah. En taxi, et au Dorchester, comme il se doit. C'est moi qui invite, au fait.

— Le thé au Dorchester ? s'écria Hadiyyah en plaquant ses mains contre sa poitrine, extatique. Oh, oui, oui, oui. Dis oui, je t'en supplie, Barbara.

Barbara avait autant envie d'aller prendre le thé au Dorchester que de donner le jour à des octuplés. Mais Hadiyyah semblait tellement contente à cette perspective et, après tout, Angelina avait été adorable de l'aider.

— Thé au Dorchester, d'accord, dit-elle tout haut en s'angoissant tout bas sur la tenue qu'elle allait porter...

Comment allait-elle survivre à cette épreuve ?

Une fois l'après-midi organisé, Barbara acheva de s'habiller et se rendit à Portland Place, là où se trouvait le club de Bernard Fairclough, Twins. Elle supposait que lors de ses séjours à Londres, lord Fairclough y descendait, de sorte qu'avec un peu de chance elle tomberait sur quelqu'un disposé à mettre les pieds dans le plat à son sujet.

Barbara n'était jamais entrée dans un club privé. Elle ignorait à quoi s'attendre. Elle imaginait une ambiance feutrée. De la fumée de cigare dans une lumière tamisée, des cliquetis de boules de billard s'entrechoquant à l'arrière-plan. Des fauteuils en cuir devant une cheminée. Des exemplaires écornés de *Punch* en désordre sur la table basse.

Ce à quoi elle ne s'attendait pas, c'était à voir la porte s'ouvrir sur une femme aussi vieille. Elle avait en effet l'air d'être aussi ancienne que le club lui-même. Son visage n'était pas ridé mais crevassé. Une peau parcheminée, des yeux laiteux. Avait-elle oublié son dentier ? Ou bien avait-elle perdu toutes ses dents et ne voulait-elle pas de dentier ? Une façon quelque peu excentrique de s'obliger à se mettre au régime, se dit Barbara.

La dame était peut-être âgée de mille ans, mais elle avait oublié d'être bête. Un seul regard à Barbara – de la tête aux pieds – et elle parut édifiée. Elle déclara :

— Nous ne sommes pas ouverts à ceux qui n'appartiennent pas au club, à moins qu'ils ne soient accompagnés par un membre.

Sa voix avait cinquante ans de moins que son aspect. Le contraste était si surprenant que Barbara ne put s'empêcher de jeter des coups d'œil à droite et à gauche en quête d'une ventriloque cachée dans le décor.

— J'aurais voulu m'inscrire, insista-t-elle.

Derrière la vieille dame, elle aperçut des lambris et des peintures.

— C'est un club réservé aux gentlemen. Les femmes ne sont autorisées qu'accompagnées d'un membre... Et seule-

284

ment à la salle à manger. Bien sûr, elles ont accès aux toilettes.

Bon, se dit Barbara, cette conversation n'allait les mener nulle part. Elle hocha la tête et soupira :

— J'ai quelques questions...

Joignant le geste à la parole, elle sortit sa carte de police.

— ... à vous poser à propos d'un de vos membres. Si vous aviez l'amabilité de me laisser entrer.

— Vous disiez tout à l'heure que vous vouliez vous inscrire, répliqua la vieille dame. Il faudrait vous décider. Vous voulez poser votre candidature ou des questions ?

— Les deux, plus ou moins. Mais comme je ne pense pas que je serai autorisée à adhérer à ce club, je vais me contenter des questions. Je préfère néanmoins ne pas le faire dans la rue.

Elle esquissa un pas en avant. En général ça marchait. Cette fois, pas de chance. La vieille dame ne bougea pas d'un pouce.

— Des questions à propos de quoi ?

— Je voudrais parler à un responsable. Si vous aviez la gentillesse d'aller le chercher... ? Je l'attendrai dans le hall. Ou là où vous cachez les flics quand ils sonnent à votre porte.

— Il n'y a pas de responsable. Seulement un conseil d'administration constitué de nos membres. Si vous souhaitez vous entretenir avec l'un d'eux, je vous suggère de revenir le jour de l'assemblée, le mois prochain.

— Désolée. Cela n'est pas possible. Il s'agit d'une enquête de police.

— Et nous, nous avons un règlement à respecter, rétorqua la vieille dame. Dois-je téléphoner à notre avocat pour qu'il vienne vous expliquer ce qu'il en est ? Parce que, ma chère, c'est à cette seule condition que vous entrerez ici, à moins de me passer sur le corps.

Et zut, se dit Barbara. Rien n'est plus coriace qu'une ancêtre un peu sénile sur les bords.

— Ecoutez, je vais jouer cartes sur table avec vous. J'ai certaines questions à poser à un membre de ce club. Il pourrait s'agir d'un meurtre.

— Je vois.

La vieille parut réfléchir. Elle avait une abondante chevelure entièrement blanche. Une perruque, estima Barbara. Il était impossible d'atteindre cet âge vénérable avec des follicules pileux encore en pleine forme. Il suffisait de penser à la reine mère...

— Eh bien, ma chère, reprit la vieille dame, si ce ne sont que des supputations, revenez quand vous serez sûre de votre fait. Jusque-là, c'est non.

Sur ces paroles, elle lui ferma la porte au nez. Barbara, furieuse, se reprocha l'excès de scrupules qui l'avait poussée à utiliser le conditionnel.

Avec un juron, elle sortit de son sac un paquet de Players. En allumant une cigarette, elle se dit qu'il devait bien y avoir quelqu'un d'autre dans cette forteresse, une personne qui savait quelque chose. Un cuisinier, un serveur, une femme de ménage... Cette vieille bique ne gérait pas cet endroit toute seule, quand même !

Elle descendit le perron et leva les yeux sur la façade de l'immeuble dont tous les volets étaient fermés, clos sur les secrets de ses membres...

Il y avait peut-être un peu plus loin, à droite ou à gauche, quelque magasin tenu par une personne curieuse qui sur-veillait de derrière sa vitrine les allées et venues du beau monde qui fréquentait ce club si sélect. Ou un fleuriste qui venait de temps à autre livrer un bouquet ? Ou un buraliste qui vendait aux membres du tabac à priser et des cigares ? Hélas, elle ne vit rien d'autre qu'une file de taxis devant la sta-tion de Portland Place, à deux pas de la BBC.

Interroger les chauffeurs de taxi ? Pourquoi pas ? Ils avaient leurs petites habitudes et leurs stations préférées. Ils devaient prendre et déposer des clients du club Twins aussi bien que de la BBC.

Elle se dirigea vers la file de taxis. Les trois premiers n'avaient rien d'intéressant à lui dire. Avec le quatrième, elle toucha le jackpot. Un Londonien finaud qui ressemblait à un figurant d'*EastEnders*. Barbara se le représentait le dimanche sur le marché de Brick Lane, criant « Quatre shillings les dix tomates, on y va, on y va ! ».

Il connaissait lord Fairclough. Il les connaissait en fait presque tous. Il aimait bien causer avec eux parce que ça les énervait et ça l'amusait de voir jusqu'où il pouvait aller avant qu'ils ne lui disent de fermer sa gueule. Fairclough était toujours prêt à bavarder, tant qu'il était seul. Quand il était accompagné, c'était une autre affaire.

Par qui était-il accompagné ? demanda Barbara.

— Toujours la même, laissa tomber l'*EastEnder*.

— Sa femme ?

Il ricana.

— Vous vous rappelez la dernière fois que vous les avez pris ?

Avec un sourire en coin, l'*EastEnder* se tapota le crâne comme on secoue une tirelire. Bien sûr, il se rappelait très bien, parce qu'ils se faisaient toujours déposer au même endroit. Et il ajouta en lui lançant un clin d'œil :

— Et elle est jeune et jolie.

De mieux en mieux, songea Barbara. Bernard Fairclough et une jeune femme se rendant chaque fois au même endroit en sortant du club Twins. Elle demanda au chauffeur s'il pouvait l'y emmener.

Il lui désigna du regard les taxis devant lui. Il n'avait pas le droit de prendre un passager avant son tour. A moins de vouloir provoquer un tollé. Elle déclara qu'elle attendrait qu'il soit en tête de file. Mais pouvait-il la déposer à l'endroit exact où se rendait Fairclough avec sa compagne ? Elle lui montra sa carte de police. C'était pour une enquête.

— Vous avez de quoi payer la course ?

Quand elle lui indiqua que oui, il s'exclama :

— Alors, montez, ma poulette. Je suis votre homme.

De Milnthorpe au lac Windermere
Cumbria

— Tu ne comprends donc pas ce que cela signifie, Simon ?

Chaque fois que Deborah prononçait ces mots, Saint James savait qu'il avait intérêt à attacher sa ceinture. Cette petite phrase annonçait des turbulences, et en l'occurrence celles-ci pouvaient s'avérer périlleuses. Aussi devança-t-il la suite en disant :

— Non, mon amour. Ce que je vois, c'est que, pendant que tu lui parlais, Alatea Fairclough a paniqué pour une raison qui nous demeure obscure, mais qui n'a a priori aucun lien avec la mort de Ian Cresswell. Le mieux à faire, c'est de rappeler son mari et de prétexter l'obligation de rentrer à Londres.

— Sans savoir ce qu'il veut ? Pourquoi ?

Deborah le dévisagea d'un air tout à la fois incrédule et soupçonneux. Dans un couple, chacun connaît le point faible de l'autre, et le point faible de Simon avait pour nom Deborah.

— Tu l'as dit toi-même, elle sait que tu n'es pas celle que tu prétends être. Tu crois peut-être qu'elle ne s'est pas empressée de transmettre cette information à Nicholas ? S'il t'a laissé un message en te disant qu'il voulait te parler – c'est bien ce qu'il a fait, non ? –, il va te prier d'expliquer pourquoi sa femme était dans un état pareil après ta visite.

— Toi, oui, tu voudrais me parler de cela. Lui, il a peut-être plein d'autres choses à me dire. Et sache que je tiens à les entendre, c'est pourquoi je vais lui téléphoner pour prendre un rendez-vous.

Ils étaient dans le parking du Crow & Eagle, devant la voiture de location de Simon Saint James. Celui-ci pour sa part devait retrouver Lynley à Ireleth Hall. Il n'était pas en retard, mais s'ils continuaient à discuter comme ça... Deborah était descendue avec lui au lieu de rester dans leur chambre, décidée à poursuivre une conversation qu'il jugeait quant à lui terminée. En plus, elle s'était habillée pour sortir, ce qui était très mauvais signe. Toutefois, elle ne s'était munie ni de son sac ni de son appareil photo : un bon point pour lui.

Deborah lui avait fourni un rapport détaillé sur son entretien avec Alatea Fairclough. De toute évidence, elle était grillée. Le moment était venu pour elle de disparaître. A l'entendre, la femme de Nick avait eu une réaction si forte qu'elle cachait forcément quelque chose et, par conséquent, il y avait des chances que ce quelque chose, elle le cache aussi à son mari. D'où la nécessité de parler à ce dernier, afin de découvrir ce qui se passait vraiment...

Saint James avait fait observer que, d'après Lynley, un journaliste de *The Source* fouinait aussi dans le coin. En se retrouvant avec une photographe qui lui jouait la comédie, Alatea Fairclough avait de quoi se sentir traquée. Il fallait la comprendre. Qu'est-ce que Deborah pensait qu'elle cachait, de toute façon ? Un passé nazi ? Après tout, elle était originaire d'Argentine.

« Balivernes ! » s'était exclamée Deborah.

Balivernes ? Qu'est-ce que c'était que cette expression désuète ? s'était dit Saint James. Pourquoi pas « Sornettes ! » ou, pendant qu'elle y était, « Fi ! » ? Il avait cependant eu la sagesse de garder ses sarcasmes pour lui et d'attendre qu'elle lui en apprenne davantage. Elle ne l'avait pas déçue.

— A mon avis, persista-t-elle, c'est en rapport avec ce magazine, Simon. Alatea était tout ce qu'il y a de plus sereine... bon, juste un peu nerveuse, voilà tout... jusqu'à ce que je mette cette revue, *Conception,* sur le tapis, si j'ose dire. Je voulais simplement me rapprocher un peu d'elle, j'ai évoqué nos difficultés à concevoir, voilà tout. Elle a alors paniqué et...

— Ne reviens pas là-dessus, Deborah. Tu ne vois donc pas ? Son mari rentre à la maison, elle l'informe que tu n'es pas celle que tu prétends être, il te téléphone pour te demander des explications, tu n'es pas joignable, il te laisse un message en comptant te prier de les laisser tranquilles...

— Je lui ai dit que j'étais une photographe free-lance. Je lui ai expliqué comment je travaillais. Que j'avais été engagée par Query Productions, une start-up qui n'a encore sorti aucun film. J'ai inventé ça à brûle-pourpoint, parce qu'elle ne va pas tarder à constater qu'il n'existe aucune société de production de ce nom, comme tu le sais aussi bien que moi. Tu vois, si je suis capable de me sortir d'un guêpier pareil, une petite conversation avec Nicholas ne me fait pas peur.

— Tu es en très mauvaise posture, conclut-il en ouvrant la portière de la voiture. Laisse donc tomber.

Il lui donnait un bon conseil, rien de plus. Au bout de trois ans de mariage, il savait qu'il valait mieux s'arrêter là sous peine de déchaîner les passions. Car ce qui le terrifiait au fond, c'était l'idée de la perdre. Mais il ne pouvait pas le lui dire, sous peine de s'entendre rétorquer qu'il n'avait rien à craindre. Et alors il ne résisterait pas à lui rappeler ce qui était arrivé à Helen et combien sa mort avait creusé un vide dans la vie de Tommy. Non, il ne voulait pas faire allusion ni de près ni de loin à la mort de Helen. La plaie était trop vive et n'était pas près de se refermer.

— Je sais me défendre quand il le faut. Qu'est-ce qu'il peut me faire ? Me précipiter du haut d'une falaise ? M'assommer ? Il y a anguille sous roche du côté d'Alatea et je me fais fort de découvrir de quoi il retourne exactement. Si c'était un truc énorme et que Ian Cresswell en avait eu vent... Tu vois ?

Simon ne voyait que trop bien. Il en avait même des sueurs froides.

— Je ne vais pas être long. On en rediscutera à mon retour, d'accord ?

Deborah se renfrogna, l'air buté. Mon Dieu qu'elle était têtue !

Elle s'écarta de la voiture et rentra à l'auberge. Pourtant rien n'était réglé. Il regretta de ne pas avoir pensé à lui confisquer ses clés de voiture.

Il ne lui restait plus qu'à mettre le cap sur Ireleth Hall. Sa visite avait été soigneusement orchestrée. Valerie Fairclough allait tenir compagnie à sa fille dans sa « folie » pour éviter qu'elle ne se mette à la fenêtre. Lynley et lord Fairclough l'attendaient, lui, Simon Saint James, avec des appareils d'éclairage.

La route était dégagée et Saint James trouva sans mal le château des Fairclough. Le portail était ouvert. Il remonta l'allée en admirant du coin de l'œil les chevreuils qui broutaient au loin en levant de temps en temps la tête, les oreilles dressées, éternellement sur le qui-vive. C'était un parc splendide planté de chênes majestueux, de platanes, de hêtres, de bosquets de bouleaux rompant l'uniforme ondulation du gazon à perte de vue.

Lynley sortit du château pile au moment où Saint James freinait sur le gravier. Bernard Fairclough était à son côté. Lynley se chargea des présentations. Fairclough désigna d'un geste la direction du hangar à bateaux en déclarant qu'ils avaient réussi à tirer une ligne à partir de celle qui servait à l'ampoule extérieure. Ils avaient aussi des torches électriques, au cas où... et une pile de serviettes de bain.

Les eaux étaient aussi lisses qu'un miroir. On n'entendait que les oiseaux et un lointain bruit de moteur. L'unique porte du hangar était ouverte. Saint James prit note qu'il n'y avait ni serrure ni cadenas. Lynley l'avait sûrement remarqué, lui aussi, et avait effectué les déductions logiques.

A l'intérieur, la première chose que vit Saint James fut le quai en U. Trois baladeuses grillagées avaient été disposées de manière à éclairer le lieu de la chute mortelle de Ian Cresswell. Machinalement, Simon suivit des yeux le câble qui partait des lampes, faisait une boucle autour d'une poutre du toit et s'en allait à l'extérieur par une ouverture sous l'auvent. Lynley et Fairclough allumèrent leurs torches afin d'éclairer les coins sombres.

Puis il aperçut l'établi. S'il se fiait à son odorat, il servait à vider et nettoyer le poisson. Et qui disait vider du poisson disait lames de couteau... Le hangar accueillait quatre embarcations : le scull du mort, une barque, un canot à moteur et un canoë. La barque appartenait à Valerie Fairclough, l'informa-t-on. Le canoë et le canot à moteur étaient à la disposition de tous dans la famille.

Saint James avança prudemment vers la section du quai où les pavés s'étaient descellés. Il réclama une torche.

Rien n'était plus facile, en cas de chute, que de se fracturer le crâne à cet endroit. Les pavés, à l'instar de ceux de la plupart des constructions dans le Cumbria, étaient grossièrement taillés. De l'ardoise, un peu de granit. Ils étaient posés sur un mortier qui les cimentait selon une tradition séculaire, laquelle avait par définition fait ses preuves. Sauf que dans ce cas-ci, le mortier devenu trop vieux s'émiettait par endroits. Cela aurait été un jeu d'enfant de les déchausser. Mais cela aurait tout aussi bien pu être l'ouvrage du temps. A force d'être piétinés par les gens qui embarquaient et débarquaient, ils pouvaient s'être descellés tout seuls.

Il inspecta le mortier à la recherche de traces indiquant que l'on y avait enfoncé un levier. Mais impossible de déterminer si les grumeaux de ciment dans tel ou tel interstice étaient le résultat d'un acte de malveillance. Des rayures argentées, même minuscules, auraient pu avoir été laissées par un outil tranchant. Il n'y en avait pas.

Après sa minutieuse inspection, Saint James se redressa.

— Qu'en pensez-vous ? s'enquit Fairclough.

— Il n'y a rien.

— Vous en êtes certain ? insista Fairclough, manifestement soulagé.

— Il n'y a aucune trace d'aucune sorte. On pourrait éventuellement mieux éclairer la zone et se servir d'une loupe. Je comprends cependant pourquoi on a conclu à l'accident. Jusqu'ici, du moins.

— Jusqu'ici ? répéta Fairclough en jetant un coup d'œil interrogateur à Lynley.

Lynley répondit à la place de Simon Saint James.

— Qu'il n'y ait pas de traces sur le mortier n'implique pas qu'il n'y ait pas de traces sur les pavés manquants.

Puis, coulant un regard malicieux à Simon, il ajouta :

— J'aurais préféré éviter.

Saint James sourit.

— C'est bien ce que je pensais. Heureusement, il y a quelques avantages à être handicapé. En voici un...

Lynley lui confia sa torche électrique et se mit à se déshabiller. Une fois en caleçon, il descendit du quai avec une grimace.

— Aïe ! fit-il quand il fut dans l'eau glacée jusqu'à la taille. La bonne nouvelle, c'est que ce n'est pas profond.

— Je ne vois pas vraiment la différence pour toi, dit Saint James. N'essaye pas de te défiler, le meilleur est encore à venir. Ce n'est pas compliqué. Les pavés ne sont pas recouverts d'algues.

— Je sais, grogna Lynley.

Lynley plongea. Saint James avait raison : les pavés n'avaient pas été immergés assez longtemps pour offrir un terrain à la prolifération des algues. Lynley les sortit de l'eau. Mais il ne remonta pas sur le quai tout de suite. A Fairclough, il lança :

— Il y a autre chose. Pouvez-vous m'éclairer ?

Il plongea à nouveau.

Alors que Fairclough tendait le bras pour projeter le faisceau de sa torche sur le fond, Saint James inspecta les pavés. La pierre ne portait aucune striure, pas la moindre rayure argentée ou autre, ni trace brillante d'aucune sorte. Lynley refit surface avec à la main un objet qu'il posa avec un bruit métallique sur le quai, puis il se hissa hors de l'eau et, tremblant de la tête aux pieds, s'empara des serviettes de bain.

Saint James se pencha pour voir ce qu'il avait repêché. Fairclough, toujours au-dessus de lui avec sa torche, demanda :

— Qu'est-ce que vous avez trouvé ?

C'était un couteau, le genre qui sert à vider et fileter le poisson, avec une lame de vingt-cinq centimètres environ. Saint James trouva particulièrement intéressant de constater que l'état du couteau indiquait qu'il ne résidait pas dans l'eau depuis longtemps.

Milnthorpe
Cumbria

Deborah se demandait ce que Simon craignait qu'il ne lui arrive si elle rappelait Nicholas Fairclough. Elle s'était parfaitement tirée de la confrontation avec Alatea ; elle était déterminée à déployer la même diplomatie avec le mari.

Elle le rappela donc et celui-ci lui fixa un nouveau rendez-vous, non sans lui avoir offert auparavant de lui fournir des éléments supplémentaires pour son repérage. Il savait que les cinéastes se servaient de ce qu'ils appelaient des « plans de coupe » pour diversifier l'image à l'écran sur la voix off de la personne interviewée. Il lui proposait de l'emmener à Barrow-in-Furness pour lui montrer les endroits où les toxicos vivaient à la dure.

Deborah accepta sans hésiter. Elle aurait ainsi l'occasion d'en savoir un peu plus – n'était-ce pas la mission que lui avait confiée Lynley ?

Où se retrouvaient-ils ? s'enquit Deborah.

Il viendrait la chercher à son auberge, l'informa Nicholas.

Quel danger courait-elle ? Elle avait son portable sur elle. Si nécessaire, elle pouvait appeler Simon et Tommy au secours. Par conséquent, après avoir rédigé un mot pour son mari, avec le numéro du portable de Nicholas, elle sortit attendre l'époux d'Alatea.

Il arriva vingt minutes plus tard au volant d'une vieille Hillman. Deborah, qui pensait qu'il l'emmènerait tout de suite explorer le coin du pays dont il lui avait parlé, fut un peu étonnée quand il l'invita à prendre un café avant de se rendre à Barrow-in-Furness, mais, bien entendu, elle n'en montra rien et elle accepta avec le sourire.

Ils n'avaient que l'embarras du choix dans la petite ville commerçante de Milnthorpe. Au centre de la place du marché se dressait une église construite sur une modeste éminence ; de part et d'autre, boutiques et petits restaurants se succédaient. A côté du Chippy – qui à en croire l'enseigne proposait toutes les fritures imaginables –, il y avait un café vers lequel ils se dirigèrent. Mais Nicholas se mit soudain à crier :

— Niamh ? Niamh ?

Deborah avisa alors une femme qui sortait de chez un traiteur chinois voisin du Chippy. La femme se retourna aussitôt. Petite et mince, elle était aussi extrêmement élégante, d'une élégance déplacée à cette heure de la journée où en général on ne sortait pas en stilettos et robe de cocktail. La robe très courte mettait en valeur le galbe de ses jambes tandis que le décolleté plongeant avantageait une paire de seins fermes, bombés, pimpants, pour ne pas dire artificiels... Derrière elle marchait un homme dont le tablier indiquait qu'il était un employé du traiteur chinois. Il y avait de toute évidence un lien entre eux, car la dénommée Niamh se tourna vers lui et lui dit quelque chose. De son côté, il la couvait d'un regard amoureux.

— Veuillez m'excuser une minute, dit Nicholas à Deborah en se dirigeant vers la femme.

Elle n'avait pas l'air ravie de le voir et le regarda s'approcher avec un visage de marbre. Elle parla de nouveau à son chevalier servant, lequel, après un coup d'œil à Nicholas, s'empressa de retourner dans sa boutique.

Nicholas tint à la dénommée Niamh un long discours que celle-ci écouta. Deborah se rapprocha un peu dans l'espoir d'entendre des bribes, ce que ne facilitaient pas les bruits du marché, dont c'était le jour à Milnthorpe, auxquels se rajoutait le vrombissement des voitures qui filaient sur la grande route à la lisière de la ville. Ce qu'elle entendait surtout, c'étaient les ménagères bavardant devant les étalages de primeurs ou discutant avec les marchands des avantages de telle marque de piles ou de chaussettes. Deborah se rapprocha encore d'un mètre.

— ... C'est pas tes oignons ! s'exclama à un moment donné Niamh assez fort pour que cela parvienne à l'oreille de Deborah. Et c'est pas non plus ceux de Manette.

— Compris...

Nicholas était parfaitement aimable et poli.

— ... Mais comme ils sont des nôtres, Niamh, qu'ils font partie de notre famille, tu peux comprendre son inquiétude. La mienne aussi.

— Vraiment, ils font partie de votre famille ? Ça, c'est la meilleure ! Aujourd'hui, vous les reconnaissez comme les vôtres, mais le jour où il nous a plaqués ? Vous l'avez laissé faire ! Qu'avez-vous dit le jour où vous l'avez laissé détruire *notre* famille ?

Nicholas prit une mine perplexe. Il promena les yeux à la ronde, à croire qu'il attendait des renforts.

— Je ne vois pas ce qu'aucun de nous aurait pu faire pour changer sa décision, finit-il par répondre.

— Ah bon ? Eh bien, je vais t'aider. Ton père aurait pu menacer de le mettre à la porte s'il ne se conduisait pas en homme responsable, voilà, pour commencer. Si ton cher papa

295

n'avait pas été aussi con, il aurait pu lui dire : « Quitte Niamh et les enfants, et je te fous dehors ! » Et vous autres, bande de lâches, vous auriez pu chanter la même chanson. Vous vous en êtes bien gardés, n'est-ce pas, parce que vous étiez tous entre ses m...

— Ce n'est pas tout à fait ça ! la coupa Nicholas.

— ... mains ! Et pas un de vous n'a été capable de lui tenir tête. Personne n'en a jamais été capable !

— Ecoute, je ne veux pas me disputer avec toi. Nos points de vue divergent, c'est tout. Je veux juste te faire remarquer que Tim est dans un sale état...

— Tu crois que je ne le sais pas ? C'est moi qui ai été obligée de lui trouver un collège où il ne serait pas montré du doigt par les autres élèves comme le garçon dont le père se fait enculer par un Arabe. Je sais qu'il est dans un sale état, tu vois, et je fais ce que je peux pour y remédier. Alors, toi et ton épouvantable famille, je vous prie de nous laisser tranquilles. Vous ne vous en êtes pas privés quand Ian était en vie, alors continuez !

Sur ces paroles, elle fila jusqu'à une rangée de voitures garées du côté nord de la place. Nicholas resta quelques secondes dans ses pensées, les bras ballants, la tête basse, avant de rejoindre Deborah.

— Désolé, lui dit-il. Des histoires de famille.

— Ah, une parente ?

— La femme de mon cousin. Il s'est noyé récemment. Elle a du mal à... à s'en remettre. Il y a les enfants...

— C'est désolant. Devrions-nous plutôt... ?

Elle montra du doigt le café.

— ... repousser à un autre moment ?

— Non, non. J'ai à vous parler, de toute façon. Ce que je vous ai proposé, le petit tour à Barrow ? En réalité, c'était une excuse pour vous voir.

Deborah sachant pertinemment qu'il n'allait pas lui conter fleurette, elle se dit qu'elle s'était peut-être trompée tout à l'heure en supposant qu'Alatea ne lui avait pas dit la vérité à propos de leur dernier entretien.

— Bien sûr, acquiesça-t-elle tout haut en le suivant dans l'établissement.

Elle commanda un café et un toast brioché et s'efforça de prendre l'air décontracté.

Il attendit qu'ils soient servis pour entrer dans le vif du sujet.

— Ce n'est pas facile pour moi, croyez-moi, mais je préfère vous le dire de vive voix. N'importunez plus ma femme, je vous prie, elle doit rester en dehors de ce documentaire si nous devons travailler ensemble. Votre producteur et le cinéaste doivent aussi être avertis de cette clause.

Deborah fit de son mieux pour marquer sa surprise en femme candide qui n'avait aucune idée de ce dont il s'agissait.

— Votre épouse ? répéta-t-elle, la bouche en cœur.

Puis, avec une expression qui montrait qu'elle entrevoyait le problème et était pleine de regrets, elle ajouta :

— Je lui ai fait de la peine hier, elle vous l'a dit, n'est-ce pas ? J'espérais, je l'avoue, qu'elle ne vous en parle pas. Je suis désolée, Mr Fairclough. Ce n'était pas intentionnel. Mettons ça sur le compte de la maladresse. Je n'aurais jamais dû aborder avec elle la question du magazine.

Contre toute attente, il rétorqua vivement :

— Quel magazine ?

Curieuse réaction.

— *Conception.*

Elle se retint de lui demander s'il y avait un autre magazine qui aurait dû retenir son attention, fouillant dans sa mémoire, s'efforçant de se rappeler quelles autres revues étaient exposées sur la table avec *Conception*. Elle n'en gardait aucun souvenir, tant elle avait été captivée par ce titre.

— Ah, ça. *Conception*. Non, non. Ce n'est pas... Peu importe.

Deborah ne pouvait pas en rester là. Elle opta pour une approche stratégique frontale.

— Mr Fairclough, quelque chose ne va pas ? Vous avez un problème ? Une question ? Si je peux vous rassurer d'une façon ou d'une autre...

Il tripota l'anse de sa tasse de café et poussa un gros soupir.

— Il y a des événements qu'Alatea ne veut pas évoquer, et son passé est l'une de ces choses. Je sais que vous n'êtes pas venue avec l'intention de fouiller dans sa vie, mais c'est ainsi : elle a peur. Elle craint que vous ne vous montriez indiscrète.

— Je vois, opina Deborah. Je peux vous garantir que notre documentariste ne s'intéresse qu'à votre projet de réhabilitation... Evidemment, il se pourrait que remontent à la surface des faits vous concernant... Etes-vous certain de ne pas être inquiet des conséquences que ce film aurait sur vous ? Votre réputation dans la communauté ?

Il fit entendre un rire sarcastique.

— Je me suis suffisamment détruit quand je me droguais pour qu'aucun film ne puisse m'atteindre à présent. Non, il s'agit de ce qu'Alatea a fait pour subvenir à ses besoins avant notre rencontre. Elle ne devrait pas paniquer, je sais, mais c'est plus fort qu'elle. Car, au fond, ce ne sont que des broutilles. Elle n'a quand même pas tourné dans des films pornos !

Deborah acquiesça. Elle se composa un visage grave et compatissant, mais ne dit rien. Car Nicholas n'était-il pas sur le point de... prêt à sauter le pas... à plonger... Il suffirait qu'elle le pousse encore un peu.

Elle finit par déclarer pensivement :

— Vous vous êtes rencontrés dans l'Utah, n'est-ce pas ? J'ai fait une partie de mes études universitaires aux Etats-Unis. A Santa Barbara. Vous connaissez cette ville ? Tout est cher là-bas et je... Bon, je n'avais pas beaucoup d'argent et il y a toujours moyen de s'en procurer... Je...

Elle laissait le soin à son imagination de remplir les blancs. A la vérité, elle n'avait rien fait d'autre que suivre ses cours à la fac, mais comment pouvait-il le savoir ?

Il pinça les lèvres, sans doute gêné par ce qu'il prenait pour un aveu de sa part. Après avoir bu une gorgée de café, il reposa sa tasse et dit :

— En fait, c'était de la lingerie.

— De la lingerie ?

— Alatea était mannequin lingerie. Elle posait pour des catalogues. Des publicités dans des magazines aussi.

Deborah sourit.

— Et c'est ce qu'elle a peur que j'apprenne ? Mais cela n'a rien de honteux, Mr Fairclough. Et si je peux vous parler franchement, elle a le corps qu'il faut. Votre femme est très belle. Je comprends tout à...

— De la lingerie coquine, précisa-t-il.

Il marqua un temps de pause, afin de lui permettre d'enregistrer l'information et d'en tirer les conséquences.

— Des catalogues pour une certaine clientèle, vous comprenez. Des publicités, mais pas dans n'importe quels magazines... Ce n'était pas... Elle n'était pas... Je veux dire, ce n'était pas vraiment de la lingerie fine. Maintenant, elle a honte et tremble à l'idée que quelqu'un ne le découvre et l'humilie...

— Eh bien, qu'elle se rassure. Pour moi, c'est tout ce qu'il y a de plus hors sujet.

Elle jeta un coup d'œil par la fenêtre du café au marché qui battait son plein sur la place. Une queue s'était formée devant une camionnette verte qui vendait des plats chauds. *Sue's Hot Food Bar*, lisait-on au-dessus de l'ouverture sur le flanc du véhicule. Devant celui-ci, des gens mangeaient assis autour de tables pliantes ce que Sue leur servait, fumant, sur des assiettes en carton.

— Pourtant, reprit Deborah, j'étais sûre que c'était ce magazine... *Conception*... mais sans doute parce que je me sens, hélas, trop concernée par ce problème. Je n'aurais jamais dû l'aborder avec elle. Vous lui présenterez toutes mes excuses.

— Ce n'est pas ça. Elle voudrait un enfant, c'est certain. Je pense que mon désir est pour l'instant plus fort que le sien. C'est peut-être ce qui la rend si susceptible sur ce point. Le vrai problème pour elle, c'est son passé de mannequin et les photos prises à cette époque. Elle a peur qu'un tabloïd ne s'en empare...

Tout en prononçant ces mots, il porta son regard, comme Deborah un peu plus tôt, sur la place. Mais au lieu d'observer discrètement les gens attablés devant la camionnette, il se figea soudain et les traits de son visage se durcirent.

— Veuillez m'excuser une minute.

299

Sans laisser à Deborah le temps de répondre, il sortit.

Deborah le vit piquer droit sur un des clients de *Sue's Hot Food Bar*. L'homme baissa vivement la tête en le voyant approcher, cherchant manifestement, et en vain, à passer inaperçu. Nicholas l'empoigna brutalement par l'épaule. L'homme se leva aussitôt.

C'était un géant. Il devait bien mesurer deux mètres, estima Deborah. Dans sa précipitation, il s'était cogné la tête au parasol censé servir de parapluie au centre de la table et avait perdu son bonnet, révélant une tignasse d'un roux flamboyant.

Deborah plongea sa main dans son sac.

Le rouquin écoutait ce que lui disait Nicholas, dont les propos semblaient aussi brûlants que la nourriture dans l'assiette. Il haussa les épaules et la discussion se poursuivit.

Deborah sortit son appareil photo et se mit à mitrailler les deux hommes.

Kensington
Londres

Barbara Havers estima qu'elle avait une veine de pendu lorsque le taxi s'arrêta à Rutland Gate, au sud de Hyde Park. Il aurait tout aussi bien pu l'emmener de Portland Place jusqu'à Wapping, ou encore plus loin. Et même si Lynley aurait réglé sans ciller la course, elle n'aurait pas eu assez d'argent sur elle et cela l'aurait étonnée que le chauffeur accepte un patin en guise de paiement. Dire qu'elle n'y avait pas pensé quand elle avait sauté dans son taxi ! En voyant qu'il se dirigeait vers l'ouest plutôt que vers l'est, elle avait déjà poussé un soupir de soulagement. Puis il n'avait pas tardé à bifurquer à gauche peu après les bâtiments en brique des Hyde Park Barracks.

Il lui montra du doigt un immeuble blanc cossu dont l'entrée présentait autant d'interphones qu'il devait compter d'appartements. Barbara descendit de voiture et régla le chauffeur, qui lui précisa non sans lui adresser un clin d'œil égrillard que c'était là qu'il déposait le couple. Ils entraient toujours ensemble. Ils avaient tous les deux un jeu de clés, puisque c'était l'un ou l'autre qui ouvrait la porte indifféremment.

Tandis que le taxi s'éloignait, Barbara se demanda comment elle allait s'y prendre pour débusquer la femme dont l'identité l'intéressait. Elle prit une cigarette et se mit à fumer en arpentant le trottoir. La nicotine, se dit-elle, il n'y avait rien de mieux pour stimuler les cellules grises. Ces dernières n'eurent pas besoin d'être stimulées longtemps.

Elle gagna la porte d'entrée et examina la rangée d'interphones. Les appartements étaient numérotés, mais il n'y avait pas de noms, ainsi que la coutume le voulait à Londres. Un seul indiquait *Gardien*. Un coup de chance. Peu d'immeubles londoniens étaient pourvus de concierges. Si leur présence augmentait la valeur au mètre carré, ils coûtaient une fortune aux propriétaires.

Une voix désincarnée la pria d'énoncer sa requête. Elle prétendit souhaiter des renseignements sur un appartement dont elle avait entendu dire qu'il serait bientôt mis en vente. Aurait-il l'amabilité de répondre à quelques questions à propos de l'immeuble ?

Le gardien parut moins enthousiaste que résigné. Il lui ouvrit la porte en lui indiquant qu'elle devait suivre le couloir jusqu'au bout pour arriver jusqu'à la loge.

A l'intérieur, il n'y avait pas un bruit. On entendait seulement, à condition de dresser l'oreille, le lointain bourdonnement du trafic sur Kensington Road, au-delà de Rutland Gate. Ses pas eux-mêmes étaient étouffés par l'épais tapis persan du couloir carrelé de marbre. Les portes des deux appartements au rez-de-chaussée se faisaient face. Sous une glace dans un épais cadre en bois doré, une table supportait des casiers pour le courrier. Barbara y jeta un coup d'œil, mais comme les interphones, ils n'indiquaient que des numéros.

Tout de suite après la cage d'escalier et l'ascenseur, elle s'arrêta devant une porte ornée d'une plaque de cuivre : *Gardien*. L'homme qui lui ouvrit ressemblait à un retraité. Sa combinaison de travail était trop serrée autour du cou et trop ample autour de son abdomen. Il toisa Barbara d'un air de dire que si elle avait l'intention d'acheter dans l'immeuble, elle n'allait pas être déçue par le prix.

— J'ai pas entendu parler d'une mise en vente, déclara-t-il sans préambule.

— C'est un peu de prospection que je fais, débita-t-elle en désignant l'intérieur de la loge avec son plus beau sourire. Je peux ? Cela ne prendra qu'une minute.

Il recula d'un pas et indiqua d'un mouvement de tête un bureau dans le coin de la pièce. Il était confortablement installé, constata Barbara. Une agréable salle de séjour. Le poste de télévision était allumé. Elle l'avait interrompu. Sur le petit écran passaient les images d'un vieux film dans lequel Sandra Dee et Troy Donahue, adolescents pour l'éternité, s'embrassaient sur une mélodie familière qui allait crescendo. *A Summer Place*. Un tube des années 60 sur les amours de jeunesse et leurs tourments. Imbattable, songea-t-elle.

Le gardien suivit la direction de son regard et, à croire que son choix de film avait révélé le fond de son caractère, se dépêcha d'éteindre le poste. Après quoi, il gagna son bureau, le contourna et s'assit en face de Barbara qui, faute de siège, resta debout. Ce qui semblait être le but de la manœuvre.

Barbara manifesta au gardien juste ce qu'il fallait de gratitude pour avoir accepté de lui parler. Elle lui posa quelques questions sur l'immeuble, comme elle imaginait qu'en poserait un acheteur potentiel avant de mettre sur la table un argent durement gagné en échange d'un bien immobilier outrageusement surcoté parce que situé à Kensington. Date de construction, état des lieux, problèmes de chauffage, de plomberie, d'aération, difficultés rencontrées avec les copropriétaires, présence d'indésirables, voisinage, nuisances sonores, pubs, restaurants, marchés, magasins de proximité, et ainsi de suite. Quand elle eut épuisé la liste – et noté les réponses dans son petit carnet à spirale – elle appâta son hameçon par les paroles suivantes :

— Magnifique ! Je ne sais comment vous remercier. Tout ce que vous me dites là colle avec ce que Bernard m'a raconté.

Il ne fit ni une ni deux et mordit.

— Bernard ? C'est votre agent immobilier ? Je vous répète que je suis pas au courant d'une vente prochaine.

— Non, non. Bernard Fairclough. Il m'a dit qu'une de ses associées habitait dans l'immeuble. Je ne me rappelle pas son nom...

— Oh. Ce doit être Vivienne Tully, sûrement que si. Je ne pense pas que son appartement est en vente. Il est trop bien placé pour ça.

— Ah, oui. Ce n'est pas celui de Vivienne. J'ai cru un moment. Mettons que j'espérais... Mais Bernie...

Bien trouvé, se félicita-t-elle, ce petit nom affectueux.

— ... m'a informée qu'elle était très contente dans cet immeuble.

— Sûrement. Une gentille femme, allez. Elle n'oublie jamais les étrennes, c'est vrai, ce qui est pas le cas de tout le monde.

Il jeta un regard du côté du poste de télévision puis se racla la gorge. Barbara aperçut alors sur une petite table à côté du fauteuil relax une assiette de toasts recouverts de haricots à la sauce tomate. Nul doute que le pauvre type voulait retourner à son repas, ainsi qu'à Sandra, Troy et à leurs amours passionnées autant qu'interdites. Qui pouvait le lui reprocher ? L'amour passionné et interdit mettait du piment dans la vie quotidienne, non ?

Lac Windermere
Cumbria

Lynley prenait l'apéritif, en l'occurrence un verre de sherry, avec Valerie et Bernard Fairclough lorsque Mignon fit son apparition. Ils se trouvaient dans ce que Valerie appelait le petit salon. Un feu dans la cheminée commençait à réchauffer agréablement la pièce. Aucun d'eux n'entendit Mignon s'introduire dans le château – la porte d'entrée donnait sur un grand vestibule – et son arrivée inopinée produisit par conséquent son petit effet.

La porte étant grande ouverte, elle entra en poussant devant elle son déambulateur. La pluie s'était remise à tomber, une pluie battante, et elle était venue de chez elle sans imperméable. Suite à cet « oubli » (que Lynley devinait volontaire), elle était assez mouillée pour provoquer instantanément chez ses parents une réaction. Les cheveux aplatis sur le crâne, son bandeau de petite fille modèle dégouttant d'eau sur son front et dans ses yeux, les chaussures et les vêtements détrempés. Sa maison, jugea Lynley, n'était pourtant pas assez éloignée du château pour expliquer son allure de noyée sauvée des eaux. Il conclut qu'elle avait passé un certain temps sous le déluge de manière à se ménager une arrivée remarquée. En la voyant, sa mère bondit sur ses pieds et Lynley – pur réflexe de gentleman – se leva poliment.

— Mignon ! s'écria Valerie. Pourquoi n'as-tu pas pris un parapluie ?

— Comment veux-tu que je porte un parapluie en poussant ce machin ? rétorqua sa fille.

— Tu aurais au moins pu enfiler un imper et un chapeau, fit remarquer son père d'un air dubitatif.

Bernard Fairclough ne s'était pas levé et son expression indiquait qu'il n'était pas dupe de son stratagème.

— J'ai oublié, dit Mignon.

Valerie intervint :

— Viens t'asseoir près du feu, ma chérie. Je vais aller chercher des serviettes pour te sécher les cheveux.

— C'est pas la peine, affirma Mignon. Je ne reste pas. Vous allez dîner bientôt, non ? Personne ne m'a invitée ce soir, je ne voudrais pas vous importuner trop longtemps.

— Tu n'as pas besoin d'invitation, protesta Valerie. Tu es toujours la bienvenue. Mais je pensais que tu préférais... à cause de...

Manifestement, elle ne voulait pas en dire davantage devant Lynley.

Tout aussi manifestement, Mignon tenait à mettre les points sur les i.

— J'ai une bande gastrique, Thomas. Si vous m'aviez vue auparavant, une grosse vache, c'est vrai. Vous ne pouvez pas savoir comme j'étais énorme. Je me suis bousillé les genoux à trimballer toute cette graisse pendant vingt ans. On va me les remplacer. Les genoux, je veux dire. Après cette remise à neuf, il se trouvera peut-être un type pour venir me ravir à mes pauvres parents. En tout cas, c'est ce qu'ils espèrent.

Elle traversa cahin-caha le salon et s'installa dans le fauteuil laissé vacant par sa mère. Elle se tourna vers son père.

— Je ne suis pas contre un sherry.

Puis, se tournant vers Lynley, elle continua d'un ton nonchalant :

— Au début, j'ai cru que vous étiez venu pour ça. Suis-je bête ! Voyez-vous, vous ne connaissez pas mon père. Toujours un nouveau plan tordu en tête, ce cher papa. Dès que je vous ai vu, j'ai su que vous n'étiez pas là pour rien. Mais je me suis trompée de plan en pensant que vous séjourniez à Ireleth Hall pour évaluer la marchandise, si vous voyez ce que je veux dire.

— Mignon, je t'en prie, intervint sa mère.

— Finalement, je veux bien tes serviettes.

Mignon avait l'air de s'amuser à donner des ordres à Valerie. Quand celle-ci sortit, elle eut une expression satisfaite. Son père, en revanche, n'avait pas bougé de son fauteuil.

— Alors, ce sherry, papa ?

Bernard, se dit Lynley, avait l'air sur le point de prononcer des paroles qu'il allait regretter. En d'autres circonstances, la curiosité aurait poussé Lynley à attendre la suite, mais là, son sens de la civilité prit le dessus. Il posa son verre de sherry sur la table à côté de son fauteuil et lança :

— Je m'en occupe.

D'un geste, Bernard le coupa dans son élan.

— Non, je vous en prie, restez assis, Tommy.

— Tu peux me verser un grand verre, dit Mignon à son père. Je viens de passer un moment délicieux avec Mr Seychelles. D'habitude on en grille une après, moi, je préfère me soûler.

Fairclough observait sa fille. Son visage reflétait une si profonde aversion que Mignon gloussa.

— Je t'ai choqué ? lui demanda-t-elle. Vraiment désolée, papa.

Bernard remplit à ras bord un verre à whisky. Ce qui faisait beaucoup de sherry. Si elle buvait tout ça, elle était sûre et certaine de s'enivrer. Et Lynley avait le sentiment qu'elle en avait la ferme intention.

Fairclough était en train de tendre son verre à sa fille quand Valerie revint avec les serviettes. Elle s'approcha de Mignon et se mit à lui sécher les cheveux, tout doucement, tendrement. Lynley s'attendait à ce que Mignon chasse les mains maternelles avec impatience. Elle n'en fit rien. Elle laissa sa mère lui essuyer la tête, le cou, le visage.

— Maman vient toujours me rendre visite avec un objectif. Le saviez-vous, Thomas ? Elle m'apporte à manger... La châtelaine a ses pauvres... Mais rien que pour bavarder un moment ? Jamais. Cela n'est pas arrivé depuis des années. Alors, quand elle a rappliqué tout à l'heure les mains vides, je suis tombée des nues. Je me suis dit : Qu'est-ce que la chère dame me veut ?

Valerie cessa brusquement de caresser la tête de sa fille et resta les bras ballants, les poings serrés sur les serviettes pendantes. Elle se tourna vers son mari. Bernard Fairclough demeura muet. Ils paraissaient l'un comme l'autre se préparer à subir une montée en puissance de l'offensive. Lynley ne put s'empêcher de s'interroger sur ce qui avait bien pu réduire ces parents à accepter d'être aussi mal traités par leur enfant.

Mignon but une bonne lampée de sherry en tenant son verre entre ses paumes, tel un prêtre le calice.

— Maman et moi n'avons rien à nous dire, vous comprenez. Elle ne s'intéresse pas à ce que je fais et, croyez-moi, je ne m'intéresse pas à sa vie à elle. Cela limite les sujets de conversation. Une fois qu'on a parlé de la pluie et du beau temps, qu'est-ce qu'il nous reste ? Je veux dire, à part son jardin topiaire lugubre à souhait et son jardin des enfants encore plus rasoir...

— Mignon, finit par déclarer son père. Tu dînes avec nous ou tu es venue pour une autre raison ?

— Ne me mets pas au pied du mur, répliqua Mignon. Ce n'est pas une bonne idée.

— Ma chérie... intervint sa mère.

— Je t'en prie, pas de ça avec moi, tu sais bien qu'il n'y a qu'un seul chéri dans cette famille.

— Ce n'est pas vrai.

Mignon regarda Lynley en haussant les sourcils.

— C'est Nicholas, ç'a été Nicholas depuis le jour de sa naissance, Thomas. Enfin un fils, alléluia, jouez hautbois, résonnez musettes ! Ce n'est pas pour ça que je suis venue. Je voudrais vous parler de ce petit infirme pitoyable.

L'espace d'un instant, Lynley ne sut pas à qui elle faisait allusion. Pourtant il était lui-même d'autant plus conscient du handicap de Saint James qu'il était responsable de l'accident qui en avait été la cause. Mais attacher les adjectifs « pitoyable » et « petit » à son ami de toujours semblait si hors de propos que dans son esprit Mignon parlait sûrement de quelqu'un d'autre. Elle ne fut pas longue à le détromper.

— Maman n'a pas tenu le coup aussi longtemps qu'elle l'aurait dû en ma compagnie. Après son départ, je me suis posé des questions, et cela n'a pas été compliqué de piger. Je vous ai tous vus qui remontiez du hangar à bateaux. Toi, papa, Thomas et l'infirme. Thomas avait l'air d'avoir pris un bain, vu ses cheveux mouillés et les serviettes qu'il avait dans les bras. L'infirme, non. Il était tout à fait sec. Comme toi, papa...

Mignon but une nouvelle lampée de sherry avant de poursuivre.

— ... En voyant les serviettes-éponges, j'ai compris que l'opération avait été préméditée. Thomas ici présent n'était pas tombé à l'eau par mégarde et, puisque ses vêtements n'étaient pas mouillés, j'en ai déduit qu'il s'était déshabillé. Cela confirmait que le bain était intentionnel. Ce n'est guère la saison de nager pour son plaisir dans le lac, alors je me suis dit... Je pense que c'est en rapport avec Ian. Vous me suivez ?

Lynley sentit sur lui le regard de Bernard Fairclough. Valerie posa tour à tour le sien sur sa fille et sur son mari. Lynley prit soin de se taire. C'était à Fairclough de mettre ou non au courant Mignon. Lynley jugeait préférable de divulguer le motif de sa présence à Ireleth Hall plutôt que de continuer à jouer cette comédie absurde.

Fairclough, toutefois, ne dit rien à sa fille. Elle prit apparemment son silence pour un acquiescement.

— Ce qui signifie qu'à ton avis la mort de Ian n'a rien d'accidentel. C'est la pensée qui m'a traversée quand je vous ai vus remonter du lac. Au fait, il m'a suffi de quelques minutes sur Internet pour apprendre la véritable identité de notre visiteur. Si tu avais voulu me cacher qui il était vraiment, il aurait fallu lui inventer un pseudonyme.

— Personne n'a jamais rien voulu te cacher, Mignon, riposta son père. Si Tommy est ici avec nous, c'est que je l'ai invité. Le fait qu'il soit un policier n'a rien à voir avec...

— Un inspecteur de Scotland Yard, le corrigea Mignon. Papa, ne fais donc pas l'idiot. Et comme il est ici parce que tu l'as invité et qu'il rôde autour de notre hangar à bateaux en compagnie de je ne sais qui, je n'ai pas besoin de toi pour relier les points entre eux.

Elle changea alors de position dans son fauteuil afin de se tourner vers Lynley plutôt que vers son père. Sa mère s'était éloignée, portant toujours les serviettes. Mignon s'enquit auprès de Lynley :

— Ainsi vous menez une enquête en catimini ? A l'instigation de qui... ? Pas de papa, quand même ?

— Mignon, fit son père.

Elle fit la sourde oreille.

— Parce que cela prouverait que papa est innocent, ce qui, franchement, est improbable.

— Tu es folle ! s'écria Valerie. Comment peux-tu dire des choses pareilles ?

— Non, je ne suis pas folle, ma chère maman. Papa avait de bonnes raisons de vouloir se débarrasser de Ian. N'est-ce pas, papa ?

Fairclough demeura muet. Le regard qu'il posait sur sa fille ne trahissait aucune émotion. Il avait sans doute l'habitude de ce genre d'attaque de sa part ou bien il croyait que sa fille n'irait pas plus loin. Tous attendirent dans une grande tension. Dehors, des rafales de vent fouettaient les fenêtres du salon. Valerie était la seule à paraître effondrée.

— Moi aussi, j'avais une bonne raison, tu pourrais me rétorquer, hein, papa ?

Mignon se renfonça dans son fauteuil. De toute évidence, elle s'amusait énormément. Les yeux sur son père, elle reprit en s'adressant cependant à Lynley :

— Ce que papa ignore, c'est que je savais que Ian souhaitait qu'il me coupe les vivres, voyez-vous, Thomas. Il était toujours penché sur nos comptes, notre Ian, toujours à chercher des moyens d'économiser l'argent de papa. J'étais un de ces moyens. Il y a la « folie », qui a coûté une fortune à construire, et qu'il faut maintenant entretenir. Il y a mon entretien personnel qui n'est pas moindre. Et comme vous l'aurez remarqué, j'en suis sûre, lors de votre aimable visite en mon foyer, j'aime bien m'acheter des petits trucs de temps en temps. Etant donné les montagnes d'or que papa a rapportées à Fairclough Industries, mes exigences sont plutôt modestes, je trouve. Mais, du point de vue de Ian, c'était déjà trop, je n'en méritais pas tant. Je dois avouer que papa n'a jamais abondé dans son sens... Un bon point pour lui. Nous savons tous les deux... papa et moi... qu'il peut toujours changer d'idée, suivre les conseils de Ian et me jeter à la rue. N'est-ce pas ?

Fairclough demeurait imperturbable et Valerie sur ses gardes. Lynley venait de recueillir grâce à Mignon plus de renseignements que l'un et l'autre réunis n'avaient bien voulu lui en fournir d'eux-mêmes.

— Valerie, déclara finalement Bernard en fixant sa fille, je crois qu'il est l'heure de dîner. Mignon, tu vas nous laisser.

Mignon sourit. Elle vida son verre de sherry et lança :

— Je crois qu'il va falloir m'aider à retourner chez moi, papa.

— Et moi, je pense que tu peux te débrouiller parfaitement bien toute seule, riposta-t-il.

8 novembre

De Chalk Farm à Victoria
Londres

Barbara Havers poussa un cri perçant en voyant son visage dans le miroir de la salle de bains pendant qu'elle se dirigeait vers le petit coin au petit matin, ayant oublié son changement radical d'apparence. Son cœur fit un bond dans sa poitrine et elle pivota sur elle-même, prête à se défendre contre la créature dont elle apercevait seulement le reflet du coin de l'œil. Le tout ne prit que quelques secondes, mais elle se sentit d'autant plus stupide lorsque la mémoire des événements de la veille lui revint d'un seul coup, telle une vague brûlante, une vague sinon de honte, du moins de quelque chose d'approchant.

Une fois terminée sa visite dans l'immeuble où habitait Vivienne Tully, l'associée de Bernard Fairclough, elle avait téléphoné à Angelina Upman sur son portable et lui avait annoncé qu'elle se trouvait à Kensington et qu'elle était obligée, hélas, d'annuler « le rendez-vous beauté », pour la bonne raison qu'elle était trop loin de Chalk Farm. Angelina ne l'avait pas entendu de cette oreille : Mon Dieu ! Kensington était à un saut de puce de Knightsbridge ! Elles n'avaient qu'à se retrouver là-bas au lieu de faire le chemin ensemble. Hadiyyah, qui écoutait ce que disait sa mère, avait ajouté son grain de sel en prenant le téléphone :

« Tu peux pas faire ça, Barbara ! Rappelle-toi que ce sont les ordres. Et puis, c'est pas comme si ça faisait mal. »

Baissant le ton, elle lui avait rappelé :

« Et puis après on va au Dorchester, Barbara. On va prendre le thé au Dorchester. Maman dit qu'il y a un pianiste qui joue du piano pendant qu'on mange, et il y a un serveur qui se promène tout le temps avec un plateau plein de mini-sandwichs. Maman dit qu'on nous apporte des scones tout chauds et qu'il y a des pâtisseries. Des tas de pâtisseries, Barbara. »

A contrecœur, Barbara avait accepté. Elle les retrouverait à Knightsbridge. Jusqu'où n'irait-on pas pour cueillir de délicieux sandwichs sur un plateau en argent ?

L'épisode du salon de coiffure avait été pour Barbara ce qu'un psychologue aurait qualifié de «crise constructive». Dusty – le coiffeur visagiste – s'était montré conforme au portrait brossé par Angelina. Barbara, coincée dans le fauteuil d'un sous-fifre, l'avait vu foncer sur elle en s'écriant :

« Mais qu'est-ce que c'est que ça ? On sort de quel siècle ? »

Il était mince, beau, les cheveux en pétard, et tellement hâlé pour un mois de novembre que seules des heures passées sous une lampe à bronzer pouvaient lui avoir conféré cette bonne mine précancéreuse. Sans laisser le temps à Barbara de répliquer, il s'était tourné vers le sous-fifre.

« Tu désépaissis là en laissant du volume ici, et fais les mèches, 182 et 64. Et quand c'est fini, tu m'appelles. »

Puis, se tournant vers Barbara, il ajouta :

« Vous en avez attendu un bail pour venir me voir ! Vous auriez pu patienter encore six semaines et je me serais occupé de vous personnellement. Qu'est-ce que vous utilisez comme shampoing, j'aimerais bien savoir ?

— Du liquide vaisselle. Je m'en sers pour tout.

— Vous plaisantez bien sûr. Enfin, vous devez acheter votre shampoing au supermarché, non ?

— Et où devrais-je l'acheter, sinon ? »

Il roula des yeux horrifiés.

« Par pitié ! »

311

Puis, à l'adresse d'Angelina :

« Tu es exquise, ma choute, comme d'hab. »

Après quoi il avait envoyé un baiser du bout des doigts à Angelina et laissé Barbara entre les mains du sous-fifre. Quant à Hadiyyah, il l'avait carrément ignorée.

Au bout du compte, après l'équivalent d'une traversée des enfers, Barbara avait émergé des mains du sous-fifre de Dusty avec ce qui ressemblait plus ou moins à une coupe au bol, les cheveux éclaircis par des mèches d'un blond platine étincelant et striés de nuances de châtain et d'acajou. Le sous-fifre qui n'était finalement pas Cedric mais une jeune femme originaire de l'Essex, gentille en dépit de ses quatre piercings à la bouche et de ses tatouages sur la gorge, lui expliqua quels soins apporter à ses bouclettes, ce qui excluait tout recours au liquide vaisselle ou à quoi que ce soit d'autre que des fioles d'élixir à un prix affolant qui, d'après elle, allait « préserver la couleur, améliorer le gonflant et réparer les follicules », et elle aurait tout aussi bien pu poursuivre en disant que sa vie sociale allait s'en trouver bouleversée.

Barbara avait payé la note, exorbitante, en se demandant pourquoi les femmes se ruinaient pour quelque chose qui pouvait tout aussi bien se régler sous la douche.

Cela dit, quand elle prit la sienne le lendemain matin, elle protégea sa tête en l'emmaillotant dans du film alimentaire. Après avoir enfilé un pantalon à élastique et un sweat, elle s'apprêtait à déguster une Pop-Tart à la fraise lorsqu'elle entendit la voix joyeuse d'Hadiyyah, suivie par un discret coup frappé à sa porte.

— Tu es là ? Tu es là ? J'ai amené papa pour qu'il voie ta nouvelle coiffure, Barbara.

— Non, non, non, murmura Barbara.

Elle n'était pas encore prête à ce qu'on pose les yeux sur elle, surtout pas Taymullah Azhar, dont elle percevait à présent la voix sans comprendre ce qu'il disait. Elle attendit en silence, dans l'espoir que Hadiyyah la suppose déjà partie pour le Yard, mais qui croyait-elle tromper ? Il n'était pas encore huit heures du matin. Hadiyyah connaissait par cœur la routine de Barbara. Et même si cela n'avait pas été le cas, sa Mini était garée pile devant chez Azhar. Ne lui restait plus qu'à ouvrir la porte.

— Tu vois ? s'exclama Hadiyyah en agrippant la main de son père. Tu vois, papa ? Maman et moi, on a emmené Barbara chez le visagiste de maman hier. Barbara est pas jolie comme ça ? *Tout le monde* au Dorchester se retournait sur elle.

— Ah, fit Azhar. Oui. En effet. Je vois.

Des mots où l'on avait de la peine à discerner l'éloge, estima Barbara.

— J'ai eu une peur bleue ce matin en me regardant dans la glace.

— Pourtant cela n'a rien d'effrayant, la rassura Azhar avec le plus grand sérieux.

— Euh, je veux dire, je ne me suis pas reconnue.

— Moi, je trouve que Barbara est *ravissante*, déclara Hadiyyah à son père. Maman aussi. Maman dit qu'avec ses cheveux bien coiffés on croirait que la lumière vient de l'intérieur de son visage et ses yeux brillent encore plus. Maman dit que Barbara a des yeux magnifiques et qu'elle doit les mettre en valeur. Dusty a dit à Barbara qu'elle doit laisser sa frange pousser jusqu'à ne plus avoir du tout de frange mais...

— *Khushi*, la coupa Azhar, très doucement et très gentiment. Ta mère et toi, vous avez très bien fait. Tu vois, maintenant, Barbara est en train de prendre son petit déjeuner, et toi et moi devons la laisser manger en paix...

Il dévisagea longuement Barbara d'un air songeur.

— Cela vous va bien, conclut-il en posant une main tendre sur la tête de sa fille et en la dirigeant vers la sortie.

Barbara les suivit des yeux tandis qu'ils regagnaient tous les deux leur appartement. Hadiyyah sautillait d'un pied sur l'autre à côté de son père en babillant gaiement. Azhar, depuis qu'elle le connaissait, avait toujours eu un air sérieux, presque grave. Aujourd'hui, il semblait à Barbara carrément soucieux. Qu'est-ce qui pouvait bien le préoccuper ? Evidemment, Angelina n'avait pas de travail en ce moment. Peut-être était-il accablé par la note salée du Dorchester. Angelina avait insisté pour qu'elles boivent le champagne afin de fêter le *relooking* de Barbara.

Barbara referma sa porte, pensive. Si, en effet, elle avait causé des ennuis à Azhar, elle devait trouver un moyen d'y remédier, mais comment s'y prendre, autrement qu'en lui glissant quelques billets en remboursement, qu'il refuserait de toute façon ?

Une fois habillée et prête à attaquer la journée, elle concentra ses pensées sur ce qui l'attendait. Même si, officiellement, elle était toujours en congé, son enquête l'obligeait à faire un saut à New Scotland Yard. Autrement dit, elle devait s'attendre à essuyer les moqueries de ses collègues à propos de sa nouvelle coiffure.

En temps normal, elle aurait peut-être réussi à repousser l'inévitable en ne mettant pas les pieds au Yard jusqu'à la fin de son congé. Mais voilà, Lynley avait besoin d'une information plus facile à obtenir à la Met que n'importe où ailleurs. Il ne lui restait donc plus qu'à mettre le cap sur Victoria Street en évitant de se faire remarquer.

Elle tenait un nom – Vivienne Tully. Pas grand-chose d'autre. En quittant l'immeuble de Rutland Gate, elle avait pourtant essayé d'en apprendre davantage. L'inspection des casiers à lettres dans le vestibule lui avait procuré quelques modestes espoirs. Vivienne Tully logeait dans l'appartement numéro 6. Barbara s'était ruée dans l'escalier. Le 6 nichait au troisième. C'était le seul et unique logement à cet étage. Barbara avait frappé, pour apprendre seulement que Vivienne Tully avait une femme de ménage qui était autorisée à répondre à la porte si jamais quelqu'un s'y présentait pendant qu'elle passait l'aspirateur ou le chiffon à poussière. Une question polie concernant l'endroit où l'on pouvait éventuellement joindre Mrs Tully avait révélé que la femme de ménage parlait peu – pour ne pas dire pas – l'anglais. Plutôt le balte ou quelque chose dans le genre. Cependant, le nom de Vivienne Tully ne lui était pas étranger et, grâce au langage corporel, avec force gesticulations qui incluaient de soulever un magazine de la table basse et montrer du doigt une pendule, Barbara comprit que Vivienne était danseuse au

Royal Ballet ou bien qu'elle était allée assister à un ballet en compagnie d'une certaine Bianca, ou bien encore que, toujours avec la prénommée Bianca, elle était allée suivre un cours de danse. Quoi qu'il en soit, cela revenait au même : Vivienne Tully n'était pas là et ne rentrerait pas avant au moins deux heures. Son « rendez-vous beauté » ne permettant pas à Barbara de traîner dans le coin afin d'aborder Vivienne Tully en chair et en os, elle avait filé à Knightsbridge en considérant qu'elle n'avait guère mieux sur Vivienne Tully qu'une page blanche.

Elle comptait sur sa visite au Yard pour remplir cette page, ainsi que pour lui procurer des renseignements sur Ian Cresswell, sur Bernard Fairclough et sur cette Argentine dont Lynley avait parlé : Alatea Vasquez y del Torres. Sautant dans sa Mini, elle prit le chemin de Westminster avec l'intention de raser les murs de New Scotland Yard.

La chance lui sourit, du moins au début. Les seuls collègues qu'elle croisa furent Winston Nkata et la secrétaire du département, Dorothea Harriman. Cette dernière, qui était la féminité incarnée et pour qui l'élégance et tout ce qui avait trait à l'apparence physique n'avaient aucun secret, ne posa pas plus tôt les yeux sur Barbara qu'elle se figea sur ses talons de douze centimètres et s'exclama :

— Superbe, sergent ! Vraiment ravissant ! Vous êtes allée chez qui ?

Elle palpa les cheveux de Barbara et, sans attendre de réponse, enchaîna :

— Et regardez-moi comme ils brillent. C'est magnifique, magnifique. La commissaire Ardery va être enchantée. Vous allez voir.

La commissaire Ardery était bien la dernière personne que Barbara voulait voir.

— Merci. Ça change un peu, vous trouvez pas ?

— Oh, c'est cent fois mieux, rétorqua Dorothea. Il me faut absolument le nom de votre coiffeur. Vous voulez bien me le donner ?

— Bien sûr. Pourquoi est-ce que je ne voudrais pas ?

— Certaines femmes gardent leurs bonnes adresses pour elles seules. A croire qu'on est toutes en compétition ou plutôt prêtes à s'écharper...

Elle se recula d'un pas pour mieux admirer la coiffure de Barbara et conclut :

— Je suis verte de jalousie !

Que Dorothea Harriman lui envie sa coupe de cheveux, c'était à hurler de rire. Au même titre que l'idée qu'elle, Barbara, ait l'ambition d'attirer les mâles et de capturer l'un de ces spécimens grâce à l'usage de cet artifice qui lui avait été imposé à son corps défendant. Elle se retint toutefois de faire part de ses pensées à Dorothea et lui communiqua le nom de Dusty et l'adresse de son salon à Knightsbridge. Le lieu était en plus tout indiqué, songea Barbara, convaincue que Dee passait le plus clair de son temps libre et dépensait l'essentiel de son salaire dans les boutiques de ce quartier chic.

La réaction de Winston Nkata fut plus tempérée.

— C'est très bien, Barbara. La chef a vu ?

— Je préférerais qu'elle ne me voie pas. Si tu la croises, ne lui dis pas que je suis là. Je veux juste consulter nos fichiers et quelques autres trucs.

— L'inspecteur Lynley ?

— Motus.

Nkata promit à Barbara qu'il la couvrirait, mais lui rappela qu'on ne pouvait pas savoir à quel moment la commissaire Isabelle Ardery allait surgir.

— Tu ferais mieux de te trouver une bonne excuse, lui conseilla-t-il. Elle est furieuse que l'inspecteur soit parti sans lui dire où il allait.

Barbara dévisagea Nkata, se demandant s'il était au courant de la liaison de Lynley et d'Isabelle Ardery. Son expression ne laissait rien deviner, ce qui chez lui était habituel. Barbara sauta à la conclusion que sa remarque était dictée par le constat d'une évidence : Lynley était un des hommes d'Ardery ; l'adjoint au préfet de police l'avait dépêché, Dieu sait où, pour une affaire qui ne regardait pas Ardery ; cette dernière était par conséquent vexée.

Barbara dénicha un coin discret où elle pouvait consulter à loisir sur un terminal la gigantesque base de données de la Met. Elle commença ses recherches par Vivienne Tully. Elle obtint très facilement quantité de détails sur sa vie. Née à Wellington, en Nouvelle-Zélande, elle avait grandi à Auckland où elle avait entrepris des études universitaires avant de venir en Angleterre les parfaire à la London School of Economics. Elle cumulait actuellement un poste de directrice générale d'une société du nom de Precision Gardening, des fabricants d'outils de jardin – une entreprise pas bien glamour, jugea Barbara –, et un poste de directrice générale à la fondation Fairclough. En grattant encore un peu, Barbara lui découvrit des liens supplémentaires avec Bernard Fairclough. Au début de sa carrière, elle avait été son assistante à Fairclough Industries, à Barrow-in-Furness ! Entre les deux, à savoir entre Fairclough Industries et Precision Gardening, elle avait été « consultant », ce que Barbara interpréta comme correspondant à une période où elle avait tenté de monter sa propre entreprise ou bien avait été réduite au chômage. Cette période avait duré quatre ans. A présent, à trente-trois ans, c'était, d'après sa photo, une femme aux cheveux en épis, un peu garçon manqué sur les bords d'après son habillement, et au visage qui reflétait une intelligence à faire peur. Dans son regard, on devinait qu'elle ne supportait pas les imbéciles. Etant donné son parcours et son apparence, on pouvait aussi la supposer d'une indépendance farouche.

En ce qui concernait lord Fairclough, Barbara ne trouva rien qui sorte de l'ordinaire. En revanche, il y avait beaucoup de choses peu banales à propos de son fils. Nicholas Fairclough avait été un enfant terrible. Son adolescence et sa jeunesse avaient été jalonnées d'accidents de la route, d'arrestations pour ivresse au volant et tentatives de cambriolage, pour vol à l'étalage et recel et vente d'objets volés. A présent, il avait l'air d'être rentré dans le rang et avait payé ses multiples dettes à la société. Depuis le jour de son mariage, il n'avait pas fait un pet de travers.

Cela amena Barbara à rechercher ce qu'ils avaient sur Alatea Vasquez y del Torres, cette femme au patronyme long

317

comme le bras. Sur le bout de papier chiffonné où elle avait griffonné des notes, il n'y avait qu'une partie du nom de la ville dont elle était originaire. Santa Maria di quelque chose. Ce qui ne l'avançait guère. Santa Maria etc. se révéla aussi commun pour les villes et les bourgs d'Amérique du Sud que les noms de Jones et de Smith en Angleterre. Barbara se gratta la tête : cela n'allait pas être aussi simple que de piquer un bonbon à un enfant de cinq ans !

Elle réfléchissait à un nouvel angle de recherche quand la commissaire intérimaire lui mit la main dessus. Dorothea Harriman avait exprimé son enthousiasme à propos de la nouvelle coiffure de Barbara sans parvenir malheureusement à attacher à ses compliments un pieux mensonge, comme quoi, mettons, elle aurait aperçu Barbara ailleurs qu'à New Scotland Yard. Isabelle Ardery s'en était allée la traquer jusqu'au douzième étage où Barbara s'était planquée, la bibliothèque étant le lieu idéal pour ceux qui souhaitent consulter les bases de données de la Met dans une atmosphère sereine et à l'abri des regards.

— Ah, vous voilà !

La commissaire intérimaire s'était approchée de Barbara par-derrière, aussi silencieuse et prédatrice qu'un félin. Et c'était vrai, se dit Barbara, elle ressemblait vraiment à un chat, avec une souris décapitée dans la gueule.

— Chef, fit le sergent Havers en saluant de la tête.

Puis elle se dépêcha d'ajouter :

— Je suis toujours en congé.

Mais les chances pour qu'Isabelle Ardery soit venue lui ordonner de reprendre ses fonctions étaient minces.

Ardery, comme il fallait s'y attendre, ne prit pas ce chemin, pas plus qu'elle n'acquiesça au statut d'employé en congé revendiqué par Barbara.

— Primo, je veux voir cette coiffure, sergent.

Etant donné le ton qu'avait pris la commissaire, Barbara frémissait à la perspective de ce qui venait en deuzio. Elle se leva pour permettre à Ardery d'inspecter sa tête relookée.

Ardery opina.

— Voilà ce que j'appelle une coupe de cheveux. J'irai presque jusqu'à parler de style.

Vu la somme qu'elle avait déboursée, pensa Barbara, on pouvait parler carrément d'une nuit au Ritz. Elle attendit la suite.

Ardery tourna autour d'elle sans cesser de hocher la tête avec approbation.

— La coiffure et les dents. Très, très bien. Je suis contente de voir que vous êtes apte à obéir aux ordres, sergent, quand on vous met la pression.

— Toujours à votre service.

— Quant au reste...

Barbara lui rappela :

— En congé, chef ?

Dans son esprit, cela suffisait à expliquer pourquoi elle était en survêtement avec un tee-shirt *Videz votre chope... Les petits chinois sont sobres*, des baskets rouges et un caban bleu marine.

— Même en congé, affirma la commissaire Ardery. Barbara, vous représentez le Yard. Dès que vous franchissez la porte de ce bâtiment...

Elle laissa sa phrase en suspens. Ses yeux venaient de se poser sur le bloc-notes en lambeaux de Barbara.

— Qu'est-ce que vous faites ici ? demanda-t-elle.

— J'avais besoin de quelques renseignements.

— Sûrement au sujet de quelque enquête policière, répliqua Isabelle Ardery en se plaçant de manière à voir l'écran du terminal. L'Argentine ?

— Des vacances, lança Barbara d'un ton évasif.

Isabelle Ardery se mit à pianoter sur les touches. Elle remonta dans l'historique de la consultation. Devant la liste de villes commençant par *Santa Maria di*, elle fit observer :

— Vous avez pris la Vierge Marie en affection ? En général, en vacances, on va au bord de la mer, ou au ski, même dans la jungle si on veut. Vacances riment avec aventures et séjours écolos. Qu'est-ce qui vous intéresse ?

— Pour le moment, j'explore différentes pistes.

— Ne me prenez pas pour une idiote, sergent. Si vous vouliez programmer vos vacances, vous ne le feriez pas d'ici. Et comme vous êtes ici et comme vous avez demandé quelques jours de congé, je me crois en droit de conclure que vous travaillez pour l'inspecteur Lynley. Est-ce que je me trompe ?

— Non, soupira Barbara.

— Je vois.

Les yeux d'Isabelle Ardery n'étaient plus que deux fentes luisant d'un éclat dangereux.

— Vous êtes en contact avec lui, n'est-ce pas ? ajouta-t-elle.

— Eh bien... plus ou moins. Oui.

— Régulièrement ?

— Je ne comprends pas ce que vous voulez dire, se défendit Barbara.

Où cette conversation les menait-elle ? Ce n'était pas comme s'il y avait quelque chose entre elle et l'inspecteur Lynley ! Si Ardery soupçonnait une aberration pareille, elle était vraiment détraquée.

— Où est-il, sergent ? interrogea la commissaire intérimaire sans prendre de gants. Vous le savez, n'est-ce pas ?

Barbara hésita. La vérité, c'était que oui, elle le savait parfaitement. D'un autre côté, Lynley ne lui avait rien dit. Elle s'était contentée de tirer des déductions logiques du nom qu'il lui avait donné : Bernard Fairclough. Aussi répondit-elle :

— Il ne m'a rien dit, chef.

Pour sa part, Ardery avait interprété l'hésitation de Barbara d'une autre manière.

— Je vois, prononça-t-elle d'une voix chargée de sous-entendus mêlés de reproches. Merci, sergent. Merci beaucoup.

Sur ces paroles, Ardery se dirigea vers la sortie. Barbara pouvait encore la rappeler. Il n'était pas trop tard. Elle pouvait encore l'informer de l'endroit où se trouvait Lynley. Mais elle n'en fit rien. Elle ne se demanda même pas pourquoi elle avait laissé croire à la commissaire quelque chose qui n'était pas vrai.

Barbara retourna à ses recherches sur Santa Maria di quelque chose. Alatea Vasquez y del Torres... C'était elle, et non Isabelle Ardery, qui, pour l'instant, constituait sa priorité.

Milnthorpe
Cumbria

Le fond du problème, conclut Saint James, c'était, tout simplement, que sa femme avait peur de l'avenir et projetait leur couple dans un futur pour lequel elle avait mis au point une demi-douzaine de scénarios différents, dont aucun ne réussissait à vaincre ses appréhensions. Ce qui aux yeux de Simon semblait offrir une solution envisageable à leur désir de fonder une famille apparaissait à Deborah sous un tout autre jour. Il y avait trop de variables qu'ils n'étaient pas en mesure de contrôler, disait-elle pour donner du poids à ses réticences. A regret, il devait admettre qu'elle n'avait pas complètement tort. Dans le cadre d'une adoption dite ouverte, ils accueilleraient un enfant ayant besoin de parents aimants, mais aussi une mère et un père biologiques, des grands-parents biologiques maternels et paternels, et Dieu sait qui encore. Il ne s'agissait pas simplement de recevoir des bras d'une assistante sociale un bébé en espérant – sans se leurrer – qu'une fois adulte ou même adolescent il n'éprouve pas l'envie de rechercher ses géniteurs afin de se construire une deuxième vie auprès d'eux. Deborah avait raison bien sûr. Mais lui aussi, quand il lui répétait qu'il n'existait aucune garantie dans l'un et l'autre cas, bref, que les voies de la parenté étaient forcément hasardeuses.

Son frère le pressait. Il voulait une réponse. La jeune fille de Southampton n'allait pas patienter éternellement, lui avait rappelé David. D'autres couples s'intéressaient à sa proposition.

« Allez, Simon ! C'est oui ou non. Cela ne te ressemble pas, cette indécision. »

Saint James avait donc remis le sujet sur le tapis. De nouveau, Deborah s'était montrée inébranlable. Après avoir dis-

321

cuté un bon quart d'heure, en vain, il était sorti prendre l'air. Ils ne s'étaient pas quittés en mauvais termes, mais il fallait laisser retomber la pression de part et d'autre.

S'éloignant du Crow & Eagle, il avait pris en direction d'Arnside sur la route qui longeait la rivière Bela et un peu plus loin l'étendue sablonneuse des laisses de basse mer de Milnthorpe Sands. Il marchait en s'efforçant de ne penser à rien, de se concentrer sur sa respiration, sur l'air si pur et limpide après la pluie. Il avait besoin de vider son esprit de toute cette histoire d'adoption, si seulement il pouvait l'oublier tout à fait. Par son obstination, Deborah allait empoisonner leur mariage.

Ce fichu magazine n'avait rien arrangé. Deborah l'avait lu de A à Z. Un article de *Conception* l'avait convaincue de choisir la solution de la mère porteuse. Au menu, son ovule à elle, son sperme à lui, une boîte de Petri et un utérus accueillant. Elle avait lu le récit d'une mère porteuse qui avait ainsi accouché de six enfants pour d'autres couples. Six ! Deborah avait une fâcheuse tendance à projeter son altruisme sur les autres...

« Ce serait notre enfant. Le nôtre ! insistait-elle. Le nôtre et celui de personne d'autre. »

De son point de vue à lui, il serait tout à la fois le leur et pas le leur. Au même titre que l'adoption, la voie de la grossesse de substitution était pavée de périls imprévisibles.

C'était une belle journée. Le ciel était dégagé après le déluge qui s'était déchaîné pendant la nuit sur le Lake District. Une fraîcheur mentholée caressait les joues sous un ciel parsemé de nuages gris floconneux. Dans la baie, des oiseaux migrateurs, qui marquaient une halte avant de repartir pour l'Afrique et la Méditerranée, fouillaient la vase en quête de vers et de mollusques. Il n'y avait que les pluviers et les bécasseaux variables auxquels Saint James donnait un nom. Après avoir contemplé un long moment les oiseaux en méditant sur la simplicité de leur existence, il fit demi-tour et s'en retourna à Milnthorpe, apaisé.

Sur le parking de l'auberge, Lynley, qui arrivait tout juste, sortit de la Healey Elliott. Les deux hommes échangèrent un regard complice en admirant la ligne élancée du coupé et la remarquable finition de la carrosserie. Puis Saint James déclara :

— Je suppose que tu n'as pas fait tout ce chemin pour me faire baver d'envie.

— Ah, tu sais bien que je profite de toutes les occasions pour frimer. Mais en l'occurrence, tu as raison. Je voulais te parler.

— Tu aurais pu me téléphoner. Ce n'était pas la peine de te taper toutes ces petites routes.

— Hum, enfin, il faut que je te dise : nous ne sommes plus vraiment incognito... Je ne crois pas que les Fairclough vont regretter mon absence pendant quelques heures.

Lynley raconta à Simon sa soirée avec Valerie, Bernard et Mignon.

— Maintenant qu'elle sait que Scotland Yard est sur le coup, elle va se faire un plaisir d'en informer les autres membres de la famille.

— C'est peut-être une bonne chose.

— C'est ce que je souhaitais au départ, rendre notre présence officielle.

— Quelque chose te dérange ? s'enquit Saint James, sensible aux intonations de son ami.

— Oui.

— Quoi ?

— C'est à cause de la personnalité de Bernard Fairclough, et aussi de celle de Hillier ! Hillier a la fâcheuse manie de toujours chercher à se servir de moi pour arriver à des fins qui n'avantagent que lui.

Saint James attendait la suite. Il connaissait par cœur l'histoire des ennuis que l'adjoint au préfet avait occasionnés à Lynley. Pour commencer, il avait essayé, des années auparavant, de le pousser à couvrir un crime. Cela aurait bien ressemblé à Hillier de manipuler l'inspecteur afin de venir en aide à un membre de sa caste – car Hillier considérait sûrement Fairclough, au même titre que Lynley et que sa propre personne, comme la crème de la crème – et d'enterrer un secret embarrassant, avec Lynley dans le rôle du fossoyeur.

Bref, avec Hillier, tout était possible, et les deux hommes le savaient.

— Il se peut que ce soit un écran de fumée, reprit Lynley.

— Quoi ?

— L'enquête en toute discrétion que Fairclough m'a demandé de mener sur la mort de Ian Cresswell. En tout cas, c'est ce qu'a insinué hier soir Mignon Fairclough. Elle avait l'air de me dire : Ne regardez pas plus loin, celui qui vous intéresse est sous votre nez... Je t'avoue que j'y avais pensé, mais que ça ne me paraît pas tenir la route.

— Pourquoi ?

— Parce que ça n'a pas de sens, Simon.

Lynley s'adossa à la Healey Elliott, les bras croisés.

— Je comprendrais à la rigueur s'il était accusé ou même suspect dans cette affaire. Il souhaiterait alors laver son nom de tout soupçon. Pareillement, si un ou plusieurs de ses enfants étaient accusés ou soupçonnés. Mais le décès de son neveu est accidentel, du moins a-t-il été déclaré tel. Alors, pourquoi risquer de remuer beaucoup de boue s'il est coupable ou si sa progéniture a quelque chose à se reprocher ?

— Ne serait-ce pas plutôt Mignon qui cherche à noyer le poisson, si tu me permets ce très mauvais jeu de mots ?

— Ce qui expliquerait pourquoi hier soir elle a tenté de diriger l'attention sur son père. A ce qu'il paraît, Ian Cresswell encourageait Bernard à lui couper les vivres.

Lynley exposa alors à son ami l'arrangement financier que Mignon avait avec son père.

— Privée de son allocation, tu imagines, poursuivit Lynley. Pour elle, il n'en est pas question. Et comme c'est Cresswell qui tenait les comptes et savait exactement où allait l'argent de Bernard, il y a aussi la possibilité qu'il ait poussé Bernard à couper les vivres à d'autres personnes.

— Au fiston ?

— C'est probable, tu ne crois pas ? Etant donné le passé de Nicholas, Cresswell avait beau jeu d'arguer qu'on ne pouvait pas lui faire confiance. Qui pouvait le contredire ? Nicholas Fairclough est peut-être sevré de la méthamphétamine, mais la toxicomanie est une maladie dont on ne guérit pas. On se contente de faire avec, ou plutôt sans, au jour le jour.

Lynley savait de quoi il parlait, à cause de l'addiction de son propre frère.

— Et Fairclough a-t-il donné de l'argent à son fils ?

— Il faut que j'enquête là-dessus. Je devrais trouver les informations par la deuxième fille et son mari.

Saint James se détourna. De la cour derrière l'auberge leur parvenaient à présent des bruits de casseroles et des odeurs de saucisse grillée et de toast brûlé.

— Et Valerie Fairclough, Tommy ? suggéra Saint James.

— Tu crois ?

— Elle n'a aucun lien de parenté avec Ian Cresswell. Il était le neveu de son mari et une menace potentielle pour l'héritage de ses enfants. S'il voulait couper les vivres à Mignon et ne pas subventionner Nicholas dont il doutait de la guérison, il y avait des chances qu'il parvienne à persuader Fairclough de fermer le robinet. En outre, d'après le constable Schlicht, Valerie Fairclough s'est conduite d'une manière extrêmement louche le jour où elle a découvert le corps : elle était habillée comme pour se rendre à une réunion mondaine et n'a manifesté aucune émotion en appelant les secours. D'après le constable, elle a dit d'une voix neutre : « Il y a un cadavre qui flotte sous mon hangar à bateaux. »

— Exact, admit Lynley. D'un autre côté, c'était peut-être à sa vie à elle qu'on en voulait.

— Mobile ?

— A en croire Mignon, son père n'est presque jamais là. Il passe sa vie à Londres. Havers est en train d'explorer cette piste. Si le mariage Fairclough est bancal, cela pourrait arranger Bernard que sa femme disparaisse.

— Le divorce, ça existe, non ?

— Tu oublies qu'il y a Fairclough Industries. Cela fait des siècles qu'il est à la tête de l'entreprise. Bien sûr, en cas de divorce, il pourrait être remercié en échange d'une indemnité de départ conséquente, mais, après tout, nous ignorons les clauses de leur contrat de mariage. Pour l'heure, l'entreprise appartient toujours à Valerie et elle est libre de prendre les décisions qu'elle veut.

— Raison de plus pour qu'elle ait souhaité la mort de Ian, Tommy, s'il conseillait à Bernard de prendre des décisions qui la contrariaient.

— Sans doute. Cela ne serait-il pas cependant plus logique de licencier le neveu encombrant ? Pourquoi le tuer puisqu'elle avait le pouvoir de le virer tout aussi facilement ?

— Alors, qu'est-ce qu'on a de tangible ?

Saint James récapitula les éléments en leur possession : le couteau à poisson qui, malgré les apparences, n'avait rien de suspect ; les pavés repêchés qui ne portaient, eux, aucune trace susceptible d'indiquer qu'ils avaient été descellés par une main criminelle.

— On pourrait éventuellement convoquer le constable Schlicht et le technicien de la police scientifique intervenu sur place. Mais il nous faudrait obtenir l'autorisation de rouvrir le dossier alors que nous n'avons pas un seul élément nouveau à présenter à l'appui de notre requête.

— La réponse, ce sont les gens qui la détiennent, conclut Lynley. Il faut que l'on enquête sur chacun.

— Autrement dit, je ne te suis plus d'aucune utilité. Sauf pour la piste avec le couteau à poisson. Et une autre conversation avec Mignon ne serait pas du luxe.

A cet instant, le portable de Lynley sonna. Après avoir jeté un coup d'œil à l'écran, il informa Saint James :

— C'est Havers. Elle va peut-être nous mettre sur une nouvelle voie...

Il ouvrit le clapet et, sans préambule, débita d'un trait :

— J'espère que vous avez du nouveau, sergent, parce que ici on collectionne les impasses !

Arnside
Cumbria

Alatea était sortie de bonne heure planter des bulbes dans le jardin pour la bonne raison qu'elle souhaitait éviter de croiser son mari. Après une mauvaise nuit causée par la myriade de pensées qui tournoyaient telles des toupies dans sa tête, dès les premières lueurs de l'aube, elle s'était levée et éclipsée de la maison.

Nicholas n'avait pas tellement mieux dormi. Quelque chose ne tournait pas rond.

Le malaise était apparu pendant le dîner la veille au soir. Il jouait avec la nourriture dans son assiette, coupait sa viande en petits morceaux, tranchait ses pommes de terre et les empilait ainsi que des jetons de casino. Quand elle lui avait demandé ce qui n'allait pas, il lui avait offert un pâle sourire et répondu :

« Oh, je n'ai pas très faim, c'est tout. »

Finalement, il s'était levé et avait gagné le salon jaune. Là, il était resté un moment assis au coin de la cheminée avant d'arpenter la pièce à la manière d'un lion en cage.

Au lit, cela avait été pire encore. En hésitant, elle avait posé une main timide sur sa poitrine.

« Nicky, dis-moi ce qui ne va pas, je t'en prie. »

En vérité, elle avait peur d'entendre sa réponse encore plus qu'elle ne craignait ce qui pouvait jaillir de son propre esprit bouillonnant.

« Rien, je t'assure, ma chérie, avait-il répondu. Juste un peu fatigué, et énervé... »

Comme une expression d'angoisse affleurait sur les traits de sa femme, il avait ajouté :

« Tu n'as pas à t'inquiéter, Allie. »

Elle se rendait compte qu'il cherchait à la rassurer, à lui dire que ce qui le préoccupait aujourd'hui était sans rapport avec ses problèmes du passé. Ce qu'elle voulait bien croire, ce dont elle était persuadée même. Pourtant, elle avait prétendu le contraire.

« Tu as peut-être besoin de parler à quelqu'un, Nicky. Tu sais comment ça se passe... »

Il avait acquiescé. D'après le regard débordant d'amour qu'il avait posé sur elle, elle n'avait plus eu aucun doute : elle était la cause de son désarroi.

Ils n'avaient pas fait l'amour. Cela aussi, c'était un signe, d'autant que c'était elle qui avait été demandeuse et non l'inverse. Il adorait quand elle prenait l'initiative, parce que loin d'être un idiot, il savait à quel point leur couple était incompatible, du moins aux yeux d'un monde qui jugeait d'après les apparences. Le fait qu'elle veuille de lui aussi souvent que lui d'elle le remplissait de bonheur. Nicholas était toujours disponible. Pas hier soir.

Aussi, lorsque Alatea sortit du manoir pour descendre au jardin, c'était pour s'empêcher de penser à toutes les horribles possibilités qui l'avaient assaillie la nuit durant, et aussi pour éviter de rester auprès de Nicholas, car il finirait bien à un moment ou à un autre par lui avouer ce qui le préoccupait, et elle ne s'estimait pas capable d'y faire face.

Elle s'était donné pour tâche de planter plusieurs milliers de bulbes de chionodoxas, ou Gloire des neiges, de sorte qu'au printemps leur pelouse se métamorphose en un tapis de fleurs bleues sur fond d'herbe tendre, descendant jusqu'à la digue. En attendant, elle avait un énorme travail à fournir, ce qui n'était pas pour lui déplaire. Ce n'était pas l'œuvre d'un seul jour, mais elle pouvait toujours en abattre une bonne partie. Maniant la bêche et la pelle, elle eut l'impression que les heures s'écoulaient à la vitesse de l'éclair. Quand elle fut certaine que son mari avait quitté Arnside House pour Barrow-in-Furness et sa demi-journée à Fairclough Industries avant de consacrer l'autre au chantier de la tour Pele, elle tassa la terre autour des derniers bulbes plantés, se redressa et s'étira en massant son dos endolori.

Ce fut seulement arrivée à la hauteur de la cour qu'elle vit sa voiture. Nicholas n'était pas allé travailler ! Elle posa les yeux alternativement sur le véhicule et la façade du manoir. Un frisson glacé monta le long de sa colonne vertébrale.

Il se trouvait dans la cuisine. Assis à l'épaisse table en chêne, il paraissait bouder. Une tasse de café posée devant lui, la cafetière et le bol de sucre à portée de main. Toutefois, la tasse était encore pleine et un anneau noir à l'intérieur de la cafetière en verre indiquait que le liquide était refroidi depuis longtemps.

Il ne s'était pas habillé. Il avait passé la robe de chambre qu'elle lui avait offerte pour son anniversaire sur son pyjama. Les pieds nus, il ne semblait pas se soucier du contact glacé du carrelage. Tous ces détails lui ressemblaient si peu... Et surtout, Nicholas ne manquait jamais une journée de travail.

Ne sachant que lui dire, Alatea enchaîna avec ce qu'il avait prétexté la veille au dîner :

— Nicky, je ne savais pas que tu étais encore là. Tu es malade ?

— J'ai juste besoin d'un peu de temps pour réfléchir.

Quand il posa ses yeux injectés de sang sur elle, elle eut la sensation qu'un étau se refermait sur son cœur.

— C'est ici que je réfléchis le mieux, précisa-t-il.

Elle aurait préféré ne pas lui poser la question évidente, mais ne pas le faire aurait paru suspect.

— Tu veux réfléchir à quoi ? Qu'est-ce qu'il y a ?

Il regarda dans le vide, en silence. Elle l'observa. Puis il baissa les yeux, comme s'il envisageait toutes les différentes réponses qu'appelait sa question.

— Manette est venue me trouver à l'usine, finit-il par articuler.

— Il y a des problèmes là-bas ? l'interrogea Alatea, n'osant se sentir soulagée.

— Il s'agit de Tim et de Gracie. Elle voudrait qu'on les prenne ici avec nous.

— Ici, avec nous ? Qu'est-ce que tu veux dire ?

Il lui expliqua les faits. Elle l'écouta d'une oreille tout en essayant d'interpréter ses intonations. Il évoqua son cousin Ian ; la femme de son cousin, Niamh ; les deux enfants. Il paraissait inconcevable à Alatea que Niamh se serve d'eux comme de pions sur un échiquier pour jouer une partie qui aurait, de toute façon, dû être terminée maintenant que Ian n'était plus là. La situation de Tim et de Gracie lui donnait envie de pleurer. Elle se sentait dans l'obligation de faire quelque chose pour eux, tout comme Nicholas d'ailleurs. Mais cette histoire ne justifiait pas l'humeur noire et l'insomnie de son mari. Nicholas ne lui disait pas tout.

— Manette et Freddie sont tout désignés pour s'occuper d'eux, conclut Nicholas. Je ne saurais pas quoi faire devant les difficultés de Tim. Tandis que Manette et Freddie, ce sont des figures parentales. Et puis Manette saura s'y prendre avec Tim. Elle est bonne pour ça. Elle n'abandonne pas les gens.

— Alors, c'est la solution, non ?

— Oui, seulement Manette et Freddie sont divorcés. En fait, ils forment un drôle de tandem. Et leur situation est instable.

Il garda un moment le silence et versa un peu de café froid dans sa tasse de café froid, auquel il ajouta du sucre.

— C'est trop dommage, reprit-il en touillant avec la cuillère. Tu comprends, ces deux-là sont comme les deux doigts de la main. Je ne comprends pas pourquoi ils se sont séparés. Bon, ils n'ont pas eu d'enfants. C'est peut-être ça qui a coulé leur mariage, à la fin.

Alatea tressaillit. Et voilà la vraie raison ! « A la fin », en effet, la procréation était le problème vers lequel tout convergeait. Elle avait su dès le départ que c'était la pierre sur laquelle achopperait toute relation durable avec qui que ce soit, même avec Nick.

— Ils ne voulaient peut-être pas d'enfants, avança-t-elle. Certains couples préfèrent ne pas en avoir.

— Certains couples, mais pas Manette.

Il lui jeta un coup d'œil. A la vue de ses traits tirés, elle comprit qu'il ne lui disait pas la vérité. Tim et Gracie avaient sûrement besoin qu'on leur procure un foyer stable, cependant ce n'était pas ce qui préoccupait à ce point son mari.

— Il y a aussi autre chose, laissa-t-elle tomber en tirant une chaise pour s'asseoir. Je crois, Nicky, qu'il vaudrait mieux que tu m'en parles.

Dès leur rencontre, et c'était ce qui les avait si bien soudés l'un à l'autre, Nicholas ne lui avait rien caché. Aucune des vicissitudes de son passé. Elle savait tout du tissu de mensonges qu'était alors son existence dont le seul but était d'obtenir de quoi se procurer de la drogue et de dissimuler son état. Si, à présent, il cessait de se livrer à elle sans retenue, ce manque de franchise serait plus nuisible à leur mariage que les paroles qu'il ravalait. Et cela, ils le savaient tous les deux.

Finalement, il annonça :

— Mon père pense que j'ai tué Ian.

Cette déclaration était si éloignée des craintes d'Alatea qu'elle resta un moment interdite. Quelque part en elle il y avait des mots pour exprimer ce qu'elle éprouvait, mais ils restaient hors d'atteinte, du moins les mots anglais.

Nicholas ajouta :

— Scotland Yard est venu enquêter sur la mort de Ian. La police l'ayant déclarée accidentelle, il ne peut y avoir qu'une seule raison à la présence de Scotland Yard. Papa a fait jouer ses relations, il sait si bien le faire. Je ne vois pas d'autre explication.

— C'est impossible.

Alatea articulait avec difficulté, la bouche sèche. Elle mourait d'envie de se saisir de la tasse de café froid de Nicholas et de la boire d'une traite. Mais elle préférait ne pas esquisser le moindre geste de peur de se mettre à trembler comme une feuille.

— Comment le sais-tu, Nicky ? parvint-elle à ajouter.

— C'est le journaliste.

— Quoi... ? Tu veux dire ce type ? Le même ? Celui qui est venu ici... ? Avec son article qui n'est jamais sorti ?

Nicholas confirma d'un signe de tête.

— Il est de retour. C'est lui qui me l'a appris. Scotland Yard enquête chez nous. Le reste est clair. Je suis la personne qui les intéresse.

— Il a dit ça ? Le journaliste ? balbutia Alatea.

— Pas mot pour mot. Mais d'après les événements récents, c'est évident.

Ah, il lui cachait donc autre chose... Alatea le voyait sur son visage.

— Je ne le crois pas. Toi ? Pourquoi aurais-tu voulu du mal à Ian ? Et pour quelle raison ton père te soupçonnerait ?

Nicholas haussa les épaules. Elle voyait bien qu'il était en proie à un conflit intérieur qu'il ne supportait pas de lui révéler. Quel était ce conflit ? Leur amour était-il menacé ? Elle ne parvenait pas à discerner si son mari avait du chagrin, s'il était déprimé ou aux prises avec un autre genre de douleur.

— A mon avis, tu devrais parler à ton père, trouva-t-elle la force de lui conseiller. Tout de suite. Ce reporter, Nicky, il ne te veut pas du bien. Et cette femme qui prétend travailler pour une maison de production qui n'existe même pas... Il faut que tu ailles voir ton père au plus vite. Tu ne dois pas rester dans l'incertitude. Tu n'as pas le choix, Nicky.

Il releva la tête. Ses yeux étaient humides. Le cœur d'Alatea se serra. Elle l'aimait tellement, lui qui avait l'âme aussi troublée que la sienne.

— Tu seras contente d'apprendre que je refuse de participer à son film documentaire. Je le lui ai dit, au fait. C'est une chose de moins sur la liste de nos emmerdements.

Il ébaucha un pâle sourire pour la réconforter, lui assurer que tout allait bien.

L'un comme l'autre savaient que c'était un mensonge. Mais comme pour le reste, aucun des deux n'était disposé à l'admettre.

Milnthorpe
Cumbria

— Je ne voudrais pas avoir à l'écrire sur une enveloppe, quoique, en espagnol, il existe sans doute des abréviations pour ceux qui veulent envoyer du courrier là-bas, déclara Barbara Havers à l'inspecteur Lynley sur son portable.

Elle parlait de la ville en Argentine, celle dont était sans doute originaire Alatea Vasquez y del Torres.

— Santa Maria de la Cruz, de los Angeles, y de los Santos. Un bourg qui mange à tous les râteliers de la protection divine. Sans doute situé sur une faille. On n'est jamais trop prudent, n'est-ce pas ? Au cas où...

Lynley l'entendait tirer sur une cigarette à l'autre bout de la ligne. Rien d'étonnant à cela. Havers était tout le temps en train de fumer. Elle n'était donc pas au Yard. Ou si elle l'était, elle l'appelait d'une cage d'escalier où elle se réfugiait parfois pour en griller une en cachette.

— Pourquoi cette ville spécifiquement, Barbara ? s'enquit-il.

Et se tournant vers Saint James, adossé comme lui à la Healey Elliott sur le parking du Crow & Eagle, il ajouta :

— Elle est sur le dossier Alatea Fairclough.

A l'autre bout du fil, agacée, Havers demanda :

— A qui parlez-vous ? Je déteste les conversations à trois.

— Saint James est ici. Je vais mettre le haut-parleur… si j'arrive à comprendre comment ça marche.

— Oh, ça, quand les poules auront des dents, rétorqua Havers. Passez-le à Simon. Il va vous bidouiller ça.

— Havers, je ne suis pas totalement…

— Monsieur…

Elle avait pris sa voix de sainte à la patience d'ange. Il n'avait pas le choix. Il tendit son portable à son ami. Après que ce dernier eut appuyé sur une ou deux touches, ils purent entendre tous les deux Havers.

— C'est à cause du maire, les informa-t-elle. Je sais combien c'est hasardeux, monsieur, mais il se trouve que le maire s'appelle Esteban Vega y de Vasquez et sa femme, Dominga Padilla y del Torres de Vasquez. Si on mélange les deux patronymes, il en est sorti celui d'Alatea.

— Vous avez beaucoup d'imagination, Barbara.

— Et vous avez trouvé ça sur Internet ? s'enquit Saint James.

— C'est rien de le dire, j'y ai passé des heures. Et comme tout est en espagnol, c'est pas sûr qu'il soit le maire de la ville. C'est peut-être un employé de la fourrière qui ramasse les chiens errants. Sauf qu'il y a une photo de lui. Et je ne vois pas pourquoi un employé de la fourrière remettrait à un tiers les clés de la ville. Sauf à Barbara Woodhouse[1], évidemment.

— Elle n'est plus de ce monde, dit Lynley.

---

1. Barbara Woodhouse a animé pendant des années une émission à la télévision sur comment dresser son chien.

— Peu importe. Bon, je suis donc tombée sur cette photo de lui en grande tenue de maire avec son épouse, ils posent tous les deux avec quelqu'un, je ne sais pas qui, bien sûr, puisque je suis incapable de déchiffrer la légende qui est en espagnol, une langue dans laquelle je peux tout juste dire *una cerveza por favor*. Mais leurs noms sont écrits noir sur blanc. Esteban et Dominga et tout le toutim. Jusqu'ici, c'est ce que j'ai trouvé de mieux.

— Il faudrait qu'on nous le traduise, fit observer Lynley.

— Simon ? L'espagnol est-il une des multiples cordes à votre arc ?

— Seulement le français, répondit Saint James. Le latin aussi, je ne crois pas que ça nous avancera beaucoup.

— Eh bien, je vais chercher un traducteur. Et il faut aussi qu'on m'explique comment ces gens goupillent leurs patronymes à rallonges.

— C'est basé sur les aïeux.

— Ah, ça, j'avais compris. Mais comment font-ils ? Est-ce qu'ils continuent à les accumuler de génération en génération ? J'aimerais pas trop avoir à écrire une tartine pareille sur ma demande de passeport.

Pendant ce temps, Lynley se demandait à qui ils pourraient bien demander une traduction. Bien entendu, au Yard, il trouverait son bonheur. Le problème, c'était qu'il risquait d'alerter Isabelle qui ne tarderait pas à remonter jusqu'à lui.

— Et sur Alatea Fairclough ? dit-il en attendant que l'inspiration lui vienne. Qu'est-ce que vous avez trouvé sur elle en rapport avec cette ville de Santa Maria etc. ? Vous supposez que c'est la fille du maire ?

— Ah, pas du tout, monsieur. Le maire et sa femme ont cinq fils et pas de fille.

Sur ce, elle inhala profondément et souffla bruyamment la fumée dans le micro de son téléphone. Lynley entendit aussi un bruit de papier froissé : elle feuilletait son bloc-notes.

— Carlos, Miguel, Angel, Santiago et Diego, énuméra-t-elle. Du moins je crois qu'il s'agit de cinq garçons. A voir leurs noms à tiroirs, il pourrait s'agir d'une seule et même personne, pour ce que j'en sais.

— Alors, et Alatea ? Où est sa place là-dedans ?

— La femme de l'un d'eux, peut-être.

— Une épouse en fuite ?

— Pourquoi pas ?

— Et une cousine ? suggéra Saint James. Ou une nièce ?

— Possible.

— Vous cherchez de ce côté ? s'enquit Lynley.

— Pas encore. Mais je peux. Je vous répète que le problème, c'est la langue. Il y a des logiciels de traduction, c'est certain, au Yard. Suivez mon regard. Enterrés dans un ordinateur, quelque part, hors de portée de gens comme nous qui n'en avons besoin qu'épisodiquement. Je peux m'adresser à Winston. Il saura comment s'y prendre. Qu'est-ce que vous en dites ?

Lynley n'était pas très chaud. Il reprit le fil de son raisonnement précédent : comment Isabelle Ardery réagirait-elle si elle découvrait qu'il détournait les compétences d'un deuxième membre de son équipe pour son propre bénéfice, à lui, Lynley ? Ce ne serait pas joli à voir ! Il y avait forcément un autre moyen de contourner le problème de l'espagnol... Toujours est-il qu'il préférait ne pas trop penser aux raisons pour lesquelles la réaction d'Isabelle lui importait autant. Si son supérieur hiérarchique avait été une autre personne, il n'aurait pas pris de gants. Toute cette histoire le troublait beaucoup, il se sentait tout à coup poussé dans des retranchements qui lui paraissaient intolérables à cette étape de son existence.

— Il doit y avoir un autre moyen, Barbara. Je ne peux pas embrigader Winston par-dessus le marché. Je n'y suis pas autorisé.

Havers eut la bonté de ne pas lui faire remarquer qu'il n'avait pas non plus été autorisé à bénéficier de son assistance. Elle se contenta de répliquer :

— Voyons... Bon, c'est vrai, je pourrais voir si Azhar...

— Votre voisin ? Il connaît l'espagnol ?

— Azhar connaît tout, riposta-t-elle d'un ton ironique. De toute façon, s'il ne le parle pas, il trouvera quelqu'un à la fac. Un prof, sans doute. Ou un étudiant. En désespoir de cause, il me reste la possibilité d'aller à Camden Lock Market et d'écouter les touristes, s'il y en a à cette saison. Je finirai bien par mettre la main sur un Espagnol et par le traîner jusqu'au cybercafé le plus proche pour regarder ce qu'on a sur Internet. Vous voyez, monsieur, on n'est pas à bout de ressources. On se passera très bien de Winston.

— Posez la question à Azhar, approuva Lynley, si cela ne vous met pas dans le pétrin.

— Pourquoi est-ce que cela me mettrait dans le pétrin, monsieur ?

Le ton de Barbara, non sans raison, était soupçonneux.

Lynley s'abstint de lui répondre. Il y avait des sujets dont ils ne discutaient pas, un point c'est tout. Ses relations avec Taymullah Azhar comptaient parmi eux.

— Autre chose ? s'enquit-il.

— Bernard Fairclough. Il a les clés de l'appartement d'une certaine Vivienne Tully. J'ai visité l'immeuble. Jusqu'ici, je n'ai pas eu de chance, je ne suis pas tombée sur elle. Sur la photo que j'ai réussi à trouver d'elle, elle est plutôt jeune, habillée tendance, une belle peau, bien roulée, une coiffure stylée. Bref, une femme dangereuse pour ses congénères... Bon, bon, en fait, tout ce que je sais sur elle, c'est qu'elle a travaillé pour lui et qu'elle vit maintenant à Londres. Ah, et elle aime le ballet, c'est là qu'elle se trouvait hier. Soit elle prenait un cours de danse, soit elle était au spectacle. Sa femme de ménage ne causant pas l'anglais, on a dialogué en langue des signes, enfin, on s'est beaucoup trémoussées en faisant de grands gestes, si vous voyez ce que je veux dire. Punaise, vous avez remarqué, monsieur, combien peu de gens parlent l'anglais à Londres de nos jours ? Vous avez remarqué, Simon ? On finit par avoir l'impression de vivre dans le hall des Nations unies.

— Fairclough a la clé de chez elle ?

— Sympathique, non ? J'ai prévu de retourner à Kensington. Il va falloir que j'applique une sacrée pression pour obtenir quelque chose, je le sens. Je n'ai pas encore attaqué le testament Cresswell.

Ce n'était pas grave, assura Lynley. Il voulait bien qu'elle vérifie quelques menus détails, mais ils avaient déjà les informations essentielles. Ils savaient aussi que l'assurance vie revenait à l'ex-femme. Et que Cresswell aurait laissé par testament la propriété de Bryan Beck à son amant. En revanche, ils ne connaissaient pas encore la date de cet acte... Bref, pouvait-il compter sur elle ?

Quelle question ! se dit-elle tout bas.

— Et les enfants ? dit-elle tout haut.

— Cresswell, apparemment, était persuadé que l'argent de l'assurance se chargerait de subvenir à leurs besoins. Au final, cela ne semble pas se dessiner comme ça.

Havers siffla entre ses dents.

— Cherchez le fric.

— N'est-ce pas ?

— Ce qui me rappelle, dit-elle, ce mec de *The Source* ? Vous l'avez croisé ?

— Pas encore, répondit Lynley. Pourquoi ?

— Un train peut en cacher un autre. Il s'avère que ce mec était dans le Cumbria pendant les trois jours qui ont *précédé* la mort de Ian Cresswell. Je ne sais pas, moi, mais quand on est un journaliste qui cherche à tout prix à rendre son papier palpitant, qu'est-ce qu'il y a de mieux qu'un meurtre pour mettre l'eau à la bouche des lecteurs ?

— Intéressant, reconnut Lynley, sauf qu'il faudrait qu'il ait eu accès au domaine des Fairclough, qu'il soit descendu jusqu'au hangar à bateaux, qu'il ait tripatouillé la maçonnerie du quai et qu'il s'en soit allé aussi inaperçu qu'il était venu. Vous disiez que c'était un grand type, il me semble ?

— Près de deux mètres de haut. Mauvaise piste, alors ?

— Je le crains, mais au point où nous en sommes, rien n'est impossible.

Lynley tenta de se figurer un géant rouquin parvenant à échapper à l'œil de lynx de Mignon Fairclough postée à la fenêtre de sa « folie ». Peut-être par une nuit sans lune...

— Nous savons ce qu'il nous reste à faire, décréta-t-il.

Par ces quelques mots, il mettait un terme à la conversation. Cependant, avant de raccrocher, il ne résista pas à l'envie de satisfaire une dernière curiosité, même s'il préférait ne pas savoir ce qui le poussait à poser la question.

337

— Vous êtes-vous arrangée pour mener votre enquête à l'insu de la commissaire ? Vous n'êtes pas tombée sur elle au Yard, par hasard ?

Un silence à l'autre extrémité de la ligne fut toute la réponse dont il avait besoin. Esquivant le regard interrogateur de Saint James, il ajouta :

— Merde ! Ça ne va pas me simplifier la vie. *Vous* simplifier la vie, pardon, Barbara.

Elle rétorqua d'un ton désinvolte :

— A vrai dire, la chef me paraît à bout de nerfs, inspecteur. Mais vous me connaissez. J'ai l'habitude des gens tendus.

Milnthorpe
Cumbria

Deborah détestait être en désaccord avec son mari, pourtant c'était souvent inévitable, étant donné leur différence d'âge et aussi le handicap de Simon. Surtout, ils possédaient des tempéraments opposés qui leur faisaient voir l'existence avec un regard différent. Simon était doté d'un esprit logique et analysait les situations avec un tel détachement que c'était en vain que Deborah s'escrimait à discuter avec lui, elle dont le jugement était en permanence affecté par ses émotions. Lorsque deux armées ennemies convergent sur le champ de bataille en provenance l'une du cœur, l'autre de la tête, il n'est pas difficile de deviner laquelle remporte systématiquement chaque escarmouche. Combien de fois avait-elle brandi, afin de mettre un point final à une joute oratoire enflammée, cette petite phrase pathétique : « Tu ne me comprends pas ! »

Une fois seule dans la chambre d'auberge après le départ précipité de Simon, elle prit une résolution.

David décrocha à l'autre bout de la ligne. Elle lui fit part de *leur* décision.

— Je te suis très reconnaissante de tout ce que tu as fait pour nous, David, lui dit-elle, sincère. Mais je n'arrive pas à

me résoudre à partager mon bébé avec ses parents biologiques. C'est pourquoi nous refusons.

David était déçu, elle le sentait, comme le serait sans doute
le reste de la famille de Simon. Mais aussi on ne leur demandait pas d'accueillir dans leur vie une bombe à retardement.

— Tu sais, répondit David, devenir parent, c'est toujours
la loterie, Deb, quel que soit le mode de conception.

— Je sais bien, mais ça ne change rien à notre réponse. Les
complications dans lesquelles cela nous entraînerait… Je ne
serais pas capable de les gérer.

Ainsi, c'était terminé. D'ici à un ou deux jours, la jeune
femme enceinte irait solliciter un autre couple en mal
d'enfant. Tout en se félicitant de sa fermeté, Deborah ne
pouvait s'empêcher d'être triste. Simon n'allait pas être
content. Mais que pouvait-elle faire d'autre ? Ils devaient
tourner cette page et aller de l'avant.

Elle sentait son mari mal à l'aise devant la solution de la
mère porteuse. Pourtant, a priori, il lui avait semblé que cette
solution avait tout pour le séduire, lui qui était un scientifique. Sauf qu'aux yeux de Simon les miracles de la médecine
moderne se révélaient être « déshumanisants, Deborah ».
S'enfermer à clé dans les toilettes d'un cabinet médical et
déposer ce qu'il fallait de la manière ad hoc dans le récipient
stérile ad hoc… Et il y avait le processus de la récolte des
ovules qui n'avait rien de folichon non plus, puis l'intervention de la mère porteuse et le suivi de sa grossesse, sans
oublier qu'il fallait d'abord la trouver, cette jeune personne
fertile disposée à porter votre bébé à votre place.

« Qui serait cette femme ? s'était-il enquis avec raison. Et
par quel moyen garantir que tout irait bien et se passerait
comme prévu ? »

Cette femme sera un utérus que nous louerons, voilà
l'explication qu'elle lui avait donnée.

« Si tu crois qu'elle va se contenter de couver, tu as la tête
dans les nuages, lui avait répliqué Simon. Nous ne cherchons
pas un local vide pour y stocker nos meubles, Deborah. C'est
une vie qui pousse dans un ventre. Tu crois qu'elle ne s'en
apercevra pas ?

« — Mais on signera un contrat, qu'est-ce que tu crois ? Regarde, dans ce journal, il y a un article sur...

— Ce journal est un torchon qui a sa place à la poubelle ! »

Deborah s'était cependant abstenue de le jeter quand il était sorti. Et après son coup de fil à David, elle s'assit et reprit le numéro de *Conception* que Barbara Havers lui avait envoyé par la poste en service rapide. Elle contempla de nouveau la série de photos de celle qui avait été mère porteuse six fois de suite, posant avec les familles qu'elle avait « aidées ». Une fois l'article relu, elle étudia les dernières pages. Elles étaient pleines d'encarts publicitaires divers et variés.

Toutes les questions relatives à la fertilité avaient chacune leurs petites annonces mais, en dépit des espoirs soulevés par l'article, Deborah ne vit rien sur la gestation pour autrui. Intriguée, elle téléphona à un service juridique dont le numéro figurait dans le magazine.

En fait, il était interdit à une mère porteuse de se faire de la pub. Pour en trouver une, elle allait devoir se débrouiller toute seule, lui dit-on. Un membre de la famille, c'est ce qu'il y avait de plus simple. « Vous avez une sœur, madame ? Une cousine ? » Cela s'était même vu qu'une femme porte ses propres petits-enfants pour sa fille. « Quel âge a votre mère ? »

Aïe ! songea Deborah. Elle n'avait pas de sœur, sa mère était morte et elle était la fille unique d'un couple d'enfants uniques. Il y avait bien la sœur de Simon, mais elle n'imaginait pas cette tête brûlée de Sidney – en ce moment absorbée par une liaison torride avec un mercenaire ! – acceptant que son corps de top model devienne une base de lancement pour l'enfant de son frère. L'amour sororal avait ses limites.

La loi n'était donc pas de son côté. Passer une annonce pour n'importe quoi d'autre ayant trait à la conception paraissait on ne peut plus légal – depuis les cliniques proposant de rémunérer les femmes qui voulaient bien que l'on récolte leurs œufs jusqu'à des couples de lesbiennes à la recherche de sperme. Il y avait même des associations souhaitant dissuader les donneurs, des gens qui se proposaient de conseiller non seulement les donneurs, mais aussi les receveurs et tous ceux qui se trouvaient entre les deux. Tellement d'options tous azimuts que Deborah se demanda pourquoi quelqu'un ne publiait pas tout simplement dans *Conception* un encart réduit à deux mots : AU SECOURS !

En formulant cette pensée, elle pensa à celle qui avait été à l'origine de sa lecture : Alatea Fairclough. Les pages que celle-ci avait arrachées étaient celles-là même qui à présent troublaient tant Deborah. Par empathie, elle commençait à percevoir plus nettement le drame que vivait la jeune femme. Et si Alatea savait qu'elle était incapable de mener une grossesse à son terme ? Et si elle ne l'avait pas encore avoué à son mari ? Et si – ainsi que Deborah se proposait de le faire – elle cherchait une mère porteuse ? Alors qu'elle était loin de son pays natal, en Angleterre, loin de ses amies et des membres de sa famille qui lui auraient peut-être volontiers rendu ce service... Y avait-il quelqu'un vers qui elle pouvait se tourner ? Y avait-il une femme disposée à porter l'enfant qu'elle concevrait avec Nicholas Fairclough dans une boîte de Petri ?

Deborah était songeuse. Si elle se comparait à Alatea, elle avait Sidney Saint James, même si cette dernière ne correspondait pas au profil. Qui Alatea pouvait-elle espérer convaincre de mener à bien ce projet ?

Il y avait une possibilité, oui, et celle-ci collait avec ce qui s'était passé sous le hangar à bateaux à Ireleth Hall. Il lui faudrait en parler à Simon. Elle devait aussi consulter Tommy.

Deborah sortit de la chambre. Simon était parti marcher il y avait déjà un moment de cela. En descendant l'escalier, elle l'appela sur son portable. Il lui expliqua qu'il était avec Tommy dans le parking et qu'ils s'apprêtaient à...

Qu'ils l'attendent ! lui dit-elle. Elle venait les rejoindre.

La vue de Nicholas Fairclough l'empêcha d'aller plus loin. C'était bien la dernière personne qu'elle s'attendait à voir dans le minuscule salon du Crow & Eagle. Manifestement, c'était pour elle qu'il était là. Il se leva à son approche.

— Je pensais bien vous trouver ici, dit-il d'un ton accusateur, comme si elle essayait de se cacher.

Elle lui en fit la remarque.

— Non, j'ai bien compris ça au moins. La meilleure cachette est celle qui se trouve sous nos yeux.

Deborah fronça les sourcils. Que lui était-il arrivé ? Les traits tirés, pas rasé, il n'avait plus du tout l'air d'un chérubin. Vu ses yeux cernés, il n'avait pas dû beaucoup dormir la nuit dernière. Et il avait perdu son air affable.

La remarque de Nicholas se passant de commentaire, elle le dévisagea en silence. Il finit par lancer :

— Ecoutez. Je sais qui vous êtes vraiment et je tiens à ce que vous sachiez ceci : je n'ai pas touché un cheveu de Ian. Je ne lui aurais jamais fait de mal, si vous voulez savoir. Que mon père pense que je suis mêlé de près ou de loin à sa mort, cela vous montre seulement les dysfonctionnements de ma famille. Rien d'autre ! Vous...

Il marqua un court temps de pause et la menaça de l'index.

— ... Vous n'avez plus qu'à retourner à Londres. Il n'y a rien à apprendre ici. Votre foutue enquête est terminée. Et laissez ma femme tranquille, vous avez compris ?

— Vous me...

— Laissez-nous en paix !

Sur ces paroles, il recula d'un pas, lui tourna le dos et sortit de l'auberge.

Deborah resta plantée là, le cœur battant à se rompre et les oreilles bourdonnantes. Compte tenu de tout ce que cet homme lui avait dit, il ne pouvait y avoir qu'une seule explication à sa conduite : pour une raison mystérieuse, Nicholas Fairclough était persuadé qu'elle était l'enquêtrice de Scotland Yard venue dans le Cumbria enquêter sur la mort de son cousin.

Et pour parvenir à cette conclusion, il ne pouvait s'y être pris que d'une seule façon et elle pensait en avoir conservé la trace dans son appareil numérique.

Milnthorpe
Cumbria

Zed Benjamin s'était éclipsé la veille après sa brève rencontre avec Nicholas Fairclough sur le marché de Milnthorpe. Heureusement pour lui, les stands étaient assez nombreux sur la place pour lui permettre de rester hors de vue du café où Fairclough discutait avec la femme de Scotland Yard. Une fois qu'il eut pris congé d'elle, quelques minutes de patience de plus suffirent et Zed la vit émerger à son tour du café. Cela n'avait pas été compliqué de la prendre en filature. Elle s'était arrêtée au Crow & Eagle, l'auberge au carrefour de la grande route qui traversait Milnthorpe et continuait ensuite vers Arnside. Aujourd'hui, Zed s'y était embusqué de bon matin, près d'une banque NatWest. Cela faisait des heures qu'il arpentait le trottoir devant le distributeur de billets, les yeux sur l'auberge, guettant la silhouette féminine à présent familière. Les gens qui entraient et sortaient de la banque lui jetaient des regards soupçonneux et il eut droit à quelques remarques désobligeantes de la part de ceux qui utilisaient le distributeur. Une vieille dame alla jusqu'à s'approcher de lui et à le repousser d'une main sénile en maugréant :

— Fiche le camp, graine de voyou, ou j'appelle les poulets... Comme si je savais pas ce que tu mijotes...

Après ça, il se mit à fortement espérer qu'il se passe quelque chose du côté de Scotland Yard, sinon il risquait de se retrouver au trou, accusé d'un délit d'intention.

Il avait toujours à l'esprit sa conversation téléphonique de ce matin-là avec Yaffa. Elle ne lui avait pas rendu ses bruits de baisers, pour la bonne raison que sa mère n'étant pas dans la pièce, aucune démonstration d'affection n'était nécessaire. En outre, Tel-Aviv lui donnait du fil à retordre : Micah commençait à se lasser de jouer le rôle du frère de Yaffa, Ari. Et puis elle avait eu le malheur d'utiliser, en parlant de Zed, l'adjectif *séduisant*. Cela ne voulait rien dire, avait-elle assuré à son fiancé, mais Micah était furieux. Et pendant que Zed méditait sur l'usage du qualificatif *séduisant* appliqué à sa personne, elle avait ajouté qu'elle allait bientôt, hélas, être obligée de changer de logement. Micah, disait-elle, était hors de lui. Elle craignait que les doutes de son fiancé sur les sentiments qu'elle éprouvait à son endroit ne l'amènent à négliger ses études. Pour un étudiant en médecine, c'était catastrophique.

« … Mais, Zed, tu sais bien comment c'est quand un homme perd confiance dans une femme. »

En réalité, Zed n'en avait pas la moindre idée, pour la simple raison que jusqu'ici il avait passé sa vie à éviter la gent féminine.

Yaffa pensait être en mesure d'apaiser Micah un certain temps, mais ce temps était compté. Ensuite, il lui faudrait trouver une chambre ailleurs ou bien retourner à Tel-Aviv.

Zed était resté sans voix. Il ne pouvait quand même pas la supplier de rester. D'ailleurs, il se demandait bien pourquoi la pensée de la retenir lui avait traversé l'esprit. Pourtant, il s'était surpris à ravaler des paroles allant dans ce sens. Il se serait plutôt imaginé lui disant : Eh bien, bon voyage de retour…

De toute façon, elle avait raccroché sans lui laisser le temps d'ouvrir la bouche. Maintenant, il avait envie de la rappeler pour lui dire que, si jamais elle partait, elle lui manquerait atrocement. Qu'elle ne prenne surtout pas son silence pour de l'indifférence. Il avait savouré chaque moment de leurs conversations et, au fait, elle était exactement le style de femme… Mais, non, il ne pouvait pas aller jusque-là. Hélas, trois fois hélas. Ils finiraient par s'échanger des lettres comme Keats et Fanny[1].

Zed était tellement absorbé par ces pensées, sidéré par l'ironie du sort qui mettait en travers de son chemin une femme qui, avouons-le, était parfaite, pour mieux lui en interdire l'accès puisqu'elle était fiancée à un autre homme, qu'il remarqua à peine Nick Fairclough qui entrait dans l'auberge en face. Sur le moment, il se dit distraitement, Ah, tiens, voilà ce bon vieux Nick Fairclough, et se contenta d'enfoncer son bonnet sur son front et de rentrer les épaules de sa grande carcasse afin de se faire le plus discret possible. Ce n'est qu'en voyant le même Fairclough ressortir au bout de quelques minutes, le visage dur, que cela fit tilt dans sa tête :

---

1. Les lettres d'amour du poète à Fanny Brawne furent publiées après la mort de celle-ci.

Fairclough + l'enquêtrice = Il se préparait un quelque chose de « croustillant ».

Puis l'enquêtrice sortit à son tour du Crow & Eagle. Elle remuait les lèvres, son portable collé à l'oreille. Une enquêtrice sur un portable signifiait que le drame était imminent. Elle s'apprêtait à suivre Fairclough. Ne restait plus à Zed qu'à sauter dans sa voiture et à suivre à son tour.

Sa voiture était garée non loin, sur le trottoir de la rue qui était en réalité la grande route pour Arnside. Tandis que la rouquine contournait l'auberge, sans doute pour prendre son propre véhicule, il piqua un sprint. Le moteur démarra au quart de tour. Il attendit qu'elle émerge. A ce stade, pas question de la perdre de vue !

Il comptait les secondes. Les secondes se muèrent en minutes. Que se passait-il ? Une panne de voiture ? Un pneu crevé ? Que fichait-elle enfin… ?

Finalement, une voiture sortit du parking situé à l'arrière du Crow & Eagle, mais ce n'était pas le véhicule de location attendu et ce n'était pas elle qui était au volant. Il s'agissait d'une pièce de musée à la robe cuivre et aux lignes sculpturales, qui devait coûter les yeux de la tête. Elle était conduite par un type décontracté et sûrement plein aux as, parce que sinon, comment aurait-il pu se payer une bagnole de collection aussi belle ? Un client de l'auberge, conclut Zed. La berline prit la direction du nord.

Trois minutes plus tard, une deuxième voiture émergea du parking. Zed passa la première. Mais celle-ci aussi se révéla conduite par un homme. Un monsieur à l'imposante chevelure noire, très sérieux, la mine sombre, qui se massait la tempe, à croire qu'il avait la migraine.

Puis, enfin, elle surgit. A pied. Cette fois, elle ne parlait pas dans son portable et elle marchait d'un air décidé. Zed se dit qu'elle se rendait quelque part en ville, le plus logique étant la place du marché voisine où les cafés constituaient des points de rendez-vous commodes, au même titre que les restaurants et les traiteurs chinois. Mais contre toute attente, elle revint sur ses pas et rentra au Crow & Eagle.

Zed ne fit ni une ni deux. Il coupa le moteur de sa voiture et se lança à ses trousses. Il n'avait plus envie de la suivre comme un idiot. Autant prendre le taureau par les cornes et faire un petit tour de piste rien que pour voir.

Il poussa la porte de l'auberge.

Milnthorpe
Cumbria

Deborah était tellement furieuse contre Simon qu'elle voyait plus que rouge, si tant est que la couleur suivante du spectre corresponde à la rage qui la possédait.

Appareil photo au poing, elle avait trouvé son mari en compagnie de Tommy sur le bitume du parking. Un coup de chance, car Tommy se rangerait certainement dans son camp et elle savait qu'elle allait avoir besoin d'un allié.

Elle avait exposé les faits en quelques mots : Nicholas Fairclough venant la débusquer à l'auberge, Nicholas Fairclough sachant que Scotland Yard enquêtait sur la mort de Ian Cresswell, Nicholas Fairclough persuadé qu'elle – elle ! – était l'enquêtrice du Yard chargée de fourrer son nez dans ses affaires.

« S'il est arrivé à cette conclusion, c'est forcément à cause de ça, regardez... »

Elle leur avait montré sur l'écran de son appareil numérique la photo prise la veille du grand rouquin parlant avec Fairclough sur la place du marché.

« Après cet incident, Nicholas s'est fermé telle une huître. Nous devions nous rendre à Barrow, il a annulé. Et ce matin, vous auriez dû voir dans quel état il était... Vous comprenez ce que cela signifie, n'est-ce pas ? »

Tommy étudia l'image. Simon n'y jeta même pas un coup d'œil.

« C'est le reporter de *The Source*, déclara Tommy. Barbara m'a donné son signalement, un géant aux cheveux roux. Il ne peut pas y avoir deux types comme ça dans le Cumbria, qui, en plus, s'intéressent à Fairclough. »

De mieux en mieux, songea Deborah.

« Tommy, on peut se servir de lui. Il s'en passe de drôles chez tous ces gens et il est au courant de certaines choses, sinon il ne serait pas là. Laisse-moi prendre contact avec lui. Il croira qu'il a l'oreille de la police. Nous pourrions...

— Deborah », la coupa Simon de ce ton qui la faisait grincer des dents ; on aurait cru qu'il tentait de calmer une folle.

Au lieu de prendre son parti, Tommy avait ajouté un :

« Je ne sais pas, Deb. »

Et il avait détourné le regard. Impossible de savoir s'il réfléchissait à ce qu'elle venait de lui révéler ou s'il se demandait comment se tirer le plus vite possible de ce parking avant que le torchon brûle entre elle et Simon. Car Tommy connaissait Simon mieux que personne. Il percevait ce qu'il y avait sous le *Deborah* de Simon. D'accord, parfois Simon n'avait pas tort de s'inquiéter, elle voulait bien l'admettre, mais en l'occurrence, son anxiété était injustifiée.

« C'est une occasion à ne pas manquer, Tommy.

— D'après Barbara, il était ici trois jours avant la mort de Ian Cresswell. Il était dans la région pour pimenter son article sur Nicholas Fairclough.

— Et alors ?

— Deborah, intervint Simon, ça saute pourtant aux yeux. Il y a de fortes chances pour que ce type...

— Tu ne penses quand même pas que pour "pimenter" son article, il aurait fait en sorte d'assassiner un membre de la famille de son sujet ? C'est absurde ! »

Comme les deux hommes ouvraient la bouche en même temps, elle s'empressa d'ajouter :

« Attendez tous les deux. Ecoutez-moi. Il y a des détails que vous ignorez. C'est en rapport avec la femme de Nicholas. »

Le fait que ni l'un ni l'autre n'aient rencontré Alatea lui procurait un avantage. Ils ne connaissaient pas non plus Nicholas Fairclough, cela en faisait un avantage de plus.

« Barbara enquête sur Alatea Fairclough, Deb.

— Peut-être, rétorqua Deborah, mais elle ne sait pas tout. »

Elle se décida soudain à les mettre au courant des petits secrets de la femme de Nicholas.

« Il existe des photos, d'après Nicholas. Elle était mannequin, mais pas pour n'importe quelle clientèle. Elle en a parlé à son mari, personne d'autre dans la famille ne le sait. Il a parlé de "lingerie coquine". Je crois que nous savons tous à quoi nous en tenir là-dessus.

— A quoi, exactement ? » s'enquit Simon en la dévisageant de son air sérieux, débordant d'empathie et terriblement inquiet.

Ravalant son irritation, Deborah lui répondit :

« Depuis les catalogues de lingerie sexy SM jusqu'à des photos pornos, Simon. Tu me prends pour qui ?

— Barbara s'en occupe, Deb, répéta Tommy. Elle va tirer tout ça au clair.

— Ce n'est pas tout, Tommy. »

Ce qu'elle allait dire maintenant ne plairait pas à Simon, mais elle ne pouvait pas le taire.

« Il y a aussi la question de la mère porteuse. »

Simon devint blême. Il croyait qu'elle s'apprêtait à exposer leur problème à Tommy comme devant un juge chargé de trancher sur un sujet de discorde qui ne regardait qu'eux. Elle se tourna vers son mari.

« Ce n'est pas ce que tu penses. Ce que moi, je crois, c'est qu'Alatea est incapable de mener une grossesse à terme. Ou alors elle n'arrive pas à concevoir. Je la soupçonne de chercher une mère porteuse et il se pourrait qu'il s'agisse de la femme de Ian Cresswell, Niamh. »

Simon et Tommy échangèrent un regard. Deborah énuméra alors les indices qu'elle jugeait révélateurs : le désir d'enfant de Nicholas Fairclough, le magazine sur la conception dont les pages publicitaires avaient été arrachées, la belle silhouette de Niamh Cresswell sans doute améliorée grâce à la chirurgie esthétique – « les implants mammaires ne sont pas remboursés par la Sécurité sociale » – et la volonté compréhensible de la part d'une femme qui a perdu son mari de mettre toutes les « chances » de son côté pour lui trouver un remplaçant...

« Et comme vous le savez, la chirurgie esthétique, ce n'est pas donné. Porter le bébé d'Alatea pourrait lui rendre service. Il est interdit de toucher une rétribution en contrepartie d'une maternité pour autrui, mais ceci est une affaire de famille... Qui va vérifier si des billets changent de mains ? Nicholas et Alatea ne le diront à personne. Alors, voilà, Niamh met au monde leur bébé, elle le leur donne, ils lui filent l'argent, et le tour est joué. »

Simon et Tommy accueillirent sa démonstration dans un grand silence. Tommy baissa les yeux sur ses chaussures.

Pressentant que le moment était venu où ils allaient lui dire qu'elle avait perdu la raison – elle les connaissait trop bien tous les deux – elle enchaîna :

« Ou, mieux encore, Nicholas Fairclough n'est même pas au courant de cet arrangement. Alatea va feindre une grossesse. Elle est grande. Si elle était enceinte, cela ne se verrait probablement pas avant les dernières semaines. Niamh s'absente quelques mois et dès qu'elle est proche du terme, Alatea la rejoint. Elles inventent un prétexte, elles...

— Deborah, je t'en prie ! » s'exclama Simon en se frottant furieusement le front pendant que Tommy, pour sa part, frottait ses pieds sur le macadam.

Deborah se prit soudain à penser aux chaussures de Tommy qui venaient de chez Lobb. Elles devaient coûter une fortune, mais bien sûr elles étaient inusables. Il devait porter la paire qu'il avait aux pieds depuis ses vingt-cinq ans. Elles n'étaient même pas égratignées. Charlie Denton – le valet de chambre et homme à tout faire de Tommy – n'aurait pas toléré une seule éraflure sur les chaussures de son employeur. N'empêche, elles n'étaient pas toutes jeunes et avaient l'air confortables, un peu comme de vieux copains, et...

Elle s'aperçut soudain que Simon était en train de lui dire quelque chose. Elle avait fait la sourde oreille à tout ce qu'il venait de lui raconter. Il était sûrement persuadé qu'elle était aveuglée par sa propre histoire, par *leur* histoire, et cette idiotie de projet d'adoption ouverte dont il ignorait qu'elle y avait mis le holà. Aussi se résolut-elle à tout déballer sans attendre.

« J'ai téléphoné à David, déclara-t-elle. Je lui ai dit non. Un non définitif. Je ne peux pas, Simon, c'est trop dur pour moi. »

La mâchoire de Simon se crispa.

Deborah se dépêcha d'ajouter à l'adresse de Tommy :

« Mettons que Ian Cresswell ait découvert le pot aux roses. Il proteste. Il dit que leurs enfants – ceux qu'il a eus avec Niamh – ont déjà beaucoup à supporter sans avoir en plus à voir leur mère enceinte du bébé de la femme de son cousin. C'est déjà tellement compliqué pour eux. Il refuse catégoriquement.

— Ils sont divorcés, fit remarquer Tommy doucement.

— Depuis quand le divorce signifie-t-il que les gens cessent d'essayer de contrôler la vie de l'autre s'ils le peuvent ? Mettons qu'il aille trouver Nicholas. Il lui présente ses arguments. Nicholas sait, ou ne sait pas, ce qui se trame, toujours est-il que sa réponse ne convient pas à Ian qui décrète que puisque c'est comme ça, il va aller trouver son père. Que Bernard Fairclough vienne à s'en mêler, et c'est la catastrophe. Aux yeux de son père, Nicholas a déjà passé presque toute sa vie dans le rôle du bon à rien. Alors, maintenant ça, cet embrouillamini familial...

— Assez ! s'écria Simon. Ça suffit. Arrête. »

Son timbre de voix, celui d'un père s'adressant à son enfant, piqua tellement Deborah au vif qu'elle eut la sensation de recevoir un choc électrique : trente mille volts qui la traversaient d'un seul coup.

« Qu'est-ce que tu viens de me dire ?

— Pas besoin d'être Freud pour deviner d'où tu sors tout ça, Deborah. »

Après l'électrochoc, c'était la rage qui fondait sur elle. Mais Simon devança sa diatribe :

« Ce sont des élucubrations, Deborah. Il est temps que nous rentrions tous les deux à Londres. J'ai fait ce que j'ai pu, poursuivit-il en se tournant vers Tommy, et à moins qu'on n'ait besoin d'une autre expertise sous le hangar à bateaux... je suis d'avis que l'affaire Ian Cresswell est close. »

C'était donc ainsi qu'il la traitait... Deborah n'avait jusqu'à ce jour jamais eu envie de frapper son mari. *Du calme, Deb, du calme*, lui aurait soufflé son père, mais jamais son père n'avait été traité avec autant de désinvolture par cet homme qui se tenait devant elle comme la statue de la vertu personnifiée. Puant, se dit-elle. Prétentieux. Toujours tellement sûr de son fait, gonflé de son satané savoir scientifique. Mais certaines choses n'avaient rien à voir avec la science et tout à voir avec le cœur. Des choses aux antipodes de la science médico-légale, des microscopes, des taches de sang, de l'informatique, des graphiques, des diagrammes, des appareils extraordinaires qui à partir d'un seul fil retrouvent le nom d'un fabricant textile, d'une touffe de laine, le mouton sur laquelle elle a été tondue et la ferme des Hébrides où le mouton est né... Elle avait envie de hurler. Elle lui eût volontiers arraché les yeux. Elle aurait voulu...

« Ce qu'elle dit n'est pas idiot, Simon », fit observer Tommy.

Simon fixa son ami comme si celui-ci avait totalement perdu le nord.

« Je pense en effet, reprit Lynley, qu'il y avait entre Nicholas et son cousin de l'animosité de part et d'autre. Et du côté de Bernard, il y a aussi un truc qui cloche.

— D'accord, concéda Simon, mais un scénario où l'ex-femme de Ian... »

Il appuya ses paroles d'un geste de dénigrement.

Tommy se tourna vers Deborah.

« Si ton hypothèse est juste, c'est trop dangereux, Deb, lui dit-il.

— Mais...

— Tu as fait du bon boulot ici, néanmoins Simon a raison, maintenant il faut que tu rentres à Londres. Je vais reprendre le flambeau. Il n'est pas question que je te laisse en première ligne. Tu le sais. »

Ces propos cachaient des arrière-pensées qu'elle ne connaissait que trop bien. Même si leur liaison avait été brève, Tommy ne lui aurait jamais permis de courir un danger susceptible de l'enlever à Simon, comme sa propre femme lui avait été enlevée.

« Je ne risque rien, marmonna-t-elle. Et tu le sais parfaitement, Tommy.

— Dès qu'il y a meurtre, il y a toujours un risque. »

Il avait dit son dernier mot.

Une fois qu'ils furent seuls dans le parking, Simon se tourna vers elle.

— Je suis désolé, Deborah. Je sais que tu ne cherches qu'à te rendre utile.

— Ah, vraiment ? s'exclama-t-elle. Tu veux me punir, c'est tout.

— Te punir pour quoi ?

Et en plus il avait le culot de jouer les étonnés !

— Pour avoir dit non à David. Alors que ç'aurait été tellement facile de régler nos problèmes d'un oui ! C'est ce que tu voulais, une solution instantanée. Sans penser une seule seconde à ce que ma vie deviendrait avec une deuxième famille sur le dos, des gens qui me surveilleraient pour voir si je fais une bonne maman...

Elle était au bord des larmes, ce qui la rendait encore plus furieuse.

— Cela n'a rien à voir. Quelle que soit ta décision, je m'y plie. Je n'ai pas le choix de toute façon. Même si mes désirs...

— Ah, il n'y a que ça qui compte. Tes désirs. Il n'y en a jamais que pour toi. Mes désirs à moi, ça ne compte pas. Car y accéder reviendrait à provoquer un renversement de pouvoir que tu ne tolérerais pas.

Il fit mine de la prendre dans ses bras. Elle s'esquiva en reculant d'un pas.

— Tu n'as qu'à y aller, reprit-elle. Restons-en là.

Il attendit un moment, les yeux fixés sur elle. Mais elle n'avait pas le courage de lui rendre son regard, de crainte de lire dans le sien une souffrance dont elle mesurait la profondeur pour la savoir ancrée dans son passé.

Finalement, il souffla :

— On en reparlera tout à l'heure.

Sur ces paroles, il monta dans sa voiture et sortit du parking. Dieu sait où il allait et pourquoi il allait là-bas. Et peu importait à Deborah.

Elle allait rentrer dans l'auberge, quand une voix l'arrêta :

— Attendez ! Il faut qu'on se parle tous les deux.

Elle se retourna pour se retrouver nez à nez avec le géant aux cheveux roux.

— Votre couverture est grillée ! Si vous ne voulez pas faire la première page de *The Source* demain, je vous propose un marché.

— Quel genre de marché ?

— Le genre qui nous décrochera à tous les deux le gros lot.

Great Urswick
Cumbria

Lynley savait que Simon avait raison : Deborah ne devait plus se mêler de cette affaire. Ils ignoraient encore de quoi il retournait, mais tout ce qui risquait de la mettre en danger était inacceptable quel que soit le point de vue et il préférait ne même pas y penser.

Il avait eu tort de les entraîner dans cette aventure. Au départ, cela s'était présenté sous la forme d'une enquête assez simple pour être menée avec leur aide en l'espace d'un ou deux jours. Mais les choses avaient pris une tout autre tournure et il devait à tout prix boucler cette mission avant que Deborah commette un impair qu'ils regretteraient tous les trois, elle la première.

Après les avoir quittés à Milnthorpe, il prit vers le nord puis vers l'est. Après quoi, il suivit la route de la côte en direction de la presqu'île à la pointe de laquelle se trouvait Barrow-in-Furness. Ce n'était pas là qu'il se rendait. Il tenait à parler à Manette Fairclough en tête à tête, ce qui signifiait une virée à Great Urswick.

Il traversa le paysage vallonné de la villégiature victorienne de Grange-over-Sands. Les vastes étendues boueuses de l'estuaire accueillaient des myriades d'espèces d'oiseaux différentes se partageant les zones de chasse selon un strict ordre hiérarchique. Ils ne risquaient pas de mourir de faim, leur garde-manger étant régulièrement réapprovisionné par les marées de la baie de Morecambe.

Après Grange-over-Sands, la route longeait d'un côté des eaux grises au calme trompeur et de l'autre des pâtures que ponctuaient çà et là des alignements de cottages où, en plus clémente saison, logeaient des estivants. On était là à l'extrême sud du Cumbria, loin du Lake District cher aux cœurs de John Ruskin et William Wordsworth, le poète aux jonquilles. Ici, la population gagnait durement sa vie. Depuis des générations, les pêcheurs exploitaient les replats sableux de la baie aux méandres changeants. De nos jours, ils ne se servaient plus de chevaux tirant des charrettes, mais de tracteurs, ce qui ne les empêchait pas d'être à la merci des sables mouvants qui ne pardonnaient pas la moindre erreur. Si la marée était montante, ils étaient perdus. Ne restait plus qu'à attendre que les courants rejettent leur corps quelque part sur le rivage. Parfois, ils ne reparaissaient jamais.

A Bardsea, il tourna vers l'intérieur des terres. Great Urswick était un de ces villages qui semblaient devoir leur existence à celle d'un carrefour et d'un pub. Pour y arriver, on traversait un paysage qui n'avait plus rien à voir avec celui, spectaculaire, des *fells* avec ses hautes collines, ses gigantesques éboulis et ses falaises calcaires qui bordaient les lacs. Cette partie du Cumbria ressemblait davantage aux Broads. Entre les bourgs s'étirait une plaine marécageuse battue par les vents où paissait du bétail.

A Great Urswick, l'architecture se démarquait de celle du reste du comté. Les murs d'ardoise qui prêtaient aux maisons leur uniformité cédaient la place à des façades recouvertes de crépi et peintes de couleurs plaisantes. Certaines étaient même en bardeaux de bois, étrange choix de matériau dans un pays aussi humide.

Lynley ne fut pas long à trouver le domicile de Manette, situé au bord du plan d'eau autour duquel s'était construit le village. Des cygnes y nageaient et il y avait assez de roseaux pour qu'ils y fassent leurs nids. Deux voitures étaient garées devant la maison. Lynley se félicita de pouvoir faire d'une pierre deux coups : il allait parler à la fois à Manette et à son ex-mari avec lequel, lui avait appris Bernard, sa fille vivait toujours.

Un homme lui ouvrit. Sans doute Freddie McGhie, pensa Lynley en l'observant. Un type d'aspect sympathique, impeccablement mis, les cheveux châtain foncé, les yeux noirs. « Propre comme un sou neuf », aurait dit de lui Helen, mais pas dans un sens péjoratif. Manifestement pas habillé pour aller au bureau, il avait néanmoins l'air de sortir d'une page publicitaire du magazine *Country Life*.

Lynley se présenta.

— Ah, oui, dit son interlocuteur, vous êtes l'invité de Bernard. Vous venez de Londres. Manette m'a parlé de vous.

En dépit de son amabilité, il semblait se demander ce que Lynley pouvait bien faire sur le pas de sa porte. Après tout, il n'y avait aucune raison que l'invité de Bernard Fairclough pousse jusqu'à Great Urswick.

Lynley lui précisa qu'il espérait s'entretenir avec Manette si elle était à la maison.

McGhie, se rappelant ses bonnes manières, s'empressa de bredouiller :

— Oh, oui. Bien sûr. C'est juste qu'elle ne m'avait pas dit...

Quoi ? s'interrogea Lynley qui attendit poliment un éclaircissement.

— Peu importe. Entrez, entrez. Je vais la chercher.

Le salon donnait sur le jardin à l'arrière de la maison et sur l'étang. Un « tapis de course » trônait au milieu de la pièce. Un modèle à la pointe du progrès, muni d'une console pour évaluer la distance parcourue, de toutes sortes de boutons et autres moniteurs. Afin de ménager assez de place à cet appareil et à un tapis de gymnastique pour les étirements préliminaires, les meubles avaient tous été regroupés et repoussés contre le mur du fond.

— Oh, désolé ! s'exclama McGhie. Où ai-je la tête ? Il vaut mieux vous installer à la cuisine. C'est par ici.

Abandonnant Lynley, il partit en appelant Manette. Tandis que ses pas résonnaient dans l'escalier, la porte de la cuisine qui donnait sur l'extérieur s'ouvrit pour laisser le passage à Manette en personne. Lynley fut cette fois frappé du peu de ressemblance entre elle et sa sœur. Elle était grande comme sa mère et comme sa mère elle avait un corps longiligne, mais hélas elle avait hérité des cheveux de son père. Si clairsemés qu'on voyait son crâne à travers en dépit de la coupe courte et bouclée. Elle était en jogging. De toute évidence c'était elle qui se servait du tapis roulant, sans doute lorsque la pluie l'empêchait de sortir. En voyant Lynley, elle s'écria :

— Eh bien ça alors ! Bonjour !

Puis elle se tourna vers la porte intérieure par laquelle leur parvenaient les appels de son mari.

— Veuillez m'excuser, lança-t-elle à Lynley en passant dans le couloir. Je suis en bas, Freddie ! J'étais sortie courir.

— Dis donc, Manette…

Etant donné qu'ils avaient baissé la voix, il n'entendit ensuite que des bribes, McGhie disant « Devrais-je… ? » et « C'est avec plaisir, tu sais ». Et quand Manette revint, Freddie McGhie était sur ses talons.

— C'est une bonne surprise que vous nous faites là, lui lança Manette. C'est papa qui vous envoie ?

Sa question n'était pas innocente.

— Je voudrais vous parler à tous les deux.

Ils échangèrent un regard. Lynley décida que le moment était venu de tomber le masque qui ne lui avait servi à rien avec Mignon et qui n'allait pas lui être plus utile ici.

Il sortit sa carte de police qu'il tendit à Manette. Elle la prit d'un air méfiant et la passa à McGhie. Pendant que ce dernier l'examinait, elle posa à Lynley la question attendue :

— C'est à quel sujet ? Si Scotland Yard souhaitait remplacer ses sanitaires, cela m'étonnerait qu'ils envoient quelqu'un tel que vous jusqu'ici pour étudier notre gamme de produits. Qu'en dis-tu, Freddie ?

Lynley n'attribua pas la rougeur qui vint aux joues de McGhie à des questions de W-C.

McGhie se tourna vers son ex-femme.

— Moi qui pensais que...

Au lieu de terminer sa phrase, il haussa les épaules, un de ces multiples petits gestes codés qui constituent l'ordinaire des vieux couples.

Manette s'esclaffa.

— C'est très gentil de ta part, mais j'ai l'impression que monsieur l'inspecteur les aime moins mûres.

— Ne fais donc pas l'idiote. Tu n'as que quarante-deux ans.

— L'âge d'une femme, c'est comme celui d'un chien, Freddie. En années d'homme, j'ai près de quatre-vingts ans. Que puis-je pour vous, inspecteur ?

— Votre père m'a demandé d'enquêter sur la mort de Ian Cresswell.

Manette se tourna de nouveau vers son ex-époux.

— Tu vois, lui dit-elle.

Elle s'assit à la table de la cuisine dont le centre s'ornait d'une corbeille de fruits. Elle prit une banane et se mit à la peler.

— Voilà qui doit ôter toutes ses illusions à Mignon.

Avec la pointe du pied, elle tira une chaise à côté d'elle.

— Asseyez-vous, dit-elle à Lynley.

Elle invita aussi McGhie à s'attabler avec eux.

Lynley crut d'abord que cette invitation signifiait qu'elle se proposait à coopérer. Manette ne tarda pas à le détromper.

— Si papa s'attend à ce que je cafte sur qui que ce soit ou quoi que ce soit, vous pouvez lui dire qu'il se fiche le doigt dans l'œil. Mon Dieu, je n'arrive pas à croire qu'il est capable de faire un truc pareil à sa propre famille !

— A mon sens, il s'agit davantage de s'assurer de la compétence de la police locale, rétorqua Lynley. Cela se produit en fait plus souvent qu'on ne le croit.

— De quoi s'agit-il exactement ? s'enquit Manette. Quelqu'un est allé à Londres réclamer une deuxième enquête à propos d'une affaire classée, et Scotland Yard rapplique aussitôt ? Je vous en prie, inspecteur. Ne me prenez pas pour plus bête que je ne suis.

McGhie se tourna vers Lynley.

— Qu'est-ce qui a motivé cette demande ? D'après le coroner, il n'y avait pas l'ombre d'un doute.

— C'est typique de papa, toujours à vouloir user de son influence. J'imagine qu'il connaît quelqu'un qui connaît quelqu'un disposé à tirer quelques ficelles ou à faire une donation aux veuves et aux orphelins. C'est comme ça que cela se passe. A mon avis, il veut vérifier si Nick n'a rien à se reprocher quelle que soit la conclusion du coroner. Je ne vois pas du tout de quelle manière Nick aurait pu s'y prendre, mais étant donné son passé, tout est possible, après tout.

Elle interrogea Lynley du regard avant de poursuivre.

— J'ai raison, n'est-ce pas ? Vous espérez que je vous aide à épingler mon frère.

— Pas du tout, protesta Lynley. Je cherche juste à comprendre les motivations de chacun.

— Qu'est-ce que cela veut dire ?

— Parfois une mort arrive à point nommé et arrange trop de monde. Un coroner ne tient pas compte de ces choses-là. Pourquoi le ferait-il si les circonstances parlent d'elles-mêmes ?

— Alors, c'est pour ça que vous êtes là ? Pour voir qui la mort de Ian a arrangé. En tout cas, elle n'a rien arrangé pour moi. Et toi, Freddie ?

— Manette, si Scotland Yard s'est déplacé...

— Tu sais, mon père a sûrement graissé quelques pattes. Ou promis de financer une extension à leur bâtiment. A moins que ce ne soit encore autre chose ? Tu es en train d'éplucher les comptes, Freddie. Si tu cherches bien, tu finiras par trouver. Voyons... Mettons des versements sans justificatifs... plus importants que les autres.

Lynley profita de cette ouverture pour s'enquérir auprès de McGhie :

— Avez-vous remarqué des irrégularités dans les comptes, je veux dire, dans les affaires de votre beau-père ?

— Je plaisantais, intervint Manette. N'est-ce pas, Freddie ? ajouta-t-elle d'un ton qui sous-entendait : « Ne dis rien ! »

— Ex, laissa seulement tomber Freddie.

— Comment ?

— Ex-beau-père.

— Oui, bien sûr.

— Ex ou pas, qu'est-ce que ça peut faire ? s'exclama Manette. Ce qui importe avant tout, c'est que Ian s'est noyé et que c'était un accident. Si c'en est pas un, vous devez déterminer qui tire profit de sa mort, et ce n'est sûrement pas moi. A mon sens, si j'ai bien compris, l'individu pour qui elle est une aubaine s'appelle Kaveh Mehran.

— Qu'est-ce que tu racontes ? marmonna Freddie.

— Je ne t'ai pas dit : Kaveh est le seul héritier de Bryan Beck.

— Tu rigoles.

— Pas le moins du monde. Ian lui a légué la propriété. Du moins c'est ce que Kaveh prétend. C'est sans doute vrai, parce qu'il suffira d'ouvrir le testament pour vérifier.

— Tout a déjà été vérifié, Mrs McGhie, l'informa Lynley.

— Mais tu ne penses pas que Kaveh ait tué Ian, n'est-ce pas ? s'enquit Freddie McGhie.

— Personne ne l'a tué, un point c'est tout, décréta Manette. Sa mort a peut-être arrangé quelqu'un, n'empêche que ça reste un accident, Freddie. On devrait démolir ce hangar à bateaux avant qu'il ne s'écroule tout seul. Je suis étonnée que maman ne soit pas encore tombée à l'eau en se fracassant le crâne. Compte tenu du fait qu'elle y est plus souvent que Ian ne l'était.

McGhie garda le silence, mais un changement subtil s'opéra dans sa physionomie. Quelque chose dans les dernières paroles de son ex-femme l'avait manifestement troublé. Peut-être qu'avec un peu d'encouragement, si Lynley s'y prenait tout en douceur, il voudrait bien lui dire ce qu'il savait.

— Mr McGhie ? interrogea Lynley.

L'œil fixé sur Manette, McGhie serra le poing sur la table, en proie manifestement à un débat intérieur. Lynley se figura qu'il mesurait les conséquences de ce qu'il était en mesure de révéler.

On n'estime jamais assez la valeur du silence, songea Lynley. Le silence a sur les gens le même impact que le temps suspendu dans une salle d'interrogatoire. La tension qu'il génère est un grand égaliseur. On a du mal à supporter cette tension, surtout quand on a la possibilité de la désamorcer comme on neutralise une bombe à retardement. Lynley attendit. Manette croisa le regard de son ex-mari. Ce qu'elle y lut n'eut pas l'air de lui convenir.

— On ne peut pas savoir ce qu'il y a derrière, Freddie.

A quoi il répliqua :

— Tu as raison, mais on peut essayer de deviner.

Puis il se mit à vider son sac. Elle protesta, mais il lui fit remarquer que si une main criminelle avait tripoté la maçonnerie du quai avec l'intention de tuer Ian Cresswell ou, éventuellement, la mère de Manette, il était préférable de déballer tout ce qu'on savait.

D'après Freddie McGhie, Bernard Fairclough dépensait sans compter depuis des années. Les frais de cliniques où Nicholas avait suivi ses cures de désintoxication, les fortunes déversées dans les jardins d'Ireleth Hall, l'achat du manoir d'Arnside alors que les prix de l'immobilier étaient à leur plus haut, la rénovation de ce bâtiment afin que puissent y loger Nicholas et sa femme, la « folie » construite pour Mignon, les opérations que celle-ci avait subies pour perdre le poids accumulé depuis son enfance, la chirurgie esthétique qui s'était imposée ensuite à cause de sa peau détendue...

— Ian signait les chèques, c'est certain, mais il disait aussi sûrement à Bernard : « Stop ! Stop ! Stop ! » Cela faisait des années que cela durait. Cela n'avait pas de sens, du moins c'est mon opinion. Mais on aurait dit que c'était plus fort que lui. Il se sentait obligé ! Il devait leur donner tout cet argent.

— Des années ? s'enquit Lynley.

— Bon, Nick est problématique depuis toujours, et puis il y a eu...

— Freddie, ça suffit, coupa Manette d'un ton sec.

— Il faut bien le mettre au courant. Je suis désolé, ma chérie, mais si Vivienne est là-dessous, il faut bien parler d'elle.

— Vivienne Tully ? s'enquit Lynley.

— Vous êtes au courant ?

— J'en apprends tous les jours.

— Vous savez où elle est ? demanda Manette. Papa le sait-il ?

— Bien sûr que oui, dit McGhie. A moins que Ian ne lui ait versé sa pension mensuelle dans le dos de ton père. Mais pourquoi aurait-il fait une chose pareille ?

— Pour une raison évidente : elle avait vu clair dans son jeu, elle savait ce qu'il cachait à Niamh et à tout le monde. Elle le tenait. Cela s'appelle du chantage, Freddie.

— Enfin, Manette, tu n'es pas sérieuse. Il n'y a qu'une explication et nous savons tous les deux laquelle c'est.

Ils avaient presque oublié sa présence, constata Lynley, tant ils cherchaient à se persuader mutuellement.

Après quoi, Freddie McGhie précisa que Vivienne Tully, une ancienne employée de Fairclough Industries – ce que Lynley savait déjà –, touchait depuis des années un salaire fictif. Et cet argent n'avait rien à voir avec un intéressement aux bénéfices ou une quelconque pension de retraite, ajouta Freddie.

— On pourrait imaginer que Bernard ne tient pas à être traîné en justice pour une histoire de harcèlement sexuel, par exemple... ou parce qu'elle veut l'attaquer aux prud'hommes pour licenciement abusif...

Il jeta un coup d'œil à son ex-femme, quêtant son approbation.

— Ou bien papa ne savait pas. Tu l'as dit toi-même : Ian peut avoir maquillé les comptes.

Toutes ces nouvelles informations semblaient contredire la thèse de l'accident. Ce qui en revanche demeurait un mystère, c'était la victime désignée. Etait-ce vraiment Ian Cresswell ?

Lynley remercia Manette et son ex-mari, conscient de les laisser à une sérieuse discussion sur leurs affaires de famille. D'après la réaction de Manette, il était évident qu'elle n'allait pas passer sous silence ces nouvelles révélations.

Il montait dans sa Healey Elliott quand son portable se mit à sonner. Havers, pensa-t-il. Enfin un peu de lumière ! Mais le numéro qui s'afficha sur l'écran de son téléphone était celui d'Isabelle.

361

— Bonjour, toi. Ça fait plaisir de t'entendre.

— Il faut qu'on parle tous les deux, Thomas.

Même si elle ne l'avait pas appelé *Thomas*, le ton de sa voix l'aurait informé que la femme à l'autre bout de la ligne n'était pas celle, au corps chaud, aux douces rondeurs, qu'il aimait tant tenir dans ses bras. C'était son patron, et le patron n'était pas content. Il y avait malgré tout une bonne nouvelle : Isabelle Ardery paraissait parfaitement sobre.

— Bien sûr. Où es-tu ?

— Où veux-tu que je sois ? Au travail.

— Tout comme moi, Isabelle.

— Si on veut, mais ce n'est pas de ça qu'il s'agit.

Il n'eut pas à attendre des éclaircissements.

— Pourquoi Barbara Havers mérite-t-elle davantage ta confiance que moi ? Tu as peur que je me serve de tes informations ? Tu me vois entrant dans le bureau de Hillier en claironnant : « Je sais tout ! » ?

— Barbara effectue quelques recherches pour moi, c'est tout, Isabelle.

— Tu m'as menti, n'est-ce pas ?

— A quel propos ?

— Cette histoire de confidentialité. Ce ne peut pas être top secret si le sergent Havers est en train de remuer ciel et terre pour ton enquête.

— Barbara ne connaît que certains noms. Je ne pouvais pas tout faire d'ici. Elle me donne un petit coup de main.

— Oh, je t'en prie. Je ne suis pas idiote, Tommy. Toi et Barbara, vous êtes copains comme cochons. Et elle, elle t'est si dévouée qu'elle sauterait d'une falaise si tu le lui demandais. Ou elle se couperait la langue pour ne rien révéler de tes dossiers top secret ! C'est à cause de Bob, n'est-ce pas ?

Bob ? se dit Lynley, interloqué. L'espace d'un instant, il ne comprit pas de quoi elle parlait. Puis elle ajouta :

— Bob, sa femme, les jumeaux. Tu me punis parce que, contrairement à toi, j'ai des engagements et que, parfois, ils nous empêchent de vivre notre vie.

— Tu parles de l'autre soir ? Le soir où tu ne m'as pas permis d'entrer ? Quand ils étaient tous là ? Isabelle, bon sang. C'était un seul soir et je n'y pense même plus. Je n'ai aucun...

— Ressentiment ? Non, ce n'est pas ton genre. Tu es trop bien élevé pour ça.

— Vraiment, Isabelle, ma chérie, tu te mets dans tous tes états pour rien. Tout ce que je t'ai dit est vrai. Hillier souhaite que cette affaire se règle en dehors de la Met et j'obéis à ses ordres.

— C'est une question de confiance, tu sais. Je ne pense pas seulement à cette affaire, mais aussi à l'autre. Cela pourrait être ma perte, Tommy. Un seul mot, et c'est terminé pour moi. Je ne suis plus rien. Si tu ne me fais pas confiance, comment veux-tu que j'aie confiance en toi ? Dieu du ciel, dans quel guêpier je suis allée me fourrer ?

— Tu te montes la tête pour rien, je t'assure. Que crains-tu de ma part ?

— Mettons que je me rebiffe et que je ne veuille plus te soutenir, mettons que je ne sois pas la femme que tu croyais...

— Et tu crois que j'irais trouver Hillier pour lui annoncer que je suis l'amant de mon chef depuis quatre mois, six mois, deux ans... ? C'est cela que tu redoutes ?

— Tu pourrais flanquer ma carrière par terre. Tu n'es pas comme moi. Toi, tu n'as pas besoin de ce boulot, tu n'en as même pas envie ! Nous sommes différents de tellement de points de vue, mais celui-là est le plus flagrant. A quoi j'ajouterai que nous avons perdu notre confiance mutuelle. Alors, que nous reste-t-il ?

— Qu'est-ce que c'est que cette histoire de perte de confiance ? C'est ridicule. Absurde, vraiment !

L'instant d'après, il comprit – il fut convaincu que c'était ça. Il s'était trompé.

— Tu as bu ?

Silence. Il n'y avait pas pire question. Lynley aurait volontiers ravalé ses paroles s'il avait pu. C'était impossible. Elle lui répondit d'une voix douce.

— Merci, Tommy.

Et elle lui raccrocha au nez. Sur l'étang de Great Urswick, une famille de cygnes glissait sur les eaux calmes.

Lac Windermere
Cumbria

Après le départ de l'enquêteur du Yard, Manette prit sa voiture et mit le cap sur Ireleth Hall. Elle se gara devant le château et descendit à pied vers la « folie ». Elle entendait encore la voix de Freddie lui affirmant qu'il n'avait pas eu le choix, qu'il avait été obligé de tout raconter. En effet, si la mort de Ian n'était pas accidentelle, ils devaient savoir ce qui s'était passé. De toute façon, avait-il ajouté, il était évident qu'ils avaient aussi d'autres choses à tirer au clair. Très bien et tant mieux, lui avait-elle rétorqué, elle était tout ce qu'il y a de plus d'accord pour aller au fond du problème.

Mignon était chez elle. Mais aussi, quand Mignon n'était-elle pas chez elle ? Cependant, elle n'était pas seule, pour une fois. Manette fut forcée d'assister à la dernière partie de sa séance de soins – elle se faisait masser trois fois par semaine par un Chinois imperturbable qui venait spécialement en voiture de Windermere. Il passait une heure à lui frotter le crâne et une deuxième heure à lui pétrir les pieds. Bien entendu aux frais de papa.

Mignon était affalée dans un fauteuil inclinable, les paupières closes, la plante des pieds entre les mains expertes qui palpaient ou caressaient, Manette s'en fichait. Mais elle connaissait assez bien sa jumelle pour se jeter dans un fauteuil et prendre son mal en patience. C'était le seul moyen, si elle tenait à obtenir quoi que ce soit de sa sœur. Qu'elle l'interrompe alors qu'elle était tout à son plaisir, et elle aurait à payer les pots cassés.

Cela prit une demi-heure. De temps en temps, Mignon murmurait : « Merveilleux » ou « Oui ! » ou « Un peu plus à gauche ». Le Chinois obtempérait sans ciller. Manette ne put s'empêcher de se demander ce qu'il ferait si sa sœur le priait de lui sucer les orteils.

A la fin, le masseur enveloppa tendrement les pieds de Mignon dans une serviette chaude. Elle poussa un petit gémissement et s'exclama :

— Déjà ? J'ai l'impression que cinq minutes seulement se sont écoulées.

Elle ouvrit les yeux et adressa un sourire radieux au bonhomme.

— Vous êtes un miracle incarné, Mr Zhao, murmura-t-elle. Vous savez où envoyer votre facture, bien sûr.

Bien sûr, songea Manette.

Mr Zhao acquiesça de la tête et remballa sa panoplie. Des flacons d'huile ou d'onguent ou de Dieu sait quoi. Puis il sortit, aussi silencieux qu'une mauvaise pensée.

Mignon s'étira dans son grand fauteuil, les bras levés au-dessus de la tête, les pieds pointés, à la façon d'une chatte. Puis elle se leva et gagna la fenêtre où elle s'étira un peu plus. Elle se pencha en avant pour toucher ses orteils, puis se trémoussa afin d'assouplir sa taille et ses hanches. Manette s'attendait presque à la voir faire une pirouette arrière. Cela aurait été une blague cruelle étant donné la comédie que Mignon faisait subir à ses parents...

— Je ne sais pas comment tu peux te regarder dans la glace, lui lança-t-elle.

— Le cercle vicieux de la douleur chronique, rétorqua Mignon en lui coulant un regard.

Une tristesse joyeuse, c'était ainsi que Manette aurait volontiers décrit l'expression de sa sœur.

— Tu ne peux pas savoir combien je souffre, ajouta Mignon en se dirigeant vers le coin où se trouvait son ordinateur, en prenant soin bien entendu de traîner avec elle son déambulateur, au cas où un de leurs parents montrerait son nez. Elle tapota sur son clavier et lut sur son écran ce qui devait être un message.

— Oh, merde, soupira-t-elle. Il devient barbant, celui-là. Nous en sommes arrivés au stade de l'amour impossible et c'est là qu'en général ils se mettent à piquer des crises d'angoisse et à grincer des dents. Mais je pensais que celui-ci tiendrait mieux le coup. Je me disais qu'il me ferait une année au moins. Surtout quand il a commencé à poster des photos de ses parties... Tu veux que je te dise ? Quand ils sont cuits, ils sont cuits.

Après avoir appuyé sur quelques touches, elle chuchota :

— Au revoir, mon amour. Hélas... La vie est un éternel retour... Blablabla.

— J'ai à te parler.

— Tu n'avais pas besoin de me le préciser, Manette. Je ne t'ai jamais vue venir voir ta sœur pour rien, c'est pas ton style. Ça me fait de la peine, tu sais. On était si proches, toi et moi.

— C'est bizarre. Je ne me rappelle pas.

— Cela n'a rien d'étonnant. Une fois que Freddie est entré dans ta vie, il n'y en a plus eu que pour lui. Tu t'en es donné, un mal, pour mettre le fil à la patte de ce pauvre mec. Un « deuxième choix », bien sûr, mais lui l'ignorait. A moins que tu n'aies murmuré le nom de l'autre à un moment inopportun... Au fait, c'est ce qui s'est passé ? C'est ce qui a provoqué votre rupture ?

Manette ne mordit pas à l'hameçon.

— Papa dépense beaucoup trop, c'est une véritable hémorragie. Je suis au courant pour l'augmentation de ta pension. Il faut qu'on en parle.

— Ah, l'économie, dit Mignon pieusement. Toujours tellement vulnérable, n'est-ce pas ?

— Cessons ces simagrées, veux-tu. Les soucis de papa n'ont rien à voir avec une hypothétique baisse de la demande en produits sanitaires, lavabos, baignoires et chiottes en tout genre. La beauté de cette industrie, c'est qu'on en a toujours besoin ! Mais cela t'intéressera de savoir que depuis la mort de Ian, Freddie épluche les comptes. Ces paiements doivent s'arrêter, Mignon.

— Vraiment ? Et pourquoi ? Tu as peur que je mange ton héritage ?

— Tu vois, je sais que papa a augmenté ta pension. C'est inscrit dans les chiffres. Ces sommes sont ridicules. Tu n'as pas besoin d'autant. Tu es déjà nourrie et logée. Il faut que tu le lâches un peu.

— J'espère que tu as tenu les mêmes propos à ce bon à rien de Nick, la prunelle des yeux de notre père ?

— Arrête ! Tu n'as pas été le fils qu'attendait papa, moi non plus d'ailleurs. Tu ne t'en remettras donc jamais ? Tu vas vraiment passer ta vie entière ici-bas à te lamenter de ne pas avoir été assez aimée par ton papa ? Dès que Nick est né, tu as été malade de jalousie.

— Parce que toi, peut-être, tu ne sais même pas ce que c'est ?

Mignon revint dans la salle de séjour en évitant les cartons, les caisses et la foule d'objets achetés sur des coups de tête.

— Moi, au moins, ajouta-t-elle, je sais où j'en suis avec ma jalousie.

— Tu fais allusion à quoi ? dit Manette qui avait vu le piège trop tard.

Devant le sourire de sa sœur, elle ne put s'empêcher de penser à une veuve noire voyant approcher son conjoint.

— A Ian, évidemment. Tu as toujours été amoureuse de lui. Tout le monde le savait. On hochait la tête dans ton dos. Tu as épousé Freddie par dépit, ce que tout le monde sait aussi, le pauvre Freddie compris. Cet homme est un saint.

— N'importe quoi.

— Il n'est pas un saint ? Ou bien tu n'as jamais été amoureuse de Ian ? Ou encore, Freddie ne le sait peut-être pas ? Tu te moques de qui, Manette ? Mon Dieu que tu as dû souffrir quand Niamh s'est pointée ! Et tu crois peut-être encore aujourd'hui que c'est parce qu'elle est ce qu'elle est que Ian a voulu essayer avec les mecs ?

— Réfléchis une minute, répliqua Manette d'une voix faussement calme, et tu verras qu'il y a une faille dans ton scénario.

— Laquelle ?

— J'étais déjà mariée à Freddie quand Ian a jeté son dévolu sur Niamh. Alors, qu'est-ce que tu en dis ?

— C'est un détail. Tout ce qu'il y a de plus insignifiant. De toute façon, tu ne voulais pas épouser Ian, tu voulais juste... tu sais... te payer un peu de bon temps.

— N'importe quoi.

— Comme tu voudras, dit Mignon en bâillant. C'est tout ? Je vais aller m'allonger un peu. Ces massages, c'est crevant. Alors, si tu n'as rien d'autre à me dire...

— Arrête avec papa. Sinon, je te jure, Mignon...

— Voyons, je ne fais que prendre ce qui me revient. Tout le monde s'y met. Je ne vois pas ce qui te retient.

— Tout le monde ? Tu parles de Vivienne Tully, par exemple ?

Mignon commença par se renfrogner, mais retrouva aussi vite son sens de la repartie :

— Tu n'auras qu'à interroger papa sur Vivienne.

— Que sais-tu, toi ?

— Quelle importance ? C'est ce que savait Ian qui compte, ma chérie. Et je te le répète, tout le monde finit par prendre ce qui lui revient. Ian était bien placé pour le savoir. Il a sans doute pioché dans la caisse. Cela ne m'étonnerait pas. C'était tellement facile pour lui. Sauf que papa aurait fini par s'apercevoir qu'il était en train de l'arnaquer. Ça ne peut pas durer toujours, n'est-ce pas ? Tôt ou tard, il faut bien que quelqu'un y mette le holà.

— Tu pourrais en prendre de la graine, fit observer Manette.

Mignon sourit et riposta d'un ton désinvolte :

— Oh, moi, je suis l'exception à la règle.

Lac Windermere
Cumbria

Il y avait une part de vérité dans les accusations de Mignon. Manette avait bel et bien été amoureuse de leur cousin jadis, mais ç'avait été un amour de jeunesse, aussi incorporel et fugitif que les regards éperdus qu'elle lui coulait pendant les repas en famille, un amour aussi passager que les billets doux qu'elle lui glissait dans la main à la fin des vacances quand il retournait en pension.

Car son amour, hélas, n'était pas payé de retour. Ian avait beaucoup d'affection pour elle, mais un beau jour, ou plutôt un jour terrible qui jamais ne s'effacerait de la mémoire de Manette, il l'avait prise à part et lui avait rendu, dans une boîte à chaussures, toutes ses lettres non ouvertes, de la première à la dernière, en lui disant : « Ecoute, Manette, brûle tout ça. Je sais ce qu'il y a dedans, mais ça ne peut pas marcher entre nous. » Il s'était montré gentil, car Ian n'était jamais méchant. Mais ferme, oui, il l'était, et il l'avait été ce jour-là.

Bon, mais tout le monde a été obligé de surmonter un événement traumatisant de ce genre, avait fini par conclure Manette. Toutefois, à présent, elle se demandait si certaines femmes n'étaient pas mieux équipées que d'autres à cet égard.

Elle partit à la recherche de son père, qu'elle trouva du côté ouest d'Ireleth Hall, en bas de la pelouse, presque au bord du lac. Il parlait dans son portable, tête baissée, manifestement très concentré. Elle s'apprêtait à descendre sur la pointe des pieds pour le surprendre lorsqu'il raccrocha. Tournant le dos au lac, il se mit à remonter vers la maison, mais quand il la vit, il s'arrêta et attendit qu'elle le rejoigne.

Manette ne parvenait pas à déchiffrer son expression. Curieux qu'il soit sorti de la maison pour passer un coup de fil... A moins que quelqu'un ne l'ait appelé alors qu'il se promenait. Mais pour une raison obscure, elle en doutait. Il y avait quelque chose de furtif dans la manière dont il avait glissé son téléphone dans sa poche.

— Pourquoi tu as laissé faire tout ça ? lança-t-elle à son père dès qu'elle fut près de lui.

Comme sa mère, elle était plus grande que lui.

— Tout ça ? Tu peux être plus précise ? rétorqua Bernard Fairclough.

— Freddie détient les livres de comptes de Ian. Il a imprimé les bilans. Il a tous les chiffres sous les yeux, noir sur blanc. Tu savais bien qu'il allait reprendre les choses en main après Ian.

— Il donne la preuve de sa compétence, du Freddie tout craché. Il voudrait bien s'emparer des commandes de l'entreprise.

— Ce n'est pas son style, papa. Il ne les prendrait que si tu le lui demandais. Freddie n'est ni vénal ni manipulateur.

— Tu en es bien sûre ?

— Je connais Freddie.

— On croit toujours connaître son conjoint. Mais ils nous réservent des surprises parfois.

— J'espère que tu n'es pas en train d'accuser Freddie de quelque chose.

Bernard ébaucha un sourire.

— En fait, Freddie est le parfait honnête homme.

— C'est vrai.

— Ton divorce... Je n'ai toujours pas compris, je l'avoue. Nick et Mignon...

Bernard Fairclough désigna d'un geste vague de la main la « folie » de sa fille.

— ... Ils ont leurs démons, mais toi... J'étais tellement heureux quand tu as épousé Freddie. Je me suis dit, elle a fait le bon choix. Tu ne peux pas savoir combien je fus désolé de voir que ton mariage se délitait... Tu as commis peu d'erreurs dans ta vie, Manette, mais ta séparation d'avec Freddie en est une.

— Ce sont des choses qui arrivent, dit Manette assez sèchement.

— Si tant est que nous leur permettions d'arriver.

Ces dernières paroles achevèrent d'exaspérer Manette.

— Comme toi avec Vivienne Tully ?

Son père ne détourna pas le regard. Manette se doutait de ce qui se passait dans sa tête. Il cherchait par quel canal elle avait obtenu cette information et à évaluer l'étendue de ses connaissances sur ce sujet.

— Vivienne Tully, c'est du passé. Il y a longtemps qu'elle n'est plus là.

Prudence est mère de sûreté. Manette se dit qu'à ce petit jeu-là elle pouvait le battre.

— Le passé n'est jamais vraiment mort. Il se fait un malin plaisir de nous le rappeler. Comme Vivienne...

— Je ne vois pas où tu veux en venir.

— Ian lui versait de l'argent depuis des années. Tous les mois. Une pension. Bien sûr, tu es au courant.

Il fronça les sourcils.

— Non.

En voyant le visage de son père se couvrir de sueur, Manette en déduisit qu'elle était sur la bonne voie. Si elle le poussait un peu plus dans ses retranchements, il allait tout lui avouer et se révéler sous son vrai jour.

— Je ne te crois pas. Il y a toujours eu quelque chose entre toi et Vivienne Tully.

— Vivienne fait partie d'un passé que je n'aurais jamais dû laisser arriver.

— Qu'est-ce que c'est que ce charabia ?

— Je me suis oublié... Un moment de faiblesse.

— Je vois.

— Tu ne vois rien. Je désirais Vivienne, et elle ne m'a pas repoussé. Mais ni l'un ni l'autre n'avions l'intention...

— Oh, c'est toujours ainsi, n'est-ce pas ? l'interrompit Manette, détestant l'amertume qu'elle percevait dans sa propre voix.

Elle ne s'attendait pas à éprouver tant de rancœur. Ce que son père était en train de lui dire, elle l'avait su dans le secret de son cœur : il avait eu une liaison avec une très jeune femme. Mais c'était il y a longtemps. Et en quoi cela la concernait-il, elle, sa fille ? En rien, et pourtant ce rien lui paraissait énorme. Manette aurait été bien en peine de préciser pour quelle raison.

— Personne n'a jamais l'intention de quoi que ce soit, reprit son père. Les gens se laissent emporter et se retrouvent devant le fait accompli. On ne sait pas pourquoi, parfois, on se persuade bêtement que la vie vous doit quelque chose de plus que ce qu'on a déjà, et quand on se met ça dans la tête, le résultat, c'est...

— Toi et Vivienne Tully... Je vais être franche avec toi. Ce n'est pas gentil, ce que je vais te dire, mais je ne vois pas ce que Vivienne t'a trouvé pour avoir envie de coucher avec toi.

— Elle n'a eu envie de rien.

— Je t'en prie.

— Non, je me suis mal exprimé, répliqua Bernard Fairclough en levant les yeux vers le château avant de les détourner rapidement sur le sentier qui remontait depuis le lac Windermere vers les bois marquant la limite nord de la propriété. Viens, je t'expliquerai en route.

— Je ne veux pas d'explication.

— Mais tu es troublée. Et c'est moi l'origine de ce trouble. Viens, Manette, promenons-nous un moment.

Il la prit par le bras. Manette sentit la pression de ses doigts à travers son lainage. Si elle s'était écoutée, elle se serait arrachée à l'étreinte de cette main et aurait rompu pour toujours avec son père, mais elle était tout autant prise au piège que sa sœur par le violent désir de Bernard Fairclough d'avoir un fils. Contrairement à Mignon qui avait passé sa vie à le punir, Manette avait tenté, dès qu'elle l'avait pu, de se conformer à ce souhait en adoptant ses manières, ses habitudes, sa façon de parler, jusqu'à la fixité de son regard quand il dévisageait ses interlocuteurs et bien sûr son côté bourreau de travail... Elle se voulait en tout point l'équivalent d'un « fils » digne de lui. Autant dire qu'elle allait droit dans le mur. Le fils qu'il avait eu ne l'avait jamais été, lui, à la hauteur de leur père, même si à présent il s'était racheté. Pourtant pas un instant le regard de Bernard Fairclough ne s'était posé sur elle et n'avait reconnu ses mérites. Voilà pourquoi elle ne voulait pas se promener avec ce salopard et écouter ses mensonges à propos de Vivienne Tully.

— Les enfants refusent à leurs parents une vie sexuelle, comme si c'était inconvenant.

— Si tu veux me parler de maman... Qui se refuserait à...

— Oh, non, que vas-tu imaginer ? Ta mère n'a jamais... Bref. Il s'agit de moi seul. Je désirais Vivienne, point final. Sa jeunesse, sa fraîcheur...

— Tu n'as pas besoin de me donner des...

— C'est toi qui as mis le sujet sur le tapis, ma chérie, l'interrompit-il. Maintenant tu vas avoir droit à toute l'histoire. Je ne l'ai pas séduite. Tu ne me crois pas ?

Il lui jeta un coup d'œil. Manette fixait obstinément droit devant elle les graviers du sentier qui après avoir longé le lac montait vers les bois qui paraissaient, alors qu'ils marchaient vite, à chaque pas plus éloignés.

— Je ne suis pas un vil séducteur, Manette. Je lui ai fait part de mon attirance pour elle. Elle travaillait pour moi depuis deux mois. J'ai été aussi franc avec elle qu'avec ta mère lors de notre première rencontre. Il n'était pas question que j'épouse Vivienne, voyons, ce n'était même pas pensable. Je lui ai dit que je voulais faire d'elle ma maîtresse, un arrangement discret, afin de ne pas nuire à sa carrière... Sa situation était très importante pour elle. C'était une fille brillante, pleine d'avenir. Je ne m'attendais pas à ce qu'elle reste moisir à Barrow-in-Furness ni à ce qu'elle abandonne sa carrière parce que j'avais envie de la garder au chaud ici dans le Cumbria.

— Tu n'as pas à me raconter tout ça, protesta Manette dont la gorge était si sèche qu'elle avait du mal à parler.

— Je te rappelle que c'est toi qui m'as posé la question. Elle m'a répondu qu'il lui fallait réfléchir à toutes les conséquences que ma proposition pourrait avoir pour elle. Cela a duré deux semaines. Puis elle est venue me trouver avec une autre offre. Elle voulait bien me donner ma chance en tant qu'amant. Elle n'avait jamais pensé devenir la maîtresse d'un homme marié, surtout d'un homme qui avait l'âge d'être son père. Elle n'a pas mâché ses mots, ça non. Cette perspective ne lui plaisait pas tellement, d'autant qu'elle n'avait jamais trouvé l'argent particulièrement aphrodisiaque. Elle aimait les hommes proches de son âge, et l'idée de se retrouver au lit avec moi, eh bien, elle ne savait pas si elle pourrait le supporter. A l'entendre, je n'arriverais jamais à la satisfaire. Cela dit, si elle se trompait, elle était partante. Sinon, ce serait fini entre nous, sans rancune, a-t-elle précisé.

— Elle aurait pu t'attaquer en justice. Cela aurait pu te coûter des milliers de livres. Pour harcèlement sex...

— J'étais au courant. Mais comme je te le disais tout à l'heure, j'étais la proie du désir. On ne peut pas se figurer une chose pareille si on ne l'a pas éprouvée. C'est une ivresse, tout semble tellement logique et raisonnable, même une proposition indécente à une employée...

Ils continuèrent un moment en silence, ralentissant le pas tandis que le vent se levait. Manette frissonna. Son père la prit par la taille et la serra contre lui en disant :

— Il ne va pas tarder à pleuvoir...

Puis il enchaîna :

— Pendant un certain temps, on a joué la comédie de la double vie, Vivienne et moi. A l'usine, j'étais son employeur. Personne n'aurait pu se douter que nous avions des liens autres que strictement professionnels. Et le soir, nous étions amants, la promiscuité de la vie de bureau émoustillant nos appétits sexuels que nous satisfaisions la nuit venue. Hélas, elle finit par en avoir assez. Elle pensait à sa carrière, et moi, je n'étais pas assez stupide pour me mettre en travers de son chemin. Il a fallu que je la laisse partir, j'avais d'ailleurs promis de le faire, c'était entendu entre nous. Je n'avais plus qu'à lui souhaiter bonne chance.

— Où vit-elle aujourd'hui ?

— Je n'en sais rien. On lui avait proposé un poste à Londres, mais c'était il y a longtemps. Elle sera sûrement passée à autre chose.

— Et maman ? Comment as-tu pu...

— Ta mère n'a jamais su, Manette.

— Mais Mignon, elle, sait, n'est-ce pas ?

Bernard Fairclough esquiva le regard de sa fille. Un vol de canards sauvages descendit du haut du ciel pour frôler la surface du lac d'un battement d'ailes avant de remonter vers les nuages. Après ce silence prolongé, il prononça :

— Elle le sait, oui. J'ignore par quel moyen elle l'a découvert. Mignon a des antennes.

— C'est ce qui lui a servi à...

— Oui.

— Et Ian là-dedans ? Cette pension qu'il versait à Vivienne ?

Bernard Fairclough secoua la tête.

— Je te le jure devant Dieu, Manette, je n'en sais rien. Si Ian versait de l'argent à Vivienne, c'était sûrement pour me protéger. Elle aurait pu le contacter, le menacer d'une manière ou d'une autre... ? Comment savoir ?

— Elle pourrait l'avoir menacé de tout dire à maman. Comme Mignon. Car c'est ce qu'elle fait, non ? Mignon te fait chanter, avoue. Qu'est-ce que maman ferait si elle l'apprenait ?

Il se tourna vers elle et à cet instant, pour la première fois, Manette vit en son père un vieil homme. Il avait soudain l'air frêle...

— Ta mère serait bouleversée. Après tant d'années, je veux lui épargner ça.

Bryanbarrow
Cumbria

Tim voyait Gracie de la fenêtre. Elle sautait sur le trampoline. Cela faisait une bonne heure qu'elle était là, à rebondir encore et encore d'un air très concentré. De temps à autre, elle atterrissait sur les fesses et effectuait un roulé-boulé sur la toile. Mais à chaque fois elle se relevait, et c'était reparti.

Tout à l'heure, Tim l'avait aperçue dans le jardin derrière la maison. Elle creusait un trou. A côté d'elle était posée une petite boîte en carton attachée par un ruban rouge. Lorsque le trou avait été assez large et assez profond, elle y avait enfoncé la boîte et l'avait enterrée. Elle s'était ensuite servie d'une pelle pour répandre avec soin l'excès de terre çà et là sur la pelouse, même si, en cette saison, celle-ci était si pourrie que cette précaution semblait inutile. Avant cela, elle s'était agenouillée et avait croisé les bras : poing droit contre épaule gauche, poing gauche contre épaule droite, la tête penchée de côté. Tim trouva qu'elle ressemblait à un de ces anges que l'on trouvait dans les cimetières victoriens, ce qui lui fit comprendre le but de l'opération : elle offrait à sa poupée, Bella, des funérailles en bonne et due forme.

Bella aurait pu être réparée. Au rayon destruction, Tim avait fait du bon boulot, mais on aurait pu rattacher ses bras et ses jambes et polir les endroits où elle portait encore les griffures qu'il lui avait infligées. Mais Gracie n'avait rien voulu entendre, tout comme elle ne voulait plus rien savoir de Tim depuis qu'il était remonté, trempé, du ruisseau. Une fois dans des vêtements secs, il était allé proposer à Gracie de lui brosser les cheveux et de lui faire des nattes, mais elle lui avait lancé un :

« Me touche pas et touche pas Bella, Timmy ! »

Elle paraissait moins triste que résignée.

Après l'enterrement de la poupée, elle s'était mise à sauter sur le trampoline. Tim aurait voulu qu'elle arrête, mais comment s'y prendre ? Il songea à téléphoner à leur mère, mais repoussa aussitôt cette idée. Il savait d'avance ce qu'elle lui dirait : « Elle cessera de sauter quand elle sera fatiguée. Je ne vais pas me taper la route jusqu'à Bryanbarrow rien que pour faire descendre ta sœur de son trampoline. Si ça t'embête tellement, demande à Kaveh. Il sera ravi de cette occasion de jouer au papa. » Ces derniers mots seraient prononcés d'un ton sardonique. Puis elle s'en irait voir ce débile de Wilcox pour qu'il s'occupe d'elle. Comme un homme, un vrai ! C'est ça qu'elle se dirait, leur mère. Charlie Wilcox avait envie de se la faire, alors, il était super. Tandis qu'un type qui ne voulait pas d'elle – mettons le père de Tim – était un connard. Mais c'était la vérité, pas vrai ? Son papa était un connard, Kaveh aussi, et Tim se disait que tous les autres avaient également droit à ce titre.

Lorsqu'il était revenu de son bain dans le ruisseau, Kaveh l'avait suivi et avait tenté de lui parler, mais Tim ne voulait plus rien avoir à faire avec ce mec. Déjà qu'il avait posé ses sales pattes sur lui. S'il fallait par-dessus le marché discuter avec ce branleur... Pas question !

Toutefois, il n'était pas exclu que Kaveh parvienne à arracher sa sœur au trampoline. Il se pourrait même qu'il arrive à la persuader de permettre à Tim de déterrer la poupée et de l'emporter à Windermere pour la faire réparer. Gracie aimait bien Kaveh, parce que Gracie était Gracie. Et sa sœur aimait tout le monde. Alors, elle l'écouterait, non ? En outre, Kaveh ne lui avait jamais fait de mal, sauf, bien sûr, qu'il avait détruit leur famille.

Mais pour cela, il faudrait qu'il *parle* à Kaveh. Il faudrait qu'il parte à sa recherche et qu'il le trouve quelque part en bas. Il faudrait qu'il lui explique pourquoi il fallait que Gracie arrête de sauter. Et à l'issue de tous ces efforts, Kaveh lui rétorquerait sans doute que Gracie avait le droit de sauter tant qu'elle le voulait, que c'est à cela que servaient les trampolines, n'est-ce pas ? et pour cela qu'ils en avaient acheté un à Gracie, parce qu'elle aimait sauter. Tim serait forcé de lui préciser que si Gracie faisait des bonds depuis une heure, c'était parce qu'elle souffrait dans son cœur. A quoi, bien entendu, Kaveh rétorquerait que Tim connaissait aussi bien que lui la raison de son chagrin.

Il n'avait pas fait exprès. Voilà le problème. Il n'avait pas voulu faire pleurer Gracie. Elle était la seule personne à laquelle il tenait encore. Seulement, elle s'était trouvée là, sur son passage. Il n'avait pas pensé aux conséquences de son geste lorsqu'il s'était emparé de Bella et l'avait démembrée. Il voulait seulement apaiser ce qui bouillonnait en lui. Mais comment Gracie pouvait-elle comprendre si elle, elle était toute calme en dedans ? Elle ne voyait que la méchanceté de son frère.

Dehors, Gracie cessa un moment de sauter. Elle respirait fort. Tim remarqua aussi quelque chose qui altéra son propre souffle : la poitrine de Gracie commençait à pousser. Il voyait nettement les deux petites pointes sous son pull.

A cette vue, il se sentit extrêmement triste, si triste qu'il en eut la vision brouillée. Quand il se ressaisit, Gracie avait repris ses sauts. Cette fois, il observa ses petits seins qui rebondissaient à chaque fois. Il fallait coûte que coûte qu'on la protège.

Pour la deuxième fois, il fut près de téléphoner à leur mère. Mais, une fois de plus il se dit : cela servirait à quoi ? Gracie avait besoin d'une maman pour l'emmener dans un magasin acheter un soutien-gorge ou une brassière ou ce que portaient les petites filles avec des seins naissants. C'était plus que de l'obliger à descendre de ce putain de trampoline, non ? Mais leur mère ne traiterait-elle pas l'événement ainsi qu'elle traitait le reste ? Gracie n'avait qu'à en parler à Kaveh. Kaveh pouvait bien s'occuper de ce petit problème.

Cela résumait parfaitement la situation : quoi que Gracie ait à affronter dans les années à venir, elle allait devoir l'affronter seule sans l'aide d'une maman, parce que s'il y avait une certitude à avoir quant à l'avenir, c'était que Niamh Cresswell ne s'encombrerait à aucun prix des enfants qu'elle avait eus avec son nullard de mari. Ce serait donc à Tim, ou éventuellement à Kaveh, de veiller sur elle. Ou à tous les deux.

Ces considérations le décidèrent. Il sortit de sa chambre. Autant dire tout de suite à Kaveh qu'il devait emmener Gracie à Windermere s'acheter de la lingerie. Sinon, les garçons de sa classe allaient se moquer d'elle. Les filles aussi, d'ailleurs. Et après les railleries viendraient les mauvaises blagues puis les mauvais traitements. Et Tim ne voulait pas que sa sœur se fasse taper dessus.

Alors qu'il était dans l'escalier, il entendit la voix de Kaveh qui semblait sortir de l'ancienne cuisine. La porte était entrebâillée et la lumière allumée à l'intérieur. Il entendit aussi un bruit de tisonnier remuant des braises dans l'âtre. Kaveh disait poliment à quelqu'un :

— ... ce n'est pas vraiment ce que j'ai prévu.

— Maintenant que Cresswell est mort, vous ne pensez quand même pas rester ici.

Tim reconnut la voix de George Cowley. Il sut tout de suite de quoi il s'agissait : la ferme Bryan Beck. Cowley voyait dans la mort de son père l'occasion de racheter la propriété. Et manifestement, Kaveh avait une autre idée sur la question.

— Si, répondit Kaveh.

— Vous allez élever des moutons ? ironisa Cowley comme s'il trouvait cette éventualité du plus haut comique.

Il s'imaginait sans doute Kaveh en bottes de caoutchouc rose et ciré lavande...

— J'espérais que vous continueriez à louer les champs, l'informa Kaveh. C'est un bon arrangement. Je ne vois pas pourquoi en changer. En plus, les terres atteindraient un prix élevé si jamais elles étaient à vendre.

— Parce que vous croyez que je n'aurais pas les moyens d'acheter. Eh bien, je vous renvoie la question : Vous auriez les moyens, vous, jeune homme ? Je suppose que non. Dans quelques mois, la propriété sera à vendre et je serai là pour la cueillir.

— Je crains que vous ne vous trompiez. Elle ne sera pas mise en vente.

— Quoi ? Vous voulez me faire croire qu'il vous l'a laissée ?

— Il se trouve que oui.

Un silence. George Cowley digérait sans doute la nouvelle.

— Vous vous fichez de ma gueule.

— Pas du tout.

— Vraiment ? Comment vous payerez les droits de succession, dites ? Ça va se monter à un paquet.

Deuxième silence. Tim se demanda ce que George Cowley pensait de tout cela. Pour la première fois, il se posa aussi des questions sur la mort de son père. Cela avait été un accident, pas vrai ? Tout le monde était d'accord sur ce point, y compris le coroner. Pourtant, tout à coup, tout avait l'air de se compliquer. Et la réplique suivante de Kaveh ne fit qu'aggraver son désarroi.

— Ma famille va venir habiter avec moi, annonça Kaveh, et à nous tous, nous pourrons...

— Votre famille ? railla Cowley. C'est quoi, la famille, pour des gens dans votre genre, hein ?

Kaveh répondit avec un temps de retard, solennellement :

— Mes parents, d'abord. Ils vont venir de Manchester s'installer ici avec moi. Et puis il y a ma femme.

Tim eut la sensation que les murs autour de lui se mettaient à ondoyer. Le sol lui-même sous ses pieds parut basculer sur le côté. Tout ce qu'il avait toujours tenu pour assuré et définitif se dérobait, englouti par un tourbillon où les mots revêtaient un sens au-delà des capacités de compréhension d'un garçon de quatorze ans. Une seule phrase, et son monde s'écroulait.

— Votre femme, répéta Cowley d'une voix neutre.

— Ma femme, oui.

Des bruits de pas. Kaveh gagnait la fenêtre, ou bien le bureau dans le coin. Ou même se campait devant la cheminée, un bras sur le manteau, l'image même de l'homme conscient de tenir les atouts maîtres dans son jeu.

— Je me marie le mois prochain.

— Ah oui, dit Cowley d'un ton à présent méprisant. Et elle est au courant de votre « situation » ici, votre future épouse ?

— Ma situation ? Que voulez-vous dire ?

— Vous le savez parfaitement. Vous et cette tantouze de Cresswell... Vous croyez peut-être que tout le village est aveugle ?

— Si vous voulez dire que le village savait que Ian Cresswell et moi-même cohabitions, je vous l'accorde. Mais au-delà de ça ?

— Pédale !

— Sachez que je vais me marier, reprit Kaveh en faisant celui qui n'avait pas entendu, et que ma femme va venir vivre sous ce toit avec mes parents. Nous aurons des enfants. S'il y a quelque chose que vous n'avez pas compris, je ne vois pas quoi ajouter.

— Et les gosses ? Vous pensez que l'un d'eux va pas tout raconter à votre femme ?

— Vous parlez de Tim et de Gracie, Mr Cowley ?

— Jouez pas au con.

— D'abord, ma fiancée ne parle pas anglais et ne comprendrait pas un mot de ce qu'ils pourraient lui raconter, et ensuite ils n'ont rien à raconter de toute façon. Tim et Gracie vont retourner vivre avec leur mère. C'est comme si c'était fait.

— Comme si c'était fait...

— Oui, je le crains.

— Vous êtes un putain d'enculé, hein, jeune homme. Vous aviez calculé votre coup, allez...

Tim n'entendit pas la réponse de Kaveh, car il n'avait pas besoin d'en entendre davantage. Il battit en retraite dans la cuisine puis sortit de la maison.

Lac Windermere
Cumbria

Simon Saint James avait conclu qu'il existait encore une possibilité non explorée dans l'affaire de la mort de Ian Cresswell. Mince, certes, mais il fallait vérifier. Pour ce faire, il avait seulement besoin de se procurer un objet.

Comme il n'y avait de magasin de pêche ni à Milnthorpe ni à Arnside, il se rendit en voiture à Grange-over-Sands et trouva son bonheur chez Lancasters, un magasin qui vendait de tout, depuis la layette jusqu'aux outils de jardinage. En réalité, une série de boutiques à touche-touche dans la rue principale de la petite ville. Sans doute ces commerces avaient-ils, au cours du siècle écoulé, été acquis les uns après les autres par une lignée d'habiles marchands, les Lancaster. Toujours est-il que le client avait l'impression que si ce qu'il cherchait n'était pas proposé, inutile de chercher ailleurs, pour la bonne raison que ledit objet ne valait pas la peine d'être acheté. Simon Saint James estimait qu'ils auraient forcément en stock un couteau à fileter identique à celui que Lynley avait repêché au fond de l'eau dans le hangar à bateaux d'Ireleth Hall.

Une fois muni du couteau, Saint James appela Lynley sur son portable et lui annonça qu'il était en route pour le château. Il téléphona aussi à Deborah, mais celle-ci ne répondit pas. Cela n'avait rien d'étonnant. Elle aurait vu son numéro s'afficher et comme elle était furieuse contre lui...

Il était d'ailleurs lui-même assez furieux contre elle. Il aimait sa femme d'un amour profond, mais quand, ainsi que tout à l'heure, ils ne parvenaient pas à adopter le même point de vue sur un problème, il tremblait pour son mariage. Ce désespoir ne faisait jamais long feu et, une fois les esprits calmés, Simon était le premier à en rire. Alors, pourquoi donc ne parvenaient-ils pas à résoudre cette question-ci ? Alors que tant de difficultés montées en épingle un jour le lendemain ne leur paraissaient plus que des bagatelles, celle-ci s'obstinait à se dresser entre eux.

381

Au lieu de flâner dans la vallée de la Lyth comme il l'aurait fait normalement, il fila tout droit vers la demeure des Fairclough. A la hauteur du village de Newby Bridge à quelques kilomètres de la pointe méridionale du lac, il traversa un paysage de moraines, vestiges de l'ère glaciaire et du glacier qui avait creusé le lac Windermere. Sans ralentir, il continua vers le nord et bientôt les eaux du lac s'étendirent à perte de vue, vaste miroir gris-bleu reflétant les arbres flamboyants.

Ireleth Hall n'était plus très loin, à quelques kilomètres seulement après Fell Foot Park et ses merveilleux jardins victoriens qui, en cette saison, balayés par un vent glacé, n'étaient guère attirants. Au printemps, les jardins se tapisseraient de jonquilles et leurs rhododendrons, aussi grands que des maisons, crouleraient sous les fleurs. Après avoir longé le parc, il pénétra dans le premier de la série de tunnels végétaux que formaient au-dessus de la route les cimes des arbres : arches rouge et or aux endroits où les feuilles restaient encore accrochées, enchevêtrement de ramures partout ailleurs.

Le portail d'Ireleth Hall était fermé. Saint James avisa une cloche enfouie sous le lierre qui recouvrait la pierre du pilier. Au moment où il descendait tant bien que mal de sa voiture de location pour sonner, la Healey Elliott de Lynley s'arrêta derrière lui.

Quelques mots – « C'est Thomas Lynley... » – adressés à la voix désincarnée qui avait répondu au premier coup de cloche, et le portail s'ouvrit tout seul en grinçant, comme dans un vieux film d'horreur, pour se refermer ensuite derrière eux.

Ils se rendirent directement au hangar à bateaux. Saint James informa Lynley que c'était la dernière vérification qu'il effectuait dans cette enquête. La dernière chance de trouver un élément établissant un doute suffisant sur la façon dont était mort Ian Cresswell pour persuader le coroner de rouvrir le dossier. Sans, bien entendu, aucune garantie.

Lynley se déclara pour sa part tout à fait prêt à arrêter là les frais et à rentrer à Londres sur-le-champ. Devant le regard interrogateur de Saint James, il expliqua :

— Je suis dans le collimateur du patron.

— Hillier aurait souhaité une autre conclusion ?

— Non. Isabelle. Elle est furieuse et considère que Hillier m'a embobiné.

— Hum. C'est pas génial.

— Pas génial du tout.

Ils n'en dirent pas plus, mais Saint James ne put s'empêcher de se poser des questions sur la nature des relations entre Lynley et Isabelle Ardery. Quelque temps auparavant, tous deux étaient venus le consulter pour un autre crime. Saint James n'était quand même pas assez dans la lune pour ne pas avoir remarqué qu'il y avait quelque chose entre eux. Pourtant, une liaison avec un supérieur hiérarchique était fortement déconseillée. En fait, en couchant avec qui que ce soit à la Met, Lynley risquait gros.

En descendant vers le hangar à bateaux, Lynley fit à Saint James le récit de son entrevue avec la fille de Bernard Fairclough, Manette, et son mari. Il lui fit part des révélations concernant les sommes mirobolantes versées par Ian Cresswell. Bernard Fairclough était peut-être ou peut-être pas celui qui tirait les ficelles. Toujours est-il que Cresswell semblait avoir détenu des informations qui pouvaient s'avérer explosives et dangereuses pour lui. Si Fairclough n'était pas au courant, ou du moins pas au courant de tout, c'était lui qui représentait une menace pour Cresswell. Et si ce dernier avait cherché à mettre le holà à ces versements, c'étaient les destinataires de ces sommes d'argent qui devenaient des menaces.

— Finalement, cela revient à une histoire d'argent, résuma Lynley.

— C'est souvent le cas, non ?

Sous le hangar à bateaux, cette fois-ci, ils n'avaient pas besoin d'éclairage supplémentaire. Pour ce que Saint James avait en tête, la lumière de cette belle journée se reflétant sur les eaux du lac suffisait amplement. Il avait l'intention d'examiner l'état des autres pavés de la maçonnerie du quai. Si d'autres pierres étaient sur le point de se desceller, il conclurait que Ian avait bel et bien joué de malchance.

Le scull était à quai, pas la barque. Valerie, apparemment, était sur le lac. Saint James se dirigea d'abord vers l'endroit où elle avait été amarrée. Cela lui paraissait en effet logique de débuter par là.

Penché en avant, il palpa la maçonnerie, puis s'agenouilla avec quelque difficulté.

— Je peux me débrouiller, lança-t-il à Lynley qui faisait mine de vouloir l'aider.

Rien ne bougea jusqu'au cinquième pavé qui branlait telle une dent de lait dans la bouche d'un enfant de sept ans. Le sixième et le septième aussi étaient instables. Les quatre suivants se révélèrent parfaitement scellés, mais le douzième encore plus branlant que les autres. Ce fut sur celui-là que Saint James appliqua le couteau à fileter acheté à Grange-over-Sands. Il glissa la lame sur le côté et gratta le reliquat de mortier de manière à ce que le pavé ne tienne plus que par l'opération du Saint-Esprit. Maintenant il suffisait de poser le pied dessus – à Lynley l'honneur – et plouf ! le pavé sombra dans l'eau. Il n'était pas difficile d'imaginer que quelqu'un se hissant d'un scull sur le quai comme l'avait fait Ian Cresswell ait pu déloger une pierre semblable. Restait à vérifier si les autres pavés branlants céderaient sous le poids de Lynley sans l'intervention du couteau. Sur quatre, un seul glissa dans l'eau. Lynley laissa échapper un gros soupir et secoua la tête.

— A ce stade, je te suis où tu voudras. Je ne suis pas contre rentrer à Londres si c'est à ça que tes conclusions nous mènent.

— J'aurais besoin d'une meilleure lumière.

— Pour quoi faire ?

— Rien ici. Viens.

Ils sortirent du hangar. Saint James leva le couteau entre eux deux. Ils l'examinèrent minutieusement. Inutile de l'envoyer à un labo de la police scientifique. Le métal de la lame était couvert de griffures et son fil effiloché. Alors que celui qui avait été remonté du fond du lac par Lynley présentait une lame aussi lisse que si le couteau avait été neuf.

— Bon, je vois, fit Lynley.

— Cette fois, il n'y a plus aucun doute, Tommy, enfin, je crois... Le moment est venu pour Deborah et moi de rentrer à la maison. Je ne dis pas que les pavés n'ont pas pu être délogés par un autre moyen. Mais le fait que le couteau que tu as repêché est intact laisse à penser qu'il s'agit bien d'un accident. Alors, sauf à faire expertiser tout ce qui aurait pu servir de levier sur cette propriété...

— Mais pour ça, il faudrait que j'aie une autre piste, conclut pour lui Lynley. Sinon, on dit que les jeux sont faits et, oui, je rentre à Londres.

— A moins que Barbara Havers n'ait trouvé quelque chose de nouveau, c'est le plus sage. Ce n'est pas un si mauvais résultat que ça, après tout.

— Non, en effet.

Ils contemplèrent le lac en silence. Une barque approchait à bord de laquelle une femme ramait énergiquement. Valerie Fairclough s'était équipée pour la pêche mais apparemment le poisson avait refusé de mordre. Quand elle fut à portée de voix, elle lâcha un instant ses rames pour brandir son seau, vide.

— Heureusement que nous n'avons pas besoin de ça pour nous nourrir ! Depuis quelques jours, je rentre à chaque fois bredouille.

— Il y a d'autres pavés disjoints sous le hangar, lui cria à son tour Lynley. Nous les avons pas mal ébranlés, alors faites très attention ! Nous allons vous aider.

Ils retournèrent à l'intérieur. Elle fit glisser la barque le long du quai pile à l'endroit où les pavés menaçaient de se détacher. Lynley lui dit :

— Vous avez choisi le pire coin pour amarrer. C'est par ici que vous avez embarqué ?

— Oui. Je n'ai rien remarqué. Ils sont en si mauvais état ?

— Un de ces jours, ils vont tomber.

— Comme les autres ?

— Comme les autres.

Ses traits se détendirent. Elle s'abstint de sourire, mais son soulagement n'échappa pas à Simon Saint James. Il savait que Lynley ne manquerait pas non plus de le remarquer tandis que Valerie Fairclough lui passait son matériel de pêche. Lynley posa le tout sur les pavés puis lui tendit la main pour l'aider à monter sur le quai.

Il fit ensuite les présentations.

— Si j'ai bien compris, c'est vous qui avez découvert le corps, dit Saint James à Valerie.

— Tout à fait, répondit-elle en ôtant sa casquette de base-ball pour passer la main dans ses fins cheveux gris dont la coupe courte la rajeunissait.

— C'est aussi vous qui avez téléphoné à la police.

— En effet.

— J'aurai besoin de quelques éclaircissements à ce propos. Vous remontez au château ? Pouvons-nous vous accompagner ?

Valerie jeta un coup d'œil à Lynley. Elle n'avait pas l'air méfiante. Sans doute était-elle trop maîtresse d'elle-même pour se trahir. Mais elle se demandait sûrement pourquoi l'ami de Lynley, l'expert de Londres, souhaitait l'interroger. A coup sûr, ce n'était pas sur les aléas de la pêche à la ligne...

— Bien entendu, répondit-elle aimablement.

La lueur qui avait brillé un instant dans ses yeux bleus parlait cependant un tout autre langage.

Ils commencèrent à remonter le sentier. Saint James se tourna vers elle.

— Vous étiez allée pêcher ce jour-là ?

— Le jour où je l'ai trouvé ? Non.

— Qu'étiez-vous venue faire au hangar à bateaux ?

— Je me promenais. En général, l'après-midi, je fais une petite balade. Une fois l'hiver installé, le mauvais temps peut m'obliger à rester confinée dans la maison. Tant que je peux, je profite du bon air.

— Vous vous promenez dans la propriété ? Dans les bois ? Ou sur les *fells* ?

— J'ai passé toute ma vie ici, Mr Saint James. Je vais où cela me chante.

— Et ce jour-là ?

De nouveau Valerie Fairclough jeta un bref regard à Lynley.

— Pourriez-vous être plus explicite ?

En d'autres termes, elle prenait des gants pour demander à Lynley pourquoi son ami la cuisinait. Ce fut Saint James qui lui répondit.

— C'est plutôt moi que cela intéresse. J'ai parlé au constable Schlicht. Il a noté deux choses à propos de l'appel téléphonique à la police. En fait, l'une d'elles concerne l'appel lui-même. L'autre vous concerne, vous.

Valerie Fairclough ne fit même plus l'effort de dissimuler son trouble. Elle s'immobilisa et essuya ses mains sur son pantalon, un geste que Saint James interpréta comme une tentative d'apaiser ses nerfs à vif. Au coup d'œil que Lynley lui lança, il comprit que son ami partageait son opinion et l'encourageait à tirer tout ce qu'il pouvait du témoin.

— Et que vous a dit le constable ? s'enquit Valerie.

— Il avait recueilli le témoignage du type du Central. Celui qui a pris l'appel en question. Il paraît que la voix à l'autre bout de la ligne était remarquablement calme étant donné les circonstances.

— Je vois.

Valerie gardait un ton courtois, mais le fait qu'elle se soit arrêtée au milieu du sentier laissait à penser qu'elle préférait laisser dans l'ombre certains éléments. L'un d'eux étant, Saint James en était convaincu, à présent hors de vue : la « folie » construite pour leur fille Mignon.

— « Il y a un cadavre qui flotte sous mon hangar à bateaux. » Voilà plus ou moins ce qu'on lui a dit.

Valerie détourna les yeux. Les traits de son visage s'étaient à peine altérés, un frisson sur l'eau causé par un coup de vent éphémère ou bien une onde courant sous la surface. Toujours est-il qu'elle s'était départie un instant de son flegme. Elle leva sa main à son front et chassa une mèche rebelle. Elle ne s'était pas recoiffée de sa casquette de base-ball. Le soleil rendait apparentes les fines rides d'un vieillissement qu'elle s'efforçait de repousser.

— Nul ne sait d'avance quelle sera sa réaction, confronté à une situation telle que celle-là, argua-t-elle.

— Je suis tout à fait d'accord avec vous. Mais la deuxième bizarrerie qu'il a notée, c'était votre habillement au moment où vous avez accueilli la police et l'ambulance. Vous n'étiez pas vêtue pour une promenade, en tout cas pas sous une pluie d'automne, plutôt pour parcourir les pièces de votre château...

Devinant où Saint James voulait en venir, Lynley expliqua :

— Ce sont des possibilités que nous ne pouvons pas négliger.

Il marqua une pause, comme pour lui donner le temps de réfléchir, puis ajouta :

— Vous n'êtes pas descendue au hangar à bateaux, n'est-ce pas ? Ce n'est pas vous qui avez découvert le corps. Ce n'est pas vous qui avez téléphoné à la police, asséna-t-il, soudain incisif.

— Je me rappelle avoir précisé mon identité au téléphone, rétorqua Valerie d'un ton sec.

Elle n'était pourtant pas assez stupide pour ignorer qu'on ne la croyait plus.

— N'importe qui peut avoir donné votre nom, avança Saint James.

— Le moment est venu de dire la vérité, enchérit Lynley. Il s'agit de votre fille, n'est-ce pas ? Mignon est celle qui a découvert le corps. C'est elle aussi qui a appelé la police. Depuis sa maison elle voit parfaitement le hangar à bateaux. Du dernier étage, à mon avis, elle doit apercevoir non seulement la porte du bâtiment mais aussi les bateaux qui partent. La vraie question reste en suspens. Votre fille avait-elle des raisons de vouloir la mort de Ian Cresswell ? Car elle savait qu'il était sur le lac ce soir-là, forcément, n'est-ce pas ?

Valerie leva les yeux vers le ciel. Saint James ne put s'empêcher de songer à une Mater Dolorosa, à ce que la maternité apportait, et ce qu'elle n'apportait pas, à une femme assez courageuse pour s'y engager corps et âme. Cet engagement ne se terminait pas lors de l'entrée de l'enfant dans l'âge adulte, mais se prolongeait jusqu'à la mort de l'un des deux.

— Aucun...

La voix de Valerie s'étrangla. Elle les regarda tour à tour avant de reprendre :

— Mes enfants sont innocents.

— Nous avons trouvé un couteau à fileter au fond de l'eau, déclara Saint James en lui montrant celui dont il s'était servi pour tester les pavés. Pas celui-ci, bien sûr, mais un autre similaire.

— Ce doit être celui que j'ai perdu il y a quelques semaines. Il m'a glissé des mains. Je vidais une grosse truite quand il m'a échappé et qu'il est tombé à l'eau.

— Vraiment ? demanda Lynley.

— Je vous assure. Je suis maladroite quelquefois, que voulez-vous ?

Lynley et Saint James échangèrent un regard. L'établi était placé de l'autre côté du hangar à bateaux. Alors, à moins que le couteau n'ait été équipé de nageoires lui permettant de contourner le quai afin de se poser au fond de l'eau sous le scull de Ian Cresswell, ils venaient d'entendre un mensonge flagrant.

Kensington
Londres

Vivienne Tully ressemblait comme deux gouttes d'eau aux photographies que Barbara avait trouvées sur Internet. Vivienne et elle étaient à peu près du même âge, mais elles n'auraient pas pu être plus dissemblables. La jeune femme avait exactement le look que la commissaire intérimaire Ardery aurait aimé que son sergent possède : un corps longiligne dont la taille élancée était mise en valeur par une tenue chic complétée par une panoplie d'accessoires, et une coiffure et un maquillage d'une élégance extrême. S'il y avait des degrés à la classe – Barbara supposait qu'une telle chose existait –, Vivienne avait réussi à atteindre le top. Par principe, elle la prit en grippe dès qu'elle posa les yeux sur elle.

Elle avait décidé de se présenter à Rutland Gate sous sa vraie identité au lieu de jouer comme la dernière fois à celle qui cherchait à investir dans l'immobilier à Kensington. Elle appuya sur le bouton de l'interphone de l'appartement numéro 6. Sans même lui demander qui elle était ni ce qu'elle voulait, Vivienne Tully – si c'était elle – avait ouvert. Barbara en avait déduit qu'elle attendait quelqu'un. Très peu de gens sont assez stupides pour faire entrer dans leur immeuble des visiteurs dont ils ne savent rien. C'est ainsi qu'on finit par être cambriolé. Ou assassiné.

Il se trouvait que la visite attendue était celle d'un agent immobilier. Barbara le comprit trois secondes seulement après que Vivienne Tully l'eut toisée de la tête aux pieds d'un air de dire : ça-ne-peut-pas-être-ça ! en demandant :

— Vous êtes de l'agence Foxtons ?

Barbara aurait pu se vexer, mais elle n'était pas venue pour un concours de beauté. Pas question non plus de saisir la balle au bond, pour la simple raison que cette Vivienne Tully ne croirait jamais que l'employée d'une agence immobilière se planterait sur son paillasson en baskets rouges, pantalon de velours orange et caban bleu marine.

— Sergent Havers, de New Scotland Yard. Je voudrais vous parler.

Vivienne ne tomba pas vraiment à la renverse, un détail dont Barbara prit bonne note.

— Entrez. Je n'ai, je le crains, que très peu de temps à vous consacrer. J'ai un rendez-vous.

— Avec quelqu'un de Foxtons. Compris. Vous vendez votre appartement ?

Tandis que Vivienne fermait la porte, Barbara promena les yeux autour d'elle. Une pièce somptueuse, haute de plafond, aux murs ornés de moulures, au sol couvert d'un vrai parquet et de tapis persans, des antiquités peu nombreuses mais choisies avec goût, et une cheminée en marbre. Cet appartement avait dû coûter une fortune à l'achat, plus une autre fortune à décorer. Curieusement, l'effet obtenu n'avait rien de personnel. Bon, peut-être pouvait-on qualifier de « personnelles » les quelques pièces de porcelaine de Saxe, mais la collection de vieux bouquins serrés frileusement sur une étagère ne donnait pas l'impression d'être souvent feuilletée les jours de pluie.

— J'emménage en Nouvelle-Zélande, déclara Vivienne. L'heure est venue de rentrer chez moi.

— Vous êtes née là-bas ? s'enquit Barbara qui connaissait déjà la réponse.

Vivienne n'avait pas d'accent. Elle aurait facilement pu mentir.

— A Wellington, opina-t-elle. Mes parents y vivent. Ils se font vieux, ils ont envie que je me rapproche d'eux.

— Il y a longtemps que vous êtes en Angleterre ?

— Puis-je savoir ce qui me vaut le plaisir, sergent Havers ? Que puis-je pour vous ?

— Me donner quelques renseignements sur vos relations avec Bernard Fairclough. Ce serait déjà un début.

Vivienne ne se départit pas de son air aimable.

— Je ne crois pas que cela vous regarde. De quoi s'agit-il exactement ?

— La mort de Ian Cresswell. Une enquête a été ouverte. Je suppose que vous le connaissiez, étant donné que vous avez travaillé pour Fairclough Industries, dont il faisait partie.

— Dans ce cas, votre question devrait être formulée ainsi : quelles étaient mes relations avec Ian Cresswell ?

— On y viendra. Pour l'instant, c'est l'angle Fairclough qui m'intéresse.

Après avoir promené un regard admiratif dans la pièce, elle ajouta :

— Joli appart. Cela vous dérange que je pose ça quelque part ?

Sans attendre d'y être invitée, elle se dirigea vers un fauteuil, laissa tomber son sac sur le tapis et s'installa confortablement sur le siège moelleux. Caressant d'une main le tissu, elle se demanda si c'était de la soie. Manifestement, Vivienne Tully ne faisait pas ses courses chez IKEA.

— Je crois vous avoir dit que j'attendais...

— Quelqu'un de chez Foxtons. Compris. Je pige vite. J'ai une mémoire d'éléphant, comme on dit. Bon, je suppose que vous préféreriez que je débarrasse le plancher avant que Foxtons montre le bout de son nez ?

Vivienne était loin d'être une imbécile. Elle savait que Barbara ne décamperait pas avant d'avoir obtenu ce qu'elle était venue chercher. S'asseyant au bord d'un petit canapé, elle déclara :

— J'ai en effet travaillé un temps pour Fairclough Industries. En qualité d'assistante de Bernard Fairclough. Mon premier emploi à ma sortie de la London School of Economics. Mais j'ai changé quelques années après.

— Les cadres supérieurs comme vous changent souvent d'entreprise, acquiesça Barbara. Mais ce qui m'étonne, c'est qu'après Fairclough Industries et un poste de consultante free-lance vous soyez restée dans cette entreprise de jardinage...

— Et alors ? J'ai besoin de sécurité et à Precision Gardening, c'est justement ce qu'ils m'offrent. J'ai grimpé les échelons, j'ai été au top dans chacun de mes postes à une époque où il était important de démontrer que l'équité hommes-femmes se justifiait...

— Mais vous n'avez pas coupé les ponts avec Bernard Fairclough.

— Je ne suis pas du style à couper les ponts, je trouve plus avisé de garder le contact. Bernard m'a invitée à faire partie du conseil d'administration de sa fondation. J'ai accepté de bon cœur.

— Comment cela s'est-t-il passé ?

— Que voulez-vous dire ? Vous m'accusez de quelque chose ? Il m'a posé la question et j'ai répondu oui. J'adhère à la même cause que lui.

— Et pourquoi a-t-il voulu vous faire entrer dans ce comité ?

— Je suppose qu'il avait apprécié mon travail à l'époque où j'étais salariée à Barrow et qu'il pensait que je pouvais lui être utile. Lorsque j'ai quitté Fairclough Industries...

— Pourquoi ?

— Pourquoi je suis partie ?

— Vous auriez aussi bien pu faire carrière là-bas.

— Vous connaissez Barrow, sergent Havers ? Non ? Eh bien, c'est mortel. On m'a offert un poste à Londres, je l'ai accepté. C'est ce qu'on fait d'habitude. A Barrow, il m'aurait fallu des années pour arriver à ce niveau, dans la mesure où j'aurais eu envie d'y rester, ce qui n'était pas le cas.

— Et vous voilà dans l'appartement de lord Fairclough.

Vivienne se redressa imperceptiblement sur son siège. Sa posture déjà parfaite le devint encore davantage.

— Je crois que vous avez été mal renseignée.

— Ce n'est pas Fairclough le propriétaire de cet appartement ? Alors, pourquoi possède-t-il un jeu de clés ? Moi qui pensais qu'il venait vérifier si vous ne causiez pas de dégâts ! Vous savez, inspecter les lieux comme le font quelquefois les proprios.

— Bon, mais quel est le lien avec Ian Cresswell, car c'est pour ça que vous êtes là, si je ne me trompe ?

— Je ne sais pas trop encore, répliqua Barbara d'une voix guillerette. Si vous aviez l'amabilité de m'expliquer cette histoire de clés ? Surtout si lord Fairclough n'est pas le propriétaire contrairement à ce que j'avais subodoré. Un super-bel appart d'ailleurs. Ça a dû vous coûter un bras. A votre place, je ferais attention. Vous distribuez vos clés à n'importe qui ou vous ne les confiez qu'à certaines personnes triées sur le volet ?

— Cela ne vous regarde pas.

— Où notre Bernard dort-il quand il est à Londres, Miss Tully ? Je me suis renseignée chez Twins, ils n'ont pas de chambres. En outre, ils interdisent leur porte à toutes les femmes, sauf à la pauvre ruine chargée de l'ouvrir, à moins qu'elles ne soient accompagnées par un membre du club. Et à ce qu'il paraît, vous entrez là-dedans comme dans un moulin au bras de lord Fairclough. Pour déjeuner, dîner, prendre l'apéritif... Et ensuite vous sautez dans un taxi et le taxi vous dépose toujours à cette adresse-ci. Quand ce n'est pas vous qui ouvrez la porte d'en bas avec votre trousseau, c'est lui, avec sa propre clé. Puis vous montez tous les deux dans ce... cet appart cinq étoiles, disons-le. Maintenant, quel lit accueille le corps vieillissant de monsieur le baron pour un repos bien mérité ? Voilà la vraie question.

Vivienne se leva. Rien d'étonnant à cela, estima Barbara qui voyait venir le moment où cette élégante allait la prendre par ses rondes épaules et la pousser dehors. En attendant, elle devait profiter de son avantage pour la mettre au pied du mur. La jolie silhouette de Vivienne s'était soudain affaissée, ce que Barbara trouvait très gratifiant. Porter atteinte à la perfection lui procurait en effet un plaisir pervers.

— Non, ce n'est pas la vraie question, répliqua Vivienne Tully. La vraie question, c'est combien de temps vous faudra-t-il pour gagner la porte ? Cet entretien est terminé.

— Faudrait-il encore que je marche jusque-là... jusqu'à la porte, je veux dire.

— Si vous préférez y être traînée...

— Vous ne craignez pas que mes cris n'alertent vos voisins ? Je sais me débattre quand il le faut. Tout ce vacarme ne va pas attirer sur vous plus d'attention que vous ne le souhaitez ?

— Ce que je veux, c'est que vous débarrassiez le plancher, sergent. Je mène une vie parfaitement honnête, sachez-le. Je ne vois pas en quoi ma fréquentation de Bernard Fairclough aurait un lien quelconque avec Ian Cresswell à moins que Bernard n'ait confié les factures à Ian et que Ian n'ait négligé de les payer. Mais ce n'est pas une raison pour mourir, n'est-ce pas ?

— Cela aurait ressemblé à Ian ? Il aurait été radin avec l'argent du baron ?

— Je n'en sais rien. Je n'ai eu aucun contact avec Ian depuis que j'ai quitté l'entreprise, il y a des années de cela. C'est tout ce que vous voulez savoir ? Parce que, voyez-vous, j'ai un rendez-vous.

— Reste le problème des clés.

Vivienne eut un sourire méprisant.

— Tout ce que je peux vous dire là-dessus, c'est bonne chance !

Sur ces paroles, elle ouvrit la porte en grand.

— Maintenant...

Barbara n'avait plus tellement le choix. Elle avait tiré tout ce qu'elle avait pu de Vivienne. Le fait que cette pimbêche n'ait manifesté aucune surprise était intéressant, au même titre que le fait qu'elle n'ait à aucun moment déraillé pendant l'entretien. Cela ne pouvait indiquer qu'une chose : elle avait été prévenue. Et comme, c'était bien connu, une femme avertie en valait deux, la meilleure solution à ce stade consistait à battre en retraite et à changer de tactique.

Elle descendit par l'escalier plutôt que de prendre l'ascenseur. En bas, elle trouva le gardien occupé à remplir les casiers à lettres avec le courrier du jour. Entendant un bruit de pas, il se retourna.

— Ah, vous revoilà, dit-il en guise de bonjour. Toujours à la recherche d'un appartement ?

Barbara le rejoignit devant les casiers, curieuse de voir si le gardien ne glissait pas dans celui de Vivienne une déclaration signée : *Elle n'a pas la conscience tranquille.* Mieux encore, elle aurait bien aimé que le gardien la lui confie pour qu'elle l'envoie à Lynley. Mais toute la correspondance semblait hélas relever de la plus grande banalité, avec des expéditeurs tels que la compagnie du téléphone, celle de l'eau et de la redevance télé, etc.

— L'agence Foxtons m'a refilé un bon tuyau. Il se trouve que l'appartement numéro six va être bientôt en vente. Je suis montée y jeter un coup d'œil.

— Chez Miss Tully ? s'étonna le gardien. J'avais rien entendu. Bizarre, les gens m'avertissent en général quand ils vendent, à cause des allées et venues une fois que la ronde des visites commence.

— Elle s'est peut-être décidée sur un coup de tête.

— Possible. Je pensais pas qu'elle vendrait pourtant. Pas dans sa situation. Une bonne école au coin de la rue, ça se trouve pas dans tous les quartiers, pas vrai ?

Barbara fut parcourue d'un délicieux frisson.

— Une école ? répéta-t-elle lentement. De quelle école s'agit-il ?

9 novembre

Windermere
Cumbria

Zed Benjamin s'aperçut qu'il se réjouissait à l'avance de sa conversation téléphonique matinale avec Yaffa Shaw et se demanda si c'était cela « faire équipe » dans un couple, auquel cas pourquoi avait-il jusqu'ici évité toute possibilité d'union avec une femme, aussi soigneusement qu'il contournait les Roms faisant la manche sur les parvis des églises ?

Dès qu'elle décrocha, il comprit que sa mère se trouvait à portée de voix.

— Zed, mon toupinet, tu ne peux pas savoir combien tu me manques... commença-t-elle.

Ensuite elle chanta brièvement les louanges de son intelligence, de son esprit, de son amabilité et, pour faire bonne mesure, de la chaleur de ses bras.

Zed se figurait que sa mère devait être aux anges en entendant tout ça.

— Hum. Tu me manques aussi, répliqua-t-il sans réfléchir aux implications.

Après tout, il n'avait à réceptionner les propos élogieux de Yaffa que par une remarque ironique en la remerciant de bien vouloir continuer à jouer la comédie au bénéfice de sa mère. Mais, en plus, il ajouta :

— Si j'étais auprès de toi, tu verrais combien je sais m'embraser.

— Des baisers ? dit-elle comme si elle comprenait de travers.

— Tu peux compter sur moi.

Yaffa rit.

— Tu es un coquin.

Puis, s'adressant à la mère de Zed :

— Maman Benjamin, notre Zed dit de nouveau des bêtises.

— Maman Benjamin ?

— Son idée, l'informa Yaffa sans lui laisser le temps de répliquer. Mais dis-moi ce que tu as découvert. Tu as fait un bond en avant dans cette investigation, je crois ? Je l'entends à ta voix.

Zed devait bien s'avouer à lui-même que c'était ce qui le poussait à appeler. Il avait envie de susciter l'admiration de celle dont il savait qu'elle jouait la comédie, mais qu'il avait quand même envie d'impressionner, tout autant qu'un homme amoureux.

— J'ai trouvé le flic.

— C'est pas vrai ? Ça, c'est une bonne nouvelle, Zed. Je savais bien que tu réussirais. Tu vas en informer ton rédacteur en chef ? Tu vas... bientôt rentrer à la maison ? acheva-t-elle d'une voix faussement énamourée.

— Pas encore. Et je préfère ne pas avertir Rod tout de suite. Je veux lui livrer l'article clés en main, prêt à mettre sous presse. Pas une virgule à changer. J'ai parlé au flic de Scotland Yard et on a conclu un marché. On va mener l'enquête en tandem.

— Mon Dieu, souffla Yaffa, éblouie. Tu es génial, Zed !

— Elle va m'aider sans le savoir. Nous allons enquêter sur l'affaire à sa manière, mais moi, je vais me retrouver avec une double histoire, puisqu'elle en fera partie, tu comprends ?

— C'est une femme alors ?

— Oui, le sergent Cotter. Deborah de son prénom. Je sais tout sur elle, enfin presque. Elle enquête sur l'épouse, Alatea Fairclough. En fait, elle ne s'intéresse pas du tout à Nicholas.

Au début, si, mais elle s'est rendu compte que sa femme était tout à fait louche. Je dois dire que c'est ce que j'ai flairé aussi. Pour moi, cela n'a pas de sens, qu'un homme comme Nick Fairclough épouse une fille pareille.

— Ah ? Et pourquoi, Zed ?

— Oh, il est plutôt sympa, ce n'est pas ça... mais l'épouse, eh bien, elle est super-canon. Je n'ai jamais vu une femme aussi belle de ma vie, Yaf.

Silence à l'autre bout de la ligne. Puis un faible :

— Eh bien.

Zed se serait volontiers giflé. Quelle gaffe !

— Mais elle n'est pas du tout mon type. Trop glaciale pour moi. Le genre qui fait courir les hommes, si tu vois ce que je veux dire. Une veuve noire, et quand tu es dans sa toile... Bon, tu sais ce qu'elle fait à son partenaire, hein, Yaffa ?

— Elle attire le mâle pour copuler avec lui, si je me souviens bien.

— Oui, mais après... Une fois repue, elle le dévore. C'est une vieille histoire, éros et thanatos. Aimer et mourir. La copulation suivie d'un meurtre... Ça me donne froid dans le dos, Yaffa. Elle est si belle et pourtant il y a quelque chose d'étrange chez elle. Ça saute aux yeux.

Yaffa sembla un peu rassurée et Zed fut plus qu'un peu interloqué quant à l'interprétation qu'il devait donner à ce soulagement, alors que, à Tel-Aviv, l'abominable Micah potassait ses polycopiés pour devenir tout à la fois médecin, physicien nucléaire, neurochirurgien et, pendant qu'il y était, un as de la finance ! Tout en un.

— Fais bien attention à toi, Zed. Cela pourrait être dangereux.

— Pas de souci. N'oublie pas que j'ai une enquêtrice de Scotland Yard pour me protéger.

— Une autre femme...

Yaffa était-elle jalouse ?

— Une rouquine, comme moi, mais je préfère les brunes.

— Comme Alatea ?

— Non, pas du tout comme Alatea. De toute façon, ma chérie, cette enquêtrice a des tonnes de choses à m'apprendre. Elle est disposée à tout me raconter si j'attends quelques jours encore avant de publier mon article.

— Qu'est-ce que tu vas dire à ton rédacteur en chef, Zed ? Combien de temps peux-tu le faire patienter encore ?

— Pas de problème non plus. Rodney fermera sa gueule une fois qu'il saura quel marché j'ai passé avec la Met. Il va être sur le cul, crois-moi.

— Fais gaffe quand même.

— T'inquiète !

Yaffa raccrocha. Zed demeura un instant décontenancé, le téléphone à la main. Puis, avec un haussement d'épaules, il le glissa dans sa poche. C'est seulement en descendant dans la salle du petit déjeuner qu'il se rendit compte que Yaf n'avait pas fait de bruits de baisers dans son oreille et c'est seulement en attaquant les œufs brouillés insipides qu'il se fit la réflexion qu'il aurait bien aimé qu'elle le fasse.

Milnthorpe
Cumbria

Ils avaient passé une très mauvaise nuit. Deborah n'avait pas besoin qu'on lui rappelle que Simon était mécontent. Ils avaient dîné ensemble dans le restaurant du Crow & Eagle, un établissement à des années-lumière de recevoir une étoile Michelin. Il avait à peine effleuré la question de l'adoption ouverte, leur sujet de discorde et la cause de son air malheureux, en fait il avait à peine desserré les dents.

— J'aurais préféré que tu attendes encore un peu avant de téléphoner à David.

Un point c'est tout.

Ce qu'il voulait dire, bien sûr, c'était qu'il aurait préféré qu'elle lui laisse le temps de la manipuler pour lui faire accepter quelque chose qui ne lui plaisait pas du tout.

Deborah n'avait d'ailleurs rien répliqué et avait attendu d'être de retour dans leur chambre.

— Je suis désolée que cette histoire d'adoption te contrarie à ce point, Simon. Mais tu m'as dit que la fille avait besoin d'une réponse d'urgence.

Il l'avait alors fixée de ses yeux gris-bleu avec cette expression intense qui donnait toujours l'impression à Deborah qu'il scrutait le fond de son âme.

— Là n'est pas la question, avait-il dit.

Typiquement le genre de remarque qui pouvait la précipiter dans un accès aussi bien de tristesse que de colère, selon le point de vue qu'elle adoptait. Mettons qu'elle se positionne comme l'épouse d'un mari adoré qu'elle avait blessé par mégarde. Mais elle pouvait aussi bien se voir telle l'enfant ayant grandi chez lui, sous son regard, et percevoir dans sa voix le ton d'un père déçu. Tout en ayant conscience de cette dualité en elle, elle pencha cette fois pour la colère... C'était si bon de temps en temps d'ouvrir les vannes.

— Tu sais, répliqua-t-elle, je déteste quand tu me parles comme ça.

— Te parler comment ?

L'air étonné de Simon mit le feu aux poudres.

— Tu le sais parfaitement. Tu n'es pas mon père !

— Crois-moi, je le sais, Deborah.

Le fait qu'il ne se permette pas d'exprimer sa colère, pour la simple raison qu'il ignorait ce sentiment, cela faisait enrager Deborah. Cela l'avait toujours fait enrager.

A partir de là, la dispute avait pris le chemin de toute dispute. Partis d'un désaccord sur la façon dont elle avait opposé son refus à la proposition de David et de la fille de Southampton, ils avaient embrayé sur les mille et une manières dont elle avait prouvé au fil du temps qu'elle avait besoin de sa bienveillante intervention. Ce qui les amena à mettre sur le tapis la conduite de Simon à son égard sur le parking de l'auberge pendant leur conversation avec Tommy. Un bon exemple, avait répliqué Simon, qui montrait bien qu'il fallait la protéger contre elle-même, puisque son entêtement avait été sur le point de la mettre en danger.

Il avait évidemment mis les formes.

— Il t'arrive parfois de t'emmêler les pinceaux, ma chérie, ne nie pas, on dirait que tu le fais exprès...

Il faisait allusion à sa volonté, exprimée dans le parking, de concentrer l'investigation sur Alatea Fairclough à cause d'un magazine, *Conception*.

— Tes soupçons sont basés uniquement sur tes propres problèmes, Deb. Tu permets à ta raison d'être entravée par tes sentiments alors que tu dois seulement examiner les faits. Tu ne peux pas prendre tes désirs pour des réalités et mener correctement une enquête. Mais cela n'a pas grande importance, de toute façon, puisque tu n'es pas dans la danse.

— Tommy m'a demandé...

— Puisque tu veux embringuer Tommy là-dedans, il t'a bien précisé que tu as joué ton rôle et qu'il serait dangereux de poursuivre dans ce sens.

— Et d'où viendrait ce fameux danger ? Il n'y a aucun danger. C'est absurde.

— Je suis d'accord. Alors, on arrête là, Deborah. On rentre à Londres. D'ailleurs, je vais m'en occuper de ce pas.

L'explosion était prévisible, et il l'avait prévue, puisqu'il était sorti sur-le-champ, sans doute pour prendre ses dispositions. Quand il revint, une éternité plus tard, les torrents bouillonnants de sa rage s'étant entre-temps congelés, elle lui réserva un accueil glacial et jugea inutile de lui adresser la parole.

Le lendemain matin, il avait fait sa valise. Quant à elle, elle s'en était ostensiblement abstenue. A moins qu'il ne la flanque sur son épaule et ne la transporte de force dans sa voiture de location, l'informa-t-elle, elle restait dans le Cumbria.

— Ce n'est pas terminé, Simon.

— Comme tu dis.

Naturellement, cette petite pique se rapportait à autre chose qu'à l'enquête sur la mort de Ian Cresswell.

— J'ai l'intention d'aller jusqu'au bout. Essaye au moins de comprendre. C'est quelque chose que je dois faire. Il y a des détails troublants concernant cette femme... Je le sais.

L'argument était mal choisi. Toute allusion à Alatea Fairclough allait forcément conforter Simon dans l'opinion qu'elle était aveuglée par son propre désir.

— Je te verrai à Londres. Quand tu te décideras à rentrer.

Il esquissa un sourire, qui fut comme une flèche décochée en plein cœur.

— Bonne chasse, conclut-il.

Deborah s'était retenue de l'informer de ses projets en collaboration avec le reporter de *The Source*. Elle avait jugé plus prudent de lui cacher que Zed Benjamin et elle allaient faire cause commune. Simon se serait interposé. Prévenir Tommy, voilà qui aurait suffi. Grâce à son mensonge par omission, elle protégeait l'incognito de Tommy. Il aurait ainsi plus de temps pour aller au fond des choses. Si Simon ne voyait pas qu'elle était devenue une pièce essentielle de l'échiquier, qu'y pouvait-elle ?

Au moment où elle échangeait des paroles définitives avec son mari à l'auberge de Milnthorpe, Zed Benjamin était en planque tout au bout de la Promenade d'Arnside, placé de manière à pouvoir observer les allées et venues à Arnside House. Dès qu'Alatea Fairclough quitterait la propriété, il était entendu qu'il enverrait un SMS à Deborah. *En route* signifiait que la jeune femme prenait le volant de sa voiture. *Vers vous* signifiait qu'elle prenait la direction de Milnthorpe.

C'était l'avantage d'Arnside, avaient conclu la veille Deborah et Zed. Même si des tas de chemins conduisaient à l'autre côté d'Arnside Knott et aux hameaux au-delà, la seule route vraiment carrossable était celle qui menait à Milnthorpe. Et cette route passait devant le Crow & Eagle.

Lorsqu'elle reçut le SMS, Simon était parti depuis déjà trente minutes. Deborah contempla l'écran de son portable le cœur battant. *En route. Vers vous.*

Elle avait déjà rassemblé les affaires dont elle avait besoin. En moins d'une minute, elle était descendue dans l'entrée de l'auberge d'où l'on avait une bonne vue sur la rue. A travers la vitre de la porte, elle aperçut Alatea Fairclough qui bifurquait sur l'A6. La troisième voiture après la sienne était conduite par Zed Benjamin. Deborah courut dehors. Il freina le long du trottoir.

— Au sud ! s'exclama-t-elle en sautant dans sa voiture.

— Ça marche ! Nick est sorti, lui aussi, il n'avait pas l'air gai. Il a pris la direction de l'usine. Pauvre mec, il fait son devoir pour fournir le pays en chiottes.

— Qu'est-ce que vous pensez ? Vous croyez que l'un de nous aurait dû le suivre ?

Zed secoua la tête.

— A mon avis, vous avez raison. Cette petite dame est la clé du problème.

Lancaster
Lancashire

Ce type était immense, se dit Deborah. Il débordait de toutes parts. Non qu'il soit gros, non, il était juste immense. Alors que son siège était reculé au maximum, il avait du mal à ne pas toucher le volant avec ses genoux. Pourtant sa présence était légère. De lui se dégageait une curieuse douceur, une profonde gentillesse qui, sans aucun doute, devait dans son emploi faire de lui l'équivalent d'un poisson hors de l'eau.

Elle allait faire une remarque dans ce sens quand, sans quitter des yeux l'arrière de la voiture d'Alatea, il émit une observation sur ce qu'il pensait être son travail à elle.

— Je ne vous aurais pas prise pour un flic, à première vue. En fait, je n'aurais même pas su qui vous étiez si je ne vous avais pas surprise en train de tourner autour du manoir d'Arnside.

— Qu'est-ce qui vous a mis la puce à l'oreille, je suis curieuse de savoir ?

— J'ai un sixième sens pour ce genre de chose, répondit-il en se tapotant l'aile du nez avec l'index. Du flair... Il en faut sur le terrain.

— Quel terrain ?

— Celui du journalisme. Voyez-vous, dans mon métier, il faut être capable de voir au-delà des apparences. Le reportage d'investigation, c'est pas rester le cul vissé dans son fauteuil

403

de bureau en attendant que des délateurs haineux vous téléphonent pour vous refiler un tuyau qui va faire tomber le gouvernement. Il faut savoir creuser... Il faut se mettre dans l'état d'esprit du chasseur.

Deborah trouva ce salmigondis irrésistible.

— Du reportage d'investigation, dit-elle en affectant un air méditatif, c'est ainsi que vous qualifiez votre travail pour *The Source* ? Je n'ai pourtant pas l'impression que ce journal publie souvent, sinon jamais, des articles contre la politique du gouvernement.

— Oh, c'était seulement un exemple.

— Ah.

— C'est mon gagne-pain, finit-il par confesser, sensible à son ton ironique. En fait, je suis poète. Et qui peut vivre de sa poésie par les temps qui courent ?

— En effet.

— Ecoutez, sergent, je sais que c'est un torchon. Mais il faut bien que je mange et j'aime avoir un toit au-dessus de ma tête. Mais vous aussi, vous avez un métier de chien ! Vous aussi vous fouillez dans les poubelles de la société en retournant chaque pierre, non ?

Il s'emmêlait les pinceaux dans les métaphores, se dit Deborah. Bizarre pour un poète...

— C'est un point de vue, admit-elle cependant.

— Il y a toujours plusieurs points de vue sur chaque chose.

Devant eux, Alatea filait toujours tout droit. Le but de cette excursion était Lancaster, cela ne faisait plus un pli. Une fois aux abords de la ville, afin d'éviter d'être repérés, Zed et Deborah prirent soin de rester à cinq voitures derrière elle.

A la manière dont elle se faufilait dans les petites rues, il était évident qu'elle savait parfaitement où elle allait. Une fois au centre-ville, elle pénétra dans un modeste parking sur le côté d'un immeuble en brique que longèrent Deborah et Zed comme si de rien n'était. Au bout d'une trentaine de mètres, Zed freina et se rangea contre le trottoir. Deborah se retourna afin d'observer ce qui se passait. Quarante-cinq secondes plus tard, Alatea émergea du parking, contourna le bâtiment et y pénétra.

— Nous devons nous renseigner sur cet endroit, dit Deborah.

Etant donné la taille de Zed, inutile de compter sur lui pour passer inaperçu. Deborah descendit de voiture en lui lançant :

— Attendez-moi ici.

Elle traversa la rue en courant et se fit toute petite en passant derrière la rangée des voitures en stationnement en face de l'immeuble. Elle s'arrêta dès qu'elle fut en mesure de déchiffrer ce qui était écrit au-dessus de l'entrée : *Fondation Kent-Howath pour les anciens combattants victimes de guerre.*

Deborah, se rappelant alors qu'Alatea était originaire d'Argentine, songea tout de suite à la guerre des Malouines. Etait-il possible qu'un soldat argentin ait échoué dans cette petite ville du Cumbria et qu'Alatea lui rende visite ?

Elle était en train de penser à d'autres conflits envisageables – la première et la deuxième guerre du Golfe – quand Alatea reparut sur le perron. Elle n'était pas seule, mais la personne qui l'accompagnait ne ressemblait ni de près ni de loin à un ancien combattant handicapé. C'était une autre femme, aussi grande qu'Alatea, quoique moins mince et longiligne. Elle portait avec une décontraction naturelle une jupe longue bigarrée, un gros pull et des bottes. Ses cheveux longs grisonnaient sous le serre-tête qui les maintenait en arrière.

Elles se dirigèrent vers le parking en parlant avec animation. Deborah, anticipant la suite, retourna à fond de train à la voiture de Zed. Elle sauta à l'intérieur en s'écriant :

— Elle repart ! Elle est avec quelqu'un.

Sans un mot, Zed démarra et s'apprêta à reprendre sa filature.

— C'est quoi, alors, cet endroit ?

— Un foyer pour blessés de guerre.

— C'est un blessé de guerre qui est avec elle ?

— C'est une femme. Ce pourrait être un soldat, après tout, mais elle n'a pas l'air blessée. Les voilà ! Vite !

Deborah se jeta sur Zed. Elle noua ses bras autour de son cou et l'attira vers elle afin d'offrir aux passants ce qu'elle espérait être le tableau d'un baiser passionné. Dès que, par-dessus l'épaule de Zed, elle vit passer la voiture d'Alatea, elle s'écarta de lui. Il était rouge comme une écrevisse.

— Désolée, s'excusa-t-elle. Je n'ai pas trouvé mieux.

— Oui, bon, euh, bon, bien sûr, bredouilla-t-il tout en manœuvrant afin de sortir de sa place de stationnement.

Ils étaient repartis en direction du centre-ville. En dépit de la circulation, ils parvinrent à ne pas perdre de vue le véhicule d'Alatea. Zed Benjamin fut le premier à deviner où elle allait quand elle traversa le centre et s'en éloigna pour gravir une colline au sommet de laquelle s'étageaient des bâtisses modernes.

— Elle va à l'université, déclara-t-il. Autrement dit, pour nous, nulle part.

Deborah ne partageait pas cet avis. Si Alatea conduisait quelqu'un à l'université de Lancaster, c'était sûrement pour une bonne raison. Et elle pressentait que cette raison n'avait rien à voir avec un éventuel désir d'acquérir de nouvelles connaissances.

Se garer dans les parages en demeurant le plus discret possible était une gageure. Les véhicules se rendant à l'université devaient obligatoirement emprunter une voie périphérique. Une fois sur cette route, Deborah et Zed s'aperçurent que les différents parcs de stationnement proposés formaient des carrés de bitume en cul-de-sac d'une dimension trop petite pour qu'une voiture y passe inaperçue. Manifestement, songea Deborah, les architectes n'avaient rien prévu pour les gens désireux d'épier quelqu'un...

A un moment donné, Alatea tourna dans un des culs-de-sac. Deborah demanda à Zed de ralentir pour qu'elle puisse descendre de voiture. Quand il ouvrit la bouche pour protester – après tout, ils étaient censés mener cette enquête en tandem et il avait tout à coup des doutes sur la loyauté de Scotland Yard à son égard –, elle lui lança :

— Ecoutez. On ne peut pas entrer là-dedans. Déposez-moi un peu plus loin... ici... et vous, continuez à rouler ! Garez-vous où vous le pouvez. Appelez-moi sur mon portable et je vous informerai de ma position. C'est la seule solution.

Zed n'en était pas persuadé. Il ne lui faisait pas confiance. Tant pis, se dit Deborah. Elle n'était pas venue jusqu'ici pour le convaincre de la droiture de son tempérament, mais pour voir ce que mijotait Alatea Fairclough. Comme il avait freiné, elle ouvrit la portière et sauta en marche.

— Appelez mon portable ! cria-t-elle en courant à toutes jambes en direction du parking.

Il n'était pas idiot. Il savait qu'il n'était pas question de se montrer à Alatea Fairclough s'il ne voulait pas fiche en l'air son projet d'article. La flic ne pouvait pas non plus se montrer, mais il lui serait beaucoup plus facile de se dissimuler.

Deborah eut moins de mal à les prendre en filature qu'elle ne l'avait craint. Il faut dire que la chance était au rendez-vous, ou plutôt la pluie. Une averse si brusque et abondante que le parapluie s'imposait. Quel meilleur moyen de se cacher ? Deborah sortit le sien de son sac en bandoulière et s'en servit à la manière d'un écran devant son visage et ses cheveux roux !

Les deux femmes se dirigeaient vers les bâtiments universitaires. A cette heure de la journée, les étudiants étaient nombreux sur le campus, ce qui était une chance supplémentaire, à laquelle s'ajoutait le fait que les bâtiments en question – contrairement aux universités plus anciennes – étaient regroupés en un seul lieu, au sommet de cette colline en bordure de la ville.

Elles continuèrent à deviser en marchant, têtes basses, presque collées l'une à l'autre, sous le même parapluie. Alatea avait passé le bras sous celui de sa compagne. A un moment donné, son pied glissa. L'autre la retint. Deux amies...

Elles ne marquèrent pas une seule halte, ni ne consultèrent le moindre plan, ni ne demandèrent à quiconque leur chemin, ce qui prouvait qu'elles étaient familières des lieux.

Le portable de Deborah sonna.

— Je suis dans l'allée principale qui traverse le campus de part en part, déclara-t-elle sans préambule.

— Deb ?

Tommy ! Deborah fit la grimace et se maudit d'avoir négligé de vérifier le numéro avant de décrocher.

— Bonjour, Tommy, j'attendais un autre appel.

— Tu m'en diras tant. Où es-tu ?

— Pourquoi veux-tu le savoir ?

— Parce que je te connais. Tu aurais vu ta tête hier sur le parking. Je sais ce que cette expression signifie. Tu es en train de faire quelque chose qu'on t'a demandé justement de ne pas faire, je me trompe ?

— Simon n'est pas mon père, Tommy. Il est avec toi ?

— Il m'a donné rendez-vous pour un café à Newby Bridge. Deb, qu'est-ce que tu fabriques ? Où es-tu ? Tu attends le coup de fil de qui ?

Deborah hésitait à lui mentir, non seulement à cause du mensonge lui-même, mais encore parce qu'elle ne savait pas si elle serait capable d'être convaincante. Dans un soupir, elle lâcha :

— L'université de Lancaster.

— L'université de Lancaster ? Qu'est-ce que tu fiches là-bas ?

— J'ai pris Alatea Fairclough en filature. Elle est venue ici en compagnie d'une femme qui apparemment travaille dans un foyer pour les blessés de guerre. Je veux voir où elles vont...

Sans lui laisser le temps de s'arrêter là-dessus, elle enchaîna :

— Toute cette histoire tourne autour d'Alatea Fairclough. Il y a quelque chose qui cloche, je te le répète, Tommy. Je sens que toi aussi tu en as l'intuition.

— Je ne crois pas avoir d'autre intuition que celle de te voir te jeter dans la gueule du loup, Deb.

— Je ne vois pas ce qui peut m'arriver. Je les suis, c'est tout. Elles ne se doutent pas que je suis derrière elles. Et même...

Elle se tut. Il y avait toujours un risque qu'il rapporte tout à Simon.

Mais rusé comme le renard, Lynley s'enquit :

— Tu n'as pas répondu à ma première question, Deb. Tu attendais l'appel de qui ?

— Du journaliste.

— Le type de *The Source* ? Deb, tu es folle ou quoi ? N'importe quoi pourrait arriver.

— Rien de pire que de voir ma photo publiée à la une de *The Source* avec la légende « sergent Cotter ». Ce serait à mourir de rire, Tommy. Mais pas dangereux.

Il garda le silence quelques instants. Devant elle, les deux femmes entraient dans un des bâtiments, un immeuble en brique et béton d'une laideur typique des années 60. Deborah attendit une minute. A travers la baie vitrée, elle les vit se diriger vers l'ascenseur.

— Deb, dit la voix de Tommy à son oreille. Tu imagines ce que cela ferait à Simon s'il t'arrivait quoi que ce soit ? Moi, j'y ai pensé...

Elle marqua une pause devant l'entrée du bâtiment.

— Mon cher Tommy, dit-elle doucement.

Il ne répondit pas. Elle se doutait de ce que cet aveu lui avait coûté.

— Ne t'inquiète pas, je ne risque rien.

Il poussa un soupir.

— Fais attention.

— Evidemment. Et, je t'en supplie, pas un mot à Simon.

— S'il me pose la question...

— Il n'en fera rien.

Sur cette affirmation, elle raccrocha. Aussitôt, son portable se remit à carillonner. La voix de Zed Benjamin lui vrilla le tympan.

— A qui vous parliez, enfin ? C'était tout le temps occupé. Vous êtes où ?

Deborah lui dit la vérité. Elle parlait à Scotland Yard et elle se trouvait devant... Ah, oui, le George Childress Centre. Elle s'apprêtait à y entrer. Il pouvait la rejoindre s'il le voulait, mais il ne valait mieux pas, pour la même raison que précédemment, à savoir certaines petites difficultés de camouflage.

Zed Benjamin, sensible à cet argument, acquiesça.

— Appelez-moi dès que vous avez du nouveau. Et vous n'avez pas intérêt à me jouer un sale tour, sinon votre trombine se retrouve dans le journal demain matin.

— Compris.

Elle referma le clapet de son téléphone et entra. Avisant les quatre ascenseurs et l'agent de sécurité, Deborah se dit que le bluff ne marcherait pas. Elle remarqua sur le côté, entre deux pots de bambous souffreteux, un panneau en verre avec le numéro et l'identification des salles.

Il s'agissait d'une liste de bureaux, de cabinets médicaux et, semblait-il, de laboratoires.

— Oui ! murmura-t-elle dans un souffle.

Le bâtiment dépendait de la faculté des Sciences et de la Technologie. En cherchant bien, Deborah finit par trouver ce qu'elle cherchait, ou plutôt ce qu'elle était, dans le secret de son cœur, persuadée de trouver : un des laboratoires était spécialisé dans l'étude de la procréation. Son intuition ne l'avait pas trompée. Elle était sur la bonne voie. Simon avait tort.

Newby Bridge
Cumbria

En raccrochant, Lynley se tourna vers son ami. Saint James ne l'avait pas quitté des yeux pendant qu'il parlait à Deborah et Lynley connaissait peu de gens sachant aussi bien lire entre les lignes que Simon, même si cela ne s'était pas vraiment révélé nécessaire, étant donné qu'il avait pris soin de canaliser la conversation de manière à l'informer du lieu où elle se trouvait, et en quelle compagnie, sans être obligé de trahir la confiance de Deborah.

— Elle peut être vraiment exaspérante, soupira Saint James.

Lynley releva puis abaissa les doigts en un geste d'acquiescement.

— Ce n'est pas vrai de toutes les femmes ?

Saint James soupira.

— J'ai eu tort de ne pas me montrer plus ferme avec elle.

— Simon, tu exagères ! Elle est grande et vaccinée. Tu ne peux quand même pas la ramener de force à Londres.

— C'est à peu de chose près ce qu'elle m'a dit.

Saint James se frotta le front. Il avait la mine d'un homme qui n'a pas fermé l'œil de la nuit.

— Dommage que nous ayons eu besoin de deux voitures de location, poursuivit-il. Sinon, j'aurais pu lui donner le choix entre venir avec moi à l'aéroport de Manchester ou bien rentrer par ses propres moyens.

— A mon avis, elle l'aurait tout aussi mal pris. Et tu sais quelle aurait été sa réponse.

— Et comment ! C'est ça le pire. Je la connais trop bien.

— Merci d'être venu me donner un coup de main, Simon.

— J'aurais voulu pouvoir t'aider davantage. Que veux-tu, quel que soit l'angle sous lequel on les examine, tous les faits convergent : c'est un malencontreux accident.

— Malgré l'abondance de mobiles ? Tout le monde semble en avoir un. Mignon, Freddie McGhie, Nick Fairclough, Kaveh Mehran, entre autres.

— Malgré les mobiles, oui.

— Ce ne serait pas le crime parfait, alors ?

Saint James jeta un coup d'œil par la fenêtre à la haie de hêtres flamboyants. Ils s'étaient donné rendez-vous dans un hôtel victorien décrépit non loin de Newby Bridge où on avait daigné leur servir un café. Le genre d'endroit qui aurait provoqué chez Helen une remarque du style : « Quelle délicieuse atmosphère, Tommy », comme pour excuser les tapis hideux, la poussière duvetant les trophées de cerfs et le capitonnage râpé des fauteuils et des canapés. L'espace d'un instant, la douleur de l'absence étreignit Lynley avec une violence inouïe. Il s'efforça de respirer à fond conformément à la technique qu'il avait apprise. Tout passe, se dit-il. Cela aussi finirait par s'estomper.

Saint James se redressa dans son fauteuil.

— Autrefois, on pouvait rencontrer des crimes parfaits, c'est exact. A présent, c'est pratiquement impossible. Les méthodes de la police scientifique sont à la pointe du progrès, Tommy. Pour relever les traces, on a désormais à notre disposition des moyens qui, il y a même cinq ans, étaient impensables. A l'heure actuelle, le crime parfait serait celui où personne ne soupçonne un crime.

— Mais n'est-ce pas le cas ici ?

— Pas après l'enquête du coroner. Et je te rappelle que Bernard Fairclough est descendu à Londres pour te mettre sur l'affaire. Non ! Pour obtenir un crime parfait, il faut que personne n'ait l'ombre d'un doute sur la cause de la mort. L'idée même d'une enquête doit paraître ridicule. Il faut que le coroner signe les yeux fermés le permis d'inhumer et que la victime soit incinérée dans les quarante-huit heures. Alors, là, oui, tu as ton crime parfait. Mais dans notre cas, tout a été passé au peigne fin et au bout du compte rien ne permet de penser que la mort de Ian Cresswell soit criminelle.

— Et si la cible était Valerie et non Ian ?

— Même problème, même conclusion, comme tu sais, déclara Saint James en soulevant sa tasse de café. Si cela avait été intentionnel, Tommy, et si Valerie avait été visée, tu admettras qu'il y avait d'autres moyens de se débarrasser d'elle. Tout le monde savait que Ian fréquentait le hangar à bateaux. Pourquoi risquer de le tuer alors que c'était elle qui devait mourir ? Et pour quel mobile ? Et même si tu trouvais un mobile, les sciences médico-légales ne te mèneront nulle part.

— Par manque de données ?

— Parce que aucune donnée n'indique autre chose que des circonstances accidentelles.

— On aurait pu se servir d'un autre instrument que du couteau à poisson pour déloger les pavés.

— Tu as raison. Mais les pavés auraient porté des marques témoignant d'un contact avec un outil. Il n'y a rien de rien. Tu l'as vu toi-même. Sans compter le nombre de pavés disjoints qu'on a repéré. Ce hangar à bateaux représente un danger public depuis des lustres.

— Alors, il n'y a pas d'affaire ?

— C'est ma conclusion, opina Simon avec un sourire de regret. Je suis obligé de te dire ce que j'ai dit – sans être entendu – à Deborah : l'heure est venue de rentrer à Londres.

— Et un crime d'intention ?

— Sois plus clair.

— On souhaite la disparition de quelqu'un. On vit dans l'espérance de le voir mort. On va jusqu'à projeter son décès. Mais avant que votre plan aboutisse, un accident se produit. Votre victime meurt, sans votre « aide ». Pourrait-on imaginer un tel scénario ?

— Bien sûr, on peut toujours. Mais le problème reste entier : impossible d'accuser quelqu'un. De toute façon, personne ne laisse supposer par sa conduite qu'il ou elle soit coupable.

Lynley acquiesça pensivement.

— Pourtant...

— Quoi ?

— J'ai cette drôle d'impression...

Le portable de Lynley sonna. Il jeta un coup d'œil à l'écran, informa Saint James :

— Havers.

— Du nouveau peut-être.

— On peut toujours espérer.

Lynley décrocha, débitant d'un trait :

— Vous avez quelque chose pour moi, sergent ? Au point où j'en suis, j'accepte tout.

Chalk Farm
Londres

Barbara téléphonait à Lynley de chez elle. Elle s'était rendue au Yard avant l'aube afin de puiser dans la vaste base de données mise à la disposition des agents. Après quoi, préférant ne pas se trouver dans les parages lorsque la commissaire intérimaire Ardery montrerait le bout de son nez, elle s'était dépêchée de rentrer. Elle en était à sa dixième tasse de café et était tellement défoncée à la caféine qu'elle se demandait si elle allait jamais pouvoir dormir de nouveau un jour. Elle fumait aussi comme un pompier. Elle avait la sensation que son cerveau était sur le point d'envoyer des torpilles.

— Il y a un enfant, inspecteur. C'est peut-être important. Ou peut-être rien du tout. Voilà, Vivienne Tully a une fille de huit ans qui s'appelle Bianca. Je crois que cette Vivienne s'attendait à ce que je me pointe. Son appartement avait l'air nettoyé de tout effet personnel et elle n'est pas exactement tombée à la renverse quand je lui ai dit que j'étais de la Met. D'ailleurs, je n'aurais jamais appris l'existence de la môme si je ne m'étais mis le gardien de l'immeuble dans la poche. Et ce n'est pas fini.

— Vous êtes formidable.

— Mon talent est sans bornes. Je ne vis que pour vous en jeter plein la vue, monsieur.

Barbara rapporta ensuite à Lynley ce que lui avait dit Vivienne sur sa vie, depuis son éducation jusqu'à son intention actuelle de retourner en Nouvelle-Zélande, son pays natal.

— Elle n'a rien nié pour Fairclough. Elle a admis qu'elle le connaissait, qu'elle était membre du conseil d'administration de sa fondation et qu'ils se voyaient régulièrement au club Twins. Par contre, elle est devenue muette quand j'ai abordé la question du jeu de clés qu'il possède de son appartement.

— Cette enfant, Bianca. Elle pourrait être de Fairclough ?

— C'est possible. Tout aussi bien que celle de son fils, ou de Ian Cresswell, ou du Premier ministre ou du prince de Galles pendant qu'on y est. Elle pourrait aussi bien être la conséquence d'un petit coup rapide après une soirée arrosée, si vous voyez ce que je veux dire. De toute façon, cela fait des années que Vivienne ne travaille plus pour Fairclough. Elle a arrêté avant d'avoir sa fille. On a du mal à croire qu'une histoire d'amour entre elle et Fairclough ait pu se prolonger si longtemps alors qu'elle vivait à Londres et lui dans le Cumbria, vous ne trouvez pas ?

— Peut-être pas une liaison durable, Barbara, peut-être qu'un beau jour le hasard les a réunis et que Bianca est le fruit de ces retrouvailles.

— Quoi ? Vous voulez dire qu'ils se seraient retrouvés dans le même ascenseur, que leurs regards se seraient croisés et que le résultat aurait été Bianca ? Au fond, tout est possible.

— Il a créé une fondation. Il avait besoin d'un comité pour l'administrer. Il aura contacté Vivienne...

— Non. La fondation a été créée longtemps avant la conception de Bianca. Qu'elle ait couché avec Fairclough, soit, mais qu'elle continue pendant des années à le faire, ça me dépasse. Il pourrait être son père. J'ai vu les photos de ce type, il ne lui arrive pas à la cheville du point de vue séduction. Vous ne croyez pas qu'elle aurait préféré un jeune mec de son âge, célibataire comme elle ? Se mettre à la colle avec un vieux, marié en plus, c'est prendre le train pour nulle part et elle me semble trop maligne pour se laisser embringuer dans un plan aussi foireux.

— Dans un monde gouverné par la raison, elle aurait sûrement adopté votre point de vue et choisi un autre partenaire. Mais vous m'accorderez que certaines considérations rendent parfois les gens peu raisonnables, sergent.

Barbara entendit derrière lui un bruit de voix que Lynley lui permit d'identifier :

— Simon me fait remarquer que de grandes sommes d'argent font souvent perdre la raison.

— Bon, d'accord. Mais alors, si la môme est de Fairclough, et s'il danse la rumba à l'horizontale avec Vivienne Tully depuis des lustres, pourquoi déclencher une enquête de Scotland Yard sur la mort de son neveu qui a déjà été classée accidentelle ? Il devait bien se douter qu'on fouinerait de son côté. Il a pris un sacré risque, vous trouvez pas ?

— Si cette liaison n'a aucun lien avec la mort de Cresswell, il compte peut-être sur ma discrétion pour ne pas divulguer cette partie de sa vie privée.

— Si, et seulement si ! En revanche s'il y a un lien, cela expliquerait pourquoi Hillier vous a choisi vous pour cette tâche, non ? Le comte couvrant le baron. Ce serait du Hillier tout craché.

— Comme vous dites. Il est vrai qu'il est coutumier du fait. Autre chose ?

— Oui. J'ai bien bossé. Kaveh Mehran n'a pas menti au sujet de la ferme Bryan Beck. Cresswell la lui a bien léguée. Ce qui est intéressant, c'est la date... Accrochez-vous : il a signé son testament une semaine avant de se noyer.

— En effet, quoiqu'il faudrait être vraiment trop stupide pour tuer quelqu'un une semaine après qu'il a fait un testament en votre faveur.

— Certes.

— Autre chose ?

— Oh, je suis une lève-tôt et, quand on est debout aux aurores, on peut passer des coups de fil à l'autre bout du monde et être sûr de trouver les gens chez eux puisqu'ils sont encore couchés.

— Vous avez appelé l'Argentine ? devina Lynley.

— En plein dans le mille. Je suis arrivée à joindre le domicile du maire de Santa Maria di etc. J'ai d'abord essayé à son bureau, mais je suis tombée sur quelqu'un qui ne savait baragouiner que des *quiénes* et des *que* alors que je lui criais dans les oreilles que je voulais parler à son enfoiré de monsieur le maire ! Finalement, compte tenu du décalage, je me suis rendu compte que je causais avec la femme de ménage. Donc j'ai abandonné et me suis repliée sur le domicile. Je vous prie de croire que ça n'a pas été simple.

— Vous avez toute mon admiration, Barbara. Qu'est-ce que vous avez découvert ?

— Que personne en Argentine ne parle anglais. Ou plutôt que tout le monde fait semblant de ne pas parler anglais. C'est comme vous voulez. J'ai réussi à coincer une femme qui, apparemment, s'appelle Dominga Padilla y del Torres de Vasquez. Chaque fois que je lui répétais le nom, elle me répondait *si* quand ce n'était pas *quiénes*. J'ai testé celui d'Alatea et alors cette Dominga s'est mise à babiller. Beaucoup de *Dios mio* et de *dondes* et de *gracias*. Donc, je suppose que cette dame savait de qui il s'agissait. Mais voilà, maintenant, il me faudrait quelqu'un qui soit capable de parler vraiment avec elle.

— Vous cherchez cette perle ?

— Je pense, je vous l'ai déjà dit d'ailleurs, qu'Azhar connaît probablement quelqu'un à la fac.

— Il y a aussi sûrement quelqu'un au Yard, Barbara.

— Y a des chances. Mais la chef va me tomber sur le poil telles des groupies sur une rock star. Elle m'a déjà...

— Je l'ai eue au téléphone. Elle sait que vous travaillez pour moi. Barbara, il faut que je vous pose la question. Vous lui avez dit ?

Barbara se sentit offensée. Après tout ce qu'ils avaient vécu ensemble, tous les deux, elle et l'inspecteur. Qu'il puisse une seconde penser qu'elle aurait trahi sa confiance, c'était écœurant.

— Qu'est-ce que vous croyez ?

Elle était outrée. Qu'elle se soit abstenue de lancer Isabelle Ardery sur une mauvaise piste pour l'empêcher de piger toute seule n'était pas son problème.

Lynley garda le silence. Le cœur de Barbara se serra d'angoisse à la perspective d'avoir à se confronter avec un ultimatum du style « c'est elle ou moi ». Car s'il avait le choix entre elle et la commissaire, il était de toute évidence probable que Lynley ne ferait rien pour se mettre à dos son amoureuse. Après tout, c'était un mec, non ?

Jugeant plus sage de faire machine arrière, elle dit :

— Je veux parler à Azhar de toute façon. Si on met la main sur quelqu'un qui cause espagnol, on aura réglé le problème Alatea Fairclough.

— Au fait, j'ai du nouveau sur elle.

Lynley l'informa de sa carrière de mannequin d'un genre particulier à l'époque où elle ne connaissait pas encore Nicholas Fairclough. Il conclut par :

— Il a expliqué à Deborah que c'était de la « lingerie coquine » et a ajouté qu'elle avait honte et peur qu'on le découvre. Comme poser pour de la lingerie érotique ne paraît pas bien grave pour une femme sauf si elle est entrée dans les ordres ou si elle a épousé un membre de la famille royale, nous penchons pour de la pornographie.

— Bon, je vais voir ce que je trouve là-dessus.

Suivit un bref échange durant lequel Barbara tendit l'oreille afin de déceler au ton de Lynley s'il avait cru à ce qu'elle lui avait raconté sur Isabelle Ardery et sa présence dans le Cumbria. Mais, au fond, qu'importait ce qu'il pensait ? En raccrochant, elle n'était pas plus avancée qu'au départ, mais qu'est-ce que ça pouvait faire ?

Barbara entendit des bribes de dispute qui provenaient de l'appartement au rez-de-chaussée. Elle traversait le petit carré de pelouse qui séparait le perron de la rue quand elle reconnut la voix de Taymullah Azhar. Il avait l'air furieux et hurlait :

— Je prendrai des dispositions, Angelina. Ça, je te le jure !

Barbara se figea sur place.

— Tu me menaces ? cria à son tour Angelina Upman.

— Tu oses me poser la question ? Le sujet est réglé !

Barbara pivota dans l'intention de prendre la fuite. Trop tard. La porte s'ouvrit pour laisser le passage à Azhar. Jamais elle ne l'avait vu avec une figure aussi sombre. Il la contourna, car ni l'un ni l'autre n'avait la possibilité de se cacher. Puis il sortit en toute hâte par le portail et tourna dans Eton Villas vers Steeles Road.

Un mauvais moment, qui passa très vite, puis ne fit qu'empirer. Car Angelina Upman sortit à son tour en trombe de l'appartement, comme si elle voulait s'élancer à la poursuite de son compagnon, mais à la vue de Barbara elle s'arrêta dans son élan et porta le poing à sa bouche. Les deux femmes se regardèrent quelques instants en chiens de faïence. Puis Angelina tourna les talons et rentra précipitamment chez elle.

Barbara se sentit mal à l'aise. Elle était prise au piège. Angelina, en lui offrant une aide précieuse, lui avait témoigné son amitié. Elle ne pouvait quand même pas se défiler et la planter là. Si seulement elle avait eu une autre possibilité... Hélas, elle ne voyait pas laquelle.

Angelina ouvrit dès son premier coup sur le carreau de la porte.

— Désolée, lui dit Barbara. J'avais un truc à demander à Azhar...

Gênée, elle se passa la main sur la tête, étonnée de sentir sous ses doigts, au lieu de sa tignasse habituelle, des mèches soyeuses, à croire qu'on lui avait planté de nouveaux cheveux. Elle s'entendit prononcer :

— Bon sang de bonsoir ! Je suis vraiment désolée d'être tombée en pleine scène de ménage ! J'ai pas entendu grand-chose, en fait, juste la fin. Je voulais seulement demander à Azhar une faveur.

Angelina rentra imperceptiblement la tête dans les épaules.

— Je m'excuse, Barbara. On n'aurait jamais dû crier aussi fort, on a le sang beaucoup trop chaud tous les deux. J'aurais dû me taire, voilà tout. Il y a des sujets qu'il vaut mieux éviter avec Hari.

— Des sujets qui mettent le feu aux poudres ?

— Vous pouvez le dire, opina Angelina en soupirant. Mais ça va s'arranger. Ça s'arrange toujours.

— Je peux faire quelque chose ?

— Si vous n'avez pas peur du désordre, je vous propose une tasse de thé...

Angelina se fendit d'un large sourire avant d'ajouter :

— Ou un petit verre de gin, ça me requinquerait.

— Je me contenterai du thé, gardez le gin pour la prochaine fois.

On aurait cru que la salle de séjour s'était trouvée sur le passage d'un cyclone. Apparemment, Azhar et sa compagne ne s'étaient pas seulement jeté des insultes à la tête. Une explosion pareille, cela ressemblait pourtant si peu à Azhar que Barbara regarda tour à tour le « désordre » et Angelina : avait-elle mis le bazar toute seule ? Des magazines éparpillés, une figurine brisée, une lampe renversée, un vase en mille morceaux, des fleurs nageant dans une flaque d'eau.

— Je peux vous donner un coup de main... pour ranger, proposa Barbara.

— D'abord une tasse de thé, décréta Angelina.

La cuisine était indemne. Angelina prépara le thé et le servit sur une petite table installée sous une fenêtre haute où brillait un rayon de soleil.

— Dieu merci, Hadiyyah est à l'école. Elle aurait été terrifiée. Cela m'étonnerait qu'elle ait jamais vu Hari comme ça.

Sous-entendu, Angelina, elle, avait déjà vu Hari « comme ça ».

— Bon, en fait je voulais lui demander un service.

— Quel genre de service ?

Barbara lui expliqua son problème. Angelina l'écouta, la tasse en suspens entre la table et ses lèvres. Elle avait des mains ravissantes. Ses doigts fins se terminaient par des ongles manucurés, qui, Barbara ne manqua pas de le remarquer, étaient tous de taille égale.

— Il connaît sûrement quelqu'un, lui assura Angelina. Il vous aidera avec plaisir. Il vous aime énormément, Barbara. Ne croyez surtout pas que ça, indiqua-t-elle en désignant du menton la salle de séjour, soit autre chose que le résultat du choc de deux tempéraments. Nous nous en remettrons. Nous nous en remettons toujours.

— C'est bon à savoir.

Angelina but une gorgée de thé.

— C'est idiot, il suffit d'un rien pour qu'une dispute se déclenche. Une simple réflexion, une allusion même, et c'est parti. On prononce des paroles qu'on regrette ensuite. Tout ça est ridicule.

Que pouvait dire Barbara ? Elle n'avait pas de compagnon, elle n'en avait jamais eu et il y avait peu ou pas de chances qu'il y ait jamais quelqu'un dans sa vie. Alors, une dispute amoureuse ? Des échanges de mots cinglants et d'objets volants ? Autant parler d'une impossibilité. Aussi se contenta-t-elle de marmonner :

— Assommant, en effet.

Elle espérait que cela suffirait.

— Vous connaissez son histoire avec sa femme, n'est-ce pas ? Il vous en a sûrement parlé. Il l'a quittée, mais le divorce n'a jamais été prononcé.

Barbara, qui n'avait guère envie de la suivre sur ce terrain, continua à marmonner :

— Oui, bon, eh bien, plus ou moins.

— Il l'a quittée pour moi. J'étais étudiante à l'époque. Il n'était pas mon prof, bien sûr. Je ne suis pas douée pour les sciences. On s'est rencontrés à la cafétéria. Il y avait tellement de monde ce jour-là… Il m'a demandé s'il pouvait s'asseoir à ma table. J'ai été séduite par son air grave et sérieux. Il était si posé, il prenait son temps pour répondre à mes questions, il n'essayait pas de placer un bon mot et de s'en tirer par une pirouette. Il était vrai, toujours fidèle à lui-même. C'est ça qui m'a plu chez lui.

— Je vous comprends, souffla Barbara qui savait exactement de quoi elle parlait.

Avec elle aussi, Taymullah Azhar avait été d'emblée tel qu'il était dans la vie de tous les jours.

— Moi, je ne voulais pas qu'il la quitte. Je l'aimais, je l'aime, mais briser un ménage... Ce n'était pas mon style. Puis il y a eu Hadiyyah. Quand Hari a su que j'étais enceinte, il n'a plus rien voulu entendre. J'aurais pu avorter, vous me direz. Mais c'était notre enfant, et je ne pouvais pas supporter l'idée...

Angelina se pencha en avant et effleura la main de Barbara de l'extrémité de ses jolis doigts.

— Vous imaginez un monde sans Hadiyyah ?

Une question simple appelait une réponse tout aussi simple.

— Impossible.

— Je tiens à ce qu'elle connaisse ses demi-frères et sœurs. Les autres enfants de Hari. Lui ne veut pas.

— C'était le sujet de votre dispute ?

— Ce n'est pas la première fois. C'est le seul truc qui nous rend dingues. Et avec lui, c'est toujours la même chanson : « Cela n'arrivera jamais. » Comme s'il était maître de nos destins ! Vous ne pouvez pas vous figurer combien ça m'énerve quand il me sort cette phrase. Et quand il ajoute qu'on ne va pas non plus donner un petit frère ou une petite sœur à Hadiyyah, je l'étranglerais. « J'ai déjà trois enfants. Je n'en aurai pas un de plus. »

— Il pourrait changer d'avis.

— Ça fait des années qu'il s'y tient, il est têtu, une vraie mule.

— Vous pourriez le faire dans son dos.

— Vous voulez dire emmener Hadiyyah chez sa femme ? s'exclama Angelina en secouant la tête. Je ne sais même pas où elle habite. Je ne connais pas les noms des enfants ni celui de leur mère. Elle est peut-être même retournée au Pakistan.

— La contraception n'est jamais sûre à cent pour cent...
Mais ce serait un coup bas, n'est-ce pas ? fit Barbara qui suivait son idée.

— Il ne me pardonnera jamais. J'ai déjà beaucoup à me faire pardonner.

Barbara espérait qu'elle allait lui révéler les raisons qui l'avaient poussée à quitter Azhar et Hadiyyah pour « un voyage au Canada ». Elle n'en fit rien.

— J'aime Hari, vous savez, mais parfois je le déteste autant que je l'aime.

Angelina eut un sourire ironique puis, avec un petit haussement d'épaules, elle enchaîna :

— Attendez encore une heure et appelez-le sur son portable. Hari fera de son mieux pour vous rendre service.

Lac Windermere
Cumbria

Manette se doutait bien que son père, la veille, n'avait pas dit la vérité à propos de Vivienne Tully. En outre, elle s'en voulait de sa propre lâcheté. Elle aurait dû le pousser dans ses retranchements. C'était idiot, vraiment. La vérité, si elle était honnête avec elle-même, c'était qu'elle n'avait pas voulu se trahir par le moindre signe de faiblesse. Car elle était toujours cette petite fille assez stupide pour espérer, à force de le vouloir, pouvoir un jour se métamorphoser et devenir le fils dont Bernard Fairclough avait rêvé. Un grand garçon, ça retenait ses larmes. Aussi tout ce qui était susceptible de provoquer chez elle un débordement d'émotions devant son père dont l'œil observait et jugeait, et en fin de compte condamnait, était-il à éviter.

Cela dit, il n'était pas question d'en rester là. Ce n'était même pas envisageable. Si Ian procédait depuis des années chaque mois à un virement en faveur de Vivienne Tully, il y avait des raisons à cela. Manette devait savoir à quoi s'en tenir, rien que par égard pour sa mère. Après tout, c'était elle la propriétaire de Fairclough Industries après en avoir hérité de son père. Celui-ci l'avait dirigé pendant très longtemps et l'entreprise, bien que de taille moyenne, avait à sa tête un conseil d'administration puissant. Aujourd'hui encore, c'était Valerie, et non Bernard, qui le présidait. En effet, en son temps, le père de Valerie avait été un homme avisé. Ce n'était pas parce que Bernie Dexter était devenu Bernard Fairclough que pour autant du sang Fairclough coulait dans ses veines. Pour rien au monde, le père de Valerie n'aurait laissé Fairclough Industries tomber entre les mains de quelqu'un qui n'était pas né Fairclough.

Elle en avait discuté avec Freddie. Par bonheur, il n'avait pas eu de rendez-vous avec Sarah la veille au soir, même s'il lui avait parlé longuement tout bas au téléphone, d'une voix douce et amusée. Manette avait écouté ce badinage en serrant les dents, si fort qu'elle en avait eu mal à la mâchoire. Alors que la conversation s'éternisait, elle s'était réfugiée au salon et s'était épuisée sur son tapis de course jusqu'à ce que la sueur ruisselle sur son buste et trempe son polo. Finalement, Freddie avait surgi d'un pas nonchalant, le visage assez rouge et le lobe des oreilles tout à fait rose. Pour un peu, elle aurait pensé qu'ils avaient fait l'amour au téléphone, mais elle savait que ce n'était pas son style.

Pour rendre son footing plausible, elle continua à courir cinq minutes de plus. Après avoir laissé échapper un « Waouh ! » afin de lui signifier son admiration devant son endurance, son ex-mari avait opté pour la cuisine. Elle l'y trouva, penché sur un livre de mots croisés, l'air méditatif, tapotant le bouchon de son Bic contre ses lèvres.

« Tu ne sors pas ce soir ?

— Un peu de repos, ça fait pas de mal à la bête.

— T'as le pavillon en berne ? »

Freddie rougit jusqu'aux oreilles.

« C'est pas ça. Tout va très bien de ce côté-là.

— Freddie McGhie ! »

Freddie écarquilla les yeux de surprise puis comprit où elle voulait en venir.

« Je veux dire, bredouilla-t-il en riant, nous avons décidé…

— Toi et la dame, ou toi et le pavillon ?

— Sarah et moi avons décidé de ralentir le rythme. Juste un peu. Dans une relation, c'est bien beau de s'arracher mutuellement ses vêtements dix minutes après s'être dit bonjour, mais il faut aussi autre chose.

— Tu m'en vois soulagée, répliqua Manette sans réfléchir.

— Vraiment ? Pourquoi ?

— Oh, eh bien... Je... Je ne voudrais pas que tu commettes une erreur. Que tu souffres. Tu sais. »

Il la dévisagea. Elle eut l'impression qu'un feu s'embrasait dans sa poitrine. Une chaleur brûlante se répandit sur son cou. De toute urgence, il fallait qu'elle lui parle d'autre chose : sa conversation avec son père était le sujet tout trouvé.

Quand Freddie vous écoutait, c'était avec toute son attention. Lorsqu'elle eut terminé, il lui dit :

« A mon avis, il faut qu'on lui parle tous les deux, Manette. »

Et Manette se sentit reconnaissante, absurdement reconnaissante d'ailleurs ; elle en était surprise elle-même. Pour soutirer à son père la vérité, il n'y avait pas mille moyens. Mignon, évidemment, s'était sans doute débrouillée pour l'obtenir grâce à ses prodigieux talents de surfeuse sur la Toile ou bien en imprimant un tour d'écrou supplémentaire autour de la culpabilité paternelle. Mignon, par exemple, ne s'était pas trompée quand elles étaient petites à propos de la préférence marquée de leur père pour Nicholas. Elle avait seulement été assez maligne pour s'en servir à son avantage, devenant chaque année plus experte en la matière. Ni Manette ni Freddie n'avaient appris l'art de la manipulation. Du point de vue de Manette, seule la présence de Valerie, le fait que Valerie puisse apprendre l'hémorragie d'argent, était susceptible de secouer Bernard. Les enjeux étaient trop graves – la ruine de l'entreprise, pour commencer. Si son père refusait d'envisager des mesures pour redresser la barre, Manette était sûre que sa mère prendrait les décisions qui s'imposaient.

Ils se mirent en route pour Ireleth Hall au milieu de la matinée. La pluie ne tarda pas à chanter sur le toit de la voiture. Encore un mois et, les trombes d'eau automnales cédant le pas à la neige, un léger manteau blanc recouvrirait Great Urswick tandis qu'en altitude les cols des montagnes seraient fermés jusqu'au printemps suivant.

Freddie gara la voiture à côté du majestueux perron d'Ireleth Hall.

— Merci, Freddie, dit Manette en se tournant vers lui.

— Hein ? fit-il, étonné.

— Merci de m'accompagner. Je t'en suis très reconnaissante.

— Qu'est-ce que tu racontes ? C'est une situation à gérer à deux.

Sur ces paroles, Freddie sortit du véhicule, qu'il contourna pour ouvrir à Manette en ajoutant :

— Allons affronter le fauve pendant qu'on en a le courage. Si jamais ça tourne au vinaigre, on pourra toujours appeler ta sœur pour faire diversion.

Manette gloussa. Sa famille n'avait pas de secret pour Freddie. Ce qui n'avait rien d'extraordinaire, puisqu'il en avait fait partie pendant près de la moitié de son existence. Sans penser à l'interprétation qu'on pouvait donner à sa petite phrase, elle lança :

— Qu'est-ce qui nous a pris de divorcer, Freddie ?

— Si je me souviens bien, il y avait quelqu'un qui ne rebouchait jamais le dentifrice, répliqua Freddie avec désinvolture.

Sans prendre la peine de frapper, ils entrèrent dans l'immense hall d'entrée tout en longueur, un véritable frigo. Manette appela ses parents. L'écho de sa voix se répercuta sur les murs. Freddie se joignit à elle.

Finalement, des bruits de pas se firent entendre sur le palier du premier étage. L'instant d'après, Valerie descendit l'escalier. En souriant, elle s'exclama :

— Quelle bonne surprise ! Ensemble, en plus !

Valerie s'attendait manifestement à ce qu'ils lui annoncent leur réconciliation. Ce qui n'était pas au programme, songea Manette. Sa mère ignorait les récentes explorations de Freddie dans l'univers de la drague sur Internet.

Manette estima plus judicieux de tourner ce malentendu à son avantage, prit la main de son ex-mari dans la sienne et articula d'un ton mielleux :

— Nous aurions voulu vous parler, à papa et à toi. Il est ici ?

Valerie parut encore plus contente.

— Oh, sûrement. Je vais aller le chercher. Freddie, mon cher, pourriez-vous allumer le feu ? A moins que vous ne préfériez aller...

— Ici, c'est très bien, la coupa Manette sans lâcher la main de son compagnon. N'est-ce pas, Freddie ?

Comme d'habitude, Freddie avait piqué un fard, ce que Manette jugea bienvenu étant donné les circonstances. Après le départ de sa mère, il se tourna vers elle et lui demanda :

— Qu'est-ce qui te prend ?

— Merci de jouer le jeu, souffla-t-elle en levant la main de Freddie jusqu'à ses lèvres pour y déposer un baiser. T'es un mec super. Bon, maintenant, le feu, ajouta-t-elle en se dirigeant vers la gigantesque cheminée du salon. Vérifie avant si la trappe est ouverte.

Le temps que Valerie redescende avec Bernard, un feu ronflait dans l'énorme âtre. Manette et Freddie, debout côte à côte devant le foyer, se réchauffaient le dos. A voir les visages de ses parents, Manette comprit qu'ils avaient au préalable eu une petite conversation. Son père avait l'air dans une expectative aussi heureuse que sa mère. Cela n'avait rien de surprenant. Ils avaient adoré Freddie dès qu'ils avaient posé les yeux sur lui, le jour où Manette l'avait ramené à la maison pour le leur présenter.

Son père leur proposa du café. Sa mère, un assortiment de gâteaux et de biscuits au chocolat en provenance de la meilleure pâtisserie de Windermere. Manette et Freddie refusèrent poliment.

— Asseyons-nous, suggéra Manette.

Deux canapés se faisaient face, de part et d'autre de la cheminée. Freddie et elle s'assirent sur l'un, les parents sur l'autre. Les parents tout au bord, ce que Manette trouva significatif, comme s'ils se tenaient prêts à partir en courant à la première provocation, ou bien à se ruer sur la bouteille de champagne. L'espoir fait vivre, n'est-ce pas ?

— Freddie ? dit Manette, invitant son ex à donner le coup d'envoi.

Regardant tour à tour ses ex-beaux-parents, il déclara :

— Bernard, Valerie, il s'agit de Ian et des comptes de l'entreprise.

La peur convulsa un instant les traits de Bernard. Il se tourna vivement vers sa femme, la soupçonnant sans doute d'avoir tramé quelque chose avec leur fille dans le but de le mettre en défaut. Valerie, quant à elle, dévisageait Freddie d'un air perplexe, curieuse d'en savoir plus. Manette ignorait si Freddie avait remarqué leurs expressions. Peu importait d'ailleurs, car il embraya :

— Je sais que cela ne plaira pas à tout le monde, mais il faut absolument trouver une solution pour la pension de Mignon. Je propose d'y mettre un terme, en fait. Et il y a la question des versements à Vivienne Tully. Entre l'argent qui va à la restauration d'Arnside House, l'argent qui va à Mignon et l'argent qui va à Vivienne... J'aimerais pouvoir dire que Fairclough Industries est riche comme Crésus mais la triste vérité, c'est que, entre tous ces versements et les travaux d'aménagement du jardin pour les enfants ici au château, il va falloir faire des coupes claires. Et le plus tôt sera le mieux.

C'était tellement typique de Freddie, se dit Manette, cette franchise, cette sincérité, cette honnêteté. Son père ne pouvait en tout cas pas l'envoyer sur les roses en l'accusant de se mêler de ce qui ne le regardait pas. Freddie était le seul parmi eux à pouvoir tenir la comptabilité de l'entreprise maintenant que Ian n'était plus là. En outre, Freddie ne lui reprochait rien.

La réaction de son père tarda à venir. Le feu dansait dans la cheminée. Une bûche roula vers l'avant des chenets en crépitant. Bernard en profita pour se lever et, armé de la pince et de la balayette, il mit bon ordre dans l'âtre.

Les yeux fixés sur le dos de son mari, Valerie demanda :

— Parlez-moi de l'argent qui va à Vivienne Tully, Freddie.

— Eh bien, c'est curieux. Ces versements ne datent pas d'hier, et ils augmentent d'année en année. Je n'ai pas encore fini d'examiner les chiffres dans l'ordinateur de Ian, mais d'après ce que j'ai vu jusqu'ici, il semblerait qu'une somme très importante lui ait été versée par virement il y a quelques années de cela, ensuite il y a eu plusieurs années sans rien, puis apparaît dans les comptes une pension mensuelle.

— A quel moment cette pension apparaît-elle ? s'enquit Valerie.

— Il y a huit ans et demi environ. Bon, je sais qu'elle est membre du conseil d'administration de la fondation...

— Comment cela ? s'exclama Valerie en se tournant vers son mari.

Au même moment, Freddie ajoutait :

— ... mais c'est une fonction qui, comme toujours dans le caritatif, est bénévole hormis pour les dédommagements pour frais, bien entendu. Les sommes en jeu sont bien supérieures à toute forme de frais à moins que...

Freddie gloussa avec une telle candeur que Manette l'aurait volontiers embrassé.

— ... qu'elle ne dîne tous les soirs avec des donateurs potentiels et qu'elle n'envoie leurs enfants dans les meilleures écoles d'Angleterre afin de gagner leurs faveurs. Cela n'étant pas...

— Je vois, l'interrompit Valerie. Et toi, Bernard ? Ou en vérité, pour toi, c'est du tout vu ?

Bernard fixait sa fille. Il aurait aimé savoir ce qu'elle avait dit exactement à Freddie et à quel genre de jeu ils jouaient à présent. Il devait aussi se sentir trahi après ses confidences de la veille. Sauf que s'il lui avait vraiment tout dit, songeait Manette, elle aurait peut-être gardé ses secrets. Mais ce n'était pas ce qu'il avait fait. Il avait lâché juste ce qu'il fallait pour la tranquilliser. Sur le moment.

Bernard Fairclough prit le parti de se raccrocher à sa première excuse.

— Je ne suis pas au courant pour Vivienne. Ian se sera peut-être senti obligé de...

Après avoir bredouillé quelques mots incompréhensibles, il conclut :

— Peut-être cherchait-il à me protéger.

— De quoi ? s'enquit Valerie. Si je me souviens bien, Vivienne a accepté un poste mieux payé dans une société à Londres. Elle n'a pas été renvoyée. Ou l'a-t-elle été sans que je le sache ?

Puis, se tournant vers Freddie, elle ajouta :

— Quelle est la somme ?

Freddie la mentionna. Il nomma aussi la banque. Valerie entrouvrit les lèvres, les dents serrées. Son regard était braqué sur Bernard. Celui-ci détourna le sien.

— Que préfères-tu que je croie ?

Seul le silence lui répondit. Elle poursuivit :

— Dois-je croire qu'elle faisait chanter Ian pour une raison obscure ? Peut-être maquillait-il les comptes et elle le savait ? Ou bien elle avait promis de ne rien dire à Niamh sur ses penchants sexuels tant qu'il continuait à la payer... Ce qui n'explique pas pourquoi il aurait continué à la payer une fois avec Kaveh, n'est-ce pas, mon chéri ? Bon, alors reprenons depuis le début. Freddie, Ian trafiquait-il les comptes ?

— Evidemment, il y a la question de la pension de Mignon. Mais, d'après ce que j'ai pu constater, il n'a pas détourné un penny à son bénéfice...

— Mignon ?

— Oui. Sa pension a considérablement augmenté. Le problème, c'est que ses frais n'ont pas augmenté en proportion, si vous voyez ce que je veux dire. Bien sûr, je n'oublie pas son intervention chirurgicale, mais elle a sûrement été réglée en une seule fois, non ? Et compte tenu du fait qu'elle est logée gratuitement, que lui faut-il par mois ? Bon, je sais qu'elle est dépensière et accro au shopping sur le Net, mais quand bien même... Ah, oui, bien sûr ça peut coûter une fortune une addiction de cette nature... Faire ses courses sur Internet, il y a beaucoup de gens qui...

Freddie continua à blablater. A présent, la tension entre les parents de Manette était flagrante. Pourtant, Freddie devait se douter qu'ils allaient s'aventurer en terrain miné. Seulement, avec son innocence coutumière, il n'avait pas imaginé qu'il y aurait autant de mines prêtes à exploser.

Un silence glacial accueillit la fin de son monologue. Valerie ne quittait toujours pas Bernard des yeux. Ce dernier, se grattant la tête, tenta de détourner la conversation en disant à Manette d'un ton de reproche :

— Je n'aurais pas cru ça de toi.

— Quoi ? fit Manette.

— Tu sais très bien de quoi je parle. Je vois que je me suis fait des illusions sur toi.

Freddie s'empressa d'intervenir.

— Dites, Bernard, cela n'a rien à voir avec Manette.

Sa fermeté sidéra Manette qui le regarda avec des yeux ronds. Freddie posa sa main sur la sienne et la serra affectueusement en poursuivant :

— Son inquiétude est tout à fait justifiée. Et si elle est au courant de ces versements d'argent, c'est uniquement parce que je l'en ai informée. C'est une entreprise familiale...

— Et vous ne faites pas partie de la famille, lui dit Bernard sèchement. Vous en avez fait partie autrefois, mais vous vous en êtes vous-même désolidarisé et si vous croyez que...

— Je t'interdis de parler comme ça à Freddie ! s'écria Manette. Tu as beaucoup de chance de l'avoir. Nous avons tous beaucoup de chance. Il semblerait qu'il soit la seule personne honnête à un poste de responsabilité dans cette entreprise.

— Tu te comprends dans le lot ? ironisa son père.

— Je ne sais pas si je compte, mais toi, si !

Au départ, elle n'avait pas eu l'intention de tout déballer, afin d'épargner sa mère. Mais les paroles dures de son père à l'égard de Freddie l'avaient fait sortir de ses gonds. En réalité, elle n'avait pas vu plus loin que le bout de son nez, car, au fond, son père n'avait-il pas dit que la stricte vérité ? Freddie ne faisait plus partie de la famille. Elle y avait elle-même veillé. A sa mère, elle déclara :

— Papa a quelque chose à t'expliquer à propos de lui et de Vivienne Tully.

— J'ai bien compris, Manette, rétorqua Valerie en se tournant vers Freddie. Cessez tout versement à Vivienne sur-le-champ. Contactez-la par l'intermédiaire de sa banque. Informez-la qu'il s'agit d'une décision émanant de moi.

Bernard ébaucha un geste.

— Ce n'est pas ce que...

— Je me fiche de ce que c'est ou de ce que ce n'est pas, décréta Valerie. Toi aussi. A moins que tu n'aies une raison de la rémunérer qui m'échappe ?

Bernard était manifestement au supplice. Manette aurait presque eu pitié de lui si elle n'avait été aussi furieuse. Les hommes étaient décidément tous des gros cons ! Elle s'attendait à ce que son père mente de nouveau pour se tirer d'affaire en espérant qu'elle lui serait loyale et tairait sa liaison avec Vivienne Tully.

Mais voilà, Bernard Fairclough avait toujours eu une veine de pendu. Alors qu'ils étaient tous suspendus à ses lèvres, la porte d'entrée s'ouvrit, laissant le passage d'abord à un courant d'air glacé – Manette se demanda si Freddie et elle avaient oublié de la refermer convenablement – puis à Nicholas.

Lancaster
Lancashire

Deborah n'avait pas le choix, elle devait parler à la femme qui accompagnait Alatea Fairclough. Si elle ne se trompait pas à propos des problèmes d'Alatea, qui à son avis rencontrait des difficultés pour concevoir un enfant, elle aurait été très étonnée qu'on la reçoive aimablement, surtout maintenant que son subterfuge avait été découvert ! Pas question non plus de déléguer une tâche aussi délicate à un journaliste de tabloïd. Cette deuxième femme, c'était elle qui allait lui permettre de comprendre les raisons de l'étrange conduite d'Alatea et de vérifier si ces raisons avaient quoi que ce soit à voir avec la mort de Ian Cresswell.

Elle appela le portable de Zed. Il aboya :

— Vous en avez mis du temps ! Où êtes-vous, bon sang de bois ? Qu'est-ce qui se passe ? Vous m'aviez promis...

— Elles sont entrées dans le bâtiment du département des sciences.

— Ça nous avance, tiens ! Vous croyez qu'elle suit un cours ? Une de ces éternelles étudiantes... ? L'autre est peut-être comme elle.

— Il faut que je lui parle, Zed.

— Je pensais que vous aviez déjà essayé, sans résultat.

— Je ne parle pas d'Alatea. Elle refusera tout autant de répondre à mes questions qu'aux vôtres. Non, c'est à cette femme qu'elle est passée prendre au foyer d'accueil pour les blessés de guerre que j'ai l'intention de m'adresser. C'est elle qui m'intéresse.

— Pourquoi ?

C'était là que les choses se compliquaient.

— Elles ont l'air d'avoir des préoccupations communes. Je les ai vues traverser le parking, elles discutaient de façon très animée, telles deux amies qui se font des confidences. Cela veut dire qu'elles se font confiance.

— Cela veut aussi dire qu'elles ne vous en feront pas, des confidences.

— Je m'attends à la trouver méfiante. Mais quand on se revendique de la Met, j'ai constaté que cela produit son petit effet sur les gens, surtout hors de Londres. Prononcez « Scotland Yard », montrez votre plaque, et souvent le plus secret des secrets devient public pour la police.

— Même topo pour les reporters.

Il plaisantait ? Probablement pas. Deborah choisit d'aller dans son sens :

— Un peu, oui.

— Alors...

— Je lui ferai moins peur si je l'aborde seule.

— Comment cela ?

— C'est évident, voyons. Primo, si nous y allons tous les deux, ce sera à deux contre un : deux inconnus cuisinant une pauvre dame sur son amitié avec une autre dame. Deuzio... Il y a votre gabarit, Zed, avouez qu'elle risque de se sentir menacée.

— Je suis doux comme un agneau. Elle le verra tout de suite.

— Peut-être. Mais il y a aussi qui nous sommes. Elle voudra que nous apportions la preuve de nos identités. Je vais lui montrer ma carte de police, vous votre carte de presse, et bingo ! Quelle va être sa réaction devant un tandem formé par un flic et un journaliste de *The Source* ? Non, non, croyez-moi, ça ne marchera pas. La seule solution, c'est que je me trouve avec elle entre quat'z-yeux. Une fois que je saurai ce qu'il y a à savoir, je partagerai l'info avec vous.

— Et pourquoi je vous croirais ? Vous pourriez me doubler.

— Et m'exposer à voir la présence de Scotland Yard dans le Cumbria révélée à la une de *The Source* ? Zed, je ne me permettrais pas de vous porter préjudice.

Zed demeura silencieux. Deborah s'était éloignée le plus possible du centre George Childress sans le quitter des yeux pour ne pas manquer la sortie des deux femmes. L'ennui, c'est qu'elles risquaient de l'apercevoir. La meilleure politique consistait en fait à retourner au foyer d'accueil pour les blessés de guerre et à attendre en embuscade le retour d'Alatea et de son amie. Elle en avait pour des heures, mais que pouvait-elle faire d'autre que de se résigner à passer le temps avec Zed dans sa voiture ?

Elle lui fit part de son plan, en ajoutant qu'elle serait heureuse d'entendre toute suggestion de sa part.

Par bonheur, il n'avait pas d'autre idée. Il n'était pas idiot. Une brusque confrontation avec les deux femmes ensemble sur le campus de l'université de Lancaster ne les conduirait nulle part. En apparence, elles ne menaient aucune activité suspecte. En les alpaguant pour leur demander ce qu'elles fabriquaient là, ils étaient presque certains d'être récompensés d'un « Mêlez-vous de vos oignons ! ».

Zed n'était pourtant pas tranquille et il le dit franchement à Deborah. « Faire le poireau », ça n'était pas digne d'un reporter d'investigation, qui consultait des sources, interrogeait des témoins, bref, peaufinait sa connaissance des faits. Quand il se mit à évoquer la déontologie du journaliste, Deborah se retint de hausser les épaules et se contenta d'émettre des onomatopées d'assentiment. Oui, oui, elle comprenait. Mais il devait lui concéder qu'ils ignoraient jusqu'au nom de cette femme avec qui Alatea était venue à l'université.

Finalement, quoique à regret, Zed se rangea à son avis. Il fut entendu qu'il venait la prendre en voiture au même endroit où il l'avait déposée un peu plus tôt. Il ajouta qu'ils auraient le temps de s'organiser en attendant Alatea et son amie non loin du foyer des anciens combattants. Et elle n'avait pas intérêt à l'arnaquer, parce qu'il lui fallait de quoi fournir son papier ! Bien compris, sergent Cotter ?

— Il n'y aura pas d'arnaque, lui assura Deborah. J'avoue que vous me tenez, Zed. Si je ne collabore pas avec vous, je suis grillée.

Zed gloussa de satisfaction.

— Normal, je suis un bon reporter.

— C'est ce que je vois, répliqua-t-elle.

Ils raccrochèrent. Deborah patienta encore quelques minutes au cas où Alatea surgirait avec son amie. Toujours rien. D'après le panneau que Deborah avait rapidement parcouru à l'intérieur, il n'y avait ni amphithéâtre ni salles de classe dans ce bâtiment. Seulement des bureaux et des laboratoires. Les deux femmes n'étaient donc pas là pour reprendre des études ou les prolonger, comme Zed le supposait. Etant donné que la science de la reproduction semblait une des disciplines étudiées ici, Deborah était sûre et certaine d'être sur la bonne piste. Bientôt elle connaîtrait le secret d'Alatea.

Victoria
Londres

Barbara Havers craignait d'avoir à retourner au Yard. En fait, elle avait besoin des conseils d'expert de Winston

434

Nkata. Si elle voulait éviter une petite virée à Victoria Street, la seule solution consistait à convaincre son collègue de faire l'école buissonnière pendant quelques heures et de la retrouver quelque part où ils auraient accès à Internet. Elle n'était pas équipée dans son bungalow, n'ayant même pas un ordinateur portable. A ses yeux, l'ordinateur représentait davantage une perte de temps qu'autre chose. Les autoroutes de l'information, ça n'était pas sa tasse de thé. Elle regrettait le temps où il suffisait d'appuyer sur les boutons « ouvert » et « fermé », le temps où le nec plus ultra de la technologie se résumait au téléphone à touches et à la télécommande pour la télé. On passait quelques coups de fil et on refilait la corvée de la collecte de faits à un tiers. C'était parfait.

A présent, tout avait changé. L'enquêteur usait ses semelles mentales plutôt que celles de ses chaussures. A contrecœur, elle s'y était mise et avait acquis des compétences pour évoluer dans l'espace virtuel du World Wide Web. Pourtant elle n'arrivait pas à la cheville de Winston. Comment localiser des publicités pour lingerie coquine portée par un mannequin en particulier ? Ce n'était pas son rayon. Mais celui de Winston, sûrement. Il était un sorcier du Net !

Elle pourrait se contenter de lui poser la question par téléphone, mais elle préférait voir ce qui se passerait sur l'écran quand il lancerait ses recherches sur Google, cliquant et double-cliquant par-ci par-là.

Aussi prit-elle le chemin de New Scotland Yard. Elle lui téléphona du hall d'entrée afin de lui donner rendez-vous à la bibliothèque. On se serait cru dans un film d'espionnage, se dit-elle en lui rappelant toutefois à temps que la chef devait coûte que coûte rester en dehors de ça.

— Barb...

Elle savait ce que signifiait ce ton de voix chez Winston et ce qu'il fallait faire pour calmer ses inquiétudes. Il suffisait de prononcer le nom de Lynley. Winston était prêt à tout pour lui.

— L'inspecteur a besoin de quelques renseignements. Tu peux t'offrir une petite récré, non ? Ça te prendra pas long-temps.

— Qu'est-ce que tu fais ?

— Je cherche des photos cochonnes.

— Sur un ordi de la Met ? Tu es tombée sur la tête ?

— Ordres de Hillier. Winnie, tu crois vraiment que je fais ça par plaisir ? L'inspecteur est sur une piste. Qui ne se révé-lera peut-être qu'une grosse vache en soutien-gorge et slip assortis.

Il accepta de la retrouver à la bibliothèque mais ajouta – ce qui était typique de Winston – que si jamais il croisait la chef dans le couloir et qu'elle lui demandait où il allait, il serait obligé de lui avouer la vérité.

— Mais tu vas l'éviter, non ? L'inspecteur n'est déjà plus dans ses petits papiers parce qu'il m'a engagée sur cette affaire. Si elle apprend que tu es dessus, toi aussi, elle va lui trancher la gorge.

Le tour était joué. Il allait éviter Isabelle Ardery comme la peste.

Apparemment, il avait réussi, constata Barbara à son arri-vée au douzième étage en voyant que Nkata l'attendait déjà devant la porte de la bibliothèque. Il admit cependant avoir croisé Dorothea Harriman, ce qui n'était pas une bonne nou-velle. La secrétaire du département possédait des talents de déduction si poussés qu'elle avait sans doute deviné les inten-tions de Winston à la façon dont il avait noué ses lacets. Bon, Barbara n'y pouvait rien.

Ils se mirent au travail. Les doigts agiles de Winston cou-raient sur le clavier. Une fois qu'il eut assimilé le nom de jeune fille à rallonges d'Alatea Fairclough, rien ne put plus l'arrêter. Les pages Web s'ouvraient les unes après les autres à la vitesse de l'éclair. Barbara ne tenta même pas de suivre. Winston, de son côté, n'essaya même pas de lui expliquer comment il procédait. Après un coup d'œil à un site, il pia-notait sur les touches, et hop ! le voilà reparti sur son naviga-teur. Il aurait été formidable dans le service de la police scientifique, ne put s'empêcher de se dire Barbara. Elle était sur le point de lui communiquer cette pensée quand une voix furieuse vitupéra derrière eux :

— Sergents Havers et Nkata !

Dorothea Harriman avait bel et bien vendu la mèche : Isabelle Ardery avait réussi à les surprendre !

Nkata fit pivoter d'un seul coup son fauteuil à roulettes. Il était devenu blême, si tant est qu'un homme aussi noir de peau puisse devenir blême. Barbara n'en menait pas tellement plus large. Ma parole, la commissaire avait mangé du lion ! Etait-ce parce que Lynley était dans la jungle plutôt que d'officier entre ses jambes ? Ou parce qu'elle voulait garder ses hommes à sa botte ou, plutôt, piqués tels des insectes sur une plaque de liège ?

Winston se leva comme au ralenti et se tourna vers Barbara, laquelle déclara à leur chef :

— J'ai emprunté Winston quelques minutes. J'avais besoin de son aide pour trouver quelque chose et c'est un as d'Internet. Je peux le faire toute seule, mais ça me prend des heures, je ne sais jamais où aller ensuite...

Isabelle la toisa des pieds à la tête. Son regard s'attarda sur son tee-shirt dont l'imprimé était parfaitement lisible puisqu'elle avait flanqué son caban sur une chaise voisine. *Jésus est mort pour racheter nos péchés... On le déçoit pas.* Manifestement, elle ne trouvait pas cela drôle.

— Les vacances sont terminées, sergent Havers. Je veux vous voir à votre poste et dans une tenue convenable d'ici une heure.

— Avec tout le respect que je vous dois, chef...

— Ne tirez pas sur la ficelle, Barbara. Vous avez peut-être des semaines ou des mois de jours de congé à rattraper, mais vu que vous êtes au travail, je veux vous revoir à l'œuvre dans nos locaux.

— J'allais seulement dire que...

— Sergent Havers ! glapit Isabelle, hors d'elle. Immédiatement !

Barbara débita alors d'une seule haleine :

— Chef, j'ai pas le temps de rentrer chez moi pour me changer si je dois être de retour dans une heure. Et puis j'ai rendez-vous à l'université. Si vous m'autorisez à prendre une journée de plus, cette fois-ci, je vous promets de déguerpir illico et de revenir demain habillée comme...

Ne parvenant pas à trouver une comparaison assez glamour, elle esquissa un geste vague de la main.

— Je-sais-pas-moi.

Elle se retint de déclarer : « Imaginez-moi belle comme le jour », de crainte d'être rabrouée d'un « ou vilaine comme la nuit ».

Puis elle claironna :

— J'ai forcé la main à Winston, chef. Lui faites pas retomber des trucs sur le dos.

— Des trucs ? Je serais curieuse de savoir à quoi vous faites référence, sergent Havers ?

Barbara entendit Winston émettre un *gloups*. Dieu merci, la commissaire était trop remontée pour prêter attention aux hoquets de ses subordonnés.

— Je sais pas... juste... le stress du boulot... de la vie en général, bredouilla-t-elle.

— Et qu'est-ce que je dois comprendre par là ? fulmina Isabelle.

Barbara demeura rêveuse devant son aptitude à s'enfoncer elle-même.

— Chef, je sais pas, des paroles en l'air, voilà tout, s'empressa-t-elle de répondre en mettant à part elle dans le top 10 des raisons de la mauvaise humeur de la patronne : *Ne pas avoir Lynley sous la main pour se le taper.*

— Ah bon ? Alors, faites un peu attention à ce que vous dites. Terminez ce que vous avez commencé ici et ensuite je ne veux plus vous voir avant demain. Et si demain matin vous n'êtes pas à votre poste, vous irez régler la circulation en Ouzbékistan, c'est clair ?

— Limpide, chef.

— Et vous, dit Isabelle à Winston, venez avec moi.

— Pas de culotte en vue, glissa Nkata à Barbara. Regardez à Raul Montenegro.

Barbara attendit que les deux soient sortis de la bibliothèque en pestant intérieurement contre sa malchance concernant Ardery. Elle allait être obligée désormais de filer doux et de marcher droit. Car avec la commissaire, les menaces n'étaient pas des paroles en l'air. Elle était capable de l'exiler sur un autre fuseau horaire !

Elle prit la place de Winston devant l'ordinateur. Ce que le moniteur affichait était... – Etait-elle victime d'une malédiction, enfin ? – ... de nouveau en espagnol ! Elle trouva quand même au milieu d'une bouillie de mots le nom que lui avait indiqué Winston avant d'être enlevé de force par la chef. *Raul Montenegro*. Eh bien, soit, se dit Barbara, suivons cette piste.

Lac Windermere
Cumbria

Au fil des ans, Manette avait vu son frère cadet dans toutes sortes d'états, du plus sobre au plus comateux. Elle l'avait vu sincèrement repenti ; elle l'avait vu manipulateur ; pétri de regrets ; agité ; angoissé ; défoncé et euphorique ; en proie à une crise de paranoïa morbide. Mais elle ne l'avait jamais vu aussi furieux qu'à cet instant où il poussa d'un geste brutal la lourde porte d'Ireleth Hall pour mieux la faire claquer derrière lui avant de se ruer dans le salon.

Son entrée en scène avait été efficace. Ils l'avaient contemplée bouche bée. Et Bernard Fairclough en avait profité pour ne pas répondre aux questions sur Vivienne Tully et les virements réguliers sur son compte en banque.

— Nicky ? Qu'est-ce que tu as ? s'écria Valerie.

— Où est Alatea ? s'enquit Bernard. Il lui est arrivé quelque chose ?

— Non, rien, Alatea va très bien, répliqua Nicholas d'un ton glacial. Je voudrais être mis au parfum pour Scotland Yard. Ce n'est pas trop vous demander ? Manette ? Et toi, Freddie ? Je suppose que vous êtes tous dans le coup.

Manette se tourna vers leur père. Elle refusait d'assumer le rôle de porte-parole. Afin d'inciter Freddie à se taire, elle serra sa main dans la sienne. Elle sentit son regard se poser sur elle. Il ne dit rien, mais glissa ses doigts entre les siens.

— De quoi s'agit-il, Nick ? répliqua Bernard à son fils. Assieds-toi. Tu as une mine affreuse. Tu ne dors pas bien ?

— N'essaye pas de jouer au père inquiet ! Quelqu'un est venu de Londres mener une enquête sur moi, et ne me raconte pas que tu n'es pas au courant !

Nicholas s'approcha de la cheminée et de son père qu'il dominait de plus d'une tête.

— Tu me prends pour quoi ? Tu croyais que je n'y verrais que du feu ? Eh bien, tu t'es fichu dedans ! Tu pensais peut-être que j'avais le cerveau tellement abîmé par la drogue et l'alcool que je ne me demanderais pas... Bon sang ! Je devrais te tuer une bonne fois pour toutes. Ce n'est pas plus compliqué que ça, n'est-ce pas ? Comme je suis apparemment un meurtrier consommé, un cadavre de plus ou de moins sous le hangar à bateaux, qu'est-ce que ça peut foutre ?

— Nicholas ! s'exclama Valerie en se levant d'un seul mouvement, à croire qu'elle était mue par un ressort. Arrête !

— Oh, tu es de la partie, je vois ? lui lança son fils d'une voix sarcastique. J'aurais pourtant...

— Non seulement je suis de la partie, mais c'est moi qui suis à l'origine de cette initiative ! proclama Valerie.

Nicholas resta interdit. Quant à Manette, elle eut la sensation que les mots de leur mère se logeaient dans le creux de son estomac, ainsi qu'un bloc de glace.

— Valerie, lui dit Bernard tout doucement. Rien ne t'oblige...

— Hélas, au point où nous en sommes, dit Valerie en regardant Nicholas, c'est un mal nécessaire. Si la police est ici, c'est à cause de moi. Ton père est allé la chercher à ma demande. Ce n'était pas son idée. Tu comprends ? Il est descendu à Londres. Je lui ai laissé le soin d'effectuer les démarches pour la bonne raison qu'il a un ami à New Scotland Yard. Mais ce n'est pas lui qui a pris cette décision, pas plus qu'eux, précisa-t-elle en désignant d'un geste Manette et Freddie se tenant la main, assis côte à côte sur le canapé. Pas

440

plus que Mignon. C'est moi qui ai déclenché une enquête, Nicholas. Moi, et personne d'autre !

Nicholas était d'une pâleur cadavérique.

— Ma propre mère ! Tu as vraiment cru... Tu le crois encore ?

— Je ne vois pas où tu veux en venir, rétorqua Valerie.

— Que j'aurais pu... Que je suis capable...

Nicholas abattit son poing sur le manteau de la cheminée avec une telle violence que Manette cilla.

— Que j'aurais pu tuer Ian ? C'est ça que tu penses ? Que je suis un assassin ? Mais qu'est-ce qui t'a pris ?

— Nick. Assez ! ordonna Bernard. Tu vas trop loin... Pense un peu à ton passé...

— Mais merde, je connais mon passé ! Tu n'as pas à me le rappeler. J'ai passé près de vingt ans de ma vie à fuir. Mais jamais, non, pas une seule fois, je n'ai levé la main sur qui que ce soit.

— Personne n'a levé la main sur Ian non plus. Ce n'est pas ainsi qu'il est mort.

— Alors, qu'est-ce...

— Valerie, intervint Bernard, n'aggrave pas les choses.

— Je ne vois pas comment elles pourraient être plus graves, fit observer Nicholas. A moins que maman n'ait eu une autre raison pour convoquer Scotland Yard. Tu voudrais me faire avaler ça ? Ils enquêtent sur Manette ? Mignon ? Freddie ? Ou Freddie a-t-il, comme d'habitude, fait les quatre volontés de Manette ?

— Je ne te permets pas d'accuser Freddie de quoi que ce soit ! Oui, l'inspecteur est venu nous interroger. On ne se doutait pas qu'il était de Scotland Yard. Il a fallu qu'il nous présente sa carte de police...

— Au moins on vous l'a dit, à vous !

Nicholas se tourna vers sa mère pour ajouter :

— As-tu seulement une petite idée... imag...

— Pardon, dit-elle, je t'ai blessé. Mais dans certaines situations, vois-tu, on est bien forcé de froisser les susceptibilités.

— Quelles situations ? hurla-t-il.

441

Puis, alors que la lumière se faisait lentement dans son esprit, il grommela :

— Est-ce à propos de l'entreprise ? Du partage ? Qui aura quoi. Qui aura le pouvoir. Le quand et le comment.

— Nicholas, je t'en prie. Il y a d'autres choses...

— Tu crois que j'en ai quoi que ce soit à foutre ? Tu crois que je veux me l'approprier ? Tu crois que c'est pour ça que je suis rentré ? Je me contrefous de savoir qui dirige l'entreprise. T'as qu'à la laisser à Manette. Ou à Freddie. Ou à un pauvre mec que tu ramasseras dans le caniveau. Tu imagines l'effet que ça a sur Alatea, toutes ces manigances et ces faux-semblants pour gagner notre confiance ? Quelqu'un qui s'introduit chez nous sous un prétexte oiseux... Cette femme nous a menti, maman. Tu comprends ? Toute cette histoire qu'elle nous a racontée, Alatea a pris peur et maintenant elle pense... Oh, je ne sais pas ce qu'elle pense, mais elle est bouleversée et si elle croit que je me sers... Tu ne vois pas ce que tu as fait ? Ma femme... Si jamais elle me quittait...

— Cette femme ? dit Bernard. Venue chez vous ? Nick, de quoi parles-tu ?

— Tu le sais parfaitement. De ton inspecteur de Scotland Yard de merde !

— C'est un homme, rectifia Valerie. Nicholas, c'est un homme, pas une femme. Nous ne savons rien sur...

— Cause toujours, maman.

— Elle dit la vérité, intervint Manette.

— Il a quelqu'un pour l'assister, l'informa Bernard, mais c'est un autre homme. Un spécialiste des sciences médico-légales. Si une femme est venue s'entretenir avec Alatea et toi, elle n'a rien à voir avec l'enquête.

D'un coup, Nicholas devint encore plus livide qu'il ne l'était déjà. Ses traits s'altérèrent comme si on venait de lui annoncer une catastrophe.

Il prononça alors un seul mot, distinctement :

— Montenegro.

— Qui ? dit Bernard.

Mais Nicholas était déjà sorti en trombe, aussi vite reparti qu'arrivé.

Ses deux heures de planque en compagnie de Zed Benjamin furent interrompues par un appel sur son portable. Elle pensa d'abord qu'il s'agissait de Simon et jeta un coup d'œil anxieux à l'écran de son téléphone. Elle hésitait à répondre, de crainte de se laisser embarquer dans un échange peu « officiel » en présence du journaliste. Mais c'était Tommy.

— Mon chef, précisa-t-elle à Zed.

Dans son téléphone, elle prononça :

— Inspecteur Lynley, bonjour !

— Que me vaut ce décorum ?

— Tout le respect que je vous dois, répliqua gaiement Deborah.

Elle sentait que Zed la surveillait du coin de l'œil. Elle maintenait son propre regard fixé sur la porte d'entrée du foyer des blessés de guerre.

— Si seulement ils en avaient autant pour moi au boulot, dit Tommy. Au fait, j'ai vu Simon.

— Je ne vais pas jouer les étonnées.

— Il est fâché contre nous deux. Contre moi pour t'avoir embarquée dans cette histoire. Contre toi pour refuser d'en sortir. Où es-tu ?

— Toujours à Lancaster.

— Comment es-tu arrivée jusque-là ?

— Qu'est-ce que tu veux dire ?

— Deborah, Simon m'a téléphoné de votre hôtel.

— Tu viens de dire que tu l'avais « vu » !

— Je l'ai vu avant. Après il est retourné à l'auberge, tu n'étais pas là, mais ta voiture de location, si. Normal qu'il s'inquiète.

— Pas assez pour m'appeler.

— Oh, par pitié, Deb. Sois un peu charitable. Il sait que tu es enragée. Il n'est pas idiot, il se doute que tu ne décrocheras pas si tu vois que c'est lui qui t'appelle. Par quel moyen es-tu arrivée à Lancaster ?

Elle était coincée. Sa réponse fut prudente.

— M. Benjamin de *The Source* est sur l'affaire avec moi, monsieur.

En faisant la sourde oreille à un juron étouffé à l'autre extrémité de la ligne, elle s'empressa d'ajouter :

— Je cherche à interroger la femme qui se trouve avec Alatea. Elles se sont rendues toutes les deux à la faculté des Sciences et de Technologie. Nous ne savons pas encore pour quelle raison.

— Deb...

Elle perçut une indécision dans la voix de Lynley. Quels arguments pouvait-il utiliser ? semblait-il se demander. Devait-il faire appel à la voix de la raison ? Ou lui rappeler à demi-mot la tendresse qui les avait autrefois unis ?

— ... Simon veut que tu rentres à Londres. Il est inquiet pour toi.

— Pour le moment ma place est ici. J'y suis presque, vous comprenez, je brûle !

— C'est pour ça justement qu'il est inquiet. Tu t'es déjà approchée de trop près d'un meurtrier, je te rappelle.

Guernesey. Comme Paris pour le couple Bogart-Bergman dans *Casablanca*, Guernesey resterait à jamais pour Simon et elle un lieu mythique. Certes, elle avait frôlé la mort. Mais seulement frôlé ! Et encore, de très loin ! Bon, d'accord, elle s'était retrouvée enfermée dans le caveau d'un dolmen avec une forcenée, armée d'une grenade à main rouillée.

— C'est très important. Il y a là un mystère que je suis près de...

— Ecoute, l'interrompit-il, quand la science a parlé, il n'y a plus qu'à se taire. Les conclusions de Simon sont solides.

— Peut-être, mais ses conclusions ne sont pas tout.

— Je suis d'accord avec toi. Alatea Fairclough cache quelque chose. D'ailleurs, j'ai mis Havers sur le coup.

— Alors, vous voyez.

— Oui, mais n'empêche que je suis soucieux pour Simon.

— Vous croyez qu'il se serait trompé ?

— Il est obnubilé par toi. Cela peut parfois aveugler quelqu'un... Enfin, de toute façon, je ne peux pas te permettre...

— Je n'ai pas besoin de permission.

— Je me suis mal exprimé. On tourne en rond. Je te connais trop bien, Deb. Fais attention à toi... au moins ?

— Promis. Et vous ?

— Encore quelques points de détail à éclaircir. Tu m'appelles si jamais tu as du neuf ?

— A vos ordres, monsieur.

Elle raccrocha et se tourna vers Zed Benjamin pour voir si elle avait réussi à ne pas éveiller ses soupçons. Le journaliste était en train de rapetisser dans son siège. Il désigna d'un signe de tête l'entrée du foyer. La voiture d'Alatea tournait le coin et disparaissait dans le parking sur le côté du bâtiment.

Deborah et Zed ne bougèrent pas. Moins d'une minute plus tard, l'amie d'Alatea surgit à pied et entra dans le foyer pour les blessés de guerre. Peu après, la voiture d'Alatea pointa son nez. Elle prit la direction d'Arnside, le chemin du retour. Parfait, se dit Deborah. Le moment était venu d'interroger celle que dans son esprit elle appelait « la deuxième femme ».

— J'y vais, annonça-t-elle à Zed.

— Dans un quart d'heure, je vous préviens, j'appelle votre portable.

— Comme vous voudrez. Mais n'oubliez pas que sans vous je ne vois pas très bien par quel moyen je rentrerais à Milnthorpe. Alors, vous n'avez pas à craindre que je me défile.

Zed maugréa un peu. Il déclara qu'il allait quand même sortir de cette « satanée bagnole ». Il avait besoin de se dégourdir les jambes après deux heures à attendre « recroquevillé en position fœtale ». Deborah répliqua que cela ne la dérangeait pas puisqu'elle pouvait toujours le joindre par téléphone si jamais elle le perdait de vue.

— Oh, pas de souci, je reste dans le coin.

Deborah n'en doutait pas. S'il y avait eu des buissons devant l'immeuble, il se serait planqué derrière, de préférence l'oreille collée au carreau d'une fenêtre pour écouter la conversation. Sachant qu'elle devait déjà s'estimer heureuse d'avoir obtenu d'y aller toute seule, elle lui jura qu'elle ferait le plus vite possible et traversa la rue en toute hâte.

Une fois à l'intérieur de la fondation Kent-Howath, regrettant de ne pas avoir de carte de police à brandir avec un insigne de Scotland Yard, elle se dirigea vers la réception, son sourire le plus aimable vissé à la bouche, et déclara au préposé – lui-même un vieux de la vieille d'après son allure – qu'elle venait de voir une dame entrer : « Grande, des cheveux bruns, une jupe longue, des bottes... » Elle était sûre qu'il s'agissait d'une camarade de classe de sa sœur aînée... et croyait-il qu'il fût possible de s'entretenir un moment avec elle ? Naturellement, elle risquait de s'être trompée. Mais s'il y avait une chance pour que cette femme soit ce qu'elle pensait qu'elle était, il ne fallait pas la laisser échapper.

— Vous parlez sans doute de Lucy, dit le vieux soldat.

Son uniforme était pendu à son cou comme une jeune mariée à celui de son époux le soir des noces. Son col plissait sa peau en accordéon.

— Notre animatrice, poursuivit-il. Elle organise des jeux et des exercices à faire en groupe. Le spectacle de Noël. Ce genre de choses.

— Lucy, oui. C'est bien elle, opina Deborah. Croyez-vous que je pourrais...

Sans terminer sa phrase, elle le contempla avec de grands yeux pleins d'espoir.

— Que ne ferait-on pas pour une jolie fille ? De qui vous tenez cette magnifique chevelure ?

— De ma grand-mère paternelle.

— Quelle chance ! J'ai toujours aimé les belles rousses, dit-il en tendant le bras pour prendre son téléphone.

Après avoir tapoté sur les touches, il claironna :

— Une femme ravissante demande à vous voir, ma chère Lucy... Non, une autre. Vous commencez à avoir beaucoup de succès, on dirait !

Lucy avait dû répliquer par une plaisanterie, car il gloussa. Après avoir raccroché, il pria Deborah de patienter quelques instants. Elle n'allait pas tarder.

— J'ai honte de l'avouer, dit Deborah, mais je n'arrive plus à me rappeler son nom de famille.

— Keverne. Lucy Keverne. Elle n'a pas changé de nom, puisqu'elle est célibataire. Elle n'a même pas de petit ami. J'ai posé ma candidature, mais elle prétend que je suis trop jeune pour elle.

Deborah s'esclaffa poliment et alla s'asseoir sur le banc en bois en face de la réception en se creusant la tête pour savoir ce qu'elle allait bien pouvoir raconter à cette Lucy Keverne. Elle n'eut pas à se la creuser longtemps. Quelques instants plus tard, celle qu'elle avait vue en compagnie d'Alatea Fairclough s'avança à sa rencontre. Elle avait l'air perplexe, ce qui était compréhensible. Deborah supposait qu'elle n'avait pas souvent de visiteuses sur son lieu de travail.

Vue de près, elle était plus jeune qu'elle ne lui avait paru au premier abord. Certes elle avait des fils d'argent dans les cheveux, mais sûrement pour une raison génétique. D'après son visage, elle n'avait pas encore la trentaine. Elle portait des lunettes à la mode qui seyaient à son type de beauté.

Lucy pencha la tête de côté.

— Que puis-je pour vous ? dit-elle en lui offrant sa main. Lucy Keverne.

— Y a-t-il un endroit où nous pouvons parler tranquillement ? C'est une affaire privée.

Lucy fronça les sourcils.

— Privée ? Si vous êtes venue pour inscrire un parent, je ne suis pas la personne à laquelle il faut s'adresser.

— Il ne s'agit pas de cela. C'est à propos de l'université de Lancaster.

Deborah avait lancé ce nom à tout hasard en espérant tomber juste.

— Qui êtes-vous ? s'exclama Lucy, soudain sur la défensive. Qui vous envoie ?

Dans le mille, se félicita Deborah.

— Vous avez peut-être un bureau ?

Lucy Keverne se tourna vers la réception comme si elle passait en revue plusieurs possibilités. Finalement, elle dit :

— Venez avec moi.

Elle la mena au fond du bâtiment où une véranda donnait sur un jardin dont la dimension étonna Deborah. Toutefois, elles ne s'assirent pas sous la véranda, déjà occupée par plusieurs vieux messieurs qui branlaient du chef au-dessus de leur journal tandis que deux autres tapaient le carton dans un coin.

Lucy lui ouvrit la porte-fenêtre. Une fois dehors, elle lui demanda :

— Qui vous a donné mon nom ?

— Qu'importe ? répondit Deborah. Je suis là parce que j'ai besoin d'aide. J'ai pensé que vous étiez peut-être ma solution.

— Pouvez-vous être plus précise ?

— Bien sûr. C'est une question de... Eh bien, cela fait des années que j'essaye d'avoir un enfant. Pour finir, on m'a dit que je ne pourrais jamais mener une grossesse à terme.

— C'est très dur. Je suis désolée pour vous. Mais en quoi pensez-vous que je pourrais vous être utile ?

— Je vous ai vue entrer au centre George Childress avec une autre femme. Ensuite je vous ai suivie jusqu'ici en espérant pouvoir vous parler.

Une expression de méfiance se peignit sur les traits de Lucy. Le danger guettait, se dit Deborah. Elles communiquaient dans un langage codé, et pour le moment dans la plus stricte légalité. Mais un petit écart, et elles risquaient de passer du mauvais côté de la loi.

— Nous étions deux, fit remarquer Lucy. Pourquoi me suivre, moi ? Pourquoi pas elle ?

Cette femme n'était pas une imbécile, en tout cas.

— J'ai fait confiance à mon flair.

— Ai-je l'air plus fertile ?

— Plus calme, moins aux abois. Avec l'expérience, on sait reconnaître le manque, le désir cruel... c'est comme un sixième sens... ou une marque génétique. Je ne sais pas. Si vous ne l'avez jamais ressenti, vous ne pouvez pas savoir. Moi, hélas, si.

— Bon, je veux bien vous croire, mais je ne vois toujours pas ce que vous voulez.

La vérité, voilà ce qu'elle voulait ! Deborah décida que le meilleur moyen de l'obtenir, c'était de jouer la carte de sa propre vérité.

— Je cherche une mère porteuse, j'espère que vous pourrez m'aider à en trouver une.

— Quel genre ?

— Il y a différents genres ?

Lucy, s'arrêtant au milieu de l'allée où elles marchaient lentement en direction d'une grande urne qui se dressait à un bout du jardin, croisa les bras sous ses seins et dévisagea pensivement Deborah.

— Vous n'avez pas beaucoup potassé la question, à ce que je vois.

— Apparemment pas.

— Eh bien, il faut vous y mettre. D'abord il y a le don d'ovocytes et le don de sperme. La grossesse par mère porteuse peut se faire avec ses propres ovules et les spermatozoïdes d'un homme, cet homme peut être le père naturel ou bien un donneur. Il y a d'autres cas où la mère porteuse porte un embryon issu de l'imprégnation de l'ovule de la mère naturelle par les spermatozoïdes du père naturel. D'autres variantes sont possibles : ovule d'une donneuse et spermatozoïdes du père naturel, ou encore ovule de la mère naturelle et spermatozoïdes d'un donneur. Si vous tenez vraiment à vous engager dans cette voie, autant vous renseigner sur les modalités... et sur les problèmes légaux qui s'y rattachent.

Deborah hocha pensivement la tête, en espérant être assez convaincante.

— Etes-vous... Faites-vous... Je veux dire, c'est difficile, cette question, quel genre est le vôtre ?

— Je suis donneuse d'ovules. Hum... Habituellement, je les récolte, enfin, on les récolte pour moi.

Une récolte ! Deborah fut parcourue d'un frisson glacé. C'était si froid, si clinique, ou plutôt si... rural. Mais que Lucy ait utilisé l'adverbe « habituellement » incitait à l'optimisme puisqu'il indiquait qu'elle était éventuellement partante pour une autre formule.

— Et la gestation pour autrui ?

— Je n'ai jamais encore été mère porteuse.

— Encore ? Donc, avec cette femme qui vous a accompagnée à l'université...

Lucy soutint le regard de Deborah comme si elle essayait de lire dans ses pensées et répondit avec un temps de retard :

— Je préfère ne pas parler d'elle. C'est confidentiel. Je suis certaine que vous comprenez.

— Bien sûr...

Deborah jugea approprié de se tordre les mains en prenant un air désespéré. Un geste qui lui vint aisément.

— ... Je me suis adressée à plusieurs cliniques, ajouta-t-elle. Toutes m'ont répété qu'en la matière je ne pouvais compter sur l'aide de personne sauf de moi-même. Je veux dire, pour trouver une mère porteuse.

— Oui, c'est exact.

— On m'a dit une amie, une cousine, même sa propre mère. Mais comment voulez-vous que je m'y prenne ? Comment faire ? Chaque fois que je rencontre une jeune femme, je devrais démarrer la conversation par : « Bonjour ! Vous ne voudriez pas porter un enfant pour moi ? »

Soudain, Deborah éprouva le poids d'un véritable désespoir : le sien. Cette fois, c'est du fond du cœur que jaillit la tristesse qui la fit battre des cils pour retenir ses larmes.

— Veuillez m'excuser. Pardon.

Enfin émue, Lucy Keverne posa la main sur le bras de Deborah et l'entraîna vers un banc au bord d'un bassin dont la surface était dentelée de fauve par les feuilles mortes.

— C'est une loi stupide, dit Lucy. Elle a été faite pour empêcher les femmes de procréer en échange d'argent. Normalement, elle protège les femmes. Evidemment, elle a été faite par des hommes. Je trouve ça ironique, entre vous et moi, les hommes qui légifèrent en faveur des femmes. Comme si la plupart du temps ce n'étaient pas eux la source principale de tous nos problèmes.

— Si je puis me permettre, dit à son tour Deborah en fouillant au fond de son sac en quête d'un mouchoir en papier, vous avez dit que vous donniez vos ovules... Alors, si vous connaissiez quelqu'un... Quelqu'un proche de vous... Quelqu'un qui serait dans le besoin... Si ce quelqu'un vous sollicitait... Est-ce que vous...

Une femme hésitant à quémander de l'aide, c'était ainsi que Deborah se figurait que son interlocutrice la voyait. Personne, à son avis, n'oserait poser la question franchement à une inconnue.

Lucy Keverne semblait plus embarrassée que méfiante à présent. De toute évidence, elles touchaient presque du doigt le sujet de ses relations avec Alatea Fairclough. Lucy n'avait-elle pas d'elle-même évoqué les différentes possibilités : Alatea avait besoin d'elle pour ses ovules ou pour porter son enfant. Sinon qu'étaient-elles allées faire au centre George Childress ? Sûrement pas prendre le thé !

— Je vous le répète, je suis donneuse d'ovules. Rien de plus.

— Vous refuseriez de porter l'enfant d'une autre ? insista Deborah en affichant une expression d'espoir extatique.

— Désolée. Oui. Ce serait trop... cela serait trop personnel, oui. Je ne crois pas que j'en serais capable.

— Mais connaîtriez-vous quelqu'un ? Quelqu'un qui serait susceptible de m'écouter ?

Lucy baissa les yeux sur ses bottes. Elégantes, ne put s'empêcher de remarquer Deborah, de facture italienne sans doute. Pas bon marché, en tout cas.

— Vous pourriez consulter les annonces dans le magazine *Conception*.

Deborah réprima un sursaut.

— Des annonces de mères porteuses ? s'exclama-t-elle, comme si elle était sidérée.

— Oh, non. Ce serait illégal. Mais parfois quelqu'un... Vous pourriez trouver une donneuse. Il arrive qu'une femme qui accepte de donner ses ovules soit prête à plus. Ou elle pourrait vous indiquer une tierce personne susceptible de vous aider.

— En portant mon bébé ?

— Oui.

— Ça doit... coûter une fortune !

— Pas plus que n'importe quelle fécondation in vitro. La mère porteuse n'a droit qu'à un dédommagement pour ses frais, ses dépenses. Plus, c'est illégal.

— En d'autres termes, il faut trouver une femme douée d'une compassion hors du commun. Une femme prête à endurer un accouchement puis à abandonner son bébé à une autre. Ce doit être très rare.

— En effet. Voilà tout ce que je peux faire pour vous, en tout cas, déclara Lucy Keverne en se levant et en tendant la main à Deborah. J'espère que j'ai pu vous être utile.

Dans un sens, elle l'avait été. Mais Deborah était loin de toucher au but. Néanmoins, elle se leva à son tour et remercia chaleureusement la jeune femme. Elle en savait quand même plus long maintenant qu'à son arrivée. Mais le rapport avec la mort de Ian Cresswell, s'il en existait un, demeurait tout à fait mystérieux.

Victoria
Londres

Armée du nom de Raul Montenegro, Barbara Havers reprit ses recherches avec l'impression de progresser enfin. En un rien de temps, elle fit surgir du cyberespace la photo du personnage accompagnée d'un article, hélas, en espagnol. Quelques clics plus loin, elle finit par tomber sur Alatea Vasquez y del Torres. Une vraie beauté, celle-là. On aurait dit une star de cinéma sud-américaine. Mais que faisait une belle fille comme elle au bras de ce type qui ressemblait en tout point à un crapaud, verrues comprises ?

Le fameux Raul Montenegro mesurait en effet une bonne tête de moins qu'Alatea et accusait une petite trentaine d'années de plus. Poitrine velue à la Elvis et bouton sur le nez de la taille du Portugal, il n'en souriait pas moins d'un sourire satisfait, sans doute, pensa Barbara, parce qu'il était l'heureux amant de la jeune femme pendue à son bras. Ce n'était qu'une supposition, bien sûr. Pour la vérifier, il n'y avait qu'un seul moyen.

Elle imprima la page, exhuma de son fourre-tout son téléphone portable et appela Azhar à l'université.

Il était d'accord pour l'aider, lui assura-t-il gentiment, car rien ne lui était plus facile que de lui présenter un hispaniste.

Barbara lui proposa de le retrouver dans le quartier de Bloomsbury. Azhar lui répliqua qu'il la rappellerait pour prendre rendez-vous. Il avait besoin d'un peu de temps pour trouver la personne apte à traduire son document. Où était-elle en ce moment ?

— Dans les entrailles de la bête, l'informa-t-elle.

— Ah, fit-il, au boulot, je vois. Ne serait-il pas plus avisé que l'on vienne vous voir ?

— Tout le contraire, répliqua Barbara. Ici, le sauve-qui-peut est de rigueur.

Il lui promit de la tenir au courant, sachant que leur rendez-vous devait avoir lieu ailleurs qu'au Yard, et ajouta :

— Il faut aussi que je vous présente toutes mes excuses.

— Pourquoi ? s'étonna Barbara.

Puis la mémoire lui revint.

— Oh, ah, oui, eh bien, les disputes, ça arrive à tout le monde... La vie à deux... On veut toujours croire que l'amour suffit. C'est la faute à la littérature et au cinéma, toutes ces fins heureuses. Je n'y connais pas grand-chose, mais il me semble que la voie du grand-amour-qui-dure-toujours est bourrée d'ornières. La sagesse, me semble-t-il, est de faire avec ce qu'on a, même si c'est compliqué. C'est vrai, qu'est-ce qu'il vous reste à la fin sinon ce que vous partagez avec les autres ?

Azhar gardait le silence. Dans le fond, Barbara entendait des bruits de vaisselle et de conversation. Elle avait dû le surprendre à la cafétéria ou au restaurant. Ce qui lui rappela qu'elle n'avait pas mangé.

Finalement, il répéta :

— Je vous rappelle le plus vite possible.

— Parfait. Et, Azhar... ?

— Hum ?

— Merci pour votre aide.

— Pour vous, c'est toujours un plaisir, Barbara.

Ils raccrochèrent. Barbara, soudain en appétit, se tâtait : fallait-il risquer une nouvelle rencontre avec la commissaire intérimaire en se rendant à la cafétéria pour consommer un plat chaud ou en faisant un saut au distributeur de sandwichs ? N'était-il pas plus raisonnable de quitter le Yard et d'attendre l'appel d'Azhar dans un café ? Sans compter qu'elle avait aussi très envie d'une cigarette. Et pour fumer, elle devait se couler en catimini dans la cage d'escalier, en espérant ne pas être prise en flagrant délit de tabagisme, ou bien sortir carrément du bâtiment. Ah, les affres de l'indécision ! se lamenta Barbara. Finalement, elle se résigna à se serrer la ceinture et à approfondir sa recherche sur Raul Montenegro.

Bryanbarrow
Cumbria

Tim accepta l'idée d'aller à l'école sans râler pour la seule raison que Kaveh serait bien obligé de l'y conduire. C'était le seul moyen de lui parler en privé. Car il n'était pas question qu'il lui dise ce qu'il avait à lui dire si Gracie se trouvait dans les parages. Sa petite sœur avait déjà été assez secouée comme ça. Elle n'avait pas besoin d'entendre, en plus, que Kaveh avait l'intention d'installer à la ferme Bryan Beck une épouse et des parents, ce qui à terme se traduirait par l'élimination des agents perturbateurs dénommés Cresswell.

À la grande surprise de Kaveh, il se leva même en avance et prépara ses affaires en vue de ses cours au collège Margaret Fox, accueillant des cas désespérés tels que le sien. Il aida Gracie avec son petit déjeuner, lui fit un sandwich thon-maïs qu'il emballa avec une pomme, un sachet de chips et une banane. Elle le remercia de cet air grave dont elle ne se départait pas depuis qu'elle était en deuil de Bella. Au lieu de manger, il se glissa dans le jardin afin de déterrer le cercueil de la poupée et fourra cette dernière dans son sac à dos dans l'intention de la faire réparer à Windermere. Il remit de la terre sur la boîte vide en prenant soin de laisser la tombe dans le même état. Puis il rentra et eut tout juste le temps d'engloutir une tartine de Marmite avant le départ.

Tant que Gracie se trouvait dans la voiture, il resta muet. Après qu'ils l'eurent déposée à l'école primaire de Crosthwaite, il attendit la vallée de la Lyth. En guise d'entrée en matière, se tournant de côté, il s'appuya de l'épaule contre la portière et regarda Kaveh. Une image lui vint alors à l'esprit, celui du corps nu de cet homme se faisant bourrer par son père, leurs peaux luisantes de sueur dans la pénombre de la chambre. Sauf que cette image n'était pas sortie de son imagination, c'était un souvenir. Il avait tout vu par l'entrebâillement de la porte, il avait été le témoin de ce moment d'extase et d'effondrement, où son père avait poussé un cri et invoqué Dieu. La scène avait écœuré Tim, le remplissant de haine et d'horreur. Mais contre toute attente elle avait aussi fait vibrer en lui autre chose, car à la vérité, l'espace d'un court instant, son sang avait bouillonné et la chaleur s'était répandue dans tout son corps. Si bien qu'il s'était ensuite coupé avec son canif et avait versé du vinaigre sur la plaie pour laver son sang du péché.

Il comprenait mieux à présent. Kaveh était jeune et beau. Sans doute irrésistible pour un homme avec les penchants de son père, même si, comme cela semblait être le cas, Kaveh n'avait finalement pas tout à fait les mêmes penchants, ou pas au même degré.

Alors qu'ils roulaient vers Winster, Kaveh jeta un coup d'œil à Tim. La haine rendait l'air irrespirable.

— Tu t'es levé ce matin pour l'école, je te félicite, Tim. Ton papa aurait été content.

— Papa est mort.

Kaveh se tut. Il jeta un deuxième coup d'œil au garçon, très bref, la route étant trop étroite et sinueuse pour qu'il puisse se permettre de l'observer plus longtemps et de tenter de prévoir ses réactions.

— Ce qui t'arrange drôlement.

— Comment ça ? dit Kaveh.

— Que papa soit mort. C'est drôlement chouette pour toi.

Ce fut au tour de Kaveh de l'étonner. Alors qu'ils approchaient d'un endroit où l'accotement était un peu dégagé, il donna un coup de volant et appuya à fond sur le frein. C'était l'heure de pointe. Un conducteur klaxonna et fit un geste obscène, mais Kaveh ne le remarqua même pas, ou alors, il s'en fichait.

— Qu'est-ce que tu racontes ?

— Papa, sa mort, c'est génial pour toi.

— C'est bien ce que j'ai entendu. Qu'est-ce que c'est que cette histoire ?

Tim se tourna et regarda par la fenêtre. Le spectacle était plutôt sans intérêt. Un muret de pierres sèches hérissé de fougères dressées telles des plumes sur le chapeau d'une dame. Il y avait sûrement des moutons dans le champ derrière, mais on ne les voyait pas. Au loin, il distinguait la silhouette des *fells* que surmontait une vaporeuse couronne de nuages.

— Je t'ai posé une question. Réponds-moi, s'il te plaît, insista Kaveh.

— Je suis pas obligé. Ni à personne d'ailleurs.

— Si, quand c'est toi qui portes des accusations, répliqua Kaveh. Et c'est ce que tu viens de faire. Essaye toujours de prétendre le contraire, ça ne marchera pas. Alors, pourquoi m'avoir dit ça ?

— Et toi, pourquoi tu ne continues pas à rouler ?

— Parce que, comme toi, je ne suis pas obligé.

Maintenant que Tim avait ce qu'il avait cherché, à savoir la confrontation, il n'était plus trop sûr de la vouloir vraiment. Il se retrouvait enfermé dans une voiture au milieu de nulle part avec un individu pour qui son père avait fichu en l'air la vie de sa famille. N'était-ce pas une situation dangereuse ? Si Kaveh Mehran avait été capable de venir jusque chez eux le jour de son anniversaire pour dicter les règles d'un nouveau jeu, n'était-il pas capable de tout ?

Non, se dit Tim, il n'aurait pas peur, parce que si quelqu'un avait de quoi avoir peur, c'était Kaveh Mehran. Ce menteur, ce tricheur, ce dégueulasse, et pire encore.

— C'est pour quand le mariage, Kaveh ? Et qu'est-ce que tu vas dire à la mariée ? Tu vas la mettre au courant de ce que tu es venu fabriquer dans ce pays ? Ou c'est pour cette raison que tu vas te débarrasser de Gracie et de moi ? Je pense pas qu'on sera invités au mariage. Ce serait trop. N'empêche que Gracie aimerait sûrement être demoiselle d'honneur.

Tim, qui s'attendait à se faire rabrouer, fut un instant déconcerté par le silence de Kaveh. Mais sans doute était-il en train de concocter une méchanceté, d'autant qu'il devait se demander par quel moyen tordu Tim avait obtenu cette information.

— Tu as annoncé la bonne nouvelle à maman ? Enfin, cela m'étonnerait que ça lui fasse plaisir, ironisa Tim.

Ce qui le troublait le plus, c'étaient ses propres sentiments, ou plutôt une sensation qui l'habitait, l'envahissait, lui tordait les tripes, une sensation dont il avait très envie de se débarrasser et qu'il se refusait à nommer. Il détestait cela, que les autres puissent provoquer chez lui pareille réaction. Que n'importe quoi ait le pouvoir de l'émouvoir à ce point. Il aurait voulu être semblable à une surface lisse où tout glisse telle la pluie sur une plaque de verre et le fait qu'il n'y arrivait pas et qu'il ne paraissait pas près d'y arriver... C'était aussi pénible que la sensation elle-même. Comparable à une espèce de damnation : un enfer où il était à la merci de n'importe qui et où pas une âme n'était à sa merci à lui.

— Gracie et toi vous serez mieux avec votre mère, déclara Kaveh, choisissant manifestement la facilité. J'étais heureux de vous avoir auprès de moi. Je serais ravi de continuer à vous av...

— Mais ta femme sera moins ravie, le coupa Tim d'un ton méprisant. Et tes parents aussi. Il ne faudrait pas qu'on se marche sur les pieds dans la maison, hein ? C'est trop génial pour toi, tout ça, pas vrai ? On dirait presque que tu l'avais prévu.

Kaveh, devenu aussi immobile qu'une statue, remua les lèvres pour laisser tomber :

— De quoi tu parles au juste ?

C'était ce qu'il y avait derrière les paroles qui était surprenant. La menace. Oui, Tim percevait nettement la colère de

Kaveh. Et la colère n'était-elle pas la source de tous les dangers ? Si elle s'emparait d'un enfoiré comme Kaveh, jusqu'où pouvait-elle l'entraîner ? Mais il s'en foutait, après tout. Qu'il fasse ce qu'il voulait, au point où il en était, de toute façon.

— Je sais que tu vas te marier. Vu que de l'avoir pris dans le cul avec un gars t'a rapporté ce que tu voulais, tu peux te permettre de passer à autre chose. Te retrouver avec Bryan Beck, ç'a été plutôt bien payé, pas vrai ? Maintenant tu peux emménager avec bobonne et les mioches. Seulement tu peux pas te permettre que j'ouvre ma gueule devant ce joli monde. Qu'est-ce que diraient tes parents ? « Qu'est-ce que c'est que ces histoires entre toi et les mecs, mon petit Kaveh ? » Et moi, je te dis : Pourquoi tu t'es accroché à papa ? Pourquoi après tu vas courir après une nana ? T'as le trou du cul qui ramollit ou quoi ?

— Tu ne sais pas ce que tu dis, répliqua Kaveh en se tordant le cou afin d'observer le défilé incessant de voitures.

Il mit son clignotant pour signaler son intention de se remettre dans le flot.

— Je te parle de ce que papa te faisait tous les soirs, encore et encore. Tu crois qu'une nana va vouloir d'un mari qui l'a pris autant dans le cul ?

— « Tous les soirs encore et encore… », répéta Kaveh, le front plissé. « Le prendre dans le cul ». Mais tu parles de quoi, là, Tim ?

Alors que la voiture se rapprochait du bord de la chaussée, Tim se pencha et tourna la clé de contact pour couper le moteur.

— Toi et papa, vous baisiez ensemble. C'est de ça que je parle.

Kaveh prit un air éberlué.

— Baiser… Mais qu'est-ce que t'as dans la tête ? Tu es dingue ou quoi ? Que ton père et moi… ?

Il ajusta son siège, comme s'il cherchait à s'installer plus confortablement afin de deviser avec Tim.

— … Ton père était un grand ami, Tim, un ami très cher. J'avais pour lui beaucoup d'estime et nous avions l'un pour l'autre une véritable amitié. Mais de là à insinuer qu'il y aurait eu plus que ça... Que lui et moi... Tu penses vraiment que nous étions des amants homosexuels ? Comment es-tu arrivé à une conclusion pareille ? J'étais son locataire, un point c'est tout. Tu le sais parfaitement, d'ailleurs.

Tim dévisagea Kaveh. Imperturbable, il mentait avec un tel aplomb, une telle élégance que Tim était sur le point de croire que tout le monde, lui-même compris, s'était trompé du tout au tout concernant Kaveh et le père de Tim, et surtout leurs rapports à tous les deux. Mais Kaveh oubliait que Tim avait été présent le soir où son père avait déclaré son amour pour Kaveh Mehran à sa femme. Et Tim avait vu son père avec Kaveh. Il connaissait la vérité.

— Je vous ai vus, dit-il. Par la porte entrebâillée. Tu le savais pas, dis ? Ça change tout. Toi t'étais à quatre pattes et papa... Vous aviez l'air de prendre votre pied. J'ai bien regardé. Alors, d'accord ! Je vous ai espionnés !

Kaveh détourna un instant la tête, puis il laissa échapper un soupir. Tim s'attendait à ce qu'il soit furieux et lui enjoigne, s'il te plaît, de ne rien dire à sa famille. Mais Kaveh, une fois encore, se révéla imprévisible.

— J'avais le même genre de rêves à ton âge, lui dit-il. Ils sont tellement vrais qu'on a l'impression d'avoir vécu ces événements. Ce sont les rêves qu'on fait juste avant de se réveiller, au moment où notre corps effectue la transition entre sommeil et veille. Les gens se laissent parfois tellement captiver par leur côté réel qu'ils pensent avoir été enlevés par des extraterrestres ou croient qu'il y avait quelqu'un dans la chambre, par exemple. Parfois, ils sont persuadés qu'ils ont eu un rapport sexuel avec un parent ou un professeur ou même leur conjoint. Pourtant, ils étaient bel et bien endormis. Tu l'étais, bien entendu, quand tu nous as vus, ton père et moi.

Les yeux écarquillés de stupéfaction, Tim se passa la langue sur les lèvres avant de riposter. Kaveh le devança.

— Si tu nous as vus ton père et moi dans une position, hum, sexuelle, c'est tout simplement parce que tu es un adolescent, Tim. A quatorze ans, un garçon est une boule de désir, il est bombardé d'hormones. Son corps se métamorphose. Il a souvent des rêves sexuels pendant lesquels il lui arrive d'éjaculer. Si personne ne lui a rien expliqué, il se peut qu'il ait honte. Mais ton papa t'a bien expliqué comment ça marche, n'est-ce pas ? En tout cas, il aurait dû. Ou bien ta mère ?

Tim sentit une décharge électrique lui vriller les poumons, le cerveau et le centre de ce qu'il savait être sa personne, et non le centre de la personne que Kaveh voulait qu'il soit.

— Espèce de menteur ! s'exclama-t-il.

Horreur et consternation, des larmes jaillirent de ses yeux. Kaveh allait à tous les coups s'en servir contre lui. Il comprenait à présent comment les choses allaient tourner quoi qu'il fasse, quelles que soient les menaces qu'il profère, quoi qu'il dise à qui que ce soit, mais surtout aux parents de Kaveh et à sa future épouse.

Nul autre que lui n'allait ouvrir les yeux de tous ces gens sur les agissements de Kaveh. En outre, les proches de Kaveh ne seraient pas enclins à prendre au sérieux des accusations proférées sans l'ombre d'une preuve à l'appui. Sans compter que Kaveh était le roi des menteurs. Un gigolo. Un arnaqueur. Tim aurait beau crier la vérité sur les toits, Kaveh réussirait à retourner ses paroles contre lui.

Vous êtes priés d'excuser le petit Tim, dirait-il avec componction. Ne l'écoutez pas, ne faites pas attention à lui, c'est un provocateur. Il fréquente d'ailleurs une école spéciale pour enfants perturbés. On ne sait jamais ce qu'il va encore inventer... L'autre jour, il a déchiqueté la poupée préférée de sa petite sœur. Ah, et il n'y a pas longtemps non plus, je l'ai trouvé en train de lapider les canards du ruisseau...

Bien entendu, les gens le croiraient. D'abord, parce que les gens croient ce qu'ils veulent et ce qui les arrange. Ensuite, Kaveh possédait le don de la persuasion. On aurait dit qu'il avait tout prévu depuis le début, depuis le jour où il avait croisé le regard de son père.

Tim empoigna d'une main la poignée et de l'autre son sac à dos. D'un coup d'épaule, il ouvrit la portière.

— Qu'est-ce que tu fais ? s'écria Kaveh. Reste là. Tu vas à l'école.

460

— Et toi, va te faire voir en enfer !

D'un bond, Tim fut dehors. Il claqua la portière derrière lui.

Victoria
Londres

Raul Montenegro ouvrait une multitude de pistes, constata Barbara Havers. Au bout d'une heure ou plus à suivre des liens comportant ce nom, elle avait récolté une telle quantité d'articles divers à son sujet qu'elle tenta de les classer suivant un ordre d'intérêt. Tous les textes étaient en espagnol, mais comme certains mots ressemblaient à de l'anglais, Barbara était parvenue à deviner que Montenegro était une pointure dans le monde industriel, en particulier dans le business du gaz naturel au Mexique. Par ailleurs, il semblait qu'Alatea Fairclough, née Alatea Vasquez y del Torres, avait migré d'Argentine au Mexique pour des raisons qui demeuraient brumeuses. Soit elle était originaire d'une ville inconnue de Barbara, soit, ce qui était probable étant donné la réaction de la dame argentine avec qui elle avait essayé de communiquer au téléphone, elle venait de Santa Maria de la Cruz, de los Angeles, y de los Santos, ville dont elle s'était enfuie. Peut-être appartenait-elle à la famille élargie du maire, une nièce, une cousine, ou, ce qui était sans doute l'explication la plus probable, l'épouse d'un des cinq fils. Ce qui justifierait les interjections truffées de *quiénes* et de *dondes* à l'autre bout du fil lors de sa conversation téléphonique. Alatea avait-elle fui un mariage malheureux ? Dans ce cas, le mari, mettons le fils du maire, aurait bien voulu savoir où elle avait échoué. Surtout, songea Barbara, si la dissolution du mariage n'avait pas été prononcée.

Tout cela n'était que des suppositions, bien sûr. Pourvu qu'Azhar lui trouve quelqu'un capable de traduire tout cet espagnol. Il ne l'avait pas encore rappelée. Aussi s'obstina-t-elle à suivre ses liens tout en se jurant de demander à Winston Nkata de lui donner un cours en cybernavigation.

461

Elle apprit aussi que Raul Montenegro roulait sur l'or. Une information qu'elle pêcha sur le site Web de ¡ *Hola !*, la matrice d'où sortait le magazine anglais *Hello !* L'un autant que l'autre consacraient leurs pages aux images sur papier glacé de célébrités de tout acabit, dont la majorité était non seulement pourvue d'une dentition d'une blancheur si éblouissante qu'il valait mieux chausser des verres solaires pour les contempler, mais aussi d'une garde-robe à la pointe de la mode. Elles posaient dans leurs somptueuses demeures ou bien, quand leur cadre de vie n'était pas assez *classe* pour les « lecteurs », dans des hôtels cinq étoiles au moins. Mais si les deux magazines avaient en commun des sujets comme les stars de cinéma et quelques têtes couronnées parfois obscures, ¡ *Hola !* se spécialisait dans les personnalités en vue en Espagne et dans les pays où l'on parlait espagnol. Le Mexique figurait ainsi en bonne place : Raul Montenegro, et son nez effrayant, vous ouvrait la porte de sa villa située quelque part sur un rivage mexicain où abondaient palmiers, plantes multicolores et jeunes personnes des deux sexes, volontaires pour buller autour de sa piscine. Il y avait aussi des photos de lui aux commandes de son yacht, entouré de quelques membres de son équipage juvénile strictement mâle, prenant la pose, moulés dans des pantalons blancs et des tee-shirts bleus. Ce que Barbara déduisit de toute cette documentation, c'était que Raul Montenegro était amateur de jeunesse et de beauté. Aussi bien chez lui que sur son yacht, on ne décelait la présence que de créatures au pire superbes, au mieux sublimes. D'où, se demandait-elle en contemplant ces créatures, pouvaient-elles bien provenir ? Nulle part ailleurs on ne pouvait trouver en aussi grand nombre des corps bronzés, souples, sveltes et forcément appétissants, ou alors dans un studio de cinéma pendant une audition. D'ailleurs, ils avaient tous l'air d'auditionner pour quelque chose, et Barbara n'avait pas beaucoup de doutes sur leur attente : le chant des sirènes, c'était l'argent. Et si Raul Montenegro paraissait avoir une qualité, c'était bien celle de nager dans le fric.

Un détail remarquable : Alatea Fairclough, née... la ribambelle de ses autres noms, n'était en vue dans aucune des
pages de ¡ Hola !. Barbara compara les dates de parution du
magazine avec la date de l'article qui accompagnait la photo
d'Alatea au bras de Montenegro. Les premières étaient anté-
rieures. Barbara se figura que Montenegro avait bridé ses ins-
tincts une fois sous le charme d'Alatea. Après tout, cette
femme était du style à pouvoir émettre un ultimatum : Tu me
veux ? Alors, débarrasse-toi des autres. Sinon, j'irai voir
ailleurs.

Ce qui ramena Barbara à ce qui s'était passé à Santa Maria
de la Cruz, de los Angeles, y de los Santos, un mystère qu'elle
devait élucider. Une fois qu'elle eut imprimé l'article de
¡ Hola !, elle reprit ses recherches sur le maire Esteban Vega y
de Vasquez de Santa Maria di tout le reste. Contez-moi votre
histoire, señor. Au point où elle en était, tout était acceptable.

Lac Windermere
Cumbria

— J'ai retiré Barbara Havers de... dois-je dire « ton
affaire », Thomas ?

Lynley s'était rangé sur le bas-côté pour prendre l'appel sur
son portable alors qu'il était en route vers Ireleth Hall afin de
mettre Bernard Fairclough au courant des dernières conclusions de Saint James.

— Isabelle, soupira-t-il. Tu es furieuse. Et non sans raison.
Je suis désolé, vraiment.

— Oui, bon. Nous le sommes tous les deux. Au fait, Barbara s'est permis d'enrôler Winston. Je dois te remercier pour
ça aussi ? J'y ai mis un terme, mais je ne suis pas enchantée
de les avoir trouvés tous les deux, joue contre joue, devant
l'ordinateur du douzième étage.

Lynley baissa la tête et regarda ses mains sur le volant de
la Healey Elliott. Il portait toujours son alliance. Pendant
tous ces mois depuis la mort de Helen, pas une fois il ne lui
était venu l'idée de l'ôter. Un anneau d'or tout simple,

gravé à l'intérieur de leurs initiales et de la date de leur mariage.

Plus que n'importe quoi au monde, il aurait voulu qu'elle lui revienne. Ce désir allait continuer à gouverner sa vie jusqu'au moment où il serait enfin capable de lâcher prise et d'accepter sa mort. Même quand il se trouvait avec Isabelle, Helen était présente, son esprit était là, ou plutôt l'essence charmante de qui elle avait été. Ce n'était la faute de personne, et encore moins d'Isabelle. C'était tout bonnement l'inéluctable état des choses.

— Non. Je n'ai pas requis l'aide de Winston. Je t'en prie, Isabelle, ne t'en prends pas à Barbara. Elle essaye seulement de me procurer quelques renseignements.

— Pour cette affaire dans le Cumbria.

— Tout à fait. Je me suis dit, comme elle avait des congés en retard...

— Je sais ce que tu t'es dit, Tommy.

Il sentait bien qu'Isabelle était à la fois froissée et vexée de se sentir froissée. En général, quelqu'un dans cette situation avait tendance à se défouler sur autrui. Conscient de cette faiblesse bien humaine, il voulait en l'occurrence l'éviter. Peut-être comprendrait-elle...

— Personne n'a jamais rien voulu faire dans ton dos, dit-il.

— Et qu'est-ce qui te fait croire que j'ai cette impression ?

— Parce qu'à ta place c'est ce que je me dirais. C'est toi le patron. Pas moi. Je n'ai aucun droit de donner des ordres à tes hommes. Mais, crois-moi, si j'avais eu un autre moyen de me procurer ces informations rapidement, je m'en serais servi.

— Mais il y en avait un, Tommy, c'est bien ce qui me tracasse... que tu ne l'aies pas vu et que tu ne le voies toujours pas.

— J'aurais pu venir te trouver. Mais non, Isabelle. Tu oublies les ordres de Hillier. Il m'a confié l'affaire, personne ne doit être mis au courant.

— Personne.

— Tu penses à Barbara. Mais je ne lui ai rien dévoilé. Elle a tout découvert seule, parce que j'ai été obligé de lui donner le nom de Bernard Fairclough et des détails sur ce que je voulais qu'elle trouve pour moi, à Londres, pas dans le Cumbria. Dès qu'elle a commencé à se renseigner, elle a compris. Maintenant, qu'aurais-tu fait à ma place ?

— J'aime à croire que je t'aurais fait confiance.

— Parce qu'on est amants ?

— Oui, sans doute.

— Mais cela n'a pas de sens, Isabelle, réfléchis.

— Je ne fais que ça. Et c'est ce qui pose problème, comme tu peux imaginer.

— Je sais.

Il ne savait que trop bien, en effet, et préférait ne pas s'attarder sur le sujet. Sans doute à cause du néant de sa vie sans Helen. L'homme était un animal social et à ce titre il fonctionnait mal lorsqu'il se retrouvait isolé. D'un autre côté, il se racontait peut-être des histoires et cela pouvait s'avérer dangereux aussi bien pour lui que pour Isabelle. Il s'entendit néanmoins répliquer :

— Il doit obligatoirement y avoir une séparation, non ? Il faut que les deux soient bien distincts, notre travail à la Met et ce que nous sommes l'un pour l'autre lorsque nous nous retrouvons seuls tous les deux. Si tu décroches le poste de commissaire permanent, il va y avoir des moments où tu auras des informations – transmises par Hillier ou quelqu'un d'autre – qu'il ne sera pas question que tu partages avec moi.

— Je les partagerai quand même.

— Non, Isabelle. Tu ne le feras pas.

— Et toi, tu l'as fait ?

— Fait quoi ? Qu'est-ce que tu veux dire ?

— Je veux parler de Helen, Tommy. Tu as partagé des informations avec Helen ?

Quelle explication lui donner ? Il n'avait jamais à dire quoi que ce soit à Helen, pour la simple raison que Helen devinait toujours tout. Elle s'approchait de lui quand il était dans son bain, versait quelques gouttes d'huile essentielle au creux de ses paumes et lui massait les épaules en murmurant : « Ah, David Hillier a encore frappé ? Vraiment, Tommy, jamais aucun anobli n'a eu autant les chevilles qui enflent. » Alors, soit il la mettait au courant, soit il se taisait, peu importait à Helen. Le contenu de ses paroles comptait peu pour elle. Seul importait à ses yeux *qui* il était.

Cette souffrance, ce manque qu'il avait d'elle, comme il le détestait. Il supportait le fait d'avoir été celui qui avait décidé que la vie de sa femme – maintenue artificiellement – était terminée. Il supportait l'idée qu'elle ait emporté leur enfant avec elle dans la tombe. Il commençait à accepter l'horreur de cette mort provoquée par un geste meurtrier gratuit. Mais le vide que sa disparition avait ouvert en lui... Il le haïssait tellement que par moments il en venait presque à haïr Helen !

— Qu'est-ce que je dois comprendre de ton silence ? dit Isabelle.

— Rien. Rien du tout. Je réfléchissais.

— Et ta réponse ?

En vérité, il avait oublié la question.

— A quoi ?

— Helen.

— J'aimerais qu'il y en ait une. Si je savais, je te la donnerais.

Et tout à coup, elle effectua une de ces volte-face dont elle était coutumière et qui tout à la fois le désarçonnaient et le séduisaient.

— Pardonne-moi, Tommy. Je n'ai pas le droit. Tu n'as pas besoin de ça en plus. De toute façon, je n'aurais pas dû t'appeler, j'ai tellement d'autres tâches en cours... Ce n'est pas le moment de discuter. J'étais furieuse à cause de Winston et je n'ai pas à te le faire payer. On parlera plus tard.

— Oui.

— Sais-tu quand tu vas rentrer ?

C'était justement la grande question du moment, songea-t-il. Il regarda dehors. L'A592 traversait une zone boisée et c'était une véritable forêt qui paraissait descendre jusqu'au bord du lac Windermere. Quelques feuilles se cramponnaient encore aux érables et aux bouleaux. Une bonne bourrasque, et il ne resterait plus que les branches nues.

— Bientôt, je pense. Demain, peut-être. Ou après-demain. Simon était ici avec moi. Il a terminé son travail. Deborah est toujours sur une piste, en revanche. Je ne peux pas partir avant qu'elle ait fini. Cela n'a sans doute aucun lien avec l'affaire, mais elle est têtue comme une mule. Je ne peux pas la laisser ici toute seule au cas où cela tournerait mal.

Elle réagit avec un temps de retard, aux prises avec un débat intérieur. Lorsqu'elle reprit la parole, Lynley chercha à se persuader, en vain, qu'elle n'avait pas pris sur elle pour répondre :

— C'est bien qu'ils aient pu t'aider, Tommy.

— En effet.

— On se reparle à ton retour.

— Oui.

Ils raccrochèrent. Lynley demeura un moment immobile, les yeux dans le vague. Il y avait un tri à faire dans sa tête et il savait qu'il devait s'y atteler. Mais pour le moment, il se trouvait dans le Cumbria et il y avait un tri à faire dans la réalité.

A Ireleth Hall, le portail était grand ouvert. Garée devant le perron, une des deux voitures qu'il avait aperçues à Great Urswick. La fille de Fairclough, Manette.

Elle n'était pas venue seule. Son ex-mari l'accompagnait. Lynley les trouva avec les parents de Manette dans le grand salon où ils se remettaient manifestement tant bien que mal d'une visite de Nicholas. Lynley échangea un regard avec Fairclough, mais c'est Valerie qui prit la parole :

— Je crains que nous n'ayons pas été d'une franchise totale avec vous, inspecteur. On dirait que l'instant de vérité a sonné.

Lynley fixa Fairclough. Celui-ci détourna les yeux. Ainsi, pour une raison qu'il ignorait encore, il avait été manipulé ! Une colère froide s'empara aussitôt de lui.

— Si vous aviez l'amabilité de m'expliquer, dit-il à Valerie.

— Bien sûr. C'est à cause de moi que vous êtes ici, inspecteur. Personne ne le savait, sauf Bernard. Et maintenant Manette, Freddie et Nicholas.

L'espace d'un instant, Lynley crut que cette femme avouait avoir assassiné le neveu de son mari. Le cadre était approprié, il correspondait à un genre littéraire vieux de plus de cent ans, ces enquêtes au presbytère et autres meurtres dans la bibliothèque que l'on trouvait en format poche dans toutes les gares de chemin de fer du pays. Il était bien en peine de deviner ce qu'elle allait confesser, mais aussi il n'avait jamais compris comment les personnages de ces romans pouvaient rester tranquillement assis dans un salon pendant que le héros leur démontrait par quelle méthode il en était arrivé à la conclusion que l'un d'eux était le coupable. Jamais personne ne réclamait son avocat au milieu de ces élucubrations. C'était des plus curieux.

Valerie ne le laissa pas dans le brouillard longtemps, sûrement parce qu'elle avait lu son trouble sur son visage. Ce n'était pas compliqué : C'était elle et non son mari qui avait souhaité une enquête plus approfondie sur la mort de Ian Cresswell.

Cela expliquait pas mal de choses, songea Lynley, compte tenu notamment de tout ce que la vie privée de Fairclough avait révélé. Mais tout n'était pas pour autant réglé. La question du pourquoi restait encore sans réponse. Pourquoi Valerie et non Bernard ? Et aussi, pourquoi se donner cette peine, parce que si lui, Lynley, concluait à un meurtre, il y aurait de fortes chances qu'il ait été commis par un membre de la famille.

— Je vois, dit-il tout haut. De toute façon, je ne pense pas que cela soit de la plus haute importance.

Il leur exposa les résultats de son enquête et du rapport d'expert à propos des événements qui s'étaient déroulés sous le hangar à bateaux. Ses propres constatations comme celles de Simon Saint James concordaient avec celles du coroner. La mort de Ian Cresswell était un tragique accident. Il avait joué de malchance. La maçonnerie du quai était usée, certains pavés disjoints. Ceux qui étaient tombés étaient tombés d'eux-mêmes. Si Cresswell était sorti d'un autre bateau, il aurait peut-être seulement trébuché. Mais s'extraire d'un scull n'était pas commode. Son équilibre était déjà instable, alors il avait suffi d'une pierre se délogeant de sa niche de mortier... Il avait plongé, sa tête avait cogné le quai et il avait coulé sans reprendre connaissance jusqu'à ce que mort s'ensuive. Aucune main criminelle n'avait été à l'œuvre.

Lynley marqua une pause, étonné de ne pas entendre son audience pousser à l'unisson un soupir de soulagement, ni de « Dieu merci ! » dans la bouche de Valerie Fairclough. S'ensuivit au contraire un silence prolongé, glacial. Soudain, la lumière se fit dans son esprit : la mort de Ian Cresswell n'était pas la véritable raison de son enquête. A cet instant, la porte s'ouvrit et Mignon Fairclough fit son apparition.

Elle poussait devant elle son déambulateur.

— Freddie, dit-elle, tu peux fermer la porte d'entrée pour moi ?

A l'instant où Freddie McGhie se levait pour obtempérer, Valerie l'arrêta en proférant d'un ton sec :

— Tu peux parfaitement fermer cette porte toute seule, Mignon.

Mignon pencha la tête de côté et coula un regard moqueur à sa mère.

— Très bien.

Elle disparut une minute, puis revint en disant :

— Quelles allées et venues aujourd'hui, mes chéris. Manette et Freddie, comme deux pigeons. Mon petit cœur est tout ému à la pensée des implications. Puis c'est le tour de Nick de débouler en trombe. Après quoi, Nick s'en va sur les chapeaux de roue. Et maintenant voilà notre bel inspecteur de Scotland Yard de nouveau parmi nous, à passer nos vies au peigne fin. Veuillez excuser ma curiosité, maman, papa, mais je n'ai pas voulu être de reste pendant qu'il se passait de grandes choses ici.

— Tu tombes bien, lui dit Valerie. Nous étions justement en train de discuter de l'avenir.

— L'avenir de qui ?

— De tout le monde. Du tien. Je viens d'apprendre que ta pension mensuelle a été considérablement augmentée depuis déjà un bon bout de temps. Eh bien, sache que tu as mangé ton pain blanc. Tu peux dire au revoir à ta pension. Et il n'y a pas de mais.

Une expression de stupéfaction se peignit sur les traits de Mignon. De toute évidence, elle n'avait pas prévu que les événements prendraient un tour pareil.

— Ma chère maman, tu oublies que je suis... handicapée... Je ne peux pas me mettre à la recherche d'un emploi. Tu ne peux pas...

— C'est là que tu te trompes, Mignon. Je peux. Et je vais le faire.

Mignon regarda autour d'elle comme si la cause de ce coup de théâtre se trouvait dans la pièce. Ses yeux se posèrent sur Manette.

— Espèce de salope ! Je n'aurais pas cru ça de toi.

— Mignon, dis donc, intervint Freddie.

— Tu veux que je te dise ce qu'il y avait entre Ian et elle, Freddie ?

— Il n'y avait rien, et tu le sais parfaitement, protesta Manette.

— J'ai une boîte à chaussures bourrée de lettres, ma chérie, quelques-unes un peu carbonisées sur les bords, mais pas toutes, oh, non. Il en reste beaucoup qui sont tout à fait lisibles. Je peux aller les chercher si tu veux. Crois-moi, j'attends ce moment depuis des années.

— C'était un amour d'adolescente. Si tu veux en faire tout un plat, c'est ton problème. Ça ne te mènera pas loin.

— Pas même, ah, je te cite de mémoire : « Jamais je ne désirerai personne autant que toi, Ian chéri, sois mon premier » ?

— Oh, je t'en prie, dit Manette, dégoûtée.

— Je peux continuer. J'ai appris par cœur des passages entiers.

— Et aucun de nous n'a envie de les entendre, l'interrompit Valerie. C'est assez. On arrête là.

— On n'arrête pas là, railla Mignon en se dirigeant vers le canapé où étaient assis sa sœur et Freddie McGhie. Si tu veux bien te pousser un peu, Freddie chéri...

S'il ne voulait pas qu'elle s'assoie sur ses genoux, Freddie était obligé de se déplacer. Il se leva pour se camper devant la cheminée à l'instar de son ex-beau-père.

Lynley sentait le petit groupe de plus en plus uni par une même tension. Chacun était dans l'expectative, sauf qu'aucun ne savait à quelle sauce il serait mangé. Manifestement, Mignon collectionnait depuis des années des informations compromettantes sur sa famille. Jusqu'ici, elle n'avait pas eu à en faire usage, mais cela allait changer. Elle regarda tour à tour sa sœur et son père. Fixant ce dernier avec un sourire, elle déclara :

— Tu sais, je ne pense pas que ma vie va changer tant que ça, maman. Papa ne le pense pas non plus.

Valerie encaissa sans ciller.

— Les virements à Vivienne Tully sont terminés, eux aussi, si c'est à cela que tu fais allusion. Car c'est bien ça, n'est-ce pas, Mignon ? Tu fais chanter ton père. Il ne faut pas s'étonner qu'autant d'argent soit sorti de nos caisses à ton profit.

— Ah, je vois, on tend l'autre joue, ma chère maman. Alors, on en est là ? Tu en es là ? Tu prends son parti ?

— Là où j'en suis avec ton père, comme tu dis, cela ne te regarde pas.

— Il y a un truc qui m'échappe, dit Mignon. Il couche avec Vivienne Tully à Londres, il lui paye un appartement, il mène une double vie… et c'est sur moi que ça retombe parce que j'ai l'élégance de ne pas cafter ?

— Oh, passe-nous les éloges sur la noblesse de ton caractère, rétorqua Valerie.

— Là, là, murmura Freddie.

— Tu sais parfaitement pourquoi tu ne m'as rien dit, reprit Valerie. Cela s'appelle du chantage. Tu as de la chance que je ne te force pas à te mettre à genoux, oui, à genoux, tu n'as absolument rien aux genoux, et à remercier le bon Dieu que je ne demande pas à l'inspecteur de t'arrêter. Sache une bonne fois pour toutes que ce qui concerne Vivienne Tully ne regarde que ton père et moi. Elle n'a rien à voir avec toi. La seule chose qui doit te préoccuper c'est ce que tu vas faire de ta nouvelle vie parce qu'elle débute pas plus tard que demain matin.

Mignon se tourna vers son père et d'un ton péremptoire, à croire que c'était elle la maîtresse du jeu, elle lui lança :

— Alors, tu tiens vraiment à ce que je lui dise ?

— Mignon, chuchota-t-il.

— C'est le moment, papa.

— Arrête, Mignon. Ce n'est pas nécessaire.

— Mais si, ça l'est, au contraire.

— Valerie, prononça Bernard d'une voix enrouée par l'émotion. Il me semble qu'on a fait le tour de la question. Si tu veux bien qu'on s'accorde sur...

Bernard hésita. Lynley songea qu'il avait devant lui un homme qui assistait à l'effondrement de toute une vie, la sienne, qu'il s'était construite à la force des poignets.

— Sur quoi ? s'enquit Valerie, glaciale.

— Soyons charitables. Cette chute quand elle était petite, à la cascade de Launchy Gill. Elle ne s'en est jamais remise. Tu sais parfaitement qu'elle n'est pas capable de gagner sa vie.

— Elle est tout aussi capable que moi, intervint Manette. Tout aussi capable que n'importe qui dans cette pièce. Franchement, papa, maman a raison, mon Dieu, il est temps de mettre un terme à cette mascarade. Jamais fracture du crâne n'a coûté aussi cher, vu la façon dont Mignon en a tiré profit.

Valerie ne quittait pas des yeux son mari. Lynley remarqua qu'un peu de sueur perlait au front de Fairclough. Son désarroi ne passa pas non plus inaperçu pour sa femme, parce qu'elle se tourna vers Mignon et lui ordonna avec un calme féroce :

— Raconte la suite.

— Papa ? fit Mignon.

— Je t'en prie, Valerie. Donne-lui ce qu'elle veut.

— Il n'en est pas question.

— Alors, je pense qu'il est grand temps que nous parlions de Bianca, dit Mignon.

Son père ferma les yeux.

— Qui est Bianca ? demanda Manette.

— Notre petite sœur, répondit Mignon en se tournant vers leur père. Tu as envie d'en parler, papa ?

En entendant Lucy Keverne à l'autre bout de la ligne, Alatea Fairclough fut prise d'une subite angoisse. Il était entendu que Lucy ne lui téléphonait jamais, ni sur son portable ni sur le fixe d'Arnside House. Bien entendu, Lucy avait son numéro, puisqu'elle le lui avait communiqué au départ afin de prêter une apparence de légitimité à une opération qui ne serait jamais légitime. Pourtant, Alatea lui avait d'emblée bien fait comprendre qu'au premier appel elle romprait toute relation avec elle, ce que ni l'une ni l'autre ne souhaitait.

« Et en cas d'urgence ? avait demandé Lucy non sans un certain bon sens.

— Tu téléphones, bien sûr. Mais je ne pourrai peut-être pas engager la conversation.

— On devrait mettre au point un code.

— Pour quoi ?

— Pour me dire que le moment est mal choisi. Mettons, si ton mari est dans la même pièce. Tu ne pourras pas me dire : "Je ne peux pas parler pour l'instant." Ce serait trop évident, non ?

— Oui, bien sûr... Bon, alors, je dirai : "Non, désolée, je n'ai rien commandé." Ensuite, je te rappellerai le plus vite possible. Pas forcément le même jour. Peut-être le lendemain. »

Lucy avait acquiescé. Par la suite elle n'avait eu aucune raison de téléphoner. Peu à peu, la méfiance d'Alatea à l'égard de cette jeune femme avec qui elle s'était embarquée dans cette aventure clandestine s'était estompée. Aussi lorsque Lucy l'appela si peu de temps après leur rendez-vous à Lancaster, Alatea sut qu'il y avait un problème.

Elle ne fut pas longue à comprendre quelle en était la nature. Elles avaient été vues ensemble à l'université, lui annonça Lucy. Au centre George Childress. Sans doute n'était-ce rien d'inquiétant, mais celle qui les avait vues les avait suivies depuis le campus jusqu'au foyer pour les blessés de guerre. Elle cherchait une mère porteuse. Ce n'était pas grand-chose, sûrement, mais ce qui la troublait, c'était qu'elle ait choisi de s'adresser à Lucy plutôt qu'à Alatea.

— Elle a prétendu que tu avais l'air « aux abois », précisa Lucy. Elle a dit qu'elle connaissait bien cet air-là parce qu'elle ressent le même manque. C'est pour ça qu'elle est venue me trouver plutôt que toi.

Alatea avait pris l'appel dans le salon médiéval, au fond de l'alcôve surplombée par la tribune des ménestrels. Elle s'y sentait en sécurité, ayant le choix entre la banquette de fenêtre à une extrémité ou la niche sur le côté de la cheminée. Là, elle se trouvait hors de vue de toute personne pénétrant dans la salle.

Elle était seule. Le coup de téléphone l'avait interrompue dans la lecture d'un ouvrage de décoration où elle puisait des idées pour la restauration du manoir, mais en fait ses pensées se portaient plutôt vers l'évolution de son projet avec Lucy. Elle en passait mentalement en revue les différentes étapes essentielles à sa réussite finale. Dans quelque temps, très bientôt, Lucy Keverne, une dramaturge de Lancaster qui pour joindre les deux bouts travaillait à la fondation Kent-Howath, allait devenir officiellement son amie. A partir de là, les choses deviendraient plus faciles. Même si on ne pouvait espérer la perfection. Il fallait apprendre à accepter l'à-peu-près, à vivre avec...

Dès que Lucy évoqua l'incident, Alatea devina qui était l'indiscrète. Les pièces du puzzle s'assemblèrent d'elles-mêmes : Elle avait été suivie depuis Arnside par la rousse Deborah Saint James.

Au début, les craintes d'Alatea s'étaient cristallisées autour du journaliste. Elle avait vu *The Source* chez le marchand de journaux. Cette presse-là était avide de scandales en tout genre. La première visite du reporter dans le Cumbria avait constitué pour elle une épreuve, la deuxième un supplice. Mais le pire, c'était qu'une photographie d'elle risquait de mener à une découverte. Et avec la rousse, la découverte était imminente, juste de l'autre côté de la porte.

— Tu lui as dit quoi ? s'enquit Alatea en s'efforçant de garder son sang-froid.

— La vérité, mais elle était déjà au courant de presque tout.

— La vérité sur quoi ?

— Sur le mode d'emploi, les variantes, la législation... Au début, j'ai trouvé ça presque normal. Dans un sens, c'était logique. Je veux dire, quand les femmes sont désespérées...

Lucy marqua une pause, hésitante.

— Continue. Quand elles sont désespérées, quoi... ?

— Eh bien, on ne sait jamais jusqu'où elles peuvent aller. C'est pour ça qu'une femme se rendant au centre George Childress pour une consultation aurait parfaitement pu nous apercevoir dans un couloir, ou sortant d'une salle...

— Oui ?

— C'était plausible. C'est comme ça que nous nous sommes rencontrées, nous deux.

— Pas du tout, c'était par une petite annonce.

— Je parle du côté psychologique. Ce sentiment de désespoir. Ce qu'elle m'a décrit. Alors, au début, je l'ai crue.

— Au début, et après ?

— C'est justement la raison de mon appel. Au moment où elle a pris congé, je l'ai raccompagnée jusqu'à la sortie. C'est tout naturel, tu vois. Elle m'a dit au revoir et s'est mise à descendre la rue. Sauf qu'après j'ai jeté un coup d'œil par une fenêtre et je l'ai vue qui rebroussait chemin et remontait vers le foyer. Je me suis dit qu'elle avait encore une question à me poser, mais elle est passée devant l'immeuble et elle est montée dans une voiture.

— Elle avait peut-être oublié où elle l'avait garée, suggéra Alatea, le cœur serré, redoutant que Lucy ne lui réserve une information plus inquiétante encore.

— C'est ce que j'ai pensé, moi aussi. Mais il y avait déjà quelqu'un dans la voiture. Je ne voyais pas bien, mais quand elle s'est approchée, la portière s'est ouverte toute seule, enfin, quelqu'un l'avait poussée de l'intérieur. J'ai bien regardé quand ils sont passés devant moi. Ce n'était pas elle qui était au volant. C'était un homme. C'est là que j'ai trouvé ça vraiment louche. Car si c'était son mari, pourquoi n'étaient-ils pas venus tous les deux me trouver ? Et pourquoi n'avoir pas parlé de lui ? Pourquoi ne pas m'avoir dit qu'il attendait dans la voiture ? A moins qu'il n'ait été là contre sa volonté ? Je n'en sais rien, mais la présence de cet homme en plus de ce qu'elle m'avait raconté...

— Il ressemblait à quoi ?

— Je n'ai fait que l'apercevoir. Mais j'ai préféré t'appeler parce que... Tu sais. On se trouve sur un terrain extrêmement glissant.

— Je peux payer plus.

— Ce n'est pas le problème. On s'est déjà mises d'accord là-dessus. Il ne faut pas me prendre pour plus vénale que je ne suis. Bien sûr, heureusement que je suis payée, mais la somme a été convenue et ce n'est pas mon genre de revenir sur ma parole. Mais je voulais que tu saches...

— Il faut passer à l'action maintenant, et vite !

— C'est justement ce qui m'inquiète. Je voudrais au contraire qu'on lève un peu le pied. Nous devons nous assurer que cette femme ne viendra pas nous mettre des bâtons dans les roues. Peut-être pourrait-on encore attendre un mois ou deux.

— Non ! On était d'accord. On ne peut pas !

— Ce n'est pas raisonnable, Alatea. Ce serait de la folie d'aller trop vite. Ecoute : Une fois qu'on aura vérifié que la visite de cette femme n'était qu'un incident sans importance, on mettra les choses en route. Je prends plus de risques que toi, après tout.

Alatea se sentit soudain engourdie, oppressée, elle avait du mal à respirer.

— Tu me tiens en ton pouvoir, dit-elle à mi-voix.

— Alatea. Il ne s'agit pas de pouvoir. Il ne s'agit que de notre sécurité. La tienne autant que la mienne. Je te rappelle qu'on se prépare à enfreindre la loi, entre autres choses.

— Quelles choses ?

— Rien. Rien. C'est une façon de parler. Bon, je dois retourner travailler. On se reparle dans quelques jours. Jusque-là, tu n'as pas à te faire de souci, d'accord ? Je suis

476

toujours partante. Mais pas tout de suite. Pas tant qu'on n'a pas tiré au clair cette histoire.

— Comment on saura si elle est « tirée au clair » ?

— Si je ne la revois pas, ce sera bon.

Lucy Keverne raccrocha non sans avoir répété à Alatea de ne surtout pas s'affoler, de rester calme. Elle lui ferait signe très bientôt. Tout allait marcher comme prévu.

Alatea resta dans l'alcôve quelques minutes afin de faire le point sur les choix qui se présentaient à elle, si choix il y avait. Elle avait su d'emblée que la photographe rousse n'apportait que des ennuis, et cela en dépit des paroles rassurantes de Nicholas. Maintenant que Lucy l'avait vue avec un homme, Alatea commençait à identifier le danger. Certaines personnes n'ont pas le droit de vivre ainsi qu'elles l'entendent. Et elle se comptait parmi ces personnes. Elle était belle. Et alors ? Sa beauté n'était rien. Elle avait été maudite dès son premier souffle.

Le bruit d'une porte qui claquait à l'autre bout de la maison la fit redescendre sur terre. Elle se leva vivement en jetant un coup d'œil à sa montre. A cette heure, Nicky était d'habitude sur la route entre l'usine et le chantier. Elle l'appela et sortit en toute hâte de la salle. Il n'était sans doute allé ni à l'un ni à l'autre.

— Ici, Nicky, je suis ici !

Ils se retrouvèrent dans le long vestibule lambrissé de chêne où la lumière était si basse qu'elle distinguait à peine ses traits et encore moins son expression. Mais sa voix lui fit peur par son intensité même quand il annonça :

— J'ai tout foiré, Allie. C'est ma faute.

Alatea se remémora la veille : le désarroi de Nicholas, la présence de Scotland Yard dans le Cumbria, l'enquête sur la mort de Ian. L'espace d'un instant, elle crut que son mari était en train de lui avouer le meurtre de son cousin, et fut prise d'un léger vertige à la pensée de ce que pareille confession entraînerait pour eux s'ils ne parvenaient pas à la garder secrète. Si la terreur avait eu le pouvoir de s'incarner, elle aurait été là, en leur compagnie, dans un coin du vestibule.

Elle prit son mari par le bras.

— Nicky, s'il te plaît. Explique-moi ce qu'il y a. Ensuite, on pourra prendre une décision.

— Je ne peux pas.

— Pourquoi ? Qu'est-ce qui s'est passé ? C'est si terrible que ça ?

Il s'adossa à la boiserie. Sans lâcher son bras, elle l'interrogea :

— C'est cette enquête de Scotland Yard ? Tu es allé parler à ton père ? Il ne croit quand même pas... ?

— Non, non, ce n'est pas ça. Cette ronde de mensonges... et nous sommes au milieu, toi et moi. Ma mère, mon père, mes sœurs sûrement, ce putain de reporter de *The Source*, la photographe de la maison de production. Mais moi, je n'ai rien vu, je suis toujours tellement anxieux de « faire mes preuves » ! Je veux leur prouver qui je suis ! Moi ! Toujours ce fichu ego ! se lamenta-t-il en se frappant le front. Tout ce à quoi j'ai travaillé, c'est à prouver à tout le monde, mais surtout à eux, que je ne suis plus le même. Que la drogue, l'alcool, je n'y toucherai jamais plus. Comment ne peuvent-ils pas comprendre ça ? Non seulement ma famille mais tout le monde, merde ! Alors, j'ai profité de toutes les occasions pour parader et à cause de cela, voilà ce qui nous arrive.

Il avait parlé de la photographe ! Un frisson glacé courut le long de la colonne vertébrale d'Alatea. Il lui semblait que tout finissait par tourner autour de cette rousse à qui ils avaient ouvert innocemment leur porte, à elle et à son appareil photo, à ses questions, à ses fausses intentions... Tout de suite, Alatea s'était méfiée d'elle. Et maintenant voilà qu'elle était allée trouver Lucy Keverne à Lancaster. Et avec quelle célérité !

— Qu'est-ce qui nous arrive, Nicky ?

Ses explications furent si embrouillées qu'elle eut de la peine à le suivre. Apparemment il avait parlé avec le journaliste et celui-ci était persuadé que la photographe rousse était en fait un inspecteur de Scotland Yard. S'ajouta à cela le récit d'une dispute avec ses parents à ce propos en présence de sa sœur Manette et de Freddie McGhie. Sa mère avait admis que c'était elle qui avait mêlé Scotland Yard à cette histoire. Alatea aurait dû voir leur stupéfaction quand il avait râlé contre cette policière qui s'était introduite chez eux sous un faux prétexte et avait bouleversé sa femme...

Nicholas se tut. Alatea avança prudemment :

— Oui, Nicky ? Qu'est-ce qu'ils ont répondu ? Il y a eu autre chose ?

— Elle n'est pas de Scotland Yard. Je ne sais pas quelle est son identité. Quelqu'un l'a envoyée ici... prendre des photos... Même si elle prétendait qu'elle n'avait pas besoin de portrait de toi, que tu ne faisais pas partie de son putain de film. La question, c'est : Qui l'a engagée ? Parce qu'il n'y a pas non plus de maison de production. Et si elle n'est pas de la police... Tu vois, tout est de ma faute, Allie. C'est à cause de ma connerie. C'était déjà super-moche que mes parents réclament un complément d'enquête sur la mort de Ian à cause de moi, mais alors, là ! Quand je pense que si cette femme est venue ici, c'est parce que je... j'ai voulu frimer en acceptant comme un con qu'on tourne un film sur moi. Moi et mon ego surdimensionné ! Tout ça parce qu'un article dans un magazine de merde a donné une idée à quelqu'un, une bonne excuse, un ticket pour...

Désormais, Alatea savait où tout cela les conduisait. A la vérité, elle l'avait su dès le départ. Elle murmura son nom :

— Montenegro. Tu crois que c'est lui qui l'a engagée ?

— Qui d'autre ? Et c'est ma faute, Allie. Comment veux-tu que je vive avec ça ?

Il la bouscula presque pour se diriger vers le salon jaune. Elle le suivit. Dans les derniers rayons du jour que laissaient entrer les grandes portes-fenêtres, elle le voyait mieux. Il était livide. Tout à coup, elle se sentit coupable, à croire que c'était elle, et non lui, qui avait laissé entrer cette rousse de malheur. C'était plus fort qu'elle. Cela correspondait à la place qu'elle tenait au sein de leur couple, tandis que le rôle de Nicholas consistait à ne jamais remettre en cause ce qui la concernait, tant qu'Alatea l'assurait de son amour dont il était dépendant depuis leur première rencontre. C'était la place à laquelle elle avait aspiré : un lieu où rien ne pourrait l'atteindre, où personne n'aurait l'idée de lui poser des questions indiscrètes...

Dehors, la nuit tombait déjà. La baie reflétait la palette sombre du ciel d'automne et ses nuages gris qui voilaient délicatement les stries abricot tracées par le soleil couchant.

Nicholas gagna l'encorbellement de la fenêtre, se laissa choir dans un fauteuil et enfouit son visage dans ses mains.

— Je n'ai pas été à la hauteur, je n'ai pas su te protéger, je suis indigne.

Alatea eut tout à coup envie de le secouer en lui disant que ce n'était pas le moment de se prendre pour le centre du monde, l'astre autour duquel tous les malheurs orbitaient. Elle se retint de hurler qu'il ne voyait donc pas vers quelle catastrophe ils couraient tous les deux ! Mais de céder à cette impulsion, cela aurait été abdiquer le peu de chances de trouver un moyen d'anticiper l'inévitable conclusion dont elle ignorait encore la nature exacte.

Quant à Nicholas, il pensait que le retour de Raul Montenegro dans leur vie signifiait la fin de tout. Il ne pouvait pas se rendre compte qu'en réalité Raul Montenegro n'était que le début de la fin.

Bloomsbury
Londres

Barbara se transporta jusque dans le quartier de Bloomsbury afin de se trouver dans le coin lorsqu'elle recevrait l'appel tant attendu de Taymullah Azhar. Etant donné les informations dont elle avait besoin sur Raul Montenegro, sans parler des éléments qui lui manquaient sur Santa Maria de la Cruz, de los Angeles, y de los Santos, elle se dit que le mieux était de se poser dans un cybercafé. Ainsi, elle ferait d'une pierre deux coups.

Tout à l'heure, dans la bibliothèque de la Met, avant de sortir, Nkata lui avait soufflé : « Choisir les bons mots-clés et suivre le fil conducteur. » Barbara en avait conclu qu'elle devait explorer les liens annexes dans les articles quelle que soit la langue employée. Elle entra sans hésiter dans un cybercafé à deux pas du British Museum.

Ce n'était pas le cadre le plus cosy pour surfer sur le Net. Elle était arrivée avec sous le bras un dictionnaire espagnol/anglais et à présent, elle était prise en sandwich entre un asthmatique obèse en pull mohair et une gothique mâcheuse de chewing-gum, au nez orné d'un anneau et à l'arcade sourcilière cloutée de strass, qui n'arrêtait pas de recevoir des appels sur son portable d'un mec qui, apparemment, ne croyait pas qu'elle était assise devant un ordinateur, car chaque fois qu'il sonnait, elle glapissait : « Si tu me crois pas, putain, Clive, t'as qu'à venir voir... T'es vraiment trop con. J'envoie de mail à personne, merde, puisque tu m'appelles toutes les trente secondes. »

Dans cette ambiance, Barbara avait un peu de mal à se concentrer. De même elle préférait ne pas trop regarder la souris qui n'avait sûrement pas été désinfectée depuis qu'on l'avait extraite de sa boîte. Dans la mesure du possible, elle s'efforçait d'effleurer à peine les touches du bout des ongles, hélas trop courts. Toutes sortes d'infections, depuis la peste bubonique jusqu'aux verrues génitales, devaient être embusquées sur le clavier, et elle n'avait aucune intention de quitter cet endroit avec son avenir pourri par une horrible maladie.

Après quelques fausses pistes, elle finit par ouvrir une page sur le maire de Santa Maria etc., qui comprenait une photographie. Un portrait de famille pris à l'occasion d'un événement – après une cérémonie de remise de diplôme ? Toujours est-il qu'ils étaient tous regroupés sur les marches d'un perron : le maire, son épouse et leurs cinq fils. Barbara étudia l'image.

Un fait lui sauta aux yeux, même sans traduction : à la roulette génétique, les fils d'Esteban et Dominga, Carlos, Miguel, Angel, Santiago et Diego, avaient gagné tous les cinq. Tous étaient plus beaux les uns que les autres, leurs âges s'inscrivaient dans une fourchette de sept ans à dix-neuf ans. En regardant plus attentivement, Barbara constata que la photo était déjà vieille de vingt ans. Certains étaient sans doute mariés, peut-être l'un d'eux à Alatea... La prochaine étape, suivant les bons préceptes de Nkata, consistait à suivre le fil des liens des cinq garçons. Carlos venait en premier. Maintenant ne restait plus à Barbara qu'à croiser les doigts.

Pas de chance sur le chapitre du mariage. Elle trouva la trace de Carlos avec une facilité déconcertante, pour découvrir qu'il était devenu curé – il y avait tout un baratin dont elle ne comprenait pas le dixième sur son ordination avec à l'appui une nouvelle photo du même groupe familial, cette fois sur les marches de l'église. La mère avait le bras passé sous celui de son fils Carlos, vers lequel elle levait un regard d'adoration ; le père, cigare au poing, affichait un large sourire ; ses frères avaient l'air vaguement gênés par tout le tralala confessionnel. Bon, le cas de Carlos était réglé.

Elle passa à Miguel. Cette fois-ci encore, sa recherche fut de courte durée. A vrai dire, ce fut tellement facile que Barbara se demanda pourquoi elle n'avait pas déjà lancé de recherche avec les noms de ses voisins d'Eton Villas. Sur la photo de fiançailles, la future épouse ressemblait vaguement à un lévrier afghan, de longs cheveux et un visage allongé avec un front si bas que l'on pouvait avoir des doutes sur ses facultés mentales. Miguel était dentiste de profession, décida Barbara, à moins qu'il n'ait eu besoin de subir des travaux dentaires – son dictionnaire n'était pas très précis sur ce point. Quoi qu'il en soit, peu importait. Cela ne l'avançait guère.

Elle allait s'attaquer à Angel quand son portable se mit à carillonner les deux premières mesures de *Peggy Sue*. Elle ouvrit le clapet et annonça : « Havers. » Azhar – lui, enfin ! – lui expliqua qu'il avait trouvé quelqu'un qui saurait traduire de l'espagnol.

— Où êtes-vous ? s'enquit-il.

— Dans un cybercafé. Près du British Museum. Ce sera plus simple si c'est moi qui vous rejoins. La cafétéria près de votre bureau ?

Un silence lui répondit. Pour réfléchir ? Puis il lui indiqua l'adresse d'un bar à vins à Torrington Place, non loin de Chenies Mews et de Gower Street. Ils la retrouveraient dans un quart d'heure.

— Entendu.

Après avoir imprimé les pages qu'elle avait pris soin d'enregistrer, elle se rendit à la caisse et fut frappée de stupéfaction devant le prix exorbitant demandé.

— Imprimante couleur, répliqua la caissière lorsque Barbara protesta.

— Arnaque couleur, je dirais, moi.

Elle emporta ses tirages dans un sac en papier et gagna Torrington Place, où Azhar l'attendait dans le bar à vins en compagnie d'une jeune fille : des jambes qui n'en finissaient pas et une chevelure bouclée qui cascadait sur les épaules de sa veste en cachemire.

Elle s'appelait Engracia, nul ne sembla se soucier de citer son patronyme. Etudiante originaire de Barcelone. La jeune personne sourit à Azhar puis se tourna vers Barbara.

— J'espère pouvoir vous être utile, lui dit-elle.

Barbara songea que c'était en fait à Azhar qu'elle voulait rendre service, et qui le lui reprocherait ? Ils formaient un beau couple. Mais Azhar et Angelina Upman aussi. En fait, Azhar et n'importe qui.

— Dans ma prochaine vie, je serai polyglotte, déclara Barbara.

— Bon, je vais vous laisser travailler, dit Azhar.

— Vous retournez au bureau ? s'enquit Barbara.

— Je rentre chez moi. Engracia, merci beaucoup.

— *De nada*, murmura la jeune fille.

Barbara lui tendit les documents par-dessus la table, à commencer par l'article à côté du portrait de famille du maire, en lui avouant :

— Je me suis munie d'un dictionnaire espagnol/anglais, mais il ne m'a pas servi à grand-chose. Oh, un peu, quand même... Mais quand il faut regarder tous les mots...

— Bien sûr.

Engracia tint l'article d'une main tandis que de l'autre elle tripotait la créole en or à son oreille. Après lecture, elle informa Barbara :

— Il s'agit d'un papier sur une élection.

— Municipale ?

— *Si*. Cet homme – Esteban – il se présente comme maire et l'article fait son portrait pour les électeurs. C'est de... comment dit-on, quand on écrit des choses qui n'ont pas d'importance...

— De l'esbroufe ?

La jeune fille sourit. Elle avait des dents ravissantes et une peau de pêche. Son rouge à lèvres était si discret qu'il se voyait à peine.

— Oui, de l'esbroufe, opina-t-elle. Je lis ici que la famille du maire est si nombreuse que si tous les membres votent, il est sûr de gagner les élections. Mais c'est sûrement une blague, parce qu'il est aussi écrit que la ville a soixante-quinze mille habitants.

Engracia lut le paragraphe suivant, puis traduisit :

— On parle de sa femme, Dominga, et des siens. Comme pour le maire, Santa Maria de la Cruz, de los Angeles, y de los Santos est le berceau de sa famille.

— Et les garçons ?

— Les garçons... Ah. Carlos est séminariste. Miguel veut devenir dentiste. Angel – qu'elle prononça Annerel – voudrait être architecte plus tard et les deux autres sont trop jeunes pour savoir, quoique Santiago dise qu'il rêve d'être acteur et Diego...

Après un temps de pause, elle gloussa.

— Il aimerait être cosmonaute si l'Argentine se lançait un jour dans un programme spatial. Une blague aussi, je crois. Le journaliste le taquine.

Tout cela n'apportait guère d'eau à son moulin, soupira intérieurement Barbara. Elle présenta ses deux autres articles, sur Raul Montenegro, et offrit à Engracia un verre de vin, en spécifiant qu'il valait mieux passer commande puisqu'elles se trouvaient dans un bar à vins et qu'on risquait de les regarder de travers si elles ne consommaient pas.

Engracia la remercia d'avance pour un verre d'eau minérale, que Barbara alla lui chercher, ainsi qu'un ballon de la piquette maison pour elle-même. En revenant à la table, elle vit qu'Engracia était plongée dans l'article qui accompagnait la photo d'Alatea pendue au bras de Montenegro. Elle ne tarda pas à en savoir davantage. Il s'agissait d'une récolte de fonds à Mexico pour la construction d'une salle de concerts symphoniques. L'homme de la photo étant le principal donateur, à ce titre lui revenait l'honneur de baptiser la salle.

— Quel nom lui a-t-il donné ? s'enquit Barbara, s'attendant à entendre « Alatea » puisque celle-ci paraissait si contente sur la photo.

— Salle Magdalena Montenegro, répondit Engracia. Sa maman. Les Hispaniques sont en général proches de leur mère.

— Et la femme qui est avec lui ?

— Il n'y a rien de spécifié.

— Sa femme ? Sa maîtresse ? Sa compagne ?

— Rien.

— Ce qui signifie qu'elle aurait pu être la compagne d'un soir ? Une escorte louée pour la soirée ?

— Tout est possible. Elle a pu se trouver là par hasard, elle lui a saisi une seconde le bras, sourire, et clic-clac.

— Merde, merde, merde, marmonna Barbara.

Engracia prenant l'air penaud, Barbara s'empressa de la rassurer.

— Oh, excusez-moi. Ce n'est pas à cause de vous. Seulement à cause de cette saloperie de vie, dit-elle toujours en marmonnant.

— Je vois que c'est très important pour vous. Puis-je vous aider d'une autre manière ? proposa spontanément Engracia en se penchant vers elle.

Barbara hocha la tête. Il y avait en effet une autre chose... Elle évalua à quatre heures le décalage horaire.

— Je vais passer un coup de téléphone, dit Barbara en sortant son portable. Ils ne causent pas un mot d'anglais, alors si vous pouviez leur poser quelques questions pour moi...

Elle lui fit un résumé. Elle serait en communication avec le domicile du maire de Santa Maria et cetera. Pouvait-elle soutirer des informations sur Alatea Vasquez y del Torres ?

— La femme de la photo, avança Engracia.

— En principe, oui.

A la première sonnerie, Barbara tendit son portable à la jeune fille. En espagnol, Engracia parlait comme une mitraillette. Le seul mot que reconnut Barbara fut Alatea. A l'autre extrémité de la ligne, elle percevait une voix de femme, haut perchée, en effervescence. D'après l'expression d'Engracia, la conversation avait l'air de mener quelque part.

Une pause. Engracia lança un regard à Barbara.

— C'était une cousine, Elena Maria.

— Un mauvais numéro ?

— Non, non. Elle est en visite. Dominga – c'est la femme du maire – est sa tante. Elle est allée la chercher. Elle semblait très excitée quand j'ai prononcé le nom d'Alatea.

— Bonne pioche, chuchota Barbara.

— Pardon ?

— Oh, une expression. On est peut-être sur une piste.

— Ah, fit la jeune fille en souriant, bonne pioche. Très amusant.

Mais elle reprit aussitôt son sérieux tandis qu'une voix lointaine parcourait les milliers de kilomètres qui les séparaient d'Argentine. Engracia avait repris son débit de mitraillette. Barbara chopait à la volée des *comprendo* et beaucoup de *si*. Quelques *sabes ?* et plusieurs *no sé* et enfin une kyrielle de *gracias*.

Puis la jeune femme coupa la communication et rendit son portable à Barbara qui s'exclama :

— Alors ? Qu'est-ce qu'on a ?

— Un message pour Alatea. Cette femme, Dominga, lui demande de rentrer à la maison. Elle veut qu'elle sache que son père comprend. Elle dit que les garçons comprennent aussi. Carlos les a tous fait prier pour son retour saine et sauve.

— Elle a précisé qui était Alatea au moins ?

— Un membre de la famille, je pense.

— Une sœur qui ne figurait pas sur la photo de groupe ? Une sœur née après que la photo eut été prise ? La femme d'un des fils ? Une cousine ? Une nièce ?

— Elle n'a rien dit, en tout cas rien de clair. Cette fille s'est enfuie de chez elle. Elle avait quinze ans. Ils pensaient qu'elle était à Buenos Aires. Ils l'ont cherchée pendant des années. Elena Maria surtout. Dominga a souligné que le cœur d'Elena Maria avait été brisé, et que ça aussi il fallait le dire à Alatea.

— Depuis combien d'années, cette fugue ?

— Treize.

— Et elle a fini par échouer dans le Cumbria, murmura Barbara. Par quel extraordinaire concours de circonstances... ?

Elle n'attendait pas de réponse d'Engracia, mais celle-ci se saisit d'un des tirages papier sur la table : l'article sur Raul Montenegro.

— Cet homme l'a peut-être aidée ? S'il est assez riche pour s'offrir une salle de concerts, il a de quoi payer un billet d'avion pour Londres à une belle femme, non ? Ou un billet pour n'importe quelle destination, d'ailleurs.

Lac Windermere
Cumbria

Ils formèrent un tableau vivant pendant trente secondes, même si ces quelques secondes parurent une éternité. Mignon eut le temps de dévisager chacun tour à tour, d'un air de triomphe absolu, un triomphe dont manifestement elle se délectait à l'avance depuis des années. Manette se dit qu'ils étaient tels des personnages sur une scène de théâtre. Ils jouaient la grande scène du dénouement, il ne leur resterait plus ensuite qu'à tirer de l'enchaînement des événements la vérité morale garantie par la tragédie grecque.

Valerie fut la première à bouger. Elle se leva et déclara de sa voix égale et d'une courtoisie irréprochable que Manette ne connaissait que trop bien :

— Veuillez m'excuser.

Elle fit mine de sortir du salon.

Mignon éclata de rire.

— Tu ne veux pas en savoir un peu plus long, maman ? Tu ne peux pas partir maintenant.

Valerie eut un instant d'hésitation, puis elle se tourna vers Mignon et déclara avec un calme frigorifiant :

— Des gens comme toi pourraient justifier qu'on tue ses enfants à la naissance.

Sur ce, elle sortit.

L'inspecteur lui emboîta le pas. Manette le suivit des yeux en se disant que ce nouvel élément allait peut-être faire revoir à Scotland Yard ses conclusions à propos de la mort de Ian. Car si Ian avait été au courant pour l'enfant de son père... S'il avait menacé de révéler le pot aux roses... Si, en fin de compte, il avait été sur le fil du rasoir, entre vérité et mensonge... Manette ne voyait que trop bien quelles menaces avaient pu peser sur la vie de son cousin. Et elle supposait que l'inspecteur n'était pas plus bête qu'elle.

Elle aurait préféré ne pas croire aux allégations de Mignon à propos de cette petite Bianca, mais le visage de son père était en soi un aveu. Manette ne savait plus où elle en était. Beaucoup de calme allait lui être nécessaire pour sonder le fond de son cœur, se dit-elle en regardant sa sœur Mignon qui visiblement avait trouvé en cette enfant une raison de plus pour reprocher à leur père tout ce qui manquait à sa vie.

Mignon lança d'un ton guilleret :

— Dis donc, papa, au moins on est tous les deux dans le même bateau. J'espère que ça te console un peu de voir ton enfant préféré couler avec toi ? Ça me rappelle le roi Lear et Cordelia ? Mais... qui est le Fou ?

Bernard Fairclough serrait tellement les lèvres qu'elles étaient exsangues.

— Tu fais erreur, Mignon, même si côté finances, il est vrai, c'est plus horrible pour toi que « tous les monstres de la mer[1] ».

Elle ne broncha pas.

— Tu crois que le pardon dans l'amour conjugal peut aller jusque-là ? dit-elle.

_____
1. *Le Roi Lear*, William Shakespeare.

— Je pense que tu ne connais rien ni au pardon ni à l'amour conjugal, répondit Bernard.

Manette jeta un coup d'œil à Freddie. Il la regardait et ses yeux noirs étaient inquiets. Freddie la sentait bouleversée. Le monde tel qu'elle le connaissait, la vie des siens, était en train de s'écrouler sous ses yeux. Elle aurait voulu lui dire qu'elle était forte, mais elle savait qu'elle n'avait pas envie d'être forte toute seule.

— Tu croyais vraiment que tu pouvais garder le secret pour toujours ? rétorqua Mignon. Quelle prétention ! Dis-moi, papa, qu'est-ce que la pauvre petite Bianca va penser en apprenant que son gentil papa a une autre famille ? Une famille légitime. Tu n'avais pas envisagé l'avenir sous cet angle, hein ? Tant que Vivienne était prête à jouer le jeu à ta façon, tu n'as pas eu d'autre idée en tête que son cul et comment en profiter le plus possible.

— Vivienne va retourner en Nouvelle-Zélande, riposta son père avec un sang-froid remarquable. Et cette conversation est terminée.

— C'est ce que tu crois. C'est moi qui déciderai quand elle sera terminée, pas toi. Elle est plus jeune que nous, ta Vivienne. Elle est plus jeune que Nick.

Bernard Fairclough, pour gagner la sortie, passa devant Mignon. Elle tenta de l'agripper par le bras, mais il se dégagea d'une secousse. Manette s'attendait à ce que sa sœur en profite pour trébucher et tomber, en prétendant que son père l'avait poussée. Elle se borna à continuer à cracher son venin.

— Je le dirai à maman ! Je lui dirai tout. Depuis quand tu couches avec Vivienne Tully : depuis dix ans, papa ? Depuis plus longtemps que ça ? Quel âge elle avait quand ça a débuté : vingt-quatre ans, si je ne me trompe ? Ou était-elle plus jeune ? Et Bianca. Elle voulait un enfant, c'est ça ? Et toi aussi, n'est-ce pas, papa ? Parce qu'à la naissance de Bianca Nick était dans la nature, occupé à ses conneries, et tu espérais toujours que quelqu'un, quelque part, allait te donner un fils digne de toi, c'est pas vrai, papa ? Maman va être ravie de l'entendre.

— C'est ça, Mignon, sois abjecte. Tu attendais ce moment, n'est-ce pas ?

— Je te hais.

— Ce n'est pas nouveau.

— Tu m'entends ? Je te hais.

— Des fautes, j'en ai commis, je sais. Alors, peut-être est-ce que je mérite ta haine. A présent, je te prie de quitter cette maison, *ma* maison.

L'espace de quelques instants, Manette crut que sa sœur allait refuser. Mignon fixa leur père comme si elle attendait un geste de lui, un geste qu'il ne ferait jamais. Mais en fin de compte, elle repoussa son déambulateur sur le côté, sourit, se leva et sortit de la vie de son père.

Une fois la porte refermée sur elle, Bernard sortit un mouchoir de sa poche. Il essuya les verres de ses lunettes, puis s'épongea le visage. Manette vit qu'il avait les mains agitées de tremblements. Il se retrouvait sur la corde raide. Tout était remis en cause et son mariage en premier lieu... plus de quarante ans de mariage !

Bernard regarda Manette puis Freddie puis de nouveau Manette.

— Je suis désolé, ma chérie. Il y a tant de choses...

— Ça n'a plus d'importance, tu sais.

C'était étrange, songea Manette. Toute sa vie elle avait espéré voir arriver ce moment. Se trouver en position de force face à un père vulnérable, un père qui ne la regarderait plus comme une fille, ni comme une pâle doublure du fils qu'il aurait aimé avoir, mais comme un être libre en pleine possession de ses facultés, des facultés qui valaient bien les siennes. Tout à coup, elle se demandait pourquoi tout cela avait tant compté à ses yeux. Elle savait seulement que ce qu'elle éprouvait ne ressemblait pas à ce qu'elle s'attendait à éprouver en se voyant enfin reconnaître par son père.

Bernard acquiesça de la tête.

— Freddie... dit-il.

— Si j'avais été prévenu, j'aurais fait tout mon possible pour l'empêcher. Mais personne ne m'a rien dit, alors ?

— Tu es un homme honnête, Fred. Un homme bon. Ne change pas.

Sur ces paroles, Bernard sortit du salon. Manette et Freddie entendirent ses pas lourds dans l'escalier puis une porte claquer dans les profondeurs du château au-dessus de leurs têtes.

— Nous devrions partir, dit Freddie. Si tu en as la force.

Il s'approcha pour l'aider à se relever. Elle ne le repoussa pas. Non qu'elle se sentît particulièrement faible, mais c'était agréable de savoir qu'on avait auprès de soi quelqu'un sur lequel on pouvait s'appuyer.

Une fois dans la voiture, alors qu'ils roulaient dans l'allée en direction du portail, elle se mit à pleurer. En silence. Mais ses larmes n'échappèrent pas à Freddie. Il freina aussitôt et s'arrêta. Avec beaucoup de douceur, il la prit dans ses bras.

— C'est dur de voir ses parents dans cet état. A qui démolira l'autre. Ta mère aura subodoré un problème, mais aura préféré l'ignorer. C'est compréhensible, il me semble.

Elle fit non de la tête, alors qu'elle pleurait à présent à chaudes larmes contre son épaule.

— Et ta sœur est complètement folle, mais elle l'a toujours été. A se demander comment tu as fait pour t'en sortir, pour être aussi... normale, Manette. Quand on y pense, c'est une sorte de miracle.

Elle sanglota de plus belle. Hélas, elle se rendait compte trop tard, elle aurait dû savoir, elle aurait dû comprendre...

Lac Windermere
Cumbria

Lynley trouva Valerie Fairclough arpentant un des sentiers déjà tracés dans le chantier de son « jardin des enfants ». Dès qu'elle le vit, elle se remit à papoter comme s'ils venaient d'être interrompus au milieu d'une conversation. Elle lui désigna du doigt la construction en cours de l'« épave » en lui précisant qu'ils n'auraient bientôt plus qu'à ajouter les cordes, les balançoires et le sable. Puis elle lui montra le coin où elle comptait installer une cage à poules et un manège. Elle le mena le long de l'aire de jeux pour les plus petits, où les chevaux, les kangourous et les grosses grenouilles étaient déjà en faction sur leurs épais ressorts, prêts à se balancer pour les petits cavaliers rieurs qui se feraient un plaisir de bondir sur leurs dos. Il y avait aussi une cabane-château-fort prévue, précisa-t-elle, pour les garçons qui adoraient jouer aux soldats, n'est-ce pas ? Et pour les filles, une cabane-maison-de-poupée avec « tout pour le ménage » en miniature. Car, quand on y réfléchissait bien, sexisme mis à part, les petites filles adoraient jouer à la dînette et faire semblant qu'elles étaient mariées, avec des enfants et un mari, leur seigneur et maître.

En prononçant ces derniers mots, elle éclata d'un rire lugubre. Elle ajouta que ce jardin allait matérialiser, tout simplement, le rêve de chaque enfant.

Lynley trouvait tout cela curieux. A une échelle pareille, une aire de jeux, à son humble avis, aurait été plus à sa place dans un parc public. Il se demanda si elle n'avait pas des intentions cachées, celle, par exemple, d'ouvrir la propriété aux visiteurs, à l'instar de tant de demeures historiques en Angleterre. Un peu comme si elle prévoyait d'énormes bouleversements et s'employait à s'y préparer.

— Pourquoi m'avez-vous fait venir dans le Cumbria ?

Valerie soutint son regard. A soixante-sept ans, elle était encore très séduisante. Jeune, elle devait avoir été superbe. Riche et belle : un mélange redoutable. Elle n'aurait eu qu'à se baisser pour choisir n'importe quel parti dans son propre milieu, mais ce n'était pas ce qu'elle avait fait.

— J'avais des soupçons.

— Comment cela ?

— Bernard. Ce qu'il traficotait. Je n'étais pas certaine qu'il « traficotait » avec Vivienne Tully. Son silence à son sujet, ses séjours à Londres de plus en plus fréquents, les mille et une obligations générées par sa fondation… Il y a toujours des signes, inspecteur. Des indices, si vous préférez. Mais on est facilement tenté de les ignorer plutôt que de faire face au gouffre qui s'ouvre devant soi quand on envisage le naufrage d'un mariage vieux de quarante-deux ans.

Elle se pencha pour ramasser un gobelet en plastique qui traînait, sans doute abandonné là par un des ouvriers, le fixa en fronçant les sourcils et l'écrasa dans son poing pour le glisser dans sa poche. Plaçant sa main en visière au-dessus de ses yeux, elle contempla le lac et le banc de nuages menaçants au-dessus des collines à l'ouest.

— Je suis entourée de menteurs et de forbans. Il n'y a pas trente-six manières d'enfumer les rats. Vous, dit-elle en adressant un petit sourire à Lynley, m'avez servi de fumigène, inspecteur.

— Et Ian ?

— Pauvre Ian.

— Mignon avait un motif pour le tuer. Un excellent motif. Et selon vos propres aveux, elle était sous le hangar à bateaux. Elle aurait pu y descendre un peu plus tôt afin de déloger quelques pierres sans que personne ne remarque rien. Elle aurait même pu avoir été là au moment où il était rentré. Elle aurait pu le pousser...

— Inspecteur, Mignon est incapable d'un plan de vengeance aussi calculé. Outre qu'elle n'y aurait rien gagné, financièrement parlant. Mignon n'a jamais rien vu que le gain à court terme.

Valerie se détourna de la contemplation du lac pour regarder Lynley et enchaîna :

— Je savais que les pavés étaient disjoints. J'ai prévenu Ian, plus d'une fois. Lui et moi étions les seuls à nous servir du hangar. Je n'avais donc prévenu personne d'autre que lui. Ce n'était pas nécessaire. Je l'ai bien mis en garde. Il m'a dit de ne pas m'inquiéter... il ferait attention avec le scull et réparerait le quai dès qu'il aurait un moment. Je crois que cette nuit-là, il avait l'esprit ailleurs. Sans compter qu'il ne sortait jamais sur le lac aussi tard, en règle générale. Sa distraction lui a été fatale. C'était un accident. J'en ai toujours été convaincue.

Cette déclaration laissa Lynley songeur.

— Et ce couteau à poisson que j'ai repêché dans l'eau ?

— C'est moi qui l'y ai jeté. Pour vous donner du grain à moudre, au cas où vous auriez conclu trop vite à un accident.

— Je vois.

— Vous êtes furieux ?

— Je devrais.

Ils reprirent le chemin du château. Au-dessus du mur du jardin topiaire s'élevaient d'imposantes sculptures végétales avec en toile de fond les murs sable d'Ireleth Hall auréolés des vestiges d'une gloire passée.

— Bernard n'a pas trouvé cela curieux ? ajouta Lynley.

— Comment ?

— Que vous demandiez un supplément d'enquête sur la mort de son neveu.

— Peut-être, mais que pouvait-il dire ? Pas question ? Je lui aurais réclamé des explications. Il aurait pu arguer que c'était injuste pour Nicholas, ou Manette, ou Mignon, de les soupçonner, mais j'aurais répliqué qu'il valait mieux savoir la vérité sur ses enfants plutôt que de vivre dans le mensonge et cela, inspecteur, nous aurait menés beaucoup trop près de la vérité que Bernard n'avait aucune envie que j'apprenne. Il devait courir le risque que vous sortiez Vivienne du placard. Il n'avait pas le choix.

— Pour votre information, sachez qu'elle retourne en Nouvelle-Zélande.

Elle lui prit le bras tandis qu'ils remontaient lentement le sentier.

— Ce qui est vraiment étrange, c'est qu'après quarante ans de mariage un époux est souvent devenu semblable à une habitude. A présent, je dois m'interroger : Bernard est-il une habitude dont je souhaite désormais me passer ?

— Une question qui contient sa propre réponse ?

— Peut-être. Mais je veux m'accorder le temps de réfléchir, répondit-elle en lui serrant le bras et en levant son visage vers lui. Vous êtes un très bel homme, inspecteur. Je suis désolée que vous ayez perdu votre femme. J'espère que vous ne comptez pas rester seul.

— Je n'y ai pas encore beaucoup pensé.

— Eh bien, pensez-y. Il y a un moment où tout le monde doit faire un choix.

Windermere
Cumbria

Tim passa des heures dans le quartier des affaires en attendant le bon moment. Ce matin, il n'avait pas mis tellement longtemps à atteindre la ville après avoir laissé Kaveh en plan. Un bond par-dessus le muret de pierres sèches, et il s'était retrouvé dans un pâturage qu'il lui avait suffi de traverser en courant entre les touffes d'herbe pour se réfugier dans un bois touffu de sapins et de bouleaux. Il était demeuré là, caché par l'épaisse végétation au feuillage flamboyant, jusqu'à la minute où il avait vu disparaître la voiture de Kaveh. Alors, il avait gagné à pied la route de Windermere, où il avait été pris rapidement en stop par une première voiture, puis par une seconde qui l'avait déposé au milieu de la ville, où il avait commencé à chercher.

Impossible de trouver un réparateur de jouets. En fin de compte, il s'était résolu à entrer dans un magasin à l'enseigne de J. Bobak & Fils, dont la vocation semblait la réparation de matériel électrique. A l'intérieur, trois travées tapissées d'articles ménagers cassés menaient dans une arrière-boutique, où J. Bobak se révéla être une dame à nattes grises, toute ridée. Son rouge à lèvres rose vif débordait dans les craquelures au-dessus de sa bouche. Quant au « Fils », c'était un trisomique d'une vingtaine d'années. Alors qu'elle bricolait ce qui ressemblait à un gaufrier miniature, il était penché sur un antique transistor presque aussi grand qu'une Mini. Autour d'eux s'étalaient divers objets à différents stades de réparation : postes de télé, micro-ondes, mixeurs, grille-pain, machines à café, dont certains avaient l'air d'attendre leur expertise depuis au moins dix ans.

Tim avait présenté Bella à J. Bobak. Elle avait secoué la tête. Ce tas de bras, de jambes et de buste était au-delà de toute tentative de replâtrage. Mais quand il lui expliqua que c'était la poupée de sa petite sœur, un cadeau de leur père qui était mort, J. Bobak devint moins catégorique. Elle étala les pièces détachées de la poupée sur son comptoir et pinça ses lèvres roses. Son fils vint la rejoindre et salua Tim.

— Bonjour. Je vais plus à l'école, et toi, t'as pas école aujourd'hui ? Tu sèches.

— Trev, occupe-toi de ton travail. C'est bien, mon canard.

Elle lui tapota affectueusement l'épaule pendant qu'il s'essuyait le nez sur sa manche et retournait à son énorme transistor.

— T'es sûr que tu veux pas en acheter une neuve, petit ?

Tim insista. Pouvait-elle la réparer ? Il n'y avait aucun autre magasin. Il avait fait toutes les rues de la ville.

Elle finit par lui dire qu'elle allait voir ce qu'elle pouvait faire. Tim lui précisa qu'elle devrait envoyer la poupée par la poste une fois le travail terminé. Il sortit de sa poche une poignée de billets froissés et quelques pièces chapardées au fil des semaines dans le sac de sa mère, le portefeuille de son père et la boîte où Kaveh gardait les pièces d'une livre au cas où il oublierait de s'arrêter au distributeur de Windermere.

— Quoi ? Tu ne viendras pas la chercher ? s'étonna J. Bobak.

Il lui répondit qu'en effet il n'était plus pour longtemps dans le Cumbria. Il lui offrit tout l'argent qu'il possédait – elle n'aurait qu'à renvoyer la monnaie avec la poupée. Puis il communiqua le nom et l'adresse de Gracie. Ce n'était pas compliqué : Ferme Bryan Beck, Bryanbarrow, Crosthwaite.

Même si Gracie retournait chez leur mère, Kaveh la lui ferait suivre. Il ferait quand même ça, quels que soient les mensonges qu'il raconterait à sa pathétique petite femme. Et Gracie serait contente de retrouver Bella. Peut-être pardonnerait-elle à Tim de l'avoir brisée.

Ce problème réglé, il reprit la direction du quartier des affaires. En chemin, avec les quelques pièces qui lui restaient, il acheta un paquet de biscuits, une barre Kit Kat, une pomme et un sachet de chips au maïs. Accroupi entre une

Ford Transit blanche crasseuse et une grosse poubelle à roulettes débordant de polystyrène détrempé, il engloutit le tout.

Lorsque le parking commença à se vider à l'heure de la sortie des bureaux, il se planqua derrière la grande poubelle sans pour autant quitter des yeux la vitrine du photographe. Juste avant l'heure de la fermeture, il traversa la rue et entra dans la boutique.

Toy4You étant en train de sortir le tiroir-caisse, il n'eut pas le temps d'ôter son badge et Tim en eut juste assez pour lire au moins une partie de son nom : *William Con...* L'instant d'après, Toy4You disparut dans l'arrière-boutique et lorsqu'il reparut, il n'avait plus le tiroir-caisse dans les mains, et plus de badge. Il n'avait pas non plus l'air ravi de le voir.

— Je t'ai dit que je t'enverrais un SMS. Qu'est-ce que tu fous là ?

— C'est ce soir, répliqua Tim.

— Fourre-toi bien ça dans le crâne : je joue pas au plus malin avec un gamin de quatorze piges. Je t'ai dit que je te préviendrais quand ce serait arrangé.

— Arrange-le maintenant. T'as dit « pas seul », alors c'est que tu connais quelqu'un. Fais-le venir. On n'a qu'à le faire tout de suite.

Tim bouscula l'homme sans s'émouvoir de la fureur qui crispait ses traits. Peu importait s'il levait la main sur lui. Des baffes, il était disposé à en prendre. D'une façon ou d'une autre, il faudrait bien en finir.

Il pénétra dans la pièce arrière. Ce n'était pas la première fois. L'espace, déjà assez exigu, était en plus divisé en deux parties. La première où était entreposé le matériel photographique. La seconde, tout au fond, qui servait de studio et où les sujets posaient dans un décor susceptible de varier.

Pour l'heure, le studio mettait en scène un salon d'un autre siècle, le genre d'endroit où les gens osaient à peine poser leurs fesses au bord des fauteuils ou bien restaient carrément debout. Il y avait une méridienne, deux sellettes coiffées de fougères en plastique, plusieurs fauteuils trop rembourrés, des rideaux relevés en draperie et une toile de fond qui donnait l'impression que l'on avait traîné tous ces meubles au bord d'une falaise : le ciel au-dessus de la masse sombre des rochers était pommelé de nuages clairs.

Tim avait compris que ce cadre avait pour but d'obtenir un effet de contraste. Et le contraste, lui avait-on aussi fait remarquer la dernière fois, consistait à mettre en opposition deux choses dont l'une faisait ressortir l'autre. En entendant cette définition, il avait tout de suite pensé au contraste entre ce qui avait autrefois été toute sa vie – une maman, un papa, une sœur et une maison à Grange-over-Sands – et ce à quoi sa vie était désormais réduite : un néant. En pénétrant à présent dans cet espace étouffant, il songea au contraste entre la façon dont Kaveh Mehran avait vécu avec son père à la ferme Bryan Beck et la façon dont le même Kaveh avait l'intention de vivre le prochain chapitre de son existence minable. Repoussant cette idée, Tim se força à envisager l'avenir, à savoir le contraste entre la fausse innocence de cet environnement et ce en quoi consistaient en réalité les prises de vue.

Toy4You lui avait tout bien expliqué la première fois qu'il avait posé. Certains clients, lui avait-il dit, aimaient les photos de jeunes garçons à poil. Ils préféraient certaines attitudes à d'autres. Ils étaient très intéressés par certaines parties du corps. Parfois, un gros plan leur suffisait, d'autres fois, ils voulaient voir tout. Parfois, ils voulaient voir le visage, d'autres fois, non. Une moue boudeuse, ça plaisait bien. Et aussi ce que Toy4You appelait « un air provocateur ». S'il bandait pour l'objectif, c'était encore mieux. Certains payaient grassement pour des images de garçon boudeur, aguicheur, en érection.

Tim avait joué le jeu. Après tout, c'était lui qui s'était mis dans cette galère. Il n'en avait rien à foutre, du fric. Ce qu'il était venu chercher ici, c'était de l'action, et jusqu'ici il n'avait pas été gâté de ce côté-là. Mais maintenant on allait voir ce qu'on allait voir.

Toy4You, qui était sur ses talons, lui dit :

— Il faut que tu t'en ailles. Je peux pas te garder ici.

— Appelle ton pote ou je ne sais quoi. Dis-lui que je suis prêt. Qu'il vienne tout de suite. On fait les photos.

— Il va pas l'entendre de cette oreille. Si tu crois qu'il va se laisser mener par le bout du nez par un gamin de quatorze ans. C'est lui qui décide. Pas nous. T'as pas encore pigé ?

— J'ai pas le temps ! protesta Tim. C'est tout de suite ou rien ! Je n'attendrai plus. Si tu veux que je le fasse avec un autre mec, c'est le moment ou jamais.

— Comme tu voudras, répliqua Toy4You avec un haussement d'épaules. Maintenant, dégage !

— Quoi ? Si tu crois que tu vas trouver quelqu'un d'autre pour faire ça !

— Il se trouve toujours des gamins qui ont besoin de pognon.

— Pour une photo, oui, ils voudront bien de ton pognon pour une photo. Oui, pour se mettre à poil, oui, peut-être, pour une érection. Mais le reste ? Tu crois qu'un autre acceptera ?

— Parce que tu penses que tu es le seul qui m'ait trouvé sur le Net ? Tu penses que je me suis lancé là-dedans dernièrement pour me maintenir en forme ? Tu crois que t'es le premier ? Ils sont une colonie là-dehors qui ne demandent qu'à le faire à ma manière. C'est pas eux qui établissent les règles, ils les suivent, point barre. Et une des règles, c'est qu'ils ne se pointent pas n'importe quand avec des exigences. Pigé, abruti ?

Tout en prononçant ces mots, Toy4You, qui jusqu'ici était resté au milieu des rayonnages, approcha lentement de lui. Il n'était pas grand, et Tim s'était toujours dit que ce type ne faisait pas le poids devant lui, mais lorsqu'il le prit par le bras, sa poigne était d'acier.

— Je joue pas à ces petits jeux, susurra Toy4You. Je vais pas me laisser manipuler par des avortons dans ton genre.

— C'était le deal...

— Rien à foutre de ton deal. C'est fini, terminé, compris ?

— T'avais promis.

— Merde, j'en ai ras le bol.

Toy4You le secoua vigoureusement. Tim vit le moment arriver où il allait le jeter dehors. Ce qui n'était même pas envisageable. Il avait travaillé trop dur et était allé trop loin.

— Non ! s'écria-t-il en se dégageant d'une secousse. Tout de suite ! C'est tout de suite !

Il se mit à se déshabiller fébrilement, d'abord l'anorak, puis son gros pull. Les boutons de sa chemise giclèrent. Il cria :

— T'as promis. Si tu le fais pas, je vais chez les flics. Je te préviens. Je suis capable. Je leur dirai. Ce que j'ai fait. Ce que tu veux. Les photos. Tes potes. Où on peut te trouver. Tout est dans mon ordi, ce sera facile pour eux...

— La ferme ! Ta gueule !

Toy4You regarda par-dessus son épaule en direction de la boutique. Il fit quelques pas et claqua la porte de communication, puis il revint près de Tim.

— Merde, du calme, tu veux. D'accord. Mais tout de suite, c'est pas possible. C'est bon ?

— Mais t'avais dit...

— Je prends un risque, tu vois ! fulmina Toy4You. Faut que ça vaille le coup. Tu veux ou tu veux pas ?

Tim fit la grimace, en proie à une peur aussi viscérale que fugitive.

— OK.

— Bien. Avec deux mecs. Tu... tu piges ? Toi et deux mecs, *live,* filmés. Tu sais ce que ça veut dire ? Parce qu'on va pas se lancer là-dedans pour s'apercevoir que t'as changé d'idée. Toi avec deux autres mecs, jusqu'au bout. Dis-moi que t'as pigé.

Tim se lécha les lèvres.

— Moi, avec deux mecs, j'ai pigé.

Toy4You l'examina de la tête aux pieds, comme si une assurance concernant l'avenir devait sortir de ses pores. Tim ne broncha pas. Toy4You lui adressa un signe de la tête et se mit à composer un numéro sur les touches de son portable.

— Et après... une fois que ce sera terminé... tu m'as promis...

— Je te promets qu'une fois que c'est terminé, tu meurs. Comme tu l'as demandé. Et de la manière que tu veux. Là-dessus, c'est toi qui fixes les règles.

10 novembre

Lorsque Lynley lui téléphona de bonne heure, il eut l'habileté de l'appeler à l'auberge plutôt que sur son portable. Deborah se laissa d'ailleurs prendre à cette ruse, puisqu'elle répondit. Simon ou Tommy, se dit-elle, auraient appelé sur son portable. Elle aurait vu leur numéro s'afficher et aurait été libre de prendre ou non l'appel. Si le téléphone de sa chambre d'hôtel sonnait, c'était sans doute la réception qui souhaitait savoir si elle restait une journée de plus.

Aussi Deborah grimaça-t-elle de dépit quand la belle voix de baryton de Lynley vibra à son oreille.

— Simon est furieux contre nous deux.

Elle ne pouvait quand même pas lui raccrocher au nez en prétendant qu'il s'était trompé de numéro.

Il était encore tôt, elle n'était même pas levée. Ce finaud de Lynley avait sûrement bien calculé son coup : il avait cherché à la surprendre avant son départ de l'auberge et elle ne pouvait rien faire pour l'éviter.

Elle se dressa sur son séant, remonta les couvertures, car l'air était frisquet, et déclara en réarrangeant ses oreillers :

— Eh bien, moi aussi je suis furieuse contre Simon.

— Je sais. Mais il se trouve qu'il avait raison, Deb. Depuis le départ.

— Oh, il a toujours raison, rétorqua-t-elle, acerbe. De quoi s'agit-il, de toute façon ?

— De la mort de Ian Cresswell. Rien ne se serait passé s'il avait fait attention avec son scull ce soir-là.

— Et nous sommes arrivés à cette conclusion grâce à... ?

Deborah s'attendait à ce qu'il termine par « grâce à la démonstration d'une logique implacable de Simon », mais il ne prit pas cette direction. Il lui raconta une scène de famille extravagante et lui résuma la conversation qu'il avait eue avec Valerie Fairclough.

Il conclut par :

— C'est donc Valerie qui m'a fait venir ici afin d'enquêter sur son mari. Ils m'ont pris pour un pigeon, tu vois. Ah, Hillier aussi. Ça ne va pas lui faire plaisir d'apprendre qu'on s'est servi de lui.

Deborah repoussa ses couvertures, s'assit au bord du lit et consulta l'horloge.

— Et tu l'as crue ? dit-elle.

Un coup de fil de Tommy à six heures et demie du matin ne pouvait signifier qu'une seule chose.

— D'ordinaire, peut-être pas. Mais étant donné les conclusions du coroner et l'expertise de Simon, plus ce que m'a confié Valerie...

— Elle pourrait t'avoir menti. N'oublie pas qu'il y a des mobiles, Tommy.

— Le problème, justement, c'est que nous n'avons que des mobiles, rien d'autre, Deb. C'est comme ça que ça marche. Franchement, les gens ont souvent de bonnes raisons de vouloir se débarrasser d'un gêneur. C'est banal. Pourtant, ils ne passent jamais à l'acte. C'est ce qui s'est produit ici, apparemment. Le moment est venu de rentrer à Londres.

— En laissant le mystère Alatea Fairclough non élucidé ?

— Deb...

— Ecoute-moi une minute : tout ce qui se rapporte à Alatea indique qu'elle a un secret. Les personnes qui cachent quelque chose sont souvent prêtes à tout.

— En effet, mais quoi qu'elle ait fait ou soit en train de faire pour protéger son ou ses secrets, si tant est qu'elle en

502

ait, ce qu'elle n'a pas fait, c'est assassiner Ian Cresswell. C'est cette affaire qui nous a amenés ici. Nous savons maintenant à quoi nous en tenir. Et je te le répète : le moment est venu de rentrer, Deb.

Deborah se leva. La chambre était glaciale. En frissonnant, elle se rapprocha du radiateur électrique. Il s'était éteint automatiquement pendant la nuit. Elle le ralluma. De la buée voilait le bas des carreaux de la fenêtre. Elle essuya la vitre de la paume pour regarder dehors. Il faisait encore nuit. Le trottoir et la chaussée mouillés étaient moirés par la lueur des réverbères et le scintillement des phares des voitures.

— Tommy, ces pages arrachées au magazine *Conception*, c'est une piste.

— Je ne dis pas non. Et on se doute qu'il s'agit de « maternité » justement. Mais tu le savais déjà, non ? Nicholas ne t'en avait pas parlé dès votre premier entretien ?

— Oui, mais...

— Il me paraît normal que cette femme n'ait aucune envie de s'épancher devant une inconnue, Deborah. Tu le ferais, toi ?

C'était un coup bas, évidemment. Néanmoins, Deborah était résolue à ne pas se laisser emporter par ses émotions.

— Bon, d'accord, il s'agit de procréation. N'empêche, cela n'a pas de sens. Cette Lucy Keverne m'a bien précisé qu'elle faisait des dons d'ovules. Alors qu'est-elle allée faire avec Alatea Fairclough au centre George Childress ?

— Elle donnait peut-être un ovule à Alatea.

— Mais dans ce cas, il aurait fallu qu'il y ait aussi Nicholas, pour le fertiliser...

— Alatea avait peut-être son sperme dans son sac ?

— Une insémination artificielle artisanale ? Alors, pourquoi Lucy devait-elle être présente ?

— Comme tu dis, pour donner son ovule, répliqua Lynley.

— Bon, je veux bien. Mais il me semble que Nicholas aurait dû être là, dans ce cas, pour qu'on recueille son sperme frais, afin de garantir des spermatozoïdes en super forme.

Lynley soupira. Deborah se demanda où il se trouvait. Sur un fixe quelque part, vu l'excellente qualité de la transmission. Sans doute encore à Ireleth Hall.

— Deb, tu sais, je n'y connais rien, absolument rien.

— Moi, si, crois-moi. Et je peux te dire que, quel que soit le nombre d'ovules et de spermatozoïdes à disposition, ils ne vont pas implanter l'embryon dans l'utérus d'Alatea sur-le-champ. Par conséquent, si Lucy prête son concours, pour une raison ou pour une autre, à Alatea et si Nicholas...

— Peu importe tout ça, la coupa Lynley. Cela n'a rien à voir avec la mort de Ian Cresswell et il faut que nous rentrions à Londres.

— Toi, oui. Pas moi.

— Deborah... dit Lynley qui perdait patience.

Deborah entendit dans sa voix l'écho de celle de Simon. Ah, ces deux-là, ils étaient à mettre dans le même panier.

— Quoi ? fit-elle vivement.

— Je prends la route de Londres ce matin. C'est pour ça que je te téléphone. Voici comment nous allons procéder. Je vais m'arrêter à Milnthorpe, je te suivrai pendant que tu vas rendre ta voiture de location et ensuite je te ramène.

— Tu crois que je ne suis pas capable de rentrer toute seule ?

— Non, j'ai peur de m'ennuyer sans toi pendant le trajet. C'est long.

— Elle a affirmé que jamais elle n'accepterait d'être une mère porteuse, Tommy. Si elle se borne à donner des ovules au bénéfice d'Alatea, pourquoi ne pas le dire ? Pourquoi me rétorquer qu'elle refuse d'aborder cette question avec moi ?

— Je n'en ai pas la moindre idée. Et cela n'a aucune importance. Je t'assure. Si Ian Cresswell est mort, c'est à cause de sa propre imprudence. Il était au courant pour les pavés disjoints. Il n'en a pas tenu compte. Ce sont les faits, purement et simplement, et cette histoire de procréation n'y changera rien. Alors, je te demande : Pourquoi tu ne laisses pas tomber ? Tu connais la réponse aussi bien que moi.

Il s'exprimait d'un ton calme que Deborah trouva agaçant au possible. Simon, de toute évidence, s'était servi de ses pouvoirs de persuasion hors pair pour le rallier à son camp. Mais pourquoi en aurait-il été autrement, au fond ? Tommy et Simon, des amis de toujours... Ils avaient en commun le traumatisme d'un accident de voiture effroyable et l'amour d'une femme aujourd'hui disparue dans les circonstances les plus affreuses. Cela avait cimenté entre eux des liens qui, aux yeux de Deborah, se présentaient parfois comme une barrière insurmontable. Ce n'était même pas la peine de discuter.

— Très bien. Tu as gagné, Tommy.

— Qu'est-ce que tu veux dire ?

— Je rentre avec toi.

— Deborah...

Elle exhala un soupir appuyé.

— Si, si, Tommy, je renonce. A quelle heure veux-tu t'en aller ?

— Tu es sérieuse ?

— Bien sûr que oui. Je suis têtue, mais je ne suis pas stupide. Si c'est inutile de poursuivre, pourquoi le ferais-je ?

— Alors, tu comprends...

— On ne discute pas avec une expertise médico-légale. Un point c'est tout.

Elle marqua une pause pour ménager son petit effet, puis répéta :

— A quelle heure veux-tu partir ? Au fait, tu m'as réveillée. Laisse-moi le temps de boucler mes valises. De prendre une douche. Me coiffer. Ah, et j'aimerais bien avaler un petit déjeuner.

— Dix heures... ? Merci, Deb.

— On finit toujours par s'entendre, mentit-elle.

Windermere
Cumbria

Zed Benjamin avait à peine dormi. Son article était en pleine déconfiture. Ce qui avait été chaud à s'en brûler les doigts était en train de virer au plat à manger froid, ou pire, à réchauffer... Il tenait des informations, certes, mais elles ne

505

valaient pas tripette, du moins du point de vue de son journal. Il avait échafaudé dans sa tête un long papier méritant un gros titre à la une, un scoop sur une enquête secrète de Scotland Yard – Nicholas Fairclough et sa lutte pour se réhabiliter après une vie entière sous l'empire de la drogue compromis par la mort suspecte de son cousin. L'histoire vraie d'un type qui a réussi à jeter de la poudre aux yeux à toute sa famille et à ses proches en posant au bon Samaritain pendant qu'il prépare un piège macabre pour celui qui l'empêche de faire main basse sur la fortune familiale. L'article, dans l'imagination de Zed, serait illustré par des photos – le sergent Cotter, Fairclough, sa femme, le chantier de la tour Pele et l'usine Fairclough – et s'étalerait de la page 2 à la page 5 avec en grand son nom, *Zedekiah Benjamin*. Sa signature brillerait sous la lumière des projecteurs médiatiques.

Pour voir son rêve devenir réalité, il fallait avoir de la matière sur Nicholas Fairclough. Et si sa journée avec le sergent Cotter lui avait apporté une confirmation, c'était que Nick Fairclough n'intéressait pas le moins du monde la Met. Il était aussi évident qu'avec l'épouse Fairclough on partait dans le décor.

« Rien de ce côté-là, hélas, avait déclaré la rousse enquêtrice du Yard au retour de son interview avec la femme qu'ils avaient prise en filature en même temps qu'Alatea Fairclough jusqu'à l'université de Lancaster puis de nouveau jusqu'au foyer des blessés de guerre.

— Comment, rien ? » s'était-il exclamé.

Lucy Keverne, car tel était son nom, et Alatea s'étaient rendues chez un spécialiste des « problèmes de femme ». Ceux de la dénommée Lucy, manifestement, puisque Alatea s'était contentée d'accompagner son amie.

« Merde. Alors, c'est l'impasse ?

— Seulement un retour à la case départ », avait-elle rétorqué.

Pour elle peut-être, mais pour sa part il risquait d'être viré de son job.

Yaffa… il fallait absolument qu'il lui parle. Elle était pleine de bon sens, elle saurait le conseiller et trouver un moyen de le sortir de ce mauvais pas pour le remettre sur les rails d'une histoire capable de persuader Rodney Aronson qu'il avait misé sur le bon cheval en l'envoyant dans le Cumbria.

Il téléphona donc à Londres. Rien que d'entendre le son de sa voix, il poussa un soupir de soulagement intérieur.

— Bonjour, ma chérie ! dit-il gaiement.

— Zed, bonjour... Maman Benjamin, c'est notre Zed au téléphone, précisa-t-elle pour lui faire comprendre que sa mère était dans les parages. Tu ne peux pas savoir combien tu me manques.

Elle rit à une plaisanterie de la mère de Zed, inaudible, puis ajouta :

— Maman Benjamin me demande d'arrêter d'essayer de mettre le fil à la patte de son fils. Un célibataire endurci, paraît-il. Est-ce vrai ?

— Pas si c'est toi qui tiens le fil.

— Coquin de flatteur, va ! Non, non, maman Benjamin, je ne vous dirai pas ce qu'il a dit. Mais telle que vous me voyez, je suis toute troublée. C'est vrai, répéta-t-elle au bénéfice de Zed. Tu me fais tourner la tête.

— Sauf que ce n'est pas ta tête qui m'intéresse.

Elle rit de bon cœur, puis enchaîna d'une voix tout autre :

— Ah, elle est partie aux toilettes. On peut parler. Comment tu vas, Zed ?

Il eut un peu de mal à passer de la Yaffa délicieusement coquine à la Yaffa conspiratrice.

— Tu me manques, Yaf. Ce serait tellement bien si tu étais ici avec moi.

— Je peux t'aider à distance. Ça me fait plaisir.

L'espace d'un instant dément, Zed crut vraiment qu'elle lui proposait de faire l'amour au téléphone. Dans l'état où il était, ç'aurait été une distraction bienvenue. Mais elle ajouta :

— Tu as trouvé ce que tu cherchais ? Tu dois paniquer pour ton article, non ?

Ces mots eurent l'effet d'une douche froide.

— Foutu reportage, maugréa-t-il.

Il lui fit un résumé des dernières péripéties. De son côté, elle l'écouta attentivement.

— Voilà. La conclusion, c'est qu'il n'y a rien. Je pourrais tordre les faits et écrire que Scotland Yard enquête sur Nick Fairclough. En effet la mort du cousin paraît suspecte, puisqu'il tenait les cordons de la bourse de l'entreprise familiale, et on sait où cela peut mener, n'est-ce pas, doctes lecteurs ? Mais en vérité il semble que Scotland Yard fouille dans la vie d'Alatea et n'est guère plus avancé que moi. Nous sommes à égalité, la flic et moi. La seule différence, c'est qu'elle peut rentrer à Londres pour fermer le dossier, alors que moi, si je rentre bredouille, je suis foutu.

Soudain gêné par son ton geignard, il s'empressa de grommeler :

— Désolé. Je suis tout le temps en train de me plaindre.

— Zed, tu peux te plaindre tant que tu veux.

— T'es super, Yaf. Y en a pas deux comme toi.

Il devina son sourire dans sa voix lorsqu'elle lui dit :

— Merci, c'est gentil. Maintenant, réfléchissons. A deux, on va peut-être y arriver. Quand une porte se ferme, une autre s'ouvre...

— Comment cela ?

— C'est peut-être le moment de songer à faire ce qui te correspond vraiment. Tu es un poète, Zed, pas un journaliste de tabloïd. Si ça continue, tu vas perdre toute ta créativité. Le moment est venu de devenir poète à plein temps.

— Personne ne peut gagner sa vie avec la poésie, répliqua Zed en riant de lui-même. Regarde-moi. J'ai vingt-cinq ans et je vis encore avec ma maman. Je n'arrive même pas à gagner ma croûte en faisant du journalisme.

— Ah, Zed, ne sois pas si cynique. Ce dont tu as besoin, c'est d'avoir auprès de toi quelqu'un qui croie en toi. Moi, je crois en toi.

— Ça me fait une belle jambe. Tu rentres à Tel-Aviv.

Silence à l'autre bout de la ligne. Le portable de Zed afficha un signal d'appel.

— Yaffa ? Tu es là ?

— Oui, je suis là.

La personne qui l'appelait insistait. Rodney, sûrement. Il ne pouvait plus y couper.

— Yaffa, j'ai un autre appel. Je devrais...

— Je ne suis pas obligée, souffla-t-elle. C'est pas obligatoire. Penses-y, Zed.

Puis elle raccrocha.

Il fixa un instant le vide puis prit l'appel.

C'était Scotland Yard.

— Je vais aller revoir cette femme à Lancaster, lui annonça la voix féminine. Il y a anguille sous roche. Il est temps que vous et moi allions la cuisiner ensemble.

Barrow-in-Furness et Grange-over-Sands
Cumbria

La dernière personne que Manette se serait attendue à voir rappliquer à l'usine Fairclough, c'était bien Kaveh Mehran. A sa connaissance, il n'y avait même jamais mis les pieds. Ian n'avait pas pris la peine de le présenter. De son côté, Kaveh n'avait pas cherché à s'imposer. Tout le monde savait, bien entendu, que Ian avait brisé son mariage pour un jeune homme. Aussi quand elle vit Kaveh debout sur le seuil de son bureau, après un instant de confusion, elle se dit qu'il était venu récupérer les effets personnels de Ian. C'était une tâche dont ils auraient déjà dû s'occuper mais à laquelle personne n'avait encore pensé.

Les raisons de sa présence se révélèrent pourtant tout autres. Tim avait disparu. La veille, alors que Kaveh le conduisait à l'école, il avait profité d'un arrêt pour sauter de la voiture et n'était pas rentré le soir.

— Que s'est-il passé pour qu'il saute de voiture ? demanda Manette. Il n'est pas allé au collège ? Vous avez téléphoné ?

C'était l'établissement qui avait téléphoné à Kaveh. Tim ne s'était pas présenté et lors d'une absence, l'école appelait toujours les parents parce que... à cause du genre des élèves inscrits, si Manette voyait ce qu'il voulait dire.

Bien sûr qu'elle voyait ce qu'il voulait dire ! Ils savaient tous quel genre de bahut était Margaret Fox. Ce n'était un secret pour personne.

Kaveh ajouta qu'il avait refait le trajet depuis Bryanbarrow jusqu'à l'école ce matin au cas où Tim aurait été en train de faire de l'auto-stop. En chemin, il avait fait une halte à Great Urswick, se disant que Tim avait peut-être passé la nuit chez Manette ou s'était caché chez elle à son insu. Puis il s'était rendu au collège Margaret Fox. Tim était-il dans les parages ?

— Ici ? s'exclama Manette. A l'usine ? Bien sûr que non, voyons. Qu'est-ce qu'il ferait ici ?

— Vous ne l'avez pas vu ? Il n'a pas téléphoné ? Pour des raisons évidentes, je n'ai pas vérifié auprès de Niamh.

Kaveh eut l'élégance de prendre l'air embarrassé, mais Manette pressentit qu'il lui cachait quelque chose d'important.

— Il ne m'a pas fait signe. Et il n'est pas à Great Urswick. Pourquoi s'est-il enfui ?

Kaveh regarda par-dessus son épaule, comme s'il se demandait s'ils ne devaient pas fermer la porte du bureau. Manette serra les dents.

— Je crains qu'il n'ait entendu une conversation que j'ai eue avec George Cowley.

— L'éleveur de moutons ? Qu'est-ce que... ?

— C'était à propos de ce qu'allait devenir Bryan Beck. Vous savez que Cowley veut racheter la ferme.

— C'est ce que m'a dit Ian, oui. Et alors ?

En quoi cette sombre histoire affectait-elle le jeune Tim ? se demanda Manette.

— J'ai informé Mr Cowley de mes intentions en ce qui concerne Bryan Beck.

— Et quelles sont ces intentions ? Devenir vous-même éleveur de moutons ?

Ce n'était pas très gentil de sa part, mais après tout, la ferme aurait dû revenir à Tim et à Gracie. Elle n'avait rien à faire entre les mains de ce type qui avait gâché leur vie.

— Je vais la garder, bien sûr. Je lui ai dit aussi que Tim et Gracie retourneraient chez leur mère. Tim a entendu...

Manette fronça les sourcils. Rien de tout cela n'était étonnant. Tim et Gracie ne pouvaient continuer à vivre avec l'amant de leur père maintenant que ce dernier n'était plus de ce monde. Cela n'allait pas être simple de convaincre Niamh d'accueillir ses propres enfants, mais étant donné leur jeune âge, il n'y avait pas d'autre solution. Tim pouvait comprendre ça. Il devait même s'y attendre, et éventuellement s'en réjouir. Gracie aussi. De sorte qu'il était impensable que cette perspective l'incite à sauter de la voiture de Kaveh et à disparaître dans la nature. Cela n'avait pas de sens.

— Je ne voudrais pas vous froisser, Kaveh, mais je ne vois pas comment les enfants auraient envie de rester avec vous. Il y a autre chose, n'est-ce pas ? Quelque chose que vous ne me dites pas.

Kaveh la regarda droit dans les yeux.

— S'il y a quelque chose d'autre, je ne sais pas ce que c'est. Vous voulez bien m'aider, Manette ? Je ne sais pas...

— Je vais m'en occuper.

Après son départ, elle téléphona au collège de Tim, en se faisant passer pour Niamh – sinon le principal aurait refusé de lui parler. Tim était absent pour la deuxième journée consécutive. Il était inquiet, forcément. Qu'un des élèves, cette mauvaise graine, échappe à sa surveillance, et Dieu sait ce qu'il pouvait arriver...

Après quoi, Manette appela Niamh. Elle tomba sur sa boîte vocale, accueillie par un roucoulement exaspérant qui s'adressait sans aucun doute aux admirateurs de l'ex de son cousin. Manette laissa un message, puis s'écria :

— Tim ? Tu es là ? Si tu es là, réponds, mon chéri ! C'est cousine Manette.

Personne ne décrocha. Cela ne signifiait pas grand-chose. S'il se cachait, il n'allait pas se laisser prendre aussi facilement. Tim devait se douter que tout le monde le cherchait, Manette comprise.

La seule action à entreprendre : continuer à le chercher, mais pas toute seule. Elle se rendit dans le bureau de Freddie.

Vide. Elle le trouva dans celui de Ian, penché sur l'ordinateur qui était en train de lui livrer tous les secrets de Fairclough Industries. Il était tellement concentré qu'il ne s'aperçut pas tout de suite de sa présence. Cher Freddie... Son cœur se serra. Un élan d'amour... Cela faisait des années qu'elle n'avait rien ressenti de semblable.

— Tu as une minute, Fred ?

Il leva la tête. Il lui sourit.

— Qu'est-ce qui t'amène... ?

Puis sa faculté à deviner ses pensées étant toujours aussi vive qu'au temps de leur mariage, il s'exclama :

— Qu'est-ce qui se passe ?

Elle lui expliqua la situation. Seulement, elle préférait ne pas aller seule vérifier chez Niamh si Tim s'y trouvait, ou plutôt elle ne voulait pas avoir à affronter Tim en tête à tête. L'adolescent était très perturbé. Elle avait peur de ses réactions...

Freddie accepta, bien sûr. Quand lui avait-il refusé quoi que ce soit ?

— Laisse-moi quelques petites minutes, lui dit-il. Je te retrouve à la voiture, après avoir fermé l'ordinateur.

En montant dans la voiture du côté passager, il lui proposa :

— Tu ne veux pas que je prenne le volant ?

— Si l'un de nous doit bondir pour lui courir après, je préfère que ce soit toi, si cela ne te dérange pas.

Ils longèrent la baie jusqu'à Grange-over-Sands sans encombre. En arrivant devant la maison blanche de Niamh, ils l'aperçurent sur son perron faisant ses adieux à l'individu que Manette avait déjà vu. Charlie Wilcox, le gérant du traiteur chinois de Milnthorpe. Elle murmura son nom à Freddie, mais n'eut pas besoin de préciser quelles relations il entretenait avec la mère de Tim et Gracie. Le langage corporel de Niamh n'aurait pu être plus explicite.

Niamh portait une chemise de nuit assez échancrée sur le côté pour que l'on se doute qu'elle ne portait rien en dessous, Charlie un costume froissé, une chemise blanche et une cravate nouée à la diable. Après avoir jeté un coup d'œil à la voiture de Manette, Niamh se lança dans un baiser d'adieu théâtral : elle se colla à Charlie, glissa sa jambe entre les siennes et se frotta contre lui avec volupté. Elle ouvrait si grand la bouche qu'elle aurait tout aussi bien pu lui palper les dents de sagesse avec l'extrémité de sa langue.

Manette poussa un soupir et se tourna vers Freddie. Il était devenu tout rouge. Il la regarda. Elle haussa les épaules.

Ils descendirent de voiture dès qu'ils jugèrent le baiser terminé. Charlie se dirigeait en transe vers sa Saab garée dans l'allée. Il leur adressa un petit bonjour de la tête désinvolte. Manifestement il avait ses habitudes, songea Manette. Charlie pourvoyait aux besoins sexuels de Niamh comme un plombier aux problèmes de tuyauterie. Avec un reniflement de mépris, Manette s'approcha de la porte d'entrée.

Niamh ne l'avait pas refermée, supposant que Manette et Freddie la suivraient à l'intérieur.

— Je suis à vous tout de suite ! carillonna la voix de Niamh. J'enfile un truc convenable.

Manette n'offrit aucun commentaire. Freddie et elle entrèrent dans le salon où gisaient les reliefs d'un festin : cadavre de bouteille, deux verres, un plat saupoudré de miettes, des morceaux de fromage et de chocolat, coussins éparpillés par terre, un tas de vêtements féminins. En ce moment, Niamh, c'était indéniable, prenait le pied de sa vie.

— Ah, pardon, j'ai pas encore attaqué le ménage.

Au son de la voix de Niamh, Manette et Freddie pivotèrent sur leurs talons. Son « truc convenable » s'avérait un justaucorps noir qui moulait chacune des courbes de son corps et rehaussait la rondeur et la fermeté de ses seins qui se tenaient au garde-à-vous tels des hommes du rang devant leur général. Les mamelons pointaient sous la mince étoffe.

Manette coula un regard à Freddie. Il avait la tête tournée vers la fenêtre du salon et la magnifique vue sur la baie qui, à marée basse, se couvrait de milliers d'oiseaux, pluviers et autres limicoles. Freddie, qui ne s'intéressait pas particulièrement à l'ornithologie, avait l'air de les observer avec un immense intérêt. La pointe de ses oreilles était rouge vif.

Niamh sourit perfidement à Manette.

— Bien, alors, que puis-je faire pour vous deux ?

Sur ces paroles elle se mit à s'affairer, replaça les coussins sur le canapé et les tapota pour leur faire retrouver leur gonflant. Puis elle ramassa la bouteille vide et les verres pour les transporter à la cuisine, où les restes d'un dîner à emporter chinois étaient étalés sur le plan de travail et la table. Décidément, se dit Manette, Charlie Wilcox approvisionnait Niamh à plus d'un titre. Ce gros crétin !

— Je t'ai laissé un message, dit-elle tout haut. Tu ne l'as pas écouté ?

— Je ne réponds jamais au téléphone quand Charlie est là, répondit Niamh en agitant les doigts comme si elle chassait une mouche importune. Tu ferais la même chose dans ma position, non ?

— Je n'en suis pas sûre. De quelle position parles-tu, au fait ? Oh, peu importe, je m'en fiche. Oui, j'aurais répondu au téléphone en entendant ce message, surtout s'il s'agissait de mon fils.

Sans cesser de remuer les boîtes d'emballage en inspectant ce qui restait au fond afin de sauvegarder ce qui était encore mangeable, Niamh répliqua :

— Quoi, Tim ?

Manette sentit la présence de Freddie soudain derrière elle. Elle fit un pas de côté pour lui permettre d'entrer dans la cuisine et lui jeta un regard. Les bras croisés, il contemplait le fouillis. Freddie n'était pas du style à laisser les choses s'accumuler sans les ranger.

Manette expliqua la situation à Niamh et conclut par une question dont elle connaissait d'avance la réponse :

— Il est passé ici ?

— Pas que je sache. Je n'ai pas été tout le temps là. Il aurait pu passer, en effet.

— On aimerait vérifier, déclara Freddie.

— Pourquoi ? Tu crois qu'il est sous mon lit ? Vous croyez que je le cache ?

— Nous pensons qu'il se cache peut-être de toi, lui fit remarquer Manette. Qui pourrait le lui reprocher ? Franche-

514

ment, Niamh, il y a des limites à ce que l'on peut demander de supporter à un garçon de son âge.

— Qu'est-ce que tu insinues ?

— Ne fais pas l'idiote. En plus avec ce que tu...

Freddie l'arrêta en lui prenant le bras et en disant :

— Tim aurait pu se glisser dans la maison pendant que tu dormais. Il pourrait aussi bien se cacher dans ton garage. Ça t'embête si on regarde ? On n'en a pas pour longtemps.

A voir sa tête, Niamh se sentait frustrée d'une bonne dispute. Sa vie de famille avait été brisée et elle n'avait aucune intention de la réparer. Avec ou sans Charlie Wilcox, Niamh ne se remettrait jamais de la trahison de Ian pour la simple raison qu'elle n'en avait aucune envie.

— Fais comme tu veux, Freddie, répliqua-t-elle avant de retourner à son rangement.

Il ne leur fallut que cinq minutes pour fouiller la maison, qui n'était pas bien grande. A l'étage, il y avait trois chambres et une salle de bains. Tim n'aurait pas pu se cacher dans celle de sa mère, vu les ébats qui avaient dû l'animer la nuit dernière et dont l'enthousiasme avait dû être bruyant. Restaient sa propre chambre et celle de sa sœur. Manette s'en chargea pendant que Freddie s'occupait du garage.

Ils se retrouvèrent dans le salon. Bredouilles. Il fallait chercher ailleurs. Avant de partir, Manette tenait à dire un mot de plus à Niamh. Celle-ci surgit à cet instant de la cuisine avec une tasse de café. Elle ne fit même pas mine de leur proposer quoi que ce soit. Ce qui n'était pas plus mal, songea Manette, étant donné qu'elle ne voulait pas s'attarder plus que nécessaire.

— Il est temps que tes enfants rentrent chez eux. Niamh, ça suffit maintenant.

— Oh là là ! s'exclama soudain Niamh en se penchant pour sortir de dessous un fauteuil un objet qu'elle brandit avec un sourire de triomphe. Charlie a oublié un de ses joujoux.

Manette reconnut un vibromasseur, ou plutôt tout un kit, vu la série de babioles de formes variées que Niamh ramassa aussi et posa à côté du sex-toy sur la table à café.

515

— Qu'est-ce qui suffit maintenant, Manette ?

— Tu le sais parfaitement. C'est ce qui t'a menée chez le chirurgien esthétique et c'est ce qui amène ce pauvre imbécile chaque soir à tourner autour de ta chatte.

— Manette, souffla Freddie.

— Non, dit Manette. Le moment est venu de mettre un terme à ces âneries. Tu as deux enfants et tes devoirs parentaux n'ont rien à voir avec Ian, son abandon et son amour pour Kaveh, ni...

— Stop ! Tu ne prononces pas ce nom sous mon toit !

— Lequel ? Celui du père de tes enfants, ou celui de l'homme pour lequel il t'a plaquée ? Tu en as bavé, on est tous d'accord là-dessus. C'est un fait. Tu as le droit d'être furieuse, personne ne va te le contester. Mais Ian est mort et les enfants ont besoin de toi, et si tu ne peux pas voir ça, si tu es tellement préoccupée par toi-même, si tu es si peu sûre de toi qu'il faut qu'un homme t'apporte la preuve tous les jours que tu es désirable... Qu'est-ce que tu as, enfin ? As-tu jamais été une mère pour Gracie et Tim ?

— Manette, murmura Freddie. Franchement.

— Comment oses-tu ? fulmina Niamh. Tu es vraiment gonflée. Me dire ça, alors que toi, tu as plaqué un homme pour...

— Il ne s'agit pas de moi.

— Taratata ! Il ne s'agit jamais de toi. Tu es tellement parfaite, n'est-ce pas, aucun de nous ne t'arrive à la cheville. Qu'est-ce que t'en sais, de ce qui m'est arrivé ? Qu'est-ce que tu crois qu'on ressent quand on découvre que l'homme que l'on aime vous trompe depuis des années avec des mecs qu'il rencontre n'importe où, dans des toilettes publiques, des parcs, des boîtes de nuit et autres bains de vapeur où ils s'enculent entre inconnus ? Tu sais ce qui t'arrive quand ça te tombe dessus tout à coup ? Tu te rends compte que ton mariage, c'était du bidon, pire que ça, que t'as pu choper toutes les maladies les plus abominables parce que l'homme à qui t'as tout donné vit dans le mensonge depuis toujours. Alors, ne viens pas maintenant me seriner tes leçons. Ne viens pas me traiter d'égoïste, de frustrée, de pétasse...

D'un geste de la main, elle chassa ses larmes et ajouta :

— Sors d'ici et ne remets plus les pieds chez moi. Si tu reviens, je te préviens, j'appelle la police. Dégage et fiche-moi la paix.

— Et Tim ? Et Gracie ? Qu'est-ce que tu fais d'eux ?

— Je ne peux pas les avoir ici.

Freddie intervint :

— Qu'est-ce que tu veux dire ?

— Ils me rappellent... Bon, je ne peux pas supporter ça. Eux.

Manette resta bouche bée, sidérée. Finalement, elle articula :

— Pourquoi t'a-t-il choisie ? Comment n'a-t-il pas vu ?

— Quoi ? fit Niamh. Quoi ? *Quoi ?*

— Il n'y en a jamais eu que pour toi. Même aujourd'hui, Niamh. C'est ainsi.

— Je ne sais pas de quoi tu parles.

— Ne t'inquiète pas. Moi, je le sais.

Lancaster
Lancashire

Deborah se sentait un peu coupable vis-à-vis de Lynley, pas plus. Elle n'allait quand même pas se fustiger parce qu'il ne la trouverait pas au Crow & Eagle quand il passerait la prendre tout à l'heure ! Il n'aurait heureusement aucun moyen de deviner qu'elle était partie pour Lancaster, étant donné que sa voiture de location était restée sagement sur le parking de l'auberge. Il penserait sans doute qu'elle faisait une dernière promenade dans Milnthorpe, peut-être du côté de la place du marché ou plus loin vers l'église afin de jeter un coup d'œil au cimetière. Ou bien qu'elle aurait longé à pied la route d'Arnside dans le but d'observer les oiseaux des marais. La marée était basse. Une multitude de volatiles devaient s'être abattus sur la baie, des espèces arctiques qui passaient l'hiver sous le climat tempéré de la région. Et puis il y avait la possibilité qu'elle soit à la banque, laquelle se trouvait de l'autre côté de la route en face de l'auberge. Ou il pouvait se figurer qu'elle n'avait pas terminé son petit déjeuner. Quoi qu'il en soit, peu importait. Ce qui comptait, c'était qu'elle ne soit pas là et qu'il ne puisse pas la ramener à Simon. Elle aurait pu lui laisser un message, bien sûr. Mais elle connaissait Tommy. Au premier indice lui permettant de soupçonner qu'elle était retournée à Lancaster interroger de nouveau Lucy Keverne à propos d'Alatea Fairclough, il se lancerait sur sa piste comme un chien de chasse après un lièvre.

Après son coup de téléphone, Zed Benjamin rappliqua à une vitesse record. Elle l'attendait sous le porche de l'auberge – où elle avait réservé la même chambre pour une nuit de plus. Dès qu'il eut fait demi-tour en direction de Lancaster, elle sortit de sa cachette et sauta à bord.

Elle ne lui dit pas qu'elle lui avait menti à propos de ce qui avait réuni Lucy Keverne et Alatea Fairclough à l'université de Lancaster. De son point de vue, elle ne devait rien à un journaliste de tabloïd, ni la vérité ni même d'hypocrites excuses.

Pour la gouverne de Zed, elle résuma la situation de la manière suivante : Lucy Keverne lui avait raconté des craques la veille. A la réflexion, son histoire de consultation à l'université pour un problème féminin sonnait faux. Après tout, si Lucy se rendait dans un laboratoire pour une histoire de fertilité, pourquoi le ferait-elle avec une amie ? Elle pourrait avoir besoin du soutien d'un mari ou d'un compagnon... Mais d'une copine ? Il se tramait quelque chose et elle, Deborah, avait besoin de son aide pour découvrir le pot aux roses.

Influencé par la mentalité de son journal, Zed sauta immédiatement à la conclusion que Lucy et Alatea étaient des lesbiennes qui entretenaient une liaison secrète. Cherchant un lien avec la mort de Ian Cresswell, il en déduisit que le défunt connaissait peut-être le vilain secret d'Alatea et menaçait de la dénoncer à son mari, Nicholas Fairclough. Zed élabora plusieurs versions de ce scénario, où Lucy et Alatea s'arrangeaient à chaque fois pour se débarrasser de Ian. Deborah laissa courir. L'esprit ainsi occupé, Zed oubliait de se demander pourquoi une enquêtrice de Scotland Yard s'acoquinait avec *The Source*.

Certes, elle lui dit que c'était sans doute une question d'argent, mais garda pour elle le raisonnement suivant : si Lucy Keverne avait passé une petite annonce pour offrir ses ovules, il y avait peu de chances qu'elle le fît par pure bonté d'âme. Lucy devait se faire payer. Zed était prêt, sûrement, à sortir une coquette somme avec la bénédiction de son rédacteur en chef en échange de son histoire. Il ne le savait pas encore, mais cela ne saurait tarder.

En revanche, Deborah préférait ne pas penser aux raisons qui la poussaient, elle, à accorder autant d'importance à ce volet de l'affaire Cresswell. Le coroner avait déclaré accidentelle la mort de Ian Cresswell, une conclusion que l'expertise de Simon avait confirmée. En plus, il s'était avéré que la présence de Tommy dans le Cumbria n'avait pas grand-chose à voir avec Ian Cresswell. Alors, cette ténacité dont elle faisait preuve avait plus à voir avec ses propres obsessions qu'avec les faits.

Devant l'entrée du foyer pour anciens combattants, elle se tourna vers Zed.

— Bon, voilà comment on va s'y prendre.

— Attendez ! s'exclama Zed, réticent à jouer une fois de plus le chauffeur de madame, laquelle par la suite ne daignerait peut-être pas partager avec lui la totalité de ce qu'elle avait appris.

Deborah comprit qu'il avait dû se sentir floué la veille en terminant leur périple avec son réservoir d'essence à moitié vide, et pas plus avancé pour autant dans la rédaction de son article.

— Je vous appelle dès que je suis seule avec elle. Si elle nous voit débarquer à deux, je vous garantis qu'elle restera muette comme une carpe. Rien ne l'oblige à nous renseigner sur Alatea, après tout. A plus forte raison si elle n'est pas du côté de la loi.

Deborah avait besoin de toute son énergie imaginative pour embobiner Lucy Keverne. Si elle parvenait à la persuader de la recevoir. Ce qui n'était pas certain.

Le même vieux soldat la reçut avec la même amabilité. Il se souvenait d'elle à cause de ses cheveux, lui dit-il. Un des rares avantages à être une rouquine, approuva intérieurement Deborah. Il lui demanda si elle voulait de nouveau s'entretenir avec Miss Lucy Keverne et leva une liasse de feuilles en déclarant :

— Je suis en train de lire sa pièce de théâtre, eh bien, laissez-moi vous dire, si elle ne fait pas un hit dans le West End, je suis la reine d'Angleterre.

Ainsi, la jeune femme était dramaturge. Ne pouvant probablement pas vivre de son art, elle était employée dans ce foyer, et pour mettre du beurre dans les épinards, « donnait » de temps en temps ses ovules. Dans ce cas, il était possible que ses visites au laboratoire sur la procréation avec Alatea n'aient eu qu'un motif scientifique. Toujours est-il que Deborah devait en avoir le cœur net. Et elle n'allait pas montrer à Lucy qu'elle était au courant pour la pièce de théâtre. Ce n'était la peine de lui tendre la perche.

La stupéfaction se peignit d'abord sur les traits de Lucy quand elle arriva et vit qui l'attendait, puis elle la fixa d'un air soupçonneux.

Deborah, prenant les devants, s'approcha vivement de la jeune femme et posa sa main sur son bras en lui disant d'une voix douce :

— Je dois vous prévenir, Miss Keverne. New Scotland Yard est dans le Cumbria ainsi qu'un reporter de *The Source*. D'une façon ou d'une autre, il va falloir raconter votre histoire – la vraie, cette fois. Je vous conseille de ne pas attendre d'y être forcée.

— Je ne peux pas...

— Vous n'avez plus le choix. Je vous ai menti hier. J'en suis confuse, mais j'espérais vous soutirer la vérité sans désagrément pour vous. Vous comprenez, Alatea Fairclough fait l'objet d'une enquête. Vous êtes impliquée.

— Je n'ai rien fait d'illégal.

— C'est ce que vous dites. Et si c'est le cas...

— Mais oui.

— ... vous saurez au moins quelle option a le plus à vous offrir.

Lucy parut soudain intéressée. Le verbe « offrir » avait produit son petit effet.

— Je ne sais pas de quoi vous parlez.

Deborah jeta un regard furtif à la ronde puis déclara en pesant ses mots :

— On ne peut pas parler ici.

— Venez avec moi.

De mieux en mieux, se dit Deborah.

Cette fois, Lucy la mena non pas au jardin mais dans son bureau, le sien apparemment. Il y avait deux postes de travail – le second était inoccupé. Lucy ferma la porte et se planta devant sa table.

— Qui offre quoi ? s'enquit-elle.

— Les tabloïds payent pour certaines informations. Vous devez le savoir.

— C'est ce que vous êtes ?

— Une journaliste ? Non, mais j'en ai un qui m'accompagne, si vous voulez bien lui parler. Je suis là pour m'assurer que vous serez rémunérée au prix que vaut votre info. Vous me la donnez, et je négocie avec lui.

— Ça ne marche sûrement pas comme ça, répliqua Lucy qui ne perdait pas le nord. Vous êtes qui là-dedans ? L'agent de *The Source* ? La négociatrice...

— Peu importe qui je suis. Ecoutez plutôt ce que j'ai à vous offrir. De deux choses l'une : j'appelle l'inspecteur de New Scotland Yard qui enquête sur un meurtre dans le Cumbria ou bien j'appelle un journaliste qui viendra enregistrer votre histoire et vous payer.

— Un meurtre ? Qu'est-ce qui se passe ?

— Vous n'avez pas à vous en préoccuper. Ce sont vos relations avec Alatea Fairclough qui comptent pour nous. Alors ? Que décidez-vous ? Une visite de la Criminelle ou d'un journaliste trop heureux de vous interviewer ?

Pendant que Lucy Keverne réfléchissait, un chariot roula dans le couloir. Finalement, elle demanda :

— Combien ?

Deborah respira mieux tout à coup. Lucy était près de mordre à l'hameçon.

— Cela dépend du degré de sensationnel du matériel que vous nous apportez.

Lucy se tourna vers la fenêtre qui donnait sur le jardin où Deborah et elle avaient parlé la veille. Une rafale de vent agita les branches délicates d'un érable japonais qui lâcha ce qui lui restait de feuilles. Deborah retint son souffle, répétant dans sa tête : *Pourvu que, pourvu que, pourvu que*… C'était son seul espoir de percer ce mystère. Si Lucy Keverne se désistait finalement, elle n'avait plus qu'à rentrer sagement à Londres.

— Il n'y a rien à raconter, déclara Lucy. Rien qui puisse intéresser un tabloïd tel que *The Source*. Ce n'est qu'un arrangement, un marché conclu entre deux femmes. Si je le pouvais, j'en ferais un scoop. Parce que Dieu sait que j'ai besoin d'argent et que j'aimerais quitter cet endroit. Je préférerais rester chez moi à écrire mes pièces de théâtre et les envoyer à Londres pour qu'elles soient mises en scène. Mais comme c'est pas pour demain, je travaille ici le matin, l'après-midi j'écris et, de temps en temps, je donne mes ovules. C'est pourquoi j'ai fait passer cette annonce dans *Conception*. Mais je vous l'ai déjà raconté.

— Vous m'avez aussi dit que vous n'accepteriez jamais d'être une mère porteuse.

— Ah, oui, cette partie-là, c'était faux.

— Pourquoi m'avoir menti ?

— C'est une affaire privée, elle ne regarde personne.

— Et l'argent ?

— Oui ?

— Si j'ai bien compris, dit Deborah, on vous rémunère quand on « récolte » vos ovules. Mais porter l'enfant d'une autre, vous le faites à titre gratuit, ou presque. Les ovules génèrent du profit, la gestation pour autrui est une bonne action qui ne rapporte rien sinon quelques maigres dédommagements. C'est bien cela ?

Lucy garda le silence. Soudain, le portable de Deborah sonna. D'un geste impatient, elle le sortit de son sac. Zed.

— Vous me prenez pour un con ou quoi ? Qu'est-ce que vous foutez là-dedans ?

— Je vous rappelle tout à l'heure.

— Pas question. Je viens.

— Ce n'est pas une bonne idée.

— Ah bon ? Eh bien, je n'en ai pas d'autre. Et quand je serai là, il vaudrait mieux que ce soit une super info et qu'elle ait un lien avec l'affaire Cresswell.

— Je ne promets...

Il lui raccrocha au nez. Deborah annonça à Lucy :

— Le reporter de *The Source* vient nous rejoindre. Je ne peux plus rien pour vous à moins que vous ne vouliez bien vous confier à moi. Cela me permettra de le tenir à distance. Sans doute s'agit-il d'une question d'argent. Vous avez accepté de porter l'enfant d'Alatea, et de son côté elle vous versera plus qu'un simple dédommagement. Ce qui est illégal, bien sûr. Et ce qui explique pourquoi vous avez esquivé mes questions hier.

Lucy se lança alors dans un plaidoyer passionné :

— Regardez-moi. Regardez ce travail minable que j'ai ici. Tout ce dont j'ai besoin, c'est de temps... du temps pour terminer ma pièce, pour la mettre en lecture, pour la corriger, et je n'ai pas le temps ! Je n'ai pas d'argent ! Porter l'enfant de cette femme va me permettre d'avoir les deux. Alors, vous pouvez écrire votre article avec ça, mais ça m'étonnerait que ça fasse vendre le journal. Qu'en pensez-vous ?

Elle avait raison, bien sûr. *L'héritier Fairclough achète le ventre d'une femme.* Un titre alléchant certes, dans la mesure où le journal publierait aussi des photos du cher bambin et rédigerait une légende du style : *Bébé Fairclough vendu par sa mère porteuse pour la modique somme de 50 000 livres.* L'histoire d'un accord illégal encore dans les limbes ne valait rien, puisque le journal serait bien en peine de prouver quoi que ce soit, Alatea Fairclough pouvant nier facilement les accusations de Lucy. En bref, pas de bébé, pas de scoop.

D'un autre côté, Alatea Fairclough était en proie à la panique dès que Deborah s'approchait d'elle. Ian Cresswell avait-il découvert quelque chose et essayé de l'empêcher de mettre à exécution son projet ? Car si Lucy devait être payée, d'où venait l'argent ? Ian tenait les cordons de la bourse. C'était lui qui gérait la fortune familiale. Alors, à moins d'avoir des ressources cachées, Alatea avait dû traiter avec Ian.

Et Nicholas Fairclough ? Il devait être au courant et par conséquent avoir joué un rôle capital dans la levée de fonds.

— Et Nicholas, le mari d'Alatea ? lança soudain Deborah.

— Il ne...

Lucy se tut, interrompue par l'arrivée de l'exaspérant Zed Benjamin qui fonça sur Deborah en glapissant :

— J'en ai assez de me faire doubler par Scotland Yard ! On bosse main dans la main ou pas du tout.

Lucy s'écria soudain :

— Scotland Yard ? Scotland Yard ?

Zed se tourna vers elle et, désignant Deborah du pouce, grommela :

— A qui vous croyez que vous êtes en train de parler ? A lady Godiva ?

Arnside
Cumbria

Alatea avait réussi à persuader Nicholas de partir pour l'usine. Il ne voulait pas y aller et sans doute n'y resterait-il pas longtemps. Mais au point où elle en était, elle devait se cramponner à ce qui réglait leur vie et lui prêtait un semblant de normalité. A savoir que Nicky partait pour Barrow le matin puis se rendait sur le chantier de la tour Pele.

Bourrelé de remords, Nicky se tenait pour responsable de la réapparition de Raul Montenegro dans l'existence d'Alatea. Son mari savait qu'ils avaient été amants, Raul et elle. Elle n'avait jamais menti à ce sujet. Il savait aussi qu'elle le fuyait. Dans un monde où le harcèlement pouvait transformer la vie d'une femme en véritable cauchemar, Nicky l'avait crue quand elle lui avait demandé de la protéger de ce milliardaire mexicain, un homme puissant chez qui l'amour avait viré à l'obsession, un homme avec qui elle avait vécu cinq ans.

Pourtant Nicky ignorait l'essentiel, qui était Raul, ce qu'ils avaient été l'un pour l'autre. Le seul à connaître toute l'histoire était Montenegro lui-même. Il avait changé de vie pour partager celle d'Alatea ; il avait changé la vie d'Alatea pour la faire entrer dans des sphères qui jusque-là avaient été pour elle hors d'atteinte. Or, Raul ne lui avait pas révélé toute la vérité sur lui-même, tout comme elle-même s'était gardée de tout lui dire. Peu à peu, à force de non-dits, leur vie commune avait pris l'aspect d'un mauvais rêve dont elle n'avait pu se réveiller qu'en prenant la fuite.

Elle remuait tout cela dans son esprit lorsqu'elle reçut un appel de Lucy Keverne. Ce que celle-ci avait à lui dire tenait en peu de mots : la même femme était revenue, cette fois accompagnée.

— J'ai été obligée de lui avouer la vérité, Alatea. Enfin, presque. Elle ne m'a pas donné le choix.

— Comment ? Que lui as-tu dit ?

— Que tu avais des problèmes d'infertilité. Elle est persuadée que ton mari est au courant. Je ne l'ai pas dissuadée.

— Tu ne lui as rien dit pour l'argent, j'espère. Combien je paye… ni le reste… Elle ne sait pas pour le reste ?

— Elle sait pour l'argent. Hier, je lui ai expliqué de quelle façon s'effectuait une récolte d'ovules, elle savait que c'était payé, alors ce n'était pas difficile pour elle de déduire que c'était la même chose pour la gestation… Je n'ai pas pu nier.

— Mais tu ne lui as quand même pas dit…

— C'est tout ce qu'elle sait. Que j'avais besoin d'argent. Fin de l'histoire.

— Rien sur…

— Je ne lui ai donné aucun détail, si c'est cela qui t'inquiète. Personne ne saura jamais, je te le jure, pour la fausse grossesse. Notre « amitié », les vacances que nous prendrons ensemble toutes les deux avant la date de l'accouchement prévue, la naissance… Elle ignore tout de notre programme.

— Mais pourquoi lui avoir…

— Alatea, j'étais au pied du mur. Sinon, elle me conduisait en prison, et alors je ne pourrai plus t'aider quand toute cette histoire sera finie... Si elle se finit jamais.

— Mais quand le bébé sera là, si elle sait...

Alatea alla s'asseoir dans un des fauteuils placés dans l'encorbellement de la fenêtre du salon dont les murs d'un jaune pâle renforçaient la chaude luminosité de la pièce. Dehors, cependant, la nature se voilait d'un gris lugubre.

— Il y a pire, Alatea, poursuivit Lucy. Pire !

— Quoi ? Comment ça ? articula non sans peine Alatea.

— Il y avait un reporter avec elle. J'avais le choix entre parler à ce type ou avoir Scotland Yard...

— Oh, mon Dieu !

Alatea s'affaissa sur son siège, vaincue.

— Pourquoi Scotland Yard s'intéresse autant à toi ? Et pourquoi ce journaliste de *The Source* veut-il écrire un article à ton sujet ? Je te pose ces questions parce que tu m'avais promis – tu te rappelles, Alatea – que notre supercherie n'intéresserait personne. Maintenant on a Scotland Yard et un tabloïd sur le dos...

— Ce n'est pas moi qui les intéresse, pas plus que toi. C'est Nicky. Son cousin s'est noyé.

— Quel cousin ? Quand ? Quel rapport avec toi ?

— Aucun. Aucun avec Nicky non plus. Juste pour t'expliquer ce qui a amené Scotland Yard dans la région. Le journaliste était venu écrire un article sur Nicky et son projet de réhabilitation, mais c'était il y a déjà plusieurs semaines, je ne comprends pas pourquoi il est de retour.

— Quel micmac ! Ecoute, je crois que j'ai réussi à nous éviter les désagréments d'un article. Qu'a-t-il à raconter ? Que nous discutons d'un éventuel arrangement ? Il n'y a rien de sensationnel là-dedans. Quant à la femme... Elle a prétendu que l'inspecteur de Scotland Yard était à sa disposition alors que le journaliste avait l'air de dire que c'était elle le fameux « inspecteur », ce qu'elle a nié. Mais elle a refusé d'en dire davantage et ensuite tout s'est vraiment embrouillé... Bon sang, Alatea, qui est cette femme ? Qu'est-ce qu'elle me veut ? Qu'est-ce qu'elle te veut ?

— Elle se renseigne. Sur moi. Elle veut être sûre que je suis bien celle qu'elle pense que je suis.

— Que veux-tu dire ?

Condamnée à être le jouet d'autrui, pensa Alatea, jamais celle que je désire être.

Victoria
Londres

Barbara Havers ne leva pas le nez de la matinée de la corvée que lui avait collée Isabelle Ardery – principalement, un entretien avec un employé du service des poursuites judiciaires de la Couronne sur un sujet captivant, à savoir une étude comparative de toutes les dépositions recueillies à propos de l'assassinat l'été précédent d'une jeune femme dans un cimetière du nord de Londres. Elle détestait ce genre de travail, mais avait fait aussi bonne figure que possible, sans aller toutefois jusqu'à se mettre au garde-à-vous, lorsque la commissaire le lui avait confié. Mieux valait prouver sa valeur hors critères vestimentaires, se disait-elle, même si à cet égard elle se sentait sans reproche aujourd'hui. Elle portait sa jupe droite avec des collants bleu marine, des escarpins impeccablement cirés – oh, il y avait juste un petit bout de cuir arraché, néanmoins en crachant un peu dessus, ça ne se voyait pas – et, pour couronner le tout, un pull-over tout neuf et tout fin, au lieu d'un de ses chandails marins torsadés. Là-dessus, elle avait passé une jolie veste à carreaux et accessoirisé l'ensemble du seul bijou en sa possession, un collier en filigrane acheté l'été précédent chez Accessorize dans Oxford Street.

Hadiyyah ayant approuvé sa tenue ce matin même, Barbara en avait conclu qu'elle avait fait des progrès en matière de quoi-porter-avec-quoi. La fillette avait frappé à la porte du bungalow alors que Barbara était en train d'engloutir un reste de Pop-Tart. Ignorant héroïquement le mégot qui fumait dans le cendrier, elle avait félicité Barbara pour son sens de la mode.

Comme Hadiyyah n'était pas en uniforme, Barbara lui demanda :

« Tu es en vacances, aujourd'hui ? »

La petite sautillait d'un pied sur l'autre en s'appuyant des deux mains au dossier de la chaise qui se trouvait devant la table de la cuisine au plateau à peine plus large qu'une planche à découper, et en général pas tellement plus propre.

« Maman et moi... C'est exceptionnel, Barbara. C'est pour papa, je dois sauter un jour d'école. Maman a dit que j'étais malade, mais que c'était un minuscule mensonge parce que ce qu'on prépare est très important. Une surprise pour papa. »

De joie, elle secoua les épaules et s'écria :

« Tu vas voir, Barbara !

— Moi ? Pourquoi moi ? Je participe à la surprise ?

— Oui. Maman dit que tu as le droit de savoir, mais qu'il faut pas le dire à papa. Tu promets ? Maman dit que papa et elle se sont disputés... les grandes personnes, elles se disputent quelquefois, forcément, non ?... et elle veut pas qu'il soit triste. Alors, voilà, c'est ça qu'on fait aujourd'hui.

— Vous l'emmenez quelque part ? Ou vous lui faites la surprise à son bureau ?

— Oh, non. La surprise, il l'aura dans quelques jours quand il rentrera à la maison.

— Un bon dîner, je parie.

— Beaucoup beaucoup mieux que ça ! »

Dans l'esprit de Barbara, il n'y avait rien de mieux qu'un bon dîner, surtout quand elle n'avait pas à se mettre aux fourneaux elle-même.

« Quoi, alors ? Dis-moi. J'ai promis de me taire.

— Promis juré ?

— Promis juré craché. »

Les yeux de Hadiyyah se mirent à danser aussi gaiement que ses pieds. Elle repoussa la chaise devant elle et tournoya sur elle-même. Ses cheveux se soulevèrent sur ses épaules comme une cape.

« Mon frère et ma sœur ! Mon frère et ma sœur ! Barbara, tu savais que j'avais un frère et une sœur ? »

Le sourire de Barbara s'évanouit. Elle se força à le ranimer pour répondre :

« Un frère et une sœur ? Vraiment ? Tu as un frère et une sœur ?

— Oui, oui ! s'écria Hadiyyah. Tu vois, papa a déjà été marié une fois et il voulait pas me le dire parce que j'étais trop petite. Mais maman me l'a raconté et elle dit que ça n'a rien de mal d'avoir déjà été marié une fois avant. C'est vrai, je sais, beaucoup d'enfants à mon école ont des parents qui sont plus mariés ensemble. Alors, maman a dit que c'est ce qui s'est passé avec papa, sauf que son autre famille s'est fâchée avec lui et voulait plus qu'il voie ses enfants. C'est pas gentil, hein ?

— Non, pas gentil », approuva Barbara, remplie d'un sombre pressentiment quant à la suite des événements.

Comment Angelina Upman avait-elle retrouvé ces gens ? Cette question la laissait songeuse.

« Et alors... fit Hadiyyah afin de ménager son petit effet.

— Oui ?

— Et alors maman et moi on va aller les chercher ! Tu imagines quelle bonne surprise ça va être pour eux ! Je vais pouvoir les rencontrer. Oh, je suis tellement contente d'avoir un frère et une sœur que je connaissais pas. Et papa pourra les voir bientôt et lui aussi il va être vachement content. Maman dit qu'il les a pas vus depuis des années. Elle sait même pas quel âge ils ont, mais elle pense qu'il y en a un qui a douze ans et l'autre quatorze. Tu te rends compte, Barbara, j'ai un frère et une sœur aînés ! Tu crois qu'ils vont m'aimer, hein, Barbara ? J'espère qu'ils vont m'aimer parce que moi, je les aime déjà. »

Barbara avait la bouche tellement sèche que c'est avec les plus grandes peines du monde qu'elle l'ouvrit. Elle avala une gorgée de café tiédasse et marmonna :

« Eh bien, dis donc. »

Des paroles idiotes pendant que ses neurones en détresse se bagarraient avec des pensées du style « qu'est-ce-que-je-peux-faire-pour-empêcher-la-catastrophe ? ». Par amitié, il était de son devoir de prévenir Azhar de ce qui s'apprêtait à lui tomber dessus : Angelina Upman le mettant devant le fait accompli ! Mais leur amitié allait-elle jusque-là ? Et une fois averti, que ferait-il ? Quel effet sa réaction aurait sur Hadiyyah, qui, aux yeux de Barbara, était la personne qui comptait le plus dans l'histoire ?

Finalement, Barbara n'avait pas bougé pour la simple raison qu'il lui semblait impossible d'empêcher le désastre. A parler à Angelina, elle trahissait Azhar. En avertissant Azhar, elle trahissait Angelina. La meilleure politique paraissait dès lors de laisser se dérouler les événements sans intervenir. Elle serait là pour ramasser les pots cassés, tout en souhaitant qu'il n'y ait rien à ramasser. Hadiyyah, après tout, méritait de connaître son frère et sa sœur. Tout finirait peut-être par des chansons, qui sait ? Peut-être.

Barbara était donc partie travailler. Elle s'était débrouillée pour que la commissaire intérimaire Ardery puisse la voir de pied en cap, non sans être au préalable passée devant Dorothea Harriman afin d'obtenir son feu vert. Celle-ci, Dieu soit loué, n'avait pas été avare de compliments – « Sergent Havers, vos cheveux... votre maquillage... Superbe ! » – mais, dès que la secrétaire lui avait chanté les louanges d'un nouveau fond de teint « minéral » en lui proposant d'aller avec elle en faire l'emplette à l'heure du déjeuner, Barbara s'était défilée. Merci beaucoup. Après quoi Barbara était allée s'incliner devant la commissaire, qui lui avait tendu la requête du service des poursuites judiciaires sans interrompre sa conversation téléphonique : « Qu'est-ce que c'est que ce merdier sans nom ? Vous foutez quoi là-bas exactement ? » Barbara supposa que la chef parlait à quelqu'un du département du crime organisé et qu'il s'agissait d'une question médico-légale. Barbara se rendit à son rendez-vous avec le rond-de-cuir des poursuites judiciaires, dont elle n'émergea qu'une éternité plus tard pour s'occuper de l'investigation de Lynley.

La voie était heureusement dégagée. Ardery ayant été obligée de se rendre sur place pour se dépatouiller dans le merdier sans nom évoqué au téléphone un peu plus tôt, elle en avait pour des heures à piétiner de l'autre côté de la Tamise. Barbara n'avait pas plus tôt appris que la chef était hors les murs – toujours être en bons termes avec les gars du parking en sous-sol du Yard – qu'elle avait filé comme un boulet de canon à la bibliothèque de la Met en se confondant en excuses auprès du rond-de-cuir, trop content de profiter de l'aubaine pour prolonger sa pause déjeuner.

Barbara avait pris soin de s'équiper de son dictionnaire espagnol/anglais. Une fois qu'elle eut réuni assez d'informations sur les deux aînés d'Esteban Vega y de Vasquez et de Dominga Padilla y del Torres de Vasquez – c'est-à-dire Carlos le curé et Miguel le dentiste – et trouvé une photographie de l'épouse de Miguel assez nette pour se persuader qu'aucune intervention de chirurgie esthétique au monde n'était en mesure de changer cette femme en une Alatea Fairclough, Barbara s'apprêta à s'attaquer aux suivants : Angel, Santiago et Diego. Si aucun d'eux n'avait de lien avec Alatea, elle serait bien obligée d'étendre ses recherches à la famille élargie, et, d'après ce que l'étudiante espagnole lui avait fait comprendre la veille, cela pouvait représenter beaucoup de monde.

Il n'y avait presque rien sur Angel, lequel, en dépit de son prénom, semblait être le mouton noir de la famille. A l'aide de son dictionnaire et avec une lenteur si agaçante qu'elle craignait que ses cheveux n'aient le temps de repousser – adieu la coupe de cheveux Knightsbridge ruineuse ! – elle finit par comprendre que cet Angel avait provoqué un accident de voiture à la suite duquel sa passagère, une fille de quinze ans, était restée handicapée à vie.

Barbara suivit ce lien, cette jeune fille étant le premier personnage de sexe féminin à se présenter hormis l'épouse de Miguel au physique ingrat, mais se retrouva de nouveau dans une impasse. Aucune photo de la gamine. Une seule d'Angel, l'air d'avoir dix-neuf ans, puis plus rien. S'il avait vécu en Amérique du Nord, surtout aux Etats-Unis, il aurait suivi une cure de désintoxication ou bien « découvert Jésus », mais là, en Amérique du Sud, quoi qu'il lui soit arrivé après cet accident, il avait disparu des radars médiatiques. Un trop petit poisson, sans doute. La presse était vite passée à autre chose.

C'est ce qu'elle fit, elle aussi. Un article sur la première communion d'Angel. Du moins pouvait-on le supposer étant donné qu'il se tenait au milieu d'un alignement d'enfants en costumes (pour les garçons) et en robes de mariée (pour les filles). Alors, soit les moonistes avaient décidé de les marier à l'âge de huit ans et quelque, soit elle avait sous les yeux des enfants qui, au titre de catholiques argentins, venaient d'être décrétés dignes de recevoir le saint sacrement. Barbara trouvant quelque peu curieux qu'une première communion fît l'objet d'un article, elle tenta d'en savoir plus. Après la destruction de l'église par un incendie, ils avaient été obligés de procéder à la cérémonie dans le parc de la ville. Du moins c'est ce qu'elle crut déchiffrer dans la prose espagnole. Ou bien, l'église avait pu être détruite par des inondations. Ou encore des termites... parce que Seigneur, *Seigneur* ! Que c'était long et fastidieux de traduire en cherchant chaque mot dans le dico !

Elle se pencha pour mieux examiner les visages enfantins, surtout ceux des filles. Elle sortit la photo qu'elle avait trouvée sur Internet d'Alatea Fairclough et se mit à la comparer avec le portrait de groupe. Les quinze noms étaient indiqués. Elle pouvait toujours lancer une recherche sur chacun d'eux mais cela prendrait des heures, et elle n'avait pas tout son temps parce qu'une fois la commissaire Ardery de retour, si celle-ci ne la trouvait pas occupée à éplucher les dépositions de témoins en compagnie du rond-de-cuir, elle le payerait cher.

Et si elle choisissait la meilleure suspecte du lot des filles et demandait qu'on vieillisse son image ? Sauf qu'elle n'en avait ni le temps ni surtout l'autorité. Elle reprit donc la piste de Santiago. Si cela ne donnait rien, elle passerait à Diego.

Une photographie plus récente de Santiago le montrait adolescent jouant Othello le visage non noirci. Sur le dernier cliché qu'elle trouva de lui, il posait avec une équipe de foot et un énorme trophée. Puis, tout comme Angel après l'accident de la route, il disparut des radars. A croire que si, une fois la puberté passée, le garçon n'avait rien fait d'extraordinaire – le séminaire ou l'école dentaire en l'occurrence – la presse se désintéressait de lui. A moins qu'il ne fût devenu inutile aux manœuvres politiciennes de son père. Après tout, un homme politique ne reculait pas devant l'étalage d'une famille nombreuse afin de prouver qu'il méritait la confiance des électeurs.

Barbara tourna ces idées dans son esprit : famille, politique, électeurs. Elle songea à Angel. A Santiago. Elle étudia de nouveau toutes les photos en gardant pour la fin celle de la première communion dans le parc. Et pour terminer, elle souleva celle d'Alatea Fairclough et la rapprocha de son visage.

— Qu'est-ce donc ? murmura-t-elle. Dis-moi ton secret, ma belle.

Rien. Un néant se déroulant jusqu'à l'infini.

Elle jura entre ses dents et avança la main vers la souris pour se déconnecter d'Internet. Elle s'occuperait plus tard du frère cadet. A la dernière seconde, ses yeux se posèrent sur le portrait de groupe des footballeurs, sur les traits d'Othello, sur Alatea Fairclough, puis sur Alatea au bras de Montenegro, puis de nouveau la première communion. Elle se reporta aux photos de lingerie d'Alatea. Et à force de passer de l'un à l'autre, de l'une à l'autre et inversement, reculant et avançant dans le temps, elle finit par voir.

Le regard fixé sur l'écran de l'ordinateur, elle prit son portable et composa le numéro de Lynley.

Bryanbarrow
Cumbria

— Peut-on la forcer ? demanda Manette à Freddie.

Ils filaient dans la vallée de la Lyth à bonne allure, Freddie au volant. Ils venaient de bifurquer au carrefour vers le sud-ouest, où, derrière les murets de pierres sèches qui bordaient la route à cette heure dégagée, des pâtures émeraude ondoyaient jusqu'au pied des *fells* dont les sommets s'emmitouflaient dans des nuages gris. Le brouillard n'allait pas tarder à descendre dans la vallée.

Manette n'était toujours pas remise de sa conversation avec Niamh Cresswell. Comment avait-elle pu la côtoyer si longtemps sans la connaître vraiment ?

Freddie, pour sa part, devait avoir égrené des pensées tout autres, car à la question de Manette, il répondit par :

— Qui ça ?

— Niamh, Freddie. Qui d'autre ? Peut-on la forcer à reprendre ses enfants ?

Freddie eut l'air d'en douter.

— Je ne sais pas ce que dit la loi au sujet de la responsabilité des parents. Mais tu sais, ce n'est pas forcément une bonne idée de faire appel à la loi.

— Je ne sais plus que penser. On devrait au moins savoir quels sont leurs droits. Tu te rends compte, elle va laisser Tim et Gracie aller à la dérive... La petite Gracie... Mon Dieu, Freddie, tu crois qu'elle va les mettre à l'assistance publique ? Est-ce qu'elle en a le droit, d'ailleurs ? Quelqu'un ne peut-il pas la forcer... ?

— Avocats, juge, services sociaux ? récita Freddie. Comment crois-tu que les enfants vont prendre ça ? Tim est déjà en train de dérailler, avec le collège Margaret Fox et tout le reste... Alors, si maintenant un tribunal oblige sa mère à le reprendre, tu imagines, il va totalement péter les plombs.

— Et si c'étaient mes parents ? avança Manette. Avec ce « jardin des enfants » qu'elle prépare... ? Papa et maman pourraient les prendre chez eux. Ils ont la place, et les gosses seraient ravis d'être au bord du lac et de profiter de cette aire de jeux...

Freddie freina. Devant le capot, un troupeau de moutons trottinait sur la chaussée, houspillé sporadiquement par un border collie. Un fermier fermait la marche. Sans se presser. Il n'y avait plus qu'à prendre son mal en patience.

Freddie passa en première.

— Tim n'a plus l'âge des cages à poules et des toboggans, tu ne crois pas, Manette ? Et puis avec cette histoire de Vivienne Tully, la présence des gosses à Ireleth Hall risquerait de rendre la situation encore plus pénible que... bon, ce qu'on pourrait arranger d'autre.

— Bien sûr, tu as tout à fait raison, soupira Manette.

Elle repensa à tout ce qu'elle venait d'apprendre au cours de ces dernières vingt-quatre heures, en particulier sur son père.

— Que crois-tu qu'elle va faire ?

— Ta mère ? Aucune idée.

— Je n'ai jamais compris ce qui l'a séduite chez papa. Je ne vois pas non plus ce qu'a pu lui trouver Vivienne. Ou ce qu'elle continue à lui trouver, parce que ça a l'air sérieux entre eux. Qu'est-ce qui a pu lui plaire chez lui ? Pas son argent. Maman est riche, lui non. S'il divorçait, il ne serait pas sur la paille, mais il ne roulerait pas non plus sur l'or. Evidemment, il a accès à tout et Vivienne n'a peut-être jamais su qu'il n'était pas... ?

— A mon avis, ce n'est pas l'argent qui l'a attirée. Plutôt son assurance. Ton père a du panache, voilà ce qu'il a. Et les femmes adorent ça, le panache. Sûrement aussi ce qui a séduit ta mère.

Manette l'inspecta d'un bref coup d'œil. Il avait le regard rivé sur les moutons devant eux, mais le bout de ses oreilles le trahissait.

— Et après ?

— Hum ?

— Cette histoire d'avoir du panache ?

— C'est vrai, j'ai toujours admiré la façon dont ton père avait confiance en lui. Franchement, j'aurais bien aimé lui ressembler de ce côté-là.

Ses oreilles étaient à présent cramoisies.

— Toi ? Tu n'as pas confiance en toi ? Regarde toutes ces femmes qui rampent à tes pieds en ce moment ?

— Ça, c'est facile, Manette. Ça s'appelle « l'impératif biologique ». Une femme désire un homme sans savoir pourquoi. L'homme se contente d'être performant. Et si un mec peut pas assurer au moment où la nana lui descend son falzar pour chevaucher son joystick...

— Freddie McGhie, allons ! s'exclama Manette en s'esclaffant malgré elle.

— C'est vrai ce que je te dis. Ecoute, c'est toute l'espèce qui s'éteint si le mec n'y arrive pas alors que la nana est prête. Je te parle « biologie ». La performance machinale. Pas la technique, quoique n'importe quel mec puisse en acquérir une décente.

Les moutons, guidés par le collie, s'engouffrèrent soudain dans un champ à la barrière grande ouverte et disparurent à leur vue. Freddie passa en seconde.

— Bien, alors, mettons que ton père avait mis au point une bonne technique, mais qu'il avait quelque chose au départ qui attirait ces dames, et ça, c'était son panache. Il a tellement confiance en lui-même qu'il se croit capable des exploits les plus héroïques. Et non seulement il se prend pour une sorte de surhomme, mais encore, il en apporte la preuve.

Manette savait qu'il avait raison. La rencontre de ses parents était entrée dans la légende familiale. Un garçon de quinze ans déclarant à Valerie Fairclough, de trois ans son aînée, qu'il voulait l'épouser. Au départ, elle avait été fascinée par son arrogance alors que les gens de son milieu connaissaient en général leur « place » et savaient comment se tenir. Le trouble qu'il engendrait chez elle, c'était tout ce qu'il avait fallu à Bernie Dexter. Le reste avait suivi.

— Mais, Freddie, toi aussi tu peux faire ce que tu veux. Tu n'as donc jamais cru en toi-même ?

Il lui jeta un sourire timide.

— J'ai pas su te retenir, par exemple. Et ce que Mignon disait hier... J'ai toujours su que tu préférais Ian. C'était peut-être le fond du problème entre nous.

— Ce n'est pas vrai ! protesta Manette. A dix-sept ans, d'accord, je préférais peut-être Ian. Mais la femme que je suis devenue n'a jamais aimé que toi.

— Ah.

Il n'en dit pas davantage. Elle non plus, même si elle percevait entre eux une tension, un malaise inédit. Elle garda le silence tandis qu'ils prenaient le dernier virage avant le village de Bryanbarrow et la ferme Bryan Beck.

Une camionnette de déménagement stationnait devant le cottage de George Cowley. Ils se garèrent non loin. Lorsqu'ils approchèrent de la vieille maison de maître, Cowley sortit du cottage et, les apercevant, s'avança vers eux à grands pas. Dès qu'il fut à portée de voix, il s'écria :

— Il a eu ce qu'il voulait depuis le début !

Sur ces paroles, Cowley cracha par terre sur les dalles de pierre de l'allée qui longeait le trampoline de Gracie.

— On va voir ce qu'on va voir ! Quand l'exploitation ne lui rapportera plus un penny, il chantera sur un autre ton.

— Pardon ? dit Freddie.

Il ne connaissait pas George Cowley. Et Manette seulement de vue, elle ne lui avait jamais parlé.

— Il se prend pour le Grand Manitou, poursuivit Cowley. Nous, on se tire d'ici, Dan et moi, avec les moutons. On verra bien si ça va lui plaire. Qu'il se trouve donc un autre fermier pour louer ses champs et croupir dans ce taudis. Il verra bien, avec sa femme et ses parents.

Manette se demanda si le cottage serait assez grand pour loger une famille entière.

— Tim est ici, Mr Cowley ? On le cherche.

— Comment je saurais ? grommela George Cowley. De toute façon, ça tourne pas rond chez ce gamin. Et la petite, elle est pas tellement mieux. A sauter sur son trampoline toute la sainte journée. J'suis sacrément content de me barrer, voyez-vous. Si vous voyez ce suceur de bites, dites-lui donc ça. Dites-lui que je crois pas une seconde à ses conneries, même si je sais pas ce qu'il mijote.

— Vous pouvez compter sur moi, répliqua Freddie poliment en prenant Manette par le bras pour l'entraîner vers le perron en murmurant : Mieux vaut pas s'y frotter.

Manette acquiesça. Manifestement, le bonhomme n'avait pas toute sa tête.

La maison était vide. Manette, toutefois, savait où était caché le double de la clé, sous un champignon en béton couvert de lichen et à moitié enterré au pied d'une vieille glycine que l'hiver avait dépouillée de ses feuilles et dont le tronc épais grimpait jusqu'au toit.

La cuisine était impeccablement propre et rangée, les vieux bahuts luisaient d'encaustique. Les lieux avaient l'air mieux entretenus qu'avant la mort de Ian. Etait-ce Kaveh ou quelqu'un d'autre qui avait joué à la fée du logis ?

Du point de vue de Manette, après un deuil, on était ravagé par un immense chagrin et trop abattu pour briquer son chez-soi comme si on attendait des visiteurs de marque. Pourtant, dans cette cuisine, il n'y avait pas le moindre désordre, pas la plus minuscule toile d'araignée entre les poutres apparentes du plafond. Même au-dessus de l'âtre où jadis on fumait la viande pour traverser les longs hivers, quelqu'un avait lessivé les murs brunis de la hotte.

— Bon, personne ne peut l'accuser de ne pas entretenir les meubles, fit observer Freddie en regardant autour de lui.

Manette mit ses mains en entonnoir devant sa bouche pour appeler :

— Tim ? Tu es là ?

C'était plus pour la forme qu'autre chose, car elle savait parfaitement que même s'il l'était, là, il n'allait pas bondir à sa rencontre, les bras grands ouverts. Ils n'en explorèrent pas moins toutes les pièces sans omettre le plus petit recoin. Vides. Et à l'instar de la cuisine, toutes immaculées. Dans le même état qu'à l'époque où Ian avait respiré sous ce toit, mais mieux tenu, à croire qu'un photographe allait à tout instant passer la porte, chargé d'illustrer un article de magazine de décoration sur les demeures élisabéthaines.

Ils gravirent l'escalier. Une maison aussi ancienne devait receler des cachettes. Freddie était persuadé que Tim était loin, et qui pouvait le lui reprocher ? Mais Manette tenait absolument à vérifier. Elle regarda sous les lits, palpa le contenu des armoires, appuya sur les coins des boiseries au cas où il y aurait eu des chambres secrètes. C'était ridicule, mais plus fort qu'elle. L'atmosphère lui paraissait inquiétante, toute cette situation terriblement angoissante. Kaveh avait sûrement fait quelque chose à Tim. Sinon pourquoi aurait-il fugué ? Kaveh avait eu beau jeu ensuite de prétendre être soucieux de ce qu'il était devenu.

La chambre de Tim fut la dernière pièce qu'ils visitèrent. Là aussi, tout était parfaitement rangé. Elle ne ressemblait pas à la chambre d'un ado de quatorze ans, même si ses vêtements étaient encore dans l'armoire, ses tee-shirts et ses polos soigneusement pliés dans la commode.

— Ah ! s'exclama Freddie en se dirigeant vers la table contre la fenêtre.

L'ordinateur portable de Tim était ouvert, à croire qu'il venait de s'en servir.

— Ça va peut-être nous apprendre quelque chose, dit Freddie à Manette en s'asseyant, les doigts déjà tendus vers le clavier. Voyons voir.

Manette se planta derrière lui.

— On n'a pas son mot de passe. Ça sert à rien.

Freddie se tordit le cou pour lui adresser un sourire.

— Ah, femme de peu de foi.

Il se mit à pianoter et, en quelques minutes, l'ordinateur de Tim recouvra la mémoire et se souvint de son mot de passe. Ils n'avaient plus besoin que de son nom d'utilisateur. Manette, s'étant efforcée de communiquer le plus régulièrement possible avec lui par mails, l'avait retenu. Le reste, dit Freddie, était facile comme bonjour.

— Dommage que tu n'aies pas eu le dos tourné. Tu m'aurais peut-être pris pour un génie.

Elle lui pressa affectueusement l'épaule.

— Mais tu es un génie, mon cher.

Alors que Freddie lisait les mails et ouvrait page Web après page Web, Manette examina ce qu'il y avait sur le bureau. Des manuels scolaires, un iPod sur son chargeur, un cahier plein de dessins de créatures extraterrestres dévorant des membres humains, un guide des oiseaux – tiens donc ! –, un canif qui présentait sur sa lame, quand elle le déplia, une croûte de sang noir, un tirage papier d'un plan trouvé sur Internet. En regardant le plan, elle s'écria :

— Freddie, tu ne crois pas que c'est... ?

Des bruits de portières de voiture leur parvinrent de dehors. Manette se pencha par-dessus la table pour regarder par la fenêtre. Il était possible que ce soit Kaveh, de retour après avoir trouvé Tim, auquel cas Freddie et elle avaient intérêt à s'éloigner au plus vite de l'ordinateur du gamin. Cependant ce n'était pas Kaveh, curieusement, mais un couple âgé de type oriental, peut-être iranien. Il était accompagné d'une adolescente qui leva le visage vers la façade du manoir, la main posée sur la bouche. Elle se tourna ensuite vers le vieux couple. La femme la prit par le bras et tous les trois s'avancèrent de front vers le perron.

Des proches de Kaveh, sans aucun doute, songea Manette. Il y avait peu d'Orientaux dans ce coin du Cumbria, et si on en apercevait parfois sur le littoral, on n'en voyait jamais à l'intérieur des terres. S'agissait-il d'une visite surprise ? Ils auraient fait un crochet par Bryan Beck au cours d'un voyage touristique ? Quoi qu'il en soit, ils allaient trouver porte close et repartir comme ils étaient venus. Freddie et elle pourraient alors se remettre au travail.

Mais les choses ne se passèrent pas ainsi. Apparemment, ils avaient une clé en leur possession. Manette murmura :

— Qu'est-ce que c'est que cette histoire encore ?... Freddie, il y a des gens qui pénètrent au rez-de-chaussée. Un couple âgé et une gamine. Des amis de Kaveh, sûrement. Tu penses que je... ?

— Merde ! Je n'ai encore rien trouvé. Pourrais-tu... je ne sais pas... descendre leur parler ?

Manette sortit de la chambre en fermant doucement la porte derrière elle. Mais une fois dans l'escalier, elle ne se gêna pas pour descendre normalement. Elle claironna :

— Qui est là ? Bonjour ! Je peux vous aider ?

Elle tomba sur eux dans le vestibule, entre la cuisine et l'ancienne cuisine.

La meilleure solution consistait à recourir au bluff, décida Manette. Elle leur sourit, à croire que sa présence entre ces murs était tout à fait naturelle.

— Je suis Manette McGhie, la cousine de Ian. Vous devez être des amis de Kaveh ? Il n'est pas là pour le moment.

Ils étaient beaucoup plus que des amis de Kaveh. Ses parents venus de Manchester. Ils avaient amené sa fiancée, fraîchement débarquée de Téhéran, afin qu'elle puisse visiter le domicile qui allait être le sien d'ici à quelques semaines. Kaveh et elle ne s'étaient pas encore rencontrés. En général, des beaux-parents n'escortaient pas leur future bru chez leur fils, mais Kaveh était tellement impatient... C'était compréhensible, n'est-ce pas ? Ils l'étaient aussi. Ils lui faisaient une petite surprise.

La jeune fille se prénommait Iman. Pendant cet échange, elle avait gardé les yeux baissés. Une chevelure superbe, noire et brillante, cachait son visage à la manière d'un rideau. Mais Manette en avait aperçu assez pour constater qu'elle était très jolie.

— La fiancée de Kaveh ? s'étonna Manette dont le sourire s'était figé.

Au moins, maintenant, elle comprenait pourquoi la maison était si parfaitement rangée et propre. N'empêche que cette petite allait quand même se retrouver en eaux troubles. Pauvre môme, elle allait s'y noyer.

— J'ignorais que Kaveh était fiancé. Ian ne m'en avait pas parlé.

— Qui est Ian ? s'enquit le père de Kaveh.

En route pour Londres

La sonnerie de son portable trouva Lynley à une bonne centaine de kilomètres de Milnthorpe, à l'approche de la M56, et d'humeur plutôt sombre. Deborah Saint James lui avait fait une crasse. Quand il était arrivé au Crow & Eagle à dix heures et demie comme prévu, s'attendant à la trouver prête à prendre la route pour rentrer à Londres, il n'avait d'abord pas été tellement inquiet de ne pas la voir à la réception. Sa voiture de location se trouvant dans le parking, elle n'était sûrement pas loin.

— Si vous aviez l'amabilité d'appeler sa chambre ?

La jeune femme en chemise blanche immaculée et jupe de laine noire avait en effet été très aimable.

— Qui la demande ?

— Tommy.

Il surprit alors sur les traits de la réceptionniste une lueur de compréhension. L'auberge du Crow & Eagle était peut-être une « plaque tournante », pour employer une expression chère à Barbara, le lieu où se rencontraient régulièrement les hobereaux du coin. Lynley précisa :

— Elle doit rentrer à Londres avec moi.

Il s'en voulut aussitôt de s'être senti obligé de se justifier et s'éloigna du comptoir pour examiner le stand de brochures touristiques sur les sites à visiter dans le Cumbria.

Au bout de quelques minutes, la jeune femme de l'accueil s'éclaircit la gorge.

— Ça ne répond pas, monsieur. Vous avez regardé dans la salle à manger ?

Elle n'était pas dans la salle à manger ni au bar, et de toute façon qu'est-ce que Deborah serait venue faire au bar à dix heures du matin ? La voiture étant toujours là – il avait garé la Healey Elliott sur l'emplacement voisin –, Lynley n'avait plus qu'à prendre son mal en patience. Il y avait une banque de l'autre côté de la route, une place de marché au centre-ville et une vieille église avec un charmant cimetière... Elle était peut-être en train de se dégourdir les jambes en prévision du long trajet qui les attendait.

Il ne lui était pas encore venu à l'esprit que si la réceptionniste avait appelé sa chambre, cela signifiait qu'elle l'avait gardée ! Quand il en prit conscience, il sauta à la seule conclusion possible.

— Quelle femme exaspérante ! s'exclama-t-il.

Et il appela aussi sec son portable. Bien entendu, il tomba sur sa boîte vocale.

— Tu te doutes que je ne suis pas très content. On avait passé un accord, toi et moi. Où es-tu, enfin ?

Que pouvait-il ajouter ? Il connaissait Deborah. Une fois qu'elle s'était fourré une idée dans la tête, ce n'était même pas la peine d'essayer de l'en faire changer.

Il n'en fit pas moins le tour de la ville avant de partir, histoire d'en avoir le cœur net. Il devait bien ça à Simon. Cela lui prit un temps fou et ne lui rapporta rien hormis une connaissance approfondie de Milnthorpe, dont la place principale, pour une obscure raison, était bordée d'une ribambelle de traiteurs chinois. Il finit par retourner à l'auberge, laissa un message pour elle à la réception et prit la route.

Lorsque son portable sonna alors qu'il approchait de la M56, sa première pensée fut pour Deborah. Elle l'appelait pour se confondre en excuses... Il répondit sans vérifier le numéro et aboya :

— Quoi ?

C'était le sergent Havers.

— Ah, oui. Bon. Bonjour chez vous aussi, ironisa-t-elle. Qu'est-ce qui vous arrive ? Vous avez subi une greffe de personnalité ou bien écopé d'une nuit blanche ?

— Désolé. Je suis sur l'autoroute.

— Vers... ?

— Londres, évidemment.

— C'est pas une bonne idée, monsieur.

— Pourquoi ? Qu'est-ce qui se passe encore ?

— Rappelez-moi quand vous pourrez parler tranquillement. Trouvez une aire de repos. Je ne voudrais pas que vous cassiez votre belle voiture. J'ai déjà la Bentley sur la conscience.

L'aire de service suivante, un Welcome Break, se trouvait à un quart d'heure. Il n'y avait pas de véhicule sur le parking, et personne déambulant sur le sol collant de la cafétéria, des boutiques, du marchand de journaux et du coin jeux. Lynley s'acheta un café et se planta devant un des guéridons hauts. Il rappela Havers.

— J'espère que vous êtes assis, lui dit-elle sans préambule.

— J'étais assis tout à l'heure.

— OK, OK.

Elle le mit au courant de ses activités, lesquelles consistaient pour l'essentiel à échapper à la vigilance d'Isabelle Ardery afin de mener ses recherches sur Internet, pour lesquelles elle semblait acquérir un goût certain. Elle lui parla de l'étudiante espagnole, de son voisin Taymullah Azhar, que Lynley connaissait, de la ville de Santa Maria de la Cruz, de los Angeles, y de los Santos et des cinq fils du maire de ladite ville. Un de ses talents étant de savoir ménager ses effets, elle avait gardé le meilleur pour la fin.

— En bref, il n'y a pas d'Alatea Vasquez y del Torres. Ou, plus précisément, elle existe tout en n'existant pas.

— Ne m'aviez-vous pas déjà dit qu'Alatea appartenait sans doute à une autre branche de la famille ?

— Vous vous rappelez la chanson *Yesterday* ? Eh bien, c'était hier et hier n'est plus.

— Cela vous dérangerait d'être plus explicite ?

— Alatea fait partie de la famille. Seulement, elle n'est pas Alatea.

— Qui est-elle, alors ?

— Elle est Santiago.

Lynley mit quelques secondes à encaisser. Non loin de lui, un agent d'entretien armé d'une serpillière jetait des coups d'œil dans sa direction, dans l'espoir sûrement qu'il débarrasse le plancher afin de pouvoir nettoyer sous ses pieds.

— Barbara, encore un peu plus explicite, s'il vous plaît.

— Ce n'est pourtant pas compliqué. Alatea est Santiago. Santiago est Alatea. Ou alors ils sont de vrais jumeaux, sauf que si j'ai bonne mémoire, il n'y a pas de vrais jumeaux de sexes différents. Une impossibilité biologique.

— Alors, qu'est-ce que c'est ?

— Un travesti. Il s'habille en femme et ressemble presque en tout point à une femme. Un vilain petit secret qu'il vaut mieux cacher à sa famille, vous ne croyez pas ?

— Oui, en certaines circonstances. Mais là...

— Monsieur, l'interrompit Havers. La documentation sur Santiago s'arrête quand il a quinze ans. A mon avis, c'est à ce moment-là qu'il a changé son nom en Alatea. D'ailleurs, à la même époque, il s'est enfui de chez ses parents. J'ai réussi à glaner tout ça en appelant chez lui en Argentine.

Elle lui raconta en détail tout ce qu'elle avait appris lors de son rendez-vous avec Engracia, l'étudiante espagnole, qui avait parlé à quelqu'un de la famille. Les parents souhaitent le retour d'Alatea. Son père et ses frères comprennent maintenant. Carlos – le curé – les a convaincus. Tout le monde prie pour son retour. Ils la cherchent depuis des années. Elle ne doit pas continuer à se cacher. Elena Maria a le cœur brisé...

— Qui est Elena Maria ? s'enquit Lynley qui avait l'impression que sa boîte crânienne se remplissait de coton hydrophile mouillé.

— Une cousine. Voici comment je vois les choses : Santiago a fait une fugue parce qu'il aimait se travestir, un hobby qui n'a pas dû plaire à ses frères ni à son père. Le machisme latin et tout le tintouin, si vous me pardonnez le cliché. De toute façon, à un moment donné, il a rencontré Raul Montenegro.

— Qui c'est, celui-là ?

— Un Mexicain plein aux as. Il est tellement riche qu'il a construit une salle de concerts qui porte le nom de sa maman. Santiago rencontre ce type, Raul le prend sous son aile. Raul l'aime beaucoup, parce que Raul en est, si vous voyez ce que je veux dire. Et il préfère ses mignons jeunes et beaux. D'après les photos, il les préfère aussi bien huilés, mais c'est hors sujet, n'est-ce pas ? Bon, alors, ces deux-là, ils se sont trouvés et sont heureux comme des princes. D'un côté, on a Santiago, qui adore se travestir et qui avec le temps est devenu fortiche pour se transformer en femme. De l'autre, on a Raul, qui n'a aucun problème pour sa part avec le goût de Santiago pour le travestissement, étant donné qu'il est de ce côté-là de la barrière, mais qu'il préfère que personne ne le sache. Alors, il se met en couple avec Santiago qui, une fois pomponné, ressemble à un top model. Raul peut ainsi se montrer avec lui en public. Ils restent ensemble jusqu'à ce que quelque chose de mieux se présente.

— Ce quelque chose étant ?

— Nicholas Fairclough, je suppose.

Lynley secoua la tête. Cette possibilité était à exclure.

— Havers, dites-moi : ce sont des élucubrations de votre part ou vous vous basez sur des faits ?

Barbara ne se laissa pas démonter.

— Monsieur, tout s'emboîte à merveille. La maman de Santiago savait très bien de qui il s'agissait quand Engracia lui a posé des questions sur Alatea. Elle ne savait pas en revanche qui était Engracia sinon qu'elle cherchait Alatea. Elle ne pouvait pas se douter que j'avais déjà découvert qu'ils n'avaient que des garçons dans la famille. Au départ, pourtant, Engracia et moi étions persuadées, tout comme vous, qu'Alatea appartenait à la famille élargie, mais quand j'ai suivi les liens sur Santiago puis ceux sur Alatea à l'époque où elle était tout jeune mannequin... Croyez-moi, c'est bien Santiago. Il s'est enfui pour vivre sous une identité de femme, que, vu sa beauté, personne ne lui a contestée. Et sa rencontre avec Raul a été la cerise sur le gâteau. Tout baignait entre ces deux-là jusqu'à l'apparition de Nicholas Fairclough.

Il fallait bien admettre, songea Lynley, que cette hypothèse tenait la route. Nicholas Fairclough, ex-drogué, ex-alcoolique, ne voulait sans doute pas que ses parents apprennent qu'il vivait à présent avec un homme qui se faisait passer pour son épouse grâce à un faux certificat de mariage, seul papier dans sa situation susceptible de lui conférer le droit de résider en Angleterre.

— Ian Cresswell aurait découvert le pot aux roses ? suggéra Lynley davantage pour lui-même que pour Havers.

— Cela n'aurait rien d'étonnant, approuva Havers. Parce que quand on y pense, monsieur, qui était mieux placé que Ian Cresswell pour s'en rendre compte ?

Milnthorpe
Cumbria

Deborah avait déjà le moral à zéro avant même que la jeune femme de la réception du Crow & Eagle lui tende le message de Tommy. Tout ce qu'elle avait entrepris allait ou menaçait d'aller à vau-l'eau.

Elle avait essayé de mener en bateau le calamiteux reporter de *The Source* en lui faisant croire qu'il n'y avait rien d'intéressant à tirer de ce que lui avait appris Lucy Keverne à Lancaster. Zed Benjamin la prenant toujours pour l'enquêtrice de Scotland Yard, Deborah avait espéré qu'en l'entendant prononcer « J'ai terminé mon travail ici » il calquerait sa conclusion sur la sienne et tirerait un trait sur toute l'affaire pour rentrer à Londres. Car si Scotland Yard fermait le dossier, il n'y avait aucune raison de s'accrocher, n'est-ce pas ?

Mais ce ne fut pas ainsi que réagit le reporter. A l'entendre, l'affaire ne faisait au contraire que commencer.

Horrifiée à la pensée des désagréments que risquait de subir le couple Alatea et Nicholas Fairclough par sa faute, elle tenta de lui prouver qu'il faisait fausse route.

« Combien de personnes il y a dans ce pays ? Combien qui n'ont ni amie ni parente volontaire pour porter leur enfant gratis, rien que par bonté d'âme ? C'est une loi ridicule, il n'y a pas de scoop là-dedans. »

Ce n'était pas le point de vue de Zed Benjamin. Le scoop, c'était que la loi générait chez certaines femmes un tel désespoir qu'elles étaient prêtes à adopter les solutions les plus désespérées.

« Je ne voudrais pas vous vexer, Mr Benjamin, mais cela m'étonnerait que *The Source* devienne une tribune pour le débat des femmes sur la procréation parce que vous écrirez un article sur le sujet.

— On verra. »

Elle l'avait planté devant la porte de l'auberge. Elle reconnut immédiatement l'écriture sur l'enveloppe scellée que lui tendit la jeune femme de la réception. Tommy. Elle se rappelait les lettres qu'il lui écrivait en Californie à l'époque où elle y étudiait la photographie.

Le message tenait en quelques mots : *Deb, que veux-tu que je te dise ? Tommy.* Et en effet, que pouvait-il dire ? Elle lui avait menti, elle n'avait pas répondu à son appel sur son portable et maintenant il était furieux ; au même titre que Simon. Elle avait foiré sur toute la ligne.

Deborah monta dans sa chambre et, tout en préparant ses bagages, réfléchit à la façon dont elle avait enchaîné les bourdes. D'abord avec le frère de Simon, David, qu'elle avait fait lanterner à propos de l'adoption ouverte qu'il avait si gentiment essayé d'organiser pour eux. Puis avec Simon lui-même qu'elle avait poussé à bout avec son obstination à rester dans le Cumbria alors que de toute évidence ils n'avaient plus rien à faire dans la région, maintenant que leur mission (assister Tommy dans son enquête au sujet de la mort de Ian Cresswell) était terminée. Et pour couronner le tout, elle avait sans doute gâché les chances d'Alatea Fairclough de trouver une mère porteuse alors que tout ce que voulait cette pauvre jeune femme, c'était ce dont elle-même rêvait, à savoir mettre au monde un enfant.

Elle s'assit au bord de son lit, en songeant à l'importance prise dans son existence par ce désir d'enfant depuis quelques années, au point de l'obnubiler. Il n'était hélas pas en son pouvoir de le satisfaire : la volonté de procréer ne suffisait pas. Alatea Fairclough avait sûrement traversé les mêmes incertitudes.

Elle comprenait à présent pourquoi la jeune Sud-Américaine s'était montrée si réticente à se confier. Son mari et elle s'apprêtaient à payer une femme pour mener une grossesse à son terme à sa place. Deborah avait interrompu la suite des précautions à prendre que Lucy Keverne et elle examinaient dans un laboratoire de l'université de Lancaster. Et ces précautions devaient être nombreuses. Rien, en effet, ne pouvait se faire avant d'obtenir l'autorisation de la faculté.

Pauvre Alatea, oui, que Deborah avait harcelée depuis qu'elle avait posé le pied dans le Cumbria alors qu'elles avaient en commun d'être privées de ce qui était accordé si facilement à tant de femmes, et qui parfois allait jusqu'à être qualifié d'« erreur ».

Elle devait aller lui présenter ses excuses. Avant de quitter la région, il fallait qu'elle se fît pardonner.

Milnthorpe
Cumbria

Zed n'était pas très fier d'avoir menti à l'enquêtrice de Scotland Yard. Après l'avoir déposée à son hôtel, il n'était pas retourné à Windermere. Il avait traversé Milnthorpe et avait longé la place du marché. Il y avait une supérette Spar à un carrefour. Un peu plus loin se profilaient les silhouettes grisâtres d'un complexe de bâtiments d'habitation, sûrement une cité. Il gara sa voiture et entra dans la supérette. Les travées étaient étroites et l'air d'une moiteur tiède aussi déplaisante que ses pensées.

Il erra quelques minutes entre les rayonnages avant de se ressaisir et d'acheter le dernier numéro de *The Source*. Après quoi, il se rendit à pied au Chippy de Milnthorpe, voisin d'une boucherie de luxe dont la devanture exposait des tourtes au gibier.

Zed commanda une double portion de haddock et de frites, plus un Fanta orange. Une fois son assiette devant lui, il ouvrit le tabloïd et se mit en devoir de lire l'article en première page.

Ce salopard de Mitchell Corsico. Il avait fait main basse sur la une ! Avec du vent : un aristocrate apparenté à la famille royale s'était vu attribuer la paternité d'une petite métisse de cinq ans, photos à l'appui. Jolie comme un cœur, l'enfant avait recueilli le meilleur dans les chromosomes de ses géniteurs. Cela dit, de toute façon, son père n'avait aucune chance d'accéder au trône à moins que la suzeraine actuelle et sa tribu au grand complet ne se retrouvent au milieu de l'Atlantique à bord d'un paquebot qui aurait le malheur de heurter un iceberg. Cette précision achevait de rendre le papier nullissime, mais n'avait pas pour autant dissuadé Corsico ni le rédacteur en chef, Rodney Aronson, de lui faire les honneurs de « l'exclusivité ». Peu importe le rang : une tête couronnée reste une tête couronnée !

Et *The Source* n'avait pas lésiné sur le traitement de faveur : c'était la révélation de l'année, sinon du siècle ! Le tout en très gros titre barrant la première page, photographies floues et suite en page 8 – ce qui montrait bien le peu d'intérêt de ce que Rodney Aronson livrait en pâture aux lecteurs du journal – où étaient développées la biographie insipide de la mère de l'enfant et celle encore plus fade de l'aristocrate, lequel, au moins, contrairement au reste de la tribu royale, avait un menton.

Bien entendu, l'article était conforme à la bienséance langagière qu'exigeait l'esprit du temps, le « politiquement correct » oblige. N'empêche, se dit Zed, ils n'avaient pas dû trouver grand-chose dans le caniveau pour se résoudre à publier cette daube.

Zed, qui voyait enfin la chance lui sourire, repoussa *The Source* sur le côté, arrosa copieusement de vinaigre de malt son haddock et ses frites, dévissa le bouchon de son Fanta orange et passa en revue dans sa tête les divers éléments qu'il avait rassemblés sur Nick Fairclough et la ravissante Alatea.

Un scoop, voilà ce que son article ne serait jamais, hélas. L'enquêtrice de Scotland Yard n'avait pas tort. Nick Fairclough et son épouse allaient verser beaucoup plus qu'une indemnisation à leur mère porteuse. Et alors ? Même si c'était illégal, ce n'était qu'une petite combine dépourvue de tout caractère sensationnel. Car la véritable question, en effet, c'était maintenant de savoir comment rendre cette plate vérité au moins aussi croustillante que la paternité louche d'un membre secondaire de la famille royale ?

Zed devait se concentrer sur les détails. Il avait des ovules, du sperme, un homme, une femme, une deuxième femme et de l'argent. A qui appartenait quoi ?

Il voyait deux possibilités. Les ovules d'Alatea n'étaient pas de bonne qualité (était-ce possible, d'ailleurs ?) et ne parvenaient pas à descendre le tube (qui portait quel nom déjà ?) jusqu'à son je-ne-sais-quoi pour recevoir les vous-savez-quoi de Nick. Comme ces ovules n'étaient pas « bons », le couple était forcé de se fournir ailleurs. Seulement Nick et Alatea ne voulaient pas que leurs proches soient au courant pour des raisons... Au fond, pourquoi ? A cause de l'héritage ? Qu'est-ce qu'il y avait d'autre à hériter qu'une fabrique de chiottes ? Tout à coup, Zed se vit la risée de Fleet Street. Ou bien, et c'était la seconde hypothèse, c'étaient les spermatozoïdes de Nick qui ne faisaient pas l'affaire. Toutes les drogues qu'il avait ingurgitées les avaient rendus si asthéniques qu'ils s'essoufflaient pendant le trajet et une fois à destination n'avaient plus la force de frapper assez fort pour entrer. Dans ce cas, ils utilisaient les spermatos d'un tiers et feraient passer le rejeton pour un Fairclough. Pas mal.

Il y avait une troisième éventualité : et si tout tournait autour de la somme qui devait être versée à Lucy Keverne ? Nick était-il en train de vendre autre chose que des chiottes pour rassembler de quoi payer la mère porteuse ? Les médecins avaient peut-être aussi des exigences.

Le meilleur angle, conclut-il en terminant son haddock et ses frites, c'était celui de l'achat d'« une machine à fabriquer des bébés ». C'était ainsi qu'il fallait le présenter à son patron. Et pour cela, il devait partir de Nick Fairclough. Zed n'était pas un grand connaisseur de la nature humaine, mais il se doutait que la première chose qu'avait faite Lucy Keverne quand l'enquêtrice de Scotland Yard et lui l'avaient quittée, c'était d'appeler Alatea Fairclough afin de lui annoncer que son secret était découvert.

Ne lui restait plus qu'à se charger d'augmenter la pression sur le mari.

Glissant le tabloïd sous son bras, il retourna à sa voiture. Un coup d'œil à sa montre lui indiqua que Nicholas Fairclough se trouvait sans doute sur le chantier de Middlebarrow.

En roulant vers Arnside, il passa de nouveau devant le Crow & Eagle puis fila le long de Milnthorpe Sands, une vaste étendue sablonneuse et détrempée à marée basse traversée par le ruban brillant de la rivière Kent dont les rives étaient arpentées par des courlis, des pluviers et des petits chevaliers à pieds rouges dans leur éternelle quête de nourriture. De l'autre côté de la baie, dans la direction du promontoire de Humphrey Head, le brouillard avançait avec une lenteur inexorable. Le taux d'humidité dans l'air était déjà tel que les fenêtres des cottages étaient embuées et les arbres ruisselaient d'eau. La chaussée mouillée était glissante.

Zed se gara non loin de la tour Pele en ruine. Le chantier semblait désert. Pourtant, quand il descendit de voiture, il entendit des éclats de rire, des voix d'hommes provenant de la tente qui servait de cantine. A l'intérieur, l'équipe au complet était rassemblée. Assis autour des tables, ils fixaient un vieux type debout devant eux dans une posture décontractée, le pied sur une chaise et le coude sur le genou. Il avait l'air de leur raconter une histoire. Les autres buvaient ses paroles, du thé et du café. La fumée de cigarette piqua les yeux de Zed.

Il aperçut Nick Fairclough dans le fond, renversé en arrière sur sa chaise, les deux pieds sur la table devant lui, au même instant où celui-ci s'avisa de sa présence. Dès que leurs regards se croisèrent, Nick descendit brusquement ses pieds et sa chaise se rétablit à la verticale avec un bruit sec. Il se leva et s'approcha vivement de Zed.

Nick le prit par le bras et l'emmena dehors en disant :

— Ceci n'est pas une réunion ouverte.

Ses intonations n'avaient rien d'amical. Zed comprit qu'il avait été témoin de ce qui permettait à ces hommes de tenir le coup : l'entraide entre compagnons d'infortune... Comme chez les Alcooliques Anonymes et autres organisations du même acabit. Zed se doutait bien que Nick n'allait pas l'accueillir à bras ouverts.

— Je voudrais vous parler.

Fairclough indiqua la tente d'un mouvement du menton.

— Je suis en réunion. Il faudra que vous patientiez.

— Je ne crois pas que ce soit possible, déclara Zed en sortant son bloc-notes pour appuyer ses paroles.

— De quoi s'agit-il ? demanda Fairclough, de plus en plus méfiant.

— Lucy Keverne.

— Qui ça ?

— Lucy Keverne. A moins que vous ne la connaissiez sous un autre nom. La mère porteuse que votre femme et vous avez engagée.

Fairclough le fixa en écarquillant les yeux, comme s'il le prenait pour un fou.

— Une mère porteuse de quoi ?

— Qu'est-ce que vous croyez ? répliqua Zed. Une mère porteuse. Je voudrais parler avec vous du marché que vous avez tous les deux passé avec Lucy Keverne pour qu'elle porte votre enfant.

— Un marché ? Mais qu'est-ce que c'est que cette histoire ?

Zed était doublement satisfait : il avait bien réussi son entrée en matière et, bingo, il tenait enfin le zeste « sexy » à ajouter à son article.

— Allons marcher un peu, proposa-t-il.

Bryanbarrow
Cumbria

Manette était toujours en train d'assimiler la situation alors qu'elle gravissait l'escalier, ayant installé les parents et la fiancée de Kaveh dans l'ancienne cuisine, leur ayant ensuite apporté du thé et des biscuits sur un plateau qu'elle avait trouvé dans un placard de la cuisine. Dieu seul sait pourquoi elle leur avait préparé du thé, songeait-elle, mais au bout du compte, on avait toujours intérêt à se montrer aimable et hospitalier.

Ainsi, elle avait réussi à en apprendre un peu plus. Dans l'esprit des parents de Kaveh, leur fils logeait chastement chez un propriétaire terrien. Son nom n'avait jamais été ni prononcé au cours de leurs conversations téléphoniques ni écrit dans leur correspondance. Et voilà que ce nanti, ô miracle, avait légué l'exploitation à leur fils. Rien n'empêchait plus leur fils désormais de se marier, puisqu'il avait une maison où faire vivre son épouse. Bien entendu, ses parents les auraient volontiers hébergés. Ils avaient d'ailleurs beaucoup insisté sur ce point auprès de lui, avaient-ils assuré à Manette. Après tout, en Iran, la tradition voulait que les enfants vivent sous le même toit que leurs parents. Mais Kaveh était un jeune homme moderne et il avait des idées « britanniques ». Un jeune Britannique ne ramenait pas son épouse chez ses parents. Cela ne se faisait pas. Dans leur cas, cependant, l'inverse allait se produire : Kaveh insistait pour que ses parents viennent vivre avec lui. Ils se déclaraient satisfaits : ils allaient enfin avoir des petits-enfants... Depuis le temps qu'ils tannaient leur Kaveh...

Ces gens étaient d'une ignorance stupéfiante et Manette n'allait pas être celle qui les ramènerait sur terre, même si cela la démangeait. En outre, elle se sentait un peu coupable vis-à-vis de cette petite Iman qui s'apprêtait à devenir la femme d'un homme qui selon toute vraisemblance, comme Ian avant lui, mènerait une double vie. Mais qu'y pouvait-elle ? Et si elle leur disait : « Pardonnez-moi, mais saviez-vous que Kaveh baise avec des mecs depuis des années ? » L'imbroglio qui en résulterait serait sans doute terrible. De toute façon, en quoi cela la regardait-il ? Kaveh était libre d'agir à sa guise. Sa famille finirait tôt ou tard par découvrir la vérité. A moins qu'ils ne se voilent la face, par candeur ou parce que ça les arrangeait. Pour le moment, son objectif était de retrouver Tim Cresswell. A présent, elle connaissait la raison de sa fugue. Kaveh l'avait sûrement mis au courant de ses noces prochaines. Pauvre Tim, c'était la goutte qui avait fait déborder le vase.

La question maintenant était la suivante : où était-il passé ? Elle retourna dans la chambre du garçon pour voir si Freddie avait progressé dans ses recherches.

Il était toujours assis devant l'ordinateur de Tim, mais s'était tourné de manière à cacher l'écran à toute personne entrant dans la pièce à l'improviste. Qui ne pouvait être que Manette, évidemment. Il la regarda d'un air grave.

— Qu'est-ce que c'est ?

— De la pornographie. Ça fait déjà un bout de temps que ça dure.

— Quel genre ?

Elle fit mine de contourner sa chaise, mais il l'arrêta d'un geste.

— Tu ne veux pas voir ça, ma chérie.

— Freddie, qu'est-ce que c'est, enfin ?

— Ça débute par des choses pas bien méchantes, comme dans ces magazines sous blister noir dont sont friands les gamins à cet âge. Des femmes nues qui montrent leur sexe d'une façon un peu trop crue pour être esthétique. Les gamins aiment ça, que veux-tu.

— Tu aimais ça, toi ?

— Eh bien... Oui et non. J'étais plutôt amateur de seins, à vrai dire. Une poitrine avenante bien présentée. Mais les temps changent, pas vrai ?

— Et après ?

— Eh bien, après, j'ai eu une première petite amie alors que j'étais assez jeune...

— Freddie. Je te parle de l'ordinateur. Il y a plus ? Tu viens de dire que ça continuait...

— Oui, oui... Des hommes et des femmes dans... Bon, tu vois.

— Toujours une curiosité naturelle, non ?

— Oui. Mais ensuite, cela devient des hommes avec des hommes.

— A cause de Ian et de Kaveh ? Peut-être qu'il a des doutes sur sa propre sexualité ?

— Possible. Probable, même. Tim aura cherché à comprendre. Lui-même, eux...

Au ton de sa voix, Manette devina qu'il y avait pire.

— Et après, Freddie ?

— Ensuite, il passe de la photo au film X. Du sexe *live*. Et les personnages changent.

Il se frictionna le menton qui crissa sous sa paume, un petit bruit qu'elle trouva réconfortant.

— Dois-je en savoir plus ? dit-elle tout haut.

— Des hommes et des jeunes garçons, Manette. Dix, douze ans. Et ces films...

Freddie hésita avant de la fixer d'un regard angoissé.

— ... De jeunes garçons avec des hommes, parfois seuls, parfois en groupe. C'est-à-dire, il n'y a qu'un enfant mais plusieurs hommes. Il y a même une parodie de la Cène sauf que Jésus n'est pas occupé à laver des pieds et qu'il doit avoir dans les neuf ans.

— Seigneur !

Manette ne voyait pas comment Tim avait pu passer des images de vagins et de copulations entre un homme et une femme à des copulations entre hommes puis entre plusieurs hommes et un enfant ! N'étant pas familière de la psychologie des adolescents, elle ne savait s'il fallait attribuer cette curiosité à des pulsions naturelles à cet âge ou à quelque chose de plus effrayant. Ses craintes la faisaient pencher, hélas, vers la seconde éventualité.

— Que crois-tu que nous devrions... ?

Elle laissa sa phrase en suspens. Ne serait-il pas avisé de prévenir la police ? Ou d'alerter un pédopsychiatre... Manette reprit :

— De penser qu'il recherche des choses pareilles... ! Il faut au moins avertir Niamh. Evidemment, cela ne nous avancera pas beaucoup.

Freddie secoua la tête.

— Ce ne sont pas des recherches.

— Comment ça ? Tu viens de dire...

— A part les photos de femmes, les vidéos hétéros et les homos, que l'on peut à la rigueur mettre sur le compte de sa confusion à cause de ce qui se passait entre son père et Kaveh, pour le reste, il n'a rien cherché sur le Net.

— Alors ? On le lui a envoyé ?

— Il y a des mails d'un certain Toy4You. Je suis remonté jusqu'à un forum sur la photographie. A mon avis, il y a pas mal de liens sur ce forum sur la photo de charme et de là, rien n'est plus simple que de glisser dans le porno en échangeant des messages privés pendant des sessions de « chats ». Ce n'est pas pour rien qu'on appelle Internet « la Toile ». Il suffit de suivre les fils, ils vous mènent dans toutes les directions.

— Qu'est-ce que lui dit ce Toy4You ?

— Il y va doucement. Au début il parle de « s'amuser un peu entre adultes consentants, bien sûr ». Puis il écrit : « Mate un peu ça et dis-moi ce que t'en penses. » Il lui demande s'il serait partant, etc.

— Freddie ! Et qu'est-ce que Tim lui répond ?

Freddie pianota sur le bureau, signe qu'il était à court de mots. Manette répéta son prénom.

— En fait, Tim semble avoir passé un marché. Une sorte de troc.

— Avec ce Toy4You ?

— Oui. Ce mec, car je suppose que c'est un homme, écrit dans son dernier mail : « Tu fais un truc comme ça et je ferai ce que tu voudras. »

— Qu'est-ce que cela peut bien signifier ? s'enquit Manette qui ne savait pas si elle avait tellement envie de connaître la réponse.

— Il se réfère à un fichier joint, une vidéo.

— Ah.

— *Le Jardin des Oliviers.* Sauf que les soldats romains n'y procèdent à aucune arrestation.

— Mon Dieu ! s'exclama Manette en écarquillant les yeux et en levant sa main devant sa bouche. « Je ferai tout ce que tu voudras » ? Freddie, tu crois que Tim a fait tuer Ian par ce type ?

Freddie se leva si brutalement que la chaise racla le parquet, puis se tourna pour caresser brièvement la joue de Manette.

— Non, non... Le dernier mail date d'après la mort de son père. Ce que veut Tim n'a rien à voir avec Ian. En tout cas, il obtiendra ce qu'il veut seulement en échange d'un rôle dans un film porno.

— Mais que veut-il ? Et où est-il ? Freddie, il faut qu'on le retrouve.

— Je suis d'accord avec toi.

— Mais comment... ? Attends, attends...

Elle venait de se rappeler la carte qu'elle avait aperçue tout à l'heure parmi les affaires du garçon. Malheureusement, ce bout de papier – un bout de plan d'une ville anonyme – n'allait pas beaucoup les avancer. A moins que Freddie ne sache où l'on pouvait trouver les rues Lake, Oldfield, Alexandra, Woodland et Holly, ils allaient perdre leur temps à éplucher les cartes de la région et à interroger en vain Internet.

— Ce n'est qu'un tas de rues, Freddie, dit-elle en lui montrant le plan. Que faisons-nous maintenant ?

Après avoir jeté un coup d'œil à la feuille, il s'empressa de la plier et de débrancher le portable en annonçant :

— On y va !

— Où ça ? Tu sais où aller ?

Mon Dieu, pensa-t-elle, pourquoi avait-elle divorcé de cet homme ?

— Aucune idée, mais je crois savoir qui pourrait en avoir une.

Arnside
Cumbria

Lynley fit une excellente moyenne. La Healey Elliott avait été conçue pour la course automobile et en dépit de son âge vénérable se révéla à la hauteur de ce qu'on pouvait attendre d'un tel engin. Il n'avait pas de gyrophare, mais il ne lui aurait de toute façon pas servi à grand-chose étant donné le peu de circulation. En une heure, il était sorti de l'autoroute. Après quoi, cependant, les chaussées glissantes et une visibilité réduite à cause de la brume l'obligèrent à lever le pied.

Plus il se rapprochait de Milnthorpe et Arnside, plus les routes devenaient étroites et sinueuses, presque sans bas-côtés où se ranger pour laisser passer les voitures venant d'en face. En outre, tous les fermiers du Cumbria semblaient s'être donné le mot pour faire prendre l'air à leurs gros pachydermes de tracteurs.

Lynley bouillait d'impatience. Dieu sait où Deborah était encore allée se fourrer ! Elle était tellement têtue qu'elle était capable des pires folies sans tenir compte du danger. Comment Simon ne lui avait-il pas encore tordu le cou ?

Sur la route entre Milnthorpe et Arnside, il vit que le brouillard n'allait pas tarder à engloutir le paysage. Contrairement à ce que disait le poème[1], il ne venait pas « à petits pas de chat » : c'étaient des nuées grises et menaçantes qui fonçaient à travers Morecambe Bay comme tirées par des chevaux invisibles.

Il ralentit aux abords du village d'Arnside. Lynley n'était encore jamais venu au manoir, mais il avait en tête la descrip-

---

1. *Fog*, de l'auteur américain Carl Sandburg.

tion de Deborah. Après la large et robuste jetée en pierre qui s'avançait vers l'estuaire et le lit à sec de la rivière Kent, il freina brusquement pour permettre à une femme de traverser avec une poussette et un enfant en bas âge bien emmitouflé contre le froid, qui ne lui tenait pas la main mais s'agrippait à sa jambe de pantalon. En les regardant progresser à pas lents, Lynley se demanda pourquoi, dès qu'on était pressé, tout se mettait à conspirer contre vous ? Machinalement, il lut les panneaux signalant des dangers divers et variés : *Attention, danger ! Marée montante très rapide ! Sables mouvants ! Cours d'eau souterrains ! Danger ! Attention !* Pourquoi diable, se demanda-t-il distraitement, élever des enfants dans ce coin où il suffisait de s'aventurer un peu trop loin sur la plage au mauvais moment de la journée pour finir au fond de l'eau ?

Une fois la mère et l'enfant en sécurité sur le trottoir, il redémarra. Il suivit la Promenade en admirant les façades des belles demeures victoriennes dressées face à la mer puis, tout au bout, s'engagea sur la petite route qui longeait la digue et menait à Arnside House. Le manoir était orienté de manière à surplomber la baie et une pelouse qui descendait jusqu'à l'estuaire. Sauf qu'aujourd'hui la vue était bouchée par le brouillard qui prenait de plus en plus l'allure d'une masse de coton hydrophile détrempée et ourlée de noir, comme rescapée d'un incendie.

Arnside House paraissait désert. Malgré la pénombre, aucune lumière ne brillait à ses fenêtres. Lynley était incapable de décider si cette apparence de calme était une bonne ou une mauvaise chose. Le fait qu'il n'y ait pas de voiture garée devant le manoir semblait a priori plutôt rassurant : au moins Deborah n'était pas venue se jeter dans la gueule du loup ! Le mieux aurait été qu'il n'y ait personne, mais il ne pouvait pas compter là-dessus.

Il arrêta la Healey Elliott au fond de l'allée de gravier, là où elle s'élargissait pour servir de parking. En descendant de voiture, il remarqua que la qualité de l'air avait changé depuis son départ quelques heures plus tôt. Il avait même du mal à respirer. Ses poumons paraissaient encombrés. Il avança vers le perron avec la sensation de s'enfoncer dans de la poix.

Une sonnerie retentit quelque part à l'intérieur. Comme il s'attendait à ne recevoir aucune réponse, quelle ne fut pas sa surprise quand, après un bruit de pas, le battant s'ouvrit sur une des plus belles femmes qu'il eût jamais vues.

Il faillit se pincer : le teint cannelle, l'énorme chevelure rebelle retenue captive grâce à des peignes en écaille de tortue, les yeux noirs, immenses, la bouche sensuelle, et puis ce corps… les formes du rêve d'un homme. A la rigueur, ses mains la trahissaient, mais seulement parce qu'elles étaient grandes.

Pas étonnant qu'Alatea et Nicholas Fairclough aient trompé leur monde. Si Barbara Havers n'avait pas affirmé catégoriquement que cette femme était en réalité Santiago Vasquez y del Torres, Lynley lui-même ne l'aurait pas cru. A la vérité, il y croyait à peine. Il prononça prudemment :

— Mrs Fairclough ?

Elle acquiesça. Il lui présenta sa carte de police en ajoutant :

— Inspecteur Thomas Lynley, New Scotland Yard. C'est à propos de Santiago Vasquez y del Torres.

Elle devint si livide que Lynley craignit qu'elle ne s'évanouisse. Elle recula d'un pas.

— Santiago Vasquez y del Torres, répéta-t-il. Ce nom vous est familier, apparemment.

Elle tendit la main derrière elle vers le long banc en chêne qui s'appuyait contre la boiserie et s'assit.

Lynley ferma la porte. Le vestibule était obscur. Le peu de lumière qui filtrait par les quatre petites fenêtres en vitrail à motif de tulipes rouges et feuilles vertes jetait un éclat maladif sur le visage de la femme, ou de… enfin, de celle qui s'était affaissée sur le banc.

Il n'était pas encore certain d'avoir en main toutes les informations, mais mieux valait ne pas le laisser paraître. Aussi attaqua-t-il de front.

— J'ai des raisons de croire que vous êtes Santiago Vasquez y del Torres de Santa Maria de la Cruz, de los Angeles, y de los Santos en Argentine.

— Je vous en prie, ne m'appelez pas ainsi.

— Est-ce votre vrai nom ?

— Plus depuis le Mexique.

— Raul Montenegro ?

A ces mots, elle se redressa d'un seul coup et s'adossa à la boiserie.

— C'est lui qui vous envoie ? Il est ici ?

— Personne ne m'envoie.

— Je ne vous crois pas !

Elle se leva, passa devant lui et s'engagea dans un couloir sombre, lambrissé comme le vestibule.

Il lui emboîta le pas. Elle ouvrit une porte à double battant où s'encadraient des vitraux sur lesquels des lys s'étiraient en éventail au milieu du feuillage. La salle, immense, n'était qu'à moitié restaurée, étrange mélange de néo-médiéval et d'Art nouveau. Elle gagna la niche de la cheminée où elle s'assit dans le coin le plus abrité, baissant la tête et remontant ses genoux, comme recroquevillée sur elle-même.

— S'il vous plaît, laissez-moi, dit-elle d'une voix sourde. Partez, je vous en prie.

— Ce n'est pas possible.

— Il le faut. Vous ne voyez pas ? Personne ici n'est au courant. Vous devez partir tout de suite.

Lynley ne la croyait pas.

— Ian Cresswell savait, lâcha-t-il au petit bonheur.

Elle redressa la tête. Ses yeux brillaient, mais son expression était hagarde.

— Ian ? Ce n'est pas possible. Comment l'aurait-il appris ?

— Un homosexuel, encore dans le « placard, » menant une double vie. Il devait connaître des gens comme vous. Cela lui aurait été plus facile qu'à un autre de...

— Vous me prenez pour ça... Pour un homosexuel ? Un travesti ? s'exclama-t-elle, soudain animée. Vous pensez que j'ai tué Ian, c'est cela ? Parce qu'il a... quoi ? Découvert quelque chose ? Vous pensez qu'il m'a menacée de me dénoncer si je... quoi ? Si je ne lui donnais pas l'argent que je n'ai pas ?

Lynley ne savait plus où il en était. La réaction initiale de l'épouse de Nick au nom de Santiago Vasquez y del Torres avait confirmé qu'elle était bien l'ancien fugueur qui s'était ensuite retrouvé au bras de Raul Montenegro. Mais à présent elle ne réagissait pas comme elle aurait dû à la mention de Ian.

— Ian ne savait pas. Personne ici ne savait, personne !

— Vous êtes en train de me dire que Nicholas n'est pas au courant ?

Lynley la dévisagea intensément, s'efforçant de comprendre ce qui appartenait à un domaine où il se sentait aussi étranger qu'un aveugle pénétrant dans une pièce inconnue encombrée de meubles.

— Mais comment Nicholas peut-il ne pas savoir ?

— Parce que je ne lui ai jamais dit.

— Mais n'a-t-il pas vu de ses propres yeux...

Soudain, la lumière se fit dans l'esprit de Lynley : Alatea était en train de lui faire un aveu. Si elle n'avait rien dit à Nicholas, et si Nicholas n'y avait vu que du feu, c'était pour une bonne raison.

— Oui, opina-t-elle, comme si elle lisait dans ses pensées. Seule ma famille argentine est au courant, et ma cousine Elena Maria. Elle, elle a toujours su. Toujours, même quand on était enfants.

Alatea souleva la masse brune de ses cheveux pour la ramener en arrière, un geste si féminin que Lynley se sentit troublé. Cherchait-elle à le décontenancer ? Elle enchaîna :

— On jouait toutes les deux à la poupée, et plus grandes, elle me prêtait son maquillage et ses vêtements.

Alatea détourna un instant les yeux puis les fixa de nouveau sur lui avec une expression d'une sincérité désarmante.

— Est-ce que vous pouvez vous imaginer ? C'était naturel chez moi. J'étais moi-même. Et Elena Maria avait parfaitement compris. Je ne sais pas comment, mais c'est un fait. Avant tout le monde, elle a su qui j'étais.

— Une fille, prononça Lynley. Une fille dans un corps de garçon.

— Oui.

Lynley voyait bien qu'elle attendait des paroles de sa part, au moins une réaction, même si c'était de répugnance ou de pitié. Elle avait appartenu à une fratrie de cinq garçons dans une société où la virilité vous octroyait des privilèges qu'une femme ne pouvait acquérir qu'à la force du poignet. Si bien qu'en principe aucun homme sain d'esprit n'aurait envie de souhaiter changer de sexe. Pourtant, c'est ce qu'elle avait fait.

— Même quand j'étais dans la peau de Santiago, j'étais une fille. J'avais un corps de garçon, mais je n'en étais pas un. Vivre comme ça... Sans être rien... Sans s'appartenir à soi-même... A regarder son propre corps la haine au cœur. On est prêt à tout pour faire cesser cette douleur.

— Ainsi, vous êtes devenue une femme.

— La « transsexualité », vous en avez entendu parler ? J'ai quitté Santa Maria pour trouver mon équilibre et ne plus souffrir de ce corps que je cachais. A cause de mon père, de sa position sociale, de toute notre famille. Tant de choses. Et puis il y a eu Raul. Il était riche. J'étais décidée à devenir une femme. Il avait ses manques à lui. On a passé un marché, lui et moi. Personne n'a jamais été au courant.

Soudain, elle regarda Lynley en face. Au fil des années, il en avait vu des regards, des expressions désespérées, rusées, hypocrites, qui, toutes, tentaient de masquer la vérité. Ils étaient persuadés que lui, Lynley, ne pouvait pas les voir tels qu'ils étaient vraiment. Seuls les sociopathes réussissaient à ne pas se trahir, pour la simple raison que les yeux sont la mémoire de l'âme, et que les sociopathes n'ont pas d'âme.

Lynley s'assit sur le banc en face de l'alcôve où s'était réfugiée Alatea.

— La mort de Ian Cresswell ?

— Je n'ai rien à voir avec ça. Si je devais tuer quelqu'un, ce serait Raul Montenegro, mais je n'ai même pas envie de le tuer. Je l'ai fui, oui, c'est vrai. Pas parce qu'il avait l'intention de me dénoncer. Il ne l'aurait jamais fait, il avait trop besoin d'avoir une femme à son bras. Pas une vraie femme, voyez-vous, mais un homme qui passait pour une femme. Sa réputation dans le monde en dépendait. Ce qu'il n'a pas compris, et que je ne lui ai pas dit, c'était que je ne ressentais pas la nécessité de me faire passer pour une femme, puisque j'en étais déjà une. Tout ce qu'il me fallait, c'était une opération chirurgicale.

— Qu'il a payée ?

— En échange d'une idylle entre deux hommes, dont l'un avait l'apparence d'une femme.

— Une relation homosexuelle.

— Si vous voulez. Mais peut-on parler d'homosexualité si les partenaires ne sont pas du même sexe ? Notre problème, le mien comme celui de Raul, c'est que notre relation était basée sur un malentendu. Ou alors je n'ai pas voulu voir pourquoi il s'attachait à moi, parce que j'étais désespérée et qu'il était ma seule planche de salut.

— Qu'est-ce qui vous fait penser qu'il vous poursuit ?

D'un ton dépourvu d'ironie, sans une once de coquetterie, elle répondit :

— Vous ne l'auriez pas fait, inspecteur Lynley ? Raul a dépensé une fortune pour me fabriquer, et il n'a pas eu beaucoup de retour sur son investissement.

— Qu'est-ce que sait Nicholas, au juste ?

— Rien.

— Comment est-ce possible ?

— J'ai eu une dernière opération à Mexico, il y a longtemps. Quand j'ai compris que je ne serais jamais la personne que Raul voulait que je sois, je l'ai quitté. Et j'ai quitté le Mexique. J'ai vécu ici et là, sans jamais me poser. Et puis j'ai abouti dans l'Utah, où avait échoué aussi Nicky.

— Mais vous avez été obligée de le lui dire.

— Vous croyez ?

— Parce que... Bon, c'est évident.

— Je pensais que je pourrais éternellement continuer à être une femme sans que Nicky se doute de quoi que ce soit. Mais il a souhaité retourner chez lui en Angleterre. Il voulait à tout prix prouver à son père qu'il pouvait être fier de lui. Il ne voyait qu'une seule façon de rendre son père heureux.

Nous allions lui donner ce que ses sœurs n'ont pas su lui donner : un enfant. Une sorte de réparation pour ce que Nicky lui a fait endurer, à lui et à sa mère, pendant ses années de dépendance.

— Mais maintenant, vous devez lui dire.

— Comment lui avouer ce qui est une trahison de la pire espèce ? Vous en seriez capable, vous ?

— Je n'en sais rien.

— Je peux l'aimer. Je peux être sa maîtresse. Je peux être la gardienne de son foyer et faire tout ce qu'une femme fait pour un homme. Sauf une chose. Et me soumettre à un examen médical pour diagnostiquer ma stérilité... ? J'ai menti à Nicky au départ parce que le mensonge m'est naturel, parce que pour nous, mentir c'est vivre, nous sommes forcées de mentir si nous voulons être acceptées. J'avais pris la décision de rester *stealth*, notre jargon pour exprimer la nécessité de rechercher l'invisibilité. La seule différence entre moi et les autres transsexuels, c'est que je me suis tue devant l'homme que j'aimais parce que j'ai eu peur qu'il ne veuille plus m'épouser et m'emmener là où Raul Montenegro ne me retrouverait jamais. C'est mon péché.

— Mais à présent, vous savez que vous devez lui en parler.

— Je ne peux plus reculer.

Arnside
Cumbria

Il sortait de sa poche sa clé de voiture lorsque Deborah surgit au volant de son véhicule de location dans l'allée qui menait à Arnside House. Parfaitement immobile, il planta son regard dans le sien. Elle se gara juste à côté de la Healey Elliott. Au moins, songea-t-il, elle avait l'élégance d'avoir l'air contrit.

— Je suis tellement désolée, Tommy.

— Puisque tu le dis.

— Tu m'as attendue longtemps ?

— Non, je rentrais à Londres, j'étais déjà à une heure d'ici, quand Barbara m'a téléphoné. Des détails à régler, que j'ai réglés d'ailleurs.

— Quel genre de détails ?

— Rien qui ait un rapport avec la mort de Ian Cresswell, en fait. Où étais-tu passée ? Encore à Lancaster ?

— Tu me connais trop bien.

— Oui, et ça ne changera jamais, n'est-ce pas ?

Il regarda derrière elle et constata que pendant qu'il était à l'intérieur du manoir, le brouillard avait atteint la digue qui courait le long de l'estuaire et commençait à palper la pelouse de ses tentacules glacés. S'il voulait atteindre l'autoroute avant la purée de pois, il ne devait pas traîner. D'un autre côté, toutes les routes du Cumbria allaient devenir dangereuses : il ne pouvait pas partir en laissant Deborah derrière lui.

— J'avais besoin de lui parler une dernière fois... Lucy Keverne... Je savais que tu ne m'y autoriserais pas.

Lynley haussa un sourcil.

— Je ne suis pas là pour t'autoriser ou t'interdire quoi que ce soit, tu es libre de faire ce que tu veux, Deborah. Je t'ai dit au téléphone que j'avais envie d'avoir ta compagnie sur le chemin de retour.

Elle baissa brusquement la tête. Sa chevelure rousse ondulante qui balayait ses épaules – son meilleur atout – bascula en avant. Lynley contempla ses boucles que l'air moite du Lake District transformait en doux et soyeux ressorts qui reflétaient la lumière. Méduse, pensa-t-il. Ses cheveux avaient toujours eu cet effet-là sur lui...

— En fait, j'avais raison, dit-elle finalement, Lucy Keverne ne m'avait pas tout raconté. Mais je ne crois pas que ce soit un mobile suffisant pour avoir assassiné Ian Cresswell.

— De quoi s'agit-il ?

— Alatea va payer pour qu'elle porte son enfant, payer très cher... Ce n'est pas l'histoire sensationnelle à laquelle je m'attendais. Je ne vois pas pourquoi on tuerait pour quelque chose comme ça.

Lynley en déduisit que la dénommée Lucy Keverne ignorait la vérité sur Alatea Fairclough ou n'avait pas dit tout ce qu'elle savait à Deborah. Car pour une histoire sensationnelle, c'en était une ! Et de taille ! Portée par les trois puissances qui gouvernent le monde – sexe, pouvoir et argent –, elle constituait une aubaine inespérée pour les chasseurs de scoops. Mais fallait-il y ajouter le meurtre ? Deborah avait sans doute raison. Les faits qui auraient pu provoquer celui de Ian Cresswell concernaient la partie de l'histoire que Lucy Keverne, à en croire Alatea, ne connaissait pas. Et Lynley croyait Alatea.

— Alors, maintenant ?

— Je suis venue présenter mes excuses à Alatea. Je lui ai empoisonné la vie ces derniers jours. En plus, j'ai l'impression que j'ai gâché ses projets avec Lucy. Je n'ai pas fait exprès, mais cet infernal reporter de *The Source* s'est jeté sur nous pendant l'entretien en claironnant que j'étais une enquêtrice de Scotland Yard montée dans le Cumbria pour investiguer sur le décès de Ian Cresswell...

Avec un soupir, Deborah secoua sa belle crinière luisante et la ramena en arrière – le même geste si féminin qu'il avait vu tout à l'heure Alatea esquisser.

— ... A cause de moi, Lucy va sans doute avoir peur de porter le bébé de cette pauvre femme, Tommy. Je lui ai causé un grave préjudice. Elle va être obligée de recommencer à zéro et de trouver une autre mère porteuse. Alors, je me suis dit... Eh bien, on a quelque chose en commun, non ? Cette... Euh... Je voulais m'excuser. Et lui avouer qui je suis en réalité.

Deborah était animée des meilleures intentions, mais Lynley ne put s'empêcher de se demander si elle ne risquait pas d'aggraver involontairement le désarroi d'Alatea. Sans doute pas. Deborah n'était pas au courant du problème identitaire de la jeune femme et il n'allait pas remédier à cet état de choses. Cela n'était pas nécessaire. Il en avait terminé ici et le dilemme d'Alatea Fairclough face à son mari ne le concernait pas.

— Tu m'attends ? Je ne serai pas longue. Rendez-vous à l'auberge ?

Après une légère hésitation, il conclut que la proposition était raisonnable.

— Mais cette fois, si tu changes d'idée, passe-moi un coup de fil, d'accord ?

— Promis, dit-elle. Et je ne changerai pas d'idée.

Milnthorpe
Cumbria

Zed ne retourna pas à son bed and breakfast de Windermere. Vu l'intense agitation neuronale qui lui enflammait le cerveau, il n'avait pas la patience de se taper toute la route. Il tenait enfin son scoop ! Avec ce qu'il allait leur apporter, au journal, ils allaient arrêter les presses tout de suite. Il ne s'était pas senti aussi bien depuis des mois.

Nick Fairclough s'était cru malin en lui cachant la vérité. Mais à malin, malin et demi. Le pauvre gars, il ne s'était même pas douté de ce que tramait son épouse avec cette Lucy Keverne. Les deux femmes avaient l'intention de lui faire un enfant dans le dos, littéralement ! Elles le mettraient devant le fait accompli une fois Lucy trop avancée dans sa grossesse pour l'interrompre. Zed ne possédait pas encore la totalité des détails, Nick ayant jusqu'ici été muet comme une tombe à propos de ses spermatozoïdes et de l'usage qu'en avait fait, ou pas, Alatea ; mais peu importait finalement, ce qui comptait c'était la duperie organisée par les deux donzelles pour une raison certainement exquise et qui finirait par être dévoilée une fois la première partie de l'histoire publiée dans *The Source*. Il ne donnait pas vingt-quatre heures aux informateurs pour sortir de l'ombre et cracher le morceau sur le secret qui liait Nick, Lucy et Alatea. Dans le journalisme d'investigation, une histoire menait toujours à une autre telle la nuit au jour. Mais pour commencer, il devait verrouiller celle qu'il tenait, et elle était délicieusement croustillante, pour la une du journal :

Scotland Yard, enquêtant sur un meurtre dans le Cumbria, découvre un complot où une épouse perfide détourne du droit chemin une jeune dramaturge disposée à « louer » son ventre comme si c'était un studio. Ah mais, on sentait là-dedans comme un parfum de prostitution ! Si Lucy Keverne monnayait une partie de son corps, il y avait des chances pour qu'elle ne soit pas trop regardante sur le reste.

Comme Zed passait de toute façon devant le Crow & Eagle, il décida d'y marquer une halte. Il devait bien y avoir une connexion Internet, Wi-Fi ou quelque chose de ce genre, étant donné que de nos jours aucun établissement hôtelier ne pouvait espérer survivre s'il ne proposait pas à ses clients un accès au Web. Il était prêt à en mettre sa main au feu.

Il n'avait pas son ordinateur portable avec lui, mais s'il tendait une poignée de billets, on lui permettrait sans doute de se servir de celui de l'hôtel. A cette époque de l'année, il n'y avait sûrement pas une foule d'estivants qui bombardaient leur site de questions urgentissimes. Tout ce dont il avait besoin, c'était de vingt minutes. Il peaufinerait son papier une fois que Rod l'aurait lu. Et Rod le lirait, c'était sûr et certain. Dès que Zed l'aurait terminé, il appellerait son rédac chef pour faire bonne mesure.

Zed s'approcha de la réception, le portefeuille à la main, et compta cent livres, se promettant de les mettre sur sa note de frais par la suite. Il était trop dans l'urgence.

Il se baissa par-dessus le comptoir pour déposer les billets sur le clavier de l'ordinateur devant lequel était assise une jeune femme. L'écran était allumé, mais elle était au téléphone avec une personne qui apparemment souhaitait qu'elle lui communique les dimensions de toutes les chambres de l'auberge. La jeune femme leva les yeux sur Zed, fixa les billets, puis de nouveau le visage du journaliste.

— Une minute, s'il vous plaît, dit-elle dans le téléphone avant de plaquer le combiné contre son épaule osseuse et d'interroger Zed du regard.

Il fut rapide, et elle accepta avec la même célérité, raccrochant presque au nez de l'enquiquineuse à l'autre bout du fil pour ramasser les billets.

— Si le téléphone sonne, laissez la boîte vocale prendre l'appel. Vous ne direz rien… ? ajouta-t-elle avec un geste circulaire.

— Vous êtes montée voir si ma chambre est prête, rétorqua-t-il. Je viens de la prendre et vous m'avez permis de vérifier mes mails. Vingt minutes ?

Elle acquiesça, empocha les billets de dix et vingt livres et se dirigea vers l'escalier. Il attendit qu'elle eût disparu pour écrire.

Son papier ouvrait plusieurs pistes, pareilles aux affluents de l'Amazone. Tout ce qu'il lui restait à faire, c'était à les remonter.

Il démarra avec Scotland Yard. Quelle ironie : un inspecteur envoyé dans le Cumbria pour enquêter sur la mort par noyade de Ian Cresswell finit par mettre au jour un deal de mère porteuse susceptible de mener à une vaste escroquerie abusant du désespoir des couples stériles. Puis il embraya avec l'angle artistique : la dramaturge crève-la-faim prête à vendre ses organes et son corps pour pouvoir se consacrer à son art. Il était en train de passer à la duperie proprement dite, c'est-à-dire à l'ignorance de Nick Fairclough, quand son portable sonna.

Yaffa ! Telle fut sa première pensée. Il allait lui dire que tout allait bien, et qu'elle ne devait pas s'inquiéter pour lui. Il se réjouissait d'avance de ses mots d'encouragement et de ses exclamations de joie quand il l'interromprait pour lui annoncer son triomphe prochain.

— Ça y est ! Ma chérie, je le tiens !

— Je savais pas qu'on était si intimes, dit la voix de Rodney Aronson. Qu'est-ce que tu fous, enfin ? Pourquoi t'es pas encore rentré à Londres ?

Zed cessa d'un seul coup de pianoter sur le clavier.

— Je ne suis pas à Londres, parce que je l'ai, j'ai mon scoop. Gardez une place en première page !

— Qu'est-ce que c'est ? bougonna Rodney qui n'avait pas l'air sur le point d'avoir une illumination.

Zed lui fit un résumé succinct en gardant le meilleur pour la fin : l'humble reporter – « moi, en l'occurrence », précisa-t-il – travaillant main dans la main avec New Scotland Yard.

— A nous deux, on a mis au pied du mur la dramaturge de Lancaster. Et une fois que...

— Minute, papillon, le coupa Rodney. Tu as dit : elle et moi ?

— Oui. Le sergent Cotter est une femme. C'est elle qui enquête sur l'affaire Cresswell. Mais elle s'est retrouvée de fil en aiguille à s'intéresser à Nick Fairclough et à son épouse. C'est du tonnerre ! Pas pour elle, évidemment, mais pour moi, pour nous, si.

Zed se tut et attendit les questions de son rédacteur en chef. Comme elles ne venaient pas, pensant qu'ils avaient peut-être été coupés, il émit un :

— Rod ? Vous êtes là ?

— T'es vraiment un nullard, Zedekiah. Tu le sais, hein ? Un nul à la puissance mille !

— Pardon ?

— Il n'y a pas de sergent Cotter, espèce d'andouille.

— Mais...

— C'est Lynley qui est sur place, l'inspecteur dont la femme s'est fait buter par un gamin de douze ans l'hiver dernier. Ça te rappelle quelque chose ? Ça a tenu la une pendant deux semaines.

Il n'attendit pas la réponse de Zed pour conclure :

— Tu sais que tu es pathétique ? Ramène ta fraise, on te payera ce qu'on te doit et après ça, *The Source* et toi, c'est une affaire terminée.

Arnside
Cumbria

Alatea les aperçut dans l'allée devant le manoir. Il suffisait de les regarder pour comprendre ce qu'ils se disaient. Ce n'était pas une conversation entre inconnus qui se rencontraient par hasard. Ce qu'elle avait sous les yeux était deux collègues, ou bien des amis, des associés qui s'échangeaient des informations. Elle le voyait bien à la manière dont la rouquine inclinait la tête du côté de la façade de la maison comme s'il s'agissait d'elle, ou plutôt de la personne qui se trouvait à l'intérieur. Elle ! Alatea, jadis Santiago. Elle parlait de son passé et envisageait peut-être son avenir.

Elle n'attendit pas la conclusion de l'entretien entre la photographe et l'homme de Scotland Yard. Son univers était en train de s'écrouler autour d'elle à une telle vitesse qu'elle n'avait plus qu'une idée en tête : fuir. Si elle avait eu un endroit où aller, elle serait partie sur-le-champ, se dit-elle en s'enjoignant au calme.

La femme devait encore confirmer l'identité d'Alatea. Le policier lui avait sans doute déjà fourni cette confirmation, parce qu'elle avait été assez stupide pour avouer et n'avait pas eu le réflexe de nier. Cela établi, que pourraient-ils avoir d'autre à se dire ? Les seules questions qui restaient en suspens étaient celles qu'Alatea aurait aimé poser. Cette femme dehors en compagnie de l'inspecteur de Scotland Yard avait-elle déjà envoyé ses photos d'elle à Raul Montenegro ? Si ce n'était pas encore fait, serait-elle assez vénale pour accepter en échange d'une somme conséquente de raconter à Raul qu'Alatea, qui avait épousé Nicholas Fairclough pour échapper à son passé et à un homme qu'elle avait appris à haïr, ne se trouvait ni dans le Cumbria, ni en Angleterre, ni nulle part au Royaume-Uni ? Si et seulement si on pouvait l'acheter, Alatea n'avait rien à craindre. Pour l'instant. C'était son seul espoir.

Elle monta l'escalier en courant et se rua dans la chambre conjugale pour sortir de dessous le lit qu'elle partageait avec Nicholas un coffret fermé. Dans la coiffeuse, elle trouva la clé. A l'intérieur du coffret, il y avait de l'argent. Pas beaucoup, pas une fortune, comparé à ce que Raul versait sans doute pour la retrouver. Il y avait aussi ses bijoux. Avec tout ça, elle avait peut-être de quoi tenter cette femme et la persuader de laisser son passé dormir en paix.

Alatea était redescendue quand un coup frappé à la porte fit manquer un battement à son cœur. La rouquine ne soupçonnait sûrement pas qu'elle avait épié sa conversation avec l'inspecteur Lynley. Pour le moment, cela donnait à Alatea un avantage dont elle comptait bien profiter.

Pressant ses paumes humides contre son pantalon, elle ferma un instant les yeux et pria :

— *Dios mio por favor.*

Puis elle ouvrit la porte avec une assurance et une fermeté qui l'étonnèrent elle-même.

La rouquine prit la parole la première.

— Mrs Fairclough, je n'ai pas été honnête avec vous. Puis-je entrer ?

— Qu'est-ce que vous me voulez encore ? répliqua Alatea, glaciale.

Elle n'avait pas à avoir honte, se disait-elle. Elle avait déjà assez payé pour l'aide que lui avait procurée Raul.

— Je vous ai suivie, je vous ai observée, déclara la rouquine. Vous vous en êtes aperçue...

— Il vous paye combien ?

— Ce n'est pas une question d'argent.

— Ça l'est toujours, je ne peux pas vous offrir autant que lui, mais je vous demande... Non, je vous supplie...

Alatea se détourna pour prendre le coffret et ses bijoux.

— ... J'ai ça... Ils sont à vous.

La rouquine recula d'un pas.

— Mais je n'en veux pas. Je suis ici pour...

— Prenez-les, et maintenant partez. Vous ne le connaissez pas. Vous ne savez pas ce que les gens comme lui sont capables de faire.

Les sourcils froncés, la rouquine dévisagea Alatea d'un air pensif. Celle-ci lui tendit de nouveau avec autorité le coffret et les bijoux, mais Deborah se borna à hocher la tête.

— Ah, je comprends. J'ai bien peur que ce ne soit trop tard, Mrs Fairclough. Il y a des choses que l'on ne peut pas arrêter. Et des gens. Il est de ceux-là. Il y a au fond de lui un désespoir... Il n'en parle pas, néanmoins je sens combien l'enjeu est important pour lui en ce moment.

— Il vous fait croire ça. C'est comme ça qu'il agit. Se servir d'une femme pour m'approcher, c'était malin. Il a pensé endormir ma méfiance. Alors qu'en réalité il cherche à me détruire. Il en a le pouvoir et manifestement la volonté.

— Votre histoire ne pourra pas intéresser un tabloïd comme *The Source*.

— Vous croyez me rassurer ? s'exclama Alatea. Qu'est-ce que ce journal vient faire là-dedans ? Ce n'est pas le sujet. Vous m'avez photographiée, non ? Vous m'avez suivie et vous avez pris des photos. C'est toutes les preuves dont il a besoin.

— Vous n'y êtes pas du tout. Il n'a pas besoin de preuves. Ces gens-là n'en ont jamais besoin. Ils ne sont pas trop regardants sur la légalité. Et quand il leur arrive de franchir la barrière, ils ont des bataillons d'avocats pour leur arranger le coup.

— Permettez-moi au moins d'acheter vos photos. S'il les voit, et s'il me voit dessus...

Elle ôta sa bague de fiançailles en diamants, son alliance et une grosse émeraude, cadeau de mariage de Valerie Fairclough.

— ... Tenez, s'il vous plaît, prenez. En échange de vos photos.

— Mais ces photos n'ont aucune valeur sans les légendes. Ce sont les mots qui comptent. Ce qui est écrit. Et de toute façon, je ne veux pas de votre argent ni de vos bijoux. Je veux juste vous présenter mes excuses pour... eh bien, pour tout, surtout pour le gâchis... J'ai tout gâché pour vous. Nous sommes pareilles, vous et moi. Sauf que notre cause n'est pas la même.

Alatea s'accrocha à cette lueur d'espoir.

— Alors, vous ne lui direz pas ?

La femme eut une expression désolée.

— Je crains qu'il ne le sache déjà. C'est pour ça que je suis venue et pourquoi je tiens tant à m'excuser, voyez-vous. Il faut que vous vous prépariez. Je suis vraiment tellement navrée. J'ai essayé de le lui cacher, mais ces gens-là ont le chic pour trouver ce qu'ils cherchent et une fois arrivé dans le Cumbria... Je suis désolée, Mrs Fairclough.

Alatea écoutait, horrifiée par les implications de ce qu'elle entendait, non seulement pour elle, mais pour Nicky et leur vie commune.

— Il est ici, dans le Cumbria ?

— Ça fait déjà plusieurs jours. Je pensais que vous saviez. Il n'a pas...

— Où est-il maintenant ? Dites-le-moi.

— A Windermere, je crois.

Il n'y avait rien à ajouter, mais une foule de choses à faire. Après avoir dit au revoir à la rouquine, comme dans un rêve, Alatea ramassa tout ce qu'elle avait descendu de la chambre dans l'espoir d'acheter son silence. C'était aussi bien qu'elle ait refusé. Elle-même allait en avoir besoin dans les jours qui venaient.

Elle remonta en courant et jeta les bijoux et l'argent sur le lit. Vite, du cagibi au bout du couloir elle sortit une petite valise. Elle avait à peine le temps de se préparer.

De retour dans la chambre, elle allait ouvrir un tiroir de la commode qui occupait un pan de mur entre deux fenêtres quand le bruit d'une portière de voiture arrêta son geste. Nicky n'aurait pas pu choisir plus mauvais jour pour rentrer tôt du chantier. Elle vit qu'il parlait à la rouquine. Il avait l'air hors de lui. Elle entendit des éclats de voix à travers la fenêtre fermée sans comprendre la teneur de la conversation.

Mais les mots prononcés n'avaient aucune importance. Qu'ils se soient parlé, voilà ce qui comptait. Et l'expression de Nicky qui ne laissait aucun doute sur le sujet de leur conversation. Alatea comprit soudain qu'elle n'avait plus le choix. Elle ne pouvait pas prendre sa voiture, puisque Nicky et cette femme se tenaient dans l'allée. Pas question non plus de gagner la gare de chemin de fer à pied, qui se trouvait de l'autre côté d'Arnside. En priant le ciel de lui envoyer une solution, elle se mit à marcher de long en large. Soudain, elle comprit quelle serait sa porte de sortie. Faisant abstraction des deux personnes qui parlaient en contrebas, par-delà le mur de l'aile du manoir, en contrebas de la pelouse, encore au-delà de la digue qui délimitait la propriété et servait de frontière avec le chemin de grève qui longeait l'estuaire, elle contempla la baie.

Aujourd'hui, jour de grande marée, la baie de Morecambe était dégagée sur des kilomètres. Il lui suffisait de la traverser pour gagner Grange-over-Sands. Là-bas, il y avait une autre gare.

Quelques kilomètres à pied, et elle serait libre.

Windermere
Cumbria

Tim avait passé la nuit sous une caravane, à Fallbarrow Park, au bord du lac. Après avoir quitté Shots !, il avait piqué une couverture à la caserne des pompiers : le portail était ouvert et toute une pile imprégnée d'une odeur de brûlé semblait mise à la disposition du public. Cette couverture lui permettrait d'attendre que Toy4You soit prêt, s'était-il dit. Lui-même l'était, fin prêt même. Et tellement désireux de quitter tout ça qu'il en avait chaud au cœur. Bientôt allait s'offrir à lui la seule solution au problème qu'était devenue son existence depuis que Kaveh Mehran y avait fait irruption.

La caravane l'avait protégé de la pluie pendant la nuit. Pelotonné contre une roue dans sa couverture volée, il n'avait pas trop souffert du froid. En fait, il avait dormi. Vers la fin de l'après-midi, après avoir traîné dans les rues des heures durant, il retourna dans le centre. Il se sentait très mal, et cela se voyait. En plus, il puait.

Toy4You n'eut pas plus tôt posé les yeux sur lui, et surtout humé son odeur avec une moue de dégoût, qu'il le dirigea autoritairement vers les toilettes en lui ordonnant de se laver. Lorsque Tim revint, il lui tendit trois billets de vingt livres.

— Va t'acheter des frusques présentables. Si tu crois que tes potes acteurs vont t'accepter dans cet état. Ils ne voudront rien avoir à faire avec toi.

— Qu'est-ce que ça peut bien te foutre ? C'est pas comme si on allait être habillés.

576

Toy4You pinça les lèvres.

— Tu mangeras aussi un morceau. Je veux pas t'entendre pleurnicher de faim pendant le shooting.

— Je vais pas pleurnicher.

— C'est ce qu'ils disent tous.

— Putain de bordel de merde, marmonna Tim en acceptant l'argent.

— En plein dans le mille, ironisa Toy4You d'un ton sardonique.

En chemin vers la rue des boutiques, Tim s'aperçut qu'en effet il était affamé. Lui qui pensait ne plus avoir jamais besoin de manger, eh bien, de nouveau devant la caserne des pompiers, en respirant une odeur de grillade qui s'échappait du portail avec un nuage de fumée, l'eau lui vint à la bouche et il se remémora les petits déjeuners de son enfance : les tranches de bacon croustillantes, les œufs brouillés moelleux. Son estomac se mit à gargouiller très fort. Bon, se dit-il, il allait s'acheter un truc à manger. Mais d'abord les vêtements. Il savait où trouver un Oxfam. Un tricot et un pantalon d'occasion, c'était ce qu'il lui fallait. Rien n'aurait pu le persuader d'entrer dans un magasin qui vendait du neuf. Un gâchis d'argent. De toute façon, il n'en aurait plus besoin après aujourd'hui.

Il choisit un vieux pantalon en velours côtelé, lustré aux fesses, mais à sa taille, ainsi qu'un col roulé. Il avait déjà des baskets, des chaussettes, un anorak. Pas besoin d'autre chose. Il avait encore plein d'argent. Pour son repas, il ferait l'emplette d'un sandwich, d'un sachet de chips et d'un soda. Le reste du fric, il le posterait à Gracie avec une carte postale. Il lui écrirait de bien prendre soin d'elle-même parce que personne, personne au monde, insisterait-il, n'allait s'occuper d'elle, si adorable qu'elle soit avec eux. Puis il lui demanderait pardon pour Bella. Il espérait que la dame de l'atelier de réparation allait pouvoir la remettre en état.

En sortant d'Oxfam avec son sac et en prenant le chemin de la supérette la plus proche, Tim constata avec étonnement qu'il se sentait plus léger. Une fois sa décision prise, il éprouvait un profond soulagement. Curieux comme il s'était laissé accabler si longtemps par son malheur, alors qu'il n'y avait qu'un pas à faire.

Windermere
Cumbria

Ils attendirent une demi-heure au commissariat de police de Windermere où Freddie les avait conduits tout droit, munis de l'ordinateur portable de Tim ainsi que du plan imprimé par l'adolescent. L'un comme l'autre avaient été persuadés qu'il leur suffirait d'en franchir le seuil en annonçant qu'ils venaient dénoncer un réseau de pornographie enfantine pour provoquer un branle-bas de combat. Mais comme dans un cabinet médical, ils durent patienter en attendant leur tour. L'angoisse de Manette grimpait d'un cran à chaque minute écoulée.

« Ne t'inquiète pas, lui avait murmuré plus d'une fois Freddie. On va empêcher ça. »

Il lui avait tenu la main, en lui caressant la paume en rond avec son pouce, comme au début de leur mariage.

« Freddie, tu sais que c'est peut-être déjà trop tard. Ça se passe peut-être maintenant. Il pourrait... il pourrait... Tout est de la faute de Niamh.

— Cela ne nous avancera pas de lui faire porter le chapeau, tu sais. »

Quand, enfin, ils furent convoqués dans un bureau, Freddie se dépêcha de brancher l'ordinateur et d'ouvrir la boîte mail de Tim. En un rien de temps, il retrouva les messages, les photos et les vidéos qui avaient été envoyés au garçon. Toujours prévenant à l'égard de Manette, il s'arrangea pour qu'elle ne voie rien. Mais il lui suffisait de regarder l'expression du policier en uniforme qui les avait reçus pour qu'elle comprenne que leur contenu était aussi extrême que Freddie le lui avait laissé entendre.

Le policier téléphona immédiatement.

— Connie, dit-il. J'ai entre les mains un ordi sur lequel tu vas devoir plancher... OK. Ça marche !

Après avoir raccroché, il dit à Freddie et Manette :

— Cinq minutes.

— Qui est Connie ?

— La commissaire Connie Calva. Chef de la brigade de protection des mineurs. Vous avez autre chose ?

Manette se rappela le plan. Elle le sortit de son sac et déplia la feuille avant de la tendre à Freddie.

— Il y avait ceci parmi les affaires de Tim. Freddie a pensé qu'il fallait vous l'apporter. Je ne sais pas si ça peut être utile... C'est-à-dire, on ne sait pas à quelle ville correspondent ces rues. Ce pourrait être n'importe où.

— J'ai pensé que vous aviez peut-être les moyens de localiser ce lieu. Tim a imprimé seulement un agrandissement.

Le policier prit la feuille des mains de Freddie tout en sortant une loupe d'un tiroir. Une loupe ! Manette était sidérée. Les méthodes d'investigation de la police de Windermere dataient-elles du temps de Sherlock Holmes ? Tout en plaçant l'engin au-dessus du plan afin de déchiffrer plus facilement le nom des rues, le policier grommela :

— En général, on envoie l'ordinateur à Barrow où on a un spécialiste. Mais... attendez... attendez... C'est très simple.

Il leva les yeux à l'instant où entrait dans la pièce une jeune femme en jean, bottes de cuir et longue veste écossaise. Sans aucun doute, la commissaire Calva, laquelle lança :

— Alors, qu'est-ce qu'on a, Ewan ?

Elle salua d'un signe de tête Manette et Freddie.

Le policier lui tendit l'ordinateur et agita le plan en l'air.

— Il y a là-dedans de quoi déclencher une opération tempête, et ce plan... c'est un bout du quartier des affaires de Windermere.

— Vous avez trouvé ? s'exclama Manette comme si c'était trop beau pour être vrai.

— Oui, ils sont en ville. A moins de dix minutes d'ici.

Manette agrippa le bras de Freddie en répliquant :

— Il faut y aller tout de suite. Ils ont l'intention de le filmer. Il faut les arrêter.

Le policier leva la main.

— Pas si vite ! Nous devons faire attention !

La commissaire Calva s'était installée à un bureau voisin. Tout en promenant un doigt sur le pavé tactile, elle sortit un chewing-gum de son emballage, le plia en deux avant de le fourrer dans sa bouche. Soudain, son expression blasée s'altéra. Manette devina qu'elle était passée aux vidéos. La chef de la brigade de protection des mineurs cessa d'un seul coup de mastiquer.

— Attention à quoi ? s'enquit Freddie, agacé.

— Dans ce quartier il y a non seulement des habitations et des bed and breakfast, mais aussi des bureaux et des commerces, une caserne de pompiers... On ne peut pas débarquer au milieu de tout ça en fanfare sans avoir de piste plus précise. L'ordinateur va peut-être nous en donner une et nous permettre d'établir un lien avec le plan imprimé. Sinon, comment être sûr qu'il y en a un ? Vous comprenez ? Vous nous avez apporté du matériel d'une grande utilité et madame la commissaire va nous tenir informés. Dès que nous en saurons plus...

— Mais Tim a disparu ! s'écria Manette. Personne ne l'a vu depuis vingt-quatre heures. Alors, avec tout ce qu'il y a sur son ordi plus l'invitation à tourner dans un film où Dieu sait quoi peut arriver... Bon sang ! Tim n'a que quatorze ans !

— C'est enregistré. Mais la procédure...

— J'emmerde la procédure ! hurla cette fois Manette. Faites quelque chose !

Elle sentit que Freddie lui enlaçait la taille.

— Oui, oui, on comprend, disait-il.

— Tu es fou ou quoi ? fulmina soudain Manette.

— La procédure...

— Mais, Freddie...

— Manette... souffla-t-il en baissant les yeux sur le plancher tout en haussant les sourcils. Laisse-les faire leur boulot, tu veux ?

Il lui enjoignait de lui accorder sa confiance, mais à cet instant, elle ne se fiait à rien ni à personne. Cependant, elle ne pouvait s'empêcher de fixer Freddie, lui qui était toujours de son côté... Elle était sidérée qu'il la contredise. Il devait avoir une idée derrière la tête.

— Bon, bon, d'accord, finit-elle par murmurer.

Quelques minutes plus tard, ils se retrouvèrent sur le trottoir devant le commissariat.

— Qu'est-ce que tu proposes alors ? lui demanda-t-elle d'un ton pressant.

— On a besoin de se procurer un plan de la ville, dans une librairie, par exemple.

— Et après ?

— Ensuite, il faudra que nous mettions au point un stratagème ou bien que nous ayons un coup de bol monstrueux.

Windermere
Cumbria

En l'occurrence, le sort leur fut favorable. En quittant le commissariat situé à la périphérie de la ville, Freddie piqua tout droit vers le centre. Ils remontaient Lake Road lorsque, presque au croisement de New Road, Manette repéra Tim qui sortait d'une supérette avec un sac en plastique bleu et blanc. Il l'ouvrit, se pencha légèrement pour regarder à l'intérieur et en sortit un sachet de chips qu'il déchira d'un coup de dents.

— Le voilà ! Freddie, stop !

— Accroche-toi, ma chérie, dit Freddie en passant devant Tim sans même ralentir.

Elle s'écria :

— Mais qu'est-ce que... On va le perdre !

Une centaine de mètres plus loin, une fois Tim loin derrière eux et leur tournant le dos puisqu'il se dirigeait dans la direction opposée, Freddie arrêta la voiture le long du trottoir.

— Tu as ton téléphone ? demanda-t-il à Manette.

— Bien sûr, mais, Freddie...

— Ecoute-moi bien, ma chérie. Les enjeux ici dépassent le simple sauvetage de Tim.

— Mais il est en danger.

— Comme beaucoup d'autres enfants. Tu as ton portable. Mets-le en mode vibreur et prends Tim en filature. Je vais me garer puis je t'appelle. D'accord ? Il devrait nous mener là où ils font les films, si c'est pour ça qu'il est là.

Freddie était toujours si clairvoyant, il avait l'esprit tellement logique.

— Oui, oui, bien sûr. Tu as raison.

Elle empoigna son sac à main et vérifia si son téléphone était bien allumé. Au moment où elle allait descendre de voiture, elle se tourna vers son ex-mari.

— Tu es l'homme le plus merveilleux de la terre, Freddie McGhie. Rien de tout ce qui s'est passé ne compte autant que ça.

— Que quoi ?

— Mon amour pour toi.

Elle claqua la portière assez vite pour ne pas entendre sa réponse.

Arnside
Cumbria

Nicholas Fairclough n'hésita pas une seconde à montrer à Deborah qu'il était dans une colère noire. Il freina brutalement dans l'allée et bondit hors de sa voiture pour s'avancer vers elle à grands pas.

— Qui êtes-vous, bon Dieu ? Qu'est-ce que vous foutez ici ?

Pour un homme qui s'était toujours montré avec elle d'une courtoisie parfaite et d'une gentillesse qui semblait naturelle, sa physionomie avait subi une véritable métamorphose. Si ses yeux avaient été des lance-flammes, elle aurait déjà été réduite en cendres.

— Où est-il ? continua-t-il à hurler. Combien de temps avons-nous ?

Deborah, suffoquée par la violence de la question, ne put que bégayer :

— Je... je ne sais pas. Combien ces choses-là prennent-elles de temps ? Je n'en suis pas sûre, Mr Fairclough, j'ai essayé... Vous savez, je lui ai dit qu'il n'aurait aucun scoop, parce que c'est vrai. Il n'y a pas de scoop.

Fairclough se redressa brusquement, à croire que Deborah l'avait repoussé d'un coup violent dans la poitrine.

— Un scoop ? Qu'est-ce que c'est que ça encore ? Qui êtes-vous, enfin ? Vous aussi vous êtes à la solde de *The Source* ? C'est Montenegro qui vous envoie ?

Deborah fronça les sourcils.

— *The Source* ? Non. C'est tout autre chose... Qui est ce Montenegro ?

Nicholas jeta un regard à la façade du manoir, puis se tourna de nouveau vers elle.

— Qui êtes-vous ? Allez-vous vous décider à me répondre ?

— Deborah Saint James, comme je vous l'ai dit.

— Pourtant, il n'y a ni film ni documentaire. Nous avons au moins réussi à débrouiller cette partie de la mascarade. Rien de ce que vous nous avez raconté n'est vrai. Alors, dites, qu'est-ce que vous voulez ? Qu'est-ce que vous savez ? Vous êtes allée fouiner à Lancaster avec ce journaliste... C'est lui qui m'en a informé. Ou bien je ne dois pas le croire, lui non plus ?

Deborah passa sa langue sur ses lèvres. Il faisait un froid de gueux et le brouillard était en train de virer à la purée de pois. Tout ce qu'elle voulait, c'était se réfugier au coin d'une cheminée devant un bon feu et une tasse de thé rien que pour se réchauffer les mains, mais elle ne pouvait pas partir avec ce fou furieux qui lui barrait la route. Sa seule échappatoire, c'était de lui dire la vérité.

Elle était là pour assister l'inspecteur de Scotland Yard. Elle était venue avec son mari, un consultant en expertise judiciaire qui avait examiné les indices pendant l'investigation. Le journaliste de *The Source* l'avait prise pour une enquêtrice de la Met et elle s'était bien gardée de le détromper afin de donner au vrai inspecteur et à son mari le temps de faire leur travail pour établir si la mort de Ian Cresswell était ou non un accident sans être dérangés par un tabloïd.

— Je ne connais personne du nom de Montenegro, conclut-elle. Je n'ai jamais entendu parler de lui. Si c'est un homme, d'ailleurs. Qui est-il ?

— Raul Montenegro. Il cherche mon épouse.

— Ah, c'est donc cela qu'elle voulait dire, murmura Deborah.

— Vous lui avez parlé ?

— Il y a eu un quiproquo, je le crains. Elle a dû penser que je parlais de votre Raul Montenegro alors que moi, je pensais que nous parlions du reporter. Je lui ai dit, j'en ai peur, qu'il se trouvait à Windermere. Mais je voulais dire... le reporter.

— Oh, mon Dieu !

Fairclough se dirigea aussitôt vers le perron en criant par-dessus son épaule :

— Où est-elle maintenant ?

— A l'intérieur ! cria Deborah à son tour alors qu'il se mettait à courir. Mr Fairclough ? Encore une chose...

Il se figea et fit volte-face tandis qu'elle ajoutait :

— J'ai essayé de le lui dire. Je lui ai demandé pardon. Ce que... Cette histoire de mère porteuse ? Vous n'avez rien à craindre. Mr Benjamin est persuadé qu'il n'y a rien à en tirer. Et je comprends, je comprends totalement. Nous sommes... votre femme et moi... un peu comme des sœurs...

Il la contempla, les yeux écarquillés. Son teint n'était plus terreux mais livide, les lèvres blanches. On aurait cru un fantôme. Une impression accentuée par les volutes de brouillard qui s'enroulaient à ses pieds.

— Des sœurs, répéta-t-il, hagard.

— Oui, moi aussi je désire très fort un enfant et je n'ai pas pu...

Mais avant qu'elle ait terminé sa phrase, il avait disparu à l'intérieur du manoir.

Lorsque Tim entra chez Shots !, Toy4You, debout derrière le comptoir de la boutique, bavardait avec un prêtre anglican. Au bruit de la porte, les deux hommes se tournèrent de conserve vers lui. Le prêtre le toisa de la tête aux pieds d'un regard qui jaugeait. Un des acteurs du film de Toy4You, conclut Tim avec la sensation qu'on lui donnait un coup de poing dans l'estomac où la douleur se mua aussitôt en une boule brûlante de haine. Un putain de prêtre ! Un hypocrite de plus ! Comme tous les autres salauds... Dire qu'il sermonnait chaque dimanche ses fidèles, invoquait le Seigneur et distribuait les hosties consacrées cependant qu'en douce il faisait des saloperies avec...

— Papa ! Papa !

Deux enfants – un garçon et une fille – se précipitèrent dans la boutique. Ils étaient en uniforme scolaire et suivis d'une femme qui n'arrêtait pas de consulter sa montre.

— Mon chéri, je suis désolée, dit-elle au prêtre anglican. Nous sommes en retard ?

Elle l'embrassa sur la joue et passa son bras sous le sien.

— De quatre-vingt-dix minutes, dit le prêtre. Vraiment, ma chère. Eh bien, William et moi, nous avons étudié sous tous les angles Abraham et Isaac, Isaïe et Jacob, Ruth et Noémie et la récolte du blé, et les frères de Joseph, et ce fut très instructif... je pense que William sera d'accord avec moi... Distrayant, en plus. Hélas, il faudra que l'on repousse. William a un rendez-vous, j'en ai un aussi.

L'épouse se confondit en excuses pendant que les enfants se suspendaient aux mains de leur père pour le tirer dehors. Le portrait de famille qui servirait de carte de Noël fut remis à une date ultérieure.

Tim se tenait à l'écart dans un coin du magasin et feignait d'examiner les appareils photo argentiques qui prenaient la poussière dans une vitrine. Une fois le prêtre et sa petite famille partis avec des cris joyeux, Tim s'avança. William Concord : c'est ce qu'il y avait d'écrit sur son badge. Tim se demanda pourquoi cette fois il avait omis de l'enlever à son approche. Ce ne pouvait pas être une négligence. Toy4You n'était pas du genre distrait.

William Concord contourna le comptoir et verrouilla la porte d'entrée avant de retourner la pancarte *Ouvert/Fermé*. Puis il éteignit le plafonnier et d'un mouvement de la tête, invita Tim à le suivre dans l'arrière-salle.

Tim vit tout de suite que le décor avait été transformé. Pas étonnant que Toy4You ait reporté le portrait de famille annuel du prêtre ! Un homme et une femme étaient en train d'aménager une nursery de l'époque victorienne à la place des colonnes antiques en toile de fond. Ils disposèrent trois petits lits. Sur l'un d'eux était allongé un mannequin de vitrine, un enfant vêtu d'un pyjama Shrek avec sur la tête, bizarrement, une casquette d'écolier. Les deux autres lits étaient vides. Devant le deuxième, la femme posa la peluche gigantesque d'un saint-bernard. L'homme fit rouler dans le fond une fausse fenêtre s'ouvrant sur un ciel étoilé et la silhouette de Big Ben qui brillait dans la nuit avec les aiguilles positionnées sur minuit.

Tim resta perplexe devant ce déballage jusqu'au moment où quelqu'un d'autre surgit du côté de la pièce réservé au rangement : un adolescent, comme Tim. Mais contrairement à lui, il se déplaça dans le décor d'un air décontracté, s'adossa à la fausse fenêtre et alluma une cigarette. Il était vêtu en vert de pied en cap, avec des pantoufles qui rebiquaient aux orteils et un petit chapeau qu'il portait penché coquettement sur le côté du crâne. Il salua d'un geste du menton Toy4You pendant que le couple disparaissait dans l'espace de rangement. Tim entendit des murmures, des bruits de vêtements et de chaussures qui tombaient au sol. Alors que Toy4You s'employait à faire rouler un trépied sur lequel était perchée une grosse caméra vidéo, l'homme et la femme revinrent sur le plateau. Elle était en chemise de nuit blanche à col ruché. Lui ressemblait à un pirate. Il était le seul à porter un masque. Le crochet qui dépassait de sa manche droite constituait un indice d'identification. Pauvre con, il devait se demander ce qu'il foutait à Londres au temps

586

de la reine Victoria au lieu de voguer à bord de son bateau sur les flots de Never Never Land !

Un peu nauséeux tout à coup, ne sachant pas encore quel rôle on allait lui coller, Tim se tourna vers Toy4You. Il avisa alors au pied d'un des lits une chemise de nuit au-dessus de laquelle était repliée une paire de lunettes rondes et comprit qu'il était bon pour interpréter l'aîné des deux frères.

Complètement débile, songea Tim, sauf qu'ayant vu les vidéos intitulées *La Cène* et *Le Jardin des Oliviers* il savait que derrière ce décor se cachaient des intentions blasphématoires. Lesquelles ? Il préférait ne pas y penser. Pas parce qu'elles profanaient des trucs sacrés, ça, il s'en fichait, mais voilà, il avait peur que sa « bonne éducation » ne le rattrape et ne le paralyse au moment où il faudrait obéir aux directives de celui qui se trouvait de l'autre côté de la caméra.

Il s'avéra qu'il s'était fait de la bile pour rien. Alors que Wendy s'installait sur le plateau tandis que le capitaine Crochet se plaçait hors champ, Toy4You présenta à Tim un petit verre d'eau, puis de sa poche, il sortit une fiole qu'il renversa sur sa paume pour y faire rouler deux cachets, qu'il tendit à Tim avec un hochement de tête signifiant qu'il devait les avaler.

— C'est quoi ?

— Ça va t'aider pour les plans rapprochés, dit Toy4You. Entre autres...

— Ça fait quoi ?

Toy4You ébaucha un sourire qui hérissa les poils sur ses joues mal rasées.

— Avec ça, t'auras pas de risque de louper ta performance. Vas-y. Prends-les. Tu verras, ça agit super vite. Ça va te plaire.

— Mais...

D'une voix soudain menaçante, Toy4You lui susurra :

— Avale, putain de merde. Tu m'as assez tanné pour qu'on le fasse. Alors, on y va. On n'a pas toute la nuit.

Tim obtempéra. Au début, il ne sentit rien. Etaient-ce des calmants ? Il allait peut-être s'endormir ? La drogue du viol ?

Cela se prenait sous forme de cachet ? Il n'en était pas certain.

— Je mets la chemise de nuit ? Je suis John Darling ?

— Ah, t'es pas si niais que ça, finalement. Reste près de la caméra jusqu'au signal.

— Quel signal ?

— Putain ! Ferme-la et regarde.

A Peter Pan et Wendy, il lança :

— Vous êtes prêts, vous deux ?

Et sans attendre leur réponse, il se glissa derrière la caméra. L'ado et la femme en chemise de nuit se mirent en position : le garçon au bord de la fenêtre et la nana à genoux sur le lit.

Eclairée à contre-jour, la mince chemise ne dissimulait rien du corps de la femme, constata Tim, la gorge nouée, en essayant en vain de détourner le regard de celle qui à présent soulevait lentement son vêtement et l'ôtait par la tête tandis que Peter Pan s'avançait vers elle avec la même lenteur calculée. Elle lui présenta ses seins et Toy4You dit à Tim :

— Maintenant !

— Mais qu'est-ce que je dois faire ? s'écria-t-il.

En dépit de son désarroi, les sensations ressenties au niveau de ses organes augmentèrent comme la nature l'avait prévu en pareilles circonstances.

— Gros vilain, on se couche beaucoup trop tard, lui chuchota Toy4You tout en filmant la scène qui se déroulait sur le lit de Wendy.

Wendy baissa le collant de Peter, qui se tourna face à la caméra ; elle se pencha en avant.

— On a lu en cachette dans la bibliothèque et quand on est rentré dans la nursery, on a trouvé sa grande sœur et Peter Pan à la pêche à la turlutte. Mais vu ce qu'il a sur lui, Peter, il te plaît bien aussi.

— Alors... Je ? Qu'est-ce que je fais ?

— Vas-y, putain ! Je sais que t'en crèves d'envie ! On le sait tous les deux que t'as des tendances.

Le pire, c'était que c'était vrai. Alors même qu'ils échangeaient ces paroles, Tim gardait les yeux rivés sur le plateau. Qu'est-ce que signifiait le mouvement de Peter présentant à la caméra son pénis engorgé de sang ? Tim, comme hypnotisé, ne comprenait pas ce qui lui arrivait. Il avait envie de regarder et il avait aussi envie d'autre chose mais il ne savait pas ce que c'était.

— Allez ! Peter et Wendy te montreront.

Toy4You se détourna un instant de l'écran de sa caméra et braqua les yeux sur l'entrejambe de Tim.

— Ah ! Les miracles de la médecine moderne, déclara-t-il. Tu n'as qu'à suivre ton instinct.

— Et lui ? demanda Tim.

— Qui, lui ?

— Le... capitaine... tu sais...

— T'inquiète. C'est Peter qui lui plaît. Un vrai fan. Il aime tous les Garçons perdus. Toi aussi. Il viendra te punir pour avoir vogué avec Peter, une fois Wendy sortie du champ. OK ? Pigé ? Maintenant, vas-y, on n'a pas de temps à perdre.

— Comment ça, me punir ?

Toy4You le fusilla du regard.

— Exactement comme tu le voulais au départ. D'accord ? Pigé ?

— Mais tu as dit que tu...

— Bordel ! T'es un vrai con. Tu croyais quoi ? La mort sans douleur ? Allez ! On y va !

Milnthorpe
Cumbria

Deborah reprit la route, direction le Crow & Eagle de Milnthorpe, alors que des écharpes de fumées vaporeuses, à croire que des milliers de feux avaient été allumés dans la baie, commençaient à masquer par intermittence la route. Le viaduc du chemin de fer d'Arnside sous lequel elle passa en sortant du village n'était plus qu'une silhouette floue et Milnthorpe Sands noyé dans la brume. Seuls étaient visibles les oiseaux limicoles les plus proches du rivage, qui composaient, sur le fond gris, des masses sombres aux mouvements étranges donnant l'impression que la terre poussait des soupirs.

Les phares des voitures perçaient à peine le brouillard. De temps à autre, un piéton assez fou pour s'aventurer dehors par un temps pareil surgissait sans crier gare, comme s'il sortait des profondeurs de la terre telle une créature morbide de Halloween. Ce fut avec un immense soulagement que Deborah se gara sur le parking de l'auberge.

Comme promis, Tommy l'attendait. Installé au bar avec devant lui un service à café et à l'oreille son portable, il ne la vit pas tout de suite. Elle eut le temps d'entendre la fin de la conversation.

— Il est tard. Tu veux que je vienne quand même ? Je ne sais pas encore à quelle heure et tu aimerais peut-être mieux... Oui. Entendu. Moi aussi, je me réjouis. Isabelle, je suis désolé de... Vraiment. Très bien. A plus tard alors. D'accord...

A cet instant, il dut sentir la présence de Deborah derrière lui, car il se retourna, la regarda dans les yeux et enchaîna :

— Elle vient d'arriver. Nous n'allons pas tarder à partir.

Il haussa des sourcils interrogateurs au bénéfice de Deborah, laquelle acquiesça.

— Très bien, conclut-il. Oui, j'ai la clé avec moi.

Lynley raccrocha. Deborah ne savait pas trop quoi lui dire. Cela faisait deux mois qu'elle avait compris que Tommy couchait avec sa supérieure hiérarchique. Ce qu'elle n'avait en revanche pas encore cerné, c'étaient les sentiments qu'elle éprouvait face à cette information. Certes Tommy devait aller de l'avant, mais il y avait l'art et la manière.

— J'ai le temps pour un petit café, Tommy ? Je te promets de le boire aussi vite qu'un prêtre le vin de messe.

— J'en prendrai un deuxième. Il vaut mieux avoir l'œil ouvert. La route promet d'être longue.

Il se leva pour passer commande pendant qu'elle s'asseyait, étonnée de voir sur la table une serviette en papier qu'il avait noircie d'un dessin de cottage bucolique au bord d'un ruisseau. Sans doute l'avait-il esquissé distraitement en parlant à Isabelle Ardery. C'était pas mal du tout. Elle n'avait jamais pensé que Tommy possédait des talents artistiques.

— Une seconde vocation ? lui lança-t-elle quand il revint en indiquant le dessin.

— Il y en a des milliers comme ça en Cornouailles.

— Tu envisages de retourner vivre là-bas ?

— Pas encore, dit-il en s'asseyant et en la gratifiant d'un sourire affectueux. Mais un jour, sans doute.

Il prit la serviette en papier, la plia et la glissa dans la poche de poitrine de son veston.

— J'ai téléphoné à Simon, ajouta-t-il. Il nous attend.

— Et alors ?

— Il dit qu'aucune femme au monde n'est plus exaspérante que toi. Mais n'est-ce pas ce que nous disons tous ?

Elle poussa un énorme soupir.

— C'est ma faute, Tommy, je n'ai rien arrangé.

— Entre toi et Simon ?

— Non, non. Ça, je m'en charge. J'ai la chance d'être mariée à l'homme le plus tolérant de la terre... Je parle de Nicholas Fairclough et de sa femme. J'ai eu une drôle de conversation avec elle, puis une conversation tout aussi bizarre avec son mari.

Elle lui fit un résumé en n'omettant aucun détail, en particulier la proposition d'Alatea de lui acheter son silence en lui offrant ses bijoux et de l'argent, sans oublier la révélation de l'existence d'un certain Montenegro. Tommy écouta avec son attention coutumière. Leur cafetière arriva alors qu'elle n'avait pas encore terminé son exposé. Il leur servit à chacun une tasse.

— Tu te rends compte, Alatea a cru tout du long que je lui parlais de ce Raul Montenegro alors que moi, je croyais que nous parlions du reporter de *The Source*. Cela n'aurait pas été grave si je ne lui avais précisé qu'il était à Windermere – du moins c'est là qu'il m'a dit qu'il allait quand il m'a déposée ici après Lancaster. Tu aurais vu sa panique. Je suis sûre qu'elle pensait qu'il s'agissait de ce Montenegro. Nicholas a paniqué, lui aussi.

Lynley sucra son café puis le touilla d'un air songeur. Le voyant si pensif, Deborah se rendit compte qu'il lui manquait une pièce du puzzle.

— Tu sais ce qui se passe dans ce manoir, n'est-ce pas, Tommy ? Tu le sais depuis le départ. Tu aurais pu me le dire quand même. Cela m'aurait peut-être empêchée de me conduire comme une malotrue et de m'immiscer dans leur couple.

— En fait, j'en connaissais encore moins long que toi avant aujourd'hui... Avant de rencontrer Alatea.

— Elle est très belle, n'est-ce pas ?

— Elle est...

Il chercha ses mots puis d'un geste de la main indiqua qu'il n'y avait pas d'adjectif assez fort pour lui rendre justice.

— Incroyable, termina-t-il. Si je ne l'avais pas su avant, jamais je n'aurais soupçonné que j'avais devant moi un homme.

Deborah le contempla bouche bée.

— Quoi ?

— Santiago Vasquez y del Torres. C'est ce qu'elle était.

— Comment cela, « ce qu'elle était » ? Elle se fait passer pour quelqu'un autre ?

— Non. Elle a subi une opération, payée par le Montenegro en question. Le but, d'après ce que j'ai compris, c'était qu'il puisse se montrer en public avec une femme afin de préserver sa réputation alors qu'en privé il pouvait avoir avec elle... des rapports homosexuels.

— Oh, mon Dieu !

Un flot de souvenirs lui remontait à l'esprit : Lancaster, Lucy Keverne, ses suppositions concernant leur projet.

— Mais Nicholas... Il sait forcément ?

— Elle ne lui a rien dit.

— Oh, Tommy, il s'en sera aperçu quand même... Il doit y avoir des signes, non ? Des cicatrices, je ne sais pas, moi.

— Il y a des chirurgiens géniaux quand on paye le prix. Ils ont maintenant des lasers et toutes sortes de techniques pour éviter les cicatrices. Même la pomme d'Adam peut être enlevée. Et si l'apparence de l'homme est au départ féminine – mettons qu'il ait un chromosome X supplémentaire –, alors, le changement de sexe est encore plus simple.

— Mais le cacher à Nicholas ? Pourquoi ?

— Le désespoir ? La peur de sa réaction ? L'angoisse d'être rejetée ? Avec Montenegro aux trousses et pas près d'abandonner les recherches, elle l'a sans doute considéré comme un refuge. Elle l'a laissé croire ce qu'il voulait à son sujet. Elle s'est mariée, ce qui lui a permis de résider au Royaume-Uni.

Deborah réfléchit aux liens qu'il pouvait y avoir avec la mission confidentielle qui avait amené Lynley dans le Lake District.

— Elle a tué Ian Cresswell ? Il savait ?

Lynley fit non de la tête.

— Tu l'as vue, Deborah. Elle est une sorte de chef-d'œuvre dans son style. Personne ne pourrait s'en douter à moins de fouiller dans son passé. Aux yeux de tous, elle est l'épouse de Nicholas Fairclough. Si on devait soupçonner quelqu'un, c'était Nicholas. En fait, nous n'en sommes même jamais arrivés là, pour la simple raison que Simon a confirmé la version de l'accident établie par le coroner. Il y a peut-être quelqu'un qui souhaitait la mort de Ian Cresswell. Sa disparition de la scène a peut-être arrangé plus d'une personne. Mais nulle main criminelle ne l'a provoquée, cela, c'est une certitude.

— Et maintenant, ce reporter à la manque va pondre un papier sur l'histoire de la mère porteuse et la photo d'Alatea va paraître dans le journal... Tout ça à cause de moi. Qu'est-ce que je peux faire ?

— Faire appel à ses sentiments charitables ?

— Il travaille pour *The Source*, Tommy ! Le mot charité n'entre pas dans le vocabulaire des tabloïds.

— Effectivement.

Le portable de Deborah sonna. Zed Benjamin, pour lui annoncer qu'il renonçait à son article ? Simon lui déclarant qu'il comprenait que son désir passionné d'enfant l'ait menée à semer le désordre dans le couple des jeunes Fairclough ? Ni l'un ni l'autre : c'était Nicholas Fairclough, en proie à la panique.

— Qu'est-ce que vous lui avez fait ?

La première pensée qui vint à l'esprit de Deborah fut qu'Alatea s'était blessée.

— Que se passe-t-il, Mr Fairclough ? dit-elle en regardant Tommy.

— Elle est partie. J'ai cherché partout dans la maison et aussi dans le jardin. Sa voiture est toujours là. Elle n'aurait pas pu sortir sans tomber sur nous. Je suis descendu jusqu'à l'estuaire, j'ai regardé partout sur le chemin. Elle a disparu.

— Elle va revenir. Elle ne doit pas être loin, par un temps pareil.

— Elle est dans la baie.

— Mais non, sûrement pas.

— Ecoutez, je sais, elle est en train de traverser la baie. C'est la seule explication.

— Elle est partie se promener pour mieux réfléchir. Elle va bientôt rentrer, ne vous inquiétez pas. Vous lui expliquerez que je parlais du reporter de *The Source*, pas de Raul Montenegro.

— Vous ne comprenez donc rien ! Elle ne va pas rentrer. Elle ne peut pas revenir.

— Pourquoi ?

— Le brouillard. Les sables mouvants.

— Mais nous pouvons...

— Impossible ! Vous voyez ce que vous avez fait ?

— Je vous en prie, Mr Fairclough. Nous allons la retrouver. On va téléphoner... Il y a sûrement...

— Personne, je vous répète ! Pas pour ça ! Pas pour ça !

— Que voulez-vous dire ?

— Le mascaret ! Vous êtes donc bouchée ? La sirène vient de se déclencher. Aujourd'hui n'est pas un jour de grande marée ordinaire. C'est le mascaret !

Windermere
Cumbria

Lorsque son téléphone portable vibra enfin, Manette n'était plus qu'une boule de nerfs. Planquée dans le parking du quartier des affaires, non loin d'une grosse poubelle municipale, elle avait observé Tim qui entrait dans un magasin appelé Shots ! – un photographe dont la vitrine exposait des tirages géants du village d'Ambleside en automne – puis, plusieurs minutes plus tard, une dame pressée accompagnée de deux enfants. La dame était ressortie peu après au bras d'un prêtre anglican. Ils étaient tous montés dans une Saab qui avait démarré. Là-dessus, une main invisible à l'intérieur de la boutique avait apposé la pancarte *Fermé*. A ce stade, Manette, n'y tenant plus, sans attendre que Freddie se manifeste, avait téléphoné à la police. On l'avait finalement rappelée.

Sa conversation avec la commissaire Calva fut aussi brève qu'improductive. En raccrochant, Manette se retint d'envoyer son portable valser sur le macadam du parking. Elle avait pourtant bien précisé à la chef de la brigade de protection des mineurs que Tim n'était pas ressorti alors que la pancarte était passée d'*Ouvert* à *Fermé*, et elles savaient toutes les deux que Tim Cresswell, quatorze ans, était là pour participer à une de ces abominables vidéos, non ? La police devait venir sur-le-champ !

Mais Connie Calva lui avait répondu qu'elle devait d'abord envoyer l'ordinateur de Tim à Barrow, où un expert de la police scientifique l'examinerait afin de localiser l'endroit d'où Toy4You envoyait ses mails. Après quoi ils demanderaient un mandat de perquisition et...

— Nom d'un chien ! avait rétorqué Manette. Je vous ai dit où il se trouve : avec ce monstre de Toy4You, là où ils vont le filmer, et vous avez intérêt à envoyer vos hommes ici vite fait !

A ces invectives, la commissaire avait réagi très poliment, en personne habituée à gérer des individus à cran, sans doute formée à ce genre de situation dès l'école de police.

— Mrs McGhie, je comprends que vous soyez bouleversée et inquiète, mais la seule manière de procéder dans un cas pareil si on veut éviter de se retrouver avec un non-lieu sur les bras au tribunal, c'est d'agir dans le cadre de la loi. Je sais que ce n'est pas agréable à entendre, et cela ne me plaît pas non plus. Mais nous n'avons pas le choix.

— J'emmerde le cadre de la loi !

Furieuse, elle avait raccroché au nez de la commissaire.

Puis elle appela Freddie qui décrocha à la première sonnerie.

— Manette, enfin, qu'est-ce que tu fiches ? Je t'ai appelée. Tu devais...

— Je parlais à la police. Freddie, il est dans un studio de photo. T'es où ?

— Vers la gare. Et toi ?

— Dans le quartier des affaires.

Elle lui indiqua l'itinéraire, stupéfaite d'avoir mémorisé toutes les rues.

— Fais vite ! S'il te plaît, dépêche-toi. Freddie, la police refuse d'intervenir. Ils ont prétendument besoin d'un mandat de perquisition. Il faut qu'ils déposent l'ordi de Tim à Barrow pour... Bon sang, je ne sais plus ce qu'elle m'a raconté. Et Tim est là-dedans. Ils vont le filmer. Mais elle n'a rien voulu savoir.

— Ma chérie, j'arrive !

— Je vais essayer d'entrer. Et si je frappais à la porte ? Ça les interrompra. Ils seront obligés de s'arrêter de filmer. Tu ne crois pas ?

— Manette, ne bouge pas. Tu m'entends ? Ce sont des gens dangereux. J'arrive !

Manette bouillait d'impatience, mais lui promit tout de même de ne rien entreprendre sans lui... Une vaine promesse. Trois minutes d'attente, c'était trop.

Elle courut jusqu'à la porte du magasin. Fermée à clé. C'était à prévoir. Elle se résolut à frapper, fort. La porte était en verre très épais et les coups de Manette ne la firent même pas jouer sur ses gonds. Quant au bruit qu'elle pouvait produire, il ne fallait pas qu'elle se fasse d'illusions : il n'était pas assez fort pour déranger un tournage dans l'arrière-boutique, puisque cela se passait forcément derrière la porte close qu'elle apercevait à travers la vitre.

En se rongeant les ongles, Manette promena son regard autour d'elle. Et si elle essayait de passer par-derrière ? Ces boutiques avaient sûrement une sortie de secours. Rien que par sécurité en cas d'incendie. Une seule issue pour un commerce, c'était forcément illégal...

Elle se précipita dans la rue parallèle pour se retrouver devant une rangée de portes sans numéro. Elle n'avait pas pensé à compter celles des boutiques ! Elle repartit au galop et tomba presque nez à nez avec Freddie qui débouchait à vive allure du parking.

Manette se rua à sa rencontre. Il soufflait comme un alpiniste en manque d'oxygène.

— Le tapis de course, hoqueta-t-il péniblement, je m'y remets demain... C'est laquelle ?

S'accrochant à son bras, elle lui expliqua que la porte était verrouillée de l'intérieur, qu'il y avait une deuxième porte au fond du magasin, mais aussi une porte de secours à l'arrière de l'immeuble. Elle proposa de frapper à cette dernière pendant que Freddie montait la garde devant afin de les arrêter quand ils chercheraient à s'enfuir.

— Pas question, dit-il. On ne va pas les asticoter au risque de se retrouver en mauvaise posture, car ils n'ont pas intérêt à se faire prendre. On a besoin de la police.

— Mais elle refuse de venir ! gémit Manette. Les flics ne feront leur apparition que munis de leur satané mandat de perquisition !

Freddie explora du regard le parking et avisa la grosse poubelle en plastique à roulettes.

— Ah ! Je crois que j'ai trouvé de quoi les faire se déplacer.

Il courut jusqu'à la poubelle et se pencha en avant avec une torsion du buste pour la pousser de l'épaule. Comprenant ses intentions, elle joignit ses efforts aux siens. La poubelle se mit à rouler doucement vers la rangée de boutiques, puis de plus en plus vite sur la pente légère du parking. Alors qu'ils approchaient de la devanture, Freddie murmura :

— Croise les doigts, ma chérie. Pourvu que ça déclenche l'alarme.

La chance était avec eux. Le gros cube en plastique fracassa la porte en verre et une sirène déchira l'air.

Freddie adressa un clin d'œil à Manette puis appuya ses avant-bras sur ses cuisses en pliant légèrement les jambes afin de reprendre son souffle, tel un marathonien en fin de course.

— Et voilà le travail ! déclara-t-il.

— Simple comme bonjour !

Baie de Morecambe
Cumbria

Alatea se tenait immobile à plus de trois kilomètres de l'endroit où elle avait tourné le dos à la digue pour s'avancer sur le sable de l'estuaire et traverser le lit à sec de la rivière Kent. En laissant derrière elle Arnside, elle avait vu au loin le brouillard qui progressait, mais comme la péninsule de Home Island se distinguait encore, elle s'était dit qu'elle avait le temps d'y arriver, de remonter sur le rivage à la hauteur de Grange-over-Sands et de prendre le premier train pour la liberté.

A toute allure, elle s'était équipée de ses chaussures de marche et de son anorak pendant que Nicky et la rouquine continuaient leur conversation devant le manoir. Après avoir cueilli au passage son sac à main, elle s'était glissée hors de la maison par une porte-fenêtre du salon jaune, avait dévalé la pelouse et, après avoir sauté par-dessus la digue, s'était mise à courir le plus vite possible.

Quand la marée était aussi basse, la rivière Kent n'était qu'un minable ruisseau. Il n'y avait pas du tout d'eau dans la baie. Du moment qu'elle était prudente, elle réussirait à la traverser sans encombre. Elle avait aussi pensé à se munir d'une canne afin de repérer les fameux sables mouvants qui avaient contribué à la célébrité de la baie. Elle connaissait aussi la technique pour s'en extirper si jamais elle se faisait piéger.

Ce qu'elle n'avait pas prévu, c'était le brouillard. Certes, elle l'avait aperçu au large vers le nord-ouest d'Arnside, et avait pris la mesure du danger qu'il représentait, mais elle n'avait pas une seconde imaginé qu'il se déplacerait aussi rapidement. Pareil à un gigantesque tonneau de vapeur grise, il roulait en silence, inexorable, avalant tout sur son passage. Lorsqu'il arriva à sa hauteur, Alatea se rendit compte que cette vapeur était moins brume que miasmes pestilentiels. Au début, elle eut la sensation d'être enveloppée d'un voile immatériel, froid et humide, qui ne l'empêchait pas de voir devant elle, mais en un clin d'œil ce linge diaphane devint épais et lourd, et lui bloqua totalement la vue. La nuit en plein jour. Le soleil était pourtant quelque part puisqu'elle distinguait les couleurs de ses chaussures, de son anorak et du brouillard lui-même, qui était partout, à droite, à gauche, au-dessus.

Il ne lui restait plus qu'à rebrousser chemin et à rentrer à Arnside, qui était plus proche que Grange-over-Sands. Mais après cinq minutes, elle cessa de marcher : elle ignorait quelle direction elle avait prise.

Alatea tendit l'oreille aux bruits susceptibles de la guider hors de cet enfer, mais elle ne parvenait pas à les situer dans l'espace. Elle entendit d'abord le train sur le viaduc du chemin de fer qui traversait l'estuaire et la rivière Kent d'Arnside à Grange-over-Sands, mais n'aurait su dire s'il allait ou venait. Bientôt elle ne sut même plus localiser le viaduc. D'après ses souvenirs, il devait se situer à sa gauche si elle était bien en train de marcher vers Arnside. Pourtant, elle avait l'impression que le train passait derrière elle, ce qui signifiait qu'elle se dirigeait vers le large.

Elle changea de route. A un moment donné, elle s'enfonça dans le sable jusqu'aux mollets. Vite, elle parvint à se dégager. Une voix hurla. Impossible de savoir où, mais elle était proche, oui, c'était encourageant. Elle se tourna vers la source supposée de la voix et recommença à marcher.

Le vrombissement d'un moteur de tracteur. Etait-ce bien un tracteur ? Juste derrière elle – lui sembla-t-il – donc du côté du rivage. Elle fit volte-face et appela :

— Au secours ! Au secours ! Je suis ici ! Ici !

Aucune réponse, seulement le bruit d'un engin dont le moteur avait des ratés et qui peinait comme s'il traînait une charge d'une pesanteur incroyable.

Puis le hululement d'une sirène. Ah, c'était par là que se trouvait la route. Mais dans ce cas, où était la mer ? Si elle allait de ce côté, elle allait se perdre, c'était certain. Errer au milieu des bancs de sable et dans la vase. Tôt ou tard, elle tomberait sur des sables mouvants où le sol bouge comme un matelas gonflable et ne supporte pas un poids supérieur à celui d'un oiseau minuscule. Alors, sa dernière heure serait venue.

Elle se figea de nouveau, se retourna, écouta, appela. Un cri de mouette lui répondit. Quelques instants plus tard, le volume même de l'air sembla une fraction de seconde s'ouvrir sous l'action d'un coup de feu, ou étaient-ce les pétarades d'un pot d'échappement ? S'ensuivit un silence total.

Alatea sut alors qu'il n'y avait pas d'échappatoire. Elle devait cesser de se leurrer, jamais elle ne pourrait fuir. Il y avait encore un espoir qu'on vienne à sa rescousse dans cette baie de Morecambe ou qu'elle parvienne à en réchapper par elle-même. Mais de son existence, de cette vie édifiée sur des mensonges afin de la lui rendre supportable et qu'elle s'y sente en sécurité, il n'y avait aucune fuite envisageable. L'heure était venue de faire face, se dit-elle. Chaque circonstance s'était enchaînée de manière à la mener à cette révélation qu'elle avait bêtement cru pouvoir repousser éternellement. C'était la seule vérité.

Bien. Tout devait plier devant le destin. Soudain prête à affronter ce qu'elle méritait, elle ouvrit son sac où elle trouva son portefeuille, son chéquier, sa trousse à maquillage mais pas son téléphone portable. Elle le revit tout à coup là où elle l'avait laissé, en train d'être rechargé sur le plan de travail de la cuisine. Consternée, elle comprit que ses aveux à Nicholas ne seraient pas en fin de compte la dernière épreuve qui l'attendait.

Elle devait désormais se préparer à l'étreinte glacée de l'irrémédiable. Comment avait-elle pu s'aveugler à ce point ? Chacun de ses pas depuis qu'elle avait quitté les siens ne l'avait-il pas conduite en ce lieu unique sur la planète, à cet instant de grand péril ?

Ce qu'elle voyait clairement à présent, c'était qu'il n'y avait jamais eu de véritable sortie de secours, juste une porte dérobée. Alors que la science et la chirurgie lui avaient permis de se défaire de l'affreuse carapace qui avait été sa prison, lui ouvrant la porte d'un monde étrange où elle avait été la plus étrange des étrangères, elle ne pouvait pas échapper à ce qui avait façonné sa personnalité ni aux souvenirs d'enfance qui meublaient sa mémoire.

Le comble de l'horreur, se rappela-t-elle, fut les leçons de boxe qu'on lui avait imposées après avoir déclaré que ses frères n'allaient pas être en mesure de le défendre indéfiniment. Il était temps que le jeune Santiago apprenne à jouer des poings pour empêcher les petites brutes de le harceler. Mais tandis qu'il prononçait ces mots, la peur brillait telle une pièce d'argent dans les yeux du père. Il fronçait les sourcils, aussi inquiet que mécontent, en constatant que Santiago n'aimait pas se bagarrer avec ses frères, ni construire des cabanes, ni jouer au soldat, ni diriger le jet de son urine aussi loin que Carlos. La peur brillait dans les yeux de sa mère quand elle surprenait Santiago à se déguiser, à jouer à la poupée ou à la dînette avec sa cousine Elena Maria.

Les visages des parents de Santiago étaient transparents. Est-ce bien là mon fils ? se disait le père qui en homme de son temps, de sa culture, de sa religion, de son éducation, s'inquiétait d'avoir engendré un homosexuel dépravé. L'inquiétude de sa mère était plus subtile et plus conforme à sa nature affectueuse : comment Santiago allait-il survivre dans une société mal équipée pour le comprendre ?

A l'époque, la fuite passait par Elena Maria. A elle, Santiago avait tout dit. Il lui avait expliqué qu'il avait la sensation d'être emprisonné dans un corps qui n'était pas le sien. Quand il se regardait, il voyait bien qu'il avait toutes les caractéristiques masculines, et pourtant son corps ne fonctionnait pas comme celui d'un garçon, et surtout, il n'avait pas envie d'avoir ce corps-là. Il supportait à peine de se toucher. Il avait l'impression de toucher quelqu'un d'autre.

« Je ne sais pas ce que j'ai, lui confia-t-il. J'ignore ce que cela veut dire, mais je n'en veux pas, je ne veux pas vivre dedans. Il faut que je m'en débarrasse. Si je n'y arrive pas, je mourrai, je te le jure, je mourrai. »

Avec la complicité d'Elena Maria, il y avait eu des escapades. L'espace de quelques heures, d'une journée à la ville, d'un week-end à la plage où il devenait une petite ado comme sa cousine… Le jeune Santiago explorait ses désirs et l'identité à laquelle il aspirait. Mais rien ne pourrait jamais se concrétiser si son père s'acharnait à vouloir l'endurcir. Afin de vivre ainsi qu'il l'entendait, Santiago avait pris la fuite et n'avait pas cessé de courir avant de tomber dans les bras de Raul Montenegro.

Tout bien considéré, ces leçons de boxe étaient-elles vraiment ce qu'il y avait eu de pire ? Ou était-ce la promesse que lui avait fait miroiter Raul Montenegro et la réalité de ce qu'il avait exigé d'elle en paiement ? Elle n'était pas certaine. Ce dont elle était convaincue en revanche, c'était que Raul était un homme résolu. Il avait déplacé des montagnes pour réaliser les rêves de féminité de son jeune amant Santiago Vasquez y del Torres, alors pourquoi ne parviendrait-il pas à retrouver Alatea afin de lui rappeler ce qu'elle lui devait ?

Et voilà qu'elle était là, plus perdue que jamais, contrainte à choisir entre avancer ou mourir. Elle reprit sa marche en espérant qu'elle se dirigeait vers Arnside. Au bout de dix pas, elle sentit qu'il n'y avait plus sous ses pieds qu'une peau de sable. Les sables mouvants. En un instant, elle s'enfonça jusqu'à mi-cuisse. Prisonnière du froid. Un froid horrible.

Pas de panique surtout, se dit-elle. Elle connaissait la technique. Nicholas la lui avait expliquée il y avait très longtemps alors qu'ils se promenaient ensemble sur les sables déserts, et elle se rappelait ses paroles : « Cela ne paraît pas logique, ma chérie, mais c'est ainsi qu'on s'en libère, il n'y a pas d'autre moyen... »

Elle se prépara.

C'est alors que la sirène se mit à hurler.

Arnside
Cumbria

— Vous êtes bien sûr, monsieur ?

L'employé des services de garde-côtes de Walney Island répondit à l'appel de Lynley avec cette autorité tranquille que l'on emploie pour s'adresser à quelqu'un qui tire la sonnette d'alarme – quelles que soient les circonstances, on garde la tête froide avant de prendre une décision. Et cet homme était le seul habilité à en prendre une.

— Pas question d'envoyer un bateau si vous n'êtes pas certain qu'une femme est dans la baie. On est en alerte maximum. Elle vous a appelé sur son portable ? Elle a laissé un mot ?

— Ni l'un ni l'autre. Mais nous en sommes sûrs et certains.

Lynley expliqua au garde-côte la situation géographique du manoir, pourquoi ils étaient convaincus qu'elle ne pouvait pas avoir emprunté un autre chemin et les différentes tentatives qu'ils avaient déjà effectuées pour retrouver Alatea Vasquez y del Torres. Ils avaient parcouru la totalité du chemin qui longeait l'estuaire, un chemin de randonnée qui fourchait dans trois directions : Arnside Knott, le village de Silverdale et le chemin côtier de Lancaster. Alatea ne connaissait que celui menant à la montagne, Arnside Knott, et pourquoi aurait-elle voulu l'escalader dans le brouillard alors qu'elle avait une bonne raison de tenter la traversée de la baie à pied ?

— Et quelle raison est-ce là, monsieur ? s'enquit le garde-côte.

Lynley répliqua qu'il enquêtait sur une mort par noyade suspecte, etc., n'hésitant pas à faire une entorse à la vérité. Et ce qu'il se garda aussi de lui dire, c'était qu'il avait réussi à persuader Nicholas Fairclough de gravir la pente d'Arnside Knott à la recherche de sa femme.

Au préalable, Fairclough avait allumé un feu au bord de la digue, une flambée que Deborah s'était chargée d'entretenir en y jetant tout ce qui était inflammable : des bûches, des branches, des journaux, des vieux meubles. Le bûcher avait attiré l'attention des pompiers ainsi que des bons citoyens d'Arnside, qui joignirent leurs forces aux siennes dans l'espoir que les flammes soient pour Alatea semblables à un phare dans le brouillard la guidant jusqu'à la terre ferme et la sécurité.

C'était plus par acquit de conscience que véritablement utile, jugeait Lynley. Car si Alatea se trouvait bien sur les sables et si la marée montait, il y avait peu de chances qu'elle en réchappe. D'où son appel aux gardes-côtes.

— Monsieur, je peux faire sortir des secours, mais il ne faut pas rêver. Il y a moins de vingt mètres de visibilité. La baie fait deux cent soixante kilomètres carrés. Avec le brouillard plus le mascaret... Je n'envoie pas une équipe sur un coup de tête.

— C'est tout à fait sérieux, je vous assure. Si vous retraciez sa route depuis Arnside...

— Bon, on va essayer. Mais elle est fichue, et vous le savez aussi bien que moi. En attendant, vous pouvez téléphoner à la Maison des sauveteurs, ils pourront peut-être faire quelque chose. Et aussi au Guide de la Reine.

Le Guide de la Reine habitait de l'autre côté de la baie, au sud de Grange-over-Sands, sur la Berry Bank Road, et se révéla plein de compréhension. Mais après plus de cinquante ans de traversées de la baie avec la responsabilité de groupes de randonneurs, de pêche aux coques du côté de Flookburgh et de pêche à la crevette dans la rivière Leven, il connaissait « les sables par cœur, monsieur... Et si une dame s'est perdue dans le brouillard pour je ne sais quelle raison (et manifestement il ne va pas envie d'entendre cette raison), elle ne va pas tarder à se transformer en noyée... C'est malheureusement un fait, je suis désolé ».

N'y avait-il donc aucun recours ? Les gardes-côtes partaient à l'heure qu'il était de Walney Island et, pour sa part, il allait appeler la Maison des sauveteurs.

« Si vous voulez qu'on retrouve encore plus de cadavres à marée basse... » : voilà ce que lui avait dit le guide. Fort de son expérience, personne ne le persuaderait de se lancer dans la baie à la recherche de qui que ce soit.

La Maison des sauveteurs se fit l'écho de ses réticences. Après tout, ils n'étaient que des volontaires bénévoles. Ils avaient suivi un entraînement pour sauver des gens. Mais pour mettre leur canot à l'eau, il leur fallait de l'eau et, pour l'instant, les sables étaient au sec. Pas pour longtemps, il est vrai. Et quand l'eau allait monter, la femme n'en aurait pas pour longtemps. Si elle ne se noyait pas, l'hypothermie la tuerait. Ils sortiraient dès que la marée serait montée, forcément trop tard. Désolés, monsieur.

Le feu sur le chemin de grève continua à ronfler. Quelqu'un eut la bonne idée d'apporter un porte-voix pour appeler Alatea. Et au loin dans le brouillard, le mascaret se préparait. Terrifiant à voir, entendit murmurer Lynley dans le groupe des gens rassemblés. Mortel quand on se trouvait sur sa route, ajouta-t-il à part lui.

Windermere
Cumbria

L'alarme antivol était assez sonore pour réveiller les morts. Ils devaient se parler en hurlant pour s'entendre dans le vacarme. Ils poussèrent de toutes leurs forces la poubelle dans le magasin afin de se ménager un passage et, une fois à l'intérieur, Freddie se tourna vers Manette en criant :

— Attends ici !

Ce que, bien sûr, elle n'avait aucune intention de faire.

Il se dirigea vers la porte du fond et secoua la poignée. Fermée à clé.

— Ouvrez ! Police !

Puis :

— Tim ! Tim Cresswell !

De toute évidence, ceux qui étaient derrière ce battant n'étaient pas disposés à se montrer coopératifs.

— Je suis obligé de la défoncer.

Manette lut sur ses lèvres plutôt qu'elle ne l'entendit.

— Comment ?

Freddie avait beau posséder toutes sortes de merveilleuses qualités, la puissance musculaire que nécessitait ce genre de prouesse ne comptait pas parmi elles. D'autant qu'il ne s'agissait pas d'une porte de plateau de cinéma, solide en apparence mais qui s'abattait au premier coup de pied viril assisté d'une cuisse encore plus virile. Cette porte-là ne badinait pas, elle avait pour mission de tenir à l'écart les intrus.

N'empêche, Freddie passa à l'attaque. D'abord avec le pied, puis avec l'épaule. Après quoi ils se jetèrent dessus l'un après l'autre pendant que l'alarme continuait à hululer. Il leur fallut bien cinq minutes pour que, enfin, la serrure cède sous leurs efforts conjugués. Freddie, propulsé en avant, entra en titubant dans l'arrière-boutique en criant par-dessus son épaule :

— Attends ici, Manette !

Une fois de plus, elle fit la sourde oreille. S'il croyait qu'elle allait le laisser tout seul face au danger !

Ils se retrouvèrent dans une chambre noire. Le labo photo donnait sur une double travée de rayonnages, une pièce de rangement à l'extrémité de laquelle brillait une lumière qui leur parut éblouissante. Comme la sirène continuait son vacarme, ils avancèrent avec prudence. Un courant d'air froid leur indiqua que l'issue de secours était grande ouverte : ils avaient décampé. Tout ce que Manette et Freddie pouvaient espérer, c'était qu'ils avaient laissé Tim derrière eux.

Là où les lumières étaient les plus fortes, ils virent le décor du film. Manette enregistra en un seul coup d'œil l'ensemble – les lits, la fenêtre, Big Ben au loin, le chien au pied d'un lit – avant d'apercevoir Tim. Un corps allongé sur le flanc, la tête enfouie dans un vêtement qui ressemblait à une chemise de nuit relevée. Un collant vert avait servi à l'attacher au-dessus du crâne comme s'il s'agissait d'un sac. Etaient aussi attachées ses mains, devant lui, alors qu'il avait les bras le long du corps et que son sexe était exposé. Il était en érection. Un X tracé sur le sol non loin du lit marquait la place où avait été installée la caméra. On devinait facilement sur quoi elle avait été braquée.

— Mon Dieu, souffla Manette.

Freddie se tourna vers elle. Elle lut sur ses lèvres tandis que l'alarme hurlait tel un esprit maléfique venu emporter une âme.

— Reste là. Reste là.

Sous l'effet de la terreur, elle lui obéit cette fois. Si Tim était mort, elle n'avait pas envie de voir ça.

Freddie se dirigea vers le lit. Manette vit ses lèvres former les mots « Il saigne » puis « Tim, mon p'tit gars » tandis qu'il dénouait le collant.

Tim eut un soubresaut. La bouche de Freddie articula : « Doucement. C'est Freddie, mon vieux, je vais te débarrasser de ça, mon p'tit gars. » Il rabattit la chemise sur le corps de Tim. A la vue des yeux et de l'expression du garçon, Manette comprit qu'il avait été drogué. Dans un sens, c'était un bienfait, se dit-elle. Avec un peu de chance, il ne garderait aucun souvenir de ce qui lui était arrivé.

— Appelle la police, dit Freddie.

Elle savait que ce n'était pas la peine. Alors qu'elle s'approchait du fils de Ian couché sur le lit et s'apprêtait à lui délier les mains, l'alarme se tut et elle entendit des bruits de voix dans la boutique.

— Quel bordel ! s'exclama quelqu'un.

Vous pouvez le dire, pensa-t-elle.

Baie de Morecambe
Cumbria

Tout ce qu'on fait dans des sables mouvants est contre-productif, lui disait Nicky. Il ne faut jamais rester sur place. D'un autre côté, si tu te débats, tu coules plus vite. Le moindre mouvement augmente le danger et te rapproche d'une mort affreuse. Mais tu dois te rappeler plusieurs choses, ma chérie. La première, c'est que tu ne connais pas la profondeur des sables. Ils sont peut-être capables d'engloutir un cheval ou un tracteur ou même un car de touristes, mais en général on enfonce seulement jusqu'aux genoux et, au pire, à mi-cuisse, ce qui permet d'attendre les secours. Mais il vaut mieux éviter d'en arriver à ce point, parce que, mettons que tu en aies jusqu'à la poitrine, la puissance de succion sera telle que personne ne pourra te tirer de là. A ce stade, il faudra un jet d'eau puissant, celui d'une lance à incendie, pour te dégager, ou bien les vagues de la marée montante. Tu comprends pourquoi, dès que tu sens que tes pieds s'enlisent, il ne faut pas perdre une seconde. Si tu ne parviens pas tout de suite à te dégager, allonge-toi et roule sur toi-même pour sortir de la zone dangereuse.

Elle avait beau entendre dans sa tête la voix de Nicholas, qui avait grandi dans cette étrange région du monde, elle savait que ce n'était pas la peine. Elle était dans les sables jusqu'à mi-cuisse. Plus question d'esquisser le moindre geste rapide. Ne lui restait plus qu'à s'allonger. Mais elle n'arrivait pas à s'y résoudre. Tout haut, elle répéta :

— Il le faut ! Il le faut !

Mais c'était trop effrayant. Elle se voyait couchée à plat dos continuant à s'enfoncer, la vase se logeant dans ses oreilles, recouvrant ses joues, avançant avec une lenteur venimeuse vers son nez.

Si seulement elle avait la force de prier pour qu'il se produise un miracle. Mais tout ce qui venait à son esprit, c'étaient des images du passé. Santiago Vasquez y del Torres. Treize ans. Fugueur. Il n'avait pas été plus loin que la ville la plus proche de Santa Maria de la Cruz, de los Angeles, y de los Santos. Réfugié dans une église, vêtu d'une robe de sa cousine Elena Maria, maquillé avec ses produits. A l'épaule un sac avec un peu d'argent et des vêtements de rechange, trois tubes de rouge à lèvres. Sur les cheveux, trop longs pour un garçon, trop courts pour une fille, un fichu.

En la découvrant dans son église, le curé murmure « mon enfant » et « fille de Notre Père tout-puissant » et lui demande si elle est venue se confesser. Et Santiago, se souvenant des paroles d'Elena Maria – « Suis la direction que Dieu t'indique, Santiago » –, se confesse ; pas de ses péchés mais de son désarroi : s'il est obligé de continuer à vivre aussi mal dans sa peau, autant en finir tout de suite.

Le prêtre l'écoute. Il le sermonne sur le péché de désespoir. Il dit que tout ce que Dieu a créé est parfait. Il dit : « Viens avec moi, mon enfant. » Ensemble ils entrent dans le presbytère. Santiago y reçoit l'absolution et une assiette de rôti de bœuf aux pommes de terre à l'eau, qu'il mange lentement, sous le regard courroucé de la gouvernante dont les sourcils se rejoignent au-dessus de ses yeux méchants. Après quoi, il est conduit dans une pièce. « Il faut te reposer, mon enfant, dit le curé. Tu as fait un long voyage n'est-ce pas ? » Oui, en effet, et il est fatigué. Il s'allonge sur un canapé tendu de velours côtelé et s'endort.

Son père le réveille. Un masque de pierre. « Merci, *padre*, dit-il au curé en prenant son fils par le bras. Merci pour tout. » Il donne de l'argent à l'église. Ou peut-être au curé-traître lui-même.

Une bonne raclée guérit de tout, décrète son père. Et après ça il peut rester enfermé dans sa chambre le temps de prendre la mesure du crime qu'il a commis non seulement contre Dieu mais contre la famille, contre la splendeur des Vasquez y del Torres. Et ça ne changera jamais. « Tu comprends, Santiago ? »

Santiago s'essaye à être un garçon avec la sensation d'être engoncé dans ses costumes. Les photos de femmes nues que s'échangent les frères ne font que lui donner envie de leur ressembler. Lorsque ses frères en les regardant se masturbent, transis par une voluptueuse culpabilité, l'idée même de se toucher à cet endroit provoque chez lui la nausée.

Il ne développe pratiquement pas de signes de virilité en grandissant. Pas de poil au menton ni à la poitrine. Ses bras et ses jambes restent glabres. Quelque chose ne va pas, on ne sait pas quoi, mais pour y remédier, une seule solution : endurcir Santiago en lui imposant des sports de lutte, des parties de chasse, de l'escalade, du ski extrême... Bref, tout ce qui dans l'esprit de son père fera de lui l'homme que Dieu a voulu qu'il soit.

Pendant deux ans, Santiago fait de son mieux et économise sou après sou pour... à quinze ans, la fugue finale. Cette fois-ci, le train pour Buenos Aires. Dans la grande ville, personne ne peut se douter de son sexe, sauf s'il en parle lui-même.

Le voyage : le roulement du train, le bruit des rails, le paysage qui défile. Le front contre la vitre froide. Les pieds sur sa valise. Son billet poinçonné. Le contrôleur : « *Gracias, señorita.* » Et c'est en *señorita* qu'elle continue à partir de là.

Les images sont si présentes à son esprit qu'elle entend le train gronder, rugir, fendre l'air telle la foudre portée par le tonnerre. Et elle est à bord de ce train, lancée à toute allure vers son avenir, semant loin derrière elle les cendres de son passé.

Lorsqu'elle sentit l'eau contre sa peau, elle comprit que ce qu'elle entendait, ce n'était pas le train de son enfance, mais la marée montante. Alors, soudain, elle mit un mot sur la menace annoncée par la sirène : le mascaret. La mer qui remonte à la vitesse d'un cheval au galop. Et à l'instant où elle entrevit la fin de cette quête qui la tenaillait depuis toujours, elle se dit qu'il y avait des choses dont elle ne réussirait jamais à se libérer.

Elle remercia le ciel de ne pas la laisser mourir étouffée dans la vase. Lorsque la première vague la heurta, elle sut tout aussi clairement qu'elle n'allait pas se noyer. On ne se noyait pas dans une eau telle que celle-là. On se contentait de s'étendre sur le dos et de s'assoupir.

11 novembre

Arnside
Cumbria

Il n'y avait rien à faire. Tout le monde le savait. Chacun prétendait le contraire. Les gardes-côtes étaient sortis dans le brouillard pour parcourir la distance qui séparait Walney Island de Lancaster Sound. Mais des kilomètres les séparaient de la baie de Morecambe et encore davantage de la rivière Kent. Où Alatea pouvait-elle bien être ? Si encore il n'y avait eu que le mascaret, ils auraient peut-être eu une chance, très mince, de la retrouver. Mais d'emblée le brouillard rendait la situation sans espoir.

Les sauveteurs bénévoles avaient contribué aux recherches une fois la baie assez inondée pour y lancer leur bateau pneumatique. Mais ils ne furent pas longs à se rendre compte que c'était en réalité un cadavre qu'ils cherchaient. Et dans ces conditions, était-il raisonnable de risquer d'augmenter les statistiques des victimes du mascaret ? Seul le guide des grèves serait en mesure de les aider, annoncèrent-ils à Lynley une fois qu'ils eurent regagné la terre ferme. Sans doute pourrait-il leur indiquer à quel endroit du rivage la mer était susceptible de rendre le corps de la morte. Et il fallait faire vite, dès que le brouillard serait levé. Sinon, la marée descendante l'emporterait ou l'enterrerait dans les sables. Dans la baie de Morecambe beaucoup de choses, et des êtres humains, avaient disparu pour ne jamais être retrouvées, ou bien cent ans après. C'était dans la nature du lieu, leur expliqua le guide des grèves.

Lynley et Deborah avaient passé des heures à nourrir le feu au bord de la digue avec Nicholas, longtemps après le passage du mascaret qui avait rempli l'estuaire, balayant avec lui la moindre parcelle d'espoir. Nicholas refusait d'abandonner, il continuait à jeter du bois sur les flammes. Son visage ravagé disait que seul le plus complet épuisement physique aurait raison de son obstination. A la faveur de la fatigue, le chagrin avait fait surface et l'avait privé de ses dernières forces. Il s'était dirigé en titubant vers Arnside House, suivi par Lynley et Deborah. En lui adressant des paroles de sympathie, les villageois s'étaient écartés tristement pour lui laisser le passage.

Une fois à l'intérieur, Lynley avait immédiatement téléphoné à Bernard Fairclough, pour lui annoncer que l'épouse de son fils avait disparu, sans doute noyée dans la baie de Morecambe. Elle était sortie se promener, l'informa Lynley, et avait été surprise par le mascaret.

« On arrive tout de suite ! s'était exclamé Bernard Fairclough. Dites à Nicholas qu'on arrive ! »

Lorsque Lynley lui avait transmis le message paternel, Nicholas avait déclaré, hébété :

« Ils vont vouloir savoir si je vais replonger. C'est normal, non, sachant d'où je viens ? »

Il avait ajouté qu'il refusait de les voir. Qu'il ne voulait voir personne.

Lynley avait accueilli les parents de Nicholas et leur avait répété de manière un peu plus détaillée la même information qu'au téléphone. Il s'était juré de ne pas trahir Alatea. Le secret de la jeune femme était en sécurité, enfoui dans son cœur. Il l'emporterait dans sa propre tombe. Et il savait que Deborah ferait de même.

Comme il était trop tard pour prendre la route et rentrer à Londres, Deborah et lui retournèrent au Crow & Eagle où ils réservèrent deux chambres. Après un dîner silencieux, ils montèrent se coucher. Le lendemain matin, Lynley se sentit suffisamment mieux pour ouvrir son téléphone portable avec l'intention d'appeler New Scotland Yard. Il avait sept messages sur sa boîte vocale. Il n'en écouta aucun et préféra en fin de compte parler à Barbara Havers.

Il lui fit un résumé succinct de la tragédie. Havers se borna à entrecouper ses explications de « Oh, merde » et de « Quel malheur, monsieur ». Il lui annonça que la famille d'Alatea devait être informée. Barbara pouvait-elle remettre la main sur son étudiante espagnole pour rappeler l'Argentine ? Pas de problème, lui répondit-elle, en ajoutant qu'elle était vraiment désolée.

— Et vous, monsieur ? enchaîna-t-elle. Vous n'avez pas l'air trop en forme. Je peux faire autre chose ?

— Dites à la commissaire que j'ai été retardé. Je vais partir dans une heure ou deux.

— Rien d'autre ? Vous voulez que je lui raconte ce qui s'est passé ?

Après un instant d'hésitation, il répliqua :

— Ne réveillons pas le chat qui dort.

Ils raccrochèrent. Lynley savait qu'il pouvait compter sur elle. Et subitement, il se rendit compte que pas une seconde il n'avait pensé à téléphoner à Isabelle. Ni la veille au soir ni ce matin après une mauvaise nuit.

Deborah l'attendait dans le hall d'entrée de l'auberge. Elle avait une mine affreuse. En le voyant, ses yeux se remplirent de larmes, qu'elle retint en battant des cils.

Lynley s'assit à côté d'elle sur le banc en bois, face à la réception. Quand il la prit par les épaules, elle s'effondra sur lui et il embrassa le côté de sa tête. Elle lui prit la main et la serra. Ainsi enlacés, respirant à l'unisson, ils se sentirent mieux.

— Oublie ce à quoi tu es en train de penser, lui dit-il.

— Comment faire autrement ?

— Je l'ignore. Mais je sais que tu ne dois pas y penser.

— Tommy, elle ne serait jamais partie si je ne m'étais mis martel en tête pour cette histoire de mère porteuse. Cela n'avait rien à voir avec l'accident de Ian Cresswell, vous aviez raison, toi et Simon. C'est ma faute.

— Deb, ma chérie, c'est la faute aux secrets et aux non-dits. C'est la faute aux mensonges. Pas la tienne.

— C'est gentil de me dire ça.

— C'est la vérité. C'est ce qu'Alatea ne pouvait supporter de dire à Nicholas qui l'a poussée dans la baie. La même information qui l'avait poussée à Lancaster. Tu ne peux te rendre responsable de ses secrets et de sa mort.

Deborah garda un moment le silence. La tête baissée, elle paraissait examiner le bout de ses bottes en cuir noir.

— Il y a des choses qu'il vaut mieux taire, tu ne crois pas ? finit-elle par murmurer.

Lynley songea à tout ce qui, entre eux, restait en effet non dit et qui le resterait à jamais.

— Et qui est mieux placé pour le savoir que nous deux ?

Alors qu'il relâchait l'étreinte autour de ses épaules, elle se tourna vers lui. Il lui sourit affectueusement.

— Londres ?

— Londres, acquiesça-t-elle.

Arnside
Cumbria

Malgré le souhait de Nicholas de rester seul, Valerie avait insisté auprès de son mari pour qu'ils passent la nuit à Arnside House. Elle avait téléphoné à Manette afin de la mettre au courant tout en la priant de ne pas se déplacer. A Mignon aussi, sans craindre en revanche qu'elle ne rapplique puisqu'elle était cloîtrée dans sa tour depuis qu'elle avait compris que ses parents refuseraient désormais de faire ses quatre volontés et ne lui verseraient plus un penny. Mignon était en réalité le cadet des soucis de Valerie. Elle ne pensait qu'à Nicholas. Dieu sait comment il allait réagir à la suite de ce drame...

Le message qu'il leur avait transmis par l'intermédiaire de l'inspecteur de New Scotland Yard avait été succinct mais catégorique : il ne voulait voir personne.

Valerie avait dit à Lynley :

« Et sa famille en Argentine ? Il faudra la prévenir. La cérémonie... »

Lynley l'informa que la Met se chargerait des proches d'Alatea, qu'un de ses collègues avait réussi à localiser. Quant à la cérémonie, il valait peut-être mieux attendre de voir si l'on retrouvait le corps.

Qu'il puisse ne pas y avoir de corps, cela n'était pas venu à l'esprit de Valerie. La mort ne pouvait pas être désincarnée, avait-elle envie de dire. Après tout, on était sûr que la personne avait bien disparu seulement lorsqu'on avait sous les yeux sa dépouille. Cela mettait une sorte de point final. Sans cela, comment faire son deuil ?

Après le départ de Lynley en compagnie d'une femme rousse, une certaine Deborah Saint James, peu importait d'ailleurs à Valerie sinon qu'elle avait appris qu'elle était présente au moment de la disparition d'Alatea, Valerie monta à l'étage et, debout devant la porte close de la chambre de Nicholas, elle déclara :

— On est ici, mon chéri. Ton père et moi. Nous sommes en bas.

Puis elle redescendit.

Bernard et elle passèrent la nuit dans le salon jaune au coin du feu. Vers trois heures du matin, elle crut entendre bouger au premier étage. Ce n'était que le vent. Il dispersa le brouillard et apporta la pluie qui se mit à battre contre les carreaux par vagues successives. *Le soir arrivent les pleurs et le matin l'allégresse*, songea Valerie. Un psaume. Si seulement ces paroles avaient pu s'appliquer à aujourd'hui.

Ils se taisaient. Bernard tenta à plusieurs reprises d'entamer une conversation, mais elle secoua chaque fois la tête en l'arrêtant d'un geste de la main. Finalement, il soupira :

— Pour l'amour du ciel, Valerie, il faudra bien qu'on parle.

Ainsi, en dépit de la tragédie, Bernard souhaitait qu'ils discutent de leur couple ! Qu'avait-il donc à la place du cœur ? Mais ne connaissait-elle pas depuis toujours la réponse à cette question ?

L'aube pointait lorsque Nicholas apparut au salon sans que le moindre bruit ne l'ait annoncé. Quand elle le vit, elle crut un instant que c'était Bernard qui revenait, pourtant Bernard n'était jamais sorti de la pièce, ce qu'elle avait à peine remarqué.

Elle fit mine de se lever.

— Reste assise, lui dit Nicholas.

— Nick chéri...

Elle se tut. Il la regardait en hochant la tête, un œil à moitié fermé comme s'il ne supportait pas la lumière et la tête penchée de côté. On aurait dit qu'il avait du mal à la discerner.

— Juste pour vous dire que ce n'est pas mon intention.

— Quoi ? fit Bernard. Ton intention de quoi ?

— De replonger.

— Ce n'est pas pour ça que nous sommes ici, protesta Valerie.

— Alors, vous êtes restés parce que... ?

Il parvenait à peine à détacher ses lèvres gercées l'une de l'autre. Sous les verres épais et sales de ses lunettes, ses yeux étaient cernés de noir. Ses cheveux, collés à son crâne, n'évoquaient plus les boucles d'un chérubin.

— Nous sommes tes parents, voilà pourquoi, déclara Bernard. Pour l'amour de Dieu, Nick...

— C'est ma faute, dit Valerie. Si je n'avais pas fait venir ces gens de Scotland Yard... Ils vous ont bouleversés, tous les deux, toi et elle...

— S'il y a quelqu'un à blâmer, c'est moi, enchérit Bernard. Ta mère n'a rien à se reprocher. Si je ne lui avais pas donné de bonnes raisons de souhaiter des éclaircissements...

— Stop... !

Nicholas leva la main avant de la laisser retomber mollement.

— ... C'est vrai, c'est votre faute à tous les deux. Mais cela n'a plus d'importance maintenant.

Sur ces paroles, il tourna les talons et sortit du salon jaune. Ils entendirent ses pas lourds dans le vestibule puis il gravit l'escalier.

Ils rentrèrent chez eux en silence. Comme avertie par un sixième sens – ou peut-être les avait-elle vus franchir le portail d'Ireleth Hall de la terrasse de sa tour où elle montait allègrement depuis des années à l'insu de ses parents, ce qu'ils avaient compris peu de temps auparavant –, Mignon les attendait. Cette fois, elle s'était passée de son déambulateur, ayant eu le bon sens de mettre un terme à la comédie de l'infirmité. Elle était vêtue d'un épais manteau de laine. Pourtant la matinée était belle. Après la pluie, resplendissant d'un espoir cruel, le soleil inondait d'une clarté dorée les pelouses et les chevreuils au loin à l'orée des bosquets.

Alors que Valerie descendait de voiture, Mignon s'avança vers elle.

— Qu'est-ce qui se passe ? Vous n'êtes pas rentrés hier soir. J'étais folle d'inquiétude. Je n'ai pas fermé l'œil. Un peu plus et j'appelais la police.

— Alatea...

— Oui, je sais, répliqua Mignon d'un ton las. Mais pourquoi papa et toi, vous n'êtes pas rentrés ?

Valerie fixa sur sa fille un regard perplexe. L'avait-elle jamais comprise ? Elle aurait tout aussi bien pu être une étrangère.

— Je suis trop fatiguée pour te parler, lui dit Valerie en se dirigeant vers le perron.

— Maman !

— Mignon, c'est assez, gronda son père.

Valerie entendit Bernard sur ses talons, et le cri de protestation de Mignon. Après une légère hésitation, elle fit volte-face.

— Tu as entendu ton père. C'est assez.

Sur ces paroles, elle entra dans la maison. Elle était épuisée. Lorsque Bernard murmura timidement son nom derrière elle, elle tressaillit : c'était la première fois qu'il s'adressait à elle avec une telle modestie.

— Je vais me coucher, Bernard, lui dit-elle sans se retourner en commençant à monter l'escalier.

Une décision s'imposait cependant. Entourée des ruines de ce que, jusqu'à ce jour, elle avait considéré comme sa vie, elle devait en effet choisir ce qu'elle allait tenter de sauvegarder, et ce qui resterait sous les décombres. Le poids de la faute qu'elle avait sur la conscience l'accablait. Car elle avait su tout du long à propos de la double vie de Bernard à Londres. Et qu'avait-elle fait de ce savoir ?

Ian le lui avait révélé, bien sûr. Même s'il s'agissait des dépenses de son oncle, il n'oubliait pas dans quelles mains résidait le véritable pouvoir. Oh, Bernard gérait l'entreprise au quotidien et prenait, certes, la majorité des décisions. Avec Manette, Freddie et Ian, il avait conduit des projets d'innovation qui dépassaient Valerie. Mais lorsque, deux fois l'an, se réunissait le conseil d'administration, c'était Valerie qui présidait en tête de table, et personne n'aurait envisagé de lui contester ce droit. Vous pouviez grimper les échelons, mais à un moment donné, quel que soit votre degré de compétence, votre tête heurtait un plafond. Seule la naissance comptait si l'on voulait accéder aux hautes sphères.

Valerie se rappelait le jour où Ian lui avait fait observer : « J'ai constaté quelque chose de curieux, tante Valerie, je ne voulais pas t'en parler parce que… Eh bien, tu as été tellement généreuse avec moi, oncle Bernie aussi… Je me suis dit que ce serait possible de trafiquer le bilan, mais les dépenses ont pris des proportions… Je ne vois pas comment j'y arriverais. »

Ian Cresswell avait été un gentil garçon lorsqu'il avait débarqué du Kenya pour vivre avec eux après la mort de sa mère. Il était devenu un homme sympathique. Dommage qu'il ait rendu si malheureux sa femme et ses enfants en décidant de vivre selon sa vraie nature, néanmoins cela faisait partie des choses contre lesquelles on ne pouvait rien et qu'il fallait bien accepter. Quand il était venu la trouver avec les feuilles de bilan, Valerie avait perçu son dilemme, ce qui avait d'ailleurs suscité son respect.

A sa mort, elle s'était sentie atrocement coupable, se reprochant de ne pas l'avoir assez mis en garde contre le mauvais état du quai sous le hangar à bateaux. Cela ne l'avait pas empêchée de voir en cette disparition le prétexte qu'elle attendait. Le seul moyen d'atteindre Bernard était de provoquer son humiliation devant toute sa famille. Ses enfants devaient se rendre compte de la vraie personnalité de leur père. Elle se figurait qu'ils lui tourneraient le dos et le renverraient à sa maîtresse et à leur petite bâtarde. Elle imaginait qu'ils l'entoureraient, elle, leur mère, de leur affection. Bernard payerait... Dans les veines de ses trois enfants coulait le sang Fairclough. Jamais ils ne toléreraient l'obscénité de la double vie que menait leur père. Puis, le temps pansant les blessures, elle finirait par lui pardonner. Après quarante-deux ans de mariage, que pouvait-elle faire d'autre ?

Valerie se mit à la fenêtre de la chambre qui donnait sur le lac Windermere. Par bonheur, elle ne voyait pas le jardin des enfants, ce projet qui ne verrait sans doute jamais le jour, se dit-elle en contemplant l'énorme étendue d'eau semblable à un miroir géant où se reflétaient les résineux plantés sur les berges, les *fells* dressées sur le rivage opposé et les grands nuages compacts des lendemains d'orage. Un merveilleux jour d'automne. Face à ce monde propre et neuf, Valerie eut la sensation qu'elle en était exclue, tant elle se sentait vieille et usée. Elle avait l'âme sale.

Bernard entra dans la chambre. Elle l'entendit mais ne se retourna pas. Du coin de l'œil, elle vit qu'il avait monté un plateau et était en train de le poser sur la table en demi-lune entre les deux fenêtres. La glace accrochée au-dessus l'informa sur le contenu du plateau : du thé, des toasts, des œufs. Elle y croisa le regard de son mari.

Il fut le premier à prendre la parole.

— Si je l'ai fait, c'est parce que j'ai pu le faire. Voilà toute l'histoire de ma vie. Ce que j'ai fait, je l'ai fait parce que je l'ai pu. Un défi que je me suis jeté à moi-même, comme lorsque j'avais fait ta conquête. Comme lorsque j'ai développé l'entreprise davantage que n'avaient pu le faire ton père et ton grand-père. Je ne sais pas ce qui motive mes actes, et c'est bien le plus terrible, puisque je suis capable de recommencer demain.

— Tout ce que tu me dis là me réchauffe le cœur, ironisat-elle.

— Je suis honnête avec toi.

— Cela me console.

— Ecoute. Je ne vais pas te dire que ça ne compte pas pour moi, parce que si, ça compte beaucoup. Mais je ne sais pas pourquoi.

— Affaire de libido. Ta virilité, Bernard. Prouver que tu n'es pas un si petit homme, au final.

— Tu es dure.

— C'est bien fait pour toi.

Elle se tourna de nouveau vers le lac. Il valait mieux qu'elle sache avant de prendre une décision, songea-t-elle avant de demander :

— Et avant ?

Il eut l'élégance de ne pas prétendre avoir compris de travers.

— Oui. Pas tout le temps. Seulement à l'occasion. Bon, d'accord, souvent. En général quand j'étais en voyage d'affaires. A Manchester, par exemple. Ou à Birmingham. Edimbourg. Londres. Mais avant Vivienne, jamais avec une employée. Et au début, c'était comme avec les autres. Parce que c'était possible. Puis entre nous les choses sont allées plus loin et j'ai vu la possibilité de mener deux vies...

— Comme c'était intelligent.

— Intelligent, oui.

Elle se tourna finalement vers lui. Un tout petit homme, vraiment. Une tête de moins qu'elle. Délicat, presque frêle, avec cette expression malicieuse, impertinente... Mon Dieu, se dit-elle, il ne lui manquait qu'une bosse, un pourpoint et des bas. Elle se serait laissé séduire comme lady Anne.

— Pourquoi, Bernard ?

En guise de réponse, il l'interrogea du regard, l'obligeant à préciser :

— Pourquoi une double vie ? En général, une suffit.

— Je sais. C'est une sorte de malédiction. Une vie ne m'a jamais suffi. Une vie ne... Je ne sais pas !

Elle, si.

— Une vie ne suffisait pas à te prouver que tu étais plus que Bernie Dexter de Blake Street à Barrow-in-Furness. Une seule vie n'aurait jamais suffi.

Il garda le silence. Dehors, les cris de canards sauvages attirèrent l'attention de Valerie. Ils volaient en formation dans la direction de Fell Foot Park. Elle se prit à penser combien ces oiseaux étaient disgracieux quand ils décollaient ou se posaient, et pourtant comme ils étaient beaux en vol, aussi beaux que tous les autres oiseaux une fois qu'ils se trouvaient là-haut. Le tout, c'était d'y arriver, et c'était cela, ce grand effort, qui leur donnait l'air maladroits.

— Tu as raison, sans doute. Blake Street est le trou dont je me suis sorti, mais les parois restaient glissantes… Un faux mouvement, et je me serais retrouvé de nouveau au fond, je le savais.

Elle s'éloigna de la fenêtre. Quel ne fut pas son étonnement en voyant qu'il avait monté du thé pour elle seule. Une tasse, deux œufs à la coque mais un seul coquetier, des couverts pour une personne, une seule serviette blanche. Somme toute, il n'était pas si sûr de lui que cela. C'était vaguement réconfortant.

— Qui es-tu maintenant ? lui lança-t-elle. Qu'est-ce que tu veux être ?

— Valerie, soupira-t-il, je veux être ton mari. Je ne peux pas te promettre qu'on ne finira pas dans six mois par tirer la chasse – nos « chasses royales » – sur tout ceci, nous deux et tout ce que nous avons construit, mais c'est ce que je souhaite. Je veux être ton mari.

— C'est tout ce que tu as à m'offrir ? Après quarante-deux années ?

— Oui.

— Et pourquoi est-ce que j'accepterais ? Tu veux bien être mon mari, mais tu ne t'engages ni à m'être fidèle ni à cesser de me mentir… Je ne sais plus, Bernard.

Elle termina par un haussement d'épaules.

— Quoi ?

— Ce que j'attends de toi. Je ne sais plus.

Elle se versa une tasse de thé. Il avait pensé au citron et au sucre, au toast sans beurre. Il avait mis du poivre sur le plateau mais pas de sel : c'était ainsi qu'elle aimait ses œufs.

— Valerie, nous avons fait un long chemin ensemble. J'ai des torts envers toi et mes enfants, des torts terribles et je sais comme toi ce qui les a causés. Parce que je suis Bernie Dexter de Blake Street et que c'est tout ce que j'ai jamais eu à t'offrir.

— Tout ce que j'ai fait pour toi, dit-elle doucement. Pour te faire plaisir...

— Tu as réussi.

— Ce que cela m'a coûté... Tu ne peux le concevoir, Bernard. Tu n'en es pas capable. Ce sont des comptes qu'il va falloir régler. Tu comprends ? Tu peux comprendre ça ?

— Oui, Valerie, je peux.

Il lui prit des mains la tasse de thé qu'elle portait à ses lèvres et la replaça sur sa soucoupe.

— Permets-moi de commencer tout de suite.

Great Urswick
Cumbria

La police avait transporté Tim directement à l'hôpital de Keswick. L'ambulance qu'ils avaient appelée par radio était arrivée en quelques minutes. Manette avait insisté pour monter à l'arrière avec lui. Si elle ignorait la gravité de son état et ses perspectives de guérison, elle était sûre d'une chose : il avait besoin d'avoir quelqu'un à côté de lui qui remplace ses parents et pour l'instant la personne la plus proche, c'était elle. Un raisonnement à la Manette.

Lorsque les flics avaient débarqué, Manette, assise sur le lit, avait la tête de Tim sur ses genoux. Freddie tournicotait dans la pièce à croire qu'il espérait mettre la main au collet des pornographes – envolés depuis longtemps. Il cherchait aussi des preuves de ce qui s'était déroulé entre ces murs. La caméra avait disparu, ainsi que toute trace d'ordinateur, mais, dans leur hâte, les autres membres de l'équipe de tournage avaient oublié un veston avec un portefeuille et un sac à main contenant un passeport. Il y avait aussi un coffre-fort.

Qui sait ce qu'il y avait à l'intérieur ? songea Manette. La police ne tarderait pas à le découvrir.

Tim prononça deux phrases à peine compréhensibles. « Il avait promis » et « Tu diras rien, dis ». Il n'avait pas répondu quand elle lui avait demandé qui lui avait promis quoi. Quant au « Tu diras rien », ce n'était pas sorcier de deviner le sens de cette injonction. Manette avait posé sa main sur sa tête – cheveux trop longs, gras, d'enfant négligé – et répété : « T'inquiète pas, Tim. T'inquiète pas. »

Les policiers qui étaient intervenus, de simples constables en patrouille, alertèrent immédiatement la brigade de protection des mineurs lorsqu'ils comprirent la gravité de la situation. Manette et Freddie se trouvèrent de nouveau face à face avec la commissaire Calva. D'un regard, elle balaya la scène : la chambrette victorienne, la fenêtre donnant sur Big Ben, le chien en peluche au pied du lit, les costumes qui traînaient et enfin Tim en chemise de nuit blanche, la tête sur les genoux de Manette.

« Vous avez appelé l'ambulance ? » lança-t-elle aux policiers en uniforme qui acquiescèrent.

Elle ajouta à l'adresse de Manette :

« Désolée. J'avais les mains liées. C'est la loi, vous comprenez. »

Manette se détourna tandis que Freddie grommelait entre ses dents :

« Ne nous parlez pas de votre fichue loi ! »

Son ton était si féroce que Manette se sentit fondre : Freddie était décidément le meilleur des hommes, comment avait-elle fait jusqu'ici pour ne pas s'en apercevoir ?

La commissaire, sans se vexer, fixa sévèrement Manette.

« Vous êtes arrivés ici par hasard, n'est-ce pas ? Vous avez entendu l'alarme, vous avez vu la porte défoncée et vous vous êtes dit qu'il y avait du grabuge ? N'est-ce pas ? »

Manette baissa les yeux sur Tim qui s'était mis à grelotter et, sans hésitation, répliqua que non, ce n'était pas le fait du hasard, quoique merci, madame la commissaire, de leur accorder le bénéfice du doute. Son mari – elle n'avait pas précisé « ex »-mari – et elle avaient enfoncé délibérément la porte. Oui, ils avaient joué les justiciers et étaient prêts à en assumer les conséquences. Hélas, ils n'étaient pas arrivés à temps pour empêcher un salaud de violer un garçon de quatorze ans et un autre pervers de filmer dans l'intention de faire jouir d'autres pervers à travers le monde. Ils laissaient volontiers à la police le soin de s'en occuper, ainsi que de verbaliser son mari (encore !) et elle pour bris de vitrine et effraction.

« Oh, c'était un accident, dit la commissaire Calva. Ou bien l'œuvre de vandales ? Quoi qu'il en soit, ces poubelles devraient être équipées d'un système de freinage qui les empêche de rouler n'importe comment et d'atterrir dans les vitrines des magasins. »

Une minute plus tard, après avoir communiqué ses instructions à ses hommes afin qu'ils commencent à recueillir les indices, elle conclut par :

« On a besoin d'interroger le garçon.

« Il faudra attendre », répliqua Manette.

Les ambulanciers étaient arrivés à point nommé. A l'hôpital, tout le monde avait été adorable avec Tim. A sa sortie, il avait été confié à sa cousine Manette. Freddie et elle l'avaient ramené chez eux, lui avaient préparé un bain, de la soupe et des mouillettes beurrées. Ils étaient restés à côté de lui pendant qu'il mangeait puis l'avaient accompagné à sa chambre. Puis ils s'étaient dit bonsoir et chacun s'était retiré dans ses quartiers. Manette n'avait pas fermé l'œil de la nuit.

Le matin de bonne heure, alors que les ténèbres engluaient les carreaux, elle fit du café. Assise à la table de la cuisine face à son reflet dans la vitre, elle songea distraitement à l'étang quelque part dans le noir, aux cygnes endormis la tête sous l'aile au milieu des roseaux.

Maintenant, elle allait devoir téléphoner à Niamh. Elle avait déjà appelé Kaveh la veille pour lui annoncer que Tim était en sécurité chez elle et le prier de rassurer Gracie sur le compte de son frère.

En qualité de mère, Niamh avait le droit de savoir ce qui s'était passé, certes, mais était-ce vraiment indispensable ? Si, une fois mise au courant, elle n'avait aucun geste à l'égard de son fils, Tim en serait d'autant plus affecté. Etait-il nécessaire de lui imposer cette souffrance supplémentaire ?

Manette était dans les affres de l'indécision. Trahir Tim lui semblait impensable. Bon, il allait avoir besoin d'aide. Il en trouverait à son collège de Margaret Fox, à condition de coopérer, naturellement, ce qui n'était pas son fort ces derniers temps. Pourquoi leur ferait-il confiance ? A qui pouvait-il faire confiance ?

Quelle situation affreuse ! Manette ne savait comment s'y prendre.

Elle était toujours attablée à la cuisine lorsque Freddie descendit. Sans doute s'était-elle assoupie, car le jour s'était levé et Freddie était habillé. Lorsqu'elle se réveilla en sursaut, il e versait une tasse de café.

— Ah, elle est vivante.

Freddie s'approcha d'elle, sa tasse fumante à la main. Il prit celle de Manette et renversa le café refroidi dans l'évier. Après lui en avoir resservi un autre, il posa un instant la main sur son épaule.

— Du courage, vieille branche... Tu te sentiras plus en forme après une petite séance sur ton tapis de course.

Il s'assit en face d'elle, vêtu de son plus beau costume, celui qu'il évitait de mettre au bureau. C'était sa tenue de baptême, pour ne pas dire aussi de mariage et d'enterrement comme il disait. Sa chemise étincelait de blancheur et, comble du raffinement, il portait une pochette. Bref, elle avait devant elle Freddie McGhie dans toute sa splendeur, décontracté de la tête aux chaussures cirées, à croire que la veille n'avait été qu'un mauvais rêve.

D'un air interrogateur, il désigna du menton le téléphone posé devant Manette. Celle-ci lui dit qu'elle avait téléphoné à Kaveh.

— Et Niamh ?

— C'est bien là la question, n'est-ce pas ?

Elle lui raconta que Tim l'avait suppliée de ne rien raconter à sa mère. Il lui avait répété « Ne dis rien, s'il te plaît » quand elle était remontée voir si tout allait bien une fois qu'il avait été couché.

— Mais je devrais l'appeler, conclut Manette. Rien que pour l'informer qu'il est ici avec nous. Quoique j'hésite.

— Pourquoi ?

— C'est évident. Pour la même raison que Tim ne le veut pas. Il est parfois plus facile de laisser des points de suspension que d'être confronté à la réalité. Tim a l'impression – bon, c'est moi qui ai l'impression – qu'elle s'en fiche et qu'elle ne fera rien pour lui ou pire, qu'elle se montrera agacée par toute l'affaire. Mais Tim et moi ne pouvons pas en être certains, n'est-ce pas ? Alors, lui et moi pouvons penser que ce sera pour elle une prise de conscience, que son indifférence se révélera superficielle... Je ne sais pas, Freddie. Si je l'appelle, mon coup de téléphone va faire toute la vérité sur Niamh Cresswell. Est-ce souhaitable pour l'instant ? Je crois que Tim n'en a pas envie.

— Je comprends, répliqua Freddie qui l'avait écoutée avec son attention habituelle. Mais quand faut y aller, faut y aller.

En tirant le combiné vers lui, il jeta un coup d'œil à sa montre-bracelet.

— C'est un peu tôt, mais jamais trop pour annoncer une bonne nouvelle.

Une fois qu'il eut Niamh au bout du fil, il commença en douceur.

— Désolé, Niamh. C'est Fred. Je te réveille ?... Ah ! La nuit a été agitée... Vraiment ? Tu me vois ravi... Dis donc, Niamh, on a Tim chez nous... Il a eu froid, oui. Il a dormi dehors hier... On est tombés sur lui à Windermere... Par hasard, on a eu beaucoup de chance. Manette s'occupe de lui... Oui, oui, exactement. Pourrais-tu appeler son collège pour leur dire... Oh, si, bien sûr... Tu as mis Manette sur sa liste ? C'est une bonne idée, Niamh. Dis-moi, Manette et moi, on aimerait bien que Tim et Gracie viennent habiter chez nous quelque temps. Qu'est-ce que tu en penses ?... Hmm, oui. Parfait, Niamh... Manette va être enchantée. Elle les aime tous les deux énormément.

Et ce fut tout. Une fois qu'il eut raccroché, Freddie reprit son café.

— Qu'est-ce que tu crois que tu fabriques ? s'étonna Manette, sidérée.

— Je fais les arrangements nécessaires.

— Je vois ça. Tu es devenu fou ou quoi ? On ne peut pas avoir les enfants ici.

— Et pourquoi pas ?

— Freddie, avec la vie qu'on mène... Tim et Gracie ont besoin de stabilité.

— Ah, oui, le manque de stabilité, je sais.

— Tim pensait que cet homme allait le tuer, Freddie. Il faut l'aider.

— C'est normal, oui. Quelle horreur. Il a dû être terrifié. Il n'a pas compris ce qui lui...

— Non, c'est toi qui ne comprends pas. Il a cru que cet homme allait le tuer parce qu'il avait passé un marché avec lui. C'est ce qu'il m'a avoué hier soir. Il avait accepté de se produire dans ce film à la condition que Toy4You le tue ensuite. Il n'avait pas le courage de le faire lui-même. Mais surtout, il ne voulait pas que Gracie pense qu'il s'était suicidé.

Freddie, le pouce et l'index posés contre ses lèvres, opina d'un air grave.

— Je comprends.

— Bien. Cet enfant est tellement perdu et blessé... Il se sent trahi. Alors, l'amener sous ce toit où il s'en passe de belles... Tu crois vraiment que ça va l'arranger ?

Freddie s'accorda quelques instants de réflexion avant de répondre.

— D'abord, il est dans un excellent collège où il trouvera tout le soutien qu'il voudra s'il est dans un état d'esprit positif. A nous de favoriser chez lui cet état d'esprit. Il a besoin qu'un papa et une maman croient en lui et en sa capacité de résilience pour pouvoir aller de l'avant.

— Ce sont de beaux discours, tout ça, mais combien de temps tiendrons-nous ?

— Qu'est-ce que tu veux dire ?

— Voyons, Freddie, ne fais pas l'idiot. Tu es un merveilleux parti. Un de ces jours, une de tes nanas va te mettre le grappin dessus. Tu imagines faire vivre à Tim et Gracie une nouvelle séparation...

Freddie la regarda droit dans les yeux.

— Ah bon. Je croyais pourtant ne pas m'être trompé.

— Trompé sur quoi ?

— Sur nous. Parce que si c'est le cas, je fonce là-haut enlever mon costume de marié.

Elle le fixa avec une telle intensité qu'elle en avait la vue brouillée.

— Freddie... Oh, Freddie... Non. Tu ne t'es pas trompé.

— Parfait. Comme je me sentais peut-être un peu trop sûr de moi, eh bien, j'ai parlé à l'état civil. Ils veulent bien faire une exception pour nous et nous autoriser à nous remarier aujourd'hui. J'ai besoin d'un témoin et toi d'une demoiselle d'honneur. Je réveille Tim ? Il fera un bon témoin.

— Oui. Et moi, je vais téléphoner à Gracie.

Saint John's Wood
Londres

Zed Benjamin resta longtemps assis dans sa voiture sous les fenêtres de sa mère, les yeux fixés sur la porte d'entrée, incapable de se lever et de franchir les quelques mètres de trottoir qui l'en séparaient. Il savait ce qui l'attendait. Ce n'était pas de gaieté de cœur qu'il s'y préparait. Sa mère ne serait pas longue à comprendre qu'il avait perdu son boulot. Une galère de plus... Et Yaffa ! Elle aussi, il faudrait lui parler et il ne se réjouissait pas à la perspective de voir sa tête quand il lui raconterait comment il avait échoué à décrocher le scoop du siècle dans le Cumbria.

Il se sentait vraiment mal. Ce matin, il s'était réveillé dans un hôtel de seconde zone au bord de l'autoroute. La veille, il avait quitté le Lake District en fin de journée immédiatement après le coup de téléphone fatal de Rodney Aronson. Il avait fait une bonne moyenne, mais la fatigue l'avait quand même obligé à s'arrêter au milieu de la nuit. Les quelques heures passées dans le placard d'une propreté douteuse qui lui avait tenu lieu de chambre ne l'avaient pas reposé. C'était comme dormir dans un cercueil. Un cercueil équipé de chiottes.

Son « repos » avait été interrompu aux petites heures par une bagarre dans le couloir, laquelle avait provoqué l'intervention de la police. Il s'était rendormi à quatre heures et demie, mais à cinq heures étaient arrivés – avec force claquements de portières et bonjours claironnants – les premiers employés des boutiques et autres haltes-bouffe de l'aire de service. Si bien qu'une demi-heure après il s'était résigné à se lever et à s'insérer avec difficulté dans la douche minuscule.

Tous les gestes rituels de la toilette – se raser, se brosser les dents, s'habiller – avaient été fastidieux. Il n'avait pas faim, mais une tasse de café s'imposait. Les journaux du matin avaient été livrés pendant qu'il se trouvait à la cafétéria.

Machinalement, il avait pris *The Source* en se demandant si le tabloïd publiait une suite à l'article transcendant de Corsico sur la bâtarde métisse du membre secondaire de la famille royale. C'était le cas : l'histoire faisait de nouveau la une, cette fois avec le gros titre : *Il déclare son amour*, assaisonné de photographies ad hoc. Apparemment, le noble en question – de moins en moins secondaire – avait l'intention d'épouser la mère de sa bâtarde étant donné que la révélation avait coulé sa carrière de starlette de Bollywood. Rendez-vous à la page 3 si vous voulez en savoir plus... Zed obtempéra. Une belle fille, des seins comme des obus, prenant la pose auprès de son royal fiancé, le fruit de leur passion étant assis sur les genoux royaux. L'aristo affichait un sourire satisfait. On l'imaginait proclamant aux citoyens de son pays : « Regardez ce qui m'arrive, bande de cons ! » Ce qu'on ne pouvait pas deviner, en revanche, c'était si l'intelligence avait été déposée dans son berceau avec son titre.

Zed avait jeté rageusement le journal. Un torchon, voilà tout ce que c'était. Il se doutait cependant de ce qui se passerait à la rédaction à la suite de cet article et de celui qui l'avait précédé. On y chanterait les louanges de Mitchell Corsico, ce journaliste au flair si sûr, qui savait si bien modeler l'opinion et manipuler les membres secondaires de la famille royale... Alors que lui, Zedekiah Benjamin, misérable poète, n'était qu'un nul.

Finalement, il descendit de voiture. Impossible de repousser plus longtemps l'inévitable. Pourvu qu'il parvienne, se dit-il, à peindre la situation dans des teintes optimistes.

Yaffa sortit de l'immeuble pile à cet instant. Comme elle rajustait son sac à dos, il supposa qu'elle se rendait à la fac. Elle ne le vit pas tout de suite. Un peu plus, et il plongeait derrière les buissons afin de l'éviter. Mais levant alors les yeux, elle l'aperçut. Elle s'immobilisa et bafouilla :

— Zed. Quelle... Ah, oui... Quelle bonne surprise ! Tu n'avais pas annoncé ton retour pour aujourd'hui.

— La surprise va te paraître moins bonne quand tu sauras pourquoi je rentre plus tôt que prévu.

— Qu'est-ce qui s'est passé ? s'enquit-elle, semblant sincèrement inquiète.

Elle posa la main sur son bras.

— Je me suis fait virer.

Ses lèvres s'entrouvrirent. Des lèvres si douces, pensa-t-il.

— Zed, tu as perdu ton boulot ? Mais ça marchait si bien ! Et ton article ? Les gens dans le Cumbria ? Ce mystérieux secret enfoui ? Qu'est-ce qu'ils cachaient ?

— Comment avoir un enfant quand on a du mal à en avoir, un point c'est tout.

Elle fronça les sourcils.

— Et Scotland Yard ? Zed, ils n'enquêtaient quand même pas sur une histoire de bébé ?

— C'est ça le pire, Yaf, admit-il. S'il y avait quelqu'un de Scotland Yard, je ne l'ai pas vu.

— Mais, cette femme ? L'enquêtrice ?

— Elle n'était pas de Scotland Yard. Je ne sais pas qui elle était et peu importe maintenant, non ?

Avant de poursuivre, il changea de main la mallette dans laquelle il transportait son ordinateur.

— En fait, avoua-t-il, j'ai pris beaucoup de plaisir à notre petite comédie, Yaf. Les coups de fil et tout...

— Moi aussi, répondit-elle en souriant.

Il changea de nouveau la mallette de main, l'air soudain horriblement embarrassé.

— Bon, eh bien... Quand veux-tu que nous mettions en scène notre rupture ? Le plus tôt sera le mieux, si tu veux mon opinion. Si nous tardons plus de deux jours, maman va se mettre à téléphoner au rabbin et à pétrir la *hallah*.

Yaffa éclata de rire et répliqua d'un ton taquin :

— Serait-ce une mauvaise chose ?

— Quoi ? Le rabbin ou le gâteau ?

— Les deux. Ce serait si mauvais que ça ?

Avant que Zed puisse répondre, la porte d'entrée s'ouvrit sur une dame qui tenait un caniche nain en laisse. Zed s'écarta pour lui laisser le passage. Elle les regarda tour à tour, Yaffa et lui, et les gratifia d'un sourire entendu. Zed secoua la tête. Les mères juives. Elles n'avaient pas besoin d'être la vôtre pour vous materner, songea-t-il, résigné. A Yaffa, il dit :

— A mon avis, c'est Micah qui serait fâché.

— Ah, Micah, répéta rêveusement Yaffa en suivant des yeux la dame au petit chien.

Le caniche leva la patte sur un buisson. Dans un souffle, Yaffa annonça :

— Il n'y a pas de Micah, Zed.

— Comment ? Oh, merde ! Tu as rompu avec ton mec ?

— Il n'y a jamais eu de mec. Il était... En fait, Zed, il n'a jamais existé.

Zed n'en revenait pas. Puis, soudain, il lui sembla que le jour venait à peine de se lever et que la lumière de l'aube les enveloppait tous les deux, là, devant l'immeuble de sa mère à Saint John's Wood.

— Tu veux dire...

— Oui.

Il ébaucha un sourire.

— Tu es vraiment une maligne, toi, Yaffa Shaw.

— Oui. C'est bien moi. Et à propos, oui.

— Oui à quoi ?

631

— A ta proposition. Je suis d'accord pour être ta femme si tu veux bien de moi malgré le piège que je t'ai tendu avec la complicité de ta mère.

— Maintenant ? Mais je n'ai plus de boulot. Je n'ai pas le sou. Je vis chez ma mère et...

— C'est ce qu'on appelle le mystère de l'amour, déclara-t-elle.

Bryanbarrow
Cumbria

Gracie sortit en trombe du manoir dès qu'elle entendit la voiture freiner au portail. Elle se jeta au cou de son frère, ou plutôt s'accrocha à sa taille. Tim comprenait à peine ce qu'elle disait tant elle le bombardait de paroles. Il avait aussi du mal à comprendre le reste. La cousine Manette avait appelé le collège Margaret Fox pour leur communiquer ses nouvelles coordonnées ; elle les avait prévenus qu'il serait absent une journée de plus ; elle portait une jupe en soie bleue comme les plumes de paon, un pull en cachemire d'un blanc laiteux, une veste en tweed grise et un foulard qui faisait chanter toutes les couleurs ; et elle avait dit qu'ils allaient à un mariage et que Tim servirait de témoin. Si Tim voulait bien, évidemment.

Cela n'avait pas été sorcier de deviner que le mariage était le sien. Et vu la tête de Freddie, que c'était lui, le marié.

« Je veux bien », avait-il déclaré en détournant vite les yeux du bonheur qui resplendissait autour de sa cousine et de son ex bientôt nouveau mari.

Tim avait l'impression qu'il n'avait pas sa place dans ce feu de joie. D'y entrer ne serait-ce qu'un bref instant ne rendrait que plus glauque la réalité. Il en avait assez d'être toujours obligé de tout quitter à chaque fois.

« Qu'est-ce que je mets ? avait-il demandé, conscient qu'il n'avait rien de convenable pour un mariage à Great Urswick.

— On va te trouver ce qu'il faut, avait répondu Manette en passant son bras sous celui de Freddie. Mais d'abord,

Gracie. Kaveh l'a gardée à la maison aujourd'hui. Elle sera ma demoiselle d'honneur. »

Gracie, les bras toujours noués autour de la taille de Tim, n'avait d'ailleurs que ça à la bouche.

— Un mariage, un mariage, un mariage ! chantonnait-elle. On va à un mariage, Timmy ! Je peux avoir une nouvelle robe, cousine Manette ? Je vais mettre des collants blancs ? Il y aura des fleurs ? Oh oui, des fleurs !

Gracie n'attendait pas de réponse à ses questions et finit par passer à un autre sujet, impliquant Tim et Bella.

— Il faudra jamais que tu fasses une autre fugue. J'étais inquiète et j'avais très peur, Tim. Je sais que j'étais pas contente après toi parce que t'avais fait mal à Bella, mais Bella est seulement une poupée et je sais ça. C'est juste que, tu vois, c'est papa qui me l'a donnée. Il m'a permis de la choisir et elle était spéciale à cause de ça. Mais je suis tellement heureuse que tu sois revenu. Qu'est-ce que tu vas mettre ?

Puis, se tournant vers Manette et Freddie, elle enchaîna :

— Il y a des invités ? Il y a un gâteau ? Cousine Manette, où tu vas acheter les fleurs ? Ta maman et ton papa vont venir aussi ? Et ta sœur ? Oh, je pense pas qu'elle pourra marcher tout ça.

Tim ne put s'empêcher de sourire. Le premier en un an, cela lui fit bizarre. Gracie était aussi fraîche qu'une fleur qui vient d'éclore. Si seulement elle pouvait rester ainsi.

Ils rentrèrent tous dans la maison. Tim monta voir s'il avait quelque chose d'assez élégant pour un mariage, laissant Gracie papoter avec Manette et Freddie. Dans sa chambre, quelque chose avait changé. Il savait où tout se trouvait, mais curieusement, c'était comme si rien n'était à lui, pas vraiment. Il habitait ici, et pourtant il n'y habitait pas. Qu'est-ce que cela pouvait signifier ? Comment devait-il interpréter cette sensation ?

Il n'avait rien à mettre. Son uniforme d'école, un point c'est tout. Et il n'allait sûrement pas porter cet uniforme !

Tim hésita à prendre la décision qui s'imposait. Un pas de géant, un saut dans l'inconnu qui pourrait bien l'engloutir et l'entraîner dans des tourbillons dont il ne ressortirait pas indemne. Mais Manette et Freddie se mariaient. Il n'avait pas le choix. Ne lui restait plus qu'à entrer dans la chambre de son père. Il trouva sous le lit le sac-poubelle en plastique noir contenant les vêtements de son père. Un sac que Kaveh s'apprêtait à abandonner chez Oxfam en prévision de l'arrivée de sa fiancée.

Le pantalon de Ian était trop grand pour Tim, mais une ceinture para à cet inconvénient mineur. Dans un an, il serait sans doute à sa taille. Il fouilla : des pantalons et des chemises, des cravates et des vestons, des tee-shirts et des pulls. Son père était si élégant. Cela comptait pour quelque chose, la pensée de son père vêtu avec soin. Un type comme un autre. Juste un mec, songea Tim.

Il se dépêcha de se saisir d'une chemise, d'une cravate et d'une veste. Après quoi, il descendit rejoindre les autres qui l'attendaient à la cuisine, où Gracie était occupée à coller soigneusement un post-it sur le placard où on rangeait le thé. *Gracie et Timmy sont à un mariage ! On s'amuse bien !* lisait-on sur le bout de papier.

Etape suivante : Windermere. En sortant du manoir, ils virent George Cowley déménageant ses derniers meubles du cottage. Daniel était avec lui, un peu en retrait. Tim se fit la réflexion que lui non plus n'était pas à l'école aujourd'hui. Leurs regards se croisèrent un bref instant, puis s'esquivèrent. Gracie s'écria :

— Au revoir, Dan ! Au revoir, Dan ! On va à un mariage et on sait pas si on va jamais revenir !

Ils étaient déjà dans la vallée de la Lyth quand Manette se retourna vers Gracie et Tim assis sur la banquette arrière et leur dit :

— Et si c'était vrai, que tu ne revenais jamais, Gracie ? Et si toi et Tim vous veniez vivre à Great Urswick avec Freddie et moi ?

Gracie se tourna vers Tim, regarda de nouveau Manette, les yeux ronds, puis contempla le paysage par la fenêtre.

— Je pourrais prendre mon trampoline ? s'enquit-elle.

— Oh, je crois qu'on aurait largement la place, répondit Manette.

Gracie exhala un soupir. Elle se trémoussa un peu pour se rapprocher de Tim et appuya sa joue contre son bras.

— Cool, dit-elle.

La conversation se poursuivit sur cette lancée. Tim ferma ses paupières. Il n'entendait plus les mots, seulement leurs voix. Freddie ralentit aux abords de Windermere. Quand il saisit au vol « mairie » prononcé par Manette, Tim rouvrit les yeux.

— Je peux faire quelque chose avant... avant le mariage, je veux dire ?

Il guida Freddie jusqu'au magasin de réparations auquel il avait confié Bella. La poupée était prête. Bras et jambes rafistolés. Toute propre. Elle n'était pas aussi belle que lorsque Tim lui avait fait subir ces mauvais traitements, mais elle ressemblait toujours à Bella.

— Je croyais que tu voulais que je l'envoie par la poste, lui dit la dame derrière le comptoir.

— Les choses ont changé, dit Tim en prenant la poupée.

— Elles changent toujours, opina la dame.

Dans la voiture, il tendit la poupée à sa sœur. Elle la serra contre sa poitrine naissante.

— Tu l'as réparée, tu l'as réparée...

Et elle se mit à parler à son baigneur comme à un vrai bébé.

— Je te demande pardon, dit Tim. Elle n'est pas aussi bien que lorsqu'elle était neuve.

Freddie, qui sortait de sa place de stationnement, lui lança :

— N'est-ce pas notre cas à tous ?

12 novembre

Chelsea
Londres

Lynley et Deborah arrivèrent à Londres après minuit. Ils avaient fait la route en silence. Lynley lui avait demandé si elle voulait parler – il était conscient qu'elle était plus accablée que lui par la fuite et la mort d'Alatea et il aurait bien voulu la décharger un peu de ce poids. Mais elle tenait à assumer sa part de responsabilité.

« Je préfère qu'on se taise, si cela ne te dérange pas », lui avait-elle répondu.

Il avait respecté son souhait, quoique de temps à autre il posât sur la sienne une main qu'il voulait réconfortante.

La circulation était devenue beaucoup plus dense à l'approche de la route Liverpool-Manchester. Ensuite, il y avait eu un ralentissement à cause de travaux non loin de Birmingham et un bouchon suite à un accident à l'intersection de l'A45 vers Northampton. Finalement, ils étaient sortis de l'autoroute pour dîner, calculant qu'en une heure et demie le trafic avait des chances de diminuer. Ils n'atteignirent le rond-point de Cricklewood qu'à minuit et Chelsea une demi-heure plus tard.

Deborah se doutait que son mari ne serait pas encore couché en dépit de l'heure tardive. En voyant la lumière dans son bureau, elle sut qu'il l'attendait.

Il lisait. Il avait allumé un feu. Peach roupillait devant la flambée sur un coussin que Simon avait placé là spécialement pour elle. Le teckel se leva paresseusement pour l'accueillir, étirant ses pattes avant, puis ses pattes arrière avant de trotter à sa rencontre pour un câlin.

Simon posa son livre à côté de lui. Deborah remarqua que c'était un roman, une lecture inhabituelle. Simon était un amateur de non-fiction, avec une préférence marquée pour les biographies et les récits d'exploits et de survie en pleine nature. L'explorateur Ernest Shackleton était son héros.

Il se leva, ce qui pour lui constituait toujours un effort.

— Je n'étais pas sûr de l'heure à laquelle tu arriverais.

— On a été ralentis pas mal de fois... Tommy t'a dit ?

Il fit oui de la tête. Ses yeux gris la dévisageaient comme s'il cherchait à déchiffrer son état d'esprit d'après son expression. Son abattement ne lui échappa pas.

— Il m'a téléphoné de la station-service où vous avez refait le plein. Je suis désolé, mon amour.

Elle se pencha pour ramasser le teckel qui se tortilla entre ses bras et essaya de lui lécher le visage.

— Tu avais raison sur toute la ligne, dit Deborah à son mari en frottant sa joue contre la tête soyeuse du petit chien. Tu as toujours raison.

— Cela ne m'apporte aucune satisfaction.

— D'avoir raison toujours ou seulement aujourd'hui ?

— Ni l'un ni l'autre. Et puis je n'ai pas toujours raison, c'est faux. Dans le domaine scientifique, il me semble que j'évolue sur un terrain plus ou moins solide. Mais dès que cela touche la région du cœur, tout ce qui nous concerne toi et moi... Crois-moi, Deborah, je ne suis plus sûr de rien. J'avance à tâtons dans le noir.

— C'est ce magazine. *Conception*. Il est devenu comme une obsession. Un lien entre elle et moi qui faisait de nous des sœurs en infertilité. Je me suis projetée sur elle, j'ai cru qu'elle partageait le même désir... le même manque. Je n'ai plus pensé à rien d'autre. Tu comprends, si elle est morte, c'est ma faute. A cause de mon insistance, elle s'est sentie vulnérable. Si je ne l'avais pas effrayée... Si je ne l'avais pas suivie partout… Et puis ce quiproquo, la dernière fois que je l'ai vue. Je pensais qu'elle parlait du journaliste alors qu'elle était convaincue que je parlais de l'homme qui était à sa recherche.

— L'homme qu'elle croyait être à sa recherche, la corrigea doucement Simon. Lorsque l'on se croit persécuté, la vie devient vite infernale. Le monde prend des allures menaçantes. Tu as fait ce que tu as fait, Deborah, parce que Tommy te l'a demandé. Quant au reste, c'est elle qui s'est raconté des histoires.

— Tu sais que ce n'est pas vrai, Simon ! J'ai interprété à ma manière ce que j'avais sous les yeux. J'ai volontairement occulté la réalité. Et toi et moi, nous savons pourquoi.

Deborah s'assit dans un fauteuil avec Peach sur les genoux. Caressant le petit chien, elle s'enquit :

— Elle ne dort pas avec papa ? Pourquoi ?

— Je n'avais pas envie de t'attendre seul.

Après être restée un moment songeuse, elle reprit :

— C'est bizarre. Je n'aurais pas cru que la solitude te pèse autant. Tu es toujours tellement indépendant, tellement sûr de toi.

— Vraiment ? C'est ainsi que tu me vois ?

— Depuis toujours. Flegmatique, rationnel, résolu. J'aimerais parfois te voir exploser, Simon. Même maintenant, avec cette histoire sur les bras… Tu es tellement calme. Alors que je vois bien que tu attends quelque chose de moi… Sauf que je ne sais pas quoi…

— Tu ne sais pas quoi ?

— … ou plutôt que je ne sais pas comment m'y prendre pour te le donner.

Simon s'assit sur le bras du fauteuil où elle était installée. Elle ne voyait pas son visage. Il ne voyait pas non plus le sien.

— Il faut que je surmonte… Oh ! Simon… Je sais. Mais comment faire ? Comment ne pas être obsédée par une chose que je désire à ce point ?

— Peut-être en la désirant moins.

— Comment ?

— La résignation.

— Baisser les bras, abandonner, renoncer... Et moi là-dedans ?

— Tu t'habitueras.

— Tu sais, c'est une faim dévorante... qui me... *dévore*... qui ouvre en moi un gouffre que rien ne peut combler... Je me sens tellement... vide. Je sais que je ne peux pas continuer comme ça, mais je ne vois pas comment y remédier.

— Ce n'est peut-être pas nécessaire. Le mieux n'est-il pas de « vivre avec » ? Creuse un peu plus profond et tu te rendras compte que tu n'apaiseras jamais cette faim-là. Tu n'as aucune prise sur elle. Tu n'y peux rien.

Deborah garda un moment le silence. Il avait raison, se dit-elle, il y avait trop longtemps qu'elle autorisait son désir à consumer sa vie, qu'elle ne pensait plus qu'à cela, au détriment de tout le reste, d'elle-même comme des autres.

— Je ne veux pas être cette femme-là, finit-elle par murmurer.

— Rien ne t'y oblige. Change.

— Mais je ne sais même pas par quoi commencer.

Il lui caressa tendrement les cheveux.

— Tu peux commencer par une bonne nuit de sommeil.

Wandsworth
Londres

Lynley avait envisagé de rentrer directement chez lui après avoir déposé Deborah à Chelsea. Son domicile de Belgravia se trouvait à moins de cinq minutes en voiture de chez les Saint James. Pourtant, comme mue par une volonté qui lui était propre, la Healey Elliott l'avait emmené chez Isabelle. Ce n'est que la clé dans la serrure, au moment où il poussa la porte, qu'il reprit ses esprits.

L'appartement était plongé dans les ténèbres. Ce qui était tout à fait normal, étant donné l'heure. Une fois dans la cuisine, il alluma la lampe au-dessus de l'évier. Dans ce faible éclairage, il ouvrit le frigo, puis, en ayant inspecté le contenu, furieux contre lui-même – mais voilà, c'était plus fort que lui –, il fouilla dans la poubelle. Après quoi il ouvrit et referma tous les placards. Pour finir, il s'approcha de la cuisinière afin de s'assurer qu'il n'y avait rien non plus là-dedans.

Il était penché sur le four quand Isabelle fit son apparition. Il ne l'avait pas entendue approcher. Elle alluma le plafonnier. Depuis combien de temps était-elle là dans le noir en train de l'observer ?

Il ne prononça pas un mot. Elle non plus. Elle se borna à le fixer intensément, puis à baisser les yeux sur la porte du four entrouverte. Là-dessus, elle lui tourna le dos et retourna dans sa chambre.

Il la suivit. Toujours taraudé par le même doute, il ne put s'empêcher de jeter un coup d'œil sur la table de chevet, sur le sol à côté du lit, sur la commode... A croire que le soupçon était un virus qu'on pouvait attraper.

Elle ne le lâchait pas des yeux. Il l'avait réveillée, c'était évident. Mais d'un sommeil de quelle nature ? Un repos induit par quoi ? Des faits troublants, à creuser. Du moins le pensa-t-il jusqu'au moment où il vit luire au fond de son regard quelque chose qui ressemblait à une acceptation, une sorte de résignation consensuelle.

— Je suis impardonnable, lui dit-il.

— Moi aussi.

Il s'approcha d'elle. Elle n'était vêtue que d'une mince chemise de nuit qu'il souleva et fit passer par-dessus sa tête. Prenant dans le creux de sa main sa nuque toute chaude de sommeil, il l'embrassa. Sa bouche avait le goût d'une nuit interrompue, sans autre parfum décelable. Il s'écarta d'elle, la contempla, puis l'embrassa de nouveau. Elle se mit à le déshabiller à son tour. Il se coula avec elle dans le lit puis repoussa les couvertures, les fit glisser à terre, afin que rien ne vînt les séparer.

Pourtant, c'était là quand même. Alors que leurs corps s'étreignaient, alors qu'elle se dressait au-dessus de lui et qu'il prenait ses seins en coupe dans ses paumes, puis caressait sa taille, ses hanches, alors qu'ils se mouvaient à l'unisson, alors qu'il reprenait sa bouche. C'était là. Incontournable, se dit-il. Il n'y avait pas d'échappatoire. Le plaisir des retrouvailles était une fête. C'était aussi un bûcher qu'ils allumaient à la flamme de leur désir et comme tout bûcher...

Après, le corps apaisé, ils restèrent étendus l'un contre l'autre.

— C'était la dernière fois, n'est-ce pas ? demanda-t-il.

— Oui, dit-elle. Nous le savions tous les deux.

Après un temps de pause, elle ajouta :

— Ça ne pouvait pas marcher, Tommy. Mais j'avoue que j'aurais bien voulu.

Il chercha sa main à plat sur le drap et la couvrit de la sienne, les doigts en éventail pour mieux les nouer aux siens.

— Ça n'a rien à voir avec Helen. Mais tu le sais sûrement.

— Oui.

Elle tourna le visage vers lui. Ses cheveux balayèrent sa joue, ébouriffés par leurs ébats. Il les lissa du plat de la main et les lui replaça derrière l'oreille.

— Tommy, reprit-elle, je voudrais que tu trouves quelqu'un. Pas pour la remplacer. Qui le pourrait ? Mais une compagne pour la suite. Parce que la vie, c'est ça, non, toujours aller de l'avant ?

— Moi aussi, j'aimerais trouver quelqu'un. Au début, je n'étais pas sûr. Et je crains qu'il n'y ait encore des moments où je me dirai que la vie ne vaut pas la peine sans Helen. Mais ce ne seront que des rechutes fugitives. Je vais finir par m'en sortir. J'irai de l'avant, oui.

Elle lui caressa la joue avec le dos de sa main, avec sur ses traits une expression pleine de tendresse.

— Je ne peux pas dire que je t'aime, dit-elle. Pas avec les démons qui me possèdent. Sans parler des tiens.

— Compris.

— Mais je ne te veux que du bien. Il faut que tu le saches. Quoi qu'il arrive. Je te veux du bien.

Belgravia
Londres

Il était trois heures et demie du matin lorsque Lynley rentra enfin chez lui à Eaton Terrace. A peine la lourde porte en chêne poussée, il actionna l'interrupteur sur le mur de droite. La première chose qu'il vit fut la paire de gants de femme qui avait passé les neuf derniers mois posée au bas de la rampe de l'escalier. Après les avoir observés quelques instants, il traversa le vestibule, les prit dans sa main et les leva à son nez pour respirer une dernière fois son odeur, si évanescente fût-elle, ce léger parfum de citrus, l'odeur de Helen. Il frotta sa joue contre la douceur soyeuse du cuir puis les rangea dans un petit tiroir du portemanteau près de la porte.

Soudain, il s'aperçut qu'il avait très faim. Une curieuse sensation. Il y avait des mois qu'il n'avait pas eu l'impression d'avoir ce creux à l'estomac. En fait, s'il avait mangé, c'était uniquement parce qu'il le fallait pour se maintenir en vie.

Il entra dans la cuisine et ouvrit la porte du réfrigérateur. Parfaitement bien approvisionné, comme d'habitude. Dieu sait qu'il ne savait pas faire la cuisine, mais il devait quand même pouvoir se préparer des œufs brouillés et des toasts sans provoquer un incendie.

Il sortit les denrées dont il pensait avoir besoin, puis se mit à chercher les ustensiles. Il n'avait guère avancé dans ses recherches lorsque parut Charlie Denton, plus endormi que réveillé, en robe de chambre et pantoufles, essuyant ses lunettes sur sa ceinture.

— Que faites-vous dans ma cuisine, *my lord* ?

A quoi Lynley répliqua de son ton le plus patient :

— Denton...

— Pardon... Je ne suis pas bien réveillé. Qu'est-ce que vous foutez dans ma cuisine, *monsieur* ?

— Comme vous voyez, je me prépare un casse-croûte.

Denton vint examiner ce que Lynley avait disposé sur le plan de travail : des œufs, de l'huile d'olive, de la Marmite, de la confiture, du sucre.

— Et en quoi consisterait ce casse-croûte ?

— Des œufs brouillés sur des toasts. Où est-ce que vous cachez la poêle à frire, saperlipopette ? Et où est le pain ? Il faudrait organiser une battue !

Denton exhala un long soupir.

— Ici. Mais laissez-moi faire. Vous n'allez réussir qu'à fiche le bordel, et ensuite qui va devoir tout nettoyer ? Qu'est-ce que vous aviez l'intention de faire avec l'huile d'olive ?

— Il ne faut pas quelque chose... pour que les œufs n'adhèrent pas ?

— Asseyez-vous, monsieur, lui ordonna Denton en désignant d'un geste la table. Lisez donc le journal d'hier. Regardez le courrier. Je ne l'ai pas encore mis sur votre bureau. Ou si vous voulez vous rendre utile, mettez votre couvert.

— Où sont les fourchettes et les couteaux ?

— Oh, Seigneur, asseyez-vous !

Lynley ne se le fit pas dire deux fois. Il tria son courrier. Des factures, comme toujours. Une lettre de sa mère, une autre de sa tante Augusta, l'une et l'autre refusant d'entendre parler de correspondre par courrier électronique. Sa tante venait tout juste de consentir à se servir d'un téléphone portable pour asséner ses verdicts.

Lynley mit les deux enveloppes de côté et se saisit d'un rouleau de papier tenu par un élastique.

— Qu'est-ce que c'est ? s'enquit-il.

Denton jeta un coup d'œil.

— Je n'en sais rien. Je l'ai trouvé glissé dans la poignée de la porte. Ils en ont distribué dans toute la rue hier. Je n'ai pas encore regardé.

Lynley était curieux. Il s'agissait d'un prospectus informant les riverains d'un spectacle à Earl's Court le surlendemain. Pas un spectacle ordinaire d'ailleurs, plutôt une exhibition sportive. Du roller-derby sur piste plate. La rencontre des Boadicea's Broads de Bristol – superbe allitération, se dit Lynley – avec une ligue londonienne, les Electric Magic, au cours d'un match annoncé en termes dithyrambiques : *Des filles ! Des coups ! C'est sexy ! C'est fun ! C'est hallucinant ! Des folles furieuses sur roues ! Les patineuses n'ont pas peur de la jam !*

Parmi la liste des jammeuses que Lynley ne put se retenir de parcourir, un nom lui sauta aux yeux. Kickarse Electra, le pseudo d'une robuste vétérinaire attachée au zoo de Bristol : Dairdre Trahain. De temps à autre, elle venait passer un week-end en Cornouailles. C'était là qu'il avait fait sa connaissance.

Lynley sourit, puis gloussa. Denton leva les yeux de sa poêle.

— Quoi ?

— Vous avez entendu parler du roller-derby ?

— C'est quoi ça encore ?

— Il est temps que nous nous mettions un peu à la page, vous et moi. Je nous achète des billets, Charlie ?

— Des billets ?

Denton regarda Lynley comme s'il avait affaire à un type à moitié fou. Puis il baissa de nouveau les yeux sur la poêle et, prenant la pose, leva la main à son front en cassant le poignet et dit :

— Mon Dieu. Nous en sommes là, alors ? Vous... Vous êtes en train de m'inviter à « sortir » avec vous ?

Lynley ne put s'empêcher de rire.

— Je le crains.

— Où tout ça va-t-il nous mener ?

— Je n'en ai pas la moindre idée.

15 novembre

Chalk Farm
Londres

La journée qui venait de s'écouler avait donné du fil à retordre à Barbara Havers. Elle avait été obligée de solliciter deux talents qu'elle possédait dans des proportions infinitésimales : la faculté d'ignorer ce qui vous saute aux yeux et la compassion envers des inconnus.

Ignorer ce qui sautait aux yeux, cela revenait à se mordre la langue pour ne pas offrir de commentaire sur ce qui s'était passé entre l'inspecteur Lynley et la commissaire Ardery. Il lui paraissait pourtant évident que leur liaison était terminée. Chacun s'efforçait de cacher sa tristesse derrière un masque courtois et bienveillant. D'où Barbara déduisait qu'il s'agissait d'une rupture par consentement mutuel, ce qui était pour le mieux. Cela aurait été un vrai cauchemar à la Met, si l'un d'eux avait souhaité rompre tandis que l'autre se cramponnait telle une bernique à son rocher. Ainsi, ils pourraient travailler tranquillement sans que chacun de leurs gestes soit accueilli par des regards de reproche et des remarques acerbes de la partie lésée. Cependant, ils n'étaient pas joyeux, loin de là. Il se dégageait d'eux une atmosphère mélancolique que Barbara trouvait tellement irrespirable qu'elle faisait tout son possible pour les éviter.

Son incapacité au rayon compassion n'avait rien à voir avec Lynley et la commissaire Ardery. Ni l'un ni l'autre n'étaient près d'épancher leur chagrin auprès d'elle, ce qui était un soulagement. Elle fut moins soulagée lorsque, retrouvant Engracia dans le même bar à vins non loin de Gower Street, elle demanda à l'étudiante espagnole de rappeler l'Argentine.

Alors qu'Engracia avait au bout du fil Carlos, le frère d'Alatea Vasquez y del Torres, Barbara lui fit traduire les dernières nouvelles. En fait, il était venu faire une visite impromptue à sa mère, d'où sa présence sous le toit paternel. Sa cousine, Elena Maria, était présente et elle aussi prit l'appareil. Engracia faisait passer les messages des uns aux autres et inversement, naviguant dans les eaux noires du chagrin.

Dis-lui qu'Alatea s'est noyée... Dis-lui qu'on n'a toujours pas retrouvé son corps... Les courants dans la baie de Morecambe où elle s'est égarée dans le brouillard... Il y a des sables mouvants... Une conjonction de causes... Des rivières qui coulent dans la baie, et une vague monstrueuse qu'on appelle le mascaret... Nous pensons qu'un jour la mer rejettera son corps... Elle sera enterrée à côté de son mari... Oui, elle était mariée... Oui, très heureuse... Elle était sortie se promener... Toutes mes condoléances... Je verrai pour les photos, oui... C'est normal que vous vouliez savoir... Un accident, sans aucun doute... Sans l'ombre d'un doute... Un terrible et tragique accident, oui.

Qu'il s'agisse vraiment ou non d'un accident, peu importait, conclut Barbara en son for intérieur. Au final, un mort est toujours un mort.

Engracia et elle se séparèrent à la sortie du bar à vins, conscientes d'avoir été les messagères du malheur. Engracia avait pleuré en parlant à Carlos et à Elena Maria. Ses larmes avaient émerveillé Barbara : comment pouvait-on pleurer la mort d'une personne que l'on n'avait jamais rencontrée avec des gens qui se trouvaient à des milliers de kilomètres et que l'on ne connaissait pas non plus ? Qu'est-ce qui provoquait en soi cet élan de compassion ? se demandait-elle. Pourquoi elle-même n'éprouvait-elle rien d'approchant ? Cette distance à l'égard de la douleur des autres s'était-elle développée par déformation professionnelle ?

Elle préférait ne penser à rien de tout cela, ni à l'humeur sombre de Lynley, ni à la mélancolie d'Isabelle Ardery, ni au chagrin des Argentins. Aussi, sur le chemin du retour, elle se plut à penser à quelque chose de plus agréable, à savoir le menu de son dîner. Une petite tourte à la viande de bœuf et aux rognons réchauffée au micro-ondes, du vin rouge en canette, un *cheese-cake* au caramel et, pour finir, elle se ferait réchauffer le café de ce matin. Après quoi, elle passerait la soirée assise sur son sofa, plongée dans *Les Douces Promesses de la passion*, avec une heure ou deux pour découvrir si Grey Mannington allait finalement prendre dans ses bras sa bien-aimée Ebony Sinclair au cours d'une scène chorégraphiée par la tradition du roman sentimental, pleine de seins palpitants, de cuisses musclées, de langues caressantes et de plaisirs brûlants. Elle allumerait bien sûr le radiateur électrique niché dans la minuscule cheminée. Il avait fait un froid glacial aujourd'hui. Depuis quelques jours les prémices de l'hiver tapissaient de givre les vitres de son bungalow. Un hiver qui s'annonçait rigoureux. Mieux valait sortir ses gros pulls et se pelotonner sous la couette.

En arrivant, elle vit la voiture d'Azhar garée devant la maison, quoique l'appartement soit plongé dans le noir. Sans doute étaient-ils sortis dîner en famille, sur Chalk Farm Road ou Haverstock Hill. Tout s'était peut-être arrangé, finalement. Les autres enfants d'Azhar et l'épouse dont il n'avait pas divorcé étaient peut-être attablés en ce moment même dans le restaurant chinois du coin avec Azhar, Hadiyyah et Angelina. Elle se les figurait ayant intelligemment trouvé des solutions de compromis, l'épouse pardonnant au mari de l'avoir plaquée pour une étudiante qu'il avait engrossée, le mari jetant son sentiment de culpabilité par-dessus bord, l'ex-étudiante prouvant qu'elle était une mère responsable et une quasi-belle-mère affectueuse, les uns et les autres s'accommodant de l'une de ces situations bizarres qui devenaient de plus en plus courantes dans la société actuelle...

C'était possible, se dit Barbara. Et les poules avaient des dents, ajouta-t-elle en son for intérieur.

En attendant, il faisait aussi froid dehors que dans le cœur d'un tueur en série. Elle pressa le pas en suivant l'allée et longea le mur de la maison édouardienne. L'éclairage était très pauvre, vu que deux des cinq spots du jardin étaient grillés et que personne n'avait remplacé les ampoules. Devant son bungalow, le noir était presque total : elle avait oublié d'allumer la veilleuse en partant ce matin.

Il y avait toutefois assez de lumière pour lui permettre de distinguer une silhouette assise sur les marches de son modeste perron. Une personne dans une attitude d'affliction, le front sur les genoux, les poings serrés contre les tempes. La silhouette oscillait doucement de droite à gauche. Taymullah Azhar.

Elle prononça son nom. Il garda le silence. En s'approchant de lui, elle vit qu'il n'avait ni manteau, ni chapeau, ni gants. Il grelottait dans son costume. Elle l'entendait claquer des dents.

— Azhar ! s'écria Barbara. Que se passe-t-il ?

Il secoua la tête comme sous l'empire d'un mouvement compulsif. Et lorsqu'elle se précipita pour l'aider à se relever, il ne parvint qu'à articuler trois mots :

— Elles sont parties.

Barbara comprit tout de suite.

— Venez, entrez.

Un bras passé autour de la taille d'Azhar, elle tourna la clé dans la serrure, le conduisit à un fauteuil et l'obligea à s'asseoir. Il était glacé. Même ses vêtements semblaient raides, à croire qu'ils gelaient contre sa peau. Elle courut chercher sur le sofa la courtepointe, dont elle le couvrit avant de mettre en route la bouilloire. Puis elle revint réchauffer ses mains entre les siennes. Elle prononça son nom parce qu'elle ne trouvait rien d'autre à lui dire. Lui demander « Qu'est-ce qui s'est passé ? » aurait provoqué une réponse qu'elle n'avait pas envie d'entendre.

Il la regardait, mais elle ne savait pas s'il la voyait. Ses yeux paraissaient contempler le vide. La bouilloire électrique émit son déclic. Barbara flanqua dans une tasse un sachet de thé PG Tips qu'elle arrosa d'eau bouillante. Elle ajouta une cuillère, du sucre et du lait, touilla la mixture et lui ordonna d'avaler ça. Il fallait qu'il se réchauffe.

Comme il ne parvenait pas à tenir la tasse entre ses mains, elle s'en chargea pour lui, la levant à ses lèvres, une main posée sur son épaule pour l'empêcher de grelotter. Il avala une gorgée, toussa et but encore un peu.

— Elle a enlevé Hadiyyah.

Barbara pensa d'abord à un malentendu. Angelina et Hadiyyah étaient parties rendre visite aux autres enfants d'Azhar. Malgré l'absurdité de ce projet, elles n'allaient sûrement pas tarder à rentrer toutes les deux avec, sur leurs talons, sa première famille dans l'intention de lui faire une Grosse Surprise. Pourtant Barbara, dans le secret de son cœur, était assez lucide pour admettre qu'elle se mentait à elle-même. Tout comme Angelina avait menti.

Par-dessus l'épaule d'Azhar, elle vit que la lumière rouge de son répondeur clignotait. Peut-être, se dit-elle, avec un peu de chance…

Elle cala la tasse dans la paume d'Azhar avant d'aller consulter la boîte vocale. Deux messages. Le premier était celui d'Angelina. « Hari va être dans tous ses états ce soir, Barbara. Pourriez-vous passer le voir ? Je vous en remercie d'avance. » La jolie voix bien timbrée avait marqué une pause avant de poursuivre : « Faites-lui comprendre que cela n'a rien de personnel, Barbara… Bon, ça l'est dans un sens mais pas dans un autre. Pouvez-vous le lui dire ? » Après ce bref et peu concluant message venait la voix d'Azhar : « Barbara… Barbara… Leurs passeports… Son acte de naissance… » Suivie de sanglots affreux puis du grésillement de la ligne après qu'il eut raccroché.

Barbara se tourna vers Azhar, accablé, et se précipita vers lui en s'écriant :

— Mon Dieu ! Qu'a-t-elle fait ?

Le pire, c'est qu'elle savait. Si seulement elle l'avait prévenu au sujet de la « surprise » dont Hadiyyah lui avait parlé, cela lui aurait mis la puce à l'oreille et il serait peut-être parvenu à arrêter à temps Angelina...

Assise à côté de lui, elle était sur le point de poser sa main sur son bras quand elle se retint. Tout geste de commisération de sa part risquait de le briser comme du verre.

— Azhar, Hadiyyah m'avait annoncé qu'elles vous préparaient une surprise. Elles projetaient d'aller chercher vos autres enfants, ceux de... votre mariage, Azhar. Je ne savais pas si je devais vous le dire. Je ne voulais pas trahir sa confiance... et... merde ! Qu'est-ce qui ne va pas chez moi ? J'aurais dû au moins vous mettre sur la piste, ou m'employer à les dissuader. Je n'ai pas pensé...

— Elle ne sait pas où ils habitent.

— Elle l'aura découvert.

— Comment ? Elle ne connaît pas leurs noms. Ni ceux des enfants, ni celui de ma femme. C'est impossible... Mais Hadiyyah a dû la croire... Même encore maintenant elle doit croire...

Voyant qu'il laissait sa phrase en suspens, Barbara fit observer :

— Il faut appeler la police.

Sauf qu'elle savait que c'était perdu d'avance. Hadiyyah n'était pas avec une inconnue, mais avec sa propre mère. Ce n'était pas comme s'il s'agissait d'un litige après un divorce, de problèmes compliqués de droit de garde : il n'y avait pas eu de mariage. C'était une histoire d'amour ; un homme, une femme, un enfant, qui avaient cohabité, brièvement, dans une paix relative. A un moment donné, la femme était partie, mais elle était revenue. A présent, Barbara se rendait compte que si Angelina avait renoué avec son ancienne vie auprès d'Azhar, c'était uniquement pour repartir, cette fois avec sa fille. Elle avait manipulé Azhar dans le seul but d'arracher Hadiyyah à son père et de disparaître.

Comment avaient-ils pu être aussi bêtes ? Et Hadiyyah ? Qu'allait-elle penser en comprenant qu'elle ne verrait plus son père adoré ? Elle avait été arrachée à la seule vie qu'elle connaissait... enlevée... ! Et pour être emmenée où ? Où ?

Personne ne se volatilisait sans laisser de traces. Barbara était flic, et elle savait parfaitement qu'une personne cherchant à disparaître semait des indices, traçait une piste...

— Je voudrais visiter votre appartement, déclara-t-elle à Azhar.

— Je ne peux pas y retourner.

— Il le faut, Azhar, c'est le seul moyen de retrouver Hadiyyah.

Lentement, il se leva. Barbara le prit par le bras et le conduisit le long de l'allée. Arrivé sur le dallage de pierre devant la maison, il se figea. Elle le poussa presque devant elle, ouvrit elle-même la porte et chercha à tâtons l'interrupteur.

Un flot de lumière inonda la salle de séjour embellie par le goût très sûr d'Angelina Upman. Désormais, Barbara prenait la nouvelle décoration pour ce qu'elle était : un atout de séduction supplémentaire. Non seulement à l'égard d'Azhar mais encore à son égard à elle, Barbara. « On va bien s'amuser à tout repeindre, Hadiyyah ma chérie, et ton père va être sur le flanc, tu verras ! »

Azhar restait planté là, immobile et livide, entre le séjour et la cuisine. Craignant qu'il ne s'évanouisse, elle l'emmena à la cuisine – la pièce la moins touchée par les talents de décoratrice d'Angelina – et l'obligea à s'asseoir à la table.

— Attendez ici, lui dit-elle. Ne vous inquiétez pas. Nous allons la retrouver. Nous allons les retrouver toutes les deux.

Un silence en guise de réponse.

Dans la chambre, Barbara constata qu'Angelina avait emporté toutes ses affaires. Etant donné qu'elle possédait une garde-robe importante, elle n'avait pas pu tout enlever d'un coup dans des valises. Elle s'y était forcément prise à l'avance et les avait fait transporter discrètement ailleurs. Ce qui signifiait qu'elle connaissait sa destination et sans doute aussi la personne qu'elle allait retrouver. Un détail non négligeable.

Sur le lit était posé un petit coffre-fort, ouvert et vide. A côté étaient éparpillés des attestations d'assurance, le passeport d'Azhar, une copie de son acte de naissance et une enveloppe scellée portant un seul mot manuscrit : *Testament*. Azhar avait raison, les papiers d'Hadiyyah n'étaient plus là. La visite de la chambre de la petite fille ne fit que confirmer ce que lui avait affirmé Azhar : il ne restait plus rien d'elle dans l'appartement.

En fait, si, il restait son uniforme d'école, soigneusement étalé sur son lit. Une plaisanterie cruelle. Au même titre que son petit cartable avec à l'intérieur ses devoirs faits et rangés dans leur classeur. Sur son bureau d'enfant, glissé sous la fenêtre, son ordinateur portable était fermé et servait de support à une girafe, une peluche qui lui avait été offerte l'année précédente par une gentille fille qu'elle avait rencontrée sur la jetée de Balford-le-Nez[1] où se tenait une fête foraine. La girafe, comme l'ordinateur portable, allait manquer à Hadiyyah. Ainsi que ses affaires d'école. Et, par-dessus tout, son papa...

Elle retourna à la cuisine où Azhar regardait toujours dans le vide.

— Azhar, vous êtes son père. Vous êtes dans votre droit. Elle a vécu avec vous depuis sa naissance. Il y a un immeuble entier plein de gens prêts à témoigner dans ce sens. La police les interrogera et ils diront tous que c'était vous qui vous occupiez d'elle. L'école d'Hadiyyah confirmera. Tout le monde...

— Mon nom ne figure pas sur son acte de naissance, Barbara. Angelina a interdit que je la reconnaisse. C'était le prix à payer pour mon refus de divorcer.

Barbara accusa le coup. Puis soupira.

— Bon, d'accord. Ça n'a pas d'importance. Il y a les tests ADN. Elle est votre fille, Azhar, et nous allons le prouver.

— Alors qu'elle n'est plus là ? Alors qu'elle est avec sa mère ? Angelina n'a enfreint aucune loi. Elle n'enfreint aucun ordre du tribunal. Elle n'a pas refusé d'appliquer les recommandations d'un juge sur la garde partagée. Elle a disparu. Elle a emmené avec elle ma fille, sans intention de revenir.

---

1. *Le Meurtre de la falaise*, Elizabeth George, Presses de la Cité.

Il fixa Barbara d'un regard qu'elle fut incapable de soutenir.

— Non, non, s'empressa-t-elle d'affirmer inutilement. Il ne faut pas penser ça.

Il se frappa le front du poing, une fois, deux fois. Barbara lui saisit le bras en disant :

— Ne faites pas ça. Nous allons la retrouver. Je vous le jure. Je vais téléphoner à quelques personnes. Il y a toujours un moyen. Nous avons des méthodes. Elle n'est pas perdue. Dites-vous bien cela ! Vous m'écoutez ? Vous allez vous accrocher ?

— M'accrocher à quoi ? M'accrocher pour quoi ?

Chalk Farm
Londres

Qui accuser ? se demandait Barbara. Sur qui faire retomber la faute sur cette fichue planète ? Il fallait bien qu'elle trouve quelqu'un à blâmer, sinon elle serait obligée de s'accuser elle-même. Ne s'était-elle pas laissé séduire... impressionner ? Elle n'avait pas osé s'interposer, elle avait été stupide, elle...

Tout était de la faute d'Isabelle Ardery ! Si la commissaire ne lui avait pas ordonné, pardon, recommandé fortement de se « relooker », rien de tout cela ne se serait produit, pour la bonne raison qu'elle ne serait pas devenue copine avec Angelina Upman, elle aurait au contraire pris soin de garder ses distances et n'aurait dès lors pas hésité à intervenir, n'aurait pas enfoui la tête dans le sable... Mais à la réflexion, est-ce que sa lucidité aurait changé quoi que ce soit ? Angelina préparait son coup depuis le début. Cela n'avait-il pas constitué le sujet de la dispute entre elle et Azhar dont elle avait été témoin ? Elle l'avait menacé, il avait explosé. Azhar, comme n'importe quel père dans sa situation, avait laissé éclater sa colère quand elle lui avait dit qu'elle lui enlèverait son enfant. Pourtant, lorsque Angelina lui avait ensuite fait part de la cause de leur querelle,

Barbara avait avalé ses mensonges. Elle les avait tous gobés jusqu'au dernier. Une vraie imbécile...

Elle aurait préféré ne pas laisser Azhar tout seul, mais il le fallait bien si elle voulait passer cet appel. Mieux valait s'en abstenir en sa présence, car, en dépit de ce qu'elle lui avait assuré, elle n'était pas optimiste sur l'issue de cette consultation.

— Allongez-vous, Azhar. Reposez-vous un peu. Je reviens tout de suite. Promis. Attendez-moi ici. Je vais téléphoner à quelques personnes. Je reviendrai avec un plan de campagne. En attendant, restez tranquille... Azhar, vous m'écoutez ? Vous m'entendez ?

Si seulement elle pouvait appeler quelqu'un capable de lui apporter un peu de réconfort, mais elle savait qu'il n'y avait personne d'autre qu'elle. Elle alla dans sa chambre chercher une couverture dont elle l'enveloppa en lui jurant d'être de retour très vite.

Elle courut jusqu'à son bungalow. Il n'y avait qu'un individu susceptible de l'aider, un seul apte à garder tous ses esprits dans une situation pareille. Elle appela son portable.

— Oui, Barbara ? dit la voix de Lynley à peine audible dans un brouhaha où on distinguait entre autres de la musique.

Le cœur de Barbara se gonfla de reconnaissance.

— Monsieur, j'ai besoin de...

— Barbara, je ne vous entends pas. Je vais...

Ses mots furent noyés par les acclamations d'une foule en délire. Où pouvait-il bien être ? A un match de foot ?

Comme s'il avait lu dans ses pensées, il lui expliqua :

— Je suis à l'Exhibition Center, à Earl's Court...

Encore des cris d'enthousiasme et des rugissements. Puis Lynley s'exclama :

— Charlie, elle est sortie des limites ? Mon Dieu, que cette nana est agressive ! Vous savez comment c'est arrivé ?

Ses questions obtinrent une réponse, inaudible pour Barbara. S'ensuivit un rire, le rire de Lynley. Lynley riait ! Barbara ne l'avait pas entendu rire depuis le mois de février. Elle avait presque oublié le timbre de son rire. Puis il cria dans son téléphone :

— Roller-derby, Barbara !

Elle parvint ensuite à comprendre quelques mots : « ... cette femme de Cornouailles. » Etait-il en compagnie d'une amoureuse ? Originaire de Cornouailles ? Et qu'est-ce que c'était que le roller-derby ? Et qui était Charlie ? Peut-être le diminutif de Charlotte ? Il ne pouvait quand même pas appeler ainsi Charlie Denton ? Qu'est-ce que Lynley fabriquerait avec Charlie Denton ?

— Monsieur, monsieur, répéta-t-elle en vain.

Nouveau rugissement de la foule. Lynley dit à quelqu'un :

— C'est un point, ça ?

Puis à elle :

— Barbara, je peux vous rappeler ? Je n'entends rien.

— Oui.

Elle envisagea de lui envoyer un SMS. Sauf qu'elle était tombée dans un moment de bonheur, un moment où Lynley s'amusait. Pourquoi l'en arracher alors qu'en vérité, comme elle ne le savait que trop bien malgré ses affirmations à Azhar, il n'y avait rien à faire ? En tout cas pas officiellement. Tout plan qu'ils seraient en mesure d'élaborer serait forcément officieux et à mettre en œuvre en dehors du service.

Après avoir raccroché, elle contempla son portable en pensant à Hadiyyah. Leur amitié ne datait que de deux ans, pourtant elle avait l'impression de la connaître depuis le début de sa toute jeune vie : une petite fille joyeuse aux tresses bondissantes. Barbara se rappela alors que, depuis quelque temps, elle avait changé de coiffure. Quels autres changements l'attendaient au cours des jours qui venaient ?

Quel look va-t-elle te donner ? se demanda Barbara. Quel prétexte trouvera-t-elle à ce déguisement ? Pire, que te racontera-t-elle une fois que tu auras compris qu'aucune demi-sœur, aucun demi-frère ne t'attendait au bout du voyage ? Et où t'emmène-t-elle ? Pour se jeter dans quels bras ?

Car c'était cela la question, au fond. Angelina Upman n'était après tout qu'une mère venue chercher son enfant, une mère de retour du « Canada » où elle était allée avec quelqu'un, sûrement la même personne auprès de qui elle s'en retournait à présent, un type qu'elle avait séduit, tout comme Azhar, tout comme eux tous, et qu'elle avait persuadé d'attendre... Qu'est-ce qu'Angelina avait fait ? Où était-elle allée ?

Barbara repoussait le moment de retourner auprès d'Azhar. Elle tournait en rond dans son bungalow. Combien de taxis noirs y avait-il à Londres ? De minicabs ? Des milliers... D'autobus ? Il faudrait visionner les enregistrements des caméras de surveillance de la station de métro Chalk Farm. Puis ceux des gares. L'Eurostar. Sans négliger les aéroports : Luton, Stansted, Gatwick, Heathrow. Les hôtels. Les bed and breakfast. Chaque meublé depuis le centre de Londres jusqu'aux plus lointains faubourgs. Les îles Anglo-Normandes. L'île de Man. Les Hébrides. Les pays d'Europe, la France, l'Espagne, l'Italie, le Portugal...

Combien de temps faudrait-il pour retrouver une belle blonde et sa petite fille aux cheveux noirs, une fillette à qui son père allait bientôt manquer et qui finirait par se débrouiller – Hadiyyah était tellement débrouillarde ! – pour lui téléphoner en lui disant : « Papa, papa ! Maman veut pas que je t'appelle, mais moi, je veux rentrer à la maison... »

Fallait-il se contenter d'attendre ce coup de téléphone ? Ou bien mener des recherches de toute urgence ? Ou se borner à prier ? Se convaincre, en se mentant à soi-même, qu'il ne peut pas y avoir intention de nuire de la part d'une mère qui aime sa fille et qui sait par-dessus tout que la place d'Hadiyyah est auprès de son père, lequel a tout sacrifié pour l'élever et à qui désormais il ne reste plus rien.

Seigneur, si seulement Lynley était disponible ! Lui au moins, il saurait quoi faire. Il saurait quoi dire. Il choisirait les mots exacts pour redonner espoir à Azhar, les mots qu'elle était inapte à trouver parce qu'elle n'en avait ni la capacité ni le courage. Pourtant elle devait faire quelque chose, dire quelque chose, trouver un subterfuge, sinon, quelle était la valeur de l'amitié à l'heure où le malheur frappait ? Et si elle échouait à produire un dispositif de recherches ou au moins des paroles d'espoir, pouvait-elle se considérer comme une amie ?

Il était près de dix heures du soir lorsque Barbara entra dans la minuscule salle de bains de son bungalow. Lynley ne l'avait pas encore rappelée, mais elle avait confiance, il ne la laisserait pas tomber. L'inspecteur Lynley ne laissait jamais tomber personne. Ce n'était pas dans sa nature. Il lui téléphonerait dès qu'il pourrait. Barbara en tout cas le croyait, s'y cramponnait, parce qu'il fallait bien qu'elle croie à quelque chose.

Elle fit couler l'eau de la douche jusqu'à ce qu'elle se réchauffe. Barbara grelottait, non pas de froid – grâce au radiateur électrique, l'atmosphère était agréablement tiède chez elle –, mais sous l'effet d'un phénomène beaucoup plus insidieux et plus profond que celui de l'air glacé contre la peau. Elle se regarda dans le miroir qui commençait à être gagné par la buée. Elle examina celle qu'elle était devenue sur les ordres d'autrui. Elle envisagea les choses à faire si elle voulait retrouver Hadiyyah et la rendre à son père. Elles étaient nombreuses, mais Barbara connaissait la première.

Dans la cuisine, elle prit une paire de ciseaux, celle aux lames bien aiguisées, dont on pouvait se servir pour découper le poulet, même si elle n'en avait jamais fait cet usage, ni aucun autre d'ailleurs. Mais pour celui qu'elle avait en tête, ces ciseaux étaient ce qu'il lui fallait.

Elle retourna à la salle de bains et se déshabilla.

Elle ajusta la température de l'eau.

Elle pénétra dans la cabine de douche.

Là, elle se mit à tailler dans ses cheveux.

Remerciements

En qualité d'Américaine auteur d'une série policière qui se déroule au Royaume-Uni, je suis constamment redevable à tous ceux et à toutes celles qui en Angleterre veulent bien m'aider dans les prémices de l'écriture. Je suis extrêmement reconnaissante au personnel et aux propriétaires du Gilpin Lodge dans le Cumbria pour m'avoir procuré un QG aussi agréable à partir duquel j'ai pu en toute tranquillité explorer la campagne environnante qui m'a servi de toile de fond pour ce roman. Le Queen's Guide to the Sands, Cedric Robinson, après une vie entière passée à sillonner la baie de Morecambe et à guider à marée basse les promeneurs à travers les vastes et périlleuses étendues de sable, m'a livré des informations précieuses et je le remercie de sa générosité. Son épouse, Olive, a eu en outre la gentillesse de m'accueillir dans leur cottage vieux de huit cents ans, ce qui m'a permis de les interroger à loisir, elle et son mari. Qu'elle en soit aussi remerciée. Tout comme l'ingénieuse Swati Gamble de chez Hodder and Stoughton qui, une fois de plus, a apporté la preuve qu'armée d'Internet et d'un téléphone rien ne lui est impossible.

Aux Etats-Unis, Bill Solberg et Stan Harris m'ont permis de comprendre les caractéristiques des régions lacustres. Un heureux hasard a voulu que je rencontre Joanne Herman un dimanche matin sur le plateau d'un talk-show et que je me retrouve avec entre les mains son ouvrage, *Transgender*

Explained for Those Who Are Not. Le livre de Caroline Cossey, *My Story*, m'a éclairée sur le désarroi de tous ceux qui souffrent d'une dysphorie de genre et sur les préjugés auxquels ils se heurtent dès qu'ils cherchent à y remédier.

Je remercie mon mari, Thomas McCabe, pour son soutien et Charlene Coe, mon assistante, pour sa bonne humeur qui ne se dément jamais. Pour avoir lu mes premiers jets, merci à ma « lectrice à froid » de toujours, Susan Berner, et à Debbie Cavanaugh. Ma vie professionnelle est facilitée par le travail de mon agent littéraire, Robert Gottlieb de Trident Media Group, ainsi que par mes éditeurs britanniques, Sue Fletcher, Martin Nield et Karen Geary de chez Hodder and Stoughton. Avec ce roman débute pour moi une collaboration avec une nouvelle équipe américaine chez Dutton. Je remercie pour sa confiance mon éditeur, Brian Tart.

Enfin, pour ceux d'entre mes lecteurs et lectrices qui seraient intéressés par le Cumbria et son joyau – le Lake District –, qu'ils sachent que tous les lieux décrits existent, comme dans chacun de mes livres. Je me suis contentée d'effectuer quelques petits déplacements quand cela s'avérait nécessaire. Ireleth Hall est inspiré de Levens Hall, le château de Hal et Susan Bagot ; le hangar à bateaux des Fairclough se trouve en fait dans Fell Foot Park ; Arnside House est calquée sur Blackwell House, ce splendide manoir Arts and Crafts au bord du lac Windermere ; la ferme Bryan Beck est inspirée par un manoir élisabéthain appelé Townend et le village de Bryanbarrow, jusqu'aux canards dans leur ruisseau, du village de Bassenthwaite. Jouer au bon Dieu en changeant la localisation des lieux est un des plaisirs que l'on s'offre quand on écrit une œuvre de fiction.

Elizabeth George
Whidbey Island, Washington

Composé par Nord Compo Multimédia
7, rue de Fives, 59650 Villeneuve-d'Ascq

Cet ouvrage a été imprimé en France par

à La Flèche (Sarthe)
en décembre 2012

N° d'impression : 71529
Dépôt légal : octobre 2012